D0360674

TERRE DES OUBLIS

Duong Thu Huong est née en 1947 au Viêtnam. En 1977, elle devient scénariste pour le cinéma et, à partir de 1980, elle commence à dénoncer la censure et la lâcheté des intellectuels. Elle se fait également l'avocate des droits de l'homme et des réformes démocratiques. Au tournant des années 1990, la politique du « renouveau » marquant le pas, elle devient de plus en plus populaire dans l'opinion publique mais de moins en moins bien acceptée par le pouvoir. Les choses se gâtent : Duong Thu Huong est exclue du Parti en 1990, avant d'être arrêtée et emprisonnée sans procès le 14 avril 1991. Son arrestation provoquant un large mouvement de protestation en France et aux États-Unis, elle est libérée en novembre 1991. Elle a vécu à Hanoi en résidence surveillée jusqu'à son arrivée à Paris fin janvier 2006.

Terre des oublis a obtenu le Grand Prix des lectrices de *Elle* en mai 2007. *Au zénith* vient d'être publié en France chez Sabine Wespieser.

Paru dans Le Livre de Poche :

ITINÉRAIRE D'ENFANCE

DUONG THU HUONG

Terre des oublis

TRADUIT DU VIETNAMIEN PAR PHAN HUY DUONG

SABINE WESPIESER ÉDITEUR

I

Une pluie étrange s'abat sur la terre en plein mois de juin.

D'un seul élan, l'eau se déverse à torrents du ciel, la vapeur s'élève des rochers grillés par le soleil. L'eau glacée et la vapeur se mêlent en un brouillard poussiéreux, aveuglant. Une odeur âcre, sauvage, se répand dans l'air, imprégné de la senteur des résines séchées, du parfum des fleurs fanées, des relents de salive que les oiseaux crachent dans leurs appels éperdus à l'amour tout au long de l'été et de la fragrance des herbes violacées qui couvrent les cimes escarpées des montagnes. Tout se dilue dans les trombes d'eau.

Brusquement, la pluie s'arrête, le vent tombe. L'eau dévale les ravins, la végétation gorgée d'humidité recommence à cuire dans la chaleur. Un soleil conquérant surgit de derrière les nuages dans le bleu intense du ciel. Comme après une longue séparation, le désir de la terre et de la forêt s'enflamme aveuglément, brûle de jalousie tous les êtres pris de frénésie amoureuse. Effrayés par le soleil, les papillons se terrent dans les anfractuosités. Les malheureuses abeilles cessent de rechercher le pollen.

Dans le silence étouffant, seules les fleurs de bananiers éclatent, flamboient comme si leur éclat pourpre voulait échapper à la moiteur étouffante, s'évaporer dans l'air, s'envoler vers les nuages.

Miên s'est réfugiée dans une grotte en compagnie des femmes du Hameau de la Montagne [1]. Elle se sent fiévreuse, se touche le front, le trouve glacé. Son cœur bat la chamade. Furtivement, elle pense, angoissée, à son fils.

Serait-il tombé dans la jarre d'eau ? Aurait-il reçu une tige effilée dans l'œil ? Non, non... Tante Huyên est très méticuleuse, elle surveille chaque pas que fait l'enfant. La figure du petit est trop rayonnante, il ne peut rien lui arriver de mal. Mon fils a un visage radieux de bonté, les démons comme les génies le protégeront.

Elle n'a plus peur pour son fils. Elle continue néanmoins d'être fébrile, angoissée. Quel malheur l'attend au bout du chemin ?

« Assez, rentrons. C'est un jour sans. »

Miên interrompt le silence.

Personne ne répond. Les femmes restent debout, serrées les unes contre les autres, regardant le ciel. Elles viennent d'effectuer la première sortie en forêt de l'année pour récolter le miel. Dès l'aube, la malchance les a frappées. À peine sur la montagne, l'une d'elles s'est tordu la cheville en tombant. Elles ont dû la soutenir jusqu'au poste de garde. Elles avaient franchi deux montagnes quand la pluie s'est abattue sur elles. Maintenant, le sol exhale la fièvre. La chaleur jaillit des ruisseaux, des sentiers jonchés de feuilles pourries. La chaleur s'évapore des feuilles et des fleurs écrasées, arrachées par la pluie, plaquées au pied des arbres. Tout empeste.

---

1. Il s'agit en fait d'un village qui a gardé son ancien nom de hameau. *(Toutes les notes sont du traducteur.)*

« Rentrons », presse Miên.

Une jeune fille pointe le doigt vers l'ouverture de la grotte :

« Tu veux que les serpents nous attaquent ? Ouvre grand tes yeux et regarde ! »

Miên reste silencieuse. Elle n'a pas besoin d'ouvrir les yeux pour savoir qu'en cet instant les serpents rampent à travers les sentiers, s'élancent dans les arbres, se suspendent aux branches, prêts à attaquer leurs proies. Des lézards claquent la langue sur le plafond de la grotte. Miên sursaute, lève la tête. Une femelle serpent attendant la ponte, étouffée par la chaleur ambiante, pourrait bien se jeter sur elles et les piquer au front. Une femme corpulente bat les fourrés devant la grotte, se retourne et dit :

« Prenez chacune un bâton, au cas où les serpents nous chargeraient en bande. »

Sans attendre, chaque femme s'arme d'un bâton. Elles restent là massées, regardant les vapeurs d'eau transparentes trembler, les serpents luisants onduler à travers les sentiers, écoutant les cris précipités des oiseaux dans le lointain. Un silence écrasant, épuisant, les assiège. Elles regardent la forêt, attendent l'instant où le danger s'éloignera, silencieuses comme si elles tombaient de sommeil. Et le temps passe. Le soleil enfume lentement le sol couvert de feuilles pourries. Les arbres saturés d'eau exhalent une odeur nauséeuse. Leurs écorces se rétractent. Au bord du ruisseau, les herbes empâtées de boue se redressent, effilées, minces et gracieuses comme des lames d'épée. Les lys se balancent doucement. Le vent se lève, chasse la vapeur démoniaque et languissante, arrache les femmes à leur somnolence. Elles se regardent. L'une, jetant son bâton, gronde :

« Encore une journée perdue. Cessons de rêver de miel et d'abeilles. Allons, il n'y a plus qu'à rentrer. »

Une autre continue en soupirant :

« Rentrons. Il est trop tard pour y aller. »

Elles reviennent au Hameau de la Montagne.

Le soir descend quand elles arrivent à l'orée de la forêt. Un soleil de cristal rougeoie, irradié de minuscules veines comme les pétales des roses. Le crépuscule s'empourpre. Miên marche derrière ses amies. Elle sent l'angoisse revenir, de plus en plus oppressante. Elle ne comprend pas pourquoi, de temps en temps, son souffle s'étrangle, son cœur se serre, broyé par une main invisible.

Qu'est-ce qui m'arrive ? Hoan aurait-il eu des ennuis en cours de route qui l'obligeraient à ramener la flotte ? Il n'y a pas eu d'orages, rien ne menace mon mari, sauf les pirates. Mais cela fait des années qu'ils ont disparu. Hoan serait-il malade ? La pierre elle-même peut un jour transpirer, alors que dire d'un homme...

Miên n'arrive néanmoins pas à le croire. Elle marche laborieusement, le cœur palpitant, les entrailles tordues par le pressentiment du malheur qui la ronge depuis le début de la journée.

La maison de Miên se dresse sur la route sortant de la forêt. C'est l'une des plus récentes du village. Quand on l'a bâtie, c'était un lieu désert. Depuis, deux jeunes couples se sont installés à côté et la maison semble moins à l'écart. Elle s'élève sur une colline, entourée de toute part d'orangers et de pamplemoussiers. Plus loin, à l'ouest, le long des collines, les plantations de caféiers, de poivriers se suivent. De loin en loin, Hoan a implanté des cabanes au toit de feuilles pour y installer des pompes et abriter les ouvriers pendant la pause du thé. C'est la plus grande exploitation de la région. Personne n'en a de comparable. Hoan est consciencieux, actif, habile. Il cultive toujours les meilleures variétés de poivriers et de caféiers, celles qui exigent les meilleurs engrais, les soins les plus complexes et qui rapportent le plus sur le marché. Les planteurs du coin se précipitent chez lui pour apprendre ses techniques de culture. Après la récolte, ils viennent lui demander de les associer à la location des bateaux pour transporter les marchandises jusqu'aux marchés lointains de Danang et de Saigon. Rares sont les gens du Hameau de la Montagne qui ne lui doivent rien. Les compagnes de Miên le savent. Aussi se bousculent-elles devant la maison en voyant la foule agglutinée jusque dans la cour.

« Pourquoi y a-t-il tant de monde chez toi, Miên ?

– Je suis avec vous depuis l'aube, comment le saurais-je ?

– Bien sûr, je n'y pensais plus !

– Entrons, entrons, on le saura bientôt. Vous ne pouvez donc pas patienter quelques minutes ? »

La foule bourdonnante comme un nid d'abeilles fracassé se tait subitement quand elles entrent. Miên sent tous les regards la fixer. Les enfants, les vieilles femmes, les voisins et même des gens venus d'autres hameaux. Des regards étranges, curieux, apeurés, interrogateurs, provocants.

On ne m'a encore jamais regardée si étrangement...
Qu'est-il arrivé ?

À l'intérieur résonnent les pleurs et les soupirs d'une femme. Une voix à la fois familière et étrangère. Il lui semble l'avoir connue autrefois, en un temps dont elle ne se souvient plus. Contrairement à la coutume, personne ne se salue. Même les enfants se taisent, n'osent pas babiller, plaisanter. La cour grouille d'hommes revenus des champs, le dos de leur chemise

11

noire auréolé de sueur et de sel. Des chemises noires, des torses nus, des chemises militaires *printemps-été* déteintes, et les chemises blanches ou bleues des adolescents.

Aurait-on convoqué l'assemblée du Hameau ici pendant mon absence ? Mais le siège administratif du Hameau a été réparé. On a retourné les tuiles, blanchi les murs à la chaux et changé les fenêtres. Le Président[1] de la commune est bien venu avec sa sacoche pour festoyer lors de l'inauguration.

Pendant que Miên se perd en conjectures, les plaintes stridentes de la femme s'élèvent subitement, à percer les tympans :

« Oh, mon pauvre petit frère ! Il a erré au fond des forêts, sur les rivages lointains, jusqu'à ce jour. D'autres, plus chanceux, ont joui de la paix et du bonheur pendant que toi, tu vivotais de riz avarié et d'aubergines noires... »

Comme une lime contre un bout de fer, la voix grince, perfore le cerveau de Miên. Elle entre dans la maison. La pénombre brouille sa vision, l'empêche de distinguer les visages. Elle n'entrevoit qu'une foule compacte, debout, assise. La voix grave d'un homme s'élève :

« Miên ! »

Miên ne la reconnaît pas. Mais ce n'est sûrement pas celle de Hoan.

---

1. Au Vietnam, le pouvoir réel est entre les mains de deux appareils qui s'interpénètrent, l'appareil du Parti communiste et l'appareil d'État. Du haut en bas de la pyramide, à tous les niveaux, côté Parti, il y a un secrétariat dirigé par un Secrétaire et, côté État, un Président assisté éventuellement par des Vice-présidents. Les titres complets mentionnent les échelons des appareils. Nous mentionnerons simplement en majuscule : Secrétaire, Président, etc. Ce qui indique l'échelon courant, dans le contexte du récit.

Mon mari n'est pas revenu. Sa flotte est encore en chemin.

L'homme répète :

« Miên ! »

Cette fois, Miên répond :

« Je suis là. »

Elle se retourne vers l'homme qui l'a appelée. Ses yeux se sont habitués à l'obscurité. Elle voit un visage sombre, carré, lugubre et, sous des sourcils rectilignes, des yeux enfoncés dans leurs orbites où scintille la lumière mourante d'un feu de camp en automne, sur la montagne.

« Miên ! »

L'homme l'appelle pour la troisième fois. Sa voix est maintenant furieuse comme s'il allait briser quelque chose par terre.

« Bonjour, monsieur », répond Miên en cherchant des yeux un endroit pour s'asseoir. Elle est restée debout longtemps dans la grotte. Un vieux, torse nu, se lève pour lui céder son tabouret. Appuyant lourdement sa main desséchée, osseuse sur l'épaule de Miên, il la force à s'asseoir face à l'homme aux sourcils rectilignes. L'homme continue de la fixer des yeux, l'air tendu, le visage fripé, les lèvres secouées d'un tic fébrile. Ce tic sur ces lèvres livides étourdit Miên, il lui rappelle un visage noyé dans le brouillard, qu'elle n'arrive pas à reconnaître. Il lui semble entendre un nom résonner du fond de l'abîme, quelque part dans un gouffre noir, glacé, où on n'entend que le vent gronder. L'homme fronce soudain les sourcils. Les poils noirs se hérissent en une ligne horizontale. Un long soupir retentit du fond de l'abîme. Le son ébranle la mémoire de Miên. Un visage flou glisse devant ses yeux... Des gouttes de sueur perlent sur le front de l'homme. Ses lèvres livides tremblent de plus en plus rapidement. Elles s'ouvrent... Miên sent ses pieds et ses mains se glacer. Ces lèvres entrouvertes, ces yeux tristes scintillant sous ces cils minces, elle les a vus, un été lointain. Un été furtif comme un feu agonisant, bref comme les lueurs d'un ancien crépuscule glissant à travers le ciel.

« Miên ! C'est moi, je suis revenu... »

L'homme se penche soudain par-dessus la table, balaie de la main les tasses de thé à moitié vides et, d'une voix impérieuse :

« Miên... Je suis revenu... Je suis revenu... »

Miên avance la main comme si elle était aveugle et sourde de naissance, tente de toucher les sons.

« Vous êtes revenu ? Vous êtes...

– C'est moi, je suis Bôn...

– Je... Vous êtes Bôn ?

– Oui, je suis Bôn, ton mari. »

Un silence pesant s'abat sur la maison. La foule retient son souffle. Tout le monde attend la réponse de Miên. Comme si elle avait perdu l'esprit, Miên répète les paroles de l'homme :

« Je suis Bôn, ton mari ? Mon mari ?

– Oui, c'est moi, Bôn », répond l'homme d'une voix cassante. Soudain, il hurle :

« Je suis là, Bôn, je suis revenu... »

Miên reste figée, éperdue.

Mon mari ? Mais Hoan est en train d'apporter la cargaison de poivre à Danang. Il a promis de ramener un tricycle pour mon petit Hanh et de la soie pour moi. La veille de son départ, il m'a demandé quelle couleur je préférais, vert foncé, mauve ou jaune poussin. As-tu envie d'autre chose ? Non, non, je n'ai plus besoin de rien, c'est plus que suffisant. Le ciel est clair, la mer paisible. Dans une semaine à peine mon mari sera de retour...

« Miên ! »

L'homme appelle de nouveau, sans se lasser. Mais Miên ne l'entend pas. Elle revoit un autre visage. Un visage rayonnant, avec des sourcils effilés sous un front large, un nez droit comme celui des Occidentaux, des yeux tendres, des lèvres douces, chaudes, ensorcelantes.

« Miên, je suis revenu... »

Ce n'est plus un appel fervent mais une prière, le murmure feutré, assourdi, chaleureux des arbres au printemps, au fond des vallées. Les sourcils rectilignes se haussent légèrement. Les lèvres livides tremblent de nouveau :

« Miên, je suis revenu... »

Miên retire sa main. Elle vient de comprendre. La voix a cogné la paume de sa main. On dit que, de toutes les parties du corps, la paume de la main conserve le plus longtemps les sensations, de même que l'oreille de l'éléphant garde la mémoire des sons provenant de sept existences antérieures. Miên a compris qui est l'homme assis en face d'elle.

Elle soupire d'une voix lasse :

« *Grand frère*[1] Bôn ? »

Il répond :

« Oui, c'est moi, je suis revenu. »

C'était son mari, quatorze ans plus tôt. L'âme errante qu'elle honore sur l'autel depuis si longtemps

---

1. En vietnamien, *anh* (grand frère) est aussi le pronom qui désigne l'amant ou le mari. Nombreux sont les pronoms personnels vietnamiens qui expriment soit des relations parentales réelles, soit une marque de respect, d'affection ou d'amour. Dans ce dernier cas, nous les écrirons en *italique*. « Grand frère Bôn » signifie que Bôn est réellement le grand frère du personnage qui parle. « *Grand frère* Bôn » exprime le respect ou l'amour pour Bôn ou simplement le fait que Bôn est le mari de Miên.

s'est soudain réincarnée dans ce corps noir, cette peau et ces lèvres cadavériques. Bôn est revenu. Ce n'est plus le jeune homme qui fut son mari le temps d'un été fugace. Ce n'est pas une âme errante non plus. Quelque chose entre les deux. Miên comprend qu'elle est piégée. Elle ne sait plus comment elle va vivre depuis que l'âme errante est descendue de l'autel honorant le héros de la patrie pour s'asseoir devant elle et boire goulûment le thé en la fixant de son regard passionné.

Il a été mon mari. Mais cela fait près de dix ans que je vis avec Hoan et notre mariage a été entériné par le ciel et par les hommes. L'avis de décès de Bôn est arrivé plus de cinq ans après son incorporation dans l'armée. Je n'ai épousé Hoan que deux ans après. Nous avons un fils. Je ne peux pas quitter Hoan. Il est mon vrai bonheur...

La nuit submerge la maison. La femme se recroqueville dans l'obscurité. Quelqu'un élève la voix :

« Allumez une lampe ! »

Une main jaillit devant les yeux de la femme, saisit le chandelier posé sur le buffet.

« Allumez vite les chandelles. Mais où se trouve la lampe ? Où êtes-vous, madame Huyên ?

— Elle était assise dans la rue. Elle a emmené le petit dès qu'elle a vu madame Miên revenir.

— Prêtez-moi une boîte d'allumettes. Mon briquet n'a plus de pierre à feu. »

De l'autre côté de la table, Bôn élève de nouveau la voix :

« Miên ! »

Ce n'est plus une prière, c'est une supplication. Miên voit son regard percer l'ombre. Un regard de naufragé.

Bôn est revenu du front. Quelle femme oserait jamais tourner le dos au mari qui revient de la guerre ?

Miên comprend qu'un fantôme revenant à la vie est trois fois plus assoiffé de vivre qu'un homme ordinaire. L'homme qui revient de la guerre bénéficie naturellement d'une reconnaissance spéciale de la communauté. Quand il élèvera la voix pour réclamer sa part de bonheur en ce monde, personne n'osera la lui disputer. Dans son enfance, Miên a assisté aux campagnes incitant les jeunes filles à épouser les mutilés de la guerre contre les Français. Elle habitait alors dans son ancien village, son père vivait encore et le soleil illuminait leur demeure. Leurs voisins, un vieux couple de tailleurs de pierre, avaient une fille de dix-neuf ans, Hiên. Elle était secrétaire adjointe au Mouvement de la Jeunesse Communiste. Quand la direction provinciale du Parti lança cette campagne, elle se porta aussitôt volontaire pour payer la dette du peuple vis-à-vis des bienfaiteurs de la patrie. Elle dit à la petite Miên : « Je vais épouser un mutilé de guerre. Ma famille va payer sa dette envers la patrie... » Elle promit d'inviter Miên à ses noces : « Tu pourras tout regarder à loisir. On dit que la salle des fêtes de la capitale provinciale est remplie de magnifiques lampions. Nous marcherons sur des tapis de velours rouge, du vrai velours, pas le velours synthétique de la couturière de la commune de Ly Hoà. »

Elles riaient de bonheur, rêvaient du jour où elles fouleraient les tapis. Hiên tint parole. Deux jours plus tard, elle emmena Miên dans la capitale provinciale pour prendre livraison de son mari. Dans le village, quelques autres jeunes filles s'étaient aussi portées volontaires. Elles se levèrent et partirent dès l'aube. Elles arrivèrent un peu avant sept heures. Comme Hiên l'avait dit, la salle des fêtes était couverte de lampions rouges. Le vent faisait claquer les oriflammes aux cinq couleurs le long des allées. On eût dit la place du village les jours de fête. Les *volontaires* furent installées aux places d'honneur, sur des sièges recouverts de velours rouge. Les serveuses habillées de la tunique traditionnelle leur servirent des gâteaux et des bonbons sur un plateau. La musique commença. Après le salut aux couleurs, le Secrétaire fédéral du Parti prononça un discours intarissable. La petite Miên serrait dans ses mains les bonbons enveloppés de papier cristal bleu et rouge. Elle n'osait pas les manger. Les bonbons fondaient. Elle ne comprenait rien au discours, mais l'ambiance solennelle, étrange, l'effrayait. Miên attendait la fin du discours pour déballer les bonbons. Mais le Secrétaire était à peine descendu de la tribune que déjà la Présidente de l'Union des Femmes se présentait sur l'estrade. Son discours fut encore plus long. Quand elle eut fini, un groupe d'enfants s'avança au son des tambours, un bouquet de fleurs dans les bras, pour les offrir aux femmes qui allaient épouser pour la vie les mutilés de guerre. Les tambours retentissaient bruyamment entre les colonnes décorées de fleurs rouges, résonnaient contre le plafond, bousculaient l'espace, emballaient les cœurs. Hiên saisit brusquement la main de Miên. Sa main à elle tremblait, glacée. Le son des tambours s'affaiblit doucement. D'une arrière-salle, on sortit des brancards aux pieds entourés de fleurs multicolores. Les mutilés y étaient allongés, enfouis sous les draps. Seules leurs têtes et leurs épaules émergeaient. Ils étaient maquillés de poudre rose, de rouge à lèvres. La Présidente déclara que les cadres fédéraux avaient étudié minutieusement les C.V. des mutilés et ceux des *volontaires*, que les couples seraient de ce fait constitués sur des bases solides, rationnelles, en fonction de l'âge, de la situation familiale, du tempérament de chaque individu. Elle tira du sac de toile qu'elle portait en bandoulière la liste des époux, la lut d'une voix tonitruante. Hiên fut mariée à un mutilé de trois ans son aîné, originaire d'une commune voisine. L'homme étant orphelin, elle eut le droit de l'emmener chez elle. Miên vit Hiên pâlir, se serrer contre ses amies. Les autres filles étaient tout aussi livides. Elles se regardaient, paniquées. Hiên enfonça ses ongles dans le bras de Miên jusqu'au moment où la Présidente lut : « Dào Thi Hiên... »

Hiên sursauta. La Présidente s'avança vers elle, souriante, la prit par la main et l'emmena jusqu'au brancard du destin.

« Voilà votre homme. J'espère que vous payerez avec joie notre dette envers le combattant qui a sacrifié sa vie pour la patrie...

– Oui... Je le ferai avec joie », balbutia Hiên.

On porta le brancard dans une Jeep. Hiên entraîna Miên avec elle. La Jeep les emmena jusqu'à la commune du mutilé. L'homme avait perdu ses jambes, son bras gauche et l'avant-bras droit. Il brandissait son moignon pour toucher tour à tour Hiên ou Miên en guise de caresse, de geste d'amitié. Le couple échangea ses premières paroles dans la voiture.

Le souvenir remontait à loin, mais restait net. Jusqu'à la mort de son père, jusqu'au jour où elle dut quitter son village en compagnie de sa petite sœur et son petit frère, Miên rendit souvent visite à Hiên. La jeune femme s'était résignée à vivre sa vie de couple dans le respect du devoir.

Une fois, Hiên lui confia, rayonnante de joie : « Tu sais, Miên, aujourd'hui, il a pris deux bols de riz. Un demi-bol de plus, et je serai rassérénée. Le médecin traditionnel de la commune de Ly Hoà est passé le soigner hier. Il m'a dit que le truc était intact. Un jour, moi aussi, j'aurai un enfant. » Miên était trop jeune pour comprendre vraiment la vie sexuelle de Hiên. Plus tard, chaque fois qu'elle y pensait, elle frissonnait de pitié pour sa voisine. Elle n'aurait jamais imaginé que ce fruit amer serait un jour son lot.

J'ai tout de même plus de chance que Hiên. Bôn a été mon mari et il a tous ses membres.

Miên se rappelle les yeux du couple de tailleurs de pierre quand on a transporté chez eux le brancard entièrement recouvert d'une couverture. Et le visage de Hiên quand elle l'a soulevée.

Le chandelier a été posé sur le buffet. Cinq bougies diffusent leur lumière. Les trois pièces de la maison restent silencieuses comme une tombe. Miên, la tête baissée, se tord les mains. Elle a beau les frotter, elle n'arrive pas à les réchauffer. Dehors, dans le jardin, le vent s'est apaisé. Un silence de plomb. Elle n'est pas la seule à être abasourdie. Les gens alentour sont aussi hébétés. Après un long moment, un homme se lève derrière Miên :

« Écoutez, Bôn... »

Chemise blanche, pantalon couleur d'herbe fanée. Une sacoche en cuir noir pend sur le bras de son siège, juste derrière son dos. Miên reconnaît le Président de la commune, sa figure floue, flottante. Il a un comportement inhabituel :

« Écoutez, Bôn, reposez-vous pour reprendre des forces. Nous verrons ce qu'il y a lieu de décider. Comme je l'ai dit, Miên ne s'est remariée que deux ans après avoir reçu l'avis de votre décès. Elle a rempli toutes ses obligations morales envers vous. Votre femme n'est pas fautive. »

Une femme ratatinée, au teint sombre, bondit :

« Vous prétendez que c'est mon frère qui est en faute ? »

Miên reconnaît Tà, la femme qui se lamentait d'une voix tantôt basse, tantôt aiguë comme si elle chantait. Une voix grinçante qu'elle a connue dans le passé, dont elle avait perdu la mémoire. La femme est plus petite, plus menue que Bôn. Même peau brune, mêmes sourcils rectilignes. Tà sort ses griffes, hérisse ses plumes, prête à se sacrifier pour défendre son petit frère, l'héritier de la famille Vu. Le Président est un homme doux mais rigide. Il jette sur la femme écumante un regard condescendant, esquisse un mouvement comme pour l'empêcher de souiller par ses paroles sa chemise immaculée :

« Miên n'est pas en faute. Bôn non plus. La seule fautive, c'est la guerre. »

Il se retourne vers la foule :

« Voilà un moment que vous êtes auprès de Bôn, il est temps de rentrer, de laisser nos hôtes se reposer et causer entre eux. Les autorités de la commune feront leur devoir vis-à-vis de Bôn comme de tous les militaires réformés. J'espère que tout le monde aidera Bôn selon le proverbe : "Les feuilles saines protègent les feuilles déchirées et celui qui boit au fleuve se souvient de la source." »

Les gens entendent très bien ses paroles, mais personne ne s'en va. Ils attendent la scène finale. Elle se déroule comme ils l'attendaient, conformément aux traditions gravées dans leur mémoire, leur imagination, leurs sentiments. Le Président se retourne vers Miên et s'adresse à elle d'une voix solennelle, lointaine, pleine de sous-entendus.

« L'État comme le Parti ne s'ingèrent pas dans la vie privée des citoyens. Vous et Hoan êtes tous les deux des gens honnêtes, respectueux de la loi.

Aujourd'hui, les circonstances vous obligent à choisir. Vous seule pouvez décider de votre vie. Nous espérons que vous saurez réfléchir mûrement avant de prendre la décision finale. Comme vous le savez, Bôn a apporté sa part de sang dans la guerre contre les Américains pour libérer le pays. C'est aux sacrifices des combattants comme Bôn que nous devons la paix, la prospérité, c'est grâce à eux que notre pays a retrouvé son indépendance et sa souveraineté. »

Et il sort avec sa sacoche noire.

La foule le suit cahin-caha.

La maison retombe dans le silence.

Bôn regarde Miên, intensément. La lueur des bougies illumine ses yeux flambants de désir. Miên tremble soudain de terreur en voyant que plus personne ne l'entoure. Elle baisse la tête, mais elle continue de sentir ces yeux enflammés par le désir charnel. Elle n'ose pas l'admettre, mais une voix lui murmure qu'il n'est qu'un fantôme ou quelque chose d'approchant. Un fantôme qui sait boire du thé et désirer une femme. L'horreur s'infiltre dans sa chair.

Bôn balbutie :

« Miên, tu vas toujours... toujours bien ?

– Oui... Oui... » bégaie Miên.

Ils se taisent.

L'homme, tremblant :

« Miên, je t'ai manqué ? »

La femme bafouille un son confus. Elle n'ose pas mentir, elle ne peut pas dire la vérité. Le regard lubrique qui scintille au fond des cavités orbitales de l'homme la terrorise. Les minutes passent, silencieuses. Incapable de se retenir, Bôn se jette par-dessus la table, saisit dans ses mains le visage de la femme qui, quatorze ans plus tôt, a été la sienne :

« Miên... Tu m'as manqué... Je t'aime... »

22

Miên se recroqueville. Elle n'ose repousser de la main le visage de Bôn qui s'avance. Elle l'évite d'un geste. Mais elle a senti le souffle brûlant, fiévreux, de l'homme sur sa peau. Une haleine étrangère, empestée. Elle pense, horrifiée, que demain, après-demain, pendant des semaines, des mois, des années, pour toujours, elle devra vivre avec cet homme, qui est devenu un fantôme dans son cœur, et son haleine insupportable.

« Non, non... »

Miên crie, pleure, enfouit son visage entre ses mains. Les larmes coulent d'entre ses doigts, tombent...

Bôn se tasse sur lui-même, silencieux.

Miên ne le regarde pas. Elle sait qu'il restera là, patient, tenace, jour après jour, mois après mois, obstiné comme aucun autre. Instinctivement, elle comprend que celui qui ressort de la tombe apprécie cent fois plus que d'autres la vie et fera tout pour la posséder à nouveau. Elle n'a plus d'issue. Cet homme au teint sombre réclamera jusqu'au bout son droit. Tout le monde sera de son côté. Le Président a bien dit qu'elle pouvait choisir son avenir, mais ce n'étaient que des paroles de convenance. Après les discours, tous voteront pour Bôn. Ils aiment Bôn. Le soldat. L'errant. Le martyr. L'homme qui a donné sa jeunesse à la nation dans une guerre sans précédent. L'homme qui a fait tous les sacrifices. L'homme qui a perdu une partie de sa vie et est revenu pour réclamer le reste...

Ils ont leurs raisons. Miên le comprend. Elle aussi a de l'estime pour Bôn. Mais pourquoi ignorent-ils ses raisons à elle ? Elle aime Hoan. Sa vie, son âme et son corps se sont liés harmonieusement à son nouvel homme. Elle n'aime plus Bôn. Avant même de s'épanouir, l'amour fugace de sa jeunesse s'est éteint, dissous par le temps. Comment une femme vivant sous le soleil pourrait-elle coucher avec un cadavre décomposé ressorti de la tombe ?

Mais elle le sait, personne n'accordera la moindre attention à ses raisons, personne ne répondra à son attente.

La femme se plie, tête baissée, et pleure comme une enfant chassée de sa maison.

Le soir, vers huit heures, tante Huyên revient. Du milieu de la cour, elle crie d'une voix saccadée :

« Pourquoi restez-vous là comme des statues ? Vous voulez vous passer de dîner ? »

Elle franchit les marches du perron.

Bôn :

« Où êtes-vous partie si longtemps, tante Huyên ?

– J'ai promené le petit. Il a l'habitude de gambader. Rester longtemps à la maison l'énerve. »

Elle ouvre la pièce de gauche, face à la chambre de Miên, où elle a l'habitude de faire la sieste avec le petit Hanh. Tout en poussant la porte, elle marmonne :

« Bizarre, où est donc la lampe ? »

Elle fouille la chambre, ressort avec en main une torche à pile.

« Il faut allumer. On n'y voit plus rien dans la cour et la cuisine [1]. J'ai failli glisser devant le portail. »

Elle allume la torche, se dirige vers la cuisine. Le faisceau lumineux balaie rapidement la cour jonchée de feuilles pourrissantes. À longueur d'année, toutes sortes de plantes et d'arbres déversent leurs feuilles sur le sol de la grande cour. Quelques minutes plus tard, deux lampes sont allumées. Tante Huyên dépose

---

1. Dans les maisons traditionnelles, la cuisine est une annexe du bâtiment d'habitation.

l'une d'elles sur le haut d'un muret couvert de fleurs, suspend l'autre devant la cuisine. Elle appelle :

« Miên, il faut quand même manger.

– Oui.

– Le petit dort. Tu veux le laisser chez moi cette nuit ?

– Non, c'est impossible. »

Miên bondit sur ses pieds : « Je vais le chercher.

– Ce n'est pas la peine. Lave-toi la figure pour reprendre tes esprits et prépare le repas pour accueillir Bôn. Tout de même, il revient de loin. Je ramènerai le petit à la fin du repas. Je garde la torche. Cela m'évitera de trébucher. »

Sa voix sèche, brusque, égrène les mots comme une crécelle. Elle tourne le dos, s'en va. La lumière de la torche s'éloigne vers la rue, dansant au rythme de sa main. Miên se lève, attrape la serviette pendue à un fil tendu sous l'auvent, se dirige vers la réserve d'eau. Elle remplit une cuvette en laiton, plonge son visage dans l'eau froide en pleurant. Sa respiration fait jaillir des bulles dans la cuvette. Un long moment plus tard, ses pleurs apaisés, la femme essuie son visage, rentre dans la maison. Elle s'avance vers Bôn :

« Veux-tu du riz ou de la bouillie ? » dit-elle d'une voix sèche, froide, calme, comme si les quatorze années écoulées n'avaient été qu'un rêve, comme au temps où, dans le soir qui tombait, elle lui demandait :

« Veux-tu du riz ou préfères-tu de la bouillie après ce trajet épuisant ? »

Bôn bafouille. Comme s'il ne comprenait pas. Comme si ces paroles quotidiennes dont il rêvait depuis quatorze ans avaient explosé dans son oreille abasourdie.

« Je voudrais... Je voudrais... »

Il lève les yeux vers Miên, bredouille :

« Comme tu veux. Peu importe... »

Si Miên l'avait regardé dans les yeux en cet instant, elle aurait vu toute la tendresse qui le submergeait. Elle aurait vu non seulement l'amour mais la soumission, non seulement la prière mais la supplication, non seulement le désir mais la terreur, la terreur de la solitude sans fin, la solitude qui rend faible et lâche... Et derrière ces sentiments mélangés, elle aurait vu rejaillir le feu d'un été vieux de quatorze ans. Le temps n'a pas éteint cette flamme. Il a soufflé dessus pour en faire un brasier, le brasier d'un flamboyant en fleur dans le ciel d'été.

Mais Miên ne le voit pas. Son regard ne s'arrête jamais une seconde sur le visage de Bôn, sur son corps, ni même sur l'espace qui l'entoure. Dès que Bôn a parlé, elle se détourne, s'en va rapidement. Elle se dirige vers la cuisine, lave violemment le riz à côté de la réserve d'eau. Elle allume le foyer, y pose la marmite. L'eau bout, s'évapore. Miên écarte les braises, va au poulailler. Elle l'ouvre, saisit au hasard une malheureuse bête. Elle verrouille le poulailler, ligote les pattes du poulet avec une ficelle de chanvre, écrase sous son pied les pattes et les ailes de l'infortuné volatile, saisit d'une main son cou. De l'autre, elle lui tranche la gorge. Deux soubresauts brefs, et le poulet ne bouge plus. Miên verse l'eau chaude d'une grande bouteille Thermos sur la bête, commence à la plumer. Ce travail achevé, elle sort quelques pousses de bambou d'une jarre, les coupe en fines lamelles d'un geste net, régulier, précis. Les minces tranches de bambou tombent régulièrement dans un panier. Elle vide le panier dans une casserole en aluminium, la remplit d'eau, la met à bouillir sur le feu. Le foyer s'embrase de nouveau. La sève perle au bout des branches. Le feu illumine ses yeux de verre. Des yeux figés, glacés, qui regardent au loin, quelque part au-delà de ce monde.

De la maison, immobile, Bôn regarde sa femme. Chacun de ses gestes le terrorise. Précis, déterminés, mécaniques. Des gestes d'automate. Miên verse à nouveau le bambou dans le panier. La vapeur s'élève, enrobe son visage. Quand elle se dissipe, Bôn revoit les muscles durcis sur le menton et les pommettes de Miên. Un visage taillé dans la pierre.

Miên, tu m'as complètement oublié, tu as oublié le moment où nous étions devenus mari et femme. Il est si sacré pour moi. Je l'ai gravé dans ma mémoire tout au long de ces quatorze années. Toi, tu n'as sans doute plus envie de t'en souvenir. Comment peux-tu oublier cette première nuit... Les papillons blancs se précipitaient sur la lampe posée dans le coin de notre chambre. Le lendemain matin, tu les as ramassés de tes propres mains.

La peur saisit Bôn, ébranle son esprit. Comment oserait-il baiser ces lèvres pincées, ce visage de glace ? Il se verse du thé, vide d'un trait la tasse. La boisson brûlante réchauffe ses artères, son cœur, lui fait retrouver un peu de courage.

Il se peut qu'elle ait oublié et il se peut que non. Mais elle ne veut plus regarder vers le passé. Quatorze ans, ce n'est pas rien. Elle a vécu avec un autre homme et ils ont un fils. Les femmes ont peur des changements. Elles ne veulent pas de bouleversements dans leur vie. Je dois attendre. Je dois apprendre à attendre. Le printemps reviendra, les pousses germeront de nouveau à travers les couches de cendre. Le sergent me l'a dit maintes fois : dans la guerre, c'est le plus endurant, le plus obstiné qui gagne, dans la vie il en va de même car la vie est un combat.

Cette idée le tranquillise. Il se reverse du thé, vide la tasse. Dans la cour résonne le ruissellement de l'eau. Miên rince le bambou avant de le faire mijoter. Il la voit secouer le panier pour l'égoutter avant de l'emporter dans la cuisine. Le foyer illumine le visage de la femme. Il s'étrangle. L'optimisme qu'il vient de retrouver s'anéantit. Le visage de marbre de Miên lui rappelle un champ de mines. Un espace désert, semé de bosses et de trous, envahi par les herbes folles, enchevêtré de barbelés d'où pointent des bombes non désamorcées. Un champ de mines. Une terre sauvage. Comment pourrait-il s'y réfugier ?

Non. Non, je ne dois pas me laisser envahir par ces idées lugubres. C'est sans doute le souvenir de mes crises de désespoir quand je vivais dans la jungle, ou bien c'est un symptôme de paludisme ou de problèmes de foie. Quand le sang se tarit, le cœur se serre et se refroidit, et l'esprit sombre dans les ténèbres. J'ai surmonté tant d'années de tuerie, de famine, de maladie et je suis revenu dans ma terre natale. Je dois retrouver mon bonheur perdu, je le dois, à n'importe quel prix.

Bôn se rappelle les cérémonies d'ouverture des campagnes militaires. Officiers et soldats tendaient la main vers le drapeau et juraient : Jusqu'à la victoire ! Leurs cris résonnaient dans la jungle. Ce n'était plus des voix d'hommes mais le tonnerre de quelque divinité.

Ces souvenirs l'exaltent. Il se murmure un serment comme s'il entamait une campagne solitaire pour son propre compte : il jure de retrouver ce qu'il a perdu.

Des pas retentissent dans la rue. Tante Huyên crie de l'entrée de la cour :

« Alors, vous avez dîné ? Je ramène le petit. »

Miên lui répond de la cuisine :

« Je découpe le poulet. Mets le petit au lit. »

La vieille femme éclaire prudemment les marches du perron avant de les gravir, le petit garçon sur le dos. L'enfant dort d'un sommeil profond, la tête inclinée sur l'épaule de la vieille femme, les bras ballants. Sa peau scintille dans la lumière des chandelles, blanche comme le lard gelé ou la coquille des œufs.

Il a la peau de Miên. Peut-être aussi celle de son père, le mari de Miên depuis plus de sept ans. Cet homme chanceux doit avoir une peau blanche, différente de la mienne.

Bôn tend brusquement le bras sous la lumière de la lampe. Il a la peau foncée. Du temps de sa jeunesse, elle avait des reflets roses, éclatait de vigueur.

Les années ont passé. La faim et le paludisme ont tari ses veines, teinté son sang d'une morne lueur de plomb. Sa peau s'est déteinte comme un tissu usé.

Tante Huyên emporte le garçonnet dans sa chambre. Il marmonne :

« Maman... Maman Miên... »

Et il se tait. Il s'est sous doute rendormi. Tante Huyên sort. Elle demande :

« Que faites-vous là encore ? Allez donc vous laver de la poussière des chemins.

– J'attends Miên.

– Pourquoi ? À quoi bon compliquer les choses ? Que chacun s'occupe de ses affaires ! Ah, j'ai oublié. Il vous faut de l'eau bouillie avec des feuilles à décrasser. C'est un enseignement des anciens. »

Elle se précipite dans la cuisine :

« Que reste-t-il à faire ? Laisse, je vais le terminer. Fais bouillir de l'eau avec des feuilles pour Bôn.

– Il ne reste plus qu'à servir.

– Très bien. Passe-moi l'assiette de poulet. Les

feuilles de citronnelle sont émincées ? Étale-les sur le poulet. Attends, que je prépare une coupelle de sel au poivre. »

Les ombres des femmes vont et viennent dans l'encadrement de la porte. La cuisine est plus haute que celles des maisons ordinaires. Ses meubles sont sans doute aussi luxueux que ceux des salles à manger et des cuisines que Bôn a vues dans les villes qu'il a traversées.

La vieille femme élève à nouveau la voix :

« Vous dînez ici ? »

Miên répond précipitamment :

« Non ! Nous mangerons dans le salon. Laisse le plateau là, je m'en occupe.

– C'est bon », répond tante Huyên et elle retourne dans la maison. Elle remplace les chandelles prêtes à s'éteindre, s'assied face à Bôn :

« Vous n'avez pas mal à l'estomac à force d'ingurgiter du thé ? Laissez donc un peu de place pour le dîner. »

Bôn repose la tasse qu'il portait à ses lèvres. De fait, depuis le matin, il a vidé tasse après tasse comme un automate. Gêné par les paroles sincères de la vieille femme, il bafouille :

« Vous allez bien, ma tante ?

– Bien, toujours bien. »

Bôn réalise soudain qu'il répète ces banalités pour la quatrième fois depuis qu'il est entré dans cette maison. En fait, cette femme ne figure pas parmi les rares visages dont il conserve le souvenir bien qu'elle fût la seule représentante de la famille de la mariée le jour de ses noces. C'était la seule parente de Miên dans le Hameau de la Montagne. D'après la tradition, la famille de Bôn, bien que pauvre, avait ses racines dans le village. Miên n'était qu'une métèque. Tante Huyên l'avait recueillie avec sa sœur et son frère après la mort de leur père. Après un moment de confusion, Bôn se souvient soudain que tante Huyên vivait de l'élevage des vers à soie. Il lui demande :

« Vous élevez toujours des vers à soie ?

– Oui. Dans la région, il n'y a plus que Madame Xuyên du hameau de Ha et moi pour élever les vers et tirer les fils de soie. C'est invendable ici. Nous emmenons les fils à la capitale provinciale pour les faire tisser et nous confectionnons nos habits avec. C'est bien mieux que ce que portent les gens. »

Effectivement, elle porte des habits en soie naturelle dorée, scintillante, qui n'ont rien à voir avec les vêtements noirs que les pauvres montagnards portent à longueur d'année.

Cette vieille se donne des airs d'aristocrate. Elle semble bénie par la chance. Quand j'ai demandé la main de Miên, elle nous a accueillis avec froideur parce que ma famille était pauvre. Maintenant, comparé à elle, je dois être encore plus pauvre. Mais je dois gagner sa bienveillance, elle a une grande influence sur Miên.

Tante Huyên jette un regard sur Bôn, un regard tranquille où perce néanmoins une interrogation :

« Il y avait tant de monde ici que je n'ai pas osé vous le demander. Vous avez reçu l'ordre de démobilisation ?

– Effectivement.

– Pourquoi ont-ils envoyé votre avis de décès autrefois ? C'est le même bureau qui a fabriqué ces deux documents ?

– Oui. C'est celui du corps d'armée dont je relève. Je me suis égaré, j'ai été bloqué plus de six ans au Laos. C'est seulement après la libération que j'ai pu renouer les contacts avec mon unité.

– Je comprends. Les anciens racontaient qu'autrefois un mandarin parti en ambassade s'était égaré sur une île habitée par des singes. Il s'était marié avec une guenon, avait eu deux enfants avant qu'un bateau n'accoste pour le ramener à son village. Alors, quel était votre grade avant de quitter l'armée ?

– Heu, comme je ne suis pas très vif je n'ai atteint que le grade de caporal. »

Après un moment d'hésitation, Bôn ajoute :

« J'ai perdu six ans, bloqué à l'étranger. On a encore enquêté pendant un an avant d'établir mon appartenance à l'unité.

– Ah, ah... » dit vaguement la vieille femme, qui cesse ses questions. Sur ce, Miên arrive, apportant le dîner sur un plateau :

« Veux-tu manger tout de suite ou après t'être lavé ?

– Comme tu veux... ça... ça m'est égal... »

Tante Huyên :

« Laissez le plateau là pour le moment. Vous apprécierez mieux le repas après vous être débarrassé de la poussière des chemins. »

Miên s'en va sans un regard vers Bôn. Il baisse la tête. Une lame de honte lui perce le cœur. Il serre les dents, avale sa salive. Il sent le corps chaud de la femme se déplacer. Plus elle s'éloigne de lui, plus le parfum de sa chair reflue, poussé par le vent, toujours plus dense, plus excitant. Mais Miên est une espèce spéciale de paon ou de faisan. Ces oiseaux font miroiter leurs attraits charnels dans la splendeur multicolore de leurs plumes. Elle, elle propage une électricité paradisiaque dans l'espace environnant, le transforme en un champ magnétique imprégné de l'odeur de sa peau, de sa chair, de son haleine, du parfum légèrement acide de la sueur qui mouille sa nuque, ses aisselles.

Miên est déjà au bas des marches du perron, mais les effluves érotiques mêlés aux senteurs de la fleur de basilic agrafée à son chignon saturent encore l'espace de leur ivresse.

Elle n'a pas daigné regarder mon visage, ne serait-ce qu'une fois... Elle est devenue une étrangère, totalement...

Douloureusement, le mari se rend à cette évidence. Mais, à l'instant même, il comprend qu'il l'aime, la désire, la convoite encore plus passionnément que la frêle jeune fille épousée quatorze ans auparavant.

Tu ne daignes pas me regarder. Pourquoi cette cruauté ? Aurais-je changé au point que tu ne reconnaisses rien de l'homme qui a été ton mari ? Non, les années ont beau avoir passé, j'ai toujours le même corps, intact, avec tous ses membres, sans la moindre cicatrice sur le visage. Le napalm et la poudre n'ont pas brûlé ma peau, la marquant à jamais de boursouflures et de points noirs. J'ai eu plus de chance que beaucoup de mes compagnons. Mes entrailles sont intactes. Je n'ai qu'une légère blessure au ventre dont la cicatrice n'est presque plus visible. La couleur de ma peau s'est certes dégradée, mais pas au point de me transformer en un monstre effrayant. Pourquoi donc détournes-tu la tête ?

Le mari se donne aussitôt une réponse :

Elle m'a oublié. Son cœur est rempli par l'image d'un autre homme. Alors que j'ai porté la sienne en moi pendant toutes ces longues années ! Que j'étais bête... Quelle injustice !

L'explication résonne doucement, faiblement. Bôn fait semblant de ne pas l'entendre. Il n'ose pas regarder en face cette perspective effroyable, ouvrir cette boîte de Pandore.

Il la voit entrer dans la cuisine. Elle pose une grande marmite sur le foyer. C'est sans doute de l'eau avec des feuilles à décrasser. La marmite doit peser autant qu'un obus de B40. Les bras de la femme, d'une blancheur éclatante, sont puissants. Bôn se rend alors compte que Miên est devenue beaucoup plus grande, plus plantureuse que du temps de leurs noces. Sa croupe rebondie se trémousse au rythme de ses pas, fait chavirer son pantalon de soie. Ses seins de femme ayant allaité se tendent sous sa chemise verte. Son cou immaculé est plus blanc que tout ce qu'il a pu voir chez les femmes des villes du Sud : Danang, Quy Nhon, Nha Trang, Saigon, Phan Rang, Phan Thiet... Une femme vivant au pied de la cordillère Truong Son où le vent brûlant du Laos carbonise tout, les arbres, les plantes, les chairs, les peaux. Pourtant, Miên conserve une peau étrangement blanche. Surtout quand la flamme illumine la chemise verte, projette la lueur de la soie sur son cou. À cette vision, Bôn s'étrangle.

Tu es bien plus belle qu'autrefois. Combien de fois cet homme t'a-t-il prise dans ses bras ? Combien de fois a-t-il embrassé ton cou si blanc ? Cent, deux cents, trois cents ou des milliers de fois ? Plus de sept ans, plus de deux mille cinq cents jours et nuits. Chaque nuit, combien de fois se sont-ils embrassés, combien de fois ont-ils fait l'amour ?

Bôn avale de nouveau sa salive. La jalousie bouleverse ses esprits, assombrit son visage. Il imagine Miên faisant l'amour avec l'homme. Il s'en veut de se comporter ainsi. Mais cette douloureuse curiosité revient aussitôt planter ses griffes dans son cœur. Il recrache les griffes acérées, sanglantes.

Pourquoi cette jalousie mesquine, honteuse ? J'ai connu d'autres femmes tout au long de la guerre. J'ai aussi vécu en couple avec une femme dans le village de Kheo au Laos pendant six ans. Je n'ai pas le droit d'être jaloux de Miên. Elle n'est pas en faute et moi non plus.

Mais après chaque compromis avec lui-même, son cœur se cabre de regret, de colère.

Mais toi, ma femme, comment peux-tu être si indifférente à notre amour ? Se pourrait-il que tu n'aies plus de mémoire ? Se pourrait-il que tu oublies notre première nuit, la lampe et les éphémères voltigeant autour de la flamme ?

Bôn gémit. Pour lui, c'était la nuit la plus sacrée de sa vie, la nuit qui emplissait son âme, hantait son esprit pendant tout le temps de leur séparation.

Cette nuit-là, la lune décroissante se leva tard. Presque pas de clair de lune. L'espace était submergé par les ténèbres. La noce achevée, tout le monde était rentré, lampe en main. Le maître de cérémonie ordonna bruyamment aux jeunes de ranger la vaisselle, les paravents, les pots de fleurs en papier. Il les ramenait au siège administratif du Hameau pour déguster une bouillie de riz. Le matin, les chasseurs avaient abattu une biche et lui avaient offert une cuisse. Il l'avait réservée pour festoyer avec les jeunes gars du village venus aider Bôn et Miên. Ils partirent. La sœur aînée de Bôn appela ses enfants dans sa chambre, éteignit la lumière. La maison plongea dans l'obscurité. Bôn serrait Miên dans ses bras, passionnément.

« Miên, Miên, ma bien-aimée... »

Il l'appelait dans un murmure exalté, bondit sur son corps, le renifla comme un sanglier.

Il continuait de l'appeler bien qu'elle ne lui répondît pas. Le corps rigide, Miên enfonçait les ongles de ses mains dans les bras de Bôn. Bôn l'appela pour la troisième fois, la couvrit de son corps brûlant. Miên s'écria :

« Non... Non, j'ai peur. »

Bôn s'arrêta :

« Mais de quoi ?

— J'ai peur... Je n'ai pas l'habitude de dormir dans l'obscurité... J'ai peur des fantômes.

— Mais tu es devenue ma femme. Tu ne dors plus avec Tante Huyên, tu dors avec moi. Il n'y a plus à avoir peur.

— Non, c'est impossible. Tante Huyên laisse toujours la lampe allumée. J'ai peur du noir. »

Bôn réfléchit un moment, puis :

« C'est bon. »

Il se laissa glisser du lit, chercha en tâtonnant ses sandales, alluma. Aussitôt, la voix de sa sœur retentit de la chambre d'à côté :

« Pourquoi gaspiller de l'huile en laissant la lampe allumée ?

— La paix !

— Quel idiot ! Allumer le feu la nuit de ses noces ! »

Bôn ne répondit pas. Il posa la lampe dans un coin, la masqua avec un cahier pour empêcher la lumière d'illuminer leur lit de noces. Il murmura :

« Alors, tu n'as plus peur ? »

Miên poussa un long soupir de soulagement :

« Ça va. »

Bôn se pencha sur elle, ouvrit le premier bouton de sa chemise, juste sous le cou de Miên. Elle avait le visage tourné vers la lampe : « Ici, il y a beaucoup plus de papillons de nuit que chez moi. Regarde, ils ont déjà assiégé la lampe. »

Mais Bôn ne l'entendait plus. Il avait entièrement déboutonné la chemise, il enleva ce vêtement encombrant, oublia tout. Il ne se rappelait plus combien de papillons blancs, stupides, avaient été grillés par la lampe. Ils avaient fait l'amour jusqu'à l'aube. Quand il vit la couronne du lilas du Japon se balancer sur le ciel blanchâtre, il descendit du lit, éteignit la lampe. Tous les deux sombrèrent dans un sommeil exténué.

Sans la guerre, nous aurions continué de vivre ensemble. Notre amour serait aussi intense, encore plus intense qu'autrefois... Maintenant, il faut du temps pour le restaurer.

Il avait dix-sept ans, la vigueur d'un homme qui n'arrivait pas à compter le nombre de fois qu'il avait fait l'amour. Un passé fugace, lointain. Trop lointain. En ce temps-là, les jeunes soldats se mariaient précipitamment, juste avant de partir au front. Ils consumaient hâtivement leurs amours comme les éphémères se jettent en tournoyant dans les flammes. Bôn le sait. Néanmoins, ces nuits brèves, passionnées, se sont profondément incrustées dans sa mémoire et refusent tout ce qui menace leur existence. Il a porté en lui ces nuits d'ivresse depuis tant d'années ! C'est certain, elles demeureront en lui, toujours. Toujours.

Il était une fois un vieux général blanchi sous le harnais... La paix revenue, le roi lui demanda s'il préférait un titre de duc ou des terres. Le général déclina le titre de duc. Intrigué, le roi lui demanda : pourquoi préférer une existence de propriétaire terrien aux honneurs et aux richesses de ma cour ? Il répondit : j'ai besoin de la terre car c'est la terre qui nourrit l'homme. Je voudrais avoir trente fils. Je diviserai la terre que Votre Majesté me donnera en trente lopins, j'y élèverai trente maisons. Plus tard, mes enfants suivront mon exemple. Dans deux cents ans, ceux qui porteront mon nom gouverneront toute la région. Le roi éclata de rire : votre barbe touche déjà votre nombril et vous rêvez encore d'avoir trente fils ? Possédez-vous un secret miraculeux ? Le général répondit solennellement : cela fait plusieurs dizaines d'années que mes fils sont enfermés dans mon ventre et attendent impatiemment le moment de leur libération. Il suffit maintenant de choisir un jour faste et d'ouvrir la porte. Et de fait, le vieux général engendra trente fils avant de consentir à quitter ce monde.

Le sergent m'a raconté cette histoire. Miên, ma chérie, je ne suis pas un général, je ne suis qu'un minable caporal, mais j'ai de quoi te donner trois ou quatre fils... Si seulement tu tournais ton regard vers moi...

Miên est toujours debout devant la marmite. L'eau commence à bouillir, la vapeur siffle sur le·bord du récipient, exhale le parfum du basilic, de la citronnelle, des herbes odorantes.

Tante Huyên élève la voix :

« Préparez-vous à vous laver. »

Bôn sursaute. Pendant qu'il se noyait dans ses pensées, la vieille femme sirotait son thé et continuait sans doute de le dévisager. Sans attendre sa réponse, elle continue :

« L'eau bout. Allez vous laver. Je rentre.

– Au revoir, ma tante. »

Elle descend dans la cour en la balayant de sa torche. Miên se précipite de la cuisine :

« Reste dormir avec moi, ma tante. »

La vieille femme hésite un moment, secoue la tête :

« Allons, laisse-moi rentrer. »

Son ombre se fond rapidement dans la nuit.

Bôn jubile. Il n'y a plus que Miên et lui dans la maison, tout sera plus simple. Le parfum âcre de la marmite de feuilles bouillies réchauffe brusquement l'atmosphère. On dirait l'odeur d'une chevelure de femme mélangée à celle de la sueur des ébats, la senteur des nuits printanières, la fragrance des orchidées blanches se flétrissant lentement.

« L'eau est prête. Va te laver. »

Miên porte la marmite dans la salle de bains. Elle allume une nouvelle lampe, monte à l'étage, entre dans sa chambre. Bôn entend le bruit sec d'un loquet. La déception, la honte, l'apitoiement s'infiltrent dans son cœur. Il se penche sur le ballot à ses pieds, en tire un costume chaud relativement neuf, une culotte de lin blanc qu'il vient d'acheter à la gare de Nha Trang, se dirige vers la salle de bains.

Une lampe illumine la salle d'à peu près six mètres carrés, badigeonnée de chaux blanche.

Presque aussi grande que ma chambre jadis, mais plus haute, avec un plafond.

Il contemple le plafond lisse, éclatant de blancheur, sans la moindre petite auréole d'humidité, sans une toile d'araignée. Si propre, si luxueux. Autrefois, en épousant Miên, il l'avait emmenée dans sa misérable chambre. Ses parents avaient laissé en héritage une maison de trois pièces aux murs nus, en briques, avec une charpente en bois recouverte d'un toit en feuilles de latanier. Tà et son fils occupaient deux chambres, lui laissant la troisième. Un paravent de bambou recouvert de vieux journaux séparait les deux domaines. Le jour des noces, les jeunes gens du village avaient couvert ce paravent d'idéogrammes *Bonheur* découpés dans du papier rouge et d'images de tourterelles.

Ta salle de bains est bien plus luxueuse que notre ancienne chambre. Tu as vécu une vie bien différente de la nôtre. Jamais je ne pourrais y prétendre.

Bôn tremble de tous ses membres à cette idée. Sa chambre, son petit paradis, était à peine plus grande que cette salle de bains. Il y avait juste la place de caser un lit et une commode où s'amoncelaient les sacs de maïs, de cacahuètes, de piments séchés. Dans un coin, une jarre de riz. Sur la jarre, la corbeille en osier où la jeune femme conservait ses affaires personnelles. Bôn avait souvent fouillé cette corbeille pour regarder les mouchoirs brodés, le cahier où Miên recopiait des chansons, collait des images. Il y avait aussi une mèche de cheveux de Suong, la petite sœur de Miên. Cette chambre misérable, ces murs bosselés avaient été son paradis. Quand on aime, un rai de lumière s'infiltrant à travers la porte fissurée, un rayon de lune traversant un trou dans le toit apparaissent comme une lumière céleste. Maintenant, dans cette salle de bains propre et parfumée, il se rappelle les lieux de son passé, les images aux couleurs criardes collées sur le papier jauni des journaux, la moustiquaire poussiéreuse suspendue comme un carrelet au-dessus du lit en bois grossier, où s'entassaient des miettes de feuilles sèches, des toiles d'araignée, des cadavres d'éphémères et de mille-pattes.

Aurais-je le courage de la ramener vivre dans cette chambre ?

Il n'ose plus y penser. Son cerveau tournoie. Un coup de vent secoue la porte, le fait sursauter. Il tire précipitamment le verrou. La porte en amboine verni donne à la salle de bains un air rustique. En ville, on l'aurait sans doute remplacée par de l'aluminium ou du plastique de couleur claire. Ici, dans les montagnes, les riches aiment le bois. Pour le reste, tout est comparable aux salles de bains luxueuses du quartier des officiers d'état-major : au lieu d'un fil de fer tendu pour suspendre les vêtements, il y a deux rangées de crochets en acier inoxydable. Au lieu d'une jarre d'eau posée dans un coin, un robinet de bronze planté dans le mur et alimenté par une réserve d'eau située derrière la salle de bains. Dessous, une cuvette neuve en métal émaillé. Une écope en plastique blanche, immaculée, une serviette de toilette empesée, sans un pli. Sur le mur opposé, un miroir ovale. Dessous, une longue boîte en bois contenant des brosses à dents, des tubes de dentifrice, des savonnettes parfumées. Bôn suspend ses habits aux crochets, remarque soudain une culotte courte. Son cœur bondit.

C'est sûrement la culotte de l'homme.

Miên a oublié de la ranger. On dit qu'il est parti en bateau depuis quelques jours pour convoyer le poivre et le vendre à Danang. Bôn regarde, fasciné, la culotte en laine grise rayée de rouge. Inconsciemment, il a suspendu la sienne à côté d'elle. Par leur proximité, ces objets annoncent une confrontation inégale, une lutte inattendue, non programmée, dont le sort était scellé avant même la naissance des deux adversaires.

Éperdu, pétrifié, Bôn fixe du regard la culotte de son rival. Un bref moment plus tard, n'y tenant plus, il la saisit. Il sent la douceur du tissu sur sa peau, il voit la délicatesse de la couture. Il plonge ses bras dans les jambes de la culotte, les écarte pour évaluer la taille de son propriétaire. Il comprend que l'homme a des cuisses volumineuses. Ses fesses doivent être au moins trois fois plus grosses que celles décharnées, rabougries, de Bôn. En corrélation avec ces fesses, ces cuisses, il imagine la verge de l'homme.

Misérable, c'est misérable. Pourquoi me livrer à cette indignité ?

Bôn comprend douloureusement qu'il vient de se jauger, de se tâter comme un paysan vérifie la virilité des mâles qu'il achète pour la reproduction.

Assez, assez de ces considérations honteuses !

Mais il n'y arrive pas. En raccrochant la culotte de l'homme, il ne peut s'empêcher de glisser un regard à sa culotte de lin blanc. C'est un vêtement bon marché qu'on vend étalé sur les trottoirs poussiéreux, aux pieds des passants. Il est grossièrement taillé dans un tissu qui se déchirerait en une saison et cousu à grands points de deux millimètres.

Assez, assez, assez !

Il gronde comme pour maîtriser la bête meurtrie par la honte, la lâcheté qui vient de bondir sur son cœur, l'entraînant dans le gouffre de la défaite. Il ouvre le couvercle de la marmite. La vapeur se projette sur son visage, brûlante, décapante. Cette sensation réveille sa lucidité, l'apaise. Il lève les bras, ferme les yeux, laisse la vapeur couvrir son corps, glisser le long de ses aisselles. Le parfum du basilic, de la citronnelle, des pluchéas d'Inde, adoucit sa douleur, imbibe sa peau, sa chair, en chasse l'amertume et la fatigue...

II

À mesure que la nuit avance, le clair de lune luit davantage sur les couronnes des arbres.

Après la pluie, les feuilles scintillent comme de petits miroirs de cuivre. Elles reflètent la lumière de la lune, l'amplifient à travers des dizaines de milliers de lueurs vertes, éparpillées, qui font chavirer l'espace. Miên fixe des yeux le jardin au-delà de l'embrasure de la porte. Les feuilles et la lumière, dans un jeu débridé, font surgir des formes étranges. Une volée de lucioles s'engouffre dans la végétation, l'illumine brusquement à chaque coup de vent. C'est son jardin. Jamais encore elle ne l'a regardé avec autant d'attention que cette nuit. Parce qu'elle va le perdre.

Miên sait qu'elle devra quitter cette vaste demeure, ce grand verger pour retourner dans la masure délabrée de Bôn, qu'elle n'a plus vue depuis quatorze ans. Bôn n'a pas d'autres biens. En retournant vivre avec lui, elle doit accepter ce que son triste sort lui a réservé.

En faisant bouillir l'eau pour le bain de Bôn, elle avait regardé les cendres voler au-dessus du feu et s'était cent fois demandé pourquoi elle avait décidé de revivre avec son ancien mari. Cent fois, la réponse avait fusé, immédiate, impérieuse, implacable.

Je dois y retourner, il n'y a pas d'autre issue.

Cette pensée avait jailli dans son esprit immédiatement après les paroles du Président. Il avait pris sa sacoche et il était sorti dans la cour. Son dos s'était aussitôt transformé en une proclamation, une pancarte fourmillante de caractères noirs. Des lettres nouées les unes aux autres par des crochets de fer. En bas, un tampon. Miên ne se souvient plus s'il était rond ou carré. Elle sait seulement que cette proclamation a décidé du restant de sa vie. C'était le signe du pouvoir, un ordre auquel nul ne pouvait s'opposer.

Plus d'une fois, son cœur rebelle s'était révolté.

Cette proclamation est clairement le fruit de mon imagination. Personne ne me donne d'ordres. Personne non plus n'a le droit de me conseiller d'abandonner la vie heureuse que je mène. Mon mariage avec Hoan a été approuvé par le ciel et par les hommes.

Chaque fois, la réplique avait fusé.

Mes premières noces aussi ont été approuvées par le ciel et par les hommes. Le ciel répare toujours ses injustices. Le vainqueur sera celui qui revient du front. Il suffit de voir le visage de la foule qui m'entoure pour le savoir.

Bien qu'assise devant le feu, Miên se sentait glacée. La sueur dégouttait de ses épaules, coulait le long de son épine dorsale. Elle eut l'impression qu'on l'enfonçait sous l'eau. Aucune embarcation alentour. Pas même une planche. Son cœur désespéré lui disait pourtant qu'elle appartenait à son second mari, corps et âme, qu'elle ne connaîtrait jamais le bonheur sans lui, que c'était un homme talentueux et noble. Elle avait eu la chance rare de l'avoir rencontré en cette existence, ce serait une bêtise, une folie de le quitter. Miên comprit que son cœur lui disait la vérité. Mais il était trop faible, trop isolé. Dehors, le vaste monde appartenait à d'autres. Un monde grouillant d'hommes. Des millions d'hommes. D'abord, des soldats bien alignés, avançant vague par vague sous les feuilles de camouflage. Ensuite, ses lointains ancêtres, les uns habillés de toile et de soie, les autres d'écorces de chêne et de filoselle, abrités sous un parapluie ou un turban. Une foule des jours de fête. Enfin, entre ces deux foules, ses contemporains : le Président à la chemise blanche, le Secrétaire du Parti avec sa chemise rayée tombant par-dessus son pantalon déteint de soldat, les jeunes délurés dans leurs chemises fleuries aux couleurs criardes ou lamées, les femmes du Hameau dans leurs ternes costumes quotidiens. Tous la fouillaient de leurs regards vindicatifs.

Alors, vous n'allez tout de même pas abandonner notre frère ? Nous avons combattu l'envahisseur, sacrifié notre jeunesse, versé notre sang. Nos corps, nos os, notre chair, enfouis, décomposés dans la terre noire, nourrissent encore la végétation luxuriante de nos champs. Ceux qui ont la chance de revenir vivants devraient-ils être rejetés par leurs proches ?

Les soldats parlèrent les premiers. Leurs voix se répercutaient sur les vagues infinies de leurs unités en marche comme des échos sur les parois de milliers de grottes profondes.

Dans la première rangée, un vieux soldat leva la tête, jeta un regard brûlant dans les yeux de Miên.

Alors, belle femme, répondez ! Vous n'allez pas priver notre compagnon de sa part de bonheur ?

Sa voix résonnait, mi-moqueuse, mi-impérieuse.

Il plissa les paupières en guise de salutation, continua sa route, la figure masquée par les feuilles de camouflage. Le soldat suivant leva la tête, répéta la question. Puis vint un troisième, un quatrième, un cinquième. Les deux suivants étaient vieux, avec des barbes hirsutes. Leurs voix grondaient, menaçantes comme le tonnerre. Et la troupe avançait, avançait, répétait sans repos, sans fin, la question. Ce refrain terrifiant s'amalgamait à la marche militaire, s'enfonçait comme une vrille dans le cerveau de Miên. Elle sentit ses membres flageoler. Leurs regards glacés avertissaient, promettaient le châtiment. Miên ne pouvait ni répondre, ni se boucher les oreilles, ni éviter les regards acérés de ces pauvres âmes errantes qui ne voulaient toujours pas abandonner leur soif de vivre et qui déversaient sur elle la haine née de leurs inextinguibles regrets. Ils continuaient d'avancer dans leur campagne sans fin. Leurs voix se relayaient, résonnaient comme un sombre et féroce roulement de tambour, le tambour qui la convoquait, elle, la criminelle, sur l'échafaud.

Le feu du foyer dansait dans les yeux de Miên. Elle y vit les flammes des brasiers où jadis on brûlait les criminels. Derrière, se dressaient d'antiques tribunaux, ceux que les hommes élevèrent à l'aube des temps de guerre, dans les premiers hivers de l'humanité, quand les humains apprirent à allumer un feu, à vivre en communauté au fond de grandes cavernes.

L'armée s'éloigna, disparut dans le lointain.

Les ancêtres s'avancèrent alors. Turbans de gaze, tuniques de soie, jupes tombant jusqu'à terre, légers, silencieux. Dans l'espace éclairé de lumières pâles, les manches larges et souples de leurs tuniques remuaient, incertaines, mêlant le violet funèbre au noir. La lumière blanchâtre d'une aube naissante dans les ténèbres de forêts pourrissantes. Ils s'avançaient vers elle, majestueux et, lentement :

Alors, mon enfant, as-tu bien réfléchi ? L'être humain doit savoir se sacrifier pour payer ses dettes de reconnaissance. La femme décente doit d'abord apprendre à maîtriser ses désirs. Il est difficile d'agir selon la justice, mais nous devons savoir le faire. Le ciel a créé la femme pour qu'elle soit la poutre maîtresse de la maison, qui supporte le toit, pour que dans son lait elle transmette notre humanité aux générations à venir. La femme qui ne sait pas se sacrifier, la femme sans noblesse et sans vertu ne remplit pas son devoir.

Les vieilles femmes qui ne chiquaient pas le bétel écoutaient en silence les sermons des vieillards. Elles tirèrent sur les quatre pans de leurs tuniques, tournèrent le dos, s'en allèrent d'un pas imposant. Les vieillards maigres, desséchés, les yeux étincelants, la voix lente, lugubre, laissaient chacun de leurs mots glacés s'envoler comme un oiseau de malheur. Puis, s'appuyant sur leurs ombrelles, ils se dirigèrent vers les brumes de l'est. Leurs voix sombres et tristes claquaient comme des battements d'ailes dans une grotte dont les parois renvoyaient sans fin les mystérieux et tyranniques échos.

La troupe antique dérivait comme une nuée à l'horizon. En un tableau mouvant, les pantalons blancs des hommes batifolaient entre les jupes noires, ondulantes des femmes.

Puis viennent les vivants. Ils se précipitent sur elle telle une marée, l'assiègent de tous les côtés. Les proches comme les étrangers. Subitement, leurs visages, leurs regards deviennent froids, implacables. Terrorisée, Miên reconnaît des gens qui venaient habituellement chez elle quémander un cachet d'antibiotique pour un enfant frappé par la pneumonie, un peu de miel pour la toux d'une vieille mère, emprunter une pompe pour arroser un champ ou de l'argent pour les courses. Ces gens d'ordinaire si amicaux, suppliants,

47

arborent soudain des masques de juge. Comme si le retour de Bôn les autorisait à inverser leurs rapports. Maintenant, c'est à elle de subir leurs jugements. La femme la plus riche du Hameau tombe soudain dans la déchéance devant le tribunal de la conscience.

Alors, vous avez compris où est votre devoir ? Ou bien la fortune et le luxe vous ont-ils aveuglée au point de vous faire tourner le dos au mari des temps difficiles ? N'oubliez pas que toutes les familles vietnamiennes ont envoyé leurs enfants à la guerre. Le destin de Bôn est aussi celui de tous les hommes qui ont sacrifié leur jeunesse sur le front, qui ont payé pour que d'autres jouissent en paix de leur vie. En son drame se retrouve un peu de la douleur de nos proches. Nous sommes avec lui...

Oui, même s'ils se taisent, Miên comprend qu'ils sont pour Bôn. Tous. Ils l'assiègent de près, de loin, sur la route, dans la cour, à l'intérieur de sa propre maison... Ils la fouillent des yeux. Comme des flèches aiguisées, leurs regards transpercent la peau de son visage, se vrillent dans sa chair. Miên se souvient soudain d'avoir observé une fois le chien de chasse de son vieux voisin aux aguets pendant toute une matinée. Elle en a été épouvantée. Elle a admiré la détermination, la ténacité de l'animal. Ceux qui l'assiègent aujourd'hui ont le même regard, les mêmes lueurs dans les yeux, exaltées, vigilantes, jamais distraites. Une attente surexcitée, obstinée, cruelle, sensuelle. La sensualité de ceux qui tendent le filet et guettent l'instant où il se referme sur le gibier.

Il n'y a pas d'autre issue.

Le destin a voté pour Bôn. Elle mourra si elle osait s'y opposer. Elle doit revenir vers Bôn, renouer la vie conjugale d'antan, reprendre un amour éteint, fané, l'amour d'un fantôme errant aux abords d'un cimetière.

Autrefois, autrefois... Comment ai-je vécu avec Bôn ? Il y avait eu un été torride, des jeunes filles du Hameau qui nous taquinaient...

Miên se rappelle les flamboyants le long des collines, au bord de la route qui menait à l'orée de la forêt. Tout l'été, leurs fleurs épanouies embrasaient le ciel. Elle était alors petite, maigre, fragile. Un jour, alors qu'elles allaient chercher des fagots, ses amies l'avaient poussée dans un ruisseau et s'étaient enfuies. Elles couraient, les fagots sur l'épaule, hilares :

« Eh, Miên ! Tâche de t'en sortir ! Demain je te donnerai une poignée de maïs grillé.

– Eh, Miên ! Barbote comme le chien pour revenir à la berge, demain je t'apprendrai la brasse. »

Elles ne savaient pas que leur plaisanterie marquerait un tournant imprévisible dans la vie de Miên. Miên ne savait pas nager. Ceux qui ne savent pas nager sont toujours terrorisés par l'eau. Dans son enfance, le père de Miên l'emmenait souvent au lac de Trang Nguyên, à quelques rizières de chez eux. Par tous les moyens, il avait essayé de lui apprendre à nager. Il la jetait dans l'eau en la suspendant avec une corde autour de la taille. Il la soumettait aux morsures d'une libellule, sur le nombril [1]. Il l'attachait à une barque. Rien n'y fit. Dans des existences antérieures, Miên avait sans doute été un monstre marin exilé pendant des milliers d'années dans les profondeurs des océans. Redevenue humaine, elle refusait de revenir sur les lieux de ses malheurs.

---

1. Selon un dicton populaire, celui qui est mordu au nombril par une libellule sait aussitôt nager.

Après maints échecs, son père renonça en soupirant et dit à sa mère :

« Cette petite vivra sans doute toute son existence dans les montagnes. »

Il mourut quelques années plus tard et sa prédiction se réalisa. Miên emmena ses puînés vivre avec tante Huyên dans le Hameau de la Montagne. Elle ne pensait pas qu'ici même, elle aurait à affronter les courants, ce danger qui hante en permanence ceux qui ne savent pas nager.

Les amies de Miên croyaient qu'elle allait barboter tant bien que mal jusqu'à la rive et qu'elles en riraient le lendemain. Mais Miên avait glissé et elle était tombée dans le lit du torrent. Le cours d'eau n'était pas très profond, mais il était tapissé de rochers recouverts de mousse glissante. Miên dérapait d'un rocher à l'autre, toujours plus loin de la berge, dans une eau toujours plus profonde. Rassemblant son courage, elle tenta de s'en extraire. Mais l'eau envahit ses narines, son esprit chancela, ses yeux s'obscurcirent. Elle ne pouvait plus crier à l'aide car l'eau lui arrivait déjà jusqu'au nez. Elle crut qu'elle allait sombrer. Juste à ce moment, Bôn arrivait, une palanche de fagots à l'épaule. Le jeune homme bondit prestement de rocher en rocher, plongea dans l'eau, en retira Miên. Sur la berge, Miên ne sortit de son étourdissement qu'un long moment plus tard. Bôn lui apprit à sautiller en penchant la tête pour évacuer l'eau de ses oreilles, à souffler violemment en se pinçant le nez pour rejeter l'eau accumulée dans les voies respiratoires, à se masser les tempes et les narines pour éviter un refroidissement. Ils restèrent au bord du ruisseau jusqu'à ce que Miên retrouve enfin ses esprits. Bôn rit alors :

« Tu as eu peur, non ?

« – Oui, très peur.

– Attends, demain je donnerai une leçon à ces gamines.

– Non.

– Pourquoi ?

– Je ne veux pas susciter la haine et la rancune. »

Les habits de Miên commençaient à sécher, elle dit : « Rentrons. »

Ils se levèrent. Bôn fixait des yeux la peau blanche du cou de Miên.

« Tu as la peau vraiment très blanche.

– Comment ça, blanche ?

– Mais oui, blanche comme du coton. Même tes poignets le sont. »

Bôn déclama alors un poème populaire familier :

> « J'ai parlé et j'ai pris ton poignet
> Qui donc lui a donné cette blancheur, cette
> [rondeur... »

« Tu permets que je prenne ton poignet ? »

Miên rougit, garda le silence.

Bôn dirigea son regard sur les seins d'adolescente de Miên, qui palpitaient sous sa chemise mouillée.

Leur amour naquit en ce jour. Miên ne se souvenait plus des jours suivants. Ils s'étaient souvent donné rendez-vous sous le flamboyant au bout de la colline. Quand il était en fleur, les ananas étaient mûrs. Chaque fois, Bôn reniflait la peau blanche du cou de Miên comme un cochon gourmand plonge son groin dans l'auge de son. Ils avaient le même âge. Bôn força Miên à jurer qu'elle l'appellerait *grand frère* après leur mariage.

En temps de guerre, le mariage ressemblait à l'accomplissement d'un devoir ou à un cadeau que les villageois offraient aux jeunes gens avant leur départ à la guerre.

> « Demain, je prendrai la route, demain j'irai
> [au front... »

Ce chant résonnait sans arrêt sur les lèvres des jeunes filles comme sur celles des femmes âgées. Le Comité du village désignait le maître des cérémonies. Des adolescents de quatorze à quinze ans jouaient les témoins pour le marié. Du côté de la mariée, c'étaient des femmes de dix-sept à trente-cinq ans. Des vêtements propres, stricts, des garçons bien peignés, des femmes avec des fleurs aux cheveux. Bôn, le marié, était le dernier jeune homme de dix-sept ans du village. Quarante-deux jours après ses noces, il serait mobilisé. *Comment ai-je vécu après ces noces sommaires ? Je ne m'en souviens plus. J'ai quitté la chambre de Bôn le jour même où il est parti. La vie dissipée de Tà me faisait horreur. Je ne me rappelle plus rien d'autre. Ma mémoire est noire comme la fumée des brûlis...* Miên fouille sa mémoire, interroge son passé. Mais en dehors du souvenir de sa noyade et de l'éclat écarlate des flamboyants, Bôn n'a rien laissé d'intense dans son cœur. Les vieux souvenirs sont trop minces, trop lointains, comme la silhouette d'un banian sur un débarcadère abandonné. Le débarcadère se trouvait en amont du fleuve. Comme une barque, sa vie a suivi le courant, descendu le fleuve pour se jeter à la mer.

La femme tend la main à travers la fenêtre, saisit une branche d'oranger. Les feuilles étaient froides, imprégnées de brume. Elle se souvient de chaque oranger du jardin, de son pied blanchi à la chaux, de son numéro. La variété des Bô Ha vient du Nord, les orangers de Malaisie ont été achetés dans les ports du Sud. La sueur, l'argent, les espérances de son couple. Comme cette demeure, ces plantations de poivriers, de caféiers qui s'étendent à travers les collines alentour. Comme la réserve d'eau de pluie en ciment derrière la cuisine, le puits et son eau limpide, les pivoines, le lierre de la cour, les buissons de jacinthes de nuit dans le coin du jardin, les aristoloches le long du muret fleuri. Tout porte le sceau d'une vie heureuse et dense, tout parle d'amour et d'espoir.

Pourquoi le sort me place-t-il dans cette situation grotesque ? Je n'ai jamais fait de mal à personne. Je n'ai jamais trompé personne. Je ne me suis jamais enrichie sur le dos de quelqu'un...

Miên gémit, sachant que personne ne lui répondra. Il lui faudra quitter cette existence douce et chaleureuse, remonter le temps, retrouver une ombre douteuse, les cendres d'un ancien amour, les vieilles racines du banian sur l'embarcadère d'il y a quatorze ans. Elle sait qu'elle s'y noiera. Elle doit malgré tout s'y jeter, accepter le destin que le sort lui a réservé.

J'ai peut-être contracté une dette envers Bôn dans une existence antérieure, une dette que je n'ai pas encore entièrement réglée en cette vie.

Il est neuf heures du soir. La lune dorée, resplendissante, traverse les barreaux de la fenêtre, frappe le visage de Bôn. Sa lumière éblouissante le force à ouvrir précipitamment les yeux bien qu'il ne les ait fermés que pour la forme. Il ne dormait pas. Le clair de lune, étrangement lumineux, semble éveiller une aube au milieu de la nuit. Bôn se croise les mains sous la nuque, regarde le ciel. Il sent, sous ses mains, le bois lisse et dur, froid comme du marbre. Le lit est fait de quatre variétés de bois de fer. Il est si lisse qu'on dirait de la porcelaine ou du marbre noir poli. La lune illumine les motifs de nacre incrustés aux coins du lit. Chaque motif semble vivant, la grappe de raisins comme les marguerites, la licorne comme le phénix. Des lueurs mauves, rose pâle ou coquille d'œuf, luisent tour à tour en d'étranges reflets. Ces nacres d'escargots coûtent cher, il le sait. Il n'en a vu que deux ou trois fois à Saigon. Il se console :

Luxueux ou misérable, ce n'est en fin de compte qu'une planche pour s'allonger. Quand on aime, le bonheur se vit même dans une botte de foin.

La fraîcheur de la planche lisse et luisante s'infiltre dans sa chair. Une fraîcheur épineuse.

Dans sa chambre, Miên s'affaire à ranger. Elle semble plier des vêtements. Les portes du placard grincent, regrincent. Apparemment, elle fouille une malle. Le bruit d'un objet qui tombe lourdement. Le froissement du papier. Bôn n'ose ni l'appeler ni frapper à la porte. C'est la chambre de l'autre homme, la pièce où Miên et lui font l'amour, où leur fils dort. Maintes fois, il a tenté de chasser ces pensées. Mais elles reviennent toujours, torturant ses entrailles comme dans ses crises de dysenterie.

Moi aussi, j'ai couché avec d'autres femmes. Alors, pourquoi cette obsédante jalousie ?

Non, non, cela n'a pas de commune mesure. On ne peut comparer un festin de mets fins avec les victuailles grossières glanées le long des chemins dans l'espoir de calmer la faim. Ce n'étaient que des patates en fin de saison, tarées, pourries.

Admettons qu'il en soit ainsi. Mais ce n'est pas la faute de Miên.

Elle n'est pas en faute, mais elle a eu la possibilité de choisir, de vivre comme elle l'entendait. Elle a joui de tout ce qu'une femme peut désirer. Elle a connu le bonheur avec cet homme. Elle n'a jamais eu à souffrir comme moi...

Tu jalouses une femme, qui n'est autre que la femme que tu aimes... Es-tu encore digne d'être un homme, sans parler d'être un soldat ?

Je me fous d'être digne ou non du titre d'homme, je me fous de l'honneur d'être un authentique soldat... Je suis un homme ordinaire. Je veux ma part de riz en ce monde. J'ai été le mari de Miên. Pourquoi devrais-je tant souffrir aujourd'hui ?

Ta rancœur est insensée. Ta femme n'est pas en faute dans cette histoire.

Je le sais, elle n'est pas en faute. Mais pourquoi, tout à l'heure, n'a-t-elle pas comblé le vide qui creuse mon cœur ? Elle n'a même pas partagé l'interminable solitude que j'ai supportée quatorze années durant. Elle a apporté le plateau, elle a allongé la mèche de la lampe, et elle m'a laissé manger tout seul pour aller laver et sécher ses cheveux. Puis elle s'est précipitée dans sa chambre et s'y est barricadée avec son fils. Elle ne veut plus me regarder en face. Je suis de trop en ce monde.
Dévorante, chaque crise de jalousie cristallise dans son âme un sel amer.

La lune toujours luit. Un ciel sans nuage, limpide comme du cristal. Des battements d'ailes résonnent dans le jardin. Et, de nouveau, le silence.

Miên dort-elle ? Comment peut-elle se montrer si ingrate envers lui ? Quoi qu'il en soit, ils ont partagé la même couche. Quatorze ans. Combien de mois, de jours nostalgiques. Lui, l'éternel assoiffé, il est maintenant au bord de la source mais n'ose pas y tremper ses lèvres.

Elle a peut-être sombré dans le sommeil à cause de la fatigue. D'ordinaire, les femmes et les enfants tombent de sommeil après avoir longuement pleuré.

Il se fige sur le lit, les mains sur le ventre, les oreilles intensément tendues, guettant le moindre bruit de l'autre côté du mur. Il n'entend que le balancier de la pendule rythmer le temps dans le silence. Bôn regarde la coulée de lumière s'étaler sur sa poitrine, sur son ventre comme s'il espérait voir jaillir d'elle quelque événement heureux. Mais rien ne se produit, seul résonne le carillon des insectes, de plus en plus exalté, de plus en plus provocant, à mesure que la nuit avance.

Une demi-heure plus tard, l'enfant grommelle en rêve et pleure vaguement.

« Allons, allons, dodo, mon enfant. »

La mère le console, le caresse, chante une berceuse d'une voix légère, limpide : « Quand les marécages du Tam Giang sécheront... »

Elle ne dort pas. Elle serre son fils dans ses bras, elle se désintéresse totalement de moi. Elle me traite comme un vagabond venu mendier un repas et un abri pour la nuit.

Bôn se relève brutalement. De honte, le sang reflue sur son visage. Il bondit vers la porte de la chambre, frappe :

« Miên, Miên... Sors, j'ai à te parler. »

Miên ne répond pas.

Bôn chancelle de rage. Il voit les objets alentour s'obscurcir. Il tambourine contre la porte à coups de poing, il hurle :

« Miên, Miên ! Tu m'entends ?

– J'entends », répond Miên d'une voix calme, froide.

Cette voix tombe comme une douche glacée sur la colère de Bôn. Il se pétrifie devant la porte de la chambre. Un moment plus tard, Miên continue :

« Mets-toi devant la table et allume les chandelles. »

Bôn traîne encore un moment sur place, incapable de refréner son violent désir. Il attend qu'elle passe la porte pour être près d'elle, pour renifler l'odeur de sa peau, le parfum de sa chair, pour ressentir le souffle de Miên effleurer son visage.

Mais Miên répète d'une voix cassante :

« Allume ! »

Bôn sent son visage brûler. Il se retourne, se dirige vers la table, cherche à tâtons la boîte d'allumettes, allume les bougies. Il entend alors une clé tourner dans sa serrure, un loquet qu'on retire. Miên pousse la porte, sort :

« Assieds-toi. »

Et elle s'installe en face de Bôn, de l'autre côté de la table. Bôn s'assied, le cœur bouillonnant.

Mais pourquoi lui obéir comme une marionnette, pire, comme un domestique ? De quel droit m'oblige-t-elle à m'asseoir ?

À peine assis, il se relève. Ne sachant que faire, il va et vient Bôn la salle, les mains enfoncées dans ses poches, exactement comme le faisait son sergent. Il voit son reflet dans le miroir, dans la glace de l'armoire à thé, dans les vitres des fenêtres. Un type maigre, brun de peau, un visage affligé. Inconsciemment, il se dirige vers le grand miroir accroché au mur, lève les yeux. Un regard égaré sous des sourcils rectilignes le fixe.

Assez, assez. Asseyons-nous, cessons de faire l'idiot...

Comme des yeux de braise, les cinq chandelles flamboient d'un regard humain. Elles dansent, elles tremblent, elles tournoient, elles se démultiplient en centaines d'autres regards dans le miroir, la glace, les verres et les objets brillants. La maison resplendit, solennelle comme un lieu de culte. La femme habillée de soie vert foncé, assise derrière l'immense table, apparaît soudain comme une grande dame, noble, étrangère. Bôn prend peur, mais du fond de son âme, l'homme blessé, humilié, qui n'a plus rien à perdre, se redresse.

Quoi qu'il en soit, ce n'est que Miên, la petite fille timide que j'ai tirée du ruisseau, la femme que j'ai eue non pas une fois mais des centaines de fois. Elle a un grain de beauté rouge sous le sein gauche, je le sais.

Il s'avance de quelques pas, les mains sur les hanches, dans une attitude de feint détachement, mais il se sent soudain gauche et se résout à s'asseoir face à Miên. Pendant tout ce temps, les bras croisés, Miên regarde par la fenêtre. Un long moment après, elle n'a pas encore tourné la tête vers Bôn. Les flammes des chandelles illuminent sa peau blanche de lueurs roses. Sur sa tempe, juste dans le prolongement de ses cils, Miên avait un petit grain de beauté marron pâle. Maintenant, il a grossi, il a noirci, il est devenu un point noir soulignant le regard noir, mystérieux de Miên, un regard qui le hante depuis quatorze ans.

Ne supportant plus d'attendre, Bôn dit d'une voix rauque :

« Vas-y, Miên, parle ! »

Elle ne quitte pas des yeux la fenêtre illuminée par une lune dorée.

« C'est toi qui as demandé à me parler. Je t'écoute. »

Bôn s'étrangle.

Elle a raison. C'est moi qui ai demandé à lui parler.

Mais il ne sait pas par où commencer. Pendant qu'il tourne en rond dans sa tête à la recherche d'une issue, le désir le submerge. Il regarde le visage de Miên, il se voit en train de la déshabiller sur le lit inondé de lune, de contempler sa peau laiteuse, de lui faire l'amour, âprement, comme il l'a tant rêvé.

Incapable de trouver un commencement logique à son discours, il dit précipitamment, d'une voix saccadée :

« Nous sommes mari et femme, nous l'avons été. On ne peut pas... »

Mais en entendant sa propre voix résonner dans la vaste demeure, Bôn ne sait plus quoi dire, il baisse la tête, se tait. Miên ne répond pas. Elle semble fatiguée, ennuyée. Elle continue de regarder fixement la fenêtre illuminée par le clair de lune. Un éphémère plonge sur la flamme d'une chandelle, l'éteint. Elle frotte une allumette, la rallume.

L'horloge pendue au mur rythme le temps de son tic-tac. Un long moment s'écoule. Miên dit lentement :

« Nous étions mari et femme il y a quatorze ans. Aujourd'hui, je suis mariée à Hoan. Le village et la commune ont constaté ces deux faits. Je t'ai épousé après publication des bans, de manière officielle. Mon mariage avec Hoan a aussi été entériné par le tampon de l'administration, après publication des bans. Maintenant, tu reviens. Que veux-tu ? »

Dans sa voix glacée passe un peu de mépris. Bôn comprend que c'est lui qui est mis en demeure de faire le choix le plus honorable.

Non, non, peu m'importe l'honneur. J'ai besoin de serrer dans mes bras la femme que j'aime. J'ai besoin d'elle. L'honneur ? Ce mot sonne agréable-

ment à l'oreille mais ce n'est qu'une illusion. Il n'y pas d'honneur qui puisse se comparer au plaisir que donne la femme qu'on désire.

Il se racle la gorge. Il sent ses mains trembler. Le tremblement se propage à tout son corps. Il comprend que Miên a le droit de choisir entre lui et son actuel mari. Le village, la commune, la morale traditionnelle ont beau le soutenir, être ses solides alliés, c'est à Miên que revient la décision.

Il s'efforce de réprimer son tremblement :

« Miên, je t'aime, je t'aime. Toutes ces années, je ne t'ai jamais oubliée un seul jour. Je ne savais rien de l'avis de décès. »

Ce n'était pas une réponse. C'était une prière, une supplication. Une justification unilatérale qui ne réclamait aucune réponse. Bôn comprend qu'il vient de tenter sa dernière chance.

Miên garde le silence.

Humilié, Bôn entend résonner dans sa tête des voix enchevêtrées, chaotiques.

Du courage, soldat ! Dans une telle situation, n'importe qui serait parti. Partout en ce monde on peut trouver à se nourrir, on peut trouver une femme, dans l'honneur. Pourquoi ne pas réagir en honnête homme ?

Non, non. Je me moque des hommes d'honneur. Je ne peux pas agir comme eux. Ils ont encore la possibilité de refaire leur vie. Moi, non. Cette femme est tout ce qui me reste en ce monde. Je dois la reprendre à n'importe quel prix.

Mais elle est mariée, elle mène une vie heureuse. Tu ne peux pas détruire son foyer.

Je lui bâtirai une autre demeure. Je suis jeune encore. Nous avons le même âge. Avec le temps, nous aurons tout...

Tu rêves ? Elle possède le plus grand patrimoine de la région, les plus vastes plantations de la province. Où trouveras-tu les ressources pour lui assurer la vie que lui apporte cet homme ?

Si je n'avais pas été mobilisé ces quatorze dernières années, j'aurais aussi pu édifier une fortune comme les autres hommes. J'ai de la force. Je sais lire. J'ai un brevet d'études comme lui. J'aime Miên. Cet amour m'aidera à vaincre tous les défis.

Cela se peut. Mais si elle ne t'aimait plus ?

Bôn n'ose plus continuer le dialogue intérieur. Il pressent que Miên s'est donnée à un autre homme mais son cœur refuse de le reconnaître.

J'ai sept ans de moins que lui. La jeunesse est un bien sans prix, nul ne peut l'acheter. La foule est avec moi. Elle ne soutient pas ce type lisse et rose qui a déjà trop profité de sa chance. La jalousie et la rancœur des gens seront mes alliées.

Et de fait, son cœur passionné lui a indiqué la bonne voie. La jalousie et la rancœur, comme un instinct, imprègnent en permanence l'esprit des paysans. La médiocrité et la bassesse recèlent une force supérieure à celle des gens d'honneur car elles ne connaissent ni loi ni règle, ne dédaignent aucun mensonge, aucune fourberie. De tout temps, quiconque vit dans les villages et les communes doit obéir sans discuter à la volonté silencieuse des masses s'il ne veut pas être isolé, attaqué de tous les côtés. « Les décrets royaux cèdent le pas aux coutumes du village [1]. » Les femmes qui osaient s'opposer aux masses ont toujours dû quitter le village pour vivre d'expédients ou se prostituer dans les villes. Même après être parties, quand elles

_____
1. Dicton vietnamien.

reviennent, elles subissent des pressions impitoyables que le temps n'adoucit jamais. La loi formellement inscrite dans les textes n'a aucune valeur, aucune force face à cette loi invisible, jamais promulguée. Bôn comprend que ce vrai pouvoir est de son côté. C'est un fruit mûri pendant quatorze ans, la récompense de quatorze années de dénuement et de souffrance.

Pourquoi devrais-je renoncer à la récompense que m'accorde la société alors que j'ai sacrifié ma jeunesse pour le bien commun ? Je suis un homme en chair et en os. Comme tout le monde, je veux ma part de bonheur. Que ceux qui veulent devenir des saints le fassent pour leur propre compte !

Tu veux abuser de ta situation pour forcer la femme que tu aimes à revenir vers toi. C'est déshonorant.

L'honneur n'est pas palpable. Le bonheur, on peut le saisir et le serrer dans ses mains. Ma part de dignité, je l'ai consommée dans la guerre. Je n'ai pas trahi la patrie, je n'ai pas déserté, je n'ai pas volé un poulet ou une patate au peuple quand j'avais faim. Ma conscience est tranquille de ce côté. Maintenant, j'ai besoin de la femme que j'aime.

Bôn sent son âme s'apaiser. Il a décidé. Il sait que le destin d'un homme se décide souvent dans un éclair. Il peut le mener vers les cimes ou le précipiter dans le gouffre. Le moment décisif dure à peine le temps d'un clin d'œil, d'un souffle de vent. Il ne peut pas singer l'homme d'honneur. Au bord de l'abîme, il doit s'accrocher, quand même il devrait s'agripper aux herbes, mordre dans la pierre, quand même il devrait tout perdre en échange... Il ne peut pas perdre Miên. Son cœur bat la chamade. Le roulement du tambour l'appelant à l'armée. La musique d'un jeu dangereux.

Miên reste silencieuse, regarde, hébétée, la tache de lune sur le lit. Elle s'est amincie en un filet le long de la fenêtre sud. Les chandelles ont presque entièrement fondu. La cire recouvre les feuilles de vigne gravées sur le chandelier. Un coq lance un chant tonitruant. Un chant solitaire, lointain. Puis tous les coqs du Hameau lui répondent. Les poules se mettent à caqueter dans la cour. Le vacarme s'apaise lentement pendant que monte en écho du fond de la vallée, de l'autre côté des collines, les chants vibrants de milliers de coqs de bruyère.

Le chant des coqs réveille la femme. Elle prend une tige en cuivre au pied du chandelier, écarte des bougies la cendre des mèches. Lentement, elle dit :

« C'est bon, je ferai mon devoir envers quelqu'un qui a mérité du pays, du peuple. Je reviendrai avec toi. Mais j'ai besoin d'une semaine pour arranger mes affaires ici. La semaine prochaine, Hoan sera de retour. Une semaine plus tard, je viendrai m'installer dans ta chambre. Cette nuit, reste dormir ici en invité et n'essaie pas de me toucher. Dans la demeure que je partage avec mon mari, je ne tolérerai aucune indignité. » Et elle se lève.

« Si tu n'as pas envie de dormir, laisse allumé. Éteins seulement quand tu veux dormir. J'ai de quoi éclairer ma chambre. »

Elle rentre dans sa chambre, referme la porte. Bôn entend nettement la clé tourner dans la serrure, le grincement sec et violent du loquet. La honte l'écrase. Il se mord la langue et se dit :

C'est bon. C'est déjà une grande chance pour moi. Il faut savoir attendre. Le temps me rendra ce qu'il m'a pris. Le sergent l'a dit : dans cette vie, c'est le plus endurant, le plus obstiné qui gagne.

Bôn éteint les bougies, s'allonge sur le lit, les mains sur le ventre.

Un rai de lumière filtre sous la porte de la chambre de Miên. Il le regarde et rêve d'une lampe au pied jonché de cadavres de papillons de nuit, d'un coin de ciel où se balance une branche de lilas du Japon, des nuages laiteux d'une aube silencieuse, envoûtée.

III

Les gars du village se sont rassemblés chez Bôn dès l'aube. De grands gars musclés, choisis parmi les jeunes de la commune. C'est l'équipe des volontaires de la Jeunesse communiste[1] de la commune chargée d'aider les combattants handicapés lors de la moisson ou des travaux lourds. Bôn n'est pas handicapé, mais sa famille est si pauvre, si esseulée que le Comité du Parti a décidé de mobiliser l'équipe pour l'aider à réparer sa maison avant qu'il n'y accueille Miên. Les jeunes gens ont apporté leurs propres provisions pour le petit déjeuner. Ils ne réclament que du bon thé avant de se mettre au travail. Heureusement pour Bôn, la veille, le vénérable Phiêu lui a donné un paquet de thé de première qualité :

« Vous ne trouverez pas de ce thé par ici. Prenez, servez-le aux ouvriers demain matin. »

De fait, il est impossible de trouver cet excellent thé du Nord-Vietnam. C'est un luxe rare pour les montagnards du Centre, planteurs de caféiers, qui ne boivent d'ordinaire que du thé vert ou du *vôi*[2].

Le thé est prêt. Son parfum pénétrant, sa couleur

---

1. Organisation de masse du Parti communiste vietnamien.
2. Décoction de feuilles que les pauvres boivent en guise de thé.

d'ambre provoquent des exclamations admiratives, font jaser bruyamment les jeunes gens :

« Je ne sais pas quel grade a *oncle* Bôn. Mais aujourd'hui, le voilà connétable à la tête de vingt-cinq petits troupiers. Qu'il donne ses ordres !

– Je propose au Secrétaire de la cellule [1] de ramener son titre d'*oncle* à celui de *grand frère*. *Grand frère* Bôn n'a qu'un peu plus de trente ans. L'appeler *oncle*, c'est le rapprocher des anciens du village.

– C'est ça. La maison réparée, il accueillera *sœur* Miên pour produire quelques gamins. L'appeler *oncle*, c'est lui jeter un mauvais sort.

– Pardon, camarades, même les grands-oncles et les grands-pères paternels ou maternels en sont capables, alors que dire des oncles. Le mois dernier, le vénérable Phiêu n'a-t-il pas eu un fils, à soixante-neuf ans ? On dit en pareil cas : "Plus l'huître est vieille, plus précieuse est la perle."

– Facile à dire. Qui peut se comparer au vénérable Phiêu ? Il possède d'immenses plantations. Son troupeau compte en permanence quatre-vingts à quatre-vingt-dix têtes. Plusieurs fois par mois, il choisit le plus vigoureux des boucs, l'égorge et recueille son sang pour le boire macéré avec de l'alcool. Quant au pénis et aux testicules, il les fait mijoter à la vapeur avec des herbes médicinales du Nord et du Sud, inondant le voisinage de leur parfum.

– Quel imbécile ! Les herbes médicinales du Nord et celles du Sud s'utilisent différemment. Comment peut-on les mélanger ainsi ? »

Bôn écoute les jeunes discuter en préparant le thé. Leurs conversations lui semblent étranges, éveillent sa

---

1. Du Mouvement de la Jeunesse communiste.

curiosité. Il y a tant à apprendre dans une vie humaine. Il s'est éloigné trop longtemps de la vie ordinaire pour pouvoir s'y réintégrer. Dans sa vie de soldat, il a parfaitement appris à manier les armes, à éviter les diverses variétés de bombes et de mines, à poignarder l'adversaire dans les assauts au corps à corps, à panser les blessures, à dépister les traces de l'ennemi, à distinguer les variétés de terrain pour creuser des tranchées ou enterrer des mines. Il découvre soudain qu'il existe d'autres savoirs : préparer des médicaments avec les organes génitaux des boucs, les plantes médicinales du Nord ou celles du Sud, pour pouvoir engendrer un fils à soixante-dix ans.

Qui sait, j'aurai peut-être besoin de cette recette un jour ? Un domaine vierge, que je dois défricher. L'inquiétude l'envahit. Il tente de se tranquilliser. *Il n'y a rien à craindre. Je suis encore jeune. Avec de la patience, j'apprendrai tout ce que je voudrai. Autrefois, les instituteurs et les institutrices mettaient leurs espoirs en moi. Maintenant, j'ai Miên. Elle reviendra dans une semaine. Comme tout le monde, j'aurai un foyer. Je défricherai les terres vierges.*

Ayant bu, les jeunes gens se lèvent d'un seul élan : « Allons, mon général, utilisez nos forces à plein régime. Nous ne pouvons vous aider que pendant trois matinées. Après, nous avons à faire dans d'autres hameaux. »

Les jeunes se mettent à l'œuvre. Bôn défriche péniblement le jardin. Il a décidé d'y planter d'abord du basilic. Il se rappelle la nuit chez Hoan, l'eau parfumée avec laquelle Miên lavait ses cheveux. C'était une décoction d'écorces et de fleurs de basilic mélangées avec des feuilles de pamplemoussier et des peaux de pamplemousse séchées. Son jardin est trop petit pour qu'il y mette un pamplemoussier. Il doit planter rapidement du basilic pour que Miên ait des feuilles pour se laver les cheveux. Il n'est pas en mesure de lui bâtir une maison somptueuse, illuminée par les chandelles comme celle de l'autre homme. Mais en contrepartie il lui apportera son amour, sa sollicitude, ses soins.

Je ferai tout pour toi. Tu resteras à mes côtés. Nous sommes encore jeunes. Nous reconstruirons ensemble une nouvelle existence.

Bôn pioche la terre deux heures durant. Il sent la fatigue l'imprégner. Il se résout à s'arrêter. Les jeunes filles du détachement des volontaires lavent le riz, secouent bruyamment les paniers, préparent le déjeuner. Le pouvoir communal a lancé une quête auprès des familles fortunées pour procurer à Bôn le riz et les aliments pour plusieurs dizaines de personnes pendant trois jours. Le vénérable Phiêu a donné trente kilogrammes de riz et la moitié d'un bouc, et madame Gia, deux sillons de choux de son potager. Bôn n'a plus qu'à acheter le sel, la saumure de poisson, un peu de lard pour cuisiner les plats. Les marmites, les casseroles, la vaisselle ont été empruntées au voisinage. La famille de Tà ne possède rien de présentable. Bôn se sent humilié. Mais il n'a pas d'autre choix. La veille, il a dit à Tà :

« Demain, ils viendront réparer ma chambre. C'est aussi ta maison qu'ils répareront, alors, viens donner un coup de main à la cuisine. »

Tà secoua la tête :

« J'ai des dettes. Nous devons travailler pour les rembourser. »

Bôn le sait, personne ne peut faire entendre raison à sa sœur, une femme primitive, le sujet de toutes les plaisanteries salaces des hommes de la région. Tà vit comme une herbe, une plante, indifférente aux moqueries licencieuses de la rumeur. Le ciel l'a dotée d'un appétit sexuel débordant, bestial, en dépit de l'âge, du temps, de la misère. L'année de ses quinze ans, en allant en forêt ramasser les fagots, Tà rencontra un bûcheron venu de la lointaine province de Thanh au Nord. Elle le ramena à la maison. En ce temps-là, leurs parents étaient morts, Bôn plongeait dans ses études, travaillait dur pour payer l'encre et le papier. Il ne pouvait ni arrêter ni conseiller sa grande sœur. Ils divisèrent la maison en deux. Tà et son amant occupaient deux pièces, laissant à Bôn celle de derrière. Bôn avait alors pensé :

Je n'ai pas besoin de ce misérable patrimoine. Je réussirai à tout prix l'examen d'entrée à l'université et j'irai vivre en ville.

Tà et l'homme se mirent en ménage immédiatement, sans se donner la peine de se marier. L'administration de la commune se résigna à détourner les yeux devant le scandale. Les gens du Hameau de la Montagne, excités, affluèrent chez Bôn pour regarder le bûcheron de Thanh comme une curiosité. L'homme avait vingt-cinq ans, il était grand comme un ours avec des épaules musclées, basanées, luisantes, le cou et la poitrine velus. En une journée de travail, de l'aube à la nuit, il pouvait défier trois bûcherons à la scie. Il engloutissait douze bols de riz avec du poisson mariné aux piments à chaque repas, dédaignait la viande et les légumes. Les vieux et les vieilles du Hameau disaient parfois à Bôn :

« Surveille ta sœur. Cet homme la mettra dans la tombe d'ici trois ou quatre ans. »

« Le fils remplace le père décédé comme pilier de la famille. Dis à ta sœur de bien se garder. Le mâle puissant épuise la femelle. Qu'elle fasse attention... »

Tà était encore plus petite, plus menue que Bôn.

Un petit bout de femme. Les gens du Hameau craignaient qu'elle ne mourût jeune à cause du bûcheron au dos de tigre, à la silhouette d'ours. Pourtant, ce fut la femme maigrelette qui assomma le géant. Après deux années de vie conjugale, l'homme était devenu livide. Les muscles bondissants, durs comme le fer forgé, disparurent de son dos, de ses épaules. Les poils de sa poitrine, de sa nuque se clairsemèrent. La troisième année, ils eurent un fils. Tà rayonnait de beauté, sa peau grasse luisait, ses yeux étincelaient. Le mari dépérissait encore plus rapidement. Il n'osait plus défier les autres bûcherons. Il lui fallait maintenant se reposer, boire, reprendre son souffle quand il sciait le bois avec des gens de son âge. Quand on le taquinait : « Femme ayant un enfant use les yeux, use les hommes [1] », il secouait frénétiquement la tête.

L'été de la quatrième année, ils eurent une fille. Le bûcheron de Thanh n'avait plus la force de tenir la scie. Il se fit menuisier, construisit des armoires, des lits, des boisseaux pour le riz, des étagères pour ranger les bols et d'autres babioles. À la fin de l'année, il fut atteint d'une toux sèche chronique. Le géant musclé comme un génie de la montagne devint soudain un homme maigrichon, une tige hâve, chancelante. Dès que le soir tombait, les yeux étincelant de fièvre, il toussait péniblement en se tenant la poitrine. Il mourut l'été suivant. Tà ne pouvait même pas servir quelques plateaux pour recevoir les amis venus enterrer son mari. C'était la guerre. On enroula le corps de l'infortuné dans un morceau de nylon et une natte, et on l'enterra.

Tà maigrit brusquement. Elle avait trois bouches à nourrir. Elle était aussi gloutonne que son mari. Elle

---

1. Dicton vietnamien glorifiant la beauté des femmes qui viennent d'avoir un enfant.

vendit ses meubles, l'armoire à thé, le lit. En temps de guerre, cela n'avait guère de valeur. Les gens fortunés les achetaient comme pour parier avec le ciel et les fourraient dans un coin. Quand elle n'eut plus rien à vendre, elle emprunta de l'argent, descendit vers les zones côtières pour acheter des poissons marinés et les revendre aux Vân Kiêu ou aux Laotiens sur l'autre versant de la montagne. Elle confia ses deux enfants déguenillés et affamés à la vieille Dot, sa seule parente en ce monde. Chaque fois, elle partait pour des mois. À mesure que le temps passait, ses absences se prolongeaient. De retour, elle semblait de nouveau plus potelée, plus belle. Les trois ans de deuil passés [1], Tà ruait comme une jument en chaleur à la recherche de mâle. Elle sautait sur tous les veufs, tous les hommes en conflit avec leur épouse. Mais les hommes de la région se racontaient l'appétit sexuel funeste de Tà, croyaient qu'une liaison avec elle les emporterait inéluctablement dans la tombe, l'évitaient comme la peste. Finalement, le ciel dans sa miséricorde lui accorda un mari. Cette fois-ci, ce fut un vieil homme de vingt ans son aîné. Il venait d'une province côtière. Coupable d'un inceste, il avait dû s'exiler pour atterrir au Hameau de la Montagne où le pouvoir l'autorisa à dresser une hutte, à défricher la terre et à planter des poivriers. Il était vieux, mais particulièrement résistant et possédait quelques capitaux. Tà connut un mariage satisfaisant. Mais ses enfants étaient mécontents. Le garçon avait treize ans et la fille douze. Une fois, le beau-père frappa le petit. Celui-ci balança une marmite de son bouillante dans le dos du vieillard et s'enfuit. Heureusement pour lui, le vieux évita la marmite.

---

1. Selon la tradition, les femmes doivent porter le deuil de leur mari trois ans avant de se remarier.

Seule l'une de ses jambes fut brûlée. Deux semaines plus tard, le garçon revint prendre sa petite sœur. Depuis, plus personne ne les avait revus. On supputait qu'ils étaient partis dans la province de Thanh pour chercher une aide auprès de la parentèle de leur père. Tà ne tenta pas de retrouver ses enfants. Elle n'en souffrit pas outre mesure. Elle avait eu le temps de se faire engrosser et donna un fils à son vieux mari. Quand le garçon eut un mois, on vit surgir au Hameau un petit Vân Kiêu maigre et sombre, habillé d'un pagne, une hotte sur le dos. Il baragouinait un vietnamien approximatif. En voyant Tà, il la serra dans ses bras, éclatant en sanglots. Ils se parlèrent dans un dialecte confus, incompréhensible. Les gens comprirent alors la raison des longues absences de la femme sauvage. L'homme avait sans doute été son amant pendant ses années de deuil. Elle lui avait probablement promis monts et merveilles pour qu'il vînt la retrouver de si loin. Pendant qu'elle s'expliquait avec le Vân Kiêu, le vieux mari revint. Il laissa à l'homme le temps de pleurer tout son soûl, s'avança de son pas lourd, menaçant, lui asséna un coup de poing mortel, le saisit au cou comme un poulet et le jeta dehors.

Tà eut encore deux autres enfants de son mari. Puis il mourut. Maintenant, elle élevait seule les trois enfants, une fille et deux garçons. Aucun n'allait à l'école. Tous vivaient comme des bêtes.

Vous m'avez laissé un lourd fardeau, une honte indélébile. Comment peut-on mettre au monde un être aussi débauché, aussi dégoûtant ?

Bôn se met à haïr ses parents. Mais il comprend que cela n'a pas de sens. Ils n'étaient que des ombres fragiles, des poussières. En ce monde comme dans celui des ténèbres, ils étaient impuissants. Bôn aussi. Aujourd'hui, les gars du village sont venus réparer sa chambre, réparer la maison qu'il partage avec Tà. N'importe quelle autre femme, même la plus bête, la plus balourde, serait restée à la maison pour aider à la cuisine.

Quelle honte d'être du même sang qu'un être pareil ! Mais personne ne peut changer son histoire ni celle de son clan. Quoi qu'il en soit, Tà est de ma famille. Le même sang coule dans nos veines, nous avons grandi sous le même toit et nous avons vécu ensemble des jours heureux.

Et en vérité, quand leurs parents vivaient encore, ils avaient connu des moments de bonheur. Bôn se rappelle les soirs autour du foyer à déguster du maïs grillé enrobé de miel, Bôn dans le giron de sa mère et Tà sur les genoux de son père. La poêle brûlante exhalait le parfum du maïs. Sa mère lui donnait une poignée de graines de maïs et, chaque fois qu'elle se penchait pour plonger sa main dans la poêle, elle reniflait les cheveux ou baisait la joue de son fils bien-aimé :

« Mon petit garçon, mon trésor, plus tard, quand tu seras grand, tu bâtiras une maison grande et haute pour maman, tu répareras et tu embelliras les tombeaux des ancêtres, tu feras honneur à la lignée des Vu. »

Ce refrain, elle l'avait entonné des centaines de fois pendant que son père le regardait de ses yeux enivrés.

« *Oncle* Bôn, venez voir ! » s'écrie brusquement un garçon.

Bôn sursaute, se lève, rentre dans la cour.

« *Oncle* Bôn, voulez-vous qu'on sépare votre chambre du reste de la maison avec une cloison de bambou ou de briques ? Si c'est un mur de briques, nous tresserons le toit avec le bambou.

– Avez-vous compté les briques ?

– Oui. Il y en a juste assez pour le mur, si on les aligne comme des fourmis. Si vous vous contentez d'un mur de bambou, on peut ceinturer le jardin de deux mètres de muret. Réfléchissez cinq minutes. Nous, on fait une pause et on reprend. »

Les jeunes gars sont assis pêle-mêle sur le toit, avec la théière et des tasses en aluminium. Bôn glisse un regard sur la cour délabrée à ses pieds. Une friche. Les épinards sauvages, les herbes folles pointent entre les briques descellées. Les briques sont devenues grisâtres, le mortier tombe en poussière.

On ne peut rien tirer de cette cour. Même pour le poivrier ou le caféier, j'aurais besoin d'une surface nette et propre.

Il jette un coup d'œil à la toiture de la maison. Les trois pièces sont ouvertes à tous les vents. S'il séparait sa chambre avec un mur de bambou recouvert de journaux comme autrefois, comment pourrait-il avoir une vie conjugale décente avec Miên ? Tà n'est pas vieille. Elle est encore sensuelle. Son fils a six ans et sa fille en a cinq. Ils commencent à avoir des yeux curieux, maléfiques. La nuit de ses noces, il a suffi qu'il laisse la lampe allumée pour provoquer la dispute. Aujourd'hui, la vie commune doit être encore plus difficile. Il imagine Miên poser ses pieds dans cette cour souillée, entrer dans la chambre obscure avec ses cloisons en vieux bois recouvertes de poussière et de fumée.

Quelle misère, quelle humiliation...

Un juron et une plainte s'élèvent en lui. Dès l'âge de onze ans, se tordant les épaules à transporter les fagots pour gagner de quoi acheter ses cahiers et ses stylos, il a rêvé d'aller en ville, de trouver dans ses lumières une vie plus rayonnante, loin du dénuement. Mais aujourd'hui encore, il doit affronter la misère. Il a acheté les briques avec ses appointements de soldat démobilisé. Le Comité du Hameau lui a fait cadeau du mortier et de la chaux. On vient de réparer le siège du Comité. Il restait quelques matériaux de qualité médiocre mais encore utilisables. Les briques payées, il ne lui restait que de quoi acheter une couverture neuve, rouge comme les fleurs des flamboyants, avec des pivoines grosses comme un bol. Il l'utilisera cet automne, les pivoines éclatantes l'aideront à restaurer son bonheur.

Bôn élève la voix :

« Faites la cloison avec les briques. Je m'occuperai de la cour plus tard. »

Les jeunes gens éclatent de rire :

« Bravo ! Nous étions sûrs que vous prendriez cette décision. Il est primordial d'avoir un beau terrain pour espérer tirer le ballon dans la lucarne. Vous êtes toujours fort lucide. Donc, nous élevons la cloison avec les briques et nous couvrons le toit avec les bambous. Votre nid sera hermétiquement clos depuis le sol jusqu'au toit. »

IV

Hoan apprend la terrible nouvelle en posant le pied sur la passerelle.

Son neveu, le fils de sa sœur aînée Châu, décharge les marchandises sur le quai quand un ami l'appelle :

« Hoà, hé Hoà ! »

Hoà relève la tête. Un adolescent en short et pull s'approche en courant, les cheveux au vent. Il crie précipitamment :

« Eh ! Hoà, tu connais la nouvelle ? »

Hoà pose le carton sur le quai, lève les yeux :

« T'es pas aveugle ? Tu vois bien que je viens de mettre le pied à terre.

— Ton oncle va perdre sa femme.

— Que dis-tu ?

— Le mari de madame Miên est revenu. L'homme dont on a annoncé le décès, autrefois.

— Espèce de menteur ! Imbécile ! Comment un homme mort il y a près de dix ans peut-il sortir de la tombe pour revenir ici ?

— Imbécile toi-même. Tu verras bientôt. »

Le garçon tourne les talons, s'apprête à partir en courant. Hoà saisit le dos de son pull, le tire en arrière :

« Allons, je m'excuse, on ne va pas se chamailler. Raconte-moi de quoi il s'agit.

— L'autre jour, j'ai foncé en Honda vers le Hameau

de la Montagne pour rendre visite à des cousins du côté de ma mère... »

Hoan se tient au pied de la jetée. Les deux jeunes gens ne savent pas qu'il écoute leur conversation. Quand Hoà l'aperçoit, il pince son ami, les jeunes gens se taisent. Hoan remonte lentement sur la jetée, dit à son neveu :

« Charge les marchandises sur la moto, mon neveu. »

Hoà court chercher l'engin dans un parking près du quai. Son ami le suit promptement. Tous les deux, ils ont vécu au Hameau de la Montagne pendant les années de guerre. Ils ne sont revenus en ville qu'à la fin de la guerre. Ils ont passé leur enfance au Hameau. Leur ville natale, transformée en un amas de ruines, ne leur a laissé que de vagues souvenirs. Le Hameau était leur vraie vie. Ce coin de terre perdu, constamment ébranlé par l'écho des bombes renvoyé par les parois de la cordillère Truong Son, abritait néanmoins des jardins touffus, pleins d'ombres et de fraîcheur, les petits paradis terrestres de leur enfance. Là, ils chassaient les cigales, dénichaient les oiseaux, déterraient les grillons, jouaient aux jeux familiers des enfants du petit peuple, cueillaient des goyaves mûres, des pommes cannelle, des carambloes sucrées. Ces dernières années, après leur retour à la vie citadine, ils inventaient toutes sortes de prétextes pour revenir au Hameau de la Montagne. Tantôt, c'était pour rendre visite à la parentèle demeurée dans les montagnes. Tantôt, c'étaient les souvenirs incrustés dans ce coin de terre qui les rappelaient dans les moments où le besoin d'aimer émergeait dans leurs cœurs.

Une dizaine de minutes plus tard, Hoà revient sur une grosse moto. Sans attendre les ordres de Hoan, il commence à lier les paquets de marchandises. Hoan jette distraitement un coup d'œil aux appareils ménagers qu'il a acquis au cours du voyage. Cette boîte de carton contient un mixeur à fruits. L'été, Hoan adore boire des jus de fruits avec de la glace pilée. Son jardin est plein d'arbres fruitiers. Il compte y planter encore quelques avocatiers, des pommiers pour disposer de toutes les variétés de fruits. Dans quelques années, le Hameau sera alimenté en électricité, il n'aura plus besoin de groupes électrogènes pour arroser les plantations, assurer les travaux les plus lourds. Il fera venir de la ville un réfrigérateur et une télévision. Dans le Hameau de la Montagne, Miên et lui connaîtront tous les conforts de la vie en ville. Cette caisse contient le tricycle pour son fils. Quant à la troisième boîte, solidement amarrée et marquée de la flèche rouge signalant la fragilité de son contenu, elle est pleine de vaisselle précieuse. Il a fouillé tous les magasins de Danang pour en rapporter à Miên. Elle aime servir les plats dans de la belle vaisselle. Cette passion enfantine ne connaît aucune limite. Il y a à la maison toutes sortes de vaisselle, en pure porcelaine blanche ou avec des fleurs éclatantes, multicolores, de la vaisselle du Kiang-Xi bordée de fils d'or, décorée de fées éblouissantes comme des fleurs de lys. Il y a aussi des assiettes en porcelaine bleue, imitations modernes d'antiquités chinoises où des fées dansent, ondulent dans leurs robes longues et souples. Il comble tous les désirs de Miên comme si elle était non seulement sa femme, mais aussi une petite sœur, une petite fille. Le bonheur de Miên nourrit son propre plaisir.

« Mon oncle, on accroche cette sacoche au guidon ?
– Oui, accroche-la. »

La petite sacoche en faux cuir marron veiné contient de la soie pour les nouveaux habits de Miên et des chemises de nuit. Hoan a passé des heures au marché de Hàn, suivant les femmes de la ville, les espionnant pendant qu'elles marchandaient, choisissaient leurs robes, pour trouver des habits à la taille de Miên et les acheter. Sa femme est cent fois plus belle que les femmes peinturlurées de la ville. Il n'est pas un coureur, mais il est suffisamment expérimenté pour reconnaître sur le visage des femmes la part qui revient à leur beauté naturelle et celle qui est due aux artifices du maquillage, à la soie, aux bijoux. L'amour qu'il a pour Miên est imprégné de l'adoration qu'on porte à un miracle de la nature et de la fierté d'un homme conscient de sa chance. Pendant qu'il rangeait les chemises de nuit dans la sacoche, comme il était heureux en imaginant sa femme les essayer l'une après l'autre devant la glace. Il sera là, le premier et le seul à la contempler, à apprécier.

Maintenant, tout est fini.

Pas le moindre avertissement, le moindre signal.

Pourquoi le ciel m'accable-t-il ainsi ? Je n'ai jamais nui à personne, je n'ai jamais trompé personne, je n'ai jamais volé personne. Je n'ai jamais tourné le dos à ceux qui tendaient vers moi leur main. J'ai vécu de longues années de malheur avant de trouver mon bonheur.

« C'est prêt, mon oncle. »

Hoà a fini d'amarrer les colis, de vérifier tous les nœuds. Il lance le moteur pour Hoan. Hoan se lève, chasse de la main la poussière agglutinée sur le fond de son pantalon :

« Tu comptes rentrer à pied ?

— Oui, ce n'est qu'un petit bout de chemin.

— Dis à ta mère que je reviendrai dans quelques jours.

– Oui, bonne route, mon oncle. Que la chance t'accompagne ! »

Le garçon bafouille en détournant les yeux. Hoan saute sur la moto.

Encore des vœux hypocrites. Il sait bien que le malheur me frappe. Mais comment le lui reprocher ? Que peut-il me dire d'autre ? La chance me laisse tomber. S'il existait, le génie de la chance est sans doute un ingrat. Qu'ai-je donc fait pour subir cette séparation ?

La moto roule, silencieuse. Mais sa silhouette encombrante, menaçante effraie. Les autres véhicules s'écartent sur son passage, se rabattent vers les trottoirs. Hoan traverse les rues familières sur le trajet qui le ramène au Hameau de la Montagne. Ce trajet le fait passer devant un bistro arborant un panneau lumineux rouge avec des lettres noires : Kim Kim Café Bar. À chacun de ses voyages, dans un sens ou l'autre, Hoan était obligé de voir ce panneau hideux, symbole d'un passé immonde, comme un cactus maléfique qui refusait de dépérir pour hanter et blesser inlassablement son âme.

Misère ! Le sort m'accablerait-il une seconde fois ? Le Ciel serait-il aveugle ou prend-il son plaisir à semer l'injustice sur la terre ? Mais il n'y a sans doute pas de Ciel. Il n'y a que des hommes. Cette voûte bleue au-dessus de notre tête n'est qu'une illusion. Miên, ma chérie, tu es la seule dans ce monde à me regarder dans les yeux. C'est toi mon ciel, un ciel en chair et en os. Ne m'abandonne pas.

Hoan se rend soudain compte qu'il a gémi. Une roue de la moto bute sur une petite pierre, cogne une borne kilométrique, dérape sur le talus. Encore un peu et le véhicule tombait dans le lac en contrebas. Hoan s'arrête. La sueur inonde son front. Il tire son mouchoir, s'essuie la figure, le cou, les yeux, ses lunettes embuées. La mort vient de le frôler. L'eau du lac frémit de mille vaguelettes comme en un sourire. Un sourire charmeur, hypocrite. Un long moment, l'homme regarde intensément le miroir liquide. Son sang glacé reflue vers son cerveau.

Je l'ai échappé belle, encore quelques centimètres et je me retrouvais en enfer. Non, je n'ai pas le droit de mourir. Mon fils est trop jeune encore. Je ne peux pas le condamner à une vie d'orphelin. J'ai eu une enfance heureuse. Mon père m'a tant aimé, tant choyé. Maintenant, c'est mon tour de le faire, je ne dois pas me laisser distraire.

Il se retourne, prend le casque suspendu à l'arrière de la moto, s'en coiffe. En bouclant la sangle, il revoit le visage de son père, un visage doux, strié de petites rides au coin des yeux et le long du nez chaque fois qu'il riait, animé d'un regard plein d'amour et d'amitié. Son père le regardait ainsi, les soirs où ils allaient nager dans la mer de Dông Hoi, les matins pluvieux où ils jouaient aux échecs sur le *lit*[1] d'amboine, les nuits d'hiver où, le tenant sur ses genoux, il lui racontait le sacrifice du chevalier Yeu Ly, l'amour entre la belle Ngu Co et le brave Hang Vo ou l'histoire des Sœurs Trung. Les souvenirs heureux envahissent soudain sa mémoire en un tourbillon d'images, de sons, de couleurs, de senteurs, de saveurs, l'emplissent d'amertume.

Je dois élever le petit, en faire un homme. L'enfance est la base la plus solide pour édifier un être humain. Même si je perdais Miên, il en reste une tranche de vie réelle, un bonheur tangible.

---

1. Il s'agit d'un meuble bas servant à la fois de lit et de table pour les repas.

Hoan vérifie une dernière fois que son casque est bien bouclé et monte sur le véhicule. Un convoi de camions le dépasse, soulevant un nuage de poussière. Hoan regarde la poussière.

Je perdrai Miên... Mais pourquoi ai-je tout de suite cru à ce malheur ? Pourquoi l'ai-je accepté comme un fait accompli, comme quelqu'un se jette dans le fleuve sans en mesurer le gouffre ? Pour le moment, ce n'est qu'une rumeur. Elle est encore devant moi.

Il lui faut voir cela de près, même si c'est un drame. Il est un homme mûr, de sept ans l'aîné de Miên. Il n'a pas le droit d'agir dans la précipitation ou l'aveuglement. Il pense et repense à sa situation. Plus il y pense, plus la certitude qu'ils s'aiment le fait souffrir.

Hoan était né dans la ville de Dông Hoi qui se dressait au bord de plages de rêve, avec ses maisons antiques, longues et étroites comme un tronc de bambou. Sa maison donnait sur la rue par une boutique semblable à toutes les boutiques des villes. À l'arrière il y avait des entrepôts pour stocker les marchandises, des chambres à coucher et, tout au fond, un jardin entouré d'une muraille. Apparemment, tout le monde possédait un jardin, petit ou grand. Les murs encerclant les jardins étaient couverts de cactus, de rosiers. Le parfum de ces fleurs se mélangeait au vent salé pour imprégner l'espace. Cet arôme mélancolique évoquait à la fois la rencontre et la séparation, l'âme d'un voyageur aguerri et fatigué qui hésite entre les chemins de l'aventure et le retour au foyer. Le nom de la ville est lui-même un appel et un soupir. Dông Hoi ! Oh, mer de l'Est[1]... Un nom chargé de tristesse, de nostalgie, de l'écho lointain des vagues à l'horizon. Jadis,

---

1. *Dông* : Est. *Hoi* : soupir.

les poètes de passage, en souvenir de Han Mac Tu[1], l'ont appelée la Ville des Roses. Elle semblait mériter ce nom. Les effluves enivrants des roses s'exhalaient dans les aubes froides, après les pluies. Dans le jardin de chez Hoan, comme dans tous les autres, poussaient des rosiers et des cactus. Il y avait aussi des arbres à kakis, à pommes cannelle, une montagne miniature recouverte de mousse à côté d'un buisson de bambou vert. Lors des cérémonies pour prier le ciel et la terre ou pour implorer la grâce en faveur des âmes errantes, on disposait les plateaux de victuailles autour de la montagne, on plantait des bâtonnets d'encens dans des bols de céramique au pied surélevé. Sa mère, habillée d'une tunique longue, se prosternait, psalmodiait des prières. À l'arrière, assis dans un siège en rotin, son père regardait le ciel et la terre. C'était un instituteur, son salaire ne pesait pas lourd face aux liasses de billets que sa femme retirait de sa boutique, mais c'était lui le seigneur, le maître dans cette demeure. Hoan se rappelle la musique qui ramenait l'aube tout au long de son enfance. C'était la mélodie d'une vieille horloge suisse suspendue au mur. Quand la musique s'éteignait, l'instituteur préparait le café. Sa femme et Nên, sa nièce, préparaient le petit déjeuner dans la cuisine pendant que les deux enfants s'apprêtaient à aller à l'école. Ils vivaient alors sous une interprétation drastique de l'idéologie prolétarienne. On considérait l'habitude qu'avait l'instituteur de boire du café comme une séquelle des mœurs petites-bourgeoises. Pourtant, leur petit déjeuner se composait uniquement de nouilles de riz arrosées d'un peu de bouillon ou de

----

1. Poète chrétien du début du vingtième siècle.

nouilles de blé cuites avec des tiges d'oignon. Maintes fois, Hoan avait entendu sa mère supplier son père :

« Souviens-toi de la Réforme agraire[1] et de la Réforme de la bourgeoisie[2]. Cela ne remonte pas à si loin. L'État peut déclencher de nouveau la répression n'importe quand. Nous avons la chance d'avoir un protecteur qui m'a permis de conserver un emploi de vendeuse dans la boutique après sa collectivisation et de gagner notre pitance. Mais on continue de nous surveiller. Je t'en prie, débarrasse-toi de cette habitude. »

Chaque fois, son père avait répondu d'une voix posée :

« Nous sommes des gens de bien. Notre famille vit honnêtement depuis des générations. Nous n'avons rien à craindre. Nous mourons ou nous vivons comme nous le voulons. J'aime le café, je continuerai d'en boire, je ne changerai pas mes habitudes pour faire plaisir aux mandarins qui préfèrent ingurgiter le *vôi* ou l'eau. »

Cet homme frêle était courageux, obstiné. Il continuait à se laver méticuleusement, à se parfumer, à porter des habits bien repassés, une chevelure bien peignée, à redresser la tête d'un air majestueux. Cette image jurait dans une société craintive et misérable, au milieu de la foule habillée de vêtements crasseux où d'aucuns affectaient de porter des habits sales en vertu de l'idéal de prolétarisation, au milieu des visages affamés, éperdus, des têtes baissées au-dessus des bols de *pho* d'une cantine de l'État à la dérive,

---

1. Campagne de répression dans les zones rurales qui dura de 1949 à 1955 et aboutit à la totale mainmise de l'appareil du Parti communiste vietnamien sur le pouvoir.

2. Campagne de répression dans les villes du Nord-Vietnam après la Libération pour liquider l'économie de marché.

mangeant avec des cuillères percées [1] comme des bêtes dans des auges tamponnées. Hoan comprit obscurément que ce cérémonial des soins du corps, cette manière de s'habiller luxueusement, son père les exagérait pour défier la société dans laquelle il vivait. Mais les gens firent semblant de ne rien remarquer. Peut-être à cause de sa valeur et de son dévouement comme enseignant ou parce que le destin le protégeait. En tout cas, ceux qui le détestaient supportaient en silence son comportement. Dans la vie familiale, il avait entretenu un mode de vie harmonieux mais sévère. Le respect était considéré comme un rite religieux, la générosité comme une vertu fondamentale. La voie de l'humain était enseignée à travers chaque gorgée d'eau, chaque bouchée de riz. Pendant cette période paisible de leur vie, le parfum des fleurs de cactus et des roses embaumait leurs âmes, les gardait dans un espace à part, pur et clair. L'hypocrisie et la lâcheté du monde extérieur en étaient exclues. L'esprit du père dominant sans partage la vie familiale, les saletés de l'existence ne franchissaient pas la porte de leur demeure. Le père priait sa femme et sa nièce de ne pas raconter les vilenies de la société devant Hoan et sa grande sœur. Ainsi éduqué, Hoan était devenu un homme conforme aux espoirs de l'instituteur Huy : intelligent, travailleur, bon, généreux, parfois naïf face à la vie. Un colosse aux muscles de lutteur, aux yeux d'enfant. Son père l'aimait même un peu plus que sa sœur Châu. Il était content de son œuvre. Mais cet homme rigoureux et candide ne se doutait pas qu'un jour son fils tomberait dans les pièges de la vie hypo-

---

1. Pour éviter les vols !

crite et abjecte qu'il avait chassée de sa porte avec toute sa détermination et son obstination.

À vingt-deux ans, beau comme une vedette de cinéma, Hoan devint la coqueluche de toutes les jeunes filles de la ville. Chaque fois qu'il se présentait sur le terrain de volley, elles se transformaient en fans passionnées de ce sport. Alignées sur le bord du terrain ou discrètement dissimulées dans un coin de la cour, hurlant bruyamment ou murmurant, elles regardaient, fascinées, le fils unique de l'instituteur Huy. Le prince aux chaussettes blanches, tel est le surnom que les demoiselles de la ville avaient attribué à Hoan, à son insu. Ayant terminé ses études secondaires et réussi le concours d'entrée à l'université, Hoan attendait avec impatience de partir pour la capitale. Comme un navire tanguant dans le port sous l'appel du large, l'esprit submergé par les rêves, il se voyait roulant tout droit vers le nord. La sirène du train hurlerait longuement dans la gare de Thuân Ly, emplissant l'espace de son sifflement sans fin, projetant vers le sud la fumée blanche en guise d'adieu. Son père devinait son anxiété, le laissait arracher jour après jour les feuilles du calendrier. Une fois, il lui dit en souriant :

« Tu n'es pas aussi fragile que je le croyais. C'est sans doute moi qui, avec l'âge, le suis devenu.

– Non, je ne pense pas l'être, mais j'éprouverais de la tristesse à vivre loin de vous. »

L'instituteur acquiesça :

« Aucun navire n'a envie de rester ancré au port. Il y pourrirait inutilement. Ce serait un gâchis de la nature. »

Et il prépara lui-même les bagages de Hoan. Une pile de vêtements pour l'été, une autre pour l'hiver. Dans un coin de la valise, il rangea un rasoir flambant neuf qu'un ami venait de lui donner et une douzaine de mouchoirs.

« Tu en auras sûrement besoin un de ces jours. Quand j'étais jeune, j'ai vu un film américain qui avait pour titre *Autant en emporte le vent*. L'héroïne était très belle, très malicieuse. Elle oubliait toujours d'emporter un mouchoir dans sa poche. Chaque fois qu'elle pleurait, son amant devait lui prêter le sien. Si tu avais la chance de rencontrer une aussi belle femme, ces mouchoirs pourraient te servir. »

N'y tenant plus, il caressa doucement la mèche de cheveux sur le front de Hoan. Hoan resta debout, pétrifié. Il eut envie d'enlacer le cou de son père, de l'embrasser, mais il n'osa pas, embarrassé. Il était devenu grand, il dépassait son père d'une tête. Il ne pouvait plus se soulever sur la pointe des pieds pour tendre son visage vers son père comme il le faisait à cinq ans. Mais il n'osait pas non plus se pencher sur lui et l'embrasser comme on embrasse un être faible qui a besoin d'être protégé. Dans son cœur, cet homme mince et fragile était resté un géant et il voulait conserver à jamais cette image.

Les mouchoirs de l'instituteur Huy n'avaient pas servi comme il le souhaitait. Le train qui devait emmener le jeune homme vers le nord ne se mit jamais en route. Une semaine après cette soirée mémorable, comme d'habitude, Hoan alla jouer au volley. La pluie le surprit sur le chemin du retour. L'averse d'été agitée par le vent marin obscurcit le ciel d'une chape d'eau. La pluie était si dense qu'on eût dit une cataracte tombée du ciel sur la tête des piétons. Personne n'avait emporté d'imperméable. Tout le monde courait dans tous les sens. Hoan salua ses co-équipiers, longea les maisons en s'abritant sous les auvents pour rentrer chez lui. Il était trempé de la tête aux pieds. Près du premier carrefour, une femme surgit d'une porte et l'appela :

« Hoan, Hoan, venez par ici. »

La voix perçante domina le bruit de la pluie, le sifflement du vent. D'un geste Hoan balaya l'eau de son visage. Il reconnut la gérante de la boutique. Debout, un parapluie dans une main, elle continuait de le héler de l'autre. Il s'approcha d'elle.

« Entrez, entrez vite, vous risquez un refroidissement, c'est très dangereux. »

Elle le tira dans la maison, l'emmena aussitôt devant la salle de bains.

« Baignez-vous vite. Attention au refroidissement. Il y a de l'eau chaude et du savon. »

Le jeune homme resta un moment médusé. Il ne s'était jamais baigné chez autrui, que ce fût des proches ou des étrangers. Et le voilà devant la salle de bains de cette femme. Madame Kim Lan, la gérante de la boutique, au nom si théâtral, l'y poussa.

« Pourquoi restez-vous planté là ? Baignez-vous vite avant d'attraper un refroidissement. »

Hoan ne sut plus comment refuser. Il entra à contre-cœur dans la salle de bains, verrouilla la porte. Il venait d'enlever ses habits mouillés que déjà la femme cognait sur la porte.

« Dites, Hoan, entrouvrez la porte, que je vous passe des vêtements secs. »

Hoan tressaillit. Chez lui, seul son père pouvait se permettre une telle familiarité à son égard lorsque Hoan l'appelait parce qu'il avait oublié d'emporter avec lui des vêtements propres avant de se baigner. Même sa mère ne le faisait plus depuis qu'il avait eu seize ans. Il entrouvrit la porte pour laisser la femme glisser son bras :

« Merci, *tante*, vous êtes vraiment très attentionnée.

– Allons, pas de manière. Votre mère et moi, nous travaillons ensemble. »

Sa voix était mielleuse, aguichante. En fait, elles se connaissaient depuis longtemps, mais la famille de Hoan n'appréciait guère cette femme. Quand leur boutique avait été nationalisée, Madame Kim Lan avait été nommée gérante à la tête de douze vendeuses, dont la mère de Hoan. Mieux que tous les gérants de boutiques ou de communes de production de la ville, elle savait manier les discours, exercer le pouvoir et s'attifer. Son mari, Vice-président de la ville, était aussi un vieil ami du Secrétaire fédéral du Parti. Elle pouvait compter sur le soutien du Secrétaire, tout le monde le savait. À l'époque, Hoan et sa sœur étaient trop jeunes pour comprendre ce qu'était la propriété. Ils n'éprouvèrent pas beaucoup de rancune en voyant le patrimoine laissé par leurs grands-parents passer brusquement dans d'autres mains et la boutique soudain envahie par une foule d'inconnues. Mais ils comprirent clairement qu'ils étaient sous la domination de gens vulgaires et lâches. Tous les jours, ils voyaient la gérante regarder de haut ses subordonnées, leur donner des ordres, tout particulièrement à leur mère. Dans tout ce qu'elle faisait, Madame Kim Lan manifestait son goût du pouvoir. Plus Hoan grandissait, plus il le comprenait. Aussi l'évitait-il chaque fois qu'il passait près de chez elle. Depuis qu'il était devenu un grand jeune homme qui faisait rêver les demoiselles de la ville, parfois, elle lui souriait, cherchait à sympathiser avec lui. Mais il s'arrangeait toujours pour filer avant qu'elle n'eût le temps de lui parler. Et voilà que l'averse inopinée lui avait fait franchir sa porte, se laver dans sa salle de bains et porter les habits qu'elle lui avait tendus.

Néanmoins, le bain chaud lui fit du bien. Il se sentit mieux dans des vêtements secs. Il claqua de la langue en quittant la salle de bains.

Tout compte fait, ce n'est pas grave. Considérons que c'est une dette et payons-la.

Entre-temps, Madame Kim Lan avait préparé le thé :

« Prenez du thé et quelques chocolats. Ça vient d'Union soviétique. »

Elle déballa un bonbon et dit :

« C'est un cadeau d'un ami de mon mari qui vient de rentrer de Tchécoslovaquie. Personne dans cette ville n'en a goûté. »

Depuis longtemps, le jeune homme n'avait plus connu la saveur de ces friandises trop luxueuses pour la société misérable dans laquelle il vivait. Après la pluie, le thé chaud et parfumé lui procurait du bien-être. Il vida tasse après tasse en écoutant la femme discourir, la trouva moins repoussante qu'il ne le pensait. Elle avait la parole aisée, audacieuse. Elle savait agrémenter son discours de plaisanteries salées, de considérations populaires, de commentaires d'écolier. Ses remarques tranchantes donnaient du charme à des sujets sans queue ni tête. Ils causèrent jusqu'à la tombée de la nuit. Les lumières s'éteignirent. Le mari rentra. Madame Kim Lan invita Hoan à dîner, mais il refusa :

« Je n'ai pas demandé l'autorisation de mes parents. Ce sera pour une autre fois.

– D'accord, une promesse, c'est une dette. Vous me la devez.

– C'est ce que mon père m'a enseigné. Merci, *tante*. »

Hoan se dit qu'il reviendrait dans quelques jours pour rendre les vêtements et dîner. Mais dès le lendemain, alors qu'il revenait du terrain de volley, elle lui remit un billet :

« Mon cher Hoan,

« C'était la première fois que nous causions ensemble, mais j'éprouve déjà beaucoup de sympathie pour vous. J'ai demandé à vos parents de vous autoriser à dîner avec nous ce soir. Il n'y aura rien d'exceptionnel. Tout juste un dîner en famille. J'espère que vous ne refuserez pas. »

Une signature soignée : Kim Lan.

Hoan commença à s'inquiéter. Cette manière envahissante d'offrir sa sympathie heurtait son tempérament, le maintien réservé qu'il cultivait depuis sa naissance. Il demanda à sa mère :

« Que vous a-t-elle dit, Madame Kim Lan ?

– Rien que des compliments à ton égard.

– Pourquoi avez-vous si facilement accepté ?

– Nous n'avons rien accepté. Elle a dit que tu lui as promis de venir dîner chez elle.

– Oui, mais pas ce soir. Je voulais attendre quelques jours, le temps de trouver un cadeau pour la remercier de m'avoir offert un bain le jour où j'ai été surpris par l'averse. »

La mère soupira :

« Je n'avais aucun moyen de repousser sa lettre. »

Hoan alla trouver son père. L'instituteur lisait dans le jardin. Il semblait pressentir son arrivée, il se retourna en entendant les pas de Hoan :

« Qu'y a-t-il, mon fils ? Tu es embarrassé ? »

Hoan garda le silence. Le père continua :

« Avant de demander notre avis, elle a affirmé que tu lui as promis de lui rendre visite, que tu as beaucoup apprécié le bain chaud après l'averse et que vous avez eu une charmante conversation. »

Comme Hoan restait immobile, stupéfait, le père le consola :

« Allons, ne te fais pas de souci. Il n'y a rien de grave. Cela se comprend, qu'ils courent après toi. À mon avis, beaucoup de femmes qui ont des filles à marier aimeraient agir de même. Mais elles ne peuvent pas se montrer aussi audacieuses et impudiques que cette gérante. »

Hoan balbutia. Il ne pouvait pas expliquer à son père pourquoi la peur assaillait son esprit. Il n'en connaissait pas la cause, mais il se sentait effrayé, comme si un serpent tapi dans le feuillage d'un arbre épiait chacun de ses pas sans qu'il s'en aperçoive.

Le voyant bafouiller, l'instituteur continua :

« Allons, vas-y. Nous n'apprécions pas ces gens, mais nous ne pouvons pas les éviter. De toute façon, c'est à toi que revient la décision. De tout temps, c'est l'homme qui a demandé la femme en mariage et non l'inverse. Quelle que soit la modernité de notre époque, il ne sera pas facile de changer cette coutume. »

Il sourit malicieusement et plaisanta :

« Mine de rien, mon fils est fort convoité. »

Hoan rit, alla se changer. Il pensait mettre une chemise à manches courtes, mais l'instituteur lui conseilla de prendre une chemise blanche avec des manches longues :

« Porte-la avec un pantalon gris. Quand on va chez des gens de cette sorte, il vaut mieux s'habiller sévèrement et se faire plus vieux que son âge. »

Il lui demanda ensuite de changer ses sandales pour une paire de chaussures en cuir. Hoan :

« Quelles autres formalités dois-je accomplir ?

– Cela ira. Prends la boîte de gâteaux sur la table. J'ai demandé à ta mère de l'acheter pour toi. »

Le jeune homme prit la boîte de gâteaux décorée

d'un nœud rouge, se dirigea vers la maison de la gérante. Le voyant arriver, elle s'exclama comme une enfant :

« Je l'ai bien dit ! Le fils bien-aimé de l'instituteur Huy est un homme de parole. »

La maison empestait le parfum. La gérante avait dû en asperger les murs car l'air en était saturé. Les sièges, les coussins, la nappe embaumaient. Un parfum chinois bon marché, qui envahissait les narines comme l'odeur des plats sautés des gens du Kouang-Tông ou du Kouang-Si qui habitaient la ville.

« Asseyez-vous. Dans un petit instant, ce sera prêt.

– Mes parents vous prient d'accepter ce petit cadeau.

– Mon Dieu, toute une boîte de gâteaux de luxe pour un malheureux repas de riz et de légumes !

– Votre mari n'est pas encore revenu ?

– Non. Il a pris l'avion ce matin pour aller à une réunion à Hanoi. On a convoqué d'urgence tous les présidents des villes. Le nôtre vient d'être opéré d'une appendicite, il se repose dans une station de vacances en Union soviétique. Mon mari l'a remplacé. Ce soir, il n'y a que nous et la petite Liên. »

Elle lança :

« Kim Liên, viens saluer ton *grand frère*. »

La voix de la jeune fille retentit dans la cuisine :

« Un moment, je prépare le poisson. »

Comme mon père l'a deviné, voilà la carte décisive. Elles veulent sans doute me conquérir par l'estomac.

Hoan se sentit mi-amusé mi-agacé par le manège qui se tramait. Il avait maintes fois regardé cette Kim Liên quand elle était petite. Une gamine hargneuse, gâtée. Chaque fois qu'elle venait à la boutique, elle fournissait à Madame Kim Lan l'occasion de jouer à la mère vertueuse qui savait choyer mais aussi éduquer sa précieuse fillette. De son côté, la petite se plaisait à montrer le pouvoir de l'enfant unique auquel ses parents ne pouvaient rien refuser. Ces dernières années, on ne l'avait plus revue dans la boutique. Madame Kim Lan disait qu'elle était partie à Hanoi apprendre les langues étrangères pour aller étudier en Allemagne. Voilà qu'elle ressurgissait brusquement dans le rôle d'une douce demoiselle préparant un poisson pour l'invité.

On verra si cette capricieuse sait cuisiner. Mais pour la beauté et la vertu, il y a beaucoup à craindre.

Il esquissa un sourire moqueur pendant que Madame Kim Lan allait et venait d'un pas affairé, se vantait sans arrêt de tout ce dont elle pouvait se vanter dans sa luxueuse maison. Hoàn se sentit gêné par tant d'impudeur. Aucune aventure amoureuse ne l'attirait autant que l'aventure qui l'attendait dans le train filant vers le nord. Aucune fille n'arrivait à le séduire plus que les horizons de son imagination, des horizons mauves, bleus où le regard se perd, les horizons agités des rêves exaltés de la jeunesse. De plus, le parfum chinois bon marché, agressif, l'étouffait.

« Bien que je vive au bord de la mer, je rechigne à servir du poisson, cela demande trop de temps. Mais ce soir, il y aura de la sole à la vapeur et aux cèpes, une soupe aigre-douce de poisson *Cam* avec de l'ananas et des herbes odorantes, du thon mijoté avec du gingembre. On terminera par un poulet sauté aux graines blanches de lotus.

– Pourquoi un tel festin ? Nous ne sommes que trois, vous n'auriez pas dû...

– Non, j'aime rester simple. Mais, bon gré mal gré, ce soir vous êtes mon hôte d'honneur. »

Elle rit, les yeux humides. Ses lèvres épaisses frémirent comme si elles allaient se refermer pour un baiser. Hoan baissa la tête. Il n'avait pas l'habitude de voir ce genre de sourire sur les lèvres d'une femme du même âge que sa mère. Madame Kim Lan posa une assiette de fruits sur la table, se frotta les mains :

« Tout est prêt. Attendez un moment. Je vais me laver les mains pendant que Liên se change. Il fait trop chaud dans la cuisine et elle est en sueur. »

Elle sortit.

Hoan ramassa une bande dessinée sur une étagère, la feuilleta. Son estomac grondait. L'heure du dîner était passée depuis longtemps. De plus, il avait joué cinq matchs de volley d'affilée, l'après-midi. Chez lui, à cette heure, tout le monde avait dîné. Un repas modeste mais toujours avec des plats qu'il aimait. Sa mère et Nên étaient toutes les deux des cordons bleus. Entre leurs mains, un simple plat de crevettes sautées au poivre et à la ciboulette, de porc mijoté au lait de coco, devenait si savoureux que Hoan pouvait avaler d'une traite cinq bols de riz pleins à ras bord. Quand il y avait en plus une salade de fleurs de bananier, une soupe aigre, des choux sautés à la sauce d'huître, c'était une véritable fête. Après, un bol de *chè*[1] frais comme de la gélatine d'algues.

Quelle malchance ! Maudite soit cette averse. Sans elle, je serais déjà allongé sur mon lit avec un livre.

Il se gourmanda, sentit son estomac se contracter pendant que la mère et la fille continuaient de roucouler dans la salle de bains. Hoan leva les yeux vers

_____
1. Bouillie de graines diverses qu'on sert en guise de dessert.

l'horloge suspendue au mur. Quarante-cinq minutes déjà. Elles ne se contentaient pas de se changer, elles taquinaient sciemment son malheureux estomac, le martyrisaient pour que tous les plats qu'elles avaient préparés deviennent divins.

Quelle calamité ! Comment peut-on traiter ainsi un invité ?

Il courba le dos pour calmer les protestations hurlantes de son estomac. La sueur inondait son dos. Il tournait les pages du livre mais n'arrivait plus à lire la moindre ligne. Il resta dans cette position grotesque jusqu'au moment où ses hôtes revinrent. La mère portait une tunique de soie rose et la fille une jupe bouffante. Hoan n'avait plus envie de les regarder en face. Il se fit violence pour ne pas renverser la table et s'en aller. Finalement, sa bonne éducation l'emporta. Il se força à sourire gaiement quand la femme lui demanda :

« Mon malheureux invité d'honneur a faim, n'est-ce pas ?

— Non, pas tant que cela.

— Vous venez de goûter aux pousses de pierre. Vous connaissez l'histoire de Trang Quynh[1] invitant le Seigneur Trinh à goûter ce plat ?

— Je la connais.

— C'est vraiment étrange. Comment nos compatriotes si simples et droits d'ordinaire ont-ils pu inventer un personnage si diabolique, si facétieux. Que

_____

1. Personnage folklorique. Le Seigneur Trinh qui gouvernait le nord du Vietnam était réputé pour sa gourmandise. Il se plaignit un jour de ne plus trouver un seul bon plat. Trang Quynh l'invita à goûter des pousses de pierre. Le Seigneur Trinh se présenta à jeun au festin pour savourer pleinement ce mets surprenant dont la cuisson demandait un temps considérable. Après une attente interminable, affamé, il se vit servir un bol de riz refroidi et le trouva délicieux.

préférez-vous boire, Hoan ? J'ai du champagne russe, mais aussi de l'alcool de riz bien de chez nous.

– Merci, je ne bois pas.

– Mais non, mais non, "l'homme sans alcool est comme une bannière sans vent[1]". Liên, donne-moi le verre rond. »

Elle remplit le verre d'un liquide rouge foncé, le souleva pour l'examiner à la lumière de la lampe :

« Cela ne va pas du tout. L'alcool de riz doit être servi dans un verre de cristal tchèque pour montrer toute la splendeur de ses couleurs. Kim Liên, apporte les verres tchèques. »

La fille sortit en faisant tournoyer sa jupe. La mère changea les verres, reversa de l'alcool, le fit de nouveau miroiter sous la lampe.

La faim brouillait le regard de Hoan. La colère exaspérait ses nerfs. Il se dit néanmoins :

Il faut avaler un peu de soupe d'abord pour calmer la faim, sinon elles vont me forcer à boire et je vais m'enivrer.

Il guetta le moment où la femme entamerait le repas pour se servir un bol de soupe. Mais elle leva le verre, dit quelques mots inintelligibles, le fourra dans la main de Hoan et pria ce dernier de trinquer avec elles avant d'entamer le repas.

« Quel homme se permettrait-il de laisser un verre plein devant le festin ? Vous devez vider ce verre. »

Hoan porta le verre à ses lèvres, l'avala, le posa sur la table, se servit un bol de soupe de poisson. D'un trait, il vida le bol de soupe, ne lui reconnut aucune saveur, aucun goût. Sa faim commençait à se calmer. Mais avec la soupe, l'alcool imbibait l'estomac affamé

---

1. Dicton.

du jeune homme, l'étourdissait. Hoan n'avait encore jamais goûté à l'alcool. À la maison, on l'autorisait parfois à manger de la mélasse de riz gluant[1], mais après le repas. Son père ne l'autorisait pas à boire du vin car Hoan avait le même tempérament que lui. Dès qu'il touchait des lèvres un verre, son visage flamboyait comme un jus de momordique. C'était la première fois que Hoan tentait cette aventure. Il ne distinguait plus la saveur des différents plats. Il mangea mécaniquement, avalant tout ce que Madame Kim Lan et sa fille déposaient dans son bol. Il ne se souvenait plus de ses réponses aux questions qu'elles lui posaient. Il se rappelait seulement qu'il parlait quand elles lui parlaient, qu'il riait quand elles riaient. Il sentait son corps léger tanguer comme un navire vide, sans attache, dans le port. Chaque fois que Madame Kim Lan levait le verre rouge, le navire chancelait, tanguait toujours plus violemment. On eût dit que ce liquide rouge foncé soulevait la houle. Hoan ferma les yeux, indifférent aux vagues qui déferlaient sur son corps. Le chant lointain d'une berceuse, quelque part au large, l'entraîna dans un sommeil profond, saturé de rêves.

Hoan se réveilla soudain. Mais il garda les yeux hermétiquement fermés car il sentait sous son corps une immense mer verte. La mer l'appelait, l'attirait dans une indescriptible sensation de paix et de douceur, dans d'étranges flots de lumière qui dansaient comme des éclats de cristal violets. Un océan infini, plat, silencieux. Pas une vague, pas une barque, pas une voile, pas un nuage. Même pas de mouettes, ces éternelles amoureuses de la mer. Il était comme un

---

1. Il s'agit en fait de graines de riz gluant légèrement fermenté, résidu de la fabrication de l'alcool de riz.

petit bateau sans ancre quittant le port, dérivant dans l'immensité verte, incertaine, poursuivant des éclairs de cristal mauve foncé comme des lueurs de nacre.

Allons vers le large, vivons cette aventure avant de prendre le train pour le nord. C'est la première fois que je vois une mer aussi étrange.

Loin au large, Hoan sentit un silence absolu le couvrir. Le bateau flottait sur les eaux infinies. Soudain, les lueurs vertes et les éclairs de cristal mauves disparurent. Au-dessus de sa tête, une nuit sans lune, sans étoiles. Sereine. Comme son âme. Il resta ainsi, immobile, très longtemps. Un siècle. Il crut que l'aube allait venir. L'horizon paisible resplendirait sous le soleil, il ramènerait le bateau au port.

Il entendit trois tintements de cloche tomber du ciel noir. Ou bien il rêvait, ou bien ces sons de cloche venaient des bateaux échoués dans la profondeur des vases, emportant à travers les couches d'eau de la mer le regret inextinguible des morts.

Une fois, j'ai lu des histoires sur la vie des pirates. Les âmes errantes de leurs victimes revenaient la nuit assiéger les îles où ils se réfugiaient avec leurs familles. Elles hurlaient, elles les maudissaient. Leurs hurlements faisaient tomber les pétales des fleurs avant même qu'elles s'ouvrent. Les chiens de garde perdaient leurs poils en une nuit, devenaient fous, se dressaient sur leurs pattes arrière pour hurler à la mort. Pourquoi cette horrible histoire ne revient-elle à l'esprit ? Il faut l'oublier, l'oublier...

Il se retourna, se mit sur le côté.

La mer verte réapparut, transparente, paisible. Hoan se sentit de nouveau serein. Soudain quelque chose frôla son corps. Hoan n'eut pas le temps de comprendre d'où venait cette insistante sensation. Ces doux frissons le comblaient. Il s'immobilisa, attentif. Il goûta à ce plaisir étrange, totalement inconnu.

Oui, on appelle cela une caresse. Caresser. Le comportement des amants, de Desdémone et Othello, de Maslova et de l'homme qu'elle aime. Ces caresses qui palpent ma peau, ma chair, d'où viennent-elles donc ? Des sirènes qui ont survécu jusqu'à ce jour pour m'enivrer. Mais la Grèce antique a disparu. Comment pourraient-elles encore exister au vingtième siècle ?

Pendant qu'il cherchait, inquiet, une réponse, sa chair flambait sous les caresses silencieuses, innommables. Les doigts magiques de la sirène éveillaient, excitaient l'organe le plus secret du jeune puceau. Le mâle tapi dans son corps vigoureux bondit aussitôt. Il étira ses muscles comme un chat sortant du sommeil. Dans le mystère de la nuit, il répondit aux caresses anonymes avec promptitude et vigueur. Après ce préambule, il se jeta dans les ébats, habile, précis, parfait comme un maître dans l'art d'aimer.

Hoan se réveilla finalement de son rêve. Pas parce que la sirène avait repoussé son bateau vers le port. Parce qu'il avait entendu la voix de la maîtresse de maison :

« Hoan, Hoan, réveillez-vous. »

Hoan ouvrit brutalement les yeux, vit le visage affectueux de Madame Kim Lan penché sur lui. Il voulut se relever mais s'aperçut qu'il était nu comme un ver. Seule une serviette de toilette protégeait son sexe des regards. Allongée à son côté, la fille de la gérante. Elle portait une chemise de nuit fine comme une toile d'araignée. Elle avait gardé tout son maquillage. La sueur des ébats avait délayé la poudre, fait fondre le rouge à lèvres en une couche visqueuse. Elle ressemblait à une actrice de théâtre rénové surprise par la pluie. Ils avaient dormi dans un lit double, la tête posée sur des coussins blancs, brodés de tourterelles aux ailes déployées. Une chambre nuptiale où ils jouaient aux amants goûtant leur lune de miel. Hoan comprit à peu près ce qui venait de lui arriver. Il sentit son cœur se glacer.

On m'a attiré sur ce lit hier soir. Je suis pris au piège.

La gérante répéta :

« Hoan, levez-vous. Vos parents vous attendent au salon. »

Le jeune homme en fut assommé. L'instituteur et sa femme avaient été convoqués ici, sommés de constater les faits, d'en subir les conséquences. Hoan n'avait pas encore payé sa dette de reconnaissance envers ces deux êtres vénérés, ne serait-ce qu'un seul jour et, déjà, il les avait jetés dans une honte indélébile.

Que dira mon père ? Il me regardera avec des yeux tristes, déçus. Ma mère courbera la tête de honte devant les voisins.

Il jeta un coup d'œil à la fille de la gérante qui se pelotonnait dans son sommeil, bâillait sans se donner la peine de cacher la bouche de sa main. Une fille d'à peine quinze ans mais déjà rompue aux plaisirs de la chair. Le dégoût le saisit. Il releva la tête, cherchant des yeux ses vêtements. Madame Kim Lan saisit son intention, elle dit :

« J'ai emporté vos habits dans la salle de bains. Allez vous laver et vous changer avant Liên. Puis venez tous les deux au salon. Nous avons à parler. »

Hoan enroula la serviette autour de ses hanches, se dirigea vers la salle de bains attenante. Il se lava à l'eau froide, se frotta à se déchirer la peau, sans savoir pourquoi. Sa tête brûlait comme un moteur sous tension retenu par un frein, il n'arrivait pas à formuler la moindre idée claire hormis cette terreur : ses parents attendaient dans le salon. Qu'allait-il leur dire ? Surtout à son père, un homme qui ne s'était jamais permis la moindre grossièreté dans ses paroles, la moindre vulgarité dans ses comportements, la moindre bassesse dans ses actes, que ce fût à propos de l'argent, des beuveries ou des galanteries.

Comment va-t-il réagir face à la parentèle, aux voisins ? Va-t-il me répudier devant l'autel des ancêtres et me chasser de la famille ou se contentera-t-il de me regarder en silence de ses yeux froids et méprisants ?

Dans le dernier cas, Hoan comprit qu'il ne lui resterait plus qu'à quitter de lui-même sa famille. Il ne supporterait pas de vivre dans le mépris, même si c'était celui de l'homme qui lui avait donné la vie.

Des coups résonnèrent contre la porte, suivis de la voix de la fille :

« Chéri, as-tu fini ? »

Cet appel le rendit fou furieux. Il gronda :

« Qui ? Quoi ? »

Il se versa des seaux d'eau comme pour éteindre sa fureur. Quand il s'arrêta, la voix retentit de nouveau, dure, provocante :

« Dépêche-toi et va au salon. Tes parents t'y attendent. Laisse la salle de bains à d'autres. Tu ne pourras pas y dormir. »

Hoan resta pétrifié.

Quelle abominable gamine ! Elle a participé à ce traquenard, il n'y a pas que la vieille Kim Lan. C'est ignoble. Elle n'a que quinze ans, à peine une adolescente, et elle sait déjà duper les gens. La sirène de la nuit s'est réellement réincarnée en une renarde [1].

Le jeune homme commença à haïr cette femme de quinze ans. Des visages aimables lui revinrent en mémoire, les filles de sa classe, des amies de lycée, des petites voisines.

Quel malheur ! La plus laide de mes amies est bien plus jolie que cette petite dévergondée. De plus, elle est aussi fourbe, aussi vulgaire que sa mère.

Hoan mit son pantalon, poussa brutalement la porte, sortit. Kim Liên entra aussitôt dans la salle de bains. Ils ne se dirent même pas bonjour. Elle le défiait de son visage arrogant.

Que tu le veuilles ou non, tu m'épouseras. N'essaie même pas de t'enfuir, c'est sans issue.

Hoan glissa un regard sur son visage rabougri, son menton fendu, ses lèvres minces et ses sourcils raturés de coups de crayon trop foncés. Le visage de son destin. Une épée plantée dans son cœur rempli de haine. Un visage qui l'avait hanté pendant neuf ans, trois mille deux cent quatre-vingt-quinze jours, depuis cet instant où ils s'étaient retrouvés face à face devant la porte de la salle de bains. Le destin les avait ligotés dans une vie commune où chaque jour qui passait tressait son nœud de haine au point que, même après leur divorce, elle appelait encore la vengeance.

Ce mariage lui avait volé sa jeunesse, ses espérances. Il lui fut impossible d'anéantir la haine qui s'était installée dans son âme depuis ce jour. Ce ne fut que longtemps après, quand il eut rencontré Miên, que leur amour effaça cette vieille haine. Hoan pensa

---

1. Dans le folklore vietnamien, la renarde est aussi une fée maléfique.

qu'il pourrait dorénavant dire adieu à son triste et douloureux passé. Il crut que son bonheur durerait toujours parce qu'il se fondait sur l'expérience de la vie, sur un amour pur et sur les malheurs qu'il avait subis.

Au moment où il croyait que rien ne menaçait plus son bonheur, la tempête s'est abattue sur lui. Encore plus brusquement que l'averse d'il y a seize ans. Mais maintenant, il n'est plus un jeune homme de vingt-deux ans.

Miên, ma chérie, à quoi penses-tu en cet instant ? Que vas-tu décider ? Tu ne m'abandonneras pas, n'est-ce pas ?

Un autre convoi de camions jaillit dans son dos, soulevant un tourbillon de poussière. Hoan se rend soudain compte qu'il vient de gémir à haute voix. Il arrête vivement son véhicule, crache sa salive saturée de poussière, sort son mouchoir, essuie ses narines noires, remet son casque de sécurité. Dix kilomètres le séparent encore du Hameau de la Montagne. Il sera chez lui dans un quart d'heure. Là se trouvent sa femme, son fils, sa vraie vie. Il verra ensuite.

Bien qu'il se soit ainsi tranquillisé, en arrivant au Hameau, Hoan ne voit pas les voisins qui le saluent du bord de la route. Il n'a même pas pris le temps de rendre la politesse à ceux qui marchent dans la direction inverse de la sienne. Il fonce directement vers le portail de sa maison, l'ouvre d'un coup de pied, roule tout droit vers le perron.

Miên est là, mon fils est là. Tout est intact.

Du haut de son véhicule pétaradant, il regarde vers l'intérieur de la maison. Miên joue avec l'enfant. Elle se retourne.

C'est ton visage rose de tous les jours, tes yeux de tous les jours.

Hoan éteint le moteur, descend du véhicule. Il enlève lentement son casque, le suspend à son bras, monte les marches du perron. Sa femme le regarde, pétrifiée. Elle ne rit pas comme d'ordinaire, elle ne lui pose pas une de ses questions habituelles :

« Pourquoi es-tu parti si longtemps ? Pourquoi ne m'as-tu pas donné de tes nouvelles ? Pourquoi n'as-tu pas attendu la fin de la pluie pour rentrer, te voilà tout trempé ! »

Des paroles pour ne rien dire, qui servent juste à masquer la joie, à adoucir la nostalgie, à voiler l'attente de faire l'amour.

Miên n'a pas posé de question. Elle n'a pas entonné ces refrains simples du bonheur. Elle ne s'est pas précipitée vers lui en faisant onduler les habits de soie qui soulignent sa silhouette souple, familière, dont le moindre détail l'enivre. Ses yeux noirs le fixent, tremblants, assoiffés, affamés, douloureux. Les yeux d'une bête sauvage qui s'abreuve pour la dernière fois au ruisseau avant de pénétrer dans le désert. Le regard d'une femme ramassant les derniers fruits de la terre dans la rizière avant la venue de l'hiver. Les yeux du condamné à mort dégustant le repas de grâce avant son exécution.

Hoan fait quelques pas vers sa femme. Elle s'avance, tombe dans ses bras. Ils s'embrassent. Et pleurent.

V

Une nuit paisible.

Si paisible que même les complaintes des insectes, les cris craintifs et les chants éperdus des oiseaux de nuit ne font qu'accroître la sérénité. Le silence coule sur le feuillage argenté des orangers, sur les plantes grimpantes au pied du mur. Le vent ne ressemble plus au vent, ce n'est plus qu'un soupir furtif, la tristesse qui ronge le cœur de ceux qui ont peur et se méfient de ce monde. La lune resplendit à mesure que la nuit s'avance. Elle ne diffuse pas une lumière dorée, éclatante, mais des lueurs argentées, striées d'éclairs fluorescents. Le clair de lune immense recouvre les montagnes, les forêts, les hameaux, les villages, les collines sauvages, les champs. Les formes, les lignes se mélangent en un espace flou, irréel. Un océan d'ombre, de lumière lunaire, de lueurs phosphorescentes, vacille à l'orée de la forêt. Des traînées de brume laiteuse s'étalent à travers les vallées, les abîmes. À l'ouest, une ligne noire sépare cet océan du ciel. La cordillère Truong Son. Derrière la chaîne de montagnes, un halo vert illumine le ciel.

Hoan élève la voix :

« Les lumières sont éteintes dans toutes les demeures. »

Miên lui répond :

« Nous sommes les seuls à laisser allumé la nuit. »
Et ils se taisent.

C'est la première fois qu'ils montent ensemble sur la terrasse du toit pour contempler le paysage alentour. Un paysage familier qu'ils n'ont jamais trouvé le temps de regarder. Hoan a fait bâtir une demeure à l'ancienne. Des murs et des colonnes hauts, des tuiles épaisses, pas d'étages. Mais au-dessus de l'entrepôt, de la cuisine et de la salle de bains, il a construit une terrasse de plus de cinquante mètres carrés pour que Miên puisse y faire sécher le linge et, la nuit, y prendre le thé. La terrasse est ceinturée par une balustrade. Jusqu'ici, leur enfant y gambadait à cœur joie. Une petite table et deux tabourets attendaient les voisins pour goûter le thé ou faire une partie d'échecs chinois après le dîner. Ils pouvaient aussi allumer la radio, écouter les nouvelles du monde, bavarder en contemplant l'horizon. À l'heure où les hommes s'assemblaient, Miên baignait son fils ou rangeait la maison. Aussi, en dehors des moments où elle y allait pour le linge, Miên ne montait jamais sur la terrasse.

Cette nuit, Hoan lui a soudain proposé :

« La lune est resplendissante, allons sur la terrasse.
– Oui. »

Elle a aussitôt acquiescé sans trop comprendre ce qu'il voulait. Quand Hoan l'a prise par la main pour la mener dans l'escalier, le regret l'a saisie.

Je vais devoir quitter cette demeure, je ne l'ai jamais contemplée de nuit. Comme pour l'orangeraie, je ne l'ai vraiment regardée que la nuit où Bôn est revenu. Je vais perdre tout ce que je commence à découvrir.

Cette pensée la fait chanceler, elle pose la tête sur l'épaule de son mari. Hoan l'entoure de ses bras. Son grand corps a toujours été une protection pour elle.

Elle sent ses bras se refermer sur son dos. Ce geste si familier lui donne envie de pleurer. Il l'avait ainsi embrassée dans les premiers jours de leur amour, chaque fois qu'elle s'évanouissait pendant sa grossesse, le jour où il l'avait emmenée à la maternité, la veille du Nouvel An lunaire, quand elle avait glissé sur une peau d'orange en portant la marmite de *chè* vers le salon, et une fois... quand elle sortait de la salle de bains. Il avait bondi sur elle pour l'obliger à se baigner de nouveau avec lui dans la salle de bains saturée de vapeur. Hoan riait à gorge déployée. Dehors, il faisait froid, un froid cuisant. Combien d'autres fois encore ? Hoan l'embrassait chaque fois qu'il le pouvait. Impossible de compter tous les souvenirs de leur vie commune. Elle aurait pu se prolonger ainsi jusqu'à leur vieillesse.

« Tu as froid ?

– Non.

– Qu'as-tu ?

– Rien.

– Tes larmes inondent ma chemise.

– Ce n'est rien.

– Donne-moi ton mouchoir, que j'essuie tes larmes. »

Un hibou jette soudain un cri à l'entrée de la rue. Le cri rauque, sinistre se propage dans l'espace. Miên serre son mari :

« On dit que le cri du hibou annonce la mort.

– Si c'était vrai, les habitants alentour mourraient à longueur d'année. N'y crois pas. »

Il se tait un moment puis continue :

« Mais cette nuit, il a crié juste à l'entrée de notre rue. Il se peut que, cette fois-ci, il annonce la vérité.

– À qui penses-tu ?

– Ni à toi, ni à moi, ni à notre fils. À notre bonheur.

Comme un être humain, il a un destin, il naît et il meurt. »

Il soupire, serre violemment Miên dans ses bras jusqu'à l'étouffer :

« Miên, n'y a-t-il pas une autre issue ? Je ne sais comment faire pour vivre sans toi.

— N'importe quelle jeune fille rêverait de t'épouser, Hoan.

— N'importe quel homme supplierait Bouddha et le Ciel de pouvoir t'épouser. Mais pourquoi parler de cela ?

— De quoi pourrais-je parler, maintenant ? »

Hoan se tait. Miên continue :

« Crois-tu que j'en sois heureuse ? »

Sa voix amère gronde, s'étrangle. Hoan incline la tête. L'odeur de la fleur de basilic mélangée à celle des cheveux de Miên envahit ses narines. Un parfum qu'il lui semble avoir respiré pendant des milliers d'existences antérieures, et qui paraît maintenant une illusion enivrante, prête à se diluer dans le vent. Il ressent soudain une folle nostalgie de ce parfum, comme s'il l'avait égaré depuis longtemps et venait juste de le retrouver pour le reperdre dans un instant. Il s'incline encore sur le visage de Miên. Il s'assied sur un tabouret, installe Miên sur ses cuisses, embrasse goulûment ses cheveux. Miên a une chevelure de jais, souple et chatoyante comme la soie, qui lui tombe jusqu'aux jambes. Petite, elle avait des cheveux jusqu'à terre. Elle devait monter sur un escabeau pour les peigner. Après son mariage, tante Huyên lui ordonna de les raccourcir de quelques pieds :

« C'est fini, le temps où tu pouvais briser les cornes

d'un buffle[1]. Il faut les raccourcir sinon le peu de riz que tu avaleras servira à nourrir tes cheveux, il n'en restera rien pour la peau et la chair. »

Miên avait raconté cette histoire à Hoan d'une voix remplie de regret. Hoan avait ri et dit :

« C'est du passé, pourquoi s'en souvenir pour se peiner ? Même aujourd'hui, tes cheveux battent tous les records mondiaux. Je n'en ai jamais vu de si beaux. »

Maintes fois, il avait peigné et noué les cheveux de Miên. Il aimait plonger la main dans cette chevelure épaisse, ruisselante, sentir sa fraîcheur, sa douceur se propager dans son corps, dans son âme. Maintenant, il va perdre cette chevelure, ce parfum.

Hoan plonge les doigts dans le chignon de Miên. Ses oreilles bourdonnent.

La dernière fois, c'est la dernière fois.

Hoan dénoue le chignon. La lourde chevelure de Miên se répand, recouvre sa main, les épaules de sa femme, ruisselle le long de son corps jusque sur le carrelage. Hoan enfouit le visage dans cette chevelure comme s'il voulait graver dans sa mémoire chaque cheveu fin, souple, luisant comme un fil de soie, frais comme le marbre. Les fleurs des pamplemoussiers et celles des basilics mélangent leurs senteurs. Un parfum chaleureux, lointain. Un papillon de passage.

« Miên, tu es à moi. »

La plainte fuse avant qu'il puisse la réprimer. Le regret se cabre en lui comme un cheval fou cisaillant de ses dents le mors. Un sentiment d'iniquité, d'injustice oppresse son cœur, le fait bondir. La douleur le submerge, vague après vague, impossible à réfréner.

---

1. Dicton célébrant la vigueur des femmes à dix-sept ans : « Fille de dix-sept ans briserait à main nue les cornes du buffle. »

Hoan serre violemment sa femme, enfouit le visage dans ses cheveux souples et doux, embrasse passionnément son cou, le duvet de sa nuque. Plus son amour se débride, plus le parfum familier des cheveux et l'odeur de la femme l'enivrent, plus le désir et la douleur s'entredéchirent en lui.

« Miên... »

Il a serré les dents, mais la plainte a quand même jailli. Il comprend qu'il est en train de perdre tout contrôle, qu'il va hurler, briser quelque chose, abattre le portail ou un oranger. Il voudrait une arme capable de fendre en deux ce ciel si serein, d'incendier cette nuit si calme, ces montagnes, ces collines, ces champs, ces plantations, ces hameaux, ces villages, ce monde funeste, son ordre perfide, ses lois éternelles, incontestées. Tous les pouvoirs qui vont écraser son bonheur, saccager sa vie.

Miên, tu es la femme de ma vie, ma femme, celle qui m'aime et que j'aime, la mère de mon fils. Nous ne devons pas nous séparer, c'est insensé.

Son cœur hurle. Personne ne lui répond. La femme pleure sur son visage, enfonce ses doigts tremblants dans ses cheveux, appelle sans se lasser son nom.

Sur le tard, le clair de lune s'adoucit, devient limpide. Sur le disque lunaire, des traits s'entortillent, anarchiques, comme les coups de pinceau d'un disciple enivré de Bacchus. Une biche pousse soudain un cri dans le lointain. Un cri perçant, solitaire, égaré, fervent, comme celui d'un vieil orphelin vagabondant sans fin en quête de ses origines. Le cri d'un animal blessé ou abandonné par son partenaire. Le vagissement douloureux résonne à travers les collines vierges, les champs, jusqu'au hameau, réveille le couple. Immobiles, la main dans la main, les cheveux entremêlés, ils écoutent la biche crier. Le cri, peu à peu, s'éteint. Un silence infini s'instaure, impérial. De temps en temps, on entend une goutte de rosée tomber sur une feuille de bananier.

« Tu as froid ?

– Non.

– Il est minuit passé.

– Oui.

– Il commence à faire froid. Mais ta chevelure est si épaisse que tu ne le sens pas. Les cheveux réchauffent vraiment bien, autant qu'une couverture. Miên, tu sais que je t'aime.

– Je sais.

– Je t'aime plus que tout au monde, comme jamais.

– Moi aussi.

– Allons-nous nous résigner à cette séparation ? » Miên garde le silence.

En tâtonnant, Hoan reboutonne la chemise de sa femme. Sa main frôle ses seins fermes, réveille son désir. Il se rappelle les seins ronds, blanc et rose de Miên, ses petits tétons. Sa peau luit comme de la nacre dans les nuits d'amour. Ces lueurs se sont gravées dans sa mémoire. Maintenant, elles l'excitent. Il se redresse, libère un à un les boutons qu'il vient de refermer. Il veut regarder sa femme dans la lumière de la lune. Depuis des mois, des années, il a contemplé cette poitrine à la lueur du feu ou des chandelles. Il veut maintenant la regarder au clair de lune. Il libère le dernier bouton, pousse la chevelure de Miên sur son flanc. Les seins de la femme se dressent, comme sculptés dans du marbre. Une blancheur sublime, étrange. Miên semble être une fée des montagnes exilée sur terre pour l'épouser. Son temps accompli, elle se prépare à le quitter, à repartir dans les profondeurs

112

des monts et des forêts. Le voyant hébété, Miên lui caresse le menton :

« Qu'as-tu ?

– Rien.

– Referme les boutons pour moi.

– Non.

– Il faut que tu veilles à ta santé.

– Ma santé ? Tu veux que je veille à ma santé ? Mais pour quoi faire et pour qui ? »

Miên serre la tête de Hoan dans ses mains, comme elle le fait avec le petit Hanh. Elle caresse son menton, ses joues, la boucle de cheveux sur son front avec les mêmes gestes maternels :

« Tu es jeune encore, tu devras bientôt refaire ta vie. Tu es un homme, le pilier de la famille, celui qui lutte avec le monde. Et puis, tu auras d'autres enfants.

– Pourquoi te soucies-tu tant de moi ? Je n'ai pas besoin de ce genre de bons sentiments.

– Je me fais du souci pour toi parce que je t'aime. De toute façon, nous ne pourrons pas vivre ensemble.

– C'est toi qui l'as décidé.

– Cesse de me martyriser. Et si tu prenais la décision ? Va, je t'obéirai en tout. »

Hoan se tait. La femme répète :

« Décide donc pour nous. »

Hoan ne répond pas. Miên répète encore d'une voix tremblante, prête à éclater en sanglots :

« Alors, prends la décision, je m'y conformerai. »

L'homme enfouit la tête dans la poitrine de sa femme, éclate en sanglots. Il sait qu'elle a raison, qu'il ne pourra pas continuer à vivre avec elle maintenant que son ancien mari est revenu.

Hoan s'était présenté à l'armée en un temps où tous les jeunes hommes devaient aller au combat, où devenir soldat était la seule manière de prouver sa dignité.

Le service du recrutement l'avait refusé parce qu'il avait une malformation congénitale : ses pieds trop épais, plats, l'empêchaient de marcher et de courir vite comme les soldats normaux.

Hoàn comprend que s'il avait été mobilisé, il aurait aussi pu être frappé par la malchance, rayé du livre des vivants, inscrit dans le livre des morts. Il aurait pu s'égarer, vivre misérablement dans un trou perdu de la jungle comme un animal sauvage et revenir un jour sur sa terre natale avec au dos un ballot fripé, déchiré, comme un mendiant. Sa propre conscience lui interdit de disputer Miên à l'ancien mari frappé par la malchance, précipité dans la gêne. Et puis, en dehors du tribunal intraitable de sa conscience, il y a tant d'autres jurés en ce monde, des gens qui, tout naturellement, ont le droit de les juger. Mais bien que sa raison l'admette, son cœur amer se cabre de rancune. Cette séparation est trop barbare, insupportable.

Le coq chante la première veille. La lune, brusquement, frémit, pâlit. Les gouttes de rosée frappent les feuilles des bananiers. La femme essuie les larmes de son mari avec un mouchoir :

« Descendons. On va réveiller le petit. »

Elle se lève, le tire par la main. Ils descendent l'escalier. Miên guide son colosse de mari comme un enfant sur une route en pente. Le petit Hanh dort profondément. La lampe brûle dans un coin de la chambre, sur une table surélevée. Sans se concerter, ils se mettent à regarder l'enfant, les meubles. L'armoire aux deux battants ornés de miroirs. La commode à trois tiroirs qui contient des vêtements, les documents importants, l'argent. Miên y range ses bijoux. Dessus, la boîte contenant son nécessaire de toilette. À côté, un vase d'orchidées posé sur une autre table fait face

114

à la lampe. Sur la fenêtre, des rideaux brodés de dentelles que Hoan a achetés l'an dernier.

« As-tu sommeil ?

– Je suis complètement réveillée.

– Moi aussi. »

L'homme se mouche, jette le mouchoir dans une bassine au pied d'un mur. Il s'avance vers la lampe, redresse la mèche pour raviver la lumière.

« Veux-tu du thé, *petite sœur* ?

– Je n'ai pas soif, mais si tu en as envie, je prépare une théière.

– Laisse-moi faire. Veux-tu le thé du magasin ou le thé que tu embaumes toi-même au jasmin ?

– Je préfère le thé de chez nous.

– Moi aussi. »

Hoan pénètre dans le salon, fait le thé. Un moment plus tard, il revient avec un service à thé pour deux et une assiette de gâteaux à la pâte de haricot vert.

Miên :

« Je n'en prendrai pas. Je me suis lavé les dents. Ces gâteaux laissent un goût acide dans la bouche.

– Prends-en. Tu peux toujours te brosser les dents après. Rien ne presse. »

Miên regarde en silence son mari. Elle comprend soudain que bientôt ils ne pourront plus se retrouver autour de ce service à thé pour deux, que dorénavant chaque instant qui passe est sans retour, que dans cinq jours et six nuits seulement, elle sera obligée de quitter cet homme, cette maison, pour toujours.

La femme s'assied sur le lit, regarde attentivement son mari, comprend qu'il est encore plus digne de son amour qu'elle ne le pensait.

Hoan, mon chéri, bienheureuse la femme qui t'épousera. Mais qui épouseras-tu ? Tu retourneras sans doute vivre en ville. Là, les jeunes femmes bien maquillées ne manquent pas.

Elle imagine le visage de la femme qui épousera Hoan. Une femme de la ville, habituée au bonheur depuis l'enfance, à la peau blanche, aux lèvres vermeilles. Plus jeune qu'elle, plus instruite, plus riche, plus élégante. Elle partagera le lit de Hoan, fera du commerce avec Châu, sa sœur. Elle accompagnera Hoan dans des villes inconnues. C'est clair, la nouvelle vie de Hoan s'organisera ainsi. Pendant ce temps, elle sera obligée de se terrer dans la ténébreuse masure de Bôn, de dormir sous la moustiquaire en forme de carrelet, remplie de poussière et de cadavres de millepattes, à côté d'une mendiante dévergondée, sale, déguenillée. Cette vision l'emplit d'amertume, de ressentiment. Elle sent ses narines brûler comme sous l'effet du piment rouge.

« À quoi penses-tu ?

– À rien.

– Pourquoi pleures-tu ?

– Mais non. »

Hoan ouvre en silence la commode, en tire un mouchoir propre, le tend à Miên. Il l'entoure de son bras, la console :

« Ne pleure plus. As-tu regardé les nouveaux vêtements ?

– Pas encore.

– Je te les apporte. »

Hoan sort de l'armoire les chemises de nuit qu'il vient d'acheter pour Miên, les déploie une à une devant ses yeux.

« Viens, mets-les pour voir.

– Non.

– Juste pour voir si j'ai bien choisi.

– Je t'en prie. »

116

Elles ne serviront à rien dans la vie misérable que je vais mener. Plus jamais je n'en aurai besoin.

Miên n'ose pas dire ses pensées à son mari. De son côté, il veut absolument la forcer à exercer son désir. Finalement, Miên se lève, essaie une à une les robes. Debout devant la glace, le mari caresse chaque pan de soie, examine minutieusement chaque bordure de dentelle qu'il a mis tant de temps à choisir. Pendant qu'ils se perdent dans ce jeu fascinant, l'enfant se réveille brusquement. Il se relève, frotte ses paupières :

« Maman, que fais-tu, maman ? »

Miên n'a pas encore répondu que le petit a déjà aperçu l'assiette de gâteaux. Il change immédiatement d'idée :

« Je veux des gâteaux. »

Hoan s'approche de lui :

« D'accord, mais tu devras te brosser les dents après. »

Le petit hésite, réfléchit un moment, secoue la tête :

« Non, non. J'en mangerai demain. »

Il se recouche et s'endort aussitôt.

Miên regarde longuement son fils, oublie que Hoan attend toujours qu'elle essaye la dernière chemise.

« Qu'il est sage... Comment vais-je faire pour vivre loin de lui ?

– Va chez tante Huyên tous les jours. Je ne reviendrai le voir que le dimanche soir.

– Tu ne l'emmèneras pas en ville ?

– Non. Je sais que tu ne le supporteras pas.

– Tu es bon pour moi.

– Je t'aime. »

Il la regarde profondément dans les yeux. Miên n'ose pas les lever sur son mari, elle baisse ses cils mouillés, fixe la dentelle au bas de sa chemise. Puis elle enlève la chemise, met la dernière :

« Elles me vont toutes bien. Tu as bien choisi.

– Ce n'est pas que j'aie bien choisi, c'est parce que tu es très belle, beaucoup plus belle que les femmes des villes.

– Ne dis pas ça.

– Je dis la vérité.

– Je les aime toutes, surtout la verte aux fleurs blanches. Mais je n'y toucherai jamais.

– Pourquoi ?

– Je les rangerai dans ce tiroir. C'est là que je range mes vêtements et ceux du petit. »

Miên plie soigneusement les chemises une à une, les empile, les porte vers la commode :

« Ici, je rangerai aussi les habits que je porte actuellement. Je n'emporterai que quelques vieux costumes.

– Non, il faut nous laisser les plus vieux. Prends les meilleurs. »

Miên se retourne, regarde Hoan et, lentement :

« Tout ce qui porte ton odeur et celle de notre enfant appartient à la vie commune qui s'est déroulée sous ce toit. Je dois les laisser à leur propriétaire.

– Non, c'est toi la vraie propriétaire de cette demeure. Tu le sais très bien.

– Oui, autrefois... Mais c'était autrefois. Je vais bientôt appartenir à une autre maison. Nous devons accepter cette réalité. »

Hoan se tait. Il prend lentement conscience de ce que sa femme vient d'exprimer. Il se sent accablé, abandonné comme une hutte ouverte, balayée par tous les vents.

C'est donc cela, la séparation... La séparation. Je n'arrivais pas à l'imaginer. Chacun vivra dans son coin. La maison deviendra une tombe où s'enterrent les souvenirs.

Il allume une cigarette, espérant que la fumée chassera la sensation de froid qui l'envahit. Avec la tristesse, le goût du tabac a changé, il est devenu âcre, râpeux. L'homme jette la cigarette à peine entamée dans le jardin. Voyant Miên se débattre avec les vêtements, il élève la voix :

« Miên... Tu ne trouveras rien dans ce tas de vêtements. Ils portent tous l'odeur de notre bonheur. Le mieux serait que demain tu apportes aux tailleurs la soie que je viens d'acheter. En leur payant deux ou trois fois le prix, ils accepteront de les coudre à temps.

– Les couleurs de ces coupons de soie sont toutes belles. Cela ne va pas avec l'endroit où je vais vivre.

– Miên, pourquoi inventes-tu des prétextes pour te maltraiter ?

– Laisse-moi, laisse-moi. »

Miên a soudain hurlé. Elle se baisse, ouvre un à un les tiroirs, sort et repousse comme une folle tout ce qui lui tombe sous la main. Chaque fois qu'elle veut soustraire un objet de cet espace, elle a l'impression de tourner une page de l'histoire de son amour, d'exhiber un souvenir, et la douleur retient son geste. Finalement, Hoan la voit sortir un costume noir, élimé, déteint. Un costume pour vieille femme, celui qu'elle a fourré au fond de la commode il y a presque dix ans, auquel elle n'a plus touché depuis.

« Miên, tu as l'intention d'emporter ça ?

– Oui, je le prends avec moi.

– Je t'en prie, laisse-le-moi. C'est le costume que je chéris le plus. Je t'offrirai cent autres costumes noirs si tu aimes le noir. »

Miên baisse obstinément la tête sur le tiroir.

Hoan :

« Te souviens-tu de l'époque où tu portais ces habits ? »

Agenouillée devant les tiroirs, Miên ne répond pas. Hoan s'avance dans le dos de Miên et, imitant l'accent et le parler de la région :

« Eh ! Madame, pourriez-vous me donner une gorgée d'eau ? »

Plus de huit ans auparavant, par un après-midi torride, sous le vent du Laos qui rabotait les collines sauvages, Hoan errait dans la région à la recherche d'une terre pour créer une plantation comme le souhaitait son père. Cinq heures durant, il n'avait croisé ni ferme ni ruisseau où puiser un peu d'eau. La soif le martyrisait, l'exténuait. Il continuait d'avancer, mais il avait du mal à diriger ses pas dans le soleil aveuglant qui couvrait l'immensité. Finalement, il vit une vieille femme piochant la terre sur une colline. Elle défrichait sans doute, car quelques piquets nus se dressaient sur le terrain qu'elle piochait. De dos, la vieille semblait assez grande. Elle portait un costume noir, un chapeau de paille recouvert de feuilles de camouflage qui la faisaient paraître négligée, ridicule.

« Madame ! Eh, Madame ! »

Il criait dans le dialecte régional car il savait que les gens des montagnes n'étaient pas habitués à la langue ordinaire.

La vieille continuait de piocher, elle ne semblait pas consciente de la présence d'un autre être humain sur ces collines désertes. Elle devait être sourde, ou bien le vent contraire arrêtait les appels de Hoan. Hoan pensa que la soif avait éraillé sa voix. Il banda ses forces, hurla :

« Madame ! Eh, Madame ! »

Il s'efforça de grimper vers le sommet de la colline. Quand il arriva à quelques pas de la vieille, il hurla dans son oreille :

« Madame, pourriez-vous me donner une gorgée d'eau ? »

La vieille laissa tomber sa pioche, s'écriant :

« Oh là là ! »

Elle bondit comme un cabri, rattrapa de la main la pioche d'un geste rapide qui stupéfia Hoan. Elle se retourna. Sous le chapeau de paille, Hoan vit des prunelles noires, étincelantes, dans des yeux bleus, translucides, un petit fragment de peau immaculée, d'une blancheur de porcelaine, d'orchidée ou de lys. Les yeux se plissèrent, un rire s'éleva de sous le foulard :

« Mon Dieu ! Vous m'appelez donc depuis un moment et je n'en savais rien !

– Pardon, pardon... Parce que... C'est ma faute... »

Pendant que Hoan bafouillait des excuses, « Madame » se dirigea vers un buisson et dit abruptement :

« J'ai mis l'eau sous ce bosquet. Dépêchez-vous. »

Hoan suivit « Madame », il ne ressentait plus la soif, stupéfié par cette beauté étrange au milieu de ce patelin perdu dans les montagnes. Anxieusement, il pria le Ciel pour que « Madame » enlevât le foulard noir qui masquait son visage pour étancher sa curiosité.

Le bosquet feuillu mesurait plus de trois mètres de haut. Les feuilles fanées par le soleil exhalaient une pénétrante odeur de sève, mais elles donnaient assez d'ombre pour abriter plusieurs personnes. La cruche reposait dans un panier en bambou emballé d'herbes blanches, une herbe aux brins longs comme de la paille, très résistante, qui blanchit en séchant au soleil, comme le bambou, en dégageant une odeur suave. « Madame » souleva la cruche, versa du thé vert dans un bol de faïence :

« Buvez ! »

Hoan savait qu'il n'y avait pas de deuxième bol dans le panier. Il dit :

« Après vous, Madame.

– Appelez-moi Miên. Allons, ne faites pas de manières, buvez d'abord. »

Ce disant, « Madame » enleva son foulard, l'étala sur ses genoux sous la brise. Hoan porta le bol à ses lèvres en contemplant, fasciné, le visage de cette Cendrillon des montagnes.

Depuis, tant d'années se sont écoulées. Voilà que ces souvenirs lui reviennent. Comme une tempête qui, emprisonnée dans un ravin, incapable de décharger sa fureur dans l'espace, se cabre et tourbillonne au fond des falaises, se faufile entre les arbres, hurle dans le gouffre. Cette douleur enfermée ravage son cœur. Inconsciemment, il crie de nouveau :

« Madame, pourriez-vous me donner une gorgée d'eau ? »

Ce n'est plus à Miên qu'il s'adresse, mais à lui-même. Il veut réécouter cet écho, encore une fois, entendre jusqu'au bout le son du bonheur et celui du malheur. Comme il avait assisté son père pendant qu'il agonisait pour regarder jusqu'au bout ses adieux à ce monde, même si c'étaient des minutes cruelles.

L'homme n'est pas une autruche. Il doit faire face à la vie, qu'elle soit heureuse ou malheureuse, riche ou misérable, paisible ou périlleuse. Dieu a donné à l'homme de marcher debout, contrairement aux bêtes, pour lui permettre de regarder droit devant. Son père le lui avait dit, et pas qu'une seule fois. Après avoir été piégé par Madame Kim Lan et sa fille, il avait dû épouser Kim Liên, mais il s'était comporté envers elle comme un être debout et regardant droit devant lui. Sa mère en était terrifiée, mais son père l'avait approuvé. Une nouvelle fois cet homme frêle l'avait soutenu, avait chassé de son front les mèches qui lui masquaient la vue :

« C'est très bien, mon fils. L'homme peut mourir, il ne doit pas se soumettre. Nous ne sommes pas des bêtes soumises aux ordres d'autrui. »

En effet. Hoan avait lutté avec détermination contre le destin. En plein repas de noces, devant les deux familles rassemblées, il avait déclaré avoir été floué, il avait relaté les faits, calmement, dans tous les détails, sans se donner la peine de masquer son mépris glacé. Comme le disaient les gens, il avait saupoudré de cendre la face de la mariée, de sa famille, de sa parentèle. Pire, il avait sali l'honneur, la réputation du Vice-président de la ville, un homme plus puissant que le Président lui-même grâce à la protection de ses camarades du Comité Central et à celle du Secrétaire fédéral du Parti.

Après les cérémonies, Hoan s'installa au hameau de Bao, dans un village de pêcheurs au bord du fleuve Nhât Lê.

Mais en ce temps-là, son destin avait un autre visage. Il se présentait sous une forme de chair et de sang portant un nom, des vêtements, un permis de résidence et toutes sortes de choses nécessaires à la survie des mammifères bipèdes. Aujourd'hui, son destin est différent : personne ne l'a piégé, personne ne l'a trahi, personne n'a cherché à lui nuire.

Comment s'opposer à ce destin ?

Il se sent impuissant.

De nouveau, le cri lui échappe :

« Madame, pourriez-vous me donner une gorgée d'eau ? »

Ce n'est plus pour Miên, ni pour lui. C'est la plainte du passé lui-même, la lumière qui a accompagné leurs vies, qui explose en éclairs pour convoquer dans cette chambre toutes les images du bonheur passé, tous les souvenirs de tendresse.

« Miên, je t'aime.

– Moi aussi.

– Allons-nous vraiment nous séparer ? Miên...

– Je laisse tout ici. Demain j'achèterai de quoi tailler quelques costumes.

– Miên.

– Je te demanderai seulement de ne permettre à personne de toucher à mes affaires. Ce sera comme si tu conservais toujours notre amour. »

Sa voix résonne, monotone, morne, comme un son venu du néant, un écho jailli d'un cimetière abandonné où ne glissent que des ombres, où les traînées de brumes dérivent sous le vent, à l'appel des sorciers.

Tu as accepté le sort, ta voix n'est plus celle d'une femme lucide. Ce ne sont plus que des sons anonymes, le verdict des sorciers sur les lèvres des âmes errantes. Tu t'es résignée à obéir à une force externe alors que ton cœur regrette encore.

Ainsi pensa Hoan en voyant Miên à genoux devant les piles de vêtements, son regard douloureux quand elle lui a demandé de conserver les souvenirs de leur vie commune. Elle pensait sans doute à la femme qui la remplacerait dans cette demeure.

Mais qui pourra jamais te remplacer ? Si cette personne existe, qui est-ce ?

Il ne peut imaginer une autre femme respirer l'air qu'il a respiré avec Miên, faire l'amour avec lui là où ils ont fait l'amour, contempler ensemble le clair de lune au-delà des barreaux de la fenêtre, sursauter ensemble en entendant le coq annoncer l'aube. Qui d'autre ouvrirait cette armoire pour lui, apporter des habits dans la salle de bains ? Qui s'agenouillerait

124

devant la commode pour ranger les vêtements comme Miên venait de le faire ?

Qui ?

Il n'arrive pas à l'imaginer. La femme de sa vie range le dernier vêtement dans un tiroir, le ferme d'un geste doux. Hoan voit son cou blanc s'allonger, projeter des lueurs dansantes sur sa chevelure lisse, luisante. L'énorme chignon dans sa nuque, par sa simplicité, lui donne une élégance pleine de dignité. Son cœur se serre douloureusement, ses larmes menacent de déborder. Mais il sait qu'il n'a pas le droit de pleurnicher. C'est indécent, indigne d'un homme.

Mon fils, sais-tu quel est le pire ennemi d'un homme ? Ce ne sont ni les barbares, ni les agresseurs, ni les riches malhonnêtes, c'est l'indécence. Et l'indécence, c'est toujours à nous que nous la devons.

Hoan serre les dents, ravale ses larmes. Il ne veut pas se résigner bien qu'il se sache impuissant. Il serre les épaules de Miên, l'attire à lui, plonge son regard dans les yeux douloureux de la femme et dit :

« Je te le promets, aucune autre femme ne touchera à tes affaires. »

VI

Pendant les derniers jours de leur vie commune, personne ne leur rend visite. Même pas les voisins amateurs de thé qui aimaient jouer aux échecs sur la terrasse. Hoan est hospitalier. Dans la maison, il y a en permanence du bon thé, des gâteaux pour l'accompagner et des bonbons pour les enfants. Dans toute la région, aucun de ceux qui fréquentent régulièrement les grandes villes n'en ramène autant de friandises de luxe. Quand Hoan était à la maison, hormis les jours d'orage et de pluie, tous les soirs, on venait lui rendre visite. Cette semaine, tout le monde a disparu. Même quand ils le rencontrent par hasard dans la rue, les habitués le saluent précipitamment et bifurquent dans une autre direction. Tôt le matin, tante Huyên vient chercher le petit Hanh et le garde jusqu'à la tombée de la nuit avant de le ramener à Miên. Tout le monde traite le jeune couple comme des condamnés à mort attendant l'exécution. Hoan le comprend, cette lune de miel tardive n'est que le festin de grâce qu'on accorde au condamné avant de lui trancher la tête. Pourtant, au cours de ces minutes rares, Miên a d'innombrables affaires à régler et Hoan a l'impression qu'on lui vole son temps. Il a dû l'emmener acheter du tissu « conforme à ses nouvelles conditions de vie », comme elle dit. Miên s'est fait couper trois costumes noirs et deux costumes bleus. Elle a acheté quelques chemises en laine, une veste rembourrée de coton pour vieille femme, toutes en noir. Elle a rangé dans le coffret en laque les miroirs, les peignes, les épingles à cheveux qu'il lui avait achetés dans les villes, les coupons de soie colorée, les nœuds pour les cheveux. Elle s'est acheté un petit peigne en corne de buffle, quelques épingles bon marché dans le bazar de la commune où on vend un peu de tout, du pétrole, du sel, de la saumure de poisson...

Miên entasse le tout dans un petit coffre en bois ordinaire renforcé par de grosses lattes en aluminium et de vulgaires rangées de clous, barbouillé d'une couche de vernis.

Hoan :

« Tu as deux valises. Pourquoi n'en emportes-tu pas une ?

– Laisse-moi. »

Hoan n'ose pas insister devant son air buté, endurci. Ces moments brusques d'énervement et de colère passés, sa femme devient plus tendre que jamais, non pas de la tendresse d'une femme paisiblement installée dans son bonheur, mais de la tendresse désespérée, démente de celle qui sera bientôt chassée du paradis et qui le sait. La nuit, des heures durant, elle caresse sans se lasser la boucle de cheveux sur le front de Hoan, ses oreilles, les poils de sa poitrine, le grain de beauté sur sa nuque juste au-dessus de la première vertèbre du cou. Parfois elle se plaque contre lui, des heures entières, comme un lézard dans la fissure d'un rocher et, alors qu'il la croit endormie, elle attrape en silence son mouchoir, essuie ses yeux. Hoan palpe alors l'oreiller. Il est imbibé de larmes. Toutes les nuits, il entend distinctement les coqs marquer les veilles, les unes après les autres. À mesure que le jour avance, les chants se font plus pressants. Puis le ciel au-dehors s'éclaircit, la brume blanche se dissipe et la lumière matinale fleurit sur les feuilles des arbres.

« Hoan, plus tard, tu te souviendras de moi ?

– Tu me manques déjà.

– Mais tu oublieras. Tu oublieras peu à peu.

– Alors, toi aussi, tu m'oublieras petit à petit ?

– Non. Jamais.

– Alors pourquoi es-tu si sûre que je t'oublierai ?

– Parce que... Parce que... »

La question sans réponse se déchaîne sans fin, furieusement.

Le soleil traverse les barreaux de la fenêtre, les frappe. Ils se redressent d'un coup. Hoan va fermer les volets :

« Quelle diabolique malice ! Ces rideaux sont beaux à voir mais inefficaces. Si je l'avais su, j'aurais choisi une couleur plus foncée. »

Il tire les rideaux. La dentelle ajourée se dessine nettement dans la lumière du jour. Il a acheté ces rideaux pour la vie paisible et heureuse d'autrefois, pas pour cette funeste lune de miel, pour ce laps de temps où il prie constamment pour que le soleil jamais ne se lève.

« Où vas-tu ?

– Je cours chez tante Huyên, juste pour un moment.

– Pour quoi faire ?

– Je lui demanderai de louer quelques gamins pour cueillir des herbes de la vierge. Reste te reposer encore un moment, je reviens dans dix minutes. »

Les herbes de la vierge poussent sur les rochers des montagnes. Elles ont des feuilles longues, pointues comme des germes de paddy. C'est une herbe réservée à ceux qui ont décidé de se retirer du monde. On la fait sécher, on la tasse dans un panier. Pour se laver,

128

on jette une poignée de feuilles dans l'eau bouillante, le bain est prêt en un instant. Cette herbe sert à décrasser. Son parfum est réservé à ceux qui ont mis fin à toute vie charnelle, qui fuient les foules, les distractions, qui se réfugient sur les sommets des montagnes, dans des abris de feuillage et d'herbe, dans des pagodes silencieuses, cachées. Et Miên a décidé d'en commander. Comment peut-elle savoir d'avance que sa vie commune avec son ancien mari sera sans amour ? A-t-elle décidé de vivre avec lui une vie de nonne, même si son corps ne lui appartient plus ? Hoan n'ose pas lui poser la question, elle pourrait très bien entrer en fureur et lui lancer le refrain qu'elle vient d'inventer ces jours derniers : Laisse-moi !

L'après-midi suivant, une dizaine de garçons apportent sur leur palanche les herbes de la vierge, les étalent dans la cour, sur les allées. La maison prend l'allure d'une fabrique de bourre à coussins. De la cuisine à la maison, de la maison au portail, partout, les pieds se prennent dans cette herbe à l'odeur âcre. Toutes les heures, Miên la retourne. La sève s'évapore, exhale une odeur de canne à sucre grillée et de plantes médicinales du Nord.

« Miên.

– Oui.

– Tes mains sont déjà collantes de sève. Pourquoi te donner toute cette peine ?

– J'en ai besoin pour l'eau du bain.

– Emporte du savon. Tout ici t'appartient.

– Non.

– Tout ce qui est sous ce toit nous appartient. Cela n'appartient pas qu'à moi. Pourquoi inventes-tu tous ces prétextes ?

– Je le veux.

– Cesse, Miên, je t'en prie.

– Non.

– Pourquoi cet entêtement contre moi ? Depuis que nous nous aimons, je ne t'ai jamais imposé quoi que ce soit.

– Non, c'est moi qui me l'impose.

– Ce n'est pas raisonnable.

– Tout ce qui existe ici, dans cette maison, appartient à notre fils. C'est lui le véritable propriétaire de ces lieux. Je lui laisse tout. »

C'est donc ainsi. C'est donc cela la raison pour laquelle Miên prépare son départ comme un exil. Hoan regarde sa femme s'affairer dans la cour, retourner les herbes et sent les larmes refluer dans ses yeux. Ce tour féroce du destin lui semble insupportable.

La nuit qui vient est la dernière.

Longtemps, le soleil languit sur les cimes de la cordillère Truong Son, refusant de se coucher. Quand il disparaît, les nuages enflammés continuent d'illuminer le ciel. Le crépuscule brûlant, oppressant, semble narguer les malheureux. Miên n'a pas préparé le riz. L'aurait-elle fait, personne n'aurait pu l'avaler. Hanh est parti dormir chez tante Huyên après le dîner.

« Veux-tu une bouillie de riz au poulet ?

– Non. Ne perdons pas de temps pour la cuisine.

– As-tu faim ?

– Non.

– Je fais un *chè* aux haricots verts ?

– Ne fais rien. Viens près de moi, nous n'avons plus beaucoup de temps. »

Hoan saisit la main de sa femme, l'attire contre lui. Ils restent immobiles, allongés l'un contre l'autre.

Dehors, le crépuscule s'éteint. Le ciel violacé tourne au gris cendre. Pas de clair de lune. Les couronnes des orangers se diluent dans l'ombre. L'étoile du soir ne point pas comme d'ordinaire. La maison sombre dans la nuit. L'ombre vénéneuse s'infiltre à travers la peau, pénètre dans la chair, les nerfs, les os. Ils sentent leurs membres flageoler, leurs esprits se décomposer. Ils n'ont plus la force de pleurer, de se plaindre, de s'aimer. Les vagues du désir se sont retirées comme une marée, laissant sur le rivage des algues exténuées. La tristesse, comme des ailes invisibles de chauve-souris, balaie leurs visages, les étouffe. Miên est allongée, la tête posée sur le bras de son mari. Ils restent figés comme des bûches. L'ombre se fait de plus en plus épaisse dans les plaintes des insectes, les claquements de langue des lézards et, de temps en temps, les cris affolés des oiseaux. La nuit s'avance. Sur ses pas, le Génie des ombres sème les pétales des rêves. À la longue, épuisés, l'homme et la femme s'endorment.

Le coq chantant la première veille les arrache au sommeil. Ils se rendent compte qu'ils ont sauté le dîner, qu'ils se sont endormis sans prendre le temps de mettre la moustiquaire. Quelques moustiques fredonnent de plaisir. Ils ont dû profiter de cette rare occasion pour se rassasier. La première, Miên élève la voix :

« J'allume la lampe ?

– Oui, allume-la.

– As-tu soif ?

– Oui. Reste-t-il de l'eau bouillie ?

– Je n'ai pas eu le temps d'en préparer hier soir.

– Je vais le faire.

– Non, repose-toi encore un moment. Je fais bouillir l'eau.

– D'accord, on va ensemble dans la cuisine. »

Ils vont dans la cuisine, allument le feu. La flamme s'élance, la sève des bûches bourdonne, les étincelles crépitent. Ils se jettent soudain dans les bras l'un de l'autre.

« Hoan, te souviens-tu du jour où nous avons construit cette cuisine ?

– Je m'en souviens.

– Te souviens-tu de la promesse que tu m'as faite ce jour-là ?

– Je m'en souviens.

– Qu'était-ce ? »

Hoan caresse doucement le dos de sa femme, ne comprenant pas pourquoi elle fait surgir ce souvenir éblouissant des lueurs du foyer, juste en cet instant, quand le coq chante la deuxième veille, alors qu'elle va partir dans quelques heures.

Il se rappelle la flamme éclatante dans la cuisine, l'hiver dernier. Ils venaient d'achever la construction de la maison et préparaient un festin pour honorer les invités selon la tradition. Ils avaient entamé les préparatifs plusieurs jours auparavant. Hoan avait commandé un veau bien gras pour un plat de veau grillé, le premier plat salé. Miên se chargeait du second, du poulet à la vapeur, agrémenté de citronnelle. Elle avait visité les meilleurs poulaillers du hameau, réservé trente poulets et demandé à ses amies de les préparer. Le troisième plat salé, du thon mijoté avec de la graisse de porc et du gingembre, Miên l'avait préparé elle-même. Les gens du Hameau de la Montagne rêvaient à longueur d'année de poisson. Dans toutes les cérémonies, ils plongeaient leurs baguettes dans l'assiette de poisson, négligeant les autres plats de résistance. Miên avait aussi acheté toutes sortes d'herbes et de viandes pour faire quelques plats sautés et deux soupes spéciales. Pour le dessert, un gâteau de farine blutée, bourré de pâte de soja vert, de noix de coco, de graines

132

de sésame noir pilées. Le plus dur était fait. Cette nuit-là, il ne leur restait qu'à surveiller la marmite de gâteaux de riz, à envelopper les gâteaux *in* fabriqués avec de la farine de riz grillé, de la confiture de soja vert, des courges confites, des graines de pastèque. Ce sont les cadeaux qu'on donne aux invités pour leurs enfants restés à la maison. Ce n'étaient pas les plats principaux du festin, mais on ne pouvait pas les négliger. Cette nuit-là, Hoan avait allumé la grande lampe Manson et l'avait accrochée devant la porte de la cuisine. Sa lumière suffisait pour éclairer un mariage ou une réunion de cent personnes. S'y ajoutaient les flammes bondissantes du foyer. La cuisine était tout illuminée. Elle était neuve, elle sentait encore l'odeur âcre de la chaux, les objets en bois exhalaient celle du vernis. On eût dit un salon. Contrairement aux riches du Hameau de la Montagne qui aimaient édifier des maisons de cinq pièces très hautes, avec des murs épais, des charpentes en bois précieux, des tuiles anciennes comme celles des *dinh* [1], avec une cuisine moitié plus petite que la porcherie, une salle de bains de quelques pieds de côté, bricolées avec des matériaux hétéroclites, Hoan avait fait construire minutieusement, au prix fort, la cuisine, la salle de bains et les toilettes avec les meilleurs matériaux. Il voulait que la cuisine fût la pièce la plus belle, la plus luxueuse, la plus propre. Parce que c'était le royaume de Miên. Il ne supportait pas de voir Miên souffrir comme les autres femmes de la campagne, se glisser tous les jours dans une cuisine basse, se courber pour souffler sur le feu, fesses en l'air, avoir les yeux brouillés par la fumée. Il ne voulait pas non plus que Miên dût se

---

1. Mausolée du village où on honore le génie local, où se déroulent les fêtes, etc.

laver hâtivement dans une salle de bains rudimentaire, protégée par des paravents en bambou, dans la peur d'être épiée par un gamin curieux ou surprise par un visiteur à la recherche d'un coin pour se soulager. C'était courant dans les campagnes. Hoan venait de la ville, il comprenait la valeur du confort domestique. Il voulait que sa femme pût jouir de tout ce qu'elle méritait.

Dans sa jeunesse, quand la sirène du train roulant vers le nord hantait son esprit, il n'accordait aucune attention aux besoins de la vie quotidienne, à la réalité de l'existence. Il était content de son destin, ne rêvait que de sa carrière. Elle s'était brutalement brisée sous la foudre. Le mariage imposé par Madame Kim Lan et sa fille l'avait jeté dans une autre voie. Il s'installa dans le village de Bao et vécut de la pêche au carrelet. Réformé, il apprit le commerce du bois. Puis ce fut la guerre. Quittant la ville, il partit avec ses parents vivre au pied de la cordillère Truong Son. Avant de mourir, l'instituteur lui suggéra :

« Mon fils, le métier de planteur, bien que harassant, est aussi plein d'agréments. Avec une gestion intelligente, la dureté de la vie dans les montagnes peut devenir un plaisir inaccessible dans les villes. Dans notre pays, personne encore n'a exercé à fond ce métier. Jadis, seuls les Français ont su créer de grandes plantations, mais ils étaient trop rapaces, ils n'ont pas appris la sagesse des Orientaux : s'arrêter à temps, se contenter du raisonnable. Ils exploitaient trop les ouvriers et, inévitablement, récoltaient l'échec. Quant aux fermes collectives de l'État, ce ne sont que des plantations sans propriétaire, des serpents sans tête incapables de se diriger. Penses-y. Un de ces jours, ils devront autoriser l'ouverture de plantations privées pour éviter la famine. Tu es avisé, tu as un peu l'expérience du commerce par ta mère, des connaissances en mécanique, la volonté de réussir par tes propres moyens. Tôt ou tard, tu réussiras. »

Pour Hoan, chaque mot de cet homme frêle et doux était un ordre. Moins de six mois après la mort de l'instituteur, il était en route, à la recherche d'une terre à défricher. Et il avait rencontré Miên. Il avait trouvé l'autre moitié de lui-même. La chance, qu'est-ce ? Et la malchance ? Souvent, il y pensait. Chaque fois il les trouvait indissociables. Et la carrière ? Maintes fois, il avait esquissé une réponse. Si le train roulant vers le nord l'avait emporté comme tout le monde s'y attendait, il serait devenu un étudiant de l'École polytechnique. Étudiant brillant, il aurait été retenu comme assistant puis comme maître de conférence ou bien on l'aurait envoyé à l'étranger et il serait revenu avec un diplôme de docteur d'État ou de docteur de troisième cycle. On lui aurait attribué un poste et un salaire conformément à la réglementation. Il aurait payé sa réussite par de longues années enfermé entre les quatre murs d'un laboratoire ou de bibliothèques, par des lunettes de myope si épaisses qu'il aurait été aveugle dès qu'il les aurait enlevées. Cet homme n'aurait jamais vu la vraie peau de la femme qu'il aimait car il n'aurait pas pu faire l'amour en portant ses lourdes lunettes. Peut-être n'aurait-il jamais connu l'ivresse de la chair, la vie accablante d'un rat de bibliothèque aurait ramolli ses muscles et ses nerfs, refroidi son sang. Non, Hoan n'aurait pas été prêt à payer la réussite de ce prix. Ce n'aurait été qu'un rêve nacré, une beauté décorative qui ne remplace pas la vie. Le ciel lui avait permis de rencontrer la femme de sa vie. Il était content de son sort. Il voulait jouir à fond d'un bonheur honnête et sain. Des plaisirs simples, voire médiocres comme on le disait. Il voulait voir Miên se déplacer dans une cuisine plus luxueuse qu'un salon, au milieu d'appareils ménagers propres et beaux. Il voulait la voir habillée de soie fine devant les flammes du foyer. Cette lumière rendait son visage radieux, son corps souple, éblouissant comme le feu. Il voulait accueillir leurs invités autour d'une table ovale pour vingt personnes. Il avait dessiné le modèle, l'avait confié au menuisier avant même la pose des fondations de la cuisine. Il avait choisi lui-même l'armoire pour la vaisselle, les étagères pour les casseroles, les marmites. Il avait été heureux de constater la joie de Miên. Miên avait vécu une enfance misérable, mais elle n'était pas avare. Comme Hoan, elle aimait recevoir dans une ambiance enthousiaste et gaie. Cette atmosphère de fête rendait leur vie dans le Hameau de la Montagne aussi animée que celle des citadins.

Cette nuit-là, ils surveillaient la marmite de gâteaux de riz gluant, emballaient les gâteaux de *in*. Il lui semblait que c'était hier. Les flammes étincelaient dans le parfum des gâteaux mijotant sur le foyer, les senteurs de la farine de riz grillé, de la confiture de soja vert, les murmures de Miên. Quand le ronronnement de la marmite se fit régulier, quand il fallut réduire le feu, Miên dit soudain :

« Devine, combien d'enfants aurons-nous ?

— Autant que le Ciel nous en donnera. La terre est vaste, on peut étendre les plantations autant qu'on voudra.

— Pourquoi le Ciel ? C'est nous qui en décidons.

— Oui, nous décidons, mais il faut aussi que le Ciel y consente.

— Tu n'as pas peur qu'on se moque de toi ?

136

– Non. Je suis un homme du peuple, je ne suis pas un mandarin, je ne cours pas après le pouvoir et les honneurs, j'aurai autant d'enfants que je voudrai[1].

– Combien en veux-tu ?

– Deux garçons et deux filles. Nous défricherons encore quelques parcelles. Quand nous serons vieux, nous vivrons avec le dernier. »

Hoan regarda sa femme. Miên rougit, baissa ses cils, se pencha sur le moule à gâteaux, et garda le silence. Ils étaient mariés depuis longtemps, mais elle continuait de rougir quand il lui disait des mots d'amour. Il lui semblait qu'elle était encore un peu adolescente, qu'elle continuait de grandir, et cette pudeur persistante la rendait encore plus séduisante. Hoan le savait, beaucoup de femmes, et pas seulement des femmes impudiques comme Kim Liên, manquaient de cette essence virginale impérissable, se transformaient rapidement en un velours pelé, en un papillon aux ailes décolorées.

Il regarda fixement le visage rose, éblouissant de Miên, caressa doucement sa joue de son index :

« Et toi, combien d'enfants veux-tu avoir ? Quatre, cinq, six, sept ou tout un peloton de douze pour faire le compte ? »

Miên, la figure encore plus rouge, secoua violemment la tête :

« Comment puis-je le savoir ? Tout dépend de toi. »

Sa confusion provoqua en Hoan une avalanche irrésistible de désir. Il bondit sur sa femme, l'embrassa

---

1. Le Parti avait promulgué une politique de limitation des naissances : deux enfants par couple. Les membres du Parti et les dignitaires devaient bien entendu donner l'exemple, s'ils voulaient faire carrière.

goulûment, lui fit l'amour sur le plancher de la cuisine malgré son refus et sa résistance hésitante.

Pourquoi Miên se rappelle-t-elle ce souvenir ? Parce qu'ils sont dans le même espace d'antan et qu'ils doivent se séparer dans quelques heures ? Regrette-t-elle de n'avoir pas eu le temps de lui donner un autre enfant juste après le premier ? De fait, ils avaient prévu d'amasser quelque argent et d'avoir un autre enfant l'année prochaine, quand le petit Hanh aurait six ans. Ils en avaient convenu avant que la séparation ne s'abatte sur leurs vies. Hoan caresse toujours le dos de sa femme.

« Je t'ai promis quatre enfants pour combler les places autour du plateau de fête. Ma promesse tient toujours. Tu m'en dois encore trois. »

Miên plonge dans les bras de son mari, le serre violemment. Les battements qui ébranlent sa poitrine se propagent dans le cœur de Hoan. Le grésillement de l'eau s'évaporant sur les braises réveille brusquement la femme.

« L'eau bout, je vais remplir la bouteille Thermos. »

Son visage sec, serein, semble lointain, impénétrable.

« Prenons le thé ici.

– D'accord.

– Je voudrais m'asseoir une dernière fois dans cette cuisine.

– Je vais chercher le thé dans la maison.

– J'allume quelques chandelles. »

Hoan revient avec le thé et les gâteaux. Miên a éteint la lampe à huile, allumé les cinq bougies d'un chandelier. Elle aime le dicton : « Vivre à la lumière de la lampe à huile et mourir au son des tambours et des trompettes. » Dans son dos, les jalouses la traitent

138

de femme gaspilleuse, affectée. Pour Hoan, Miên est naturellement distinguée. Son enfance misérable n'a laissé aucune trace sur sa figure, son maintien, sa démarche, ses attitudes. Quand ils s'étaient mariés, la guerre faisait rage, la vie était infiniment pénible. Miên supportait toutes les épreuves comme personne. Elle ne se plaignait jamais, ne s'énervait jamais. Elle ne baissait pas non plus la tête, ne se résignait pas à cette existence obscure, misérable, comme au destin naturel de l'homme. Elle pouvait manger un bol de patates d'un air serein, les mastiquer, en jouir comme si ce n'était pas des patates séchées, bouillies avec des pois pouilleux, mais un plat royal. Elle rejetait consciencieusement le moindre gravier, la moindre balle et le faisait posément, la tête haute, le regard droit comme une grue divine contemplant dans le ciel l'espace d'une existence antérieure.

« Veux-tu du *chè* ?

— Les gâteaux de pâte de soja suffiront. Je n'ai pas faim.

— Quel thé as-tu pris ?

— Le nôtre, celui que tu as embaumé. »

Miên se dirige vers l'armoire, choisit une assiette en porcelaine blanche bordée d'un filet doré pour servir les gâteaux accompagnant le thé. Elle essuie la tasse avec une serviette de coton, déballe les gâteaux, les range sur l'assiette. Elle rince la théière, prépare le thé.

Hoan attend en silence, le menton sur le poing.

Miên, comment vivras-tu dans ta nouvelle maison ? Ce n'est même pas une maison, juste une bicoque obscure, couverte d'un toit de feuilles séchées, à côté d'une femme sale, dévergondée, la plus pauvre de toute la région. Où trouveras-tu une cuisine décente pour préparer les repas ? Il n'y a sans

doute même pas de toilettes ni de salle de bains.
Tu aimes l'hygiène. Comment pourras-tu supporter
une vie si fruste ?

Il contemple la serviette immaculée dans la main de sa femme, son geste pour la plier en quatre et la remettre à sa place, pour tirer la porte vitrée de l'armoire à vaisselle, pour écarter le pan de sa tunique avant de s'asseoir en face de lui. La beauté. Et l'amertume.

« Bois, le thé est prêt.

— Oui, prends-en aussi.

— Le parfum du jasmin ne s'est pas encore entièrement libéré.

— C'est déjà très parfumé. Notre buisson de jasmin est-il très fleuri ces derniers temps ?

— C'est étrange. Son parfum entête tout le voisinage et tu ne l'as pas remarqué ?

— C'est vrai, j'ai dû oublier. Et puis, à longueur d'année, il y a des parfums de fleurs, les fleurs des pamplemoussiers, des aglaias, des orchidées, des jasmins, des chlorantes... Je n'arrive plus à les distinguer. Je ne suis pas né sous le signe du Chien, je n'ai pas l'odorat très fin. Les gâteaux sont-ils bons ?

— Très bons, un peu trop sucrés.

— Oui, ils mettent beaucoup de sucre pour les conserver plus longtemps. C'est pourquoi je préfère les tiens. »

Miên reste silencieuse. Elle garde toujours le silence quand il lui fait un compliment. Ni refus, ni remerciement. Elle baisse simplement la tête, timide, heureuse. C'est bien la femme de sa vie. Pour lui seul. Quand ils font l'amour, au diapason du plaisir, elle garde ainsi le silence. Seule sa respiration se précipite et, parfois, il voit ses lèvres s'entrouvrir.

Dans la maison, l'horloge frappe lentement quatre coups. Les coqs se mettent aussitôt à chanter. Ils se regardent. Hoan voit nettement la douleur envahir les yeux de sa femme.

« Prends encore une tasse.

– J'en ai assez bu.

– As-tu préparé tout ce qu'il te faut ?

– Oui. Tout est prêt.

– Veux-tu que je t'aide à revérifier ?

– Non, ce n'est pas la peine.

– C'est bon, mais je voudrais te demander quelque chose.

– Quoi ?

– Promets d'abord de me l'accorder.

– Non, dis-le d'abord.

– Miên, je t'en supplie.

– Je ne peux pas accepter sans savoir.

– C'est pour cela que je t'en supplie. C'est la première fois que je le fais depuis que nous nous sommes mariés. »

Miên se tait un long moment, puis dit :

« C'est bon, je le promets. »

Hoan saisit le poignet de sa femme :

« Cette maison sera toujours à toi. Tout ce que nous possédons t'appartient. Tu peux tout prendre quand tu voudras. »

Miên retire brutalement son bras, se redresse :

« Non, je ne pourrai pas le faire.

– Alors, tu n'honorerais pas la parole donnée, tu te dédirais.

– J'accepterai n'importe quoi d'autre, mais cette maison, ces biens appartiennent à notre petit Hanh.

– C'est le sang de ton sang, la chair de ta chair. Il est encore trop petit. S'il était en âge de comprendre, il n'accepterait jamais de voir sa propre mère vivre

141

dans la misère et la privation. De plus, c'est aussi mon fils. S'il manquait de cœur au point de vivre heureux pendant que sa mère est dans le besoin, il ne mériterait pas d'être mon fils, je le chasserais. »

Hoan a parlé d'une voix dure, tendue, totalement différente de sa voix habituelle. Ses sourcils effilés comme des lames se froncent sur son large front. Cette détermination soudaine ébranle la volonté de Miên. Elle laisse tomber ses bras, incapable de lui tenir tête. Hoan lui prend la main, la fait s'asseoir à son côté, lui dit d'une voix basse :

« Je sais que tu aimes notre enfant, que tu veux tout lui sacrifier. Mais un être humain doit savoir et donner et recevoir. Même si tu n'es plus ma femme, tu resteras toujours la mère de mon fils. Hanh ne peut pas avoir pour mère une femme affamée, déguenillée. »

Il se lève :

« Attends une minute, je reviens. »

Il rentre dans la maison. Il revient avec un paquet de la taille d'une brique, enrobé de nylon, ficelé avec des élastiques :

« J'ai préparé un peu d'argent pour toi. Fais attention à te nourrir convenablement, une femme qui a enfanté perd facilement la santé. L'homme n'est pas un pur esprit qui se contente de fumées d'encens et de vents pour rester en bonne santé. Si cela ne suffit pas, reviens en chercher à la maison. Ici, chaque pouce de terre, chaque brique est imprégnée de ta sueur. Nous avons un patrimoine assez conséquent. Quand tu seras partie, je ferai venir un gérant pour s'occuper de l'exploitation. J'ouvrirai un commerce avec sœur Châu en ville pour y vivre. Tante Huyên s'occupera du petit Hanh. »

Il s'arrête un moment, puis ajoute :

« Tu comprends, je ne peux pas rester ici... Je ne peux pas... »

Miên le regarde. Soudain, des éclairs de folie et de terreur fusent de ses yeux. Elle s'effondre dans ses bras, sanglote comme une enfant.

À six heures et demie, la sonnette retentit au portail. Miên dit à Hoan :

« Je m'en vais. Reste là, ne sors pas.

— Comme tu veux.

— Rentre t'allonger pour te reposer un peu.

— Comme tu veux. Mais laisse-moi transporter la malle.

— Non, je peux la prendre.

— Je prendrai le sac d'herbe, alors.

— Non, cela ne pèse rien. Il n'y a pas de quoi.

— Comment feras-tu pour prendre tout ça en même temps ?

— Je transporterai ça en deux temps.

— Mais pourquoi te martyriser ainsi ?

— Je le veux ainsi... Laisse-moi... »

Elle pique de nouveau une crise de colère butée. Ses yeux cernés de nouveau s'enflamment.

« C'est bon, je rentre dans la chambre.

— Je sors ouvrir. »

Elle sort le sac d'herbe séchée, revient lui donner son trousseau de clés :

« Garde-le.

— C'est le tien, il y en a deux à la maison.

— Non, dorénavant je n'ai plus le droit de le garder. »

Elle dépose le trousseau de clés sur la table où repose d'ordinaire la lampe de nuit, se retourne brusquement et sort :

« Bon, je m'en vais. »

Hoan voit sa silhouette traverser en un éclair la porte de la chambre. Il s'effondre sur le lit, entend le portail grincer. Pas de conversation. Miên est revenue vers l'autre homme dans le silence. On n'entend que le froissement des feuilles de bambou balayées par le vent, des bruits de pas, les leurs ou ceux de son imagination ? Serait-ce l'écho d'un bonheur passé qui le hante toujours comme un avenir ?

Comment vais-je vivre maintenant ? Comment ? Comment ?

Il se lance dans la cour, monte précipitamment l'escalier qui mène à la terrasse. Il voit la femme de sa vie marcher avec l'homme sur la route principale du Hameau. Elle marche devant, la malle en main. Il la suit avec le sac d'herbe. Miên regarde devant elle, la tête haute, le cou dressé, le dos droit. Elle semble marcher vers un autre monde, le sien. Ce monde, Hoan en est certain, appartient à lui-même et à son fils. L'homme qui se traîne péniblement derrière elle avec le sac d'herbe le sait-il ? Comprend-il qu'il vivra avec une femme d'un autre monde, un monde où il n'a pas sa place, ou croit-il pouvoir la reconquérir ?

Les faibles ont leurs forces et leurs ruses. Cette force repose sur la pitié d'autrui. Qui sait ? Une pluie tenace peut provoquer une inondation. Son dévouement et sa passion pourraient bien faire renaître ce premier amour de ses cendres...

La jalousie lui perce soudain le cœur. Le premier amour... Combien de livres ont décrit ses manifestations, sa persistance dans une vie ? Quoi qu'il en soit, c'est cet homme qui détient dorénavant le droit de vivre au grand jour, en tant que mari, avec Miên. Et lui, comment vivra-t-il ? Comment fera-t-il pour vivre encore ?

Il les suit du regard jusqu'au moment où ils disparaissent au loin, derrière les jardins, avant de descendre de la terrasse. La maison lui semble immense et vide comme jamais il ne l'a imaginée. Il surprend soudain son reflet dans la glace. Un visage éperdu, l'air d'un poussin égaré loin de la couvée.

VII

« Miên, assieds-toi ici. »

Bôn pose le sac d'herbe dans un coin de la chambre,
essuie la chaise avec un vieux maillot. La vieille Dot
lui a donné une paire de chaises. Xa le Borgne a réparé
la vieille table que ses parents lui ont laissée, lui ajoutant deux pieds et consolidant les tenons. Avec son
dos d'ébène et ses pieds blancs, la table ressemble à
un âne bariolé, comique, plaisant à regarder. Bôn a
demandé à Xa un vase en terre cuite qui traînait par
terre dans un coin de sa cuisine. Il l'a poncé, lavé. Il
l'a installé sur la table, y a planté une fleur de galanga
rouge et quelques brins de bruyère. La chambre en est
tout illuminée. Autrefois, le sergent lui a appris :

« Vous autres, paysans, vous ne savez vous faire
valoir qu'avec la bouffe et les habits. C'est vrai qu'on
a besoin de bourrer son estomac, de chauffer ses reins.
Mais on a aussi besoin de bien d'autres choses. Les
tigres, les daims, les renards, les singes savent aussi
se trouver à manger et réchauffer leurs corps bien
qu'ils ne cultivent pas les rizières, ne tissent pas la
toile. Les hommes sont d'une autre espèce, ils ont
besoin d'autre chose. »

Bôn remercie en silence le mort. Grâce à la fleur
de galanga rouge, aux minuscules fleurs de bruyère

mauves, sa chambre semble moins froide, moins misérable. Il en est fier.

J'y mettrai des fleurs tous les jours. Je planterai un sillon de fleurs dans le jardin, j'irai cueillir des fleurs d'ixora et de chrysanthèmes sauvages dans les collines. Je décorerai cette chambre pour qu'elle soit digne de ma nouvelle vie. Je suis jeune encore, j'ai tout mon temps.

Bôn ne peut s'empêcher de ressentir une discrète lueur de fierté : il a le même âge que Miên, il a sept ans de moins que l'autre homme. La nature lui a accordé près d'une décade pour reconquérir tout ce qu'il a perdu et bâtir tout ce qu'il souhaite. C'est le seul avantage dont il dispose.

« Assieds-toi, Miên, pour te reposer », répète Bôn plus comme un hôte s'adressant à son invitée que comme un mari parlant à sa femme. Il ne sait pas pourquoi, chaque fois qu'il ouvre la bouche pour dire *petite sœur* à Miên, il sent sa langue se paralyser. Une certaine timidité, un soupçon de doute l'empêche d'adopter ce langage. Quatorze ans plus tôt, devant le vieux flamboyant, Miên avait brûlé des baguettes d'encens et juré de l'appeler *grand frère* après leurs noces. Le vieux flamboyant témoin de ce serment est toujours là, déployant sur le sol l'ombre de ses fleurs pourpres, mais Bôn a perdu sa confiance d'antan. Ils ont bien le même âge, mais il y a sans doute une autre raison, et Bôn n'ose pas se l'expliquer.

« As-tu soif, Miên ?

– Non.

– J'installe ton coffre sur l'étagère.

– Laisse, cela ira comme ça.

– Assieds-toi.

– Oui.

– Je suis venu te chercher tôt pour éviter les regards et les commentaires indiscrets.

– Oui.

– Tout de même, cela fait quatorze ans, nous devons tout recommencer, refaire notre vie.

– Oui.

– Je sais que tu as été très généreuse pour moi. Là-bas, tu as une existence riche... comblée.

– Cela ne fait rien.

– Mais nous sommes jeunes encore, nous pouvons édifier notre fortune de nos propres mains. »

Miên garde le silence.

« Je t'aime... Je voudrais... Je voudrais que nous soyons ensemble... comme autrefois... »

Sa voix soudain se bloque.

Comme autrefois.

Les larmes débordent de ses yeux. Autrefois, il n'avait rien d'autre que sa jeunesse, sa vigueur, sa passion pour la plus belle fille de la région. Mais aujourd'hui elle est devenue une femme, plus grande, plus éblouissante, plus séduisante... Plus riche et mille fois différente. Elle se tait. Elle ne dit rien à part un oui pour ponctuer ses paroles. Il comprend qu'elle répond pour la forme, que ces sons n'ont aucun sens. Immobile sur sa chaise, Miên regarde la chambre. Il n'y a rien qui vaille. Mais Bôn a fait dresser un mur et fermer le toit avec une claie de bambou pour isoler totalement leur vie conjugale de la famille de Tà. Il a remplacé la porte en bois et son ami, Xa le Borgne, a vidé sa bouteille de vernis pour la lustrer. Xa lui a prêté de quoi acheter un lit pour deux et une boîte en bois. Miên y rangera son miroir, son peigne, les aiguilles, les fils, tout le bric-à-brac des femmes. Il pense aussi à encadrer un jour une photo d'eux. Une natte toute neuve s'étale sur le lit. Au pied du lit, une moustiquaire amidonnée, une couverture décorée de pivoines. Bôn y a consacré tous ses efforts, son amour, sa tendresse et l'argent qu'il a pu mettre de côté tout au long d'une guerre... Le comprendra-t-elle ?

« Je fais bouillir de l'eau pour toi.

— Je n'ai pas soif. Quand j'aurai soif, je ferai bouillir l'eau. Où sont sœur Tà et les enfants ?

— Elle a envoyé les enfants chez la vieille Dot hier soit. Elle ne rentrera que demain.

— Nous partagerons la cuisine avec elle, n'est-ce pas ?

— Oui, pour l'instant nous partagerons cette vieille cuisine. Plus tard, quand nous serons riches... »

Miên se lève, se dirige vers un coin de la chambre, ouvre le couvercle d'une jarre :

« On stocke toujours le riz dans cette jarre, n'est-ce pas ?

— Oui, comment le sais-tu ?

— Parce que ça sent le riz frais alors que la jarre a une odeur de moisi et de poussière. Pourquoi n'as-tu pas bien lavé la jarre avant d'y mettre le riz ?

— J'étais pressé... J'ai oublié... »

Bôn bafouille. Il a tout préparé pour accueillir Miên, mais il a oublié que Miên est méticuleusement propre. Elle ne supporte pas la saleté et considère qu'il doit en être ainsi pour tout le monde. En revenant au village, Bôn a appris qu'après sa mobilisation, sans une seconde d'hésitation, Miên était revenue vivre avec tante Huyên. Elle ne pouvait plus supporter la famille de Tà, non seulement à cause de son abjection morale, mais aussi de la saleté de ses cheveux, de ses vêtements, de son corps. Bôn regarde Miên, les oreilles enflammées par la honte. Elle reste penchée sur la jarre. Ils y stockaient déjà le riz du temps de leur vie commune. Quatorze ans plus tard, elle est toujours là. Pendant la guerre, on cachait les jarres, les vases, toutes sortes de poteries dans la terre ou dans la mare. La paix revenue, on les avait ramenées au grand jour. Ces ustensiles en argile cuite durent des siècles et des siècles comme les silex des hommes primitifs. Bôn considère cette jarre non seulement comme un souvenir laissé par ses parents, mais aussi comme témoin de leurs amours jadis. Mais, sans doute, pour Miên, ce n'est qu'un objet rugueux, vulgaire, extrêmement sale.

Pourquoi ne l'ai-je pas lavée méticuleusement avant d'y verser le riz ? Je ne suis qu'un bon à rien.

Il se gourmande en silence en voyant les sourcils de Miên se froncer au-dessus de l'arête fine de son nez. Il dit précipitamment :

« Laisse, je vais la laver. Il n'y a d'ailleurs pas grand-chose dedans, à peine cinq kilos de riz. »

Miên ne répond pas. Elle pousse en silence la jarre au milieu de la pièce :

« Apporte un panier. »

Bôn se précipite dans la chambre de Tà, trouve un panier intact, le vide des habits des enfants. Il le ramène. Miên transvase le riz dans le panier. Bôn la regarde.

Il n'y en a même pas pour une semaine. Après, de quoi vais-je vivre ? J'ai dépensé mon dernier sou. La petite monnaie qui traîne encore dans mes poches suffit à peine pour me payer deux paquets de cigarettes. Mais il fallait bien acheter des briques pour réparer la chambre, acheter la natte, la couverture et la moustiquaire. Ce sont des dépenses obligées. Pour plaire à Miên. Avec elle, un jour j'aurai tout. J'emprunterai des fonds à Xa le Borgne, à Binh la Cigogne, à la vieille Dot pour démarrer une plantation. Ce sera suffisant dans un premier temps. Après, je verrai.

Miên l'appelle :

« Bôn, termine de transvaser le riz.

– Tout de suite... Voilà, c'est fait...

– Pousse la jarre dans la cour et laisse-la sécher jusqu'à ce qu'il n'y ait plus de charançons. Il faut que la jarre soit brûlante pour tuer tous les charançons. Après, il sera temps de la nettoyer.

– Entendu.

– Il faut tamiser ce riz. Tà possède-t-elle un van ?

– Oui... Il me semble que oui. Attends, je vais voir. »

Bôn va dans la cuisine pour éviter à Miên de se salir les mains dans le domaine délabré de Tà. Effectivement, il a beau fouiller, suer abondamment, il ne trouve pas un seul van intact. Tous les ustensiles sont détériorés, cassés, troués. Bôn sent le mépris dans le regard de Miên. Il sait qu'elle n'est pas la seule à l'éprouver. Tout le monde au village, hommes et femmes, méprise sa grande sœur. Mais seul le mépris de Miên le fait souffrir, l'humilie. Il sent ses oreilles brûler. Il bredouille :

« Attends un moment... Je vais en emprunter un au voisin. »

Au retour, Bôn voit Miên ramasser consciencieusement les graviers et les graines de paddy mélangés au riz décortiqué. Elle prend en silence le van, se met patiemment à ce travail de paysanne. Bôn la regarde et croit rêver. La femme qui vanne le riz devant l'auvent est la sienne, son épouse, la femme qu'il aime passionnément, à laquelle il aspire depuis si long-temps. Elle est là, sous son toit, en chair et en os, le front couvert d'un fin duvet, la nuque rose dénudée sous un chignon retenu par une épingle en corne de buffle, la peau si blanche qu'on dirait la peau d'une fée et non celle d'une femme. Quelques pas seulement la séparent du lit tout neuf. Les pivoines lui rendront sa jeunesse perdue. Cette nuit, ils coucheront ensemble. Cette nuit, il étanchera à cœur joie la soif qu'il endure depuis quatorze ans.

« Ce riz est bourré de graviers. »

La voix brusque de Miên le fait sursauter. Il rit :

« Je suis un homme, je n'y entends rien. C'est tout ce que j'ai su acheter. Dorénavant, ce sera toi qui l'achèteras. »

Mais où trouverai-je l'argent pour ses courses ? Je ne peux tout de même pas emprunter sans fin à Xa le Borgne. Il n'est pas très riche et il a trois mômes à charge. Il m'a déjà fait cadeau d'une paire de pieds de table, d'une porte et il m'a prêté de quoi acheter le lit. Je ne peux pas l'importuner davantage. En dehors de lui, sur qui puis-je compter ? L'administration ? Son aide s'arrête là. Dans la commune, il y a encore un tas de familles de soldats mutilés ou morts au front. La charité se fait toujours avec de la petite monnaie. Je peux encore demander l'aide de la vieille Dot, la femme qui veille sur Tà et ses enfants depuis des années. Il paraît qu'autrefois elle était belle et fort galante, que beaucoup d'hommes étaient amoureux d'elle et lui donnaient de l'argent. Je peux aussi demander à Binh la Cigogne. Dans tous les cas, il me faut de l'argent pour vivre. Demain, on ne va tout de même pas se nourrir uniquement de riz et de graines de

sésame grillées, salées. Même ce poulet mijoté dans
du sel ne suffira que pour deux repas.

Bôn glisse un regard sur le poulet enfermé dans la cage. À peine sept à huit cents grammes. Une fois cuit, il ne restera même pas de quoi garnir une assiette. Mais il dira à Miên de le poêler avec beaucoup de sel pour alimenter deux repas. Il ne l'a pas acheté. La bête vient de chez Xa. Soan, la généreuse femme de Xa, est allée l'attraper dans son jardin pour que Bôn « puisse préparer un repas pour accueillir la belle dans son palais ». En se lamentant, elle a dit : « Vous n'avez pas de chance. Je viens de tuer plus de vingt jeunes poules pour fortifier mon mari avant qu'il n'aille en forêt. Il ne reste plus qu'une vieille poule et deux poulets. » Si Soan n'y avait pas pensé, Bôn n'aurait pas eu d'autre issue que d'en rire et accueillir Miên avec du riz et des légumes.

Dire que le jour de mon retour, Miên m'a servi un
plateau somptueux.

Il se rappelle le plateau de bronze débordant d'aliments et de boissons que Miên avait posé sous ses yeux ce soir-là. Il était devant la table, sous la lumière de cinq chandelles. C'était un autre espace, qui ne lui appartenait pas. Mais maintenant qu'elle a accepté de revenir, elle doit s'adapter à sa nouvelle vie, respirer dans l'espace qui est le sien.

Tu es mienne, tu vivras sous mon toit, dans mes
bras.

La voix impérieuse, pleine de confiance, résonne en lui, répercute chaque mot dans son cerveau, son corps, ses nerfs, ses muscles. Bôn se sent soudain étrangement grand, puissant, imposant. Il va et vient devant l'auvent pendant que Miên crible inlassablement le riz. Bôn regarde les couronnes des lilas du

Japon se balancer dans le ciel, commence à rêver de ses futurs champs de poivriers. Il a décidé de ne pas planter de caféiers. Il défrichera la terre que la commune lui a attribuée pour n'y planter que des poivriers, bien que cette culture exige beaucoup plus d'investissements.

De toute façon, je dois emprunter de l'argent pour constituer le capital de départ. Si je me trompe, il sera trop tard pour le regretter.

Ayant terminé de cribler le riz, Miên relève la tête :
« Y a-t-il encore de l'eau dans le puits ?

— Oui. Il y en a à foison.

— L'eau est-elle propre ?

— Elle est limpide, très limpide. Euh... Je ne l'ai pas encore vérifié, mais tout le monde s'en sert. J'ai aussi fait bâtir une salle de bains pour toi près du puits. Veux-tu y jeter un coup d'œil ?

— Non. Je me baignerai après avoir préparé le repas. »

Elle se dépoussière, range soigneusement les vans :
« Va les rendre. Les gens les utilisent autant que leurs propres mains. On ne peut pas importuner plus longtemps les voisins. »

Comme il s'en va, Miên porte le panier de riz dans la chambre. Bôn se dit qu'à son retour, il lui donnera un long baiser, une récompense à la hauteur de toutes ces journées d'attente. Mais quand il revient, Miên est déjà debout sous l'auvent, prête à se jeter sur une nouvelle tâche.

« Où se trouvent les bols et les assiettes ? Je vais les laver. »

Découragé, Bôn commence à comprendre que Miên cherche à l'éviter, qu'elle s'invente toutes sortes de travaux pour ne jamais disposer d'un moment de loisir.

Bon, vide ton sac à malices. Tôt ou tard le soleil se couchera derrière la montagne, la nuit tombera et tu n'auras plus aucun prétexte pour me fuir. Tu es mienne et tu le resteras, le ciel et la terre en font foi.

Rassuré, il lui répond d'une voix altière :

« Je n'ai pas encore pu acheter la vaisselle. Utilisons celle de sœur Tà pour l'instant.

— Non, tôt ou tard nous devrons avoir des affaires à part, une vaisselle à part. N'importunons pas les autres. Va désherber le jardin. Entre-temps, je ferai quelques emplettes au magasin de la commune.

— Ce n'est pas nécessaire. On est de la famille, on peut sans problème emprunter sa vaisselle pendant quelques jours.

— Je ne veux pas vivre d'emprunts et de dettes », répond Miên d'un ton bref, glacé.

Bôn réplique d'une voix rauque :

« Mais je n'ai pas encore eu le temps de gagner de l'argent. J'ai tout investi dans les réparations, le lit, la natte... sans compter... »

Il a failli dire : « sans compter l'argent que je dois à Xa, tout ce que ce dernier m'a donné. » Mais il a ravalé à temps ses mots. C'était trop humiliant. Il ne peut pas perdre ainsi la face. Il sait qu'il revient à l'homme de subvenir aux besoins de la famille.

Miên reste plantée sous l'auvent, elle glisse un regard sur Bôn, laisse tomber ses mots un à un :

« Comment allons-nous recommencer la vie commune ? Sans casserole ni marmite, sans bol ni assiette, sans fagot ni lampe à huile, uniquement avec quelques kilos de riz blanc ? »

Chacun de ces mots s'enroule comme une corde autour de son cou, l'étrangle. Le regard de Bôn se brouille. Il répond précipitamment :

« Ne t'inquiète pas. J'ai un ami dans le village d'à côté, il a été démobilisé en même temps que Xa, il a promis de me prêter l'argent pour acheter le matériel et louer la main-d'œuvre pour planter des poivriers. Mais j'étais pris par les préparatifs pour t'accueillir, je n'ai pas eu le temps d'aller le voir. »

Bôn sent la sueur inonder sa nuque.

Pourquoi ai-je inventé cette fable ? Je n'ai plus que deux soutiens, la vieille Dot et Binh la Cigogne. Aucun n'est sûr. Et si Binh n'est pas aussi riche que dit la rumeur chez les soldats renvoyés dans leurs pénates, comment pourrai-je lui emprunter une telle somme ? Je serai obligé de mentir sans fin. On commence par une fanfaronnade, puis on s'enfonce dans le mensonge et, peut-être, dans la duperie. Cette pente a perdu beaucoup de monde.

Plus il y pense, plus il s'affole. La sueur ruisselle sur son dos. Il n'a pas l'habitude de fanfaronner, de mentir. C'est la première fois. Il ne sait même pas comment ces mensonges ont pu glisser si facilement sur sa langue. Même s'il l'avait voulu, il n'aurait pas pu les arrêter. Bôn pose un regard sur sa femme, essaie de deviner ses pensées. L'a-t-elle cru, croit-elle dans l'avenir qu'il vient d'imaginer ? A-t-elle tout de suite compris qu'il n'est qu'un menteur éhonté, tout en cachant son mépris ? Mais elle regarde au loin. Ni confiance ni doute. Elle vogue quelque part dans un monde qui n'est qu'à elle. Cette attitude le torture bien plus, mais le sauve du coup du traquenard où il s'est enfermé. Le regard de Miên flotte à la dérive sur les haies des maisons voisines où les fils de la vierge se faufilent entre les pluchéas d'Inde, s'élancent vers les jeunes feuilles des arbres aux reflets de marbre, recouvertes de poudre argentée. Cette beauté timide et fragile semble éveiller en Miên des souvenirs, des idées qu'elle est seule à connaître. Bôn comprend qu'il ne fait pas partie du monde dont elle rêve. Il n'y peut rien. Il reste silencieux, il attend. Après un long moment, Miên redresse distraitement une mèche de cheveux sur sa tempe et dit :

« Va chez tante Huyên, emprunte pour moi une dizaine de bols, des bols de Hai Duong. »

Bôn comprend que c'est un ordre. Miên ne veut pas avoir affaire à Tà, partager son intimité. Elle a horreur de la crasse. Il glisse un regard sur le porte-vaisselle en bois vermoulu, déglingué, où Tà et ses enfants mettent les bols. Le meuble est à peine grand de trois largeurs de la main. N'importe quel poulet pourrait sauter dessus et déféquer, n'importe quel chien errant pourrait y plonger son museau, n'importe quel cochon pourrait le fouiller de son groin. La vaisselle qui s'y trouve est encore plus lamentable. Pêle-mêle, des bols de grès ébréchés, des bols en fer cabossés, peints en blanc, en bleu, d'une couche d'émail galeuse. Un équipement de misère ramassé un peu partout.

Miên a raison. Elle ne peut manger dans ces bols crasseux. Elle est habituée à vivre dignement.

Bôn essaie de s'en convaincre. Le jour de leur mariage, Miên avait aussi apporté chez lui la vaisselle qu'elle avait l'habitude d'utiliser et la couverture dont elle se servait. Mais en ce temps-là, ils étaient jeunes, amoureux, et c'était la guerre. La séparation future effaçait toutes les frontières, toutes les distances, comprimait l'espace et le temps dans l'éclair fugace d'un premier amour. Les années se sont écoulées. Maintenant seulement, il a l'occasion de se réveiller, de reconsidérer le passé.

Il n'y a pas que la guerre qui sépare les gens. La

vie en fait de même. La séparation atroce provo-
quée par la guerre, on la règle par les armes. La
séparation non moins atroce due à la vie, on ne
peut pas la régler avec des coups de feu ou de
baïonnette.

Bôn n'ose pas penser plus avant. Il comprend que s'il poussait son raisonnement jusqu'au bout, il trouverait sa propre condamnation.

« Pense aussi à emprunter deux grands bols pour la soupe. »

La voix de Miên le fait sursauter. Il sort de sa méditation, regarde Miên :

« C'est bon, j'irai emprunter la vaisselle chez tante Huyên. As-tu besoin d'autre chose ? »

Miên regarde toujours la haie de pluchéas d'Inde, elle dit :

« Prends aussi cinq assiettes en porcelaine de Hai Duong. Ne te gêne pas. Ce qui lui appartient est comme à moi, elle ne fera aucune difficulté.

– J'y vais.

– Rapporte aussi le porte-vaisselle en plastique. Je lui en ai acheté deux. Dis-lui de nous donner la moitié de ses ustensiles. »

Bôn parti, Miên rentre dans la chambre, ouvre la malle en bois, prend le paquet de billets que Hoan lui a donné. Elle déballe l'enveloppe en nylon. L'argent est tassé, le paquet est dur comme une brique. Rien que des grosses coupures. Miên le sait, un gars du village gagnerait seulement quelques-uns de ces billets pour une récolte épuisante. C'est une véritable fortune et non un peu d'argent pour faire face à l'imprévu. Hoan a tout prévu, tout préparé pour elle. Miên se rappelle son attitude revêche, butée, la patience et la détermination de Hoan. Elle comprend que sans lui elle serait tombée dans un gouffre sans issue. Il se comporte envers elle mieux qu'un mari, un amant et un père réunis. Toute sa vie, elle ne sortira sans doute jamais de son ombre, l'ombre d'un géant, le plus tendre en ce monde.

VIII

Pour Bôn, ce jour semble durer un siècle. Après le
déjeuner, le soleil se fige, incendie la terre d'une
lumière brûlante, aveuglante, haineuse. La chambre
vient d'être reconstruite. Le toit de feuilles de bambou
est encore épais, il ne fait pas trop chaud à l'intérieur.
Mais la petite fenêtre ne s'ouvre pas face au vent et
la chambre est étouffante. Et puis, même si l'atmosphère ne l'était pas, Miên trouverait un prétexte pour
ne pas s'allonger dans le lit avec lui. Bôn le pense. Il
garde le silence quand, après le déjeuner, Miên va
s'asseoir au pied du goyavier dans le jardin pour
s'éventer. Miên a arraché toutes les oseilles sauvages
et les herbes folles. Elle a aussi entassé de la terre au
pied des basilics des moines qu'il a plantés. Il n'y
a plus rien à faire sur ce petit bout de terre où se
penchent anarchiquement quelques vieux goyaviers,
quelques caramboliers. Les arbres sont ratatinés,
rabougris, incapables de lancer des branches, des
feuilles nouvelles, privés d'engrais qu'ils étaient
depuis des dizaines d'années. La terre est dure et lisse,
tassée par les pas des enfants qui y ont gambadé. Miên
s'en souvient, quand elle est venue ici autrefois, le
jardin était encore luxuriant. Il y avait encore une
rangée de citronniers qui donnaient de tout petits
citrons extrêmement parfumés, un jaquier touffu. Il '

était aussi complètement clôturé. Le long des clôtures grimpaient de lourdes lianes d'épinard des Indes. Il n'y avait qu'à les cueillir pour la soupe. Maintenant, ce n'est qu'une friche désolée, décourageante.

Affalé sur le lit, Bôn respire péniblement en regardant Miên somnoler, adossée au pied de l'arbre. L'éventail de bambou tombe de sa main par terre.

Elle se martyrise, d'elle-même. Les femmes sont vraiment des ânes voués aux lourdes charges. Elles aiment les problèmes, les complications, les embrouillaminis. Mais qu'elles le veuillent ou non, ce ne sont que des femmes, incapables de pisser plus haut que l'herbe...

Cette pensée adoucit sa colère. Il plisse les paupières, regarde le soleil. Le soleil n'a plus de forme, il n'en reste plus qu'un brasier blanc qui éblouit l'immense voûte céleste. On dit que cette boule de feu est très lourde, qu'elle pourrait un jour éclater, se briser en mille morceaux. Alors, la terre tomberait dans les ténèbres. Imaginant cette situation, il se sent soudain joyeux.

Dans l'obscurité, le toit de tuile et le toit de chaume se valent, le palais des rois et des princes n'est pas très différent de la hutte d'un gardien de canards. Dans cette obscurité, les hommes vivent avec les souvenirs de l'enfance ; quand il fera noir, Miên sera à moi, totalement.

Il se rappelle leurs anciens rendez-vous. Le rire de la petite fille maigre et timorée qui s'appelait Miên. Il se rappelle l'éclat écarlate des fleurs de flamboyants projetant dans le ciel la joie et l'ivresse intarissables de la jeunesse. Il se rappelle... Il se rappelle... Et les doux souvenirs l'entraînent dans le sommeil.

Dans le jardin, Miên aussi somnole. Mais des pensées traversent en permanence son sommeil intermittent.

Il faudra sans doute que je loue des gens pour faire des plantations. Il est inutile d'investir ses forces dans ce jardin. Il semble arrivé à son terme. Cette terre n'est plus en mesure de nourrir des fleurs et des fruits. Il me faudra sans doute faire bâtir une petite maison séparée, je ne pourrai pas vivre sous le même toit de feuilles que Tà.

Mais pourquoi dois-je assumer ces lourdes tâches ? Pour les plantations comme pour la maison, ce sera avec l'argent que Hoan m'a donné. Aimerai-je Bôn au point de consentir à ces actes idiots ?

Je n'aime pas Bôn. Ce retour est dicté par le devoir, un devoir établi depuis des temps lointains. Même s'il n'est écrit noir sur blanc nulle part, il est devenu la loi. Si je m'opposais à cette loi, je ne pourrais vivre tranquille nulle part, même si je quittais ce village. Mais vivre uniquement par devoir est encore plus pénible que vivre une vie de nonne. Comment le supporterai-je ?

On s'habitue à tout. Je dois accepter. Hanh est encore trop petit, je ne peux pas le laisser seul au monde. Mais pourquoi dois-je subir cet injuste destin ? À cause d'un amour d'il y a quatorze ans ? Ai-je vraiment aimé Bôn en ce temps-là ? Je ne m'en souviens même plus. Une fois, Bôn m'a tendu la main dans le ruisseau. Après, il y a eu des rendez-vous, un mariage précipité avant la mobilisation de Bôn. Apparemment, je l'ai aimé. Mais pourquoi tous ces souvenirs sont-ils si ternes, si flous, comme de la brume ou de la fumée ? Une chose est sûre, tout était alors différent. Les yeux

de Bôn n'étaient pas troubles comme aujourd'hui,
ses lèvres n'étaient pas livides, son haleine n'était
pas aussi terrifiante. Il n'était pas beau, mais il
était souriant et gai. Il jouait du monocorde avec
talent. Une fois je l'avais écouté pendant que les
enfants du village se pressaient autour de lui.

Miên soupire soudain. Elle ramasse l'éventail
tombé à terre, s'en sert pour protéger son visage du
soleil trop éblouissant. La tête appuyée contre le tronc
de l'arbre, elle fouille sa mémoire pour retrouver une
mélodie, un son capable de réveiller dans son cœur
l'amour d'antan. Mais elle ne trouve qu'un nuage
confus, émaillé de points lumineux, de trous noirs
entremêlés. Enfin, apparaît vaguement une route bordée d'herbes épaisses, traversant une colline d'ananas.
Une couronne de flamboyant. Au-dessus, les nuages
de l'été flottaient, dérivaient dans la voûte bleue du
ciel, comme sous une immense ombrelle. Ces images
se dissolvent aussitôt. Miên ne voit plus rien. Elle a
l'impression de dormir.

Un chant d'oiseau jailli d'un buisson la réveille.
Elle ouvre les yeux. À travers les rais de l'éventail, la
lumière pique douloureusement ses yeux. Miên les
referme précipitamment, se tourne de l'autre côté.
Complètement réveillée, elle aperçoit Bôn affalé sur
le lit. La chambre est ouverte, silencieuse. Il dort sans
doute, cet homme pitoyable. Il s'est forcé à attendre,
il n'a pas osé se montrer grossier, il n'a pas osé la
contrarier. Mais ses yeux luisants de désir collaient au
corps de Miên, épiaient le moindre de ses gestes,
l'émouvaient et la terrorisaient. Elle est sa femme.
Cette nuit, elle ne pourra pas échapper au devoir conju-
gal. Rien que d'y penser, elle frissonne. Ô ciel, que
jamais le soleil ne se couche derrière ces montagnes.

À l'ouest, le soleil descend sur l'horizon, à l'heure

prévue, malgré les prières du mari, malgré les ana-
thèmes de la femme. Le dîner passe rapidement dans
le silence. Cette nuit, il n'y aura pas de lune.

« Laisse, Miên, je vais laver la vaisselle.

– Non.

– Quand on a été soldat, on a fait la vaisselle.
Laisse-moi m'occuper du plateau. Va te baigner. J'ai
rempli la cuvette d'eau.

– Laisse-moi faire.

– J'ai un savon parfumé pour toi, un savon américain que j'ai ramassé dans un assaut contre un camp. »

Bôn s'arrête quelques secondes, regarde Miên et
ajoute :

« Cela fait neuf ans que je l'ai mis de côté. »

Dans ses yeux aimants, suppliants, il y a une passion
farouche qui émeut Miên. Elle bafouille :

« Pourquoi cette excentricité ? Je peux me laver
avec n'importe quoi. »

Évitant de le regarder, elle prend ses habits, se
dirige vers la salle de bains. La salle de bains n'est en
fait qu'une surface de deux mètres carrés pavée de
chutes de briques, entourée de claies de bambou. Les
volontaires l'ont bâtie en réparant la maison. La vieille
cuvette a été frottée, lavée à fond, installée dans un
coin et remplie d'eau. Une ficelle de parachute tendue
entre deux branches sert à suspendre les vêtements.
Bôn a posé le savon parfumé sur une fourche à trois
branches du goyavier. Miên le prend, le regarde. C'est
un Camay. L'enveloppe blanche a jauni, les arêtes
usées commencent à se déchirer. Bôn l'a pourtant
gardé neuf ans dans son paquetage pour le lui rapporter. L'unique cadeau après une guerre. Les yeux de
Miên se mouillent soudain.

Bôn lave la vaisselle au bord du puits. Miên entend
distinctement le ruissellement de l'eau, le tintement de

la vaisselle qui s'entrechoque. Elle s'assied, pétrifiée, dans la salle de bains, entend Bôn rapporter le plateau et la vaisselle nettoyée dans la maison, ses sandales aller et venir dans la cour pendant que les lueurs tremblantes du crépuscule s'éteignent. Elle tourne le visage vers le ciel. Les nuages s'obscurcissent lentement. Le ciel semble constitué de coquilles d'œufs écrasées, teintées de couleurs. La sueur dans son dos a séché. Le vent léger charrie des effluves de nuit. La tête vide, Miên n'arrive plus à former des idées claires. Elle a cessé de penser, d'éprouver de l'anxiété, d'attendre dans la peur. Son âme n'est plus qu'une peau insensible, tétanisée par un anesthésique. Elle plonge son visage dans la cuvette d'eau froide, s'asperge sans discontinuer.

Entre-temps, Bôn rentre dans la chambre, la fouille à la recherche d'un bout de carton pour masquer la lampe. Il s'est évertué toute la journée à fabriquer un boîtier pour protéger la flamme du vent et masquer un peu la lumière. Mais le bois manquait et cet engin bizarre ressemblait à un homme en culotte courte. Les enfants de Tà ne vont pas à l'école. Il n'a pas pu trouver le moindre vieux cahier, la moindre couverture cartonnée. Finalement, Bôn se rappelle les journaux qu'il a achetés dans le train et fourrés dans son ballot. Il les sort, les enroule en forme de cornet, en couvre le boîtier. Il a réussi à créer une lampe de chevet selon le désir de Miên. Lors de leur mariage, la lampe à huile a suffi à semer la discorde entre Tà et lui. Les jours suivants, Tà avait continué ses récriminations, tenace comme une sangsue. Miên en était excédée. Maintenant, Bôn a acheté une nouvelle lampe et de l'huile qu'il garde dans sa chambre. Plus rien ne pourra s'opposer à leurs ébats ou les gêner.

Son travail achevé, Bôn croise les bras, contemple

la cour. Même l'été, dans les montagnes, la nuit tombe rapidement. L'obscurité s'épaissit d'instant en instant. Il fait une nuit d'encre de Chine. Bôn sent son cœur battre la chamade, son souffle s'étrangler. Il a attendu, attendu, attendu... Voici venir le moment où la barque accoste. Dans un instant, il lui suffira de tendre la main pour toucher le rivage.

Miên surgit soudain dans la chambre. Elle a fini de se laver. Son corps exhale le parfum de l'eau, les senteurs de la séduction. Bôn ferme les yeux, aspire cet air saturé de l'odeur de la femme qu'il aime. Miên se dirige en silence vers le coin de la chambre, range quelque chose sur la petite table. Elle range longtemps, si longtemps qu'il n'arrive plus à se retenir. Il se lève :

« As-tu encore besoin de sortir ?

– Non. »

Bôn tire le loquet, se retourne. Quelqu'un hurle dans sa tête.

« Ici, c'est ma maison, grande ou petite, c'est mon territoire. Et là, c'est ma femme, elle est mienne. Elle est à moi, à moi, à moi... »

Le cri jaillit et rejaillit comme si quelqu'un avait hurlé contre la paroi d'une falaise qui répercute ses échos jusqu'ici. Soudain, Bôn se prend à douter de la réalité. Il se retourne, touche le loquet, le pousse, le repousse jusqu'au moment où il entend un claquement sec. Alors seulement, il retrouve son calme. Il se dirige vers Miên. Elle s'affaire toujours à ranger on ne sait quoi, tournant le dos à la lumière.

« Miên... »

Bôn pousse un grognement, bondit sur Miên, la soulève dans ses bras, l'emporte vers le lit. Le chignon se défait, ses cheveux d'ébène ruissellent, s'accrochent au bas d'un siège. Elle crie :

« Aïe, tu me fais mal ! »

166

Mais Bôn a perdu la tête, il ne l'entend plus. Il la dépose sur le lit, couvre violemment son corps de baisers orageux tout en poussant des cris de douleur et de ressentiment :

« Je t'aime... Miên... Je t'aime... Je t'aime... »

En silence, Miên rassemble ses cheveux, renoue son chignon sous la nuque. La chevelure trop épaisse échappe à la paume de ses mains, l'oblige à la retenir solidement. La lumière illumine son visage blanc et rose, un visage dont chaque trait affole Bôn. Pourquoi garde-t-elle le silence ? Quatorze ans auparavant, elle n'était pas muette comme une bûche. Elle riait, elle piquait doucement un doigt dans la joue de Bôn, un geste à la fois timide et malicieux.

« Je t'aime, Miên, le sais-tu ? Tout le temps, tu m'as manqué même quand... »

Il a failli dire : même quand j'étais sur le ventre d'une autre femme. Il s'est retenu à temps. Craignant qu'elle ne devine son infidélité, Bôn se penche, déboutonne la chemise bleue de Miên.

Miên ne remarque rien. Elle reste allongée comme une statue, en marbre ou en latex, belle comme l'œuvre d'un grand artiste, glacée comme l'haleine des montagnes en hiver. Ses yeux ne sont ni hermétiquement fermés ni franchement ouverts. Juste une fente suffisante pour lui permettre de regarder fixement un point quelconque dans le toit. Bôn embrasse le ventre de sa femme, autour du nombril où, il s'en souvient, il y avait un grain de beauté rouge de la taille d'une graine de sésame, un peu sur la gauche, pendant que le hurlement furieux résonne de nouveau dans sa tête.

Je t'aime et tu dois m'aimer... Nous serons ensemble comme autrefois. Comme autrefois, nous ferons l'amour toute la nuit jusqu'à l'aube. Comme autrefois, tu dormiras les bras autour de mon cou.

Comme autrefois, tu me souriras chaque fois après l'amour. Comme autrefois, les cadavres des éphémères blanchiront le sol au pied de la lampe, quand nous nous arrêterons. Comme autrefois...

Le dernier hurlement fuse, transperce son cœur, éclate en un éclair. Dans sa lumière fulgurante, il voit des routes filer rapidement, kilomètre après kilomètre, colline après colline, forêt après forêt, les régions qu'il a traversées, les longues nuits de nostalgie où il se tordait dans son hamac, torturé par la faim d'amour, les grottes où il grelottait dans des crises de paludisme, le corps désemparé comme une feuille pourrie, où, pourtant, devant chaque agent de liaison féminin qui passait, son sexe se dressait comme un tigre prêt à bondir sur sa proie. Après toutes ces années de famine, d'accablement, il ne se souvenait plus que de la femme qu'il aimait, de son visage, de sa peau. Et voilà que le bonheur est entre ses mains.

Nous nous aimerons jusqu'à combler les années d'absence. Nous nous aimerons comme jadis. J'avais dix-sept ans et tu avais dix-sept ans. Après chaque étreinte, je ne dormais qu'une demi-heure et je te réveillais pour de nouveaux ébats. Ma vitalité semblait sans fin et ton regard engourdi te rendait toujours plus belle...

Le pantalon de Miên est extrêmement mince et froid. Bôn le serre en boule dans le creux de sa main. Ce geste lui donne l'impression de posséder la femme qu'il aime, aisément, en totalité. Il presse la boule avec délectation, la jette sur le côté, allonge la main vers la culotte blanche.

Blanche comme du coton et plus douce que la fourrure d'un chat. Pourquoi tout en Miên est-il si beau ?

Un gémissement sourd accompagné d'un soupir s'élève. Son cœur endolori éprouve une vague crainte. La beauté éblouissante de Miên sera un gouffre sans fond où il s'engloutira sans espoir de retour.

Une autre voix s'élève, recouvre le soupir anxieux de son cœur.

Je suis jeune encore. Je suis jeune encore. J'ai plus de vigueur qu'il n'en faut. Je lui ferai l'amour, je lui donnerai des enfants. J'aurai toute une ribambelle d'enfants comme le vieux général dont le sergent m'a raconté l'histoire. Notre amour ressuscitera, grandira avec les mois et les années, dans l'attachement à nos enfants. Il faut absolument que j'aie une nombreuse descendance.

La voix pressante brouille le regard de Bôn. Il ne voit plus rien que le corps blanc, en sueur, de Miên, un geste qu'elle vient d'esquisser avec son bras. Et il sombre en elle.

Les vagues de plaisir bondissent, se suivent comme sur une plage de sable. Bôn se sent dilué dans la marée. Après quatorze ans d'absence, la mer de l'amour revient sur le rivage. En même temps, il lui semble que c'est la première fois. Avec fougue, avec étonnement, avec délire, avec folie. Un océan se soulève, les vagues naissent et renaissent sans arrêt, infatigables, poussant la barque de l'ivresse loin au large...

Je fais l'amour à Miên... La femme que j'aime est à moi, la chair dans la chair, la peau contre la peau. Nous ferons l'amour comme nous l'avons fait autrefois...

Entre deux respirations, la plainte déborde de ses lèvres. Il ferme les yeux pour contempler l'océan enivré qui se déploie dans son corps. Immense sous l'horizon dégagé, il voit son désir gambader entre les vagues du plaisir, il revoit le visage de sa jeunesse.

Soudain, comme une flèche, une lame d'air compressé traverse ses vertèbres, transperce son corps. Le plaisir et les rêves jaillissent et se fanent d'un même élan. La vague en délire s'effondre sur le sable du rivage, s'écroule comme une planche de bois pourrie. La mer de l'amour se retire. Il n'en reste que de la vase bosselée, truffée de cadavres de monstres marins, de navires naufragés, d'algues et de mousse.

Qu'est-ce qui m'arrive ? Ce doit être à cause de l'anxiété... Ou bien parce que j'ai attendu depuis trop longtemps.

Son organe reproducteur ne lui appartient plus, il ne fait plus partie de son corps, il n'obéit plus à sa volonté. La terreur et la honte glacent son dos. Ses tempes et son cerveau flambent. En silence, il descend aux pieds de Miên, n'ose pas la regarder en face, rit gauchement :

« C'est peut-être le manque d'habitude... parce que... j'ai été séparé de toi trop longtemps. »

Miên ne dit rien. Elle ne le regarde pas, indifférente, comme si tout cela ne la concernait pas.

Bôn saisit sa culotte, l'enfile pour cacher le bout de chair flétrie suspendu à son corps.

« Tout à l'heure, nous... Dors un moment pour te reposer. La nuit est longue encore. Tout à l'heure, nous... »

Elle ne dit toujours rien, remet en silence son pantalon. Sa chevelure ruisselle, couvrant son dos, la fait apparaître comme une fée de la montagne.

« Miên ! »

Bôn l'appelle, puis se tait, ne sachant plus quoi dire. Il comprend qu'il n'a plus rien à dire en ce moment. Il enfile sa chemise, s'allonge, caresse timidement la chevelure de Miên.

Comme tes cheveux sont beaux ! La femme que j'aime a les plus beaux cheveux du monde. Tout à l'heure, je soulèverai ta chevelure pour baiser ta nuque avant de te faire l'amour. Tout à l'heure, je...

Il sombre dans le sommeil avant de terminer sa pensée.

Un sommeil de naufragé qui l'enfonce doucement au fond de l'eau.

Bôn ne se réveille que lorsque le coq chante la troisième veille. Il croit tout d'abord être dans un hamac. Il tend la main pour toucher le tronc de l'arbre au-dessus de sa tête. Sa main tombe sur la boîte à ranger les babioles. Bôn se souvient alors de tout. La lampe brûle toujours dans le boîtier avec, en guise d'abat-jour, les journaux enroulés en cône. Au pied du lit, la couverture décorée de pivoines. Il se rappelle les espoirs qui l'ont assailli quand il l'a achetée avec sa prime de démobilisation, quand il l'a méticuleusement lavée et mise à sécher sur la branche d'un goyavier : les pivoines ressusciteront ma jeunesse. La chaleur de la couverture me rendra mon amour, les hivers réchauffés par les flammes de la chair...

Le chant des coqs se propage à travers les hameaux, résonne au diapason. L'hiver n'est pas encore arrivé. On est en plein été et il a échoué à faire l'amour à Miên. Il serre les cuisses, glisse furtivement la main vers son bas-ventre pour palper la situation. La porte est entrouverte. Miên est sortie dans la cour. Elle ne rentrera sans doute pas immédiatement, mais il sent la peur le transir. Une peur dont il ne connaît ni l'origine ni le visage. Mais il a peur. Comme un voleur, il glisse furtivement sa main sur l'aine. Il n'y a plus de doute possible. Il s'est flétri comme une feuille de chou fané, une peau fripée, pendante entre les cuisses. Même si Miên changeait d'attitude, se mettait soudain à le couvrir de baisers, à se déshabiller, à le tirer au-dessus de son ventre, il ne pourrait pas réveiller cette peau rabougrie, sans nerf.

Qu'est-ce qui m'arrive ? Quelle calamité... Je n'ai pas prévu ce malheur...

L'envie de pleurer le submerge. Il serre les dents. Ce serait trop lâche. Il n'est pas lâche. Avant de s'égarer, il a participé à de nombreux combats, il a reçu des félicitations, il a été cité en exemple. La voie de la guerre lui aurait apporté la gloire s'il n'avait pas été malchanceux. Mais il ne s'agit plus des combats sur les champs de bataille. Il s'agit de ceux du lit.

Je n'ai plus dix-sept ans. Je ne suis plus comme autrefois, ce n'est plus possible.

De cet aveu silencieux fusent des aiguilles qui, l'une après l'autre, se plantent dans ses entrailles. Bôn se redresse, regarde fixement le dessin sur la natte. Il ne comprend pas la signification des idéogrammes enfermés dans leur cercle. Que disent-ils de cette existence pour qu'on les imprime sur les nattes ? Il ne comprend pas. C'est un labyrinthe. Plus il les regarde, plus son esprit se brouille, plus son âme se désagrège. Au moment où le désespoir va l'enfoncer dans la boue de l'injustice, un nom jaillit dans son esprit :

« Le vénérable Phiêu... »

Il se rappelle aussitôt l'histoire du vieillard de soixante-dix ans qui continue d'avoir des fils, de son breuvage concocté avec du sperme de bouc, des plantes médicinales, de l'alcool macéré au sang de bouc. Le sombre labyrinthe brusquement s'illumine.

J'irai voir le vénérable Phiêu. J'apprendrai son savoir sur la conservation de la virilité, sur l'amour charnel... Un autre monde, une autre terre à défricher...

Bôn tâte de nouveau ses couilles pendantes, retire sa main, se relève. Son sang peu à peu se réchauffe. Il pousse la porte, sort. La nuit est fraîche. Des branchages brûlent à côté du puits, éclairent la cour, le toit de la maison, les branches des goyaviers. L'odeur des herbes de la vierge baigne l'air. Bôn s'arrête au milieu de la cour, atterré : Miên a fait bouillir ces herbes pour un bain de décrassage, elle se lave après avoir couché avec lui. Enfant, Bôn a parfois accompagné ses amis dans la montagne pour cueillir des herbes de la vierge et les vendre à la pagode de la capitale provinciale. C'est un bain pour se débarrasser de toutes les impuretés d'une existence vulgaire, avant de franchir les trois portes de la pagode.

Elle m'a réservé cette cérémonie, à moi seul. Avec l'autre homme, tout serait différent. Avec l'autre homme...

Le souvenir de la culotte élastique, rayée de rouge, suspendue dans la salle de bains de Miên lui revient en mémoire dans toute sa netteté. Et, encore plus net, plus précis, tout ce qu'il a imaginé derrière cette culotte. Soudain, l'envie de tuer Miên le saisit. Tuer la femme qui se lave derrière ces claies de bambou que les flammes du foyer illuminent.

Un coup de baïonnette, de la poitrine jusqu'au dos, un demi-pouce au-dessus du sein gauche... Ou un coup de machette sur la nuque...

Il lui semble voir le sang de Miên jaillir en trombe écarlate. Cette scène de tuerie effroyable libère brusquement l'air comprimé par la rage de sa poitrine. La fureur du tigre affamé qui, l'instant auparavant, sortait les griffes, montrait les dents, est prostrée, vaincue.

Une autre pensée coule lentement dans sa tête comme dans un cours d'eau desséché.

Elle a raison. Je ne suis qu'un incapable. Un être impuissant qui ne lui apporte aucun bonheur. C'est ma faute. Il faut que je trouve des médicaments pour restaurer ma vigueur et ma jeunesse. Il faut être patient, tout endurer. C'est la seule voie qui puisse me ramener le bonheur.

Il n'ose pas marcher bruyamment de crainte que Miên ne sache qu'il s'est réveillé. Comme un voleur, il se glisse vers l'entrée du jardin, pisse et rentre furtivement dans la chambre.

IX

Xa prépare le matériel pour partir en forêt avec les bûcherons. Il porte une culotte courte retroussée sur les cuisses. Assis, il lave une scie. Sur son dos dégoulinant de sueur pend une petite serviette en coton souillée. Quand Bôn arrive devant la maison, Xa aiguise consciencieusement les dents de la scie. Le crissement de l'acier contre l'acier vrille le tympan. Bôn doit appeler quatre ou cinq fois avant que Xa arrête de travailler :

« Attends, je t'ouvre. »

Xa range le fusil dans sa boîte à outils, s'essuie la poitrine avec la serviette, va ouvrir la porte :

« Qu'elle est bizarre, Soan. Je lui ai dit de ne pas fermer à clé car je reste travailler à la maison ce matin et puis, clac, elle a cadenassé. Ah, ces femmes ! Incapables de pisser plus haut que l'herbe, de penser plus loin que leurs cheveux.

— Que dis-tu là ? Le cadenas n'est-il pas fait pour fermer la porte quand on sort et pour ouvrir quand on rentre ?

— Oui, mais ça fait cinq fois depuis ce matin. Que de temps perdu ! D'abord pour l'aîné qui est revenu chercher le cahier qu'il a oublié d'emporter. Puis il est encore revenu demander de l'argent pour s'inscrire à l'excursion en ville organisée par l'école. La troisième et la quatrième fois pour les voisins venus emprunter des clous et de l'huile à brûler. Et enfin, pour Binh la Cigogne.

– Binh la Cigogne ? Cela fait plusieurs fois que je voulais lui rendre visite et que je n'ai pas pu. Comment va-t-il ?

– Comme ci comme ça.

– Il paraît qu'il a bien réussi.

– Un peu mieux que moi. Mais depuis le *Têt*[1], la malchance l'accable, ses économies ont fondu. Son beau-père est mort soudainement sans trop de raison. Lam, sa femme, est fille unique, Binh vit chez elle, il a dû prendre en charge les funérailles. Cette famille est la plus grande du village. Il a fallu servir plus de cent vingt plateaux. Maintenant, sa femme enceinte de cinq mois souffre d'une inflammation de la rate. Il est crispé d'inquiétude. Ce matin, il est venu m'emprunter de l'argent. Comme je n'en ai plus, j'ai demandé à Soan de lui prêter son alliance pour qu'il la vende et qu'il fasse hospitaliser Lam en ville. »

Bôn frissonne. Son espoir s'éteint. La veille, il pensait emprunter une grosse somme d'argent à Binh. Ils ne s'étaient pas vus depuis longtemps mais Bôn sait que leur amitié n'en est pas ébranlée. Ils avaient étudié dans la même classe pendant les six années d'études secondaires. Leurs noms commençant par la lettre B, ils occupaient la même table, faisaient équipe dans pratiquement tous les travaux à l'école. Quand on allait camper, ils étaient tous les deux dans le comité d'organisation. Ils appartenaient au même groupe de physique et de biologie pour les travaux pratiques au laboratoire. Dans les soirées artistiques, ils interpré-

---

1. Nouvel An vietnamien, vers fin janvier, début février.

taient à deux les poèmes. Binh les chantait de sa voix suave, Bôn l'accompagnait au monocorde ou à la flûte. En ces temps de rêve, ils étaient tous les deux déterminés à réussir le concours d'entrée à l'université, à changer leur vie de montagnards pour une vie de citadins. Pour eux, ce rêve n'était pas trop inaccessible. Ils étaient tous les deux des lycéens émérites. Binh n'était faible qu'en littérature et requérait souvent son aide. Tant de souvenirs intimes liaient leur adolescence. Binh donnait souvent à Bôn une part de la poignée de riz gluant qui constituait son petit déjeuner ou les patates douces que sa sœur lui préparait. Bôn n'a pas oublié la saveur sucrée, moelleuse de ces patates. Dans les années misérables de son adolescence, sans Binh, il n'aurait peut-être pas pu mener à bien tant d'années d'études. L'argent qu'il gagnait suffisait à peine pour acheter le papier, les crayons et lui assurer le strict nécessaire. Il n'avait pas de quoi s'offrir le petit déjeuner, ni de quoi agrémenter ses repas d'écolier pauvre avec un peu de saumure de poisson ou d'autres aliments. Tout cela provenait de Binh. Ce grand échassier était un être naturellement généreux. Il aidait spontanément tous ceux qu'il pouvait aider, sans aucun calcul, comme si c'était un devoir humain. Les élèves riches de la province le respectaient. Ces deux jeunes rêveurs avaient abandonné leur rêve inachevé le même jour, avaient rejoint l'armée le même jour, mais ils furent incorporés dans deux unités différentes. Binh était dans la même unité que Xa.

Quand Bôn est revenu, Binh a chargé Xa de lui dire qu'il était occupé, que dès qu'il aurait un moment de libre, il viendrait lui rendre visite et préparerait un festin pour fêter leurs retrouvailles. Bôn pensait qu'il était pris par des affaires en cours. Il ne se doutait pas que Binh était accablé par le malheur.

J'ai toujours cru pouvoir m'accrocher à la veste de ce chevalier d'antan. Qui aurait dit qu'il est lui-même en plein naufrage... Me voilà vraiment au fond du trou.

Bien qu'il fasse chaud, Bôn sent un vent froid courir le long de sa colonne vertébrale. Sur la poitrine nue de Xa, autour de ses tétons, des gouttes de sueur, grosses comme des graines de haricot noir, se condensent. Un nom surgit dans l'esprit de Bôn : la vieille Dot. Mais il voit d'avance que ce dernier fruit de ses espérances est aussi pourri. La belle, qui fut belle il y a plus de cinquante ans, ne possède sûrement pas de trésor caché. Elle a pu aider Tà et ses enfants car ils n'avaient besoin que de manger au jour le jour un peu de riz, quelques patates, des légumes, quelques tranches d'igname. Dire qu'il a rêvé de bâtir sa fortune avec l'argent de cette femme au bord de la tombe.

Je ne suis qu'un rêveur bourré d'illusions, un incapable.

Xa le Borgne lève la tête, scrute Bôn de son œil inquisiteur :

« Assieds-toi. Qu'est-ce qui te préoccupe ainsi ? »

Bôn sursaute, mais son esprit reste tétanisé. Il saisit un tabouret, s'assied. Xa possède des dizaines de tabourets de toutes tailles, de toutes formes. Les tailleurs, dit-on, se nourrissent de chutes de tissus et les peintres de peinture. Les bûcherons et les menuisiers vivent de chutes de bois.

« Assieds-toi ici. »

La voix de Xa gronde comme s'il hurlait dans l'oreille de Bôn :

« Attends un moment, je dois finir de laver la grande scie. »

178

Avant que Bôn profère un mot, Xa s'arrête, l'observe. Cette fois-ci, le regard est appuyé, il se vrille quelque part dans le visage de Bôn. Bôn sent ses oreilles flamber. L'œil sain de Xa cligne, cligne et, brusquement, Xa baisse la voix :

« Alors ? C'est fait ? »

Bôn comprend, mais ne sait pas quoi répondre. Ses tempes se mettent aussi à flamber. Xa continue :

« Ça a marché ?

– À peu près.

– Cela signifie quoi, à peu près ? Nous sommes des amis intimes, c'est pourquoi je me permets de te le demander. Il a réussi à se redresser ?

– Modérément.

– L'aiguille de trois heures ?

– Pas tout à fait.

– Et puis ?

– Je n'y comprends rien... »

Xa écarquille l'œil, cesse de murmurer et crie à haute voix :

« Imbécile ! Cesse de bafouiller, bon Dieu ! Rien qu'à te regarder, je vois bien que ça a foiré ! »

Il fronce les sourcils, s'arrête de laver la grande scie, jette le fusil dans la boîte à outils, se lève.

« Dis donc, c'est une affaire grave qu'on ne peut pas traiter à la légère. Tu comprends ce que je dis ? »

Sans attendre la réponse de Bôn, Xa se dirige vers un coin de la pièce, sort un paquet de tabac de la poche de sa chemise. Il prend un autre tabouret, s'assied en face de Bôn :

« Tu veux fumer ?

– Oui. »

Xa tend le paquet à Bôn, baisse la tête, se roule une cigarette :

« Je te l'ai dit. Entre homme et femme, il faut s'aimer pour pouvoir vivre ensemble.

— J'aime Miên. Je n'aime personne d'autre que cette femme.

— Oui. Mais qu'en pense-t-elle ? Le problème est là. Il faut un amour réciproque pour former un couple. Ne m'en veux pas si je te le dis, il vaut mieux se satisfaire dans le trou d'un arbre que coucher avec une femme qui ne vous aime pas. »

Xa tire de longues bouffées de fumée avant de demander :

« As-tu rencontré Hoan ?

— Pas encore. Il est parti en ville. Il ne rentrera que dimanche pour voir son fils quelques instants et repartira aussitôt.

— Tu ne vas jamais chez la tante Huyên ?

— Non, à moins que Miên ne m'y envoie pour quelque affaire.

— Cela se comprend. Elle ne t'aime pas. Tu n'aimes pas non plus cette vieille bêcheuse. Mais à mon avis tu devrais rencontrer ce Hoan au moins une fois.

— Pourquoi devrais-je le rencontrer ? Cela ne sert à rien. Chacun de nous suit son destin. »

Le front de Xa se plisse. Il jette son mégot dans le jardin, saisit le paquet de tabac, se roule aussitôt une autre cigarette :

« Écoute, Bôn. La parole franche est difficile à entendre, mais aujourd'hui, tâche de m'écouter jusqu'au bout. Nous ne sommes ni frères ni parents, mais l'amitié qui nous lie est encore plus forte que cela. C'est pourquoi je me sens la responsabilité de t'expliquer les tenants et les aboutissants d'une vie. Quand nous étions à l'école, tu m'aidais souvent à résoudre les problèmes de mathématiques. Pourquoi ne sais-tu plus comment résoudre le problème fondamental de ton destin ? Actuellement, tu t'es installé sur le dos du tigre. Ce n'est pas facile d'y monter, mais en descendre est mille fois plus difficile. Intelligent comme tu es, tu as dû comprendre pourquoi Miên a abandonné sa vaste demeure pour se fourrer dans ta chambre à toit de bambou. Seule une femme d'honneur peut se forcer comme cela. Avec une autre femme, tu n'avais plus qu'à trimballer ton ballot hors de sa demeure. Mais en ce monde, tout a des limites. Elle ne pourra pas vivre avec toi jusqu'à sa mort uniquement par devoir. Je l'ai dit, au lit, il faut être deux à s'aimer pour que cela en vaille la peine. Quand on veut se battre, il faut bien connaître son adversaire. Pourquoi ne cherches-tu pas à rencontrer Hoan, ne serait-ce qu'une fois ? »

Bôn sent son visage brûler, ses oreilles bourdonner.

« Je ne vais pas perdre mon temps à une telle sottise. Je n'ai pas l'intention de le provoquer en duel. On n'est plus au quinzième ou au seizième siècle.

– Tu te jettes donc à l'eau les yeux fermés sans savoir si elle est profonde ou non, si elle est tiède ou glacée ? »

Bôn ne répond pas.

Xa n'insiste pas non plus. Ils restent assis, soufflant en silence la fumée. Les mégots s'envolent un à un dans le jardin. Il fait de plus en plus chaud. De temps en temps, Xa essuie sa poitrine musclée et son dos nu. Bôn ne le regarde pas. Il envie les muscles bondissants sur la poitrine du bûcheron, son visage rieur de clown, toujours rayonnant de bonté et de bonheur. De temps à autre, les oiseaux du jardin élèvent leurs chants dans l'espace, rendant la voûte céleste encore plus profonde, le ciel bleu plus transparent. Les minutes s'écoulent. Combien, Bôn ne s'en souvient pas. Mais après un très long moment, Xa soupire et lui demande :

« Dis, Bôn, tu sais que la province vient de créer une plantation d'État ?

– Non, je ne lis plus les journaux.

– Cette plantation se trouve à cent kilomètres d'ici, elle s'appelle L'Aube. On l'a créée pour accueillir les femmes parties à la guerre. Elles ne sont plus en âge de se marier. Elles se couvriraient de honte en revenant vivre dans leurs villages, mais elles trouveraient difficilement du travail dans les villes. Là, elles plantent des ananas et des poivriers comme ici. Liêu, un bon copain à moi, a été nommé chef du service administratif. Tu peux aller y vivre. Ce sera plus facile que de chercher des fonds suffisants pour faire défricher la terre que la commune t'a donnée ici. Cette plantation est encore subventionnée par l'État. Les cadres de gestion jouissent d'un salaire conforme à la grille de l'administration. Ça convient à ta situation. L'essentiel est que tu pourras choisir parmi les deux cents femmes des brigades de *volontaires* [1] quelqu'un qui te convienne et l'épouser.

– Tu dérailles ! Ici est ma famille. Ici est mon pays natal. »

Xa ricane, secoue la tête :

« Le pays natal n'a de sens que si on y trouve un toit chaleureux. Là où on trouve ce toit, là est le pays natal. Quant à ta famille, est-ce Tà ou Miên ? »

Bôn ne répond pas. Xa continue :

« Ta famille, c'est Miên, tu en es d'accord ? Réfléchis bien. Il n'est pas sûr que Miên t'aimera, te

---

1. Pendant la guerre, les jeunes filles partaient comme *volontaires* pour maintenir en état les voies de communication, etc. De retour, elles étaient trop vieilles pour se marier, d'autant plus que les hommes étaient devenus plus rares. Nous utiliserons l'italique pour mentionner ce sens.

comprendra autant qu'une femme âgée qui attend un homme prêt à la toucher. Seuls ceux qui partagent les mêmes situations peuvent s'aimer comme il se doit. Nous avons été soldats. Tous les soldats qui sont revenus de cette guerre ont dû verser un tribut, quelque chose d'eux-mêmes sur l'autel des génies. Moi par exemple, il a suffi d'un éclat de bombe, minuscule comme une poussière de bale, pour m'arracher un œil. J'ai donc payé mon tribut. Quant à toi...

– J'ai vécu plusieurs années en exil, comme tu le sais... »

Xa secoue la tête :

« Ce n'est pas suffisant, mon héros. Cela ne fait pas encore le poids.

– Tu parles étrangement, ces derniers temps.

– Oui... Il se peut que je radote avant l'âge... »

Soan rentre hâtivement. Elle porte un panier rempli de pommes cannelle et de goyaves. La jeune femme n'est pas très belle, mais elle est fraîche, charmante. Comme son mari, elle a le visage toujours rayonnant de satisfaction et de bonté :

« Ah ! Bonjour, le nouveau marié. Alors, la fête a été gaie, pour le retour de la belle en son palais ? »

Bôn n'a pas encore trouvé le temps de répondre que déjà Xa gronde :

« Tu es vraiment une tête de mule. Je t'ai dit de ne pas cadenasser la porte, mais tu as encore cédé à l'habitude. Je me suis cassé les genoux à me lever et à me rasseoir. »

La femme pose le panier de fruits par terre, se justifie :

« Vous voyez, Bôn ? Sur les champs de bataille, ce n'est qu'un troupier, mais sitôt revenu à la maison,

Monsieur se comporte en général, arrogant comme personne. »

Elle sourit. Une dent de travers rend son sourire encore plus radieux. Elle regarde son mari, admirative et moqueuse :

« Dire qu'il hurlait comme un bœuf qu'on égorge quand j'ai dû presser un bouton sur sa fesse pour le vider de son pus. Pire qu'un môme de trois ans... »

Xa :

« Et alors ? C'est de la chair humaine qui souffre et non du bois. Et si c'était à toi que cela arrivait ? Tu fondrais en larmes et en lamentations. »

Soan choisit quelques pommes cannelle et quelques goyaves mûres, les met dans une assiette :

« Assez, assez, je ne perdrai pas ma salive à me disputer avec toi. Depuis ta naissance, as-tu jamais laissé quiconque avoir le dernier mot ? Pas seulement les amis, les voisins, mais aussi les *tantes*, les *oncles*, les aînés. Allons, *grand frère* Bôn, goûtez une goyave. Voyez si elle est aussi sucrée que celles de votre jardin. »

Bôn mord dans la goyave. Sa saveur sucrée n'adoucit en rien son cœur. Les goyaviers malingres de son jardin ne donnent pas le moindre fruit mûr. Les enfants de Tà les cueillent et les mangent dès qu'ils commencent à jaunir. Ces sauvageons en liberté n'ont fréquenté ni l'école maternelle ni le cours préparatoire. Ils traînent dans les jardins, les collines, sur les sentiers, les routes. Depuis des années, son jardin est à l'abandon, livré aux fourmis, aux vers, aux oiseaux. Il y a planté un sillon de basilic des moines et quelques buissons de galangas sauvages. Ce ne sont pas des plantes comestibles, les enfants de Tà n'y ont pas touché. Mais la terre est tellement fatiguée que même le basilic n'arrive pas à grandir. Les galangas ne fleurissent pas et la femme qu'il aime est froide, silencieuse comme l'haleine de la montagne. Xa a raison. Entre homme et femme, il faut s'aimer pour pouvoir vivre ensemble. Il suffit de regarder la famille de Xa pour voir à quel point Soan est amoureuse de lui. Maintes fois, Bôn a entendu l'histoire d'amour entre Xa le Borgne et Soan. Il n'arrive toujours pas à imaginer comment la femme sage et accueillante qui vient de choisir les goyaves mûres pouvait se conduire de manière si scandaleuse.

Démobilisé, Xa ne possédait que quelques uniformes de soldat et une somme d'argent suffisante pour fêter les retrouvailles avec des plateaux de riz et de légumes. Les parents de Xa étaient morts pendant qu'il était au front. Son frère aîné s'était approprié la maison. Sa belle-sœur arborait en permanence une mine revêche. Xa s'installa donc chez son oncle. Il y donna le repas des retrouvailles. Quelques jours plus tard, le jeune homme partait en forêt avec un matériel de bûcheron et recommençait sa vie de montagnard. Par hasard, Xa rencontra Soan ramassant des fagots. Entre eux ce fut, comme on dit, le coup de foudre. Soan n'était pas belle mais elle était gracieuse et charmante. Beaucoup de gars la courtisaient dont un cousin du côté de sa mère. Il n'était pas riche mais possédait tout de même une maison de trois étages en ville. Chaque niveau ne comptait que seize mètres carrés. Mais cela lui suffisait pour ouvrir un commerce de gros pour les céréales. L'argent rentrait abondamment. Il avait deux ans de plus que Xa, il était plus expérimenté, plus malin. Il avait mis en place toute une stratégie pour conquérir la sympathie de la parentèle et des voisins de Soan. Il était sûr de sa victoire. Il revenait au village sur un vélomoteur flambant neuf, descendait du véhicule, saluait poliment tous les vieillards sur son chemin. Il rendait visite à tout le monde, en commençant par le chef du clan, les chefs des branches cadettes, du côté paternel comme du côté maternel, sans jamais oublier d'apporter des cadeaux et des gâteaux pour les autels des ancêtres où il allait brûler des bâtonnets d'encens et prier. Un paquet de thé au lotus et une boîte de gâteaux de première qualité pour le chef du clan, un paquet de thé au jasmin et une boîte de biscuits pour le chef de la branche cadette. Des foulards en laine pour les voisines, des bonbons au kaki ou à l'orange pour les enfants, enveloppés dans du papier cristal aux couleurs éclatantes. Les compliments à son égard résonnaient dans les demeures, les rues :

« Mademoiselle Soan est tombée sur un mari bien digne de la peine qu'elle se donne pour soigner sa beauté, son élégance. Elle a trouvé sur qui s'appuyer.

– Parmi les jeunes gens de ce temps, il n'y a pas de plus savant que Khiên. Il est encore si jeune et il connaît déjà par cœur l'histoire de notre famille. L'autre jour, il a mentionné d'une traite la date, l'année, le mois où notre ancêtre a été reçu second docteur au concours mandarinal, et avec qui. Moi qui ai les cheveux tout blancs, je ne connais pas aussi bien l'histoire de mes ancêtres.

– Il a le savoir et l'argent, il est généreux avec les voisins, les compatriotes. Pour Soan, un tel mari, c'est le paradis. »

Les parents de Soan, cela va sans dire, étaient aux anges. Ils jubilaient dans l'attente du « plus grand mariage qu'ait connu le village et sans doute l'un des plus grands qu'ait connus le pays ».

« Regarde, dans le village, dans le pays, tout le monde fait l'éloge de Khiên. Un homme aussi vertueux sera certainement un homme fidèle. En l'épousant, tu changeras d'existence, tu mèneras une vie fastueuse bien différente de la vie pénible des gens du Hameau. »

Soan secoue frénétiquement la tête :

« Je n'épouserai personne. Je ne veux pas me marier, je veux rester à la maison avec vous. »

Mais il ne se passait pas un jour sans qu'elle aille retrouver Xa. La passion les dévorait. Le père de Soan les surprit en pleine conversation amoureuse sur le versant d'une colline. Il balança à Soan une paire de claques qui lui firent voir des lucioles, la ramena à la maison, la ligota à une poutre de l'étable pendant une nuit et une journée pour lui apprendre la loi familiale.

Les amis de Xa le consolaient, le conseillaient :

« L'adversaire est trop fort, Xa. Tu vas mordre la poussière. Prends les devants.

– Quand tu ne peux pas renverser la situation, prends les devants, annonce publiquement que tu abandonnes. On ne pourra pas dire qu'on t'a jeté dehors à coups de pied au cul. Khiên a beau être riche, avoir plein d'argent et les deux yeux intacts, il sera désarmé dès que tu proclameras que tu abandonnes Soan. Ainsi, aux yeux du monde, il recueillera ce que tu délaisses. »

Xa était embarrassé, désorienté. Il ne savait plus quoi faire. Il aimait Soan, mais cet amour lui paraissait désespéré. La confrontation était inégale. D'un côté, lui, le soldat renvoyé dans ses pénates, sans un sou en poche, sans maison, sans jardin, sans plantation. La commune lui avait bien donné un terrain dans les collines, mais il n'avait pas encore l'argent pour acheter des semences, louer des ouvriers pour défricher la terre, y planter des piquets. Il comptait travailler comme bûcheron pendant deux saisons pour rassembler la somme nécessaire.

Alors qu'il s'affolait, Soan surgit, le visage rougi, boursouflé par les piqûres des moustiques, barbouillé de larmes. Elle lui raconta qu'elle avait dû hurler jusqu'au moment où, craignant le mépris des voisins, ses parents l'avaient libérée. Puis elle le pressa :

« Tu dois m'épouser immédiatement... Prends-moi, tout de suite ! »

Xa lui demanda néanmoins :

« Alors, tu ne l'aimes pas du tout, tu en es sûre ? »

Soan cria si fort que l'oncle pointa la tête hors de la maison pour voir ce qui se passait. Les deux jeunes gens causaient sous le bosquet d'hibiscus près de l'entrée. Soan poussa un cri, fixa un regard terrible sur Xa :

« Tu connais mon amour profond pour toi et tu oses me poser cette question. Crois-tu donc que j'ai la langue fourchue et le cœur fourbe ? »

Terrifié, Xa se justifia :

« Non, non, jamais je n'oserais... C'est parce que... »

Il n'osa pas dire à Soan la vérité sur ses pensées et encore moins sur les conseils de ses amis. Soan dit :

« Jamais je n'aimerai ce vieux chauve, jamais je ne coucherai avec ce vieux chauve, même s'il était riche à crever. »

Xa lui demanda :

« Mais que puis-je faire maintenant ? Je t'aime, mais je n'oserai jamais me disputer avec tes parents ou leur tenir tête. Nous deviendrions des enfants indignes. »

Soan lui répondit sans la moindre hésitation :

« Nous devons faire l'amour tout de suite, oui, tout de suite... Si je suis enceinte, mes parents ne pourront plus me forcer à me marier avec le vieux Khiên. Ce salaud a déjà commandé dix-huit plateaux pour les fiançailles le mois prochain. »

Xa vivait alors chez son oncle. La maison était assez grande mais il n'avait pas de chambre séparée. Les deux cousins de Xa, bien que jeunes, étaient mariés et occupaient les deux ailes latérales. Xa et son oncle habitaient dans le bâtiment principal. Dans la pièce du milieu, se dressait l'autel des ancêtres. Xa et son oncle habitaient les deux autres. Toutes les pièces étaient vastes mais aucune n'était fermée. Il ne pouvait rien faire dans cet espace.

Xa soupira :

« Ce n'est pas possible... J'avais l'intention d'amasser assez d'argent pour bâtir une maison. La commune m'a donné le terrain, mais il faut bien acheter le bois, les briques avant de pouvoir envisager... »

Soan trépigna de colère :

« D'ici là, tout sera fichu. Nous devons faire l'amour cette nuit même, et demain, et après-demain. Il faut absolument que je sois enceinte pour forcer le destin. »

Xa rentra dans la maison, en sortit avec une capote de soldat américain, un trophée qu'il utilisait souvent quand il allait en forêt. Ils traversèrent la vallée, les collines d'ananas, montèrent vers les hauteurs recouvertes d'herbes épineuses. Ils s'assirent, attendant le coucher du soleil, le moment sacré où la nuit recouvrirait les forêts, les montagnes, les plantations, les villages, les hameaux, d'un brouillard noir comme l'encre qui les protégerait des regards curieux et indiscrets du monde.

« Alors, c'est bon ? »

Bôn sursaute en entendant la voix de Xa. Il répond précipitamment :

« Elle est sucrée, très sucrée.

— Ton jardin doit être rénové, de fond en comble.

Cela signifie que tu dois abattre tous les arbres, déterrer toutes les racines pour en faire des bûches. Puis il faudra remuer la terre, la mélanger finement avec des engrais, la laisser reposer pendant une longue période avant de songer à y planter d'autres arbres.

– Je comprends. »

Bôn gémit en son cœur.

Qu'il est chanceux... Il résout tout en claquant des doigts... Parce qu'il a une femme aimante, dévouée, toujours prête à se sacrifier pour lui. Quand on a l'amour, on a tout en ce monde...

Bôn sait que Xa aussi a commencé sans le sou. Il n'avait pas de quoi payer ses noces avec Soan. Ce fut elle, l'effrontée, qui s'en occupa. Dès qu'elle fut enceinte, Soan se fit examiner à l'antenne sanitaire de la commune et l'annonça à ses parents. Elle leur dit que c'était à cause de sa naïveté, qu'il leur fallait organiser le mariage s'ils ne voulaient pas devenir la risée du voisinage. S'ils voulaient bénir leur couple, ils gagneraient un fils. Xa était un homme laborieux et bon. Ils ne perdraient rien à être généreux à son égard. Sinon, elle s'en irait avec lui et ils perdraient la fille qu'ils avaient eu tant de mal à élever. Finalement, les arguments de la fille scandaleuse eurent raison des parents. Ils organisèrent eux-mêmes un festin de plus de cent plateaux. Soan mit au monde un fils. Xa fit rapidement fortune comme un cerf-volant poussé par un grand vent. Comme l'avait prévu Soan, il devint le beau-fils le plus dévoué du village.

Xa demande de nouveau :

« Alors, tu veux toujours planter des poivriers ?

– Oui, c'est ce que je ferai. Je ne connais pas le métier de bûcheron comme toi.

– Les fonds nécessaires ne sont pas minces. »

190

Bôn garde le silence. Il revoit la barque naufragée s'enfoncer lentement dans la vase. Le découragement et la honte le submergent.

Xa insiste :

« Tu veux absolument rester au Hameau ?

– J'y resterai. »

Il hésite quelques secondes, puis ajoute :

« J'aime Miên. »

J'aime cette femme bien qu'elle ne m'aime plus. Mais j'ai mis toute ma vie dans cet amour comme un joueur assoiffé met sur le tapis la totalité de sa fortune dans un dernier jeu. Je ne peux pas partir. Je n'ai plus la force de partir. Cette femme a aspiré mon âme. Personne ne peut la remplacer. Aucune peau n'est aussi blanche, aucun regard plus éblouissant, aucune chevelure plus chatoyante... Elle a été mienne. Un jour, je retrouverai mon bonheur, si je sais patienter.

Mais Bôn n'a plus le courage de dire la vérité, même à Xa, l'ami dévoué qui lui offre spontanément son aide désintéressée. Xa se tait. Il saisit une pomme cannelle mûre, la brise en deux, la mange entièrement, puis soupire :

« C'est bon... puisque tu l'as décidé. Mais pour ce faire, il faut d'abord te soigner. Ta bouche pue. De loin comme ça, j'ai déjà du mal à supporter ton haleine, alors que dire d'une femme ! »

Soan jette un regard réprobateur à son mari :

« Quel vieux toqué ! Comment peux-tu parler si grossièrement ? »

Elle se retourne vers Bôn :

« Ne lui en voulez pas. Mon mari se comporte parfois comme un imbécile. Et pas seulement avec vous. Avec mes parents aussi, il lui arrive de parler à tort et à travers. »

Elle se dirige hâtivement vers la cuisine, laissant sur place le panier de pommes cannelle et de goyaves en cours de tri. Xa attend que Soan soit entrée dans la cuisine, puis il continue :

« Si tu veux vivre longtemps avec Miên, il faut à tout prix soigner ton haleine. Le reste, on verra après. Demain, je t'emmènerai à l'hôpital de la ville. Là, j'ai aussi un oncle qui pratique la médecine traditionnelle. On ira voir des deux côtés. Quand on est malade, il faut prier les guérisseurs de tous les horizons. Entre-temps, tâche de trouver un peu d'argent. Je n'ai plus que la journée de demain. Après-demain, les bûcherons prieront les génies avant de remonter dans les montagnes. »

X

Il n'y a pas de clair de lune sur les villes. Pour être exact, la lune au-dessus des villes est blême. Engloutie sous les lumières multicolores, elle se transforme en cadavre, celui de la belle Hang [1], flottant dans un ciel saturé de poussière et de fumée.

Mais ici, sur cette plage déserte, elle trône dans toute son orgueilleuse beauté. Elle n'a pas la séduction et le mystère de la lune des montagnes, mais elle est déjà resplendissante, majestueuse. Le rivage, les vagues, les flots, les filets de pêcheurs suspendus au-dessus du sable, les barques allongées attendant le départ vers le large, tout chante les louanges de son incomparable toute-puissance. Pas un nuage. Le vent siffle à travers la forêt de filaos, mugit sur la crête des vagues. L'odeur de la mer embaume l'air. La saveur du sel, le parfum des vagues imprègnent chaque planche de bois, chaque grain de sable, chaque fleur de l'*herbe-soleil*, chaque cellule du corps, et l'âme de tous ceux qui sont nés, ont grandi au bord de la mer. Hoan fume goulûment cigarette après cigarette. Sous ses yeux, les mégots s'éparpillent sur le monticule de sable, dans le clair de lune.

_____

1. Selon une légende, la lune est personnifiée par une femme : la belle Hang.

Un paquet et demi... Depuis que je suis là, j'ai fumé
un paquet et demi.

Il allume une autre cigarette, tire dessus sans percevoir son parfum, sans sentir la saveur de la fumée. Il fume sans arrêt comme on ratisse le sel dans les marais salants. Quelques mètres le séparent de la ligne où viennent mourir les vagues. Il voit nettement l'eau onduler, l'écume pâle sur la crête des vagues, les plis du sable quand l'eau se retire. Il entend nettement les vagues s'abattre en bondissant vers le rivage. Le rugissement lourd, pressant, déchirant de l'homme en manque d'amour. Il entend le murmure atone des flots qui se retirent, chancelant comme un soupir d'assouvissement et de regret. Ce n'est plus la mer de son enfance. C'est celle de l'homme mûri par les épreuves de la vie, qui a cessé d'être heureux.

Cela fait déjà un mois. La lune, aujourd'hui, n'est
plus ronde, elle commence à décliner, comme en
cette nuit dans le Hameau de la Montagne.

Un mois s'est écoulé depuis la nuit où il a emmené Miên sur la terrasse. Le temps ne ménage personne. Passe le jour, vient la nuit, la lune s'arrondit, la lune diminue. Hoan ne sait plus comment il a vivoté pendant ces trente derniers jours. En mannequin ou en fantôme silencieux ? Non, il a sans doute gardé un air digne, assuré. Il a conservé le comportement d'un homme sérieux, équilibré, le descendant d'une famille honorable. Les sévères principes moraux de l'instituteur Huy continuent de contrôler chacun de ses actes, chacune de ses paroles. Il a continué de travailler calmement, intelligemment. Il a analysé la situation avec clarté, réorganisé la boutique, sous-traité la sélection du nouveau personnel, modifié l'offre, cherché de nouveaux fournisseurs pour acquérir des produits plus prestigieux, loué des transporteurs pour convoyer les marchandises depuis Saigon ou Danang. La boutique a cessé d'être un bazar. Elle propose maintenant des choses pour la maison, des machines électriques, des ustensiles en bois, quelques objets décoratifs chers. Les travaux avancent comme sous la baguette d'une fée. En à peine un mois, les changements opérés provoquent l'admiration des gens dans toute la ville.

Sœur Châu lui a dit :

« En fait, c'est toi le vrai commerçant. En un mois, tu en fais plus que moi en plusieurs années de labeur. Tu aurais dû revenir en ville dès le retour de la paix. »

Hoan n'a pas répondu.

Châu remarqua soudain le mutisme de son petit frère. Elle bafouilla :

« Oh, c'est juste pour parler... Excuse-moi... »

Et elle s'est retirée.

Quand il n'était pas occupé à faire ses comptes, à inventorier les marchandises, Hoan passait son temps à regarder la rue. Les flots de la vie y coulaient comme un fleuve. Quelques années auparavant, qui aurait pensé que le quartier serait aussi animé ? Personne non plus n'imaginait que la maison de ses grands-parents, confisquée par l'État, lui serait brusquement rendue, sans tambour ni trompette.

Hoan vivait alors dans le Hameau de la Montagne. Châu, Nên et la famille étaient revenues en ville. À la mort de sa mère, Châu avait pris son poste de vendeuse, toujours sous l'autorité de Madame Kim Lan. Châu avait dû subir la vengeance de cette femme prétentieuse et dévergondée après le naufrage du mariage de Kim Liên. Un jour, une voiture s'arrêta brutalement devant la porte. Deux hommes en descendirent. L'un d'eux examina la boutique et demanda :

« Est-ce ici la maison de l'instituteur Huy ? »

Châu s'avança, lui répondit :

« Mon père est mort. Cette maison appartenait autrefois à mes grands-parents. »

L'homme regarda Châu un long moment d'un air hébété et gronda :

« C'est toi Châu, ma nièce ? Comment oses-tu dire *Je* à ton oncle[1] ? Sais-tu qui je suis ? »

Terrorisée, Châu ne sut que dire. L'étrange visiteur entraîna son ami dans la maison. Il se retourna vers Châu :

« Je suis ton oncle Huyên, tu comprends ? Je suis parti depuis plusieurs dizaines d'années. Ton père a-t-il parlé de moi ?

– Oui, mes parents ont souvent parlé de vous.

– C'est ça, autrefois nous jouions souvent aux cartes pour de l'argent. Comment va ta mère ?

– Elle est morte juste après la commémoration du premier anniversaire de la mort de mon père.

– Il ne peut guère en être autrement. Quand on s'aime comme ça, comment vivre dans deux mondes qui s'excluent ? »

Il rit, mais les yeux inondés de larmes. Il sortit son mouchoir, s'essuya la figure, dit à son compagnon :

« Je me fais vieux, je pleure souvent. Cela fait si longtemps que j'ai quitté la maison. Presque toute une vie. »

Il se remit à pleurer. Son compagnon et l'entourage laissèrent passer sa crise de larmes. Châu le guida à travers la boutique jusqu'à la pièce de derrière où se dressait l'autel de l'instituteur et de sa femme. Le

---

1. Intraduisible. En vietnamien, les pronoms personnels indiquent directement la hiérarchie dans les liens de parenté. Châu aurait dû dire *chau* (votre nièce) et non *tôi* (je).

visiteur alluma trois bâtonnets d'encens, les planta dans le bol de riz, invoqua l'âme des morts tout aussi grossièrement que s'il parlait aux vivants. Après avoir prié, soupiré, il sortit son portefeuille, tendit à Châu une liasse de billets :

« Demain, va faire des courses pour honorer tes parents.

— Mon oncle, ce n'est pas la date, demain.

— Peu importe. Du moment que j'ai prié, tes parents sortiront de la tombe quel que soit le jour. Autrefois, je leur ai servi de messager avant de partir faire la révolution. Ma petite nièce, demain, à midi, à la fin des réunions, je viendrai allumer de l'encens pour tes parents. »

Il tira sur le bras de son compagnon :

« Partons ! »

Sur le trottoir, alors que le chauffeur lui avait déjà ouvert la porte, il retint soudain son compagnon, se retourna vers la boutique :

« Qu'est devenue cette maison ? »

L'homme répondit, gêné :

« Elle a été confisquée en 56 pour servir de grand magasin. En ce temps-là, les camarades en ont ainsi décidé. »

Monsieur Huyên roula des yeux courroucés :

« Confisquée ! La maison de l'instituteur Huy par-dessus le marché ! Avec qui comptez-vous vivre en paix après ça ?

— C'est une séquelle de l'Histoire.

— Eh bien, il faut la réparer. L'Histoire a été faite par nous autres, les vieux, certains sont gauchistes, d'autres droitiers, démagogues, extrémistes, voire terroristes... Il faut voir ce qui est juste et ce qui est erroné avant d'agir, non ? Et si dans la population il y a une fille-mère, allez-vous la tondre, badigeonner sa tête avec de la chaux, l'enfermer dans un panier et la noyer comme on faisait jadis ? »

Devant le courroux de Monsieur Huyên et ses bruyants reproches en pleine rue, l'homme l'attira précipitamment dans la voiture :

« D'accord, j'ai compris. Je vais leur dire de... »

La voiture partit en un éclair.

Le lendemain, à midi juste, Monsieur Huyên revint. L'adjoint du Secrétaire fédéral du Parti, l'homme qu'il avait sermonné la veille, l'accompagnait. Il donna l'ordre de restituer immédiatement, avec dédommagement, la maison à la famille bienfaitrice de la révolution. Madame Kim Lan et les employées devaient évacuer sur-le-champ les marchandises dans l'entrepôt de la Direction du commerce et attendre leurs nouvelles affectations.

Ce fut comme un rêve. Châu alla au Hameau de la Montagne pour raconter l'événement dans tous ses détails à Hoan et l'inviter à revenir en ville avec sa famille. Mais Hoan lui avait donné tous les droits sur la maison. Il ne manquait pas d'argent et la vie dans les montagnes lui convenait. Châu rentra, divisa le terrain en deux, fit bâtir deux maisons identiques avec l'argent laissé par sa mère et ses propres économies. Les travaux achevés, elle ouvrit deux boutiques, confia à Nên la gestion de la boutique de Hoan. Tous les mois, elle vérifiait les comptes, mettait les profits dans une boîte pour son petit frère, le rejeton de la famille de l'instituteur.

En revenant en ville, Hoan eut des larmes aux yeux quand les deux femmes lui remirent la boîte et les clés. Les graines que son père avaient semées ne s'étaient pas perdues. Il décida d'abattre le mur qui séparait les deux boutiques pour édifier le plus grand magasin de la ville. Il changea les décorations, renouvela le stock.

Il voulait édifier pour celles qui lui étaient dévouées une vie prospère et raffinée, préserver les sentiments chaleureux et sévères entre les membres de la famille, conformément aux principes de vie de son père jadis. Hoan réussit rapidement. Une force mystérieuse semblait le protéger. Un doigt miraculeux lui indiquait la voie. Les marchandises qu'il choisissait devenaient rapidement à la mode, lui rapportaient des profits colossaux. La mode durait encore que déjà il changeait son offre. Ceux qui s'essoufflaient à le suivre s'essuyaient le front en soupirant :

« La fortune est avec lui. Le ciel le protège. »

Hoan ne comprenait pas lui-même pourquoi tout lui réussissait si aisément. Son commerce se déployait comme un jeu. Pour oublier sa peine, il voyageait sans arrêt. De Danang à Nha Trang, de Nha Trang à Dalat, de Dalat à Saigon, de Saigon à Danang. À travers ces déplacements, il constatait que les gens avaient des besoins variés, que la mode changeait du jour au lendemain. Il prenait rapidement ses décisions après quelques heures de réflexion. Chacune de ses cargaisons se vendait vite selon le même principe : attaquer promptement et se retirer de même. Il n'avait jamais connu d'échec. Le mécanisme rodé se relançait de lui-même et Hoan disposait toujours de temps libre. Il fit planter des rosiers et des cactus dans le jardin. Il y installa un bassin pour reconstituer le paysage de son enfance et se plonger dans ses souvenirs, revoir en imagination les soirs où sa mère priait le ciel et la terre, l'homme élégant et doux qui caressait les mèches de cheveux sur son front, le jeune homme de dix-huit ans sur le terrain de volley.

Mais cela n'arrivait pas à le libérer de sa peine. Le passé n'est que le passé. Tout au plus peut-il apporter à l'homme de la douceur et l'illusion de la force. Ce n'est pas la vie. Sa vie lui avait échappé, elle était au-dehors, elle n'était plus dans l'homme digne, riche et oisif, installé devant une tasse de café, qui regardait la rue de ses yeux sans lumière, sans joie. Parfois, il se séparait de son corps pour se regarder comme s'il regardait un étranger, un commerçant servi par la chance, l'homme que toute la ville admirait, la proie de tous les calculs des jeunes femmes et des filles en âge de se marier. Il n'ignorait pas les regards qu'on lui portait. Il avait été un gibier. Il avait chèrement payé cette expérience. Il se voyait parler, sourire, saluer, serrer des mains, offrir une cigarette, reculer poliment pour céder le passage à une demoiselle belle et aguichante qui ondulait des fesses à son intention. Elle se trémoussait sur ses jambes comme une star de cinéma, elle retroussait ses lèvres dans un sourire provocant. Toutes ces attitudes conquérantes lui rappellaient le verre de vin rouge de Madame Kim Lan.

Et il se voyait misérable.

Un malheur dont il ne pouvait parler à personne, dont il pouvait difficilement se libérer.

Châu et Nên l'aimaient, le dorlotaient, mais elles le respectaient et le craignaient comme un seigneur. De nature simple, elles ne pouvaient pas le comprendre. Une fois par semaine, il rentrait au Hameau de la Montagne pour voir son enfant, surveiller les plantations, discuter avec le vieux Lù, le gérant qu'il avait déniché à Quang Tri. Son fils était joli, intelligent et doux. Sa beauté résultait d'un mélange de deux beautés. Chaque fois qu'il le regardait, un autre visage surgissait, un autre corps se pressait contre le sien, l'odeur d'une autre peau l'appelait. La joie de revoir son enfant cédait alors le pas à la douleur d'une absence. Il se retrouvait comme un impie condamné à être écartelé par quatre chevaux.

La vie citadine engloutissait le temps. Les sons, les couleurs, les lumières, dans un mélange anarchique, incessant, n'arrivaient à le distraire que pour de brefs moments. Après, il n'éprouvait plus rien, comme s'il avait perdu ses cinq sens, comme si aucune lumière, aucun son, aucune saveur n'arrivaient plus à le toucher. Cette nuit, il était monté sur la terrasse pour contempler la ville. Il était resté immobile longtemps. Soudain, il ne vit plus ni maisons, ni rues, ni lampadaires, ni automobiles, ni vélomoteurs, ni passants, ni enseignes. Pas un bruit de la vie. Le désert. Un espace sans hommes. Il était seul. La solitude était un ciel encore plus immense que la voûte céleste au-dessus de sa tête. Il avait peur. Il aurait pu être le dernier survivant d'une catastrophe, d'un raz de marée ou d'une avalanche de bombes incendiaires. Il descendit précipitamment de la terrasse, sauta sur sa moto, fonça vers la plage.

La mer s'étale devant ses yeux, le libère de l'affolement. Son esprit se calme peu à peu dans la fraîcheur du vent. Il regarde les vagues gambader. Il lui suffirait de retirer ses souliers, d'enlever ses chaussettes, d'avancer de dix pas pour sentir les vagues sur ses pieds. Les vagues lécheront ses pieds comme elles ont léché ceux du petit Hoan il y a trente ans. Chaque fois que son père l'emmenait à la mer, Hoan s'étonnait et se plaisait à sentir l'écume s'agglutiner sur les poils de sa peau et le chatouiller en fondant.

Et si je me déshabillais totalement pour plonger dans la marée et la laisser me caresser, me couvrir ?

Il se rappelle les jeux caressants des vagues sur son corps dans son enfance. Le désir de revivre encore une fois ce bonheur passé exalte son cœur. Il se lève, déboutonne sa chemise. Arrivée au troisième bouton, la main frôle son nombril, retombe. Il comprend soudain qu'il n'est plus le petit gamin d'autrefois, le petit Hoan assis sur les épaules de son père pour une promenade sur le sable, le long de la plage. Le petit garçon qui aimait passionnément les bains de mer et voyait l'horizon de la vie s'envoler du même élan qui le soulevait au-dessus des vagues, tous les secrets de l'univers s'éclairer chaque fois qu'il émergeait dans l'air après avoir longuement nagé sous l'eau, et trouvait dans les eaux immenses et salées une source intarissable de joie.

Il n'en a plus l'âge. Il a plus de trente ans, il s'est marié deux fois. Trente-sept ans. Un homme séparé de son enfant, *orphelin* de sa femme, ne peut se sauver en ranimant les jeux de l'enfant nu bondissant sur les vagues il y a plus de vingt ans. Pendant ces deux décades, combien d'eau a descendu le fleuve pour se jeter dans la mer, combien de fois la mer a-t-elle remué ces eaux dans la profondeur de ses entrailles ? Hoan se rassied sur le sable, rallume une cigarette.

La mer, la sienne, n'est plus ici.

Au loin, une silhouette avance péniblement. Une petite silhouette penchée en avant, un petit panier à la main. Une petite vendeuse ambulante sans doute. Les baigneurs rentrent chez eux au coucher du soleil, que fait-elle donc ici ? Elle n'a peut-être pas pu écouler ses marchandises, elle est restée pour supplier les couples d'amoureux de les lui acheter. Voilà qu'elle tombe sur Hoan, un client esseulé.

Hoan a deviné juste. Son panier à la main, la petite ombre se dirige hâtivement vers lui. En peu de temps, elle arrive, s'agenouille devant Hoan, haletante, sort une torche, éclaire ses marchandises.

« *Oncle*, achetez-moi quelques amuse-gueule.

– Je ne bois pas.

– Alors prenez quelques friandises.

– Mais après, mon père m'oblige à me rincer la bouche avec de l'eau salée pour éviter d'abîmer mes dents. As-tu de l'eau salée avec toi ? »

Ce disant, Hoan se rappelle son fils, ses grimaces chaque fois qu'il accomplit cette règle d'hygiène sévère. La petite marchande le regarde, silencieuse, ahurie. Elle se demande si ce client dit vrai ou se moque d'elle. Le jet de lumière de la torche bascule, éclaire un visage sombre, malicieux, de jolies petites lèvres.

Elle est si jeune encore. Elle a dû quitter l'école pour gagner sa vie. Ses parents sont sans doute morts trop tôt, comme ceux de Miên, autrefois...

« Bon, voyons ce que tu as. Je vais en prendre pour inviter les voisins.

– Oui, je vous en prie, *oncle*, achetez-moi... »

La petite répète prestement ses prières. La torche balaie quelques pauvres marchandises. Un tas de crêpes de riz et de nougat presque liquéfié. Un bol de cacahuète bouillie. Des goyaves écrasées, tordues, volées sans doute dans quelque jardin inculte, et revendues aux enfants pauvres. Quelques seiches grillées dans des sacs en nylon. Deux paquets cabossés de cigarettes bon marché.

« Vas-tu à l'école, petite *nièce* ?

– Non.

– Tes parents ne t'envoient pas à l'école ?

– Non. Je dois vendre les marchandises. Si j'allais à l'école, comment trouverait-on à manger ?

– Que font tes parents ?

– Ma mère vend des escargots parfumés au marché et mon père des flans de soja dans les rues.

– Vous êtes nombreux dans la famille ?

– Il y a mes parents et cinq enfants.

– Aucun ne va à l'école ?

– Non.

– Aimerais-tu étudier ?

– Non. Une fois, mon oncle nous a appris à lire, à écrire. Mais les lettres ne voulaient pas rentrer dans nos têtes. L'oncle a dit que nous avions le cerveau trop épais pour faire des études. Il n'y a rien de plus plaisant que de vendre des marchandises. On gagne de l'argent et, en même temps, on se promène partout. »

C'est donc ainsi. Il y a au monde des enfants qui n'aiment pas étudier. Tout le monde ne se plaint pas, comme la femme que j'aime, d'avoir dû abandonner ses études.

« C'est bon. Je t'achète tout. C'est combien ? »

Le temps d'un éclair, les yeux de la petite s'agrandissent. Immédiatement sur son visage apparaît la rouerie des citadins. Hoan la regarde attentivement, qui calcule produit par produit, élevant de quelques sous le prix de l'un, gonflant le nombre de pièces de l'autre, serrant ses jolies petites lèvres. Ses yeux dansent sur son misérable royaume.

Hoan lui dit :

« Allons, ce n'est pas la peine de compter et de recompter chaque bonbon. C'est combien pour le tout ?

– En tout cela fait onze dôngs, mais comme vous achetez tout d'un coup, je vous fais une remise d'un dông, cela fait donc exactement dix dôngs. »

Hoan faillit éclater de rire.

*Espèce de petite renarde. Elle croit que je viens de
tomber de la planète Mars. Mais elle n'a pas tort.
Il n'y a personne d'assez fou pour rester assis sur
la plage la nuit.*

« Dis donc, petite gamine, quelle étrange manière
de compter ! Tout cela vaut tout au plus quatre à cinq
dôngs. La prochaine fois, avant de jouer à ça, choisis
quelqu'un d'autre. »

Il sort de sa poche trois billets de cinq dôngs :

« Tiens, petite *nièce*, je te donne quinze dôngs,
ramasse tes marchandises et rentre à la maison. Va,
dépêche-toi avant de prendre froid.

– Oui, oui. Je vous remercie, je vous remercie de
tout mon cœur. »

La petite prend l'argent, se plie en deux pour le
saluer, saisit son panier, disparaît à la vitesse d'un
écureuil. Le cœur serré, Hoan suit des yeux la petite
ombre noire qui s'éloigne. Le dessin de ses lèvres
roses lui rappelle d'autres lèvres. Le souvenir se
déploie, s'intensifie, reconstitue un être familier.

Pourquoi suis-je ici ?

À cette heure-ci, il devrait être sur la terrasse à boire
le thé et bavarder avec ses voisins du Hameau de la
Montagne. Tout en causant avec eux, il tendrait
l'oreille vers la cour pour écouter les babillements de
son fils avec sa mère. Les jours où personne ne leur
rendait visite, ils s'asseyaient tous les trois sur la
véranda pour jouir du vent. L'atmosphère qui les
entourait était toujours imprégnée du parfum de toutes
les fleurs du jardin. C'était le petit paradis paisible et
enivrant créé par la femme qu'il aimait et qui l'aimait.
Il avait choisi d'y ancrer sa vie. Pourquoi a-t-il été
soudain éjecté pour choir dans le vide, dans un monde
froid, étranger, où tout lui paraît suspect ?

Souvent, Hoan se posait une question.

Pourquoi ? Je suis un citadin d'origine. Je suis né, j'ai grandi ici, j'ai respiré l'air de cette ville. Ici, je suis devenu un homme. Pourtant, j'ai constamment l'impression de n'être qu'un passant.

L'inquiétude le rongeait en permanence.

Chaque fois qu'il recevait les intermédiaires, les fournisseurs, les commerçants, il sentait clairement qu'il n'était plus lui-même, qu'il jouait un rôle, qu'il n'était qu'une marionnette de comédie. Une poignée de main trop tôt ou trop tard, un soupir au bon ou au mauvais moment, un rire à contretemps, pouvaient valoir leur pesant d'or ou faire fondre une partie de sa fortune. Un repas bien arrosé lui permettait de consolider des relations utiles ou d'exploiter des failles chez l'adversaire. Des leçons que chacun devait connaître par cœur avant de se lancer dans la concurrence. Mais Hoan étouffait chaque fois qu'il entrait dans ce rôle. Il avait besoin de l'air du ciel. Il avait besoin d'un espace ouvert, immense, propre, pur. Il l'avait cherché, il l'avait trouvé ailleurs. Dans cette ville, son jardin était le seul endroit où il pouvait respirer aisément, éviter toutes relations avec le monde extérieur, jeter son masque. Mais le jardin était trop petit. Le parfum des roses et des fleurs de cactus ne pouvait masquer l'absence d'un autre parfum. Cette absence s'infiltrait dans sa chair, son sang, ses nerfs, ses os, l'incendiait chaque jour davantage. Elle se confondait dorénavant au désir de la chair.

De nouveau, des gens s'approchent. Ce n'est plus une ombre mais trois grandes et imposantes silhouettes, trois jeunes hommes apparemment. Ils passent devant Hoan, causant bruyamment comme des pêcheurs cherchant à couvrir le rugissement des vagues :

« La petite te plaît, hein ?

– Laisse-moi tranquille, en quoi cela te regarde ?

– Si elle te plaît, je me retire. Sinon, je fonce dessus.

– Mais vas-y.

– C'est un défi ?

– Je ne défie personne.

– Ne me défie pas. Ça fait un mois que tu rôdes autour d'elle sans succès. Moi, dès que je touche à une femme, elle se pâme aussitôt. Une caresse devant, une caresse derrière, et hop, au pieu !

– Espèce de fanfaron. Je te lance le défi. Vas-y voir. »

Le troisième homme élève la voix :

« Assez ! Les femmes ne manquent pas. Ça ne vaut pas le coup de leur sacrifier l'amitié. On change d'amantes, on ne change pas d'amis, surtout ceux qu'on a connus tout nus. Vous n'avez pas les yeux en face des trous. Moi, je ne la trouve pas belle du tout. Elle a des mamelles grosses comme deux noix de coco et des fesses rabougries. Le pauvre type qui l'épousera sera condamné à vie à s'allonger sous elle. Vous parlez d'un bonheur ! »

Les rires retentissent, saccadés. Les trois hommes marchent en éclaboussant l'eau à coups de pied. L'eau fuse, retombe en claquant.

L'un élève la voix en apercevant Hoan :

« Qui est-ce ? »

Le deuxième ajoute :

« Pourquoi vous morfondre tout seul ici ? Joignez-vous à nous. »

Hoan garde le silence, essaie d'imaginer le visage des jeunes pêcheurs aux rires grossiers, joyeux.

Le premier reprend :

« Ça m'a tout l'air d'un amoureux éconduit. Ne vous résignez pas à souffrir. Amusez-vous. En ce monde, les femmes ne manquent pas et toutes ont ce qu'il faut. »

Une troisième voix s'interpose :

« Taisez-vous. Laissez-le tranquille. Espèces de chiens enragés. Deux verres d'alcool suffisent pour vous faire hurler. »

Ils passent devant Hoan, continuent à marcher en direction des cabanes où sont entreposés les filets de pêche, dont les silhouettes noires s'alignent le long du rivage. Leurs voix se diluent peu à peu dans le vent.

À mesure que la nuit avance, le vent se fait plus violent, plus froid. Le ciel s'agrandit, l'horizon se dissout dans la brume, effaçant la mer, les nuages, la lune. Tout se mélange en un monde surnaturel. Jamais encore comme cette nuit, Hoan n'a vu à la mer un visage si étranger. Il fouille des yeux le lointain, tente de trouver dans l'espace immense quelque chose de familier. La sirène du phare marquant les heures, le claquement des voiles dans le vent nocturne, les cris angoissés des mouettes égarées, l'ombre des bateaux pêchant les calmars, le clignotement des lampes pour attirer les poissons. Mais les images, les sons familiers de son enfance se sont tous éteints. La mer est aussi sauvage, aussi déserte que la ville. Il reste esseulé, sans raz de marée ni tempête de bombes incendiaires.

Hoan se relève.

La mer de son enfance s'est perdue.

Et sa mer, aujourd'hui, n'est plus d'ici.

Il démarre sa moto, s'en retourne à la ville. Le halo de lumière filant devant ses yeux lui donne le vertige, fait flageoler ses membres. Quand le moteur commence à ronronner plus doucement, il entend nettement le mugissement des vagues dans son dos. Le bruit le poursuit. Il ressemble de plus en plus à un appel incertain, venu on ne sait d'où. L'appel des jours passés ou celui des jours à venir ? Ou bien n'est-ce que l'écho de son cœur endolori résonnant dans sa poitrine, sous sa chemise imbibée de rosée ? Il ne sait pas. Il continue de foncer de l'avant, poursuivant un but muet, informe, et pourtant irrésistible.

XI

On dit que les femmes des régions de pêche sont particulièrement sensuelles parce qu'elles mangent plus de poisson que de riz. Elles sont énormes, aussi bronzées que les hommes, avec des bras et des jambes musclés, comme sculptés dans du bois de fer. Elles se marient à quinze ans et, à trente, ont au moins dix enfants. Et elles continuent d'enfanter. Les grands-mères arrivent à la maternité en compagnie de leurs filles ou de leurs belles-filles. Il ne se passe pas de jour sans qu'on voie un bébé téter sa sœur ou sa grand-mère. Cette scène se produit particulièrement souvent au village de Bao, au bord du fleuve Nhât Lê. La moitié du village pêche des poissons d'eau douce au carrelet, l'autre s'en va au large pêcher les poissons de mer. Il n'y a apparemment pas de pauvres par ici. Le plus dénué, le vieux Gôc, qui n'a ni femme ni enfant, a quand même réussi à se bâtir une petite maison en brique pour s'abriter et ranger ses ustensiles. Toutes les familles se sont offert des maisons en brique. Les toits de tuiles neuves s'insèrent au milieu des toits de tuiles vieillies. Le soir, naturellement, les haut-parleurs de la commune hurlent des chansons. Mais loin de leur céder le pas, dans chaque foyer, les radios braillent à percer les tympans, à briser les cerveaux. Les mangeurs de poissons ont les nerfs solides, dorment comme des pierres même quand le tonnerre éclate à leurs oreilles. De l'autre côté du fleuve Nhât Lê commence la ville. La vie citadine pénètre chaque foyer, même si l'odeur des fruits de la mer y flotte en permanence. Les soirs de loisir, les jeunes gens du village se donnent rendez-vous au club de la commune pour apprendre à chanter ou pour danser sur de la musique disco, les cheveux bien lustrés, empestant le parfum. Comme en ville, les jeunes filles montent en scène sur des talons aiguilles, se dandinent micro à la main, rejettent leurs cheveux en arrière comme Thanh Loan pour dévoiler un visage rêveur ou baissent les paupières comme Lê Thu pour exhiber leur juvénile douceur. Plus tard, quittant le club, elles ôteront leurs talons aiguilles pour rentrer au village. Les garçons enlèveront leurs chaussures pour les suivre car il est plus aisé de marcher pieds nus dans le sable. Pendant que les lumières du club illuminent tout un coin de ciel, que les adolescents prennent possession de la scène pour s'essayer à l'art de la chanson, leurs aînés reforment un club bien plus exaltant sur la plage, sous les filaos ou dans les cabanes à filets. Ici, l'odeur de la mer n'est pas seulement celle de l'eau, du vent, des algues déposées sur le rivage par les vagues, des tétrodons enflés sur le sable, des barques calcinées par le soleil qui exhalent lentement un parfum de brûlé, des écorces de citron rejetées par les mangeurs d'huîtres sanguines. Une odeur tout à fait différente se mélange à toutes ces odeurs familières, épaissit l'air en une glu invisible. Cette atmosphère, quand on la respire, provoque le désir. Ce sont les effluves des couples qui s'ébattent dans les entrepôts, sur les dunes désertes, dans l'ombre des forêts de filaos. Comme un fidèle gardien de nuit, les vagues se déversent inlas-

sablement sur le rivage, recouvrent de leurs mugisse-
ments les murmures, les gémissements des jeunes
couples. Mais l'odeur de la mer n'arrive pas à couvrir
celle de l'amour, qui communique le désir de la chair
et étourdit les affamés de sexe qui s'égarent en ce lieu.

Misère de misère... Pourquoi suis-je venu ici ?
C'est le démon qui me mène par le bout du nez.
J'aurais dû bifurquer au carrefour.

Hoan se gourmande, mais ses pieds l'entraînent sur
la plage, ses oreilles guettent, à travers le rugissement
des vagues, les gémissements des amants, leurs respirations haletantes accompagnant les gestes de l'amour
qu'il ne connaît que trop. Ces bruits raniment dans sa
mémoire les scènes d'amour passées, le corps de la
bien-aimée, sa respiration, l'odeur de ses cheveux, de
sa sueur, de tout petits gestes, des signes intimes qu'ils
sont seuls à reconnaître. Tout, tout lui revient à l'esprit,
jusqu'au moindre détail de leurs enivrantes étreintes.

Pourquoi suis-je venu ici ? C'est de la folie, de
l'imbécillité. C'est le diable qui m'entraîne.

Mais ses pieds continuent d'avancer, ses yeux
d'épier les couples alentour, ses oreilles de filtrer les
sons pour déceler les murmures jaillis des corps flambants de désir, imbibés de sueur. L'atmosphère chargée d'érotisme l'assaille, s'enfonce dans son cœur
comme l'éperon dans les flancs d'un cheval, incendie
sa chair, bloque sa respiration, oppresse ses poumons.
Un orage comprimé dans sa poitrine, sans issue.

« Par ici !

– Attends-moi un instant. »

Un couple d'amoureux sort lentement de la forêt de
filaos, marche épaule contre épaule à dix pas devant
Hoan. Le vent apporte à ses narines l'odeur de la sueur
mélangée à celle des cheveux parfumés au lotus. Il
reconnaît un parfum bon marché. Autrefois, Châu en

vendait. La fille entoure soudain du bras le cou de son amant. Sur ses jambes d'échassier, elle le dépasse d'une demi-tête. L'homme, large d'épaules, a un dos d'ours. Il avance d'un pas plein d'assurance, de contentement.

L'homme au dos d'ours :

« On rentre ?

– Restons encore un moment », répond la fille aux jambes de cigogne en secouant sa chevelure dénouée dans son dos.

« Tu n'as pas peur des remontrances de ta mère ?

– Non.

– On va dans les rochers ?

– Oui, dans les rochers.

– Il y fait vraiment frais. Attendons que la lune se voile, on recommence et on rentre. »

La fille acquiesce en silence. Enchanté, le garçon au dos d'ours fredonne à voix basse.

Hoan ralentit le pas. Le sable envahit ses sandales. Il regarde les amants bienheureux, se sent éperdument envieux.

Si seulement tu étais là, Miên. Si seulement tu pouvais sortir de cette hutte à filets. Nous prendrions le bateau, nous laisserions tout loin derrière, nous irions vivre dans une île vierge, comme les ancêtres jadis.

Pourquoi ne pouvons-nous pas vivre comme les hommes des origines ? Ils étaient libres de toutes les chaînes forgées par les préjugés. Ils s'aimaient certainement aussi passionnément que le couple qui marche bras dessus, bras dessous devant lui. Hoan glisse un regard vers les barques chancelantes sur le sable. Laquelle serait capable de l'emmener avec la femme qu'il aime vers le large ? Il se rappelle des légendes anciennes, il se rappelle Robinson. Oui, avec la femme qu'il aime, il pourrait devenir un Robinson, l'homme le plus heureux de la terre.

D'un coup de pied, Hoan envoie une boîte de lait voler en l'air. Elle roule en crissant sur le sable. Le couple se retourne en entendant le bruit, qui tire Hoan de ses rêveries. Le garçon au dos d'ours le regarde, les bras écartés. Hoan jette un regard sur la boîte de lait. Elle est passée entre les jambes de cigogne de la fille. Hoan :

« Pardon, j'étais distrait. »

Apparemment, le garçon a reconnu un homme mûr, qui n'a pas l'intention de taquiner son amante. Il lui tourne le dos. La fille glousse :

« Qui donc a vidé cette boîte de lait avant de la jeter à la plage ? »

Une question pour la forme, qui ne s'adresse à personne. Le garçon entoure la hanche de son amante de son bras musclé et ils reprennent leur promenade.

Hoan s'arrête.

Où aller maintenant ? Je ne vais tout de même pas les suivre dans les rochers et espionner leurs ébats... Depuis quand suis-je à ce point obsédé ?

Il s'assied sur le sable, le visage tourné vers la mer, sent le vent salé râper son âme.

Plus de dix ans auparavant, après son scandaleux mariage avec Kim Liên, Hoan était parti vivre au village de Bao. Il avait un ami, un gars aux épaules de panthère, au dos d'ours, semblable au garçon qui sortait de la forêt de filaos, mais plus grand. Ils avaient étudié ensemble pendant les six années d'école secondaire. Au village de Bao, il n'y avait qu'une école primaire, les écoliers devaient aller en ville pour poursuivre leurs études. Six ans durant, ils furent côte à

214

côte sur le même banc, toujours au fond de la classe car ils étaient les plus grands. Son ami ne rêvait pas d'un train roulant vers le nord. Il était l'aîné d'une riche famille de pêcheurs. Son père était adroit. Son bateau revenait toujours gorgé de langoustes et de gros poissons. Sa mère pouvait rester à la maison, faire des enfants, les dorloter. Ils enterraient leur argent dans des jarres sous le sable. L'ami de Hoan voulait continuer l'œuvre de son père, mais il voulait remplacer l'archaïque embarcation paternelle par un grand bateau capable d'affronter le grand large. C'était l'unique raison pour laquelle il avait consacré dix années à étudier des matières dans lesquelles il ne voyait aucune utilité : l'histoire, la géographie, la politique, l'agronomie. Finalement, il réussit son examen et revint au village avec un diplôme de pilote. Pour le mariage de Hoan, il s'amena avec plus de dix kilos de langoustes et de gambas. Quand Hoan avait raconté aux invités comment on l'avait entraîné par la ruse dans le lit de Kim Liên pour l'obliger à l'épouser, le pêcheur s'était levé le premier :

« Dans cette vie, il n'est rien de plus noble que la droiture. Mon ami Hoan est l'homme le plus droit de cette terre vietnamienne. Je vous prie de l'ovationner. »

Il applaudit aussitôt bruyamment, cria en direction des jeunes gars :

« Allons, les jeunes, applaudissez. Nous sommes jeunes encore, vivons comme notre camarade, ne disons que ce que nous pensons réellement et vivons comme nous le voulons. »

Les jeunes gars, un peu décontenancés au départ, finirent par comprendre. Ils applaudirent à tout rompre. Avec leurs baguettes, ils firent résonner les bols, le tambour, les timbales. La noce plongea dans l'anarchie. La parentèle de la mariée se retira. Celle du marié s'enquit de l'histoire, se questionnant dans le brouhaha. Quelqu'un cria au-dessus de la mêlée :

« Levons nos bols et nos baguettes ! »

Et ce fut l'assaut pour vider les plateaux gorgés de nourriture. Les esprits surexcités se calmèrent. Tout finissait bien grâce à ce garçon au grand cœur.

Après les noces, la mariée s'obstina à rester chez l'instituteur Huy, selon la stratégie conçue par sa mère : Attaquer l'ennemi en s'agrippant à sa ceinture [1]. De son côté, le marié s'en alla avec armes et bagages au village de Bao. Là, son ami lui construisit une hutte sur pilotis, lui apprit à pêcher au carrelet. La hutte, traversée jour et nuit par un vent frais, se dressait juste sur la rive du Nhât Lê. D'ordinaire, Hoan y dormait. Il ne rentrait chez son ami que par temps d'orage. La petite sœur de son ami, neuf ans, lui apportait tous les jours le riz, regardait de biais les poissons. Elle n'en ramenait à la maison que lorsque Hoan en avait attrapé beaucoup. Sinon, elle libérait les poissons vivants, mettait les poissons morts dans les jarres alentour pour les laisser mariner. Pêcher au carrelet était l'unique plaisir de Hoan en dehors de la lecture. Une fois par semaine, Nên apportait de l'argent et du riz. Ils prirent ainsi soin de lui comme d'un lycéen qui avait raté son examen et attendait la cession suivante. Hoan était content de cette vie, même si son ami partait en mer sans arrêt. Quand il rentrait, il venait bavarder avec Hoan une dizaine de minutes et se précipitait aussitôt à la recherche de son amante. La hutte de Hoan se trouvait dans un endroit exceptionnellement beau, pro-

---

1. Mot d'ordre révolutionnaire pendant la guerre anti-américaine, préconisant le corps à corps pour éviter la puissance de feu adverse.

pice aux rêves. Le vent. Des nuages dans le ciel. Des nuages dans l'eau. Le soleil. Les vagues. Le vol des oiseaux. Il n'avait pas à gagner péniblement sa vie, à voir des visages déplaisants. Les gens du village de Bao étaient très hospitaliers. Ils adoptèrent facilement ce jeune homme beau comme une vedette de cinéma, au sourire doux, au regard caressant. Les jeunes filles aimaient le taquiner. Elles lançaient dans la hutte toutes sortes de choses. Des goyaves mûres, des pamplemousses épluchés, des gâteaux sucrés, des crapauds, des grenouilles. Parfois, pendant qu'il lisait, elles se glissaient derrière lui, déposaient dans son dos une crevette ou un poisson vivants. Hoan enlevait en silence sa chemise, jetait la bête, exhibant sa poitrine musclée et blanche. Il avait bon caractère et supportait sans peine les malices. Il savait aussi que les jeunes filles de Bao étaient amoureuses de lui, mais il ne voulait se compromettre avec personne. Il venait de goûter à l'amertume. Plus que tout, il aimait sa liberté. De temps en temps, il entendait la sirène du train hurler dans la gare de Thuân Ly, ranimant son rêve évanoui. Alors il se redressait, regardait les nuages blancs éparpillés à l'horizon, au nord, se rappelait les jours heureux, l'appel de l'avenir, un avenir dans lequel il avait mis tant d'amour et d'espérance et qui était brusquement parti en fumée. La valise, les piles de vêtements, ses affaires personnelles, étaient toujours dans un coin de sa chambre, mais nuit après nuit il s'allongeait dans une hutte de pêcheur, la main sous la nuque. Jour après jour, il regardait le fleuve couler. Un petit fleuve insignifiant au milieu de ces vastes terres. Pourtant il séparait pour toujours sa vie présente de ses rêves passés. Tant de malheurs à cause d'une ruse de Madame Kim Lan et de sa fille pour officialiser le fœtus que portait cette fille trop tôt attirée par les plaisirs de la chair ? Ou était-ce aussi de sa faute, à lui, trop content de trouver une sirène pour assouvir le désir qui pointait silencieusement en lui depuis longtemps déjà ? Oui, il avait aussi fauté, son corps trop vigoureux avait contribué à le précipiter dans cette malheureuse comédie. Droit de nature, il s'insultait chaque fois qu'il contemplait son corps musclé et comprenait que le désir de rencontrer une autre sirène grandissait dans ce corps débordant de vitalité. Étaient-ce l'air du ciel, le vent du large ou le poisson frais dont il se nourrissait tous les jours qui galvanisaient en lui la soif d'amour, le faisaient piaffer comme un cheval en rut ? Hoan ne pouvait pas le dire. Le jeune homme s'agitait dans la hutte, se calmait selon la vieille recette des hommes laids, hideux, difformes ou trop pauvres pour se trouver une femme.

Par une nuit sombre, l'échelle qui menait à la hutte trembla. Hoan crut que son ami était revenu inopinément de son expédition et passait le voir, il dit :

« Tu m'as dit que tu ne rentrerais que dans trois jours... »

Pas de réponse. Mais l'échelle continuait de trembler. Le bruit des pas qui montaient, marche après marche, se fit plus net. Hoan en fut surpris. Chaque fois que son ami venait, il l'appelait bruyamment du pied de l'échelle. Un pressentiment le fit se redresser. À peine s'était-il appuyé sur ses coudes qu'une femme avait bondi sur lui.

« Qui êtes-vous ?

– C'est moi, Gai.

– Vous êtes...

– Je passe par ici tous les matins... Je suis du hameau de Hà.

– Euh... »

Hoan comprit. Elle faisait sans doute partie des femmes qui, tous les matins, fléau et paniers à l'épaule, allaient acheter des poissons sur la berge, traversaient le fleuve pour aller les vendre en ville. Les habitants de Bao les appelaient les gens de Hà, d'un ton mi-apitoyé, mi-méprisant. Le hameau de Hà se trouvait à quelques kilomètres du village de Bao. Ses habitants ne pouvaient pas vivre de la pêche ni cultiver la terre trop pauvre, ensablée. Ils vivaient essentiellement du petit commerce autour des marchés de la ville. Quelques hommes étaient bûcherons ou commerçants de bois en amont du fleuve. Apparemment, personne n'avait réussi à faire fortune. On disait qu'il n'y avait pas une seule maison en brique au hameau de Hà. Le foyer le plus fortuné possédait une cour cimentée. C'était sans doute pourquoi les jeunes filles de Hà semblaient plus timorées que celles de Bao. Elles aimaient aussi le taquiner mais n'osaient pas se montrer aussi impudentes que les filles de Bao. D'ordinaire, elles passaient devant sa hutte, glissaient vers lui un regard furtif, lançaient en l'air une parole vague, pleine de sous-entendus.

Mais qui est-elle ?

Hoan fouilla sa mémoire. Il y avait une grosse avec une chemise bariolée de fleurs rouges. Les autres, plus minces, portaient toutes des chapeaux coniques attachés avec d'énormes bandes de soie. Le reste était composé de quelques femmes toujours habillées de couleurs sombres. Ce devait être l'une d'elles. Toutes avaient l'air miséreux, affairé. Toutes avaient le visage masqué par leur chapeau. Vues de sa hutte, elles semblaient des champignons en marche.

Serait-ce la femme habillée d'un costume couleur

d'herbes fanées dont le visage est criblé de taches de rousseur ?

Hoan se rappela soudain ce visage. Il demanda, honteux :

« Êtes-vous... »

Elle murmura d'une voix suppliante :

« Ne parlez pas haut. »

Elle posa doucement la main sur la poitrine de Hoan. Ses cheveux tombèrent, frôlèrent le visage de l'homme. Son haleine parvenait à ses narines car la hutte était petite et Hoan était à moitié relevé sur ses coudes.

« N'ayez pas peur », murmura encore la femme.

Après quelques secondes haletantes, elle ajouta :

« Je suis veuve, j'ai des enfants. Je ne veux pas vous nuire, ni vous importuner. Je vous connais depuis longtemps...

– Je... »

Hoan se tut, ne sachant plus quoi dire. Il eut envie de se redresser, de s'asseoir complètement, mais n'osa pas. Il n'osa pas non plus s'allonger totalement. Il resta donc tel qu'il était.

« Je ne vous importunerai en rien... Croyez-moi. J'ai une famille, mais mon mari est mort, noyé par l'inondation de l'année dernière. Il était parti avec des amis pour faire le commerce du bois. Je gagne durement ma vie, je ne connais pas de répit comme les gens des villes, mais je n'ai que deux ans de plus que vous... »

Elle parlait d'une seule traite, sans trébucher sur ses mots. Elle semblait avoir mûrement réfléchi à ces paroles, elle les avait probablement chauffées dans son cœur brisé depuis longtemps. Hoan en fut ému. Il sentit l'odeur de sueur d'une femme besogneuse.

Après le marché, elle avait dû revenir au hameau de Hà pour laver ses enfants, leur faire à manger. Puis elle s'était lavée avant de venir ici. Hoan n'était jamais allé au hameau de Hà, mais il imaginait les cinq kilomètres qu'elle avait dû parcourir pour venir jusqu'à sa hutte, dans l'obscurité, le long des dunes bosselées, effondrées.

« Je... Je vous connais depuis longtemps... Je connais aussi votre histoire, les gens de Bao me l'ont raconté... Ayez confiance en moi... »

Elle parlait d'une voix décousue, laborieuse. Brusquement, elle enfouit son visage contre sa poitrine, caressa son corps de sa main rugueuse :

« J'ai les mains rêches, est-ce que je vous fais mal ? »

Elle n'attendit pas sa réponse, tourna sa paume, le caressa avec le dos de sa main. Confus et apitoyé, il balbutia :

« Non... Non, ce n'est rien, n'ayez crainte. »

La femme murmura :

« Que vous êtes bon pour moi... Pour moi... »

Et, comme si ces paroles gauches et simples ne pouvaient pas exprimer sa reconnaissance, elle embrassa la poitrine de l'homme. À partir de cet instant, il n'eut plus conscience que des sensations violentes qu'elle éveillait dans son corps. Les lèvres spontanées, avides de la femme le plongeaient dans un monde de jouissances inconnues.

Il était totalement éveillé, lucide, sans une goutte d'alcool dans l'estomac, sans la moindre image en tête qui pût exciter le désir sexuel. Pourtant elle l'avait entraîné, marche après marche, sur l'échelle infinie du plaisir.

« Ne bougez pas... Ne bougez pas... », murmurat-elle dans un moment de silence entre deux ébats. Elle sortit on ne sait d'où une serviette, essuya la sueur sur le front et le dos de Hoan.

« Laissez-moi faire... Laissez-moi faire... », murmura-t-elle encore pendant qu'ils changeaient de position. Sa main légère, patiente, libérait un à un les boutons de son short, soutenait son dos quand il se retrouvait dans une position instable. Tous ses gestes étaient tendres, attentionnés, encourageants, généreux, comme si c'était elle, l'homme, qui assumait toutes les responsabilités, le guidait, l'éduquait dans l'art d'aimer.

Hoan ne savait plus combien de temps leurs ébats avaient duré. Hébété de plaisir, il resta allongé, pétrifié, inconscient de tout ce qui l'entourait. Il ne se réveilla que lorsque la femme eut fini de se rhabiller pour partir et que ses pas firent trembler l'échelle. Il saisit précipitamment le pan de sa chemise :

« Vous... Vous reviendrez, n'est-ce pas ? »

Elle lui répondit dans un murmure :

« Oui, je reviendrai. »

L'échelle palpita sous ses pas. Après un dernier grincement, elle se tut. Hoan bondit sur ses pieds, pointa la tête dehors pour suivre la femme des yeux. C'était une nuit sans lune. La femme avait fondu dans l'obscurité.

Demain, je la reconnaîtrai sûrement parmi les marchandes de poissons du hameau de Hà. Il faut que je me lève tôt.

Mais les ébats tumultueux le plongèrent dans un long sommeil. Le lendemain, quand il ouvrit les yeux, les aiguilles de la montre à son poignet indiquaient neuf heures et douze minutes. Le soleil étincelait sur le fleuve. Les gens travaillaient depuis longtemps déjà. Son carrelet séchait au soleil. Sur le plancher, la petite *sœur* avait déposé une théière et un paquet de riz gluant à la pâte de haricot vert. Le riz avait refroidi, le thé était à peine tiède. Le chemin qui longeait le fleuve en direction du hameau de Hà était désert, inondé par un soleil cuisant. Hoan comprit que la femme était passée, qu'il devrait attendre le crépuscule pour la revoir. Mais ce soir-là, il ne la vit pas. Il avait scruté soigneusement tous les visages des femmes du hameau de Hà. Aucun ne lui suggérait un lien quelconque avec la femme de la nuit d'hier. Il pressentit qu'elle ne passerait plus jamais par ici. Le lendemain matin, Hoan se leva très tôt, descendit de la hutte, se posta sur le chemin des femmes de Hà pour qu'aucun visage n'échappât à son regard. Cette fois, il en était sûr, son pressentiment ne l'avait pas trompé. La femme qui était venue à lui dans la nuit l'évitait en plein jour. Pour ce faire, elle devait passer par l'embarcadère en amont, se payer dix kilomètres supplémentaires. On appelait cet embarcadère l'Auberge aux huîtres. On y vendait des huîtres fraîches et de la soupe d'huîtres.

Qui est-elle ? Ma maîtresse dans l'art de faire l'amour...

La cinquième nuit, elle revint. Au moment où il commençait à somnoler en l'attendant. Les vibrations de l'échelle le réveillèrent immédiatement. Il se redressa, lui tendit la main. La femme entra dans la hutte, il lui demanda aussitôt :

« Pourquoi faites-vous le détour par l'Auberge aux huîtres ? Je vous ai guettée pendant quatre jours sans vous rencontrer. »

La femme garda le silence. Hoan lui dit :

« Pourquoi vous donner tant de peine ? Je ne veux pas vous rendre la vie encore plus pénible.

– Non... Non, ce n'est pas plus dur. Je passe par l'Auberge aux huîtres pour acquérir d'autres marchandises à vendre », répondit-elle précipitamment. Puis, en tâtonnant, elle ouvrit un petit sac, en sortit quelques gâteaux enrobés de feuilles, les glissa dans la main de Hoan.

« C'est moi qui les ai faits. Pour votre petit déjeuner, demain. »

C'était comme un cadeau qu'on donne à un enfant pour effacer un mensonge. Les gâteaux étaient encore tout chauds. Une tendresse qu'elle lui réservait après tous les soucis de son existence. Il eut envie de lui dire qu'il n'était plus un enfant, qu'il avait une vie plus riche qu'elle, que son amour désintéressé constituait le plus précieux des cadeaux, qu'elle ne devait plus chercher à le dorloter. Mais il n'était ni baratineur ni beau parleur. Les mots se bloquaient dans sa gorge. Finalement, il bafouilla :

« Merci... Merci...

– Ne me remerciez pas... Ne me remerciez pas... » murmura-t-elle.

Elle saisit sa main, la plaqua sur ses seins. Il sentit son cœur battre violemment comme l'antique train à vapeur qui passait par la gare de Thuân Ly. Sa poitrine palpitait, une poitrine affaissée par le temps et les accouchements. Son cœur fut soudain submergé de douleur :

« Merci... Merci... »

Il répétait ces mots comme un abruti. Il la serra violemment dans ses bras. La femme anonyme tendit le dos de sa main pour le caresser, craignant que ses doigts pleins d'ampoules, déchirés par les arêtes de poissons n'endolorissent la peau du jeune lettré. De nouveau, elle l'emporta au septième ciel.

Depuis, plus de dix années se sont écoulées. L'image de la femme de Hà resurgit soudain sur les vagues du temps, harcèle douloureusement sa mémoire. Toute la semaine, il s'est rappelé la hutte de pêcheur au bord du fleuve, le soleil aveuglant, les poissons frétillant au fond du carrelet, les vagues, le vent, l'échelle qui vibrait, le grincement des planches sous son dos quand ils faisaient l'amour.

Au début, elle ne venait que les nuits sans lune. Plus tard, elle vint aussi les nuits de lune en croissant. Mais pas une fois il n'arriva à voir nettement son visage. Il ne savait pas de quelles couleurs étaient ses habits, si sa peau était brune ou claire. Il était sûr que ses pommettes étaient pigmentées de taches de rousseur. Pourtant, elle avait ri quand il lui avait posé la question.

« Mais non, je n'ai pas de taches de rousseur. »

Hoan commence à douter de sa mémoire. Il s'est sans doute trompé. Seuls les gens à la peau très blanche ont des taches de rousseur. Il est peu probable que les filles du village de Bao et celles du hameau de Hà aient la peau blanche. Enfin, il croyait qu'elle avait des yeux tristes. Mais quelle veuve pouvait avoir des yeux gais ? Ces yeux tristes n'étaient peut-être que le fruit de son imagination. Finalement, une seule chose était irréfutable : elle portait en permanence un chapeau comme toutes les femmes affairées du hameau de Hà.

Par contre, il se rappelle nettement l'odeur de sa sueur, les mains rugueuses qu'elle s'efforçait de cacher pour ne pas irriter sa peau, les murmures tendres mais impérieux qu'elle lui adressait pendant l'amour. Dans la petite hutte assiégée par l'obscurité, il était un élève obéissant et elle, la maîtresse qui le guidait sans se lasser sur les chemins de la jouissance.

Gai, elle s'appelle Gai. Pourquoi ne lui ai-je pas demandé son nom de famille ? Pourquoi ne suis-je jamais allé au hameau de Hà pour voir comment elle vivait ? Comment ai-je pu me montrer si négligent envers une femme qui, tant de nuits, a mêlé dans l'extase sa chair à ma chair, son souffle au mien ? Quoi qu'il en soit, c'est une tranche de ma vie, une bienfaitrice à qui je n'ai pas encore payé ma dette.

Souvent cette idée le tourmente.

Et aujourd'hui, à trois heures, il saute à moto et fonce vers le village de Bao. Il n'y a pas grand monde au village à cette heure. Les pêcheurs sont en mer. Les producteurs de nuoc-mam travaillent dans les ateliers de fabrication de saumure, les commerçants stationnent encore au marché. Il ne reste que les femmes qui s'occupent des travaux domestiques et les enfants. Les huttes des pêcheurs au carrelet sont plus clairsemées le long du fleuve. On dit que ces dernières années, les poissons d'eau douce sont nettement plus rares qu'avant la guerre. Debout sur le sable, Hoan contemple l'endroit où s'élevait sa hutte. Deux barques déglinguées y reposent. Les vagues s'égaillent dans la lumière aveuglante du soleil, comme autrefois, comme il y a des milliers d'années, comme il y a dix ans. Sur le chemin désert qui mène au hameau de Hà, le sable blanc reflète la lumière. Au loin, une rangée de filaos trace une courbe vert foncé, exhale une tristesse ténue dans l'espace vibrant de vent et de soleil.

Comme autrefois et différent d'autrefois. Les paysages sont à mon image. Comme autrefois et différents d'autrefois. Le jeune homme est mort et l'homme esseulé se rappelle les tremblements d'une

*échelle des années passées. C'est toujours la même
souffrance mais ce n'est plus le même homme et le
bonheur n'a plus le même goût. Pourquoi suis-je
soudain triste comme un poète éconduit ? Ce n'est
pas ma vocation, je méprise cette attitude pusillanime, lâche, prétentieuse. Mais cette femme sans
nom, sans visage, me manque. Il faut que j'aille au
hameau de Hà, que je regarde pour une fois la
figure de la femme qui m'a donné du bonheur.*

Le chemin qui grimpe vers le hameau de Hà est
entièrement ensablé. La moto ne peut y passer qu'à
petite vitesse. La montre indique quatre heures moins
dix. Hoan pense avoir largement le temps de faire des
recherches. Une petite agglomération qu'on appelle le
hameau de Hà ne devrait pas être très peuplée. Au
moment où il force le moteur, une jeune femme se
précipite vers lui :

« Hoan, mon Dieu, *grand frère* Hoan, pourquoi
n'entres-tu pas puisque tu es là ? On parle souvent de
toi à la maison. Entre donc. »

D'une main, elle porte une bouteille d'huile à brûler, de l'autre elle agrippe solidement le bras de Hoàn.
La petite fille de neuf ans est devenue une femme aux
joues enflammées. Hoan la regarde, sourit :

« Comme tu as grandi, comme tu as embelli, je ne
te reconnais plus. »

Elle rit, heureuse :

« L'autre jour, quand tu es venu, j'étais partie pour
emmener l'enfant chez son grand-père paternel. Que
c'était dommage ! Nous nous sommes mariés pendant
la guerre et nous ne savions pas comment te retrouver.
Quand tu auras un peu de temps, viens chez nous.
Nous ferons un plateau rien que pour toi.

– Ah non ! Un plateau ordinaire plus un autre pour
l'absence.

– D'accord, trois plateaux pour faire le compte. Un plateau ordinaire, un autre pour l'absence et le troisième pour que l'*oncle* reconnaisse le *neveu*. Mon mari est l'aîné du clan, je lui ai donné un fils, tu n'as qu'à venir, toute la famille te fera fête. »

Sa voix est pleine de contentement. Hoan glisse un nouveau regard sur la jeune femme au visage rougi, au cou rond, dodu, dont les seins plantureux se trémoussent sous la chemise en soie, cherchant à retrouver la petite fille maigrichonne qu'il aimait bien, qui portait à longueur d'année une culotte courte de garçon et un chignon comme une queue de coq retenu par un élastique rouge. Le voyant qui l'examine, elle demande :

« Ai-je donc tant changé ? »

Il acquiesce :

« Si tu ne m'avais pas appelé, j'aurais été incapable de te reconnaître. Quand je suis venu ici, tu étais comme un roitelet... Tu pesais à peine dix-huit kilos. »

Ils arrivent devant le portail. Elle aide Hoan à passer la lourde moto par-dessus les marches en pierre. Hoan reste plus d'une heure à causer avec la mère de son amie. Il ne reprend la route qu'après cinq heures. Le soleil resplendit toujours, mais le sable scintillant le long de la berge commence à perdre de son éclat. Hoan arrive au hameau de Hà une vingtaine de minutes plus tard. Le pauvre village de son imagination est encore plus opulent que celui où il met les pieds. Quelques dizaines de cabanes au toit de feuillage au milieu de rizières étroites, couvertes de paddy vert. Des canards barbotent dans une rigole en arc de cercle qui entoure la moitié du hameau. Sur cette terre saline ne poussent que des arbres rabougris. Seules les rangées de sesbanies verdissent. La rue principale, un mélange de boue et de sable, est noirâtre. À l'entrée du hameau se dresse une boutique de rafraîchissements délabrée qui semble vieille de plusieurs siècles. Le toit de feuilles pourries croule sous le poids des lianes d'ipomée dont les fleurs mauves tombent jusqu'au pied de la haie. Un vieux banc de bambou auquel il ne reste que deux pieds, des piles de briques remplaçant les pieds manquants. Sur le banc, quelques régimes de bananes mûres, quelques gâteaux de chanvre, un tas de gâteaux enrobés de feuilles. Le gâteau de riz rouge saupoudré de graines de sésame que, dix ans auparavant, la femme lui avait donné. Hoan demande à la vieille marchande :

« Accepteriez-vous de garder ma moto ?

– Oui, mais vous devez mettre le cadenas.

– Quand fermez-vous ?

– Ma boutique est toujours ouverte. À quoi bon fermer ? »

Hoan s'aperçoit soudain que la boutique est dressée sous une claie soutenue par deux piquets de bambou. La vieille femme a raison. Sa maison n'a pas de porte. Sa boutique n'a pas besoin d'être fermée. Il dit :

« Je vous paierai en revenant. »

Elle répond, indifférente :

« Oui. »

Après quelques pas, Hoan se retourne :

« Connaissez-vous quelqu'un du nom de Gai dans ce hameau ?

– Gai ? Il y en a quatre dans ce hameau. Laquelle cherchez-vous ?

– Heu... Je cherche... »

Le voyant embarrassé, elle continue :

« La plus vieille, qui a des petits-enfants, habite à deux rues de chez moi. La deuxième, seize ans, célibataire, vit au quartier des Canards. La troisième a fait la guerre avec les jeunes *volontaires*, elle a trente ans, n'est pas encore mariée et vit aussi au hameau des Canards. Quant à la quatrième, elle a cinq enfants et habite le hameau de Mung, tout droit, juste après le champ de cannes à sucre. »

Elle pointe son éventail vers le chemin. L'écoutant, Hoan conclut par élimination que la femme qu'il cherche se trouve au hameau de Mung. Elle s'est sans doute remariée et a conçu trois autres enfants avec son second mari.

Le hameau de Hà est clairsemé. D'une maison à l'autre, rien n'arrête la vue. Des barrières basses séparent de petits lopins de terre plantés de patates douces, d'épinards poilus, de liserons d'eau. Pas d'arbres fruitiers. Suivant les indications de la vieille femme, Hoan se dirige droit sur le champ de cannes à sucre. À peine cent mètres plus loin, il arrive devant l'école, une surface de terre battue, quelques cabanes sans murs, sans portes, sans cloisons, séparées par des claies en bambou, équipées de tables et de chaises branlantes. Seuls les tableaux noirs signalent bien qu'ici des enfants viennent étudier. L'école est silencieuse, quasi déserte. Quelques gamins jouent aux billes dans la cour. Hoan leur demande :

« Savez-vous où se trouve la maison de Madame Gai, les enfants ? »

Les six petits lèvent la tête, le regardent. Ils sont tous morveux. Comme ils restent silencieux, Hoan répète :

« Les enfants, indiquez-moi la maison de Madame Gai... Celle qui a cinq enfants. »

Tous les gamins se tournent vers le plus petit au visage rond, au nez plat :

« Eh, Tun, un visiteur pour vous. »

Le petit regarde fixement Hoan. Son front bas et bombé se plisse. Assis, les mains posées au sol, il a l'air d'un chiot. Hoan éclate de rire :

« Tu es l'enfant de Madame Gai ?

– Oui.

– Conduis-moi chez toi. »

L'enfant reste planté devant le trou à billes, l'air plein de regret. Il demande :

« Que voulez-vous à ma mère ? »

Hoan hausse le ton :

« Conduis-moi chez toi, puis reviens jouer. Vite... »

Sa voix impérieuse produit son effet. Le gamin détache ses mains du sol, les essuie sur le fond de sa culotte, met la bille dans la poche de sa chemise, se lève :

« Bon, allons-y. »

Hoan suit le gamin à travers trois allées, arrive devant une porte basse tout en bambou, une variété de bambou ivoire dont les tiges ne sont guère plus grosses qu'un orteil. L'allée se rétrécit, débouche sur une cour cimentée. Hoan aperçoit le dos d'une vieille en train de hacher des lentilles des marais. Plus loin, assis dans l'autre coin de la cour, un aveugle portant des lunettes noires égraine un à un des épis de maïs sur un van.

« Voilà, c'est ici ma maison. »

Le gamin tourne le dos, prêt à disparaître. Hoan le saisit par la chemise :

« Où est ta mère ?

– Là. »

Il se débat, s'échappe des mains de Hoan :

« Ma mère hache des lentilles, vous ne voyez pas ? »

Il bondit loin de Hoan, fonce en courant vers la cour de l'école.

Hoan se pétrifie. Il regarde la vieille femme hacher les lentilles des marais dans la cour, le dos maigrichon, courbé sous une vieille chemise noire, décolorée. Comment la femme ardente a-t-elle pu se transformer en cette vieille bossue qui hache les lentilles à quelques mètres, sous ses yeux ? Même en dix ans, le temps ne peut pas changer une femme à ce point, sinon par quelque philtre maléfique ou quelque sort démoniaque. La femme continue de hacher les lentilles. Ayant terminé un panier, elle tend la main, en saisit un autre. Son geste fait tomber la serviette enroulée sur sa tête. Hoan voit une épingle en corne de buffle plantée dans son petit chignon. Son cœur se glace :

Oui, c'est bien elle. C'est bien la femme avec qui je... Maintenant, je dois le croire, le temps a ce pouvoir... Il n'y a aucune raison d'en douter...

La femme qui couchait avec lui, la nuit, dans la hutte de pêcheur, tressait ses cheveux en nattes et les bouclait en un chignon. Ses cheveux ne dépassaient pas son dos, mais ils étaient assez épais et les nattes se défaisaient parfois pendant qu'ils faisaient l'amour.

« Mon Dieu, mon épingle... Où est mon épingle ? »

En tâtonnant, Hoan l'aidait chaque fois à chercher son épingle en corne de buffle sur le plancher. Il n'avait pas oublié cette épingle grossière dont l'extrémité était sculptée en forme de boule. Elle devait avoir servi depuis des générations tant elle était polie. Plus tard, il avait acheté toutes sortes d'épingles pour Miên. Jamais il n'avait rencontré une épingle aussi solide et résistante. Elle était presque aussi grande qu'une brochette. Maintenant, il la revoit sur le chignon de la vieille femme, un chignon minuscule et gris qui paraît encore plus pitoyable sous le poids de cette épingle démesurée. Il se rappelle l'odeur des cheveux de la femme quand il tâtait son chignon qui avait alors la taille d'un jeune pamplemousse. Elle avait des mains rugueuses, des bras fermes, des cuisses d'acier. Des cuisses de femme laborieuse, qui parcouraient pas moins de quarante kilomètres tous les jours. Son corps était habitué à supporter des travaux lourds, intenses, prolongés. Dans l'affrontement amoureux, il s'agitait comme une machine infatigable. Cette silencieuse magicienne de la chair est-elle devenue cette vieille au chignon gris ?

Ce n'est plus seulement le cœur de Hoan qui se glace, c'est toute sa chair, toute sa peau. Il regarde une nouvelle fois le chignon pendant sous la nuque de la vieille. Les cheveux sont toujours méticuleusement tressés en nattes puis enroulés. L'épingle s'y fiche de la même manière qu'autrefois.

Une rafale de vent le fait frissonner. Il se retourne, se dirige à grandes enjambées vers l'école du village. Les enfants jouent toujours aux billes. Il n'en reste plus que trois. Les autres sont sans doute rentrés chez eux. Il appelle Tun :

« Viens, j'ai besoin de toi. »

L'enfant se lève à contre-cœur. Les deux autres gamins en ont sans doute assez de jouer. Ils en profitent pour se relever :

« Bon, y en a marre. J'ai faim.

– Je m'en vais, Tun. »

Tun lui dit :

« Attention, tu me dois encore... »

Le garçon acquiesce :

« D'accord... Demain. »

Quand les deux gamins sont loin, Tun se retourne vers Hoan et lui demande :

« Que voulez-vous de moi ? »

Hoan sort de sa poche une liasse de billets :

233

« Autrefois, ta mère vendait des poissons au marché. Je lui ai emprunté de l'argent. Je n'ai pas eu le temps de le lui rendre car les Américains nous ont bombardés et j'ai été évacué. Rapporte cet argent à ta mère. »

L'enfant rétorque :

« Pourquoi ne lui avez-vous pas donné tout à l'heure ?

– Je voulais le lui donner mais j'ai eu peur qu'elle refuse. »

L'enfant s'essuie le nez de la main :

« C'est bon, donnez-moi ça. »

Il saisit brusquement l'argent des mains de Hoan et s'en va. Hoan craint qu'il n'aille s'acheter des friandises sans comprendre la valeur des billets qu'il a en main.

Dans les villages pauvres comme celui-ci, même les enfants de quatorze ou quinze ans n'ont jamais touché à un billet d'un dông car leurs parents gagnent à peine quelques sous en sarclant les légumes de leur jardin. Il suit le gamin. Celui-ci ne va pas vers une boutique de friandises, il court d'une traite à la maison, appelle sa mère :

« Maman ! Eh ! Maman ! »

La mère, continuant de hacher les lentilles, lui demande :

« Qu'y a-t-il ? »

Hoan reconnaît la voix de la femme d'antan, bien qu'elle ait légèrement changé.

« Prends cet argent. »

Le petit fourre l'argent dans la main de sa mère. La femme s'écrie, épouvantée :

« Où as-tu pris cela ? Chez qui l'as-tu pris ?

– Où je l'ai pris ? » réplique brutalement l'enfant. Et il tend son doigt :

« Je jouais dans la cour de l'école. Un visiteur est venu demander de tes nouvelles et il m'a dit qu'il te devait cet argent.

– Quel visiteur ? Comment est-il ? »

À la voix tremblante, interloquée de la femme, Hoan comprend qu'elle a deviné de qui il s'agit.

« Comment est-il ? Comment est-il ?

– Il est clair de peau, grand et gros comme un Français. »

La femme jette le couteau dans le tas de lentilles, se redresse brusquement. Hoan tourne le dos, s'enfuit. En quelques secondes, il arrive au carrefour, bifurque dans une petite rue, bondit par-dessus plusieurs rigoles qui charrient un liquide noir et visqueux, traverse des jardins, enjambant leurs barrières qui lui arrivent à peine au genou. Il fonce, tête baissée, retrouve le champ de cannes à sucre. Là seulement, loin de la maison de la femme, il s'arrête, respire, laisse son cœur affolé se calmer.

Pourquoi ai-je fui comme un voleur ? Un réflexe ridicule que je n'ai encore jamais eu. Si quelqu'un m'avait vu, si on me soupçonnait de quelque méfait, que de tracas en perspective...

De retour à la boutique, il paie la vieille femme, saute sur la moto, s'en va à toute allure. Sur la route déserte, le vent siffle à ses oreilles. Il continue de rouler comme un fou.

Je l'ai échappé belle. Heureusement, personne ne m'a vu.

Il imagine la scène : un homme grand, imposant, bien habillé, fuyant comme un voleur de poule, bondissant fébrilement par-dessus les barrières, les rigoles, se jetant dans les ruelles, les chemins de traverse, avec l'air d'un condamné traqué, d'un être envoûté... Pourquoi a-t-il soudain eu si peur ? Il ne le comprend pas.

Il a voulu la retrouver, voir son visage une fois, lui dire quelques mots de reconnaissance. À la dernière minute, il s'est enfui comme un voleur.

De retour au village de Bao, Hoan laisse sa moto près d'une autre boutique de rafraîchissements, va s'asseoir au bord du fleuve. Le crépuscule s'est éteint. La plage de sable est sombre. C'est une nuit sans lune. Hoan tourne autour de deux barques brisées, ému. La nuit l'entoure. Dans cette obscurité, la hutte d'antan ressuscite avec le bruit des pas sur les marches de l'échelle, le grincement des planches pliant sous leur poids, le murmure de sa voix :

« J'ai les mains rêches, est-ce que je vous fais mal ? »

Les larmes envahissent ses yeux.

Non, non, non... Je ne peux pas rencontrer la femme d'aujourd'hui. Je veux conserver intacte l'image de la femme d'il y a dix ans, la femme sans âge, sans nom, sans visage.

Il comprend qu'il ne peut plus rester au bord de ce fleuve où les souvenirs le broient. Il se lève, reprend sa moto, rentre en ville. Mais, arrivé au carrefour qui mène à l'embarcadère, la lumière de la ville lui semble soudain glacée, apathique, comme si de l'autre côté du Nhât Lê ce n'était pas la terre où il est né, où il a grandi, mais un continent sauvage où l'homme n'a jamais mis les pieds. À cet instant, les haut-parleurs du club du village de Bao commencent à résonner. Les chants naïfs, les rires, les voix des jeunes gens et des jeunes filles du village des pêcheurs l'attirent. Halluciné, il rebrousse chemin, se dirige vers le halo de lumière. Debout dans la foule sous l'estrade, il écoute les chansons, regarde les filles et les garçons rayonnants de gaieté, se souvient avec nostalgie de sa jeunesse, de ses rêves, de la femme qu'il vient de perdre.

Ses regrets entrelacés coulent à flots comme un ruisseau au printemps, limpide et glacé comme le cristal. Hoan sent qu'il ne se maîtrise plus, qu'il part à la dérive.

Je ne suis pas allé à la plage depuis des années que je vis ici. Pourquoi ne pas y faire un tour aujourd'hui ?

C'est ainsi qu'il a suivi les jeunes gens sur cette plage.

Maintenant, assis sur le sable, il regarde la mer, serrant violemment les cuisses pour comprimer ses désirs. Mais ils refusent de se calmer. La mer continue de mugir, le vent de convoyer les murmures, les gloussements, les halètements, les cris de plaisir des amants. Soudain, il tourne la tête vers la hutte à filets, à quelques dizaines de mètres.

Miên, où es-tu ? Miên, sors de l'ombre.

Son cœur se serre, ses yeux fixent intensément le cadre noir sur le devant de la hutte. Il attend que la femme qu'il aime en sorte dans son costume vert foncé, illuminant la mer et la nuit de sa peau blanche. Le temps s'écoule. Ses paupières s'alourdissent. Il les repousse de la main et comprend que cet espoir est vain.

Tu es devenue la femme d'un autre. Tu appartiens désormais à un autre...

Il se tord les mains. Cette douleur est réelle. Aussi réelle que sa certitude qu'un autre homme a un droit de propriété sur sa femme. Il se sent exténué. Il sent son cœur se vider. Ce n'est plus qu'une cosse, une calebasse vide, alors que son sexe continue de se gonfler, de se durcir, violent, féroce, pressant. Il ferme les yeux, laisse sa tête choir sur ses genoux, rêve d'une voix de femme, d'une voix inconnue qu'il n'a encore jamais entendue. Elle résonnerait dans son dos, et une main lourde, celle des femmes de la mer, se poserait sur son épaule.

Je suis veuve. Je ne veux pas vous importuner, je ne vous demande rien... Je vous veux depuis longtemps...

XII

Les matins d'automne, la vallée se couvre de fleurs vert foncé, minuscules comme des gouttes de rosée. Ce sont sans doute les plus éphémères des fleurs. Elles ne vivent que quelques heures. Vers sept heures ou sept heures et demie, le soleil d'automne sèche les herbes, les boutons commencent à s'ouvrir. Vers huit heures, les fleurs s'épanouissent, elles vivent quelques instants la plénitude de leur extraordinaire beauté. Elles fleurissent en grappes, dansent comme des milliers et des milliers de gouttelettes vertes sur les feuillages épais, d'une blancheur de marbre, illuminés par des reflets d'argent velouté. Vers dix heures ou dix heures et demie, les pétales graciles se fanent, se fripent, s'enroulent. À midi juste, les cinq pétales froissés, ratatinés, se tassent en un point noir. Aucun peintre n'a encore réussi à rendre le vert étrange de cette fleur, aucun poète n'a encore su décrire sa beauté chimérique. Ces beaux parleurs sont trop fainéants pour s'aventurer dans une contrée aussi lointaine que le Hameau de la Montagne. Leurs muses ne papillonnent que dans les demeures riches et distinguées où le pourpre du vin rivalise avec le carmin des roses, dans les gargotes vulgaires où les mouches bourdonnent autour d'une assiette de tripes de porc ou une salade de bœuf à la farine de riz grillé. Bôn n'est pas un poète, mais ce matin, en voyant la vallée s'illuminer soudain d'une lueur émeraude, limpide comme de la lumière condensée, il se fige, fasciné. Voilà sa terre natale, la terre qu'il a polie de ses pas. Et pourtant, c'est là première fois qu'il remarque ces fleurs étranges. Avaient-elles germé pendant ses années d'absence, amenées ici par des oiseaux migrateurs ? Ou bien la misère de sa jeunesse l'avait-elle privé du temps libre pour contempler les paysages ? Il ne peut pas en décider. Il sait seulement que ces fleurs fragiles ressemblent à un nuage vert qui s'abat sur la vallée, tournoie entre les herbes argentées, les lilas sauvages desséchés, chancelle dans la lumière mate de l'automne. Leur beauté l'étourdit. Il se laisse choir sur l'herbe, regarde le soleil glisser sur les fleurs, éprouve soudain l'envie de pleurer, de se dissoudre, les membres épars, l'envie qu'on lui transperce le cœur avec une baïonnette pour mettre un terme à son existence misérable et solitaire en ce monde, l'envie d'être emporté comme un poulet par un aigle, loin, très loin, dans une île sauvage ou un désert coupés du monde des hommes, où il referait sa vie parmi la végétation, les bêtes sauvages. Cette vie serait peut-être plus dure mais elle ne serait pas humiliante, écrasante comme celle qu'il mène ici.

Les bêlements d'un troupeau de chèvres résonnent. Bôn saisit machinalement sa faucille et le sac de jute suspendu dans son dos. Puis, découragé, il les jette dans l'herbe. Combien de quintaux d'herbe de la virilité a-t-il cueilli avec cette faucille ? Il ne s'en souvient plus. Il s'obstine depuis tant de jours déjà à ingurgiter le médicament dont le vénérable Phiêu lui a donné la recette : l'herbe de la virilité macérée avec des graines de la vierge. Le vieillard lui donne les graines. Bôn suit les traces des chèvres sur les montagnes pour cueillir l'herbe de la virilité. La vieille Dot lui donne de l'alcool fort distillé avec le riz gluant de ses rizières. Tout le monde l'aide comme on aide un handicapé. Il n'arrive pas à accepter une telle humiliation. Et pourtant, c'est devenu une réalité. Bôn comprend que le rêve de rebâtir son bonheur, échafaudé le jour de son retour au village, n'est qu'une illusion ; c'est comme vouloir tirer des pierres précieuses des gouttes de rosée. Il a commencé à le comprendre un matin en revenant de sa visite à Xa.

Quand la porte de Xa s'était refermée dans son dos, il était resté un moment indécis, ne sachant plus où aller. Ses espoirs s'étaient évaporés. Finalement, il avait décidé d'aller chez la vieille Dot, se rappelant la légende des trésors cachés dans des grottes ou enterrés sous la terre noire. Dot était la sœur de sa mère. Sa maison, plus petite que celle que les parents de Bôn avaient laissée, était en brique avec des murs crépis, blanchis à la chaux, et un toit de tuiles. Les murs n'avaient pas été repeints depuis des décennies. Ils commençaient à se couvrir de mousse. Néanmoins, la maison semblait claire, solide. La vieille Dot possédait un grand jardin. Elle ne pouvait plus travailler beaucoup, mais elle savait obtenir de l'aide et diriger habilement les jeunes gens du village. Le jardin était donc toujours florissant et, à chaque saison, elle en recueillait les fruits. Elle somnolait, le dos contre un mur, quand Bôn arriva. Dans le jardin, les deux enfants de Tà picoraient des patates cuites dans un panier. Leur frère aîné était parti avec Tà se louer dans le village d'à côté. Apercevant son neveu, la vieille ouvrit grand ses yeux :

« Viens, entre, mon neveu. »

Heureuse comme si elle venait de ramasser une fortune, la vieille fouilla partout pour trouver un fruit mûr. Elle fit du thé, raconta sans fin des histoires sur les grands-parents, les parents de Bôn, la famille proche, les souvenirs communs... Le monde des morts. La vieille vivait avec ce monde, il lui appartenait, elle lui appartenait. Bôn la regarda, il comprit qu'il n'avait plus le moindre espoir. Il se leva et prit congé.

« Attends, attends un moment, mon petit, j'ai quelque chose pour toi, toi seul... »

Elle entra précipitamment dans la pièce à l'arrière, fouilla une à une ses malles. Finalement, elle sortit un paquet enveloppé de feuilles sèches de bananier. Elle le posa devant Bôn, enleva précautionneusement chaque feuille comme on déplie un morceau de soie recouvrant un fragile objet de cristal :

« Tiens, voici ta part... »

Cinq couches de feuilles de bananier, une couche de papier huilé. Dedans, des morceaux de sucre candi.

« J'ai dû les envelopper comme ça pour qu'ils ne fondent pas. »

Bôn regarda le sucre candi. C'était ça, le trésor dont il rêvait. Il remercia la vieille femme, prit le paquet de sucre candi et partit. La route baignait dans l'ombre des arbres. Les pivoines s'épanouissaient dans les jardins, les oiseaux mêlaient leurs chants à ceux, lointains, des oiseaux de la vallée. Le monde paisible du Hameau de la Montagne, dont il avait rêvé pendant tant d'années, était là devant ses yeux. Il n'avait qu'à tendre la main pour cueillir les pivoines, à lever les yeux pour voir les petits oiseaux danser dans les branches, à tendre l'oreille pour entendre les cris des oiseaux sauvages égarés dans les jardins. Mais il n'en éprouvait plus l'envie. La nostalgie du passé appartenait à un autre temps quand, se balançant dans un hamac militaire, il mâchait sa ration d'aliments secs et rêvait des jardins, des vergers du Hameau. Quand, tout au long des marches torrides, il revoyait les cours d'eau de la terre natale qui ne ressemblaient plus à des ruisseaux mais à d'immenses fleuves de souvenirs et d'espérances.

Le Hameau d'aujourd'hui appartient à ceux qui ont de l'argent, des maisons somptueuses, des plantations denses de caféiers, de poivriers. Sa terre natale appartient maintenant à ceux qui y ont solidement implanté leur fortune et contrôlent la production. Le Hameau ne lui appartient plus, à lui, l'homme aux mains vides, qui revient dans sa demeure sans même de quoi acheter un paquet de tabac grossier. Il est devenu un étranger sur la terre qui recèle son placenta [1]. Il n'a plus d'autre terre natale, plus d'autre espoir que Miên, la femme qu'il aime. Il doit s'accrocher à elle comme on s'agrippe à une planche dans les tourbillons d'un raz de marée. Un jour ou l'autre, elle comprendra qu'en ce monde, sur cette terre, personne ne l'aime autant que lui, personne ne l'admire autant que lui, personne ne la vénère autant que lui, personne n'a autant souffert pour elle.

Miên faisait de la couture quand Bôn arriva chez lui. Elle leva les yeux :
« Tu es là.
– Oui, je suis là. »
Bôn espérait d'elle une autre question. Où était-il allé, pour quoi faire, comment cela avait-il marché ? Une question qui lui permettrait d'entamer une conversation. Mais Miên baissa la tête, se concentra sur son aiguille comme si rien d'autre n'existait à ses yeux.

---

1. Coutume vietnamienne : on enterre le placenta des nouveau-nés.

Bôn allait et venait, ouvrait et refermait le tiroir où il savait ne trouver que la boîte en plastique qui, autrefois, contenait des bonbons à la menthe et dont il se servait maintenant comme blague à tabac. Ses gestes ridicules semblaient incommoder Miên. Elle releva la tête :

« Tu as déjà faim ?

– Non, heu, non... »

Miên posa l'aiguille.

« Bon, je prépare le repas. »

Elle tassa les vêtements qu'elle recousait sur un coin du lit, chercha des pieds ses sandales. Bôn la regarda, hébété.

Je ne sais pas comment lui parler. Vais-je continuer à mentir ? Mon ami vient d'avoir des revers, il m'a promis de l'argent pour l'année prochaine... Non, personne ne fait de pareilles promesses... Mentir n'est pas si facile qu'on croit...

Dans la cour, la petite fille de trois ans de Tà hurla soudain. Miên courut vers elle, l'emmena sur la véranda, chassa les fourmis de ses fesses souillées, rentra dans la maison, prit une boîte de baume au menthol, frotta les piqûres de fourmis avec.

Miên est généreuse. Bien que Tà soit une femme indigne, Miên prend soin de cette enfant sale. Je n'ai pas de meilleur choix que lui dire la vérité, maintenant...

Bôn s'installa debout près de la porte, attendit que Miên eût fini. Quand elle se retournerait, il lui parlerait. Mais il craignait une humiliation. Il se rappela la deuxième journée de leur vie commune. Ce matin-là, il s'était levé tard car, après avoir échoué à faire l'amour à Miên, il avait sombré dans un sommeil court, exténuant. Puis il avait passé une nuit blanche. Quand, après son bain, Miên était revenue dans le lit, imprégnée de la senteur des herbes de la vierge, il était resté coi, n'osant même pas la regarder en cachette, tendant ses oreilles pour voir si elle soupirait ou le maudissait. Miên restait muette comme un grain de paddy. Elle respirait si légèrement qu'il ne pouvait pas deviner si elle dormait ou non. Comme un criminel attendant le verdict, il prêtait l'oreille, guettait, l'esprit exacerbé, un soupir, une malédiction contre le ciel pour deviner les intentions de la femme. Mais il ne recueillit pas le plus petit indice. La femme étendue à son côté était muette ou, plus exactement, silencieuse, glacée comme une statue embaumant le parfum d'un bain de décrassage. L'enquête désespérée de Bôn se prolongea jusqu'au moment où la radio du voisinage annonça l'heure de la gymnastique, où les gens s'inter-pellèrent à travers les ruelles pour partir en montagne ramasser les fagots. Bôn sombra alors dans le sommeil. Quand il se réveilla, le soleil était déjà à hauteur des sourcils, il était au moins neuf heures ou neuf heures et demie. La maison était déserte, silencieuse. Il se précipita dans le jardin, n'y vit pas Miên en train de désherber ou de ramasser au râteau les feuilles mortes. Son sang se glaça dans ses veines.

Elle est retournée chez cet homme, sans une explication, sans un adieu...

Il ne pensa à rien. Sans prendre le temps de cadenasser la porte, il fonça sur la grande route. Elle menait chez tante Huyên puis, au-delà, à l'ancienne demeure de Miên. Il ne savait pas ce qu'il ferait s'il la retrouvait ou s'il ne la retrouvait pas. Il savait seulement qu'il devait courir après cette femme, n'importe où, jusqu'en enfer s'il le fallait.

Ou bien elle revient, ou bien ce sera un billet sans retour pour tous les deux...

Soudain, Miên se dressa comme un pieu devant lui : « Bôn ! Bôn ! »

Bôn paniqua en la voyant debout, droite, rigide, fronçant les sourcils de colère.

« Où vas-tu comme ça ? »

Bôn resta tétanisé, confus. Le regard de Miên montrait qu'elle avait lu toutes ses folles et lugubres pensées. Il suffisait de voir la fureur fuser de ses yeux étincelants pour en être persuadé.

Je dois avoir le visage livide, les yeux sombres, le front marqué du sceau du crime... Miên sait tout. Elle n'en a même pas peur...

Et Bôn se mit à avoir peur. Il se tenait debout devant elle, recroquevillé comme un élève qui ne sait pas sa leçon devant un maître sévère. Il balbutia, inaudible :

« Je... Je vais... »

Miên répéta sa question, d'une voix plus sourde, martelant ses mots. Chaque mot tombant de sa bouche semblait cogner l'arête du nez de Bôn, l'étourdissait, paralysait son cerveau.

« Qui cherches-tu ? Après qui en as-tu ? »

Bôn bafouilla. Soudain, ses membres tremblèrent fébrilement :

« Je... Je te cherchais... Je ne pouvais rester à la maison... tout seul... Je... »

Miên sourit dédaigneusement :

« Tu es un gamin de trois ans qui a peur de rester seul à la maison, qui a peur que les fantômes l'emportent, c'est ça ? »

Bôn resta coi, ne sachant que lui répondre. Miên continua :

« Ne sois pas la risée des voisins et du village. Si tu crois que je suis revenue vivre avec toi parce que j'ai peur de tes actes suicidaires, tu te trompes. Je n'ai jamais respecté que les hommes d'honneur, pas ceux que le désespoir aveugle. Je ne suis pas la seule. D'ordinaire, les gens en font de même. »

Elle s'arrêta un moment, laissant au marchand de couteaux et de ciseaux le temps de passer son chemin. Puis, baissant la voix :

« Rentrons. »

Elle passa devant. Bôn la suivit. Il s'aperçut alors qu'elle tenait un poisson encore frétillant et des choux. Ils gardèrent le silence jusqu'au moment où ils arrivèrent dans leur chambre. Miên lui demanda :

« Pourquoi n'as-tu pas cadenassé la porte en partant ? »

Bôn n'osa pas répondre. Il était heureux de la voir revenue dans son royaume, il avait honte de comprendre à quel point il avait été grossier. La femme éleva la voix :

« Si je n'avais pas de quoi faire le marché aujourd'hui, aurais-tu l'intention de te nourrir de sel grillé ou préférerais-tu faire bouillir l'herbe du jardin ? Chez d'autres, on pourrait encore glaner une poignée d'épinards ou de tamarins pour faire une soupe. Dans ton jardin, on peut tout au plus cueillir de l'herbe. »

Bôn savait que c'était vrai. Dans son royaume, il n'y avait rien à manger. C'était le monde de la misère, qui s'accompagnait toujours d'humiliation.

Sans attendre sa réponse, Miên demanda de nouveau :

« Quand nous aurons mangé ce poisson et ces choux, demain, que comptes-tu faire ? »

Épouvanté par les questions de Miên, Bôn ne put réprimer les tremblements qui pénétraient toujours son âme.

Oui, que faire maintenant ? L'argent que je comptais emprunter dort toujours dans la poche d'autrui. Hier, on a mangé le poulet que Soan m'avait donné. Si Miên n'avait pas d'argent, c'est sûr, il ne me resterait plus qu'à cueillir l'herbe du jardin...

Une irrépressible amertume le submergea. Les tremblements de son corps s'ajoutèrent à ceux de son âme. Il pleura. Les larmes, silencieuses, débordèrent de ses yeux, inondèrent ses bras et ses jambes tremblantes.

Ne pleure pas, ne pleure pas. C'est honteux. Ne gémis pas, c'est lâche. Ne supplie pas, c'est de la faiblesse... Combien de fois ai-je déclamé ce poème avec Binh la Cigogne ? Oui, j'ai honte, oui, je suis lâche. J'ai perdu la face devant tous...

Il pleura longtemps, très longtemps, ne s'aperçut pas du moment où Miên avait quitté la pièce. Ayant vidé sa honte et sa rancœur, il se trouva ridicule. Il alla se laver le visage au puits et revint à la cuisine. Miên y préparait le repas. Il s'accroupit derrière son dos, lui passa de petites branches et des feuilles sèches, lui dit :

« Pardon, Miên... Je ne voulais pas en arriver là... Mais puisque tu m'as pris en pitié, fais-le jusqu'au bout... Je te le jure, dorénavant je ne me permettrai plus ces pensées folles, je ne me livrerai plus à ces actes insensés. »

Miên regarda tristement les flammes et lui répondit :

« Un homme ne devrait pas jurer à la légère... Dans une telle gêne, tâche d'être raisonnable. Sache cadenasser la porte quand tu t'en vas. Si on perdait le peu d'argent qu'il y a dans la malle, il ne nous resterait que l'herbe du jardin... »

Un moment plus tard, Miên apporta le plateau. Ils mangèrent sans se regarder. Bôn comprit qu'il avait jeté les armes, que sa vie de parasite l'enfermait dans une autre situation.

Bien des jours étaient passés depuis, mais Bôn n'arrivait pas à oublier la honte qui lui brûlait le visage et l'âme pendant qu'il disait ces paroles à Miên. Il lui semblait que les flammes du foyer ne servaient pas à cuire le riz, mais à incendier son cœur, sa chair, sa peau. De la porcherie retentissaient les grognements des deux porcs décharnés de Tà, qui réclamaient de la nourriture. L'odeur de la fange mélangée à celle des excréments humains accompagnait leurs cris. Miên ne disait rien. Elle continuait d'éparpiller les braises sur les feuilles mortes avec un bâton pour qu'il y ait moins de fumée. Mais il sentait qu'elle-même s'efforçait de réprimer quelque chose en elle, qu'elle n'était pas moins malheureuse que lui.

« Cesse de pleurer. Ne va plus dans la cour. »

Miên finit de masser les fesses de la fille de Tà. Elle la déposa sur le seuil. Elle revint vers la chambre, la boîte de baume en main. Bôn ne comprit pas pourquoi, quand elle passa devant lui, il s'était simplement écarté sur le côté pour la laisser passer, en regardant vaguement la couronne des lilas dans le jardin comme s'il poursuivait quelque pensée lointaine. La femme prit en silence quelques mesures de riz pour préparer le repas. Juste à cet instant, le fils aîné de Tà se présenta avec un panier.

« Tante, prête-moi quelques mesures de riz. »

Il parlait d'une voix grossière, dans un langage rudimentaire. Il n'avait pas encore six ans, mais il ressemblait déjà à un gosse efflanqué de douze ou treize ans. Il se tenait dans l'entrée, fouillait des yeux la chambre. Comme Miên ne répondait pas, il haussa la voix :

« On n'a plus de riz à la maison. Ma mère vous demande de lui prêter quelques mesures... »

Bôn sentit son visage brûler. Miên ne disait toujours rien. Après quelques secondes, elle se pencha sur la jarre, prit quelques mesures de riz supplémentaires, les donna au garçon. Ayant obtenu son riz, le gamin se détourna et fila sans un mot comme si le riz lui était dû. Depuis que Miên était revenue, c'était devenu une coutume. Tous les deux ou trois jours, le fils de Tà venait « emprunter du riz ». Un emprunt que le prêteur comme l'emprunteur savaient ne devoir jamais être remboursé. Dès leur troisième repas, Tà avait expédié ses enfants à leur table :

« Donne-moi un morceau de poisson, ma tante...

– Donne-moi un morceau de porc, celui-là, là...

– Pourquoi il a droit à deux morceaux de poisson et moi à un seul ? Donne-moi la tête du poisson, que je puisse rapporter un morceau à ma mère... »

Une fois, debout derrière ses enfants, Tà rit effrontément :

« Vous êtes si riche, qu'en feriez-vous si vous ne partagiez pas avec la famille ? »

Miên ne répondit pas. Jamais elle ne desserrait les dents. Si elle s'était plainte, si elle s'était disputée avec lui à ce propos, si elle avait brutalement refusé de répondre aux quêtes et aux emprunts éhontés de Tà et de ses enfants, Bôn aurait été moins malheureux. Mais elle restait silencieuse, comme une pierre, un arbre, comme si elle n'était pas de la même espèce que Bôn et ne partageait pas avec lui la même langue. Il comprit que ses proches démultipliaient ses malheurs, son humiliation.

Ô mes parents, comment avez-vous pu mettre au monde des êtres aussi indignes ? Comment avez-vous pu me jeter dans une telle honte ? Même sans eux, c'était déjà trop humiliant pour moi.

Un jour, profitant de l'absence de Miên et de la présence de Tà et de ses enfants, Bôn alla chez eux :

« Ne vous reste-t-il plus la moindre dignité ? Je suis sans le sou, je dois déjà vivre à ses frais. Comment osez-vous encore vous raccrocher à moi ? »

Tà répondit tout naturellement :

« Tu es mon frère puîné, tu as épousé la femme la plus riche de la région. Je serais plus bête qu'un veau si je ne me raccrochais pas à toi. »

Bôn regarda en face la femme assise devant lui. Elle était de la même souche que lui, elle avait partagé son enfance, les années les plus heureuses de sa vie. Il sentit la honte, profonde, s'infiltrer jusqu'au fond de son âme. Oui, sa propre sœur n'était qu'un rebut de la nature, un être situé entre les humains et les bêtes sauvages, la végétation. Mais il aurait beau la hacher en menus morceaux, il aurait beau maudire les morts, il ne pouvait plus renverser la situation : c'était sa sœur, l'être le plus proche de son sang. C'était comme la marque au fer rouge sur le visage des esclaves ou des prisonniers des temps primitifs. Il ne pouvait rien faire d'autre qu'insulter Tà :

« Tu es une misérable. Si jamais tu oses encore envoyer tes enfants quémander du riz chez moi, je les chasserai... »

Il regretta aussitôt ses paroles. C'était trop inhumain. Mais Tà l'étonna en relevant la tête et, d'une voix cassante :

« Je te défie de nous fermer ta porte. Je te défie de ne pas nous ouvrir ta jarre de riz. »

Bôn ne trouva plus rien à dire. Il s'avoua vaincu. Les « emprunts de riz » de Tà continuèrent comme d'habitude. Chaque fois que son neveu tendait impudemment son panier, Bôn sentait son visage brûler. Mais il n'arrivait jamais à ouvrir la bouche pour gronder ou chasser l'enfant. Il n'arrivait pas non plus à demander la compréhension de Miên. Il avait déjà trop quémandé dans sa vie. Il ne pouvait pas répéter ces prières tous les jours comme un mendiant professionnel.

Je ne suis qu'un mendiant amateur, je n'arriverai à rien. Il faudra peut-être que je me transforme en professionnel.

Bôn se le disait, les yeux toujours fixés sur la couronne des lilas. Ces vieux lilas rachitiques avaient jadis été jeunes et verdoyants. En ce temps-là, Binh la Cigogne et lui se tenaient par l'épaule et déclamaient.

« Pleurer, c'est honteux, gémir, c'est lâche, supplier c'est de la faiblesse

« Et se taire, c'est être naïf... »

Il avait appris à Binh l'art de déclamer les poèmes dans les soirées artistiques. Binh avait une voix vraiment chaude. Bôn l'accompagnait à la flûte ou au monocorde. La flûte et le monocorde avaient disparu. Après son départ à l'armée, Miên était revenue vivre chez tante Huyên. Personne n'avait gardé pour lui ces souvenirs.

Si elle m'aimait vraiment comme Soan aime Xa le Borgne, elle aurait emporté avec elle mon monocorde et ma flûte.

Bôn chassa aussitôt cette pensée de sa tête. Il comprenait qu'autrement son sang se tarirait, qu'il ne serait qu'un cadavre gesticulant dans le monde des vivants.

Il ne me vient que des pensées sombres. Sans doute parce que je suis oisif... Je devrais peut-être commencer à défricher la terre avant de louer des ouvriers... Sûrement, Binh la Cigogne va...

Il s'arrêta, comprenant qu'il commençait à se mentir. La dernière bouée qui lui restait pour ne pas sombrer au fond de la mer avait disparu. Binh aussi faisait naufrage. Même s'il déclamait mille et mille fois l'ancien poème, même s'il arrosait d'un philtre magique les vieux lilas pour les rajeunir, il ne pourrait jamais restaurer sa jeunesse.

« Pleurer, c'est honteux, gémir, c'est lâche, supplier c'est de la faiblesse. »

Les mots avaient soudain franchi ses lèvres. La petite fille de Tà, assise sur sa planche, se retourna vers Bôn.

« Tu chantes, tonton Bôn ? »

Il secoua la tête :

« Non, non. Chante quelque chose pour tonton...

– Tu me donneras un bonbon après ?

– D'accord. »

La petite commença à marmonner. La chanson des enfants en maternelle au Hameau de la Montagne. Elle l'avait sans doute apprise en traînant dans les rues. Bôn entra dans la chambre, fouilla le panier qui contenait les menues affaires de Miên, prit quelques bonbons, les donna à sa nièce juste au moment où Miên apportait le plateau.

Ils mangèrent. En silence, comme d'habitude. Les repas dans les monastères les plus sévères ne pouvaient pas être plus silencieux. À la fin du repas, alors que Miên s'apprêtait à se lever, il la retint par le pan de sa chemise :

« Assieds-toi, Miên... Je voudrais te parler... »

Elle se rassit, le regarda. Un regard distrait, flou. Son esprit voguait ailleurs, au loin, hors de l'espace où ils vivaient, étranger à cette chambre au toit de feuilles.

Miên, chérie, pourquoi ne me regardes-tu pas, ne serait-ce qu'une fois ? Jadis, nous nous sommes

*souvent regardés, les yeux dans les yeux. Souviens-
toi, c'était sous le vieux flamboyant, nous nous
sommes embrassés si longuement. Je me rappelle
encore nettement ton cou rougi, les taches sur ta
nuque, sous tes cheveux.*

Bôn s'entendait gémir.

Mais Miên n'entendait pas ses gémissements, elle
continuait à vagabonder dans son monde à part. Bôn
serra furtivement les dents, baissa la tête de peur que
Miên ne devinât les pensées qui fusaient dans son
cerveau :

*Oui, tu es cruelle... Tu m'as totalement oublié, tu
ne penses plus qu'à...*

Il sentit la jalousie farouche rôder quelque part,
prête à bondir sur lui. Il arriva néanmoins à se contenir,
à chasser la bête féroce. Une voix obscène, moqueuse
résonna en lui :

*N'oublie pas ta situation. Sans talent, sans le sou,
avec une bouche qui pue... Xa a raison. Il faut à
tout prix me guérir de cette misérable maladie.
Mais qui va régler la note, sinon la femme assise
là... Il faut savoir se juger. Il n'est pas donné au
miséreux de s'emporter...*

Bôn avala sa salive :

« Tu sais, Miên... »

Les phrases qu'il avait concoctées pendant le trajet
qui le ramenait de chez Xa à la maison s'évanouirent
soudain. Il sentit sa langue se rétracter, ses oreilles
bourdonner, son visage tour à tour brûler et se glacer
comme si quelqu'un soufflait sans arrêt le chaud et le
froid dessus.

Il bafouilla confusément, longtemps. Si longtemps
que Miên perdit patience, contrairement à son habitude :

« Qu'est-ce qu'il y a ? Parle ! »

Il put alors proférer une parole.

« Je dois aller me faire soigner en ville. Ces dernières années, j'ai des problèmes de bouche, d'haleine... Xa a promis de m'emmener à l'hôpital demain... »

Il n'osa pas la regarder en face en parlant. Mais il comprit qu'elle l'écoutait sans l'écouter. Quand il eut fini, elle demanda :

« Tu as besoin d'argent ? »

Rassemblant tout son courage, il acquiesça de la tête :

« Oui, pour les médicaments... L'ami qui me l'a promis est parti rendre visite à son frère aîné à Danang. Quand il reviendra, je te rembourserai. »

Bôn se pétrifia aussitôt.

J'ai menti pour la deuxième fois... Je serai encore amené à mentir... Où cela me mènera-t-il ?

Il imagina Miên sourire avec dédain ou s'efforcer de contenir son mépris, serrant les lèvres. Il sentit la peau de son visage s'épaissir comme une peau de buffle, de cheval, d'éléphant, de rhinocéros ou de quelque bête sauvage.

« De combien as-tu besoin ?

– Je... Je ne sais pas trop... Pas beaucoup, sans doute. C'est juste pour les médicaments. Occidentaux et traditionnels. Xa le Borgne m'a dit qu'il faut se soigner avec les deux... »

Elle sortit l'argent de sa poche, le lui donna. Bôn l'enfonça précipitamment dans la sienne comme quelqu'un qui, ayant volé pour la première fois, se serait dépêché de cacher le fruit de ses rapines dans un coin que personne ne verrait, y compris lui-même. Après, il osa la regarder. Les beaux yeux de Miên plongeaient toujours dans un ciel lointain qui était néanmoins présent pour elle, même entre ces quatre murs nus, bosselés, dans cette pauvre chambre étriquée. Ce ciel appartenait à un monde sans aucun rapport avec Bôn, sans aucun rapport avec l'espace qu'il s'était efforcé de restaurer, de décorer pour la résurrection de son ancien amour. Bôn glissa un regard sur les fleurs écarlates de galenga plantées au milieu des brins de bruyère. Il sentit à quel point leurs couleurs étaient de trop, inutiles... Comme lui... Comme l'homme qui avait déployé toutes ses forces pour réparer la maison, pour les cueillir, les tailler, les planter dans le vase. Non, elle ne lui accordait aucune attention, pas plus qu'à sa maladie, à toutes les souffrances qu'il avait endurées. Contrairement aux femmes avares qui calculaient cent fois, exigeaient mille explications de leurs maris ou enfants avant de sortir un sou de leur poche, elle lui donnait généreusement de l'argent, pas comme une femme donne à son mari, mais comme quelqu'un fait l'aumône à un infirme dans un moment de compassion.

Il regarda une nouvelle fois ses yeux limpides. Ils étaient de glace. La douleur et la honte courbaient son dos. Sa tête, ses épaules se recroquevillaient. On eût dit que ses entrailles torturées par une douleur mortelle se rétractaient, menaçaient de se déchiqueter s'il redressait le dos. Il resta ainsi longtemps, les ongles enfoncés dans le montant du lit. Au comble de la douleur, un hurlement jaillit. Ce n'était pas seulement un hurlement, mais le déchaînement de l'orage, du tonnerre. Des pensées fusèrent comme des éclairs aveuglants, éclatèrent dans sa tête, la firent exploser.

Je suis un déchet. Je suis devenu un déchet. Je vis de la charité, les mains tendues. Mais avec ton argent, je recouvrerai ma santé, je retrouverai la puissance sexuelle infinie de ma misérable sœur, je serai capable de féconder des dizaines, des cen-

taines de femmes. Je t'obligerai à me faire de nom-
breux enfants. Ils seront tes chaînes. Tu seras alors
ma femme à jamais. Une femme harassée, délabrée.
Tu n'exhiberas plus avec morgue une chevelure
ondoyante, une peau rose... Et un jour, tu courberas
aussi le dos de douleur comme je le fais aujourd'hui,
en cet instant. Tu lèveras sur moi des yeux suppliants
pour me retenir auprès de toi parce que d'autres
femmes plus jeunes et plus belles n'attendront que
moi... Oui, ce jour viendra...

Bôn sentit sa douleur s'alléger peu à peu.

Prenant appui sur le bord du lit, il redressa les
épaules, le dos.

Oui, ce jour viendra... J'attendrai cet instant où tu
me regarderas avec passion et obéissance comme
il y a quatorze ans.

Il la regarda et sourit, satisfait. Mais elle ne vit
même pas ce sourire plein d'arrière-pensées, né de la
tempête qui avait secoué le crâne de Bôn. Elle se leva,
emporta le plateau...

Le lendemain, Xa vint le chercher dès l'aube avec
sa Yamaha et l'emmena en ville. L'ami d'enfance qui
se grattait la tête et les oreilles en lui demandant de
lui expliquer les cours était devenu son protecteur, son
ange gardien. Xa le déposa devant le portail de l'hôpital, jeta un coup d'œil sur sa montre.

« Je passe au marché pour faire quelques emplettes.
Je reviendrai à onze heures moins le quart. Je t'attendrai devant le restaurant Thiên Nga », dit-il.

Xa pointa le doigt sur un restaurant de l'autre côté
de la rue, qui arborait sur un panneau des lettres écarlates : Bienvenue au restaurant Thiên Nga.

« Souviens-toi bien du nom, Thiên Nga, pour qu'on

ne se perde pas. Par ici, la foule est aussi dense qu'une nuée de poissons enfermés dans une cuvette. »

Le vétéran enfourcha sa vieille monture, fit pétarader le moteur. Le pot d'échappement lança un nuage de fumée noire. La monture crachota un bon moment avant de s'élancer. Xa disparut dans la foule. Bôn jeta encore un regard au panneau mentionnant Thiên Nga, de l'autre côté de la rue. Il n'était pas facile à distinguer, car des dizaines de restaurants se suivaient, côte à côte, le long de la rue. Tous exhibaient un panneau barbouillé de couleurs éclatantes. Tous nageaient dans la fumée, avec un foyer ardent à droite, une grande vitrine à gauche exposant les mets. Il glissa un regard sur la file des panneaux : Bach Tuyet, Thanh Lan, Thanh Nga, Hông Vân, Hông Nhung, Câm Vân, Câm Thuy. Même les panneaux n'étaient pas faciles à distinguer. Ils avaient tous à peu près la même taille, les mêmes motifs. Ils arboraient tous cinq à sept plats fumants. Bôn regarda consciencieusement le restaurant Thiên Nga une dernière fois, vit la patronne s'affairer derrière la vitrine. Une femme d'un peu plus de trente ans, le cou et les épaules débordant de graisse. Elle portait un maillot noir d'homme, pesait déjà plus de quatre-vingts kilos. Il se tranquillisa, sûr de retrouver le restaurant où Xa lui avait donné rendez-vous grâce à l'apparence de la femme. Il vérifia ses papiers d'identité, les recommandations du Comité communal et l'argent que Miên lui avait donné la veille. Presque cinq fois la somme qu'il avait reçue lors de sa démobilisation.

C'est l'argent de cet homme...

Il chassa aussitôt cette pensée, se pressa vers le cabinet. Une foule y faisait la queue. On lui demanda de déposer les recommandations communales devant un guichet en forme de nid de frelon. Il le fit et s'installa pour attendre. Son tour arriva trois heures plus tard. L'examen fut des plus rapide. Bôn eut l'impression que le médecin, dédaignant toute conscience professionnelle, n'avait pas envie de le supporter de face malgré le masque blanc double épaisseur qui protégeait son nez et sa bouche. Il lui prescrivit une longue ordonnance, déclara que la maladie n'était pas dangereuse, mais qu'il faudrait beaucoup de détermination et d'argent pour en venir à bout, car les muscles qui commandaient l'accès aux voies digestives avaient perdu leur élasticité et ne pouvaient plus les refermer hermétiquement comme chez un homme bien portant. Bôn devait d'abord régénérer sa santé grâce à un programme d'entraînement long et ardu, combiné avec la prise régulière de médicaments, des contrôles médicaux réguliers pendant un à deux ans, pour espérer une amélioration de son état. Bôn prit l'ordonnance, le dos en sueur. Une maladie bénigne, mais dont le traitement coûtait cinq fois plus cher qu'une opération chirurgicale ou le traitement d'une tuberculose en phase finale.

Il sortit précipitamment, oubliant de saluer le médecin. La pièce chancelait, les bancs où attendaient quelques rares patients chancelaient. Bôn se dirigea tout droit dans le jardin de l'hôpital. Il y resta debout un long moment avant de retrouver ses esprits. Il revint alors vers la pharmacie. Ses achats terminés, il sortit et vit Xa qui l'attendait devant le portail, la Yamaha noire derrière lui :

« J'ai attendu un quart d'heure devant le restaurant avant de venir ici. Alors ?

– J'ai attendu trois heures avant d'être reçu. Il y avait trop de monde.

– Qu'ont-ils dit ?

– Que la maladie n'est pas dangereuse mais qu'il faut beaucoup de temps et d'argent pour la soigner.

– L'essentiel, c'est l'argent. Le temps, on en a à profusion. On n'est que des troupiers de retour au village, non des généraux, ce n'est pas le temps qui nous manque.

– J'ai bien peur de ne pas pouvoir suivre ce traitement.

– Qui t'a donné l'argent ? La vieille Dot ?

– Non, elle n'en a pas. C'est Miên qui me l'a donné.

– Ta femme n'en a pas non plus. Cet argent vient du gars Hoan. À terme, cette situation n'est pas tenable. »

Xa lâcha un soupir, se mit à réfléchir, hébété. Un moment après, il claqua des lèvres.

« Bon, on s'en fout, allons nous remplir l'estomac, le mien proteste depuis un bon moment. »

Ils allèrent au restaurant Thiên Nga. Xa commanda deux petites bouteilles de bière, une assiette de porc bouilli agrémenté de saumure aigre de poissons, une assiette de bœuf sauté aux choux blancs et deux poissons secs, grillés.

« C'est moi qui paie, ne t'en fais pas. Allons, buvons. On verra après ce qu'on peut faire. »

La patronne apporta une assiette de légumes fermentés :

« Ce plat est offert par le restaurant. »

Elle déposa l'assiette sur la table, sans oublier de relever coquettement le petit doigt de sa main dodue, luisante de graisse. Xa glissa un regard sur les énormes bagues en or massif qui couvraient ses doigts et rit :

« Merci, patronne, merci la belle. Cette assiette de légumes sera meilleure que celle de tous les jours. »

La patronne rit, secouant ses seins par saccades. La laissant revenir à la vitrine, Xa se pencha sur l'oreille de Bôn :

« Elle nous offre une assiette de cinq sous. En contre-partie, elle nous compte les bières dix sous plus cher. Il n'y a pas d'honnêtes gens en ville. Tu as remarqué la main de cette grosse ? Une seule de ces bagues équi-vaut à cinq quintaux de riz. Nous autres paysans qui travaillons les rizières ou produisons le charbon de bois en forêt, il nous faudrait user nos jambes, assécher nos couilles pour gagner un quintal de paddy. Ici, on ramasse l'argent à la volée... Impossible de s'enrichir sans commerce... Si je ne connaissais pas les métiers de menuisier et de bûcheron, je crèverais de faim. »

Xa prit le verre de bière :

« Buvons avant que les glaçons fondent. »

Ayant mangé, Xa se leva, régla l'addition et, se retournant vers Bôn :

« Maintenant, je t'emmène chercher de la médecine traditionnelle, chez un oncle du côté de ma mère. Un parent très éloigné... Néanmoins, c'est préférable que d'avoir affaire à un inconnu. »

Obéissant, Bôn s'installa derrière son ami, espérant anxieusement un coup de chance, un miracle, un génie réincarné capable de le guérir de cette maladie hon-teuse. Chez l'oncle de Xa, on expliqua que les entrailles de Bôn étaient sous l'emprise du Feu, on lui donna dix mesures de médicaments destinés à adoucir le feu et à réduire la puanteur de son haleine. Les médicaments réglés, il lui restait encore pas mal d'argent. Bôn le rangea méticuleusement dans la poche de sa chemise, la boutonna avec minutie. Il avait besoin d'argent, de beaucoup d'argent. Et il n'avait aucun moyen d'en avoir que de tendre la main vers Miên. Chaque fois qu'un homme tend la paume de sa main vers sa femme, il s'enfonce davantage dans l'enfer. Bôn en avait maintenant l'expérience. Jadis, leur vie durant, les femmes assuraient l'existence et les études de leur mari, attendant le jour où le grand homme consacré mandarin reviendrait au village honorer ses ancêtres. Mais sur dix mille femmes, seules quelques-unes connaissaient le bonheur de revenir au village en palanquin, derrière le palanquin de leur mari. Les autres se résignaient à ramer toute leur vie pour faire tenir le cap à la barque familiale tandis que le mari se transformait en poète domestique, passait sa journée à déclamer des vers, à boire, à fumer avec ses amis lettrés, à écrire quelques poèmes pour flatter sa femme quand, parfois, l'inspiration lui venait. Quand Bôn était enfant, ces scènes avaient déjà disparu, elles n'existaient plus que dans la mémoire des vieillards. Il avait grandi à une époque où l'homme devait monter en première ligne, assurer les finances de la famille. L'image du lettré, célébrant de sa plume la beauté de la lune, avait pâli dans les limbes comme dans un rêve. Aujourd'hui, il lui arrive de désirer ce temps lointain, cette vie de lettré heureuse, paisible, libérée de tout souci de gagner de l'argent... Au lycée, Bôn avait été l'espoir de tant de professeurs. Si ce temps ancien revenait, un jour peut-être, Bôn emmènerait sa femme dans ce rêve : revenir au village en palanquin, derrière le palanquin de son mari. Ces rêves éveillés, ces rêves en plein jour, comme des fils de la vierge, caressaient tendrement ses joues, voilaient son visage quelques secondes, flottaient comme des nuages de velours, consolaient son cœur brisé. Après ces moments de douceur, il voyait encore plus nettement son destin : ce n'était pas lui qui dirigeait la barque familiale, il n'était même pas capable de soutenir Miên dans la dure lutte pour la vie. Il n'était qu'un fantôme du passé qui se nourrissait des offrandes aux morts. Sa vie commune avec Miên n'était que le mariage forcé d'une femme débordante de vigueur et de vie avec un cadavre livide sorti de la jungle du passé. Il n'avait aucun atout en main. Son unique moyen de conserver cette vie commune était de redevenir un mâle puissant pour injecter sa semence dans le corps immaculé et appétissant de Miên, et de partager son avenir. Jadis, Bouddha avait enseigné : les enfants sont des chaînes en or. C'était une vérité absolue, Bôn le savait. Il devait avoir des enfants avec Miên, à n'importe quel prix, pour l'enchaîner à lui avec des chaînes en or.

L'homme qui l'aidait avait l'esprit pratique. Xa lui avait dit, non pas une fois, mais trois fois :

« Tout d'abord, il faut absolument guérir ta bouche de sa puanteur. Aucune femme ne supporterait cette odeur, même si tu avais des couilles d'argent, un gland en or sur une verge en émeraude. Mais tu dois aussi guérir ton impuissance. Cela coûte aussi très cher et demande aussi pas mal d'argent. Pour le moment, pas la peine de faire des projets de plantations, de cultures, c'est l'échec garanti. Serre bien dans ta poche chaque dông que tu arrives à grappiller pour te soigner car, je le sais, l'argent que Miên te donne, elle ne l'a pas gagné. C'est l'autre mari qui le lui a donné. Il faut reconnaître qu'il se comporte en homme digne de ce nom. C'est naturel que Miên s'attache à lui. Le ciel t'a donné la chance de jouir des biens d'autrui. Pareille chance n'arrive pas à tout le monde. Quelle que soit son origine, dès qu'il est tombé dans la poche de Miên, cet argent lui appartient. Elle est actuellement ta femme. Tu peux donc profiter à fond de cette chance pour vivre et te soigner. Il faut recouvrer d'abord la santé avant de pouvoir échafauder des projets. Évidemment, ce n'est pas très glorieux. Mais que faire d'autre ? Quand on est acculé, il faut y consentir. Personne n'a envie de perdre la face, mais il faut parfois la perdre pour survivre. »

Ces paroles crues étaient comme du vitriol. Mais à la deuxième, puis à la troisième fois, elles cessaient de brûler. Bôn comprit que l'homme pouvait s'habituer à tout. Acceptant la vérité, il se conforma aux conseils de Xa le Borgne. Trois fois par jour, il persévérait, préparait et ingurgitait un bol de plantes médicinales. Après trois jours de traitement, il alla chez le vénérable Phiêu. Par chance, c'était un homme foncièrement bon, foncièrement optimiste, un être étrange, comme on en voit peu en ce monde. Ce vieillard de plus de soixante-dix ans se plaisait toujours à raconter avec délice toutes sortes d'histoires scabreuses, clignait malicieusement de l'œil en pointant son doigt sur le grand bouc de son troupeau qui se tenait devant la porte de l'enclos dès l'aube et, comme une machine à copuler, montait tour à tour toutes les chèvres qui sortaient.

« Alors, le désir est-il revenu au glorieux combattant ? » demanda le vieillard en s'étranglant de rire. Bôn en fut stupéfait. Comment un homme de soixante-dix ans pouvait-il avoir ce rire provocant ? Du temps où Bôn était encore au village, Monsieur Phiêu était un quinquagénaire et pareil comportement n'avait rien pour susciter la curiosité des gens. Mais quatorze ans plus tard, les gens de sa génération étaient tous devenus des vieillards.

Ils ne s'intéressaient plus aux histoires de sexe, ne regardaient plus les femmes avec concupiscence. Ils préféraient déjà rester assis à la maison, les bras autour des genoux, à surveiller leurs petits-enfants, à regarder distraitement le soleil et la pluie dans la cour en racontant des histoires d'antan. Lui seul refusait de perdre sa virilité, lui seul avait gardé ses cinquante ans, cet âge où l'expérience des ébats devenait un opium qui excitait le désir de faire l'amour et où la soif de vivre comme la braise d'un foyer éclatait dans un dernier embrasement affolé avant de s'éteindre.

« Alors, ça vous en met plein la vue ? » demanda de nouveau le vieil homme en se caressant la barbe. Il ressemblait alors au grand bouc, un bouc tout-puissant, expérimenté :

« Donnez-nous le sentiment d'un soldat du peuple devant ce spectacle ! Dans toutes les espèces, le mâle endure mille maux, s'épuise, râle, s'essouffle à se déchirer les entrailles en montant la femelle. Il n'y a que le bouc qui sache le faire comme un jeu, sans jamais s'épuiser. Il faut le canoniser comme l'ancêtre des espèces érotiques, en faire le président d'un pays appelé le Pays d'Éros. »

Le malicieux vieillard se retourna vers la cour, ordonna à son fils de treize ans d'emmener le troupeau dans les montagnes, demanda à sa femme de préparer du thé vert et des gâteaux au miel pour Bôn. La femme n'avait pas quarante ans, mais elle semblait beaucoup plus jeune encore avec son cou et ses joues rouges, ses seins et ses fesses rebondis. Elle apporta docilement une théière tenue au chaud dans une noix de coco séchée, une assiette de gâteaux au miel, et elle partit au champ, une pioche à l'épaule. Le vénérable Phiêu possédait trois champs de poivriers, deux grandes plantations de caféiers. C'était l'un des plus riches propriétaires fonciers de la région. Sa femme et ses enfants, près d'une vingtaine de personnes, obéissaient au doigt et à l'œil à ce patriarche. Personne n'avait entendu de querelles entre la belle-mère et les beaux-enfants. Quand tout le monde fut dehors, le vieillard commença la leçon.

« L'homme concupiscent n'est pas nécessairement viril. Il suffit de regarder ce vieux bouc pour le comprendre. Il n'a nul besoin de tirer sur la culotte de la femelle, de palper ses fesses, de pétrir ses seins comme les hommes. Il reste néanmoins le seigneur de la virilité, fait l'amour comme si le ciel l'avait doté d'une machine à copuler. Pour avoir une telle mécanique, il faut se donner la peine de forger son corps. »

Le vieillard s'arrêta, vida le bol de thé chaud, mangea un gâteau. À son air bienheureux, Bôn comprit qu'avec le thé il buvait les parfums des collines et des montagnes, qu'avec le gâteau il savourait le miel des cannes à sucre, l'odeur du riz tendre, ce parfum qui l'avait hanté tout au long des années de guerre. Bôn le savait, mais il ne sentait pas lui-même l'odeur du thé qu'il buvait, la saveur du gâteau qu'il mangeait. Lui, l'homme éduqué, capable d'imaginer les jouissances de la vie, était devenu insensible à la vie réelle. Il regarda en silence les deux rangées de dents régulières, dures comme le granit, du vieillard de soixante-dix ans qui mâchait goulûment le gâteau. Il regarda l'homme vider d'un trait le bol de thé vert brûlant. Il éprouva de l'envie et de l'amertume.

Le vieillard termina de manger. La sueur dégoulinait sur son visage rose, de la racine de ses cheveux jusqu'au cou. Il attendit de ne plus suer pour saisir une serviette de coton et s'essuyer. De tous ses gestes se dégageait une tranquille assurance. Lâchant la serviette, il regarda Bôn :

« Pourquoi mangez-vous avec si peu d'entrain ? Quand on le mange avec délectation, un gâteau de la campagne est plus nourrissant qu'une soupe de nid d'hirondelle ingurgitée à contrecœur dans un palais. Vous ne comprenez rien à l'art de vivre. »

Non, je ne comprends rien à l'art de vivre. C'est un savoir tout à fait étranger à l'expérience de la guerre. J'ai commencé ma vie comme soldat. Maintenant, pour le temps qui me reste à vivre, j'ai besoin d'autres savoirs.

Le vieillard continua :

« Vous êtes jeune encore. Vous vivrez encore longtemps. Vivre sans connaître l'art de vivre, c'est comme partir à la recherche de l'encens sans savoir distinguer un cannellier d'une plante ordinaire. C'est pourquoi on doit apprendre, mon cher soldat.

– Oui.

– Comme je vous l'ai dit, pour vivre sainement il faut savoir se forger et se conserver. Il faut faire les deux choses à la fois et non se concentrer sur l'une seulement. Les riches des villes ne savent d'ordinaire que se conserver, ils ne savent pas se forger. Chez eux, il y a en permanence des dizaines de bouteilles d'alcool fortifiant : de l'alcool macéré au ginseng, à la cannelle, aux hippocampes, aux alouettes tropicales, aux serpents. Ils profitent de tout ce qui se produit de meilleur, mais combien vivent au-delà de quatre-vingts ans alors que les gens des montagnes ne quittent d'ordinaire ce monde qu'autour de cent ans ? Il en est ainsi parce qu'ils se conservent mais ne se forgent pas. Ils boivent du bon alcool, ils mangent de bons plats, ils font l'amour aux femmes, mais ils refusent de faire travailler leur corps. La sueur n'arrive pas à s'en échapper, elle entrave la circulation du sang. Les muscles peu sollicités, tôt ou tard, mollissent. Voyez vous-même, où trouverais-je l'argent pour me fortifier à leur manière ? Je n'ai ni ginseng, ni cannelle, ni hippocampes, ni holothuries. Je n'utilise que le lait de chèvre, la viande, le sang, le sperme des boucs et la gélatine que j'extrais de leurs os. Rien que des produits du terroir qui ne coûtent pas grand-chose. Mais je me porte mieux qu'eux parce que tous les jours je pratique le Tae Kwon Do, je vais travailler aux champs ou je désherbe le jardin pour planter des légumes, des haricots. Vous avez combien d'années de moins que moi ? Environ quarante, n'est-ce pas ? Mais vous ne pourriez pas suivre le troupeau de chèvres sur les cimes au-delà de la vallée du Cerf Noir, j'en suis sûr. Même beaucoup de gars de vingt ans abandonnent en chemin. Moi, je pourrais les accompagner jusqu'au dernier précipice. »

Le vieillard se tut, se versa un demi-bol de thé, le vida. Bôn regarda sa denture serrée, puissante, capable de mâcher même du bois et lui demanda :

« Vous arrivez encore à mâcher les cannes à sucre ? »

Le vieillard le regarda de haut :

« Moi ? »

Il sourit, se leva, se dirigea vers l'aile de la maison où s'entassaient les cannes à sucre coupées la veille, en choisit une longue et épaisse. Il la brisa sur son genou, donna la moitié supérieure à Bôn et garda l'autre pour lui. Il ne daigna pas enlever l'écorce au couteau, couper en morceaux la canne de près d'un mètre. Il l'éplucha avec ses doigts, la mâcha jusqu'au dernier nœud avant de jeter les restes dans la cour :

« Ce n'est pas parce que j'ai une jeune femme que j'aime me vanter. Mais on me lance souvent des défis idiots... Cela suffit, parlons de vos affaires. Vous êtes jeune, vous avez encore le temps d'améliorer votre existence. N'oubliez cependant pas que vous avez fait une guerre de plus de dix ans, que vous avez mené une vie instable, tout à fait différente de celle d'ici. Nous avons connu aussi les bombes et les balles, mais nous vivons toujours dans le même village, les mêmes montagnes, les mêmes forêts, le même air, la même végétation. Loin d'ici, au cours de toutes ces années, vous avez peut-être consommé de l'eau empoisonnée, des aliments avariés. Dans la jungle des produits toxiques se sont peut-être infiltrés dans votre corps. Je vais vous indiquer des exercices physiques et des médicaments pour purifier votre corps, pour chasser ces toxines par la voie des urines et de la sueur. Ensuite, je vous donnerai les prescriptions et les recettes culinaires pour développer et renforcer votre virilité. »

Depuis ce jour, deux fois par semaine, Bôn venait chez le vieillard pour s'exercer afin de consolider ses organes, purifier son sang, ses esprits. Au bout d'un mois, Bôn se sentit plus léger, de moins en moins victime d'étourdissements. Ses urines s'éclaircissaient. Mais ses capacités sexuelles ne s'étaient guère améliorées. Il le signala au vénérable Phiêu. Le vieillard dit :

« Ne soyez pas impatient. En la matière, les anciens l'ont dit : la précipitation mène à l'échec. Suivez mes conseils. »

Mais trois semaines plus tard, Bôn renouvela sa requête :

« Donnez-moi les prescriptions médicinales pour restaurer la virilité. J'ai besoin d'avoir un enfant, le plus tôt sera le mieux. »

Le vieillard secoua la tête de déception mais finit par céder. Il donna à Bôn la recette de son philtre. Il lui enseigna aussi à boire l'alcool au sang de bouc tout en mangeant les mets adaptés, à mijoter le sperme de bouc avec les graines et les pousses de lotus, les bulbes de nénuphars, à cuire à la vapeur le sperme de bouc avec l'ail, les oignons, les cinq épices et l'alcool, à manger le foie de bouc grillé quand il transpirait, à boire le lait de chèvre à l'aube.

Bôn appliquait à la lettre toutes les recommandations du vénérable Phiêu. Il allait chercher dans des villages lointains les graines et les pousses de lotus, les bulbes de nénuphars. Pendant des jours et des jours, il décortiquait patiemment les graines de lotus, éliminait les germes avec une épingle pour préparer le sublime plat au sperme de bouc. Il chercha des pierres grosses comme deux briques pour griller le foie de bouc selon la tradition. Le fumet du foie macéré aux épices et grillé n'attirait pas que ses neveux et sa nièce affamés, mais aussi Miên. Mais, avec détermination, il refusait de partager ces plats avec quiconque, quitte à passer pour un goinfre grossier. Ce n'était pas de la nourriture dans le sens courant, c'étaient des armes pour reconquérir les citadelles qu'il avait perdues.

Je dois avoir des enfants... À n'importe quel prix...

Le temps pressait. En dehors des médicaments et des plats fortifiants, Bôn allait cueillir les herbes de la virilité pour remplacer le thé, comme les femmes qui venaient d'accoucher buvaient des décoctions de feuilles de gingembre. Chaque fois qu'il ingurgitait ce breuvage malodorant, il se rappelait la stature majestueuse du grand bouc dressé devant l'enclos à l'aube et distribuant l'amour à toutes les chèvres du troupeau sans en oublier aucune.

Un jour, rendant visite à Xa, Bôn rencontra un ami du lycée. L'année où Bôn et Xa avaient été mobilisés, le jeune homme était parti avec les brigades de jeunes *volontaires*. À la fin de la guerre, il avait suivi une formation secondaire de cuisinier et était devenu le chef dans le plus grand restaurant de la ville. Le cuistot était gros, gras, rose, on pouvait presque voir ses globules rouges sous sa peau douce, lisse et mince comme une peau de bébé. Quand il était au lycée, il était maigre, chancelant comme un homme sous-alimenté. Bôn lui demanda comment il avait pu changer à ce point. L'ami grimaça, expliqua en se plaignant qu'il n'avait pas envie de grossir davantage, qu'il se nourrissait d'un bol de riz par jour avec quelques légumes et des fruits. Malheureusement, l'air saturé de nourriture de la cuisine s'infiltrait dans son corps à travers ses sens, sa peau, et il grossissait sans freins. Xa se frappa la cuisse :

« Tu dois avoir des poumons qui digèrent. Comme les arbres qui se nourrissent avec leurs feuilles et leurs écorces plutôt qu'avec leurs racines. Voilà pourquoi sur cent cuistots, il y en a cent un qui sont ronds comme une jarre. »

Une idée jaillit dans la tête de Bôn.

Si le corps humain peut se nourrir par les poumons, alors tous les organes ont cette capacité, car l'homme est une machine parfaite et tous ses organes sont interdépendants.

Le lendemain, en égorgeant le bouc, Bôn mit de côté du sang dans une noix de coco. Il attendit le départ de Miên, s'enferma à double tour dans sa chambre et commença à expérimenter son idée sur son organe de reproduction. Il mélangea de l'alcool au sang, trouva la posture adéquate pour y tremper son sexe, le massa doucement pour accélérer l'imprégnation. Pendant les premières secondes, le précieux trésor resta froid. Puis il commença à chauffer. Bôn palpita d'espoir. La honte qui l'avait torturé disparut quand, se penchant sur l'organe le plus sensible de son corps, il vit un animal étrange, quelque chose comme une grenouille, pataugeant dans le jus gluant et pourpre. Il caressa son espoir avec plus d'enthousiasme. Mais peu à peu, il ne sentit plus une chaleur douce mais un commencement de douleur, comme une brûlure. Et ce qui brûlait le plus, c'était le canal urinaire. Il s'encouragea :

Il faut supporter la douleur, persévérer.

Juste à cet instant, Miên frappa à la porte. Elle était sans doute revenue à la maison craignant la pluie qui menaçait. Paniqué, Bôn saisit sa culotte, essuya son trésor, enfila un pantalon. Il ouvrit la porte. Dans sa précipitation il cogna du pied la noix de coco installée sur une brique au pied du lit. Elle roula par terre, inondant le plancher de la mixture de sang et d'alcool. Miên sursauta en voyant cet étrange liquide rouge couler jusqu'à ses pieds :

« Que fais-tu là ?

– Heu, rien, je n'ai rien fait... » répondit Bôn d'une voix inaudible. Il sentit son visage brûler en proférant ce mensonge inepte. Mais Miên ne demanda plus rien, elle sortit. Elle lui laissa le temps de faire le ménage. Elle comprenait qu'il s'agissait d'un médicament ou d'un plat destiné à restaurer la santé de Bôn. Ce traitement lui avait déjà coûté cher, inutilement. Depuis longtemps, Bôn avait pris l'habitude de lui demander de l'argent. Elle le lui donnait en silence, ne daignait même pas lui poser de questions ou lui faire des recommandations. Chaque fois qu'il s'associait avec quelqu'un pour acheter un bouc ou une cuisse de veau et qu'il préparait ses médicaments ou ses mets fortifiants, elle le regardait en silence comme une spectatrice devant un match de football dont l'issue ne la concernait pas.

« C'est fini. Tu peux entrer », dit Bôn en essuyant les taches de sang. Le sang s'était infiltré dans les fissures de la chaux. Il était impossible de l'éliminer totalement. Entre-temps, le précieux organe de Bôn avait enflé. Cette nuit-là, il n'osa pas dormir en culotte, il se résigna à enrouler une grande serviette de coton autour de ses hanches avant de se coucher. Heureusement, il faisait froid, il put tirer immédiatement sur lui la couverture avant que Miên ne s'en aperçût. D'ailleurs, elle ne le regardait jamais. Elle restait allongée, les yeux fixés sur la moustiquaire, les mains posées sur le front, ou bien elle lui tournait le dos. Elle s'efforçait aussi d'éviter tout contact entre leurs corps. C'était une humiliation qui le torturait en permanence. Mais en cet instant, c'était une chance. Miên ne savait rien de ce qui venait de se passer. Il protégea son secret pendant deux semaines, le temps que son organe meurtri retrouve son état normal.

Les efforts de Bôn ne furent pas entièrement vains. Sa santé s'améliora un peu. Il put manger un demi-bol de riz supplémentaire par repas, accompagner les chèvres sur les pentes montagneuses proches pour cueillir des herbes de la virilité. Cette amélioration l'excitait, mais au moment de faire l'amour, sa confiance s'effondrait. Le lit n'est pas un champ de bataille. On ne peut pas y lever le bras vers le drapeau en jurant d'exterminer l'ennemi... Il savait que sa détermination restait puissante, il savait qu'il avait la chance de semer sur une terre fertile, une terre promise dont rêverait n'importe quel homme. Il consolidait sa foi en évoquant inlassablement ses plus belles espérances comme un fidèle fait ses prières matin et soir pour que ses espoirs imprègnent son âme et son corps, se transforment en une puissance matérielle...

Mais dès qu'il montait sur le ventre de sa femme, son corps immobile, rigide comme une bûche, son visage absent, tourné vers le lointain, son esprit dérivant dans des horizons inaccessibles, lui coupaient le souffle. Il se sentait soudain esseulé, comme égaré dans la forêt, terrorisé comme un enfant qui grimpe aux arbres sans personne à terre pour prévenir sa chute, déboussolé comme un batelier errant dans la brume loin de tout rivage visible. Alors le désespoir étouffait rapidement la flamme de sa virilité. Jour après jour il ressemblait toujours plus à quelqu'un qui nageait à contre-courant. À tout moment les cataractes pouvaient le précipiter sur les rochers qui tapissaient le lit du fleuve, ou dans le gouffre. Mais personne ne le suivait d'un regard inquiet, personne ne lui faisait signe de la main, personne ne l'appelait pour le prévenir d'un tourbillon ou pour l'acclamer quand il réussissait à franchir une vague menaçante.

Il se sentait orphelin. Délaissé.

Miên se tenait loin, très loin sur le rivage, le regard rivé sur un horizon qui n'appartenait qu'à elle. Cet horizon était encore plus lointain que l'endroit où elle se tenait. Elle vivait à côté de lui comme une somnambule, constamment noyée dans son monde, un monde dont il était exclu. Quant à sa sœur et à ses enfants sales comme des veaux, ces buissons au bord du fleuve, ils menaient une vie de bêtes ou de plantes sauvages, inconscients de leur propre existence. Comment attendre d'eux la moindre compréhension pour ses souffrances ?

Mon enfant, je ne regrette rien en partant... Seulement de te laisser seul...

C'étaient les dernières paroles de sa mère avant sa mort. Aujourd'hui, tous les jours, elles cognaient sur son cerveau comme le refrain de la forêt millénaire sur les falaises rocheuses. Il n'était alors qu'un enfant.

Maintenant, devenu adulte, il comprenait ce que c'est d'être orphelin.

Misère de misère, pourquoi l'homme a-t-il créé ce mot affreux ? Il est plus cruel que le tigre et le léopard, plus empoisonné que le serpent et la scolopendre. Il détruit et dissout l'homme plus rapidement que tous les acides.

Dans l'aube automnale, les grappes de fleurs vert foncé lui brisent le cœur. Leur douceur soyeuse, comme un acide empoisonné, détruit sa volonté, son endurance. Il jette sa faucille et son sac sur le côté, se roule à terre. Il a envie de crier, de hurler, de fendre le ciel paisible au-dessus de la vallée. Mais un troupeau de chèvres broute sur la colline voisine. Leurs gardiens doivent s'abriter quelque part alentour. Il a peur d'être pris pour un fou. S'il n'y prenait garde, il suffirait de quelques incartades de ce genre pour qu'on l'enferme dans un camp d'aliénés. Il deviendrait alors totalement fou et mourrait entre les murs d'une prison. Il se résigne à tambouriner des poings ses cuisses, ses hanches, sa poitrine. Mais la douleur physique n'arrive pas à le calmer. Une étendue de fleurs vagabondes, une mer d'émeraude à travers le ciel où s'égaillent les vagues dansantes, les papillons sauvages blancs, jaunes, et les libellules en chaleur... Pourquoi ne lui est-il pas donné de vivre l'innocente et joyeuse existence de tous les êtres vivants ? Pourquoi ne peut-il pas se transformer en cette fleur étrange qui ne vit que quelques heures mais dans la plénitude de sa splendeur, de son bonheur, de son orgueil ?

Incapable de se retenir, il s'écrie :

« Sergent, ô sergent, que je suis malheureux. »

Le cri s'étrangle en partie dans sa gorge car Bôn n'a pas encore oublié la présence des chèvres et de leurs gardiens sur la colline voisine. Il sent ses cordes vocales trembler sous la pression des sons emprisonnés :

« Sergent, ô sergent... »

Tout en criant, Bôn regarde la coccinelle au dos rouge qui rampe sur un brin d'herbe devant ses yeux. L'insecte scintille comme s'il était immergé dans l'eau, ou bien Bôn l'a-t-il vu à travers les larmes qui débordent de ses cils ? Bôn voit soudain le sergent à son côté. Tout heureux, il se relève, mais le sergent lui fait signe de s'arrêter :

« Reste allongé pour ne pas t'épuiser.

— Sergent, que je suis malheureux...

— Oui, je le sais.

— Sergent, *grand frère*, tu me manques.

— Tu me manques aussi.

— Pourquoi ne reviens-tu pas me voir ?

— J'en ai envie aussi, mais nous appartenons à deux mondes différents. Qui peut franchir les portes du ciel ?

— Je n'ai plus envie de vivre.

— Ne dis pas de bêtise.

— Je n'en peux plus...

— Je sais bien que tu souffres, mais il n'y a pas d'autre solution... Quoi qu'il en soit, il faut avoir le courage de vivre. On n'a pas le droit de mourir après avoir survécu à tant d'années de guerre.

— Mais je ne veux pas... » hurle Bôn.

Le sergent lève le doigt en signe de désaccord :

« Tiens-toi tranquille. »

Il se tait, regarde Bôn quelques secondes et, d'un air plein de reproches :

« Comment un homme peut-il être si minable ? Et en plus tu pleures ! »

Il secoue la tête.

L'insecte tremblote dans le liquide. Le temps rampe en silence avec la bête au dos éblouissant. Le sergent balaie du regard le champ de fleurs et soupire :

« Cela ne fait rien... Tu peux pleurer... Pleure un coup pour vider ta peine... »

XIII

L'enfant dort profondément. Les deux femmes sont seules dans la grande maison. L'automne entre dans sa vieillesse. La lumière de l'après-midi n'est plus dorée, elle décline vers le blanc argenté, s'étale sèchement dans la cour. Les dernières pivoines rouges de la saison s'embrasent d'une passion tardive dans le jardin, de l'autre côté du muret couvert de fleurs. Une atmosphère paisible, silencieuse, dérangée seulement par l'empressement sonore d'un coq autour d'une poule. Entendant ses cris d'amour, tante Huyên et Miên se retournent. La vieille femme secoue la tête tout en balançant le hamac de son petit-neveu :

« Quel diable ! Il n'arrête jamais. »

Miên se lève sans un mot, prend un caillou, le lance sur la bête impudique :

« Fous le camp, tu nous casses les oreilles. »

La poule qui picorait les graines de paddy jette un grand cri rauque, s'enfuit vers la cuisine. Le coq détale aussi à toute vitesse mais, arrivé devant le muret en fleurs, il s'aperçoit que sa belle est partie vers la cuisine. Il rebrousse chemin, lui court après. L'espace retombe dans le silence. On n'entend plus que le grincement du hamac, la musique monotone de la vie dans les montagnes. Tante Huyên lève la tête :

« Tu es allée aux champs ce matin ?

– Oui, j'y suis montée.

– Comment est la terre ?

– Très stérile, les meilleures terres ont été distribuées depuis longtemps.

– Oui, le buffle qui arrive en retard boit l'eau boueuse... Il y a des tas de familles de soldats mutilés ou tombés pour la patrie. Les soldats démobilisés occupent le dernier rang dans la liste des prioritaires. Et puis tout le monde croyait que Bôn était mort.

– Ça vaudrait mieux. Maintenant, il ne sait plus quoi faire, à moitié mort comme il est...

– Oui, vous ne pouvez pas vivre indéfiniment avec l'argent de Hoan. C'est une question de dignité que personne ne peut ignorer. Il ne t'en parle jamais ?

– Il dit qu'il doit d'abord se soigner, il me demande de l'aider à retrouver sa santé. Après, il refera tout.

– Après, c'est pour quand ?

– Je ne sais pas. Pour le moment, il est incapable de quoi que ce soit. Deux fois, il a essayé de défricher les champs. Il est tombé malade chaque fois et il est resté longtemps au lit.

– De quoi vivrez-vous alors ?

– Je n'en sais rien moi-même.

– Tu ne peux pas t'aventurer les yeux fermés comme cela, ma nièce. Si on y fait trop paître, les montagnes finissent pelées. Il faut dresser des plans à long terme. Avec l'argent que tu lui donnes pour acheter les médicaments, les boucs, d'autres auraient de quoi se bâtir une maison.

– J'avais l'intention de créer une plantation, mais je me suis découragée, je ne sais pas pourquoi. »

Elles se taisent un long moment. Miên demande brusquement :

« Ce jour-là, pourquoi ne m'as-tu pas déconseillé de revenir auprès de lui ?

– Comment aurais-je su ?

– Tu savais... Mais tu n'as rien dit... Tu savais, ce soir-là, quand je t'ai demandé de rester à la maison avec moi... »

La vieille femme soupire. Miên, insistante :

« Pourquoi es-tu partie quand j'avais besoin de ta présence ? »

La vieille femme soupire encore, et dit sèchement :

« J'avais peur. »

Elle regarde sa nièce de ses yeux sombres, voilés d'ombre :

« Tu le sais bien, le retour de Bôn donne aux gens l'occasion de médire de nous. Ce jour-là, ils sont venus en foule pour revoir Bôn, lui parler tendrement comme à un fils ou à un frère. Ils disaient qu'au village personne ne s'était occupé de sa famille. Bien qu'ils soient tous natifs du Hameau, personne n'a réussi à faire fortune depuis des générations. Seul Bôn a réussi à étudier en consentant tous les efforts. Il pouvait espérer sortir de la misère un jour, jouir d'une existence prospère et glorieuse. Malheureusement, il a dû partir au front. Quand il est revenu, tout le village s'est précipité pour voir l'homme ressorti de la tombe. Ils chuchotaient, assez haut pour que j'entende : "Je vous défie de deviner lequel Miên va choisir. Le premier mari, selon l'honneur et la tradition, ou le deuxième pour l'argent qu'il possède ? La femme vertueuse revient à ses premières amours. Quant à la femme dévergondée, je ne sais pas... Même si elle le voulait, ce ne serait pas facile pour elle de revenir à Bôn, sa tante la forcerait à vivre avec le citadin commerçant car il ramasse l'argent à la pelle pour la tante comme la nièce... Depuis que le couple a réussi, elle engraisse et se porte comme un charme, jouit de loisirs comme une femme de mandarin aux temps anciens..." »

Miên lui coupe la parole :

« Tu es donc partie parce que tu avais peur qu'on te traite de femme cupide si tu me conseillais de rester avec Hoan ? »

La vieille femme se tait. Miên baisse la tête sur ses genoux. La vieille femme regarde la chevelure noire et luisante de la seule nièce qui soit restée auprès d'elle, comme une fille que le sort lui aurait accordée. Cette chevelure ne porte plus une branche de basilic ou une fleur de pamplemoussier. Miên ne porte plus de vêtements couleur aubergine ou émeraude, seulement du noir. Ne pouvant plus y tenir, la vieille pose sa main sur l'épaule de Miên :

« Je suis coupable vis-à-vis de ta mère... Je suis coupable... Mais je n'ai pas osé faire autrement car dès le premier jour, quand tu as amené Bôn à la maison, il m'a déplu. Quand on n'aime pas quelqu'un, on ne lui trouve que des défauts. J'avais peur d'être injuste envers lui, de commettre une faute en te déconseillant de l'épouser. Je pensais que tu étais adulte, capable de décider par toi-même. C'était la guerre. Dans tout le village il ne restait que lui à avoir dix-sept ans comme toi. À qui d'autre accorder ta main ? Tu ne pouvais tout de même pas épouser un vieux veuf ou attendre que les gamins grandissent. L'adolescence, le printemps de la vie d'une jeune fille ne dure qu'un temps. J'ai dû m'y soumettre. Maintenant, tout a changé. Tu as un fils. Tu aurais pu t'appuyer là-dessus pour refuser. »

Miên redresse brusquement la tête, regarde la vieille femme d'un air furieux :

« Ciel, pourquoi ne me l'as-tu pas dit ? Tu étais plus intelligente, plus lucide que moi. J'étais complètement bouleversée, abrutie... Et j'avais peur... »

Tante Huyên acquiesce :

« Oui, je savais que tu avais peur. Moi aussi, j'avais peur. Et Hoan avait tout autant peur que toi et moi. Nous avions peur qu'on nous traite de gens cupides, ingrats. Quant à Hoan, il a peur qu'on lui reproche d'être un homme qui non seulement est resté paisiblement à l'arrière en temps de guerre, mais a encore volé le bonheur d'un combattant qui s'est sacrifié pour le peuple, pour la patrie. Finalement, tout est arrivé à cause d'un seul mot, la Peur.

– Tu savais tout. Pourquoi le dis-tu seulement maintenant ?

– Non... Non... Sur le coup, je n'en étais pas consciente. Quand tu es revenue chez Bôn, j'ai commencé à réfléchir. Jour après jour. Qui peut prétendre tout comprendre tout de suite ? C'est aussi vrai pour les enfants que pour les gens aux tempes grises... Les anciens ont raison : quand l'enfant a toutes ses dents, il faut cesser de lui donner des leçons. »

Elle se tait. Miên regarde intensément le jardin. Quelque chose dans son visage trouble la vieille femme. Il semble égaré, lointain, dur comme le granit. Jamais encore elle ne l'a vu si étrange, ce beau visage si familier. Elle n'ose plus rien dire. En silence, elle guette le visage de Miên, attend. Quoi, elle ne le sait pas. Mais elle attend, silencieuse, angoissée. Miên se lève brusquement :

« Je dois partir.

– Où ?

– À la maison.

– Laquelle ?

– La mienne, celle de notre couple. »

La vieille femme regarde Miên dans les yeux, commence à comprendre :

« Tu... ?

– Ce matin, je suis allé voir Monsieur Lù dans les champs. Il m'a demandé de venir le voir pour discuter de mon cas.

– Sois discrète. Évite de provoquer la rumeur.

– Je m'en moque. Qu'ils m'espionnent autant qu'ils en ont envie ! » répond sèchement Miên.

Elle prend son chapeau, se baisse pour donner un baiser à l'enfant qui dort dans le hamac, file vers le portail. Tante Huyên la suit des yeux. Quand la silhouette noire disparaît, elle soupire, pousse le hamac plus fort, entonne une berceuse.

Miên marche rapidement sur la route qu'elle évite depuis le jour où elle est revenue vivre avec Bôn. Une route familière, dont elle connaît chaque haie, chaque arbre, chaque carrefour. Une route qui laboure douloureusement sa mémoire chaque fois qu'elle s'enfonce dans l'allée boueuse qui mène chez Bôn. Voilà tout un été et bientôt tout un automne qu'elle ne l'a plus revue. Cet éloignement la rend encore plus captivante. Le long de la route, sur les deux côtés, se dressent des haies verdoyantes. Les herbes, au pied des haies, se balancent dans le vent. L'air lui semble plus limpide, le bleu du ciel plus dense, les nuages plus agités. Tout, comme son cœur, frémit. Hoan n'est pas là, Miên le sait. Monsieur Lù lui a appris, le matin même, que Hoan était parti acheter des marchandises à Nha Trang. Mais son cœur bat la chamade comme si, dans un instant, elle allait voir le visage rayonnant de Hoan surgir comme par miracle de derrière la porte.

« Ah, madame Miên ! Cela fait longtemps...

– Bonjour, vénérable.

– Vous vous promenez ou vous venez visiter votre ancien patrimoine ?

– Je vous salue, vénérable.

– Vous allez toujours bien ?

« – Oui, merci.

– Passez donc me voir un moment, tout à l'heure.

– Oui, je vous salue, vénérable. »

Miên répond machinalement, incapable de comprendre ce qu'elle dit. Le vieux voisin s'arrête, la poursuit d'un regard étonné, inquisiteur. Miên ne s'en aperçoit même pas. Quelques minutes plus tard, elle arrive devant le portail. Elle parcourt du regard les murs d'enceinte, les deux piliers, la poignée de la sonnette de cuivre. Ces objets insensibles, inconscients, lui semblent des êtres chers depuis longtemps éloignés. Miên tire sur la sonnette, écoute attentivement le joyeux carillon résonner et s'éteindre doucement. Autrefois, elle n'y faisait pas attention. Aujourd'hui, après avoir vécu dans un quartier pauvre et désert, le carillon retentit comme un appel au retour des souvenirs en fêtes.

« Bonjour, Madame, veuillez entrer. »

Monsieur Lù a été autrefois leur employé. Il garde son ancienne manière de parler, sa politesse d'autrefois. Miên n'est plus habituée à ces manières, elle bredouille :

« Oui... Bonjour, *oncle*... »

Le vieillard s'efface pour céder le passage à Miên, puis il cadenasse méticuleusement le portail et la suit.

Hoan n'est·pas là. Pourquoi n'es-tu pas là, chéri ?

Miên lance le reproche en silence bien qu'elle le sache insensé. Elle parcourt du regard l'ancienne maison qui est devenue un somptueux mausolée journellement balayé, astiqué par un gardien. Ses maîtres l'ont abandonné. Hoan habite en ville, elle est revenue chez Bôn et le petit Hanh est parti vivre avec tante Huyên. La maison chaleureuse d'autrefois semble maintenant immense. Les feuilles tombent. Les spathes craquent doucement sur les aréquiers. L'horloge rythme le temps. C'est l'objet le plus bruyant dans cet espace vide et silencieux.

« C'est vraiment d'une propreté méticuleuse.

– Monsieur m'a dit que vous aimez la propreté. Il m'a demandé de balayer la maison et la cour, d'essuyer les ustensiles dans la cuisine tous les jours. Entrez-y. »

Le vieillard la guide avec enthousiasme vers la cuisine. Le voici, son véritable monde. Bien alignées, les casseroles et les poêles luisantes exhibent en silence les visages du souvenir, les matins imprégnés de la senteur des orangers, des pamplemoussiers, vibrants de chants d'oiseaux, des babillements de son fils, embaumant le thé au jasmin, l'odeur du café maison, très fort, préparé dans un filtre, le riz gluant en train de cuire, le riz grillé avec des œufs ; les soirs saturés du parfum des fruits mûrs tombés dans le jardin, les senteurs qu'exhalent les fleurs affolées par une journée de soleil cuisant et le fumet des plats pour le dîner. Miên regarde, éperdue, chaque objet, frôle du doigt le fond des casseroles, caresse les manches des grandes louches en porcelaine de Chine, se rappelle, émue, que Hoan a acheté ces objets fragiles au marché de Bên Thanh à Saigon, les a emballés avec de la paille dans une caisse en bois avant de les faire transporter jusqu'ici. Elle ouvre l'armoire à vaisselle, contemple les bols et les assiettes en porcelaine du Japon et du Kiang-si. Cette marmite à étuver, il l'a rapportée un jour de Danang après avoir appris d'un ami une recette pour faire mijoter les gibiers. Elle s'assied, regarde la table ovale, assez grande pour accueillir vingt-quatre convives. Sa surface luit comme un miroir, les chaises bien rangées sont lisses et propres, de cette propreté qui ne recèle aucune chaleur humaine. Pauvre Hoan, il s'est donné tant de peine pour construire cette cuisine maintenant inutile.

« Je vous prépare du thé ou préférez-vous une tasse de café bien chaud ?

– Ne vous dérangez pas, laissez-moi faire.

– Il y a en permanence des gâteaux sucrés dans la maison, je vous prépare du thé pour les accompagner. »

Monsieur Lù pose la bouilloire sur le foyer, l'allume rapidement. Presque instantanément, Miên voit les flammes danser sous la petite bouilloire en cuivre qu'elle utilisait autrefois pour préparer le thé :

« Comment faites-vous pour conserver le lustre de cette bouilloire ?

– C'est très facile. Il suffit d'humecter le fond avec un peu d'eau savonneuse avant de la mettre sur le feu. Après, il faut l'essuyer avec un chiffon mouillé et un peu de savon en poudre, elle brillera comme si le feu ne l'avait jamais effleurée. C'est une technique que j'ai apprise de mon oncle qui travaille comme cuisinier. »

Il verse l'eau sur le thé. Cela fait longtemps que Miên n'a plus senti le parfum du thé au jasmin. Chez Bôn, on boit à longueur d'année une décoction de feuilles cueillies en forêt. Elle est préparée tous les matins dans une énorme théière en terre cuite. Tà et ses enfants s'y abreuvent au goulot. Miên s'est acheté une bouteille Thermos pour son usage personnel. Elle ne boit plus que de l'eau. Elle a fini par oublier la saveur du thé. Monsieur Lù déballe un gâteau de farine de soja :

« Je vous en prie.

– Merci, *oncle*. »

Les prévenances du vieux gérant émeuvent Miên sans la surprendre. C'est un paradis que Hoan a édifié.

Il a commencé à le faire depuis l'instant où ils se sont regardés sur la colline que Miên défrichait sous un soleil agressif comme un chien enragé, dans la saison des vents du Laos. Ce paradis a été laissé à l'abandon quand elle est partie avec son sac d'herbe de la vierge et ses vêtements de nonne sur un chemin de brume qui mène on ne sait où.

« Je vous en prie... Les gâteaux sont tout frais. Toutes les semaines, Monsieur ramène des gâteaux frais pour tout le monde.

– Merci, je sais. »

À moins d'être pris par des affaires au loin, Hoan revient au Hameau de la Montagne tous les dimanches. Ces jours-là, elle ne vient pas chez tante Huyên pour éviter de le rencontrer. Le lundi matin, en y allant, elle voit dans l'armoire bourrée de friandises pour le petit Hanh un nouveau jouet ou un costume neuf. Parfois, des roses de Dalat s'épanouissent dans le vase, parfois des cadeaux pour elle. Des traces de son passage. Tout garde son empreinte, son visage, sa silhouette. La maison de tante Huyên s'est transformée en un tableau invisible où le nom de Hoan s'inscrit en lettres indélébiles.

« Madame, Monsieur m'a confié votre trousseau de clés. Je n'ai pas osé me rendre chez vous à l'improviste de peur de provoquer les soupçons. J'ai attendu longtemps. Aujourd'hui seulement l'occasion se présente, je vous prie de le prendre. »

Il sort le trousseau de clés de sa poche, le pose devant Miên. Le trousseau comporte un canif et un décapsuleur. C'est celui de Hoan. Celui de Miên est entre les mains du gérant.

« Monsieur m'a recommandé de veiller à ce que vous ne soyez pas obligée de travailler aux champs. Si vous avez l'intention de faire des plantations pour

Monsieur Bôn, je louerai des gens pour défricher et retourner la terre. Toutes les anciennes plantations ici vous appartiennent, vous pouvez en user comme vous l'entendez. »

Miên se tait. Elle ne sait quoi dire. Ni triste ni heureuse. Éperdue. La voix du gérant résonne de nouveau, nette :

« J'ai le devoir de vous soumettre les comptes. Veuillez attendre un instant. »

Il monte. Un moment plus tard, il revient avec plusieurs cahiers d'écolier épais, les pose devant Miên. Miên glisse en silence un regard sur les cahiers. Soudain, comme hypnotisée, elle prend le trousseau de clés, monte les marches, se dirige vers sa chambre, ouvre lentement la porte du geste lent d'une vieille femme. La chambre est restée en l'état. Tous les objets sont à leur place. La fenêtre est grande ouverte sur le jardin. Les fleurs de bruyère s'épanouissent, très denses, dans un vase posé sur la table en face de la lampe de chevet. Le grand miroir, les vitres scintillent sans une poussière. La boîte en laque qui contenait ses épingles, ses pinces à cheveux repose sur l'armoire à trois battants. Le lit est propre, immaculé. Deux coussins blancs et le coussin en demi-lune du petit Hanh. Tout semble l'attendre, l'attendre. Miên ouvre l'armoire. Sous ses yeux surgit un paquet de billets de banque recouvert d'une lettre :

« Miên, ma chérie,

Je sais que le moment viendra où tu auras besoin de ça. Cela ne vaut rien pour toi, pour moi, pour les jours que nous avons vécus ensemble. Tu ne dois pas détruire ta santé, te martyriser sans raison. Ce serait idiot. Je te dis la vérité, n'en sois pas fâchée. Si tu n'es plus ma femme, tu restes la mère de Hanh et je peux te considérer comme une petite sœur. Je n'ai pas le droit de te laisser dans la misère. Toujours, je serai à tes côtés. »

Oui, ce serait idiot. Hoan a sans doute raison. Il y a quelque chose de stupide dans mes pensées et mes actes.

Elle regarde de nouveau la signature de Hoan au bas de la lettre. Elle s'assied sur le lit, elle sent que c'est bien là sa place, sa tanière. En même temps, elle en a peur comme si elle s'égarait dans une forêt inconnue. Elle n'a sans doute plus le droit de s'asseoir ici, dans cette chambre paisible et propre car, d'elle-même, elle a abandonné Hoan pour partager le lit d'un autre homme. Son corps est imprégné de la sueur et de l'haleine puante de cet homme, saturé de ses baisers lourds de désir, marqué par d'innombrables ébats qu'aucun bain de décrassage ne pourra nettoyer.

Pourquoi ? Pourquoi ? Pourquoi ?

À cause des paroles pleines de sous-entendus du Président Hiên ? De l'avis en caractères serrés, raides comme des crochets de fer entrelacés qui s'imprimaient sur le dos de sa chemise au moment où il se retourna pour s'en aller ? Des vagues infinies de revenants qui l'avaient appelée, menacée, qui la hantaient ? Tout l'été et bientôt tout un automne, sous le toit de Bôn, elle a cherché une réponse. Sur la moustiquaire où s'entassent les débris de feuilles de citronniers, où les lézards chassent les moustiques à longueur de journée. Dans les branches tordues, poussiéreuses du lilas qui se balancent au vent du crépuscule. Dans l'horizon navré des jours sans soleil où la masse sombre des forêts ondule au loin, triste et solitaire. Elle a cherché, elle a attendu, elle a espéré voir un visage en surgir, que ce soit celui d'un génie ou d'un démon, qui lui donnerait une réponse. Mais les génies et les démons sont tous partis, quittant ces montagnes. Personne ne lui a répondu. La nuit, après les vaines tentatives de Bôn pour lui faire l'amour, elle a cherché la réponse en elle-même. Sans résultat. Une fois, après avoir vécu avec lui pendant près d'un quartier de lune, elle n'eut plus la force de supporter ses baisers passionnés et malodorants, elle l'avait repoussé hors du lit et elle avait violemment vomi. Depuis, Bôn n'ose plus l'embrasser sur la bouche. Il se contente de plaquer son visage sur son bas-ventre pour y déverser son amour brûlant, misérable. Miên en éprouve un mélange de pitié et d'horreur. Pourquoi le ciel les a-t-il condamnés tous les deux à cette malédiction ? Le premier jour de leur vie commune, quand Bôn lui avait donné le savon parfumé, jaunâtre, dans son emballage déchiré, Miên avait lu la vérité dans son regard. Ce n'était pas seulement le regard d'un amoureux, c'était aussi le regard suppliant d'un chien à sa maîtresse, le regard d'un homme suspendu au-dessus de l'abîme, qui s'accrochait désespérément à un rocher chancelant, entre la vie et la mort. Elle sait que Bôn l'aime à la folie. D'un amour né d'une impasse. Elle s'est efforcée d'invoquer sa jeunesse comme on invoque l'âme des morts. Le clapotis d'un ruisseau. Des rochers glissants. Les rangées de flamboyants le long des chemins menant à leurs rendez-vous. Les collines d'ananas saturées de parfum. Le premier baiser, non pas sur les lèvres, mais sous l'oreille, dont la trace, comme une meurtrissure, dura près d'une semaine. Mais le ruisseau, de jour en jour, se tarissait. Les flamboyants pourpres se fanaient, leurs fleurs jonchaient le sol, se flétrissaient au pied des arbres. Le vent les malaxait avec les feuilles pourries et la poussière. Les images, les souvenirs de ce premier amour fondaient comme un bloc de glace au soleil du temps. Les âmes mortes flottaient quelques heures et disparaissaient dès que les coqs chantaient.

Miên... Miên... Je t'aime...

La rengaine que Bôn avait répétée des milliers de fois s'usait, se décharnait à mesure qu'il la répétait, comme une chandelle s'épuise à chaque seconde qui passe. Elle lui avait donné de l'argent pour se soigner, se nourrir de mets revigorants, elle lui avait acheté trois costumes d'un coup, une veste en fourrure allemande, le rêve suprême des montagnards. Elle l'avait fait tout en comprenant, au fond d'elle-même, qu'elle payait son pitoyable amour avec de l'argent.

Elle le sait, elle ne peut plus ressusciter cet amour.

Même la pitié se tarissait peu à peu. Nuit après nuit, elle le regardait qui s'échinait à semer dans son corps une graine, comme elle aurait observé quelqu'un grimper aux arbres pour récolter le miel ou un enfant jouer aux billes, parfois avec indifférence, parfois avec pitié, parfois avec répugnance. Dès qu'il avait vidé sa semence, il s'effondrait comme un cadavre. Elle se redressait alors, allait faire bouillir de l'eau pour son bain. Le parfum des herbes de la vierge la rassérénait. Elle espérait que cette décoction l'aiderait à effacer en elle toute trace de l'homme qu'elle avait cessé d'aimer. Il n'aurait pas dû revenir. Quand il n'était qu'une âme morte trônant sur l'autel, elle l'honorait. Tous les ans, à l'anniversaire de sa mort, elle préparait cinq à sept plateaux plantureux pour inviter tous les proches à honorer sa mémoire. Sa photo, du temps où il était lycéen, se dressait derrière l'assiette aux cinq fruits, semblait celle d'un ange digne de respect. On parlait de lui comme d'une âme pure appartenant à une époque lointaine, quand tout le monde avait traversé les dures épreuves de la guerre. Il était un de ces anges qui avaient bravé les orages, les éclairs, les tonnerres, les grêles, les hurlements des tigres, des loups, les volcans, les raz de marée et les funestes épidémies. Il était un prétexte pour se rassembler, pour ranimer un rêve héroïque, pour entrouvrir la porte sur un passé plein de cris et de fureur, pour contempler, savourer sa gloire, en orner la vie fade de tous les jours. En ce temps-là, elle avait pensé à lui comme à une silhouette lointaine, à un rêve paisible où roucoulait un ruisseau mince comme un fil d'argent, où une allée de flamboyants s'épanouissait comme des lèvres fraîches. Tout appartenait au monde des rêves. Comme les décors de paysage dans les théâtres en ville.

Mais il était revenu. Le petit ange de leur rêve était soudain devenu un homme en chair et en os, avec des sourcils rectilignes, des yeux tristes et sombres, des joues noires, creusées par le paludisme chronique, des lèvres livides qui exhalaient l'haleine de l'enfer. Ce revenant incertain était soudain devenu un homme exacerbé par le désir qui, toutes les nuits, s'acharnait sur son ventre, balbutiait sans se lasser la même rengaine d'amour, haletait comme un fossoyeur creusant une tombe. Et chacune de ses tentatives pour faire l'amour s'achevait comme un enterrement manqué.

Pourquoi, pourquoi, pourquoi ?

Nuit après nuit, elle se lavait avec la décoction d'herbe de la vierge, frottait minutieusement chaque parcelle de son corps comme si les baisers à l'odeur de charogne pouvaient imprégner sa peau, en changer la couleur. On ne peut se forcer à aimer. L'amour ne ressemble pas à un fardeau, à un bol de médicaments amers, à un plat avarié. S'il en était ainsi, elle aurait transporté le fardeau une fois pour toutes, elle aurait avalé le médicament ou le plat quitte à endurer des ulcères d'estomac toute sa vie. On aime ou on n'aime pas, elle n'y peut rien. Sa vie commune avec Bôn glisse de jour en jour plus en dehors de la réalité comme une planche que les vagues charrient toujours plus loin du rivage.

La lumière solaire blanchit à travers les barreaux de la fenêtre. Miên se rend soudain compte qu'il est l'heure de dîner. Elle a préparé une marmite de bœuf mijoté au gingembre. Il lui faut encore faire un saut chez une connaissance pour acheter quelques choux. Ceux qu'elle a plantés ont été littéralement déracinés par les enfants de Tà. Miên ferme l'armoire à clé, range le trousseau dans un tiroir. Elle retourne à la cuisine. Le gérant est là, attendant :

« Madame a-t-elle besoin d'autre chose ?

– Non, merci, *oncle*. J'ai mis le trousseau de clés dans le tiroir de la commode.

– Monsieur voulait que Madame le garde.

– Non. Vous êtes là. Je reviendrai quand j'en aurai besoin.

– Avez-vous l'intention d'édifier une plantation pour Monsieur Bôn ? Si vous le voulez, je ferai le nécessaire.

– Je n'ai rien décidé encore. »

Miên se prépare à partir. Juste à cet instant, la sonnette retentit. Monsieur Lù dit :

« Veuillez attendre quelques minutes, Madame. »

Il va ouvrir. Miên s'assied, goûte le thé. Il a refroidi. À l'entrée du portail, résonne la voix de son fils :

« Maman... Maman... »

Elle entend ses pas pressés. Quelques secondes plus tard, il entre dans la cuisine comme un ouragan :

« Maman... Maman... Tu reviens à la maison ?

– Oui. »

Miên prend le petit dans ses bras, le serre contre elle, hume l'odeur familière de ses cheveux, de sa peau. Immédiatement, l'espace s'éclaire de sa lumière d'autrefois, se parfume des fragrances d'autrefois, résonne des sons d'autrefois.

« Maman... Maman... »

L'enfant crie. Il devait attendre cet instant depuis longtemps sans savoir comment le dire. Cette attente enfouie dans son jeune cœur trouve soudain des mots pour s'exprimer :

« Maman, reviens vivre avec moi.

– Oui.

– Maman, ne t'en va plus.

– Oui.

– Maman, serre-moi bien fort. »

Avant qu'elle ne le fasse, le petit s'est jeté sur elle, couvre de baisers son front, son nez, ses joues, ses lèvres. Ce ne sont pas des baisers quotidiens, mais une véritable charge. Puis il saute sur le sol, lui saisit la main :

« Viens, maman, je t'emmène au jardin. »

Tante Huyên et le gérant regardent, ahuris, l'enfant. Hébétée, hypnotisée, Miên le suit. Son fils est sage mais gauche. Né dans un foyer paisible et heureux, choyé, il est plutôt passif. C'est la première fois qu'il prend l'initiative de promener sa mère :

« Maman, quand je serai grand, je piégerai pour toi un merle au bec jaune. Je demanderai à papa de nous acheter un perroquet qui sait parler comme le perroquet de Monsieur Khuong. On le mettra dans une belle cage qu'on pendra juste devant la porte. Le matin je lui donnerai du millet et de l'eau. Le petit Hon de chez Monsieur Khuong m'a expliqué comment on nourrit les perroquets. »

Le petit parle couramment, sans hésiter, sans trébucher sur les mots. Il se tait, regarde Miên dans les yeux :

« Maman, ris... Pourquoi je ne te vois plus rire depuis si longtemps ? »

Ses yeux clairs fixent attentivement les yeux de Miên, sérieux, interrogatifs. Miên comprend soudain que son petit garçon a subitement mûri en quelques mois. Que les réponses détournées et vagues de tante Huyên et de Hoan n'ont pas réussi à le tromper. Qu'il a appris à se taire pendant tout un été et tout un automne. Qu'il a entretenu dans son petit cœur le brûlant désir de la voir revenir, qu'il est devenu un vieillard de cinq ans sous les airs fragiles d'un angelot. Elle sent les larmes monter dans ses yeux mais elle se retient, esquive :

« N'allons pas au jardin... Allons plutôt jouer dans notre chambre. »

Le petit acquiesce immédiatement :

« Allons-y. »

Ils gravissent le perron. Arrivé dans la pièce principale, le garçon prend la main de Miên, la tire vers la chambre :

« Viens, maman. »

Il enlève ses sandales, saute prestement dans le lit, tire Miên qui y tombe. L'enfant et la mère se retrouvent allongés, comme pour s'enlacer.

« Serre-moi bien fort, comme avec papa. »

Miên glisse son bras sous sa nuque et demande :

« Comme ça, ça va ?

— Presque, maman.

— Que veux-tu encore d'autre ?

— Que tu me masses le dos... Pas comme ça... En remontant... Comme le fait papa.

— Maintenant, papa le fait mieux que maman ? »

Un sentiment furtif de jalousie, de tristesse l'assaille. Avant que le petit ne lui réponde, elle insiste :

« Papa te câline bien, n'est-ce pas ?

– Oui. Tous les dimanches, quand il revient, il m'emmène ici. Il s'allonge sur le bord du lit et moi à l'intérieur.

– Et puis ?

– Il me masse le dos, me gratte la tête et dit : dans quelques jours, quand elle aura fini quelques champs de poivriers, maman rentrera. Elle t'embrassera, te chantera des berceuses et fera des gâteaux comme autrefois. »

Au souvenir des friandises familières, le petit se redresse :

« Maman, tu feras des gâteaux salés et aussi des gâteaux sucrés, n'est-ce pas ?

– Oui, les deux. »

Miên se laisse aller au fil de la conversation. Une idée jaillit dans sa tête :

Pourquoi pas ? Pourquoi pas ? Je reviendrai ici, je ferai des gâteaux pour mon fils, je le baignerai dans cette salle de bains, j'irai cueillir des oranges et piéger les merles avec lui dans le jardin...

Cette pensée s'embrase dans son cerveau. À travers la flamme, elle voit les visages de tous les gens du village, la foule infinie des revenants, le Président de la commune et l'avis affiché dans son dos. Une vague de haine l'envahit avec le désir de hurler, de maudire, mais elle se retient à temps. Depuis un été et un automne de malheur, jour après jour, elle vivait enfermée dans une chambre obscure à coudre et à rapiécer des habits qui n'en avaient nul besoin, à regarder le ciel changer lentement de couleur au-dessus d'une cuisine en ruine, à chasser de temps en temps, inutilement, les poules qui grattaient dans le jardin, à cuire deux repas avec des herbes sèches et des feuilles fanées qui dégageaient dans ses yeux une fumée brûlante et âcre. Et, nuit après nuit, comme un matelas de chair, elle subissait les assauts désespérés de Bôn. Elle avait accepté cette vie insensée parce qu'elle avait eu peur et qu'elle s'était soumise à l'âme des morts. Une vie en ce monde ne peut pas se laisser emporter dans le bateau chancelant des ombres sur le fleuve égaré de l'éternité. Serait-elle par nature lâche pour se soumettre si facilement ?

« Maman, maman... »

L'appel pressant de l'enfant ramène la femme à la réalité comme le soleil de juin chasse les ténèbres de l'inconscient. Le désir violent de se révolter, comme une fermentation trop longtemps comprimée, explose en elle, l'ébranle, la galvanise :

« Très bien. Demain, je ferai pour toi des gâteaux sucrés et des gâteaux salés. Je le ferai sans faute. Dès demain. »

Elle prend l'enfant dans ses bras, sort de la chambre.

Le vieux Lù et tante Huyên sont toujours en train de boire du thé. Miên :

« Faites tremper pour moi un kilo de riz gluant. Demain, vous le moudrez. Je vais faire des gâteaux.

– Je m'en souviendrai, Madame. »

Tante Huyên glisse un regard à Miên, mais n'ose pas la questionner. Elle se tourne vers le petit Hanh :

« Qu'as-tu encore réclamé à ta mère ? »

Miên l'interrompt :

« C'est moi qui l'ai voulu. Ce soir, achète pour moi un sachet de cèpes et pile pour moi du poivre. Demain, j'irai chercher un morceau de filet de porc au marché. »

Elle embrasse une dernière fois son enfant :

« Reste ici avec ta grand-tante. Je m'en vais. »

Miên se dirige vers la rue. Le petit Hanh la regarde sans oser lui courir après. Il a appris à se tenir ainsi depuis l'an dernier. Arrivée au portail, Miên revient :

« J'ai failli oublier. Monsieur Lù, faites aussi tremper un demi-kilo de graines de soja vert, pour les gâteaux sucrés. Avec l'excédent, on fera une casserole de *chè*. »

Les yeux de Miên scintillent. Comme si, demain, à l'aube, elle n'allait pas venir pour faire des gâteaux mais pour entrer dans un autre monde.

XIV

« Pleure... Pleure un coup pour vider ta peine... »

Le sergent murmure avec douceur. Comme du temps où il était un jeune homme de Hanoi. Pendant toutes ces années de vie commune, pas une fois il n'a hurlé après ses hommes, pas une fois il ne s'est montré grossier. Il avait un beau sourire, une peau si blanche que les minuscules cicatrices dues à ses boutons d'adolescent apparaissaient très visiblement. Il préparait le riz gluant et les plats mieux qu'une femme...

Bôn sent les larmes mouiller ses joues, couler vers les racines de ses cheveux, fraîches comme des vers chatouillant sa peau. Un sentiment de bien-être l'envahit :

« Sergent, je vais encore pleurer.

— Oui, vas-y. Encore un peu. Cela n'a pas d'importance.

— Tu ne me gronderas pas ?

— Non... Je connais beaucoup d'hommes qui aiment pleurer comme les femmes.

— Et toi, as-tu jamais pleuré ?

— Non.

— Balivernes ! Tu as oublié le jour où le paludisme allait m'emporter. Je dansais déjà au bord de la tombe. Quand je suis revenu à la vie, l'infirmier m'a dit que tu avais pleuré comme une fontaine.

– Ne dis pas de sottises. »

Le sergent se détourne, honteux.

Heureux, Bôn a envie d'éclater de rire bien que ses larmes n'aient pas séché. Les larmes ont emporté sa tristesse. Il les essuie avec la manche de sa chemise, se redresse. Les champs de fleurs, les ailes de papillons, les ailes de libellules, tanguent sous la lumière. Une coccinelle grimpe jusqu'au sommet d'un brin d'herbe, se pose sur son genou.

« Regarde, sergent, comme elle est belle, cette coccinelle.

– Oui, elle est magnifique.

– Quand tu étais petit, aimais-tu chasser les grillons sous la terre ?

– Non, en ville il est difficile de trouver des endroits où les déterrer. Je pouvais seulement chasser les cigales à la glu. Petit, j'étais très remuant. À la rentrée des classes, j'étais tout noir d'avoir gambadé au soleil tout l'été.

– Chez moi, il y a beaucoup de variétés de cigales et de grillons. Mais je n'avais jamais le temps pour m'amuser avec eux.

– Eh oui, à chacun son sort. Mais pourquoi ne t'étends-tu pas pour te reposer ? Couche-toi, je reste assis, ne t'en préoccupe pas. Cela fait des années et des années que je reste couché à pourrir jour après jour.

– Comment peux-tu pourrir si vite ? C'était un coin aride.

– La terre a beau être aride, avec le temps, les os finissent toujours par pourrir. Tu verras. »

Il tape doucement sur l'épaule de Bôn :

« Couche-toi.

– Avec ta permission, sergent. »

Bôn s'allonge de nouveau sur l'herbe. Ses vertèbres se détendent. La terre sous son dos est molle, tiède, très agréable. La coccinelle reste perchée sur son genou. Les fleurs vertes dansent sous ses yeux. La beauté. Son cœur retrouve peu à peu un rythme paisible. La douleur est partie.

« Je te manque, sergent ?

– Oui, sinon reviendrais-je jusqu'ici ?

– Te rappelles-tu les jours où nous étions dans la jungle de *khop*[1] ?

– Oui.

– Te rappelles-tu les effroyables oiseaux qui nous suivaient ?

– Lesquels ? Je ne m'en souviens plus.

– Ces vautours diaboliques. Ils étaient quatre, des mâles et des femelles, ils te suivaient à la trace plusieurs jours durant. Les salauds, je m'en souviens très bien... Jamais je ne les oublierai. »

Bôn voit soudain le ciel s'élever, s'élever sans fin. Les images se diluent devant ses yeux. Plus de papillons dansants, plus de libellules voletantes, plus de nuages blancs à la dérive, plus de bleu dense dans la lumière de l'automne. Un immense espace de cendre, sans le moindre souffle de vent. Cet espace vide commence à tourner lentement comme une invisible et gigantesque girouette que mettrait en branle le vent de l'univers sans fond. Bôn regarde attentivement la lente rotation de la girouette évanescente dans le ciel sans s'apercevoir qu'elle l'aspire vers son centre. Quand il en prend conscience, il se sent déjà collé à la girouette diabolique comme une poussière de limaille à un aimant. Impossible de s'en détacher.

« Sergent, au secours, sergent ! »

Bôn hurla en silence, incapable d'ouvrir la bouche.

---

1. Variété de badamier.

Sa langue restait collée à son palais. Sa gorge se bouchait. La fumée des bombes et la poussière envahissaient ses poumons, obstruaient ses voies respiratoires. Il comprit qu'il mourrait s'il n'arrivait pas à cracher la poussière mêlée de salive qui obturait sa gorge. Rassemblant ses forces, il cracha cinq à six fois de suite, à en voir des étincelles, avant de pouvoir expulser la boule de poussière. Étourdi, livide, il vit des lucioles noires et jaunes virevolter en l'air. Il ferma précipitamment les yeux, les couvrit de ses mains.

Quand il reprit ses esprits, quand il arriva à retirer ses mains, l'immense tourbillon de cendre avait disparu. Devant ses yeux, sous le ciel mauve, un soleil sanglant, immobile et silencieux scintillait au-dessus de la colline 327 réduite en bouillie.

« Sergent ! Oh, sergent ! »

Répondant à ses cris, trois grenades explosèrent une à une. Une colonne de poussière fusa de l'autre côté de la colline. La terre soulevée, déchiquetée, était molle comme de la farine. Le moindre bruit la soulevait dans l'air. Après l'explosion des grenades, les cris de Bôn se brisèrent :

« Ser... gent, ser... gent... »

Plus de grenades en réponse. Seulement des échos traversant la colline jonchée de cadavres, de débris, d'où s'élevait une mer de flammes et de fumée. Les volutes de fumée s'entortillaient, s'élançaient vers le ciel. Le soleil prit une teinte entre le sang coagulé et le safran des robes de bonzes. Comme si les volutes de fumée torses étaient des prières lentes, la douloureuse respiration de la terre implorant l'oraison qui pardonne, le son des crécelles provenant de quelque lointaine pagode. Bôn dressa l'oreille, espérant entendre les gémissements ou les appels, même affaiblis, du sergent. Au village, on l'appelait Bôn parce qu'il avait l'ouïe fine des chauves-souris. Mais dans l'espace silencieux ne résonnait que le tic-tac de sa montre. La montre que Lôi la Vinaigrette lui avait donnée avant de mourir. Lôi était dans son unité, il venait de la province de Ninh Binh. Il imitait à la perfection la voix des femmes quand il chantait. Il parlait aussi avec le ton aigu des femmes. Comme une femme enceinte, il raffolait des mets acidulés. Aussi l'appelait-on Lôi la Vinaigrette. Il est mort de dysenterie chronique. Les médicaments que distribuaient les services médicaux de l'armée échouaient à le guérir.

Six mois durant, il avait passé tous les jours des heures aux toilettes, en revenant livide comme une accouchée après une hémorragie.

Tiens, Bôn, prends-la, cela ne sert à rien dans l'autre monde.

L'archaïque montre suisse de Lôi la Vinaigrette était toujours là, en état de marche, après avoir été enterrée par d'innombrables bombardements. Bôn se baissa sur la montre, la contempla et murmura :

« Lôi, de l'au-delà où tu es, montre-moi le chemin pour retrouver le sergent. Il a été bon pour nous tous sans exception. »

L'aiguille des secondes parcourut quarante, cinquante, soixante, quatre-vingt-dix pas. Bientôt deux minutes, et pas le moindre bruit. Le soleil se gonflait de plus en plus, écarlate, s'enfonçait de l'autre côté de la colline. Il n'en restait qu'un demi-cercle surmonté d'une traînée de nuages violets. Une autre grenade explosa soudain, projeta en l'air des morceaux de tissu et quelque chose qui ressemblait à un bras. Puis tout retomba dans le silence. La forêt, derrière Bôn, commençait à s'assombrir. Dans un petit instant, elle s'engloutirait dans la nuit. Bôn sentit le désespoir l'envahir. S'il n'arrivait pas à trouver vite le sergent, dans une quinzaine de minutes ou une demi-heure, les avions américains reviendraient pour asperger d'essence les cadavres et les incinérer. Alors, il ne resterait plus aucune trace des hommes ayant vécu ici.

« Sergent, oh, sergent ! »

Bôn hurlait. Il entendait ses hurlements. Les volutes de fumée tremblèrent en cadence. Quelques oiseaux terrifiés surgissaient de la forêt.

« Sergent, où es-tu ? M'entends-tu ? Sergent ! »

Il criait comme un fou, ses hurlements se répercutaient à travers le ciel. Les oiseaux noirs se dispersaient, affolés, dans les lueurs mourantes du crépuscule. Du soleil il ne restait qu'un arc mince comme le bord d'un ongle. De tous les côtés, la brume s'élevait, recouvrait les cadavres, s'amalgamait à la fumée.

« Sergent ! »

Une dernière fois. Un dernier cri. Noyé de larmes. Un adieu plutôt qu'un appel. Bôn avala sa salive pâteuse, ses larmes salées, renoua sa ceinture, palpa sa gourde où restaient quelques gorgées d'eau. Il jeta un dernier coup d'œil vers le poste de garde avant de s'enfoncer dans la forêt. Juste à cet instant, il entendit la voix du sergent :

« Je... Je suis... Je suis là... »

La voix était nette, mais très affaiblie, comme un filet sonore filtrant à travers une masse noire de cadavres, de poutres brisées, de béton pulvérisé. Bôn se retourna, tira un à un les cadavres, ne faisant aucune différence entre ceux qui étaient froids et ceux qui étaient encore tièdes. Horrifié, il fouilla, poussa de côté les poutres brisées, les briques, les éclats de béton. Les bombes avaient tout labouré, broyé, malaxé, les hommes et les choses, entre les murs de béton disloqués. Le sergent n'était pas le dernier, il y avait deux cadavres sous son corps. C'était un miracle qu'il eût survécu sous le poids de tant de cadavres et de poutres. Bôn réussit à extraire le sergent des décombres, il l'emporta aussitôt sur son dos, se précipita vers la forêt noyée dans la nuit. Les bras du sergent, qui enlaçaient son cou, devenaient de plus en plus mous. Le bidon cognait douloureusement sur son coccyx, mais Bôn n'osait pas s'arrêter pour le remettre à sa place. Instinctivement, il sentait que les avions allaient arriver et tout transformer en une mer de flammes. Le sergent était beaucoup plus grand, beaucoup plus lourd que Bôn mais, en cet instant, celui-ci n'en était pas conscient, il courait à toute vitesse vers le pont devant ses yeux. De ce côté, la mort, et de l'autre, la vie. Finalement, il réussit à s'échapper. Comme il atteignait l'orée de la forêt, les avions surgirent, déchirant le ciel de leurs hurlements stridents. Les feux sous leurs ailes, sous leur queue, clignotaient sans arrêt comme des yeux écarlates. Ils se mirent en cercle. Le cercle se rétrécissait lentement. Les conteneurs de combustible tombaient régulièrement sur toute la surface de la colline. Quelques minutes plus tard, les avions remontèrent vers le ciel. Une traînée de bombes. Immédiatement, la colline 327 se transforma en mer de feu. Les flammes s'élançaient, saccadées, vers le ciel, éclairaient nettement les morceaux de vêtements déchirés, arrachés de la terre par le vent, qui voltigeaient en brûlant, et quelques arbres solitaires en train de bouillir de toute leur sève.

Bôn essuya la sueur sur son visage, sa nuque. Il sentit sur son épaule la tête lourde du sergent. Le sergent aussi regardait les flammes. Son regard paisible, rêveur, se ternissait lentement, partait à la dérive vers d'autres cieux. Il murmura :

« Le feu... Il brûle... Puis... Tout deviendra de la cendre... »

Bôn demanda :

« Où es-tu blessé, sergent ? Je vais voir... »

Le sergent secoua la tête :

« Non... C'est inutile...

– Il me reste un bandage individuel... Laisse-moi faire... »

Le sergent secoua encore la tête. Il semblait sourire, d'un sourire contraint, difficile, de ses lèvres livides :

« Ne perds pas ta peine... Je n'en réchapperai pas... L'artère a été tranchée. »

Bôn hurla :

« L'artère ? Pourquoi n'as-tu pas demandé à l'infirmière de faire un garrot ! »

Le sergent ne répondit pas. Il ferma les yeux. Bôn se rendit compte qu'il venait de proférer une bêtise. Où trouver une infirmière en cet instant ? Il y en avait cinq en tout. Trois étaient mortes dès le début des combats. Les deux qui restaient ramenaient les blessés à l'arrière. Avaient-ils échappé aux bombes ou étaient-ils tous écrasés, eux aussi ? Mais Bôn ne pouvait se résigner à l'impuissance. Il chercha à tâtons la blessure sur le corps du sergent. Tant qu'il reste de la vie, il reste de l'espoir, si ténu soit-il. Il fallait tenter. Un éclat de bombe avait en partie sectionné la cuisse gauche du sergent. Le sang s'était coagulé sur le tissu du pantalon, l'avait durci comme une écorce de noix de coco. Bôn cria :

« Sergent, j'ouvre la jambe du pantalon au poignard... »

Le sergent secoua la tête :

« Non.

– J'ai perdu mon poignard... Je vais prendre le tien. »

Bôn palpa la ceinture du sergent. Le sergent leva la main pour arrêter Bôn, mais sa main retomba aussitôt, inerte. Il cligna des cils plusieurs fois, ouvrit lentement les yeux :

« Je vois le ciel rouge, rouge comme des fleurs de flamboyants, comme des roses. Qu'il est beau ! »

Il articulait chaque mot péniblement, comme si sa langue se rétrécissait, se durcissait lentement. Mais la voix était claire. Une lueur trembla sur son visage, comme une algue verte, invisible dans la lumière que projetaient les flammes de la colline 327. Il sourit :

« C'est ainsi... que finit une vie d'homme... c'est tout aussi bien... dans le fond... »

Un éclair traversa ses yeux, comme pour accueillir une dernière fois le brasier éclatant, barbare, qui avait pour nom 327, un brasier terrifiant qui avait calciné tant d'hommes, tant de vies, des deux côtés de la ligne de front. Personne ne saurait combien d'ossements réduits en cendre s'étaient envolés avec la poussière, emportés par le vent. Dans cette nuée de cendres, combien y avait-il d'hommes qui avaient eu la chance de connaître l'odeur et la saveur de l'amour et combien de jeunes hommes, naïfs et ignorants comme lui, qui n'avaient jamais connu la chair d'une femme, même s'ils avaient lu des centaines de romans, regardé des centaines de films, expliqué et fanfaronné sur l'amour auprès des paysans soldats, comme de véritables Don Juan ?

La vie est un jeu... Mais un jeu imposé...

Un éclair fusa dans ses yeux. Les idées dérivaient comme des nuages, s'effilochaient. Il ne restait plus qu'un ciel flamboyant de fleurs écarlates. Au loin, des étendues d'azur, débordantes de lumière. Les nuées bleues l'aspiraient. La lumière ne recouvrait plus la terre, elle se condensait en courants étincelants qui, comme des trompes, l'aspiraient. Son esprit s'élevait, léger, s'envolait comme des ailes d'abeilles, de papillons. À la manière du pollen, il s'éparpillait, se diluait, de plus en plus irréel. Et les flots de lumière s'élevaient, légers, fragiles. À mesure qu'ils s'élevaient, ils se rassemblaient en volutes de fumée, en nuages étincelants, ils se condensaient en une forme humaine, un homme jeune, étranger, qui lui ressemblait sans lui ressembler, comme l'effigie d'un enfant dieu.

Quand son âme atteignit le bleu lointain du ciel, son corps resté dans les bras de Bôn changea de couleur. Son visage n'était plus clair comme du marbre sculpté. Il virait au gris. Ses cils se figèrent, immobiles, raides. Ses bras se détendirent.

« Sergent ! »

Bôn hurla d'une voix cassée. Le visage gris-vert du sergent était celui d'un homme frappé par un vent mortel, terrassé, immobile.

« Sergent ! » hurla de nouveau Bôn en secouant violemment les épaules de l'homme.

« Sergent ! Ne m'abandonne pas ! »

Les bras ballants du sergent s'agitaient violemment sous les secousses affolées de Bôn. Son visage était totalement éteint, lointain. Il n'y avait plus de sergent. Il était parti. Pour toujours. Dans un ciel épanoui de roses et de fleurs de flamboyants.

« Sergent... »

Ce n'était plus un appel, mais un soupir. Les larmes débordèrent en silence des yeux de Bôn. Si seulement il avait su se lamenter, pleurer, soupirer à haute voix, chanter pour accompagner les morts comme les gens âgés savaient le faire, il aurait sans doute moins souffert. Mais il ne le savait pas, ne le pouvait pas. La douleur tournait en rond dans son cœur.

Sergent, te rappelles-tu le jour où nous nous sommes rencontrés ? J'avais dix-sept ans, mais j'étais déjà marié. Toi, tu en avais vingt-trois et pourtant tu étais toujours puceau. Les soldats de dix-huit ou dix-neuf ans étaient tous mariés. Nous autres paysans, nous nous marions tôt pour assurer notre descendance avant d'aller sur les champs de batailles. Vous, les citadins, vous êtes trop naïfs... Dès la première nuit, après les festivités, nous t'avions poussé dans le lit d'une femme pour voir de quoi était capable le sexe d'un puceau des villes... Deux jours après, de retour des exercices, tu nous avais offert un festin de riz gluant et de chè *à volonté.*

Bôn essuya ses larmes, traîna le mort au pied d'un arbre proche. Il s'adossa contre le tronc pour éviter la fatigue. La gourde cogna d'un coup sec contre son coccyx, le figea de douleur. Il détacha le bras du sergent, remit la gourde à sa place. Le bras du sergent avait perdu sa chaleur.

Quand on quitte la vie, ce sont les membres qui refroidissent d'abord. Après viennent le ventre, la poitrine et la tête. Chez les hommes aimants, le cœur refroidit en dernier... Chez les hommes intelligents, la tête conserve les dernières chaleurs... C'est ce qu'on dit. Sergent, tu es l'être le plus aimant que j'aie rencontré sur terre. Ton cœur doit rester tiède plus longtemps que tout...

Bôn glissa une main sur le sein gauche du sergent. Il sentit un flot de chaleur se propager dans sa main. Les larmes débordèrent de nouveau sur ses joues encore mouillées.

Les flammes sur la colline 327 s'éteignaient doucement. Ce n'était plus une mer de feu de trois mètres de haut, mais une immense étendue où scintillaient des brasiers tantôt hauts, tantôt bas. Entre les petits foyers semblables à des monticules de feu, des tapis de braises recouverts de cendre grise. De temps en temps, le vent les soulevait en gerbes d'étincelles qui rappelaient les feux d'artifice, la nuit, à la veille d'un Nouvel An en temps de paix et de prospérité. Bôn se pencha sur le visage du sergent. Mais la lumière projetée par la colline n'arrivait plus à l'éclairer. Dans un bref instant, quand l'incendie de la colline 327 se serait éteint, tout sombrerait dans le noir. Il n'y aurait plus personne à son côté mis à part le cadavre qu'il serrait dans ses bras. C'était la première fois qu'il se retrouverait seul, sans compagnon.

Depuis son incorporation jusqu'à cette funeste bataille, il avait toujours vécu entouré d'amis, il n'avait jamais été seul. Désormais, il allait connaître le goût de la solitude. Il regarda autour de lui, trouva le ciel plus vaste, plus mystérieux que jamais dans toutes les nuits passées, plus désolé que toutes les scènes de carnage auxquelles il avait participé. Il eut peur. Il ne savait pas de quoi. Des espions, des tigres, des loups ou des fantômes ? Peut-être de tout. Il avait encore un fusil et des cartouches. Il avait perdu son poignard, mais il avait maintenant celui du sergent, bien plus neuf, plus effilé, plus tranchant. Il pouvait résister aux commandos s'il était sur ses gardes, s'il s'astreignait à se cacher dans la nuit et les buissons. Quant aux bêtes sauvages, après une bataille si féroce, il était certain que les sangliers, les ours, les vieux tigres eux-mêmes avaient fui au-delà de plusieurs forêts et n'oublieraient leur terreur qu'après plusieurs lunes. Les fantômes ? Oui... Il avait sans doute peur des fantômes. C'étaient des images horribles, épouvantables, incrustées dans sa mémoire depuis sa plus tendre jeunesse, même si depuis, à l'âge de raison, après avoir allumé des bâtonnets d'encens en l'honneur de ses parents, il avait compris que l'autre monde n'était que la demeure des âmes de brume et de fumée, qu'un jour il retrouverait son père et sa mère dans ces ténèbres. Quoi qu'il en fût, il lui était difficile de gommer la peur. Le monde des morts est un lieu lointain qui menace tous les vivants. Là, la lumière ne vient pas du soleil mais des crânes phosphorescents que de petits démons poilus et sales promènent en procession au bout d'une pique faite d'un fémur. Dans cette lumière effrayante, toutes les peaux sont livides, exsangues, tous les yeux sont sans prunelles, toutes les lèvres ont la couleur du sang séché. Le monde des ténèbres est le rendez-vous de toutes les injustices de ce monde, le monde de ceux qui ont été trahis, trompés, martyrisés, de ceux qui n'ont jamais goûté au jeune vin de la nouvelle récolte, de ceux qui se sont soumis à une pénible ascèse leur vie durant et n'ont pas atteint leur but. Le monde des garçons et des filles morts jeunes. Ces âmes inassouvies, ces puceaux et ces pucelles aiment torturer tous ceux qui ont eu la chance de savourer l'alcool de la vie... Oui... Il avait peur. Cette peur vivait en lui, inextinguible. Parfois, la présence de ses compagnons la masquait, l'enfonçait dans l'oubli. C'était toujours la jungle, mais elle était tellement familière, les nuits où ils dormaient à la queue leu leu dans leurs hamacs en rangées serrées. Il suffisait de tendre la main pour toucher son voisin, de tendre le cou hors du hamac pour pouvoir allumer une cigarette. Ces centaines de hamacs assemblés créaient une atmosphère de chaleureuse sécurité. La jungle devenait une couronne de feuillage qui protégeait de la brume, des yeux démoniaques greffés sur les avions de l'ennemi. Une sorte de maison commune accueillante, affectueuse. Maintenant, la nuit lui semblait étrange, sinistre. Des milliers de regards l'épiaient. Des visages inconnus, verdâtres, poilus, gluants, des bras et des jambes détachés de leurs corps gesticulaient comme les tentacules d'une pieuvre. Des serpents se balançaient dans les branches, claquaient de la langue avec un bruit sec, sonore comme celui des lézards happant leurs proies. Dans les froissements qui agitaient les cimes des arbres, Bôn voyait les fantômes se mouvoir. Des ombres glacées, féroces qui le jaugeaient pour déterminer les châtiments qu'il mériterait de subir. Ils lui arracheraient la langue, le suspendraient aux arbres par les pieds, lui infligeant une mort lente, le corps dévoré petit à petit par les oiseaux de proie, réduit finalement à une touffe de cheveux se balançant au milieu des branches et des feuilles. Imaginant ces scènes, Bôn se pétrifia. Une idée jaillit soudain dans sa tête :

Si tout le monde en mourant se transforme en fantôme, je tiens dans mes bras le fantôme qui m'est le plus cher en ce monde, l'homme qui m'a protégé, qui m'a appris à enfiler des bottes, à me curer les dents, à plier ma couverture et ma moustiquaire, à ranger mon ballot, à cuisiner, l'homme qui a endossé ma faute aux yeux du lieutenant, qui m'a pardonné d'avoir égaré une missive, qui a partagé avec moi la moitié de sa dernière ration de provisions séchées. Cet homme, dans l'autre monde, me protégera, je n'ai rien à craindre.

Bôn serra violemment le sergent dans ses bras. Il lui semblait qu'il le protégeait comme un bouclier, comme une muraille contre des agresseurs invisibles mais terrifiants. Bôn aspira profondément plusieurs bouffées d'air et hurla :

Arrière ! Arrière ! Écoutez-moi ! Le sergent tire tout aussi bien des deux mains. Il peut lancer son poignard sur des cibles à plus de trente mètres. Attention à vous...

La forêt frémit. Bôn entendit sa propre voix résonner, triomphante et claire, contre les cimes des arbres, faisant clignoter des étincelles phosphorescentes. Il regarda la forêt alentour, vit les visages livides se dissoudre lentement comme la fumée au-dessus d'un récipient au cours d'une réaction chimique. Les jambes, les bras qui se balançaient dans les branches comme accrochés là par des bourreaux fous qui les auraient ramassés dans les bacs des salles d'opération, tombèrent, se dispersèrent en poussière, ne laissant plus aucune trace. Les yeux haineux qui le fixaient de partout du fond de leurs orbites énormes, sans sourcils ni cils, disparurent comme par enchantement. La forêt lui sembla paisible et sûre comme dans les nuits passées où il dormait dans son hamac sous un toit de feuillage à l'abri relatif du froid.

Ils se sont tous enfuis, sergent. Ils ont peur de toi. Je peux dormir tranquille maintenant.

Il frappa sur le bras glacé du mort. Il accrocha le poignard du sergent à son ceinturon, coinça son fusil sous sa fesse, prêt à résister aux éclaireurs ennemis, et s'endormit aussitôt.

Le lendemain matin, le soleil filtrant à travers le feuillage réveilla Bôn. Il était allongé sur un tapis de feuilles, le fusil sous la fesse, le cadavre du sergent sur la poitrine, dans la position d'un homme en train de faire l'amour. Bôn glissa la main sous la chemise du mort, cherchant sa poitrine. Il comprit soudain qu'il n'y trouverait plus de chaleur et retira la main. Le cadavre était raide, glacé. Les vêtements imprégnés de rosée exhalaient l'odeur âcre de fumée et celle, nauséeuse, du sang séché. Bôn retourna le cadavre, vit nettement chaque grain de beauté, chaque petite cicatrice, les minuscules rides sur son visage livide. Il y avait quelque chose d'étrange sur ce visage familier. Pas seulement parce que la couleur de la peau avait changé, mais aussi à cause d'un air d'absence, d'éloignement. Bôn palpa les petits grains de beauté sur les pommettes du sergent, caressa les petites rides au coin de ses yeux. Des gestes qu'il ne pouvait pas faire quand le sergent vivait parce qu'ils auraient choqué comme les avances d'un homosexuel ou les flagorneries d'un soldat envers ses supérieurs. Le sergent était mort. Bôn était seul dans la forêt. Il n'y avait plus personne pour l'épier, se moquer de lui.

Sergent, personne n'a été aussi bon pour moi que toi... Mais tu es parti dans l'autre monde. Je ne pourrai pas te porter sur mon dos pour aller à la recherche de notre unité. Tout à l'heure, je devrai t'enterrer dans un coin de cette jungle. Pardonne-moi.

Bôn caressa encore les pommettes, les tempes, le menton du mort.

Si le ciel me laisse en vie, quand la paix reviendra, j'irai à Hanoi voir ta ville natale, je remettrai ton journal à ta tante, je poserai ta photo sur l'autel. J'irai dans les endroits où tu te baladais dans ton enfance, le Temple de la Littérature, le Lac de l'Ouest, le Fleuve Rouge. Je nagerai vers les îlots pour cueillir des épis de maïs, pour les griller.

Bôn vit les lèvres livides du mort frémir doucement comme pour retenir un sourire :

« Pourquoi cet air tragique ? Tout le monde finit par mourir un jour. Nous sommes des hommes en temps de guerre, nous devons accepter de partir plus vite que les gens qui mènent une vie normale. Personne ne choisit l'époque de sa naissance, personne ne choisit le lieu où il se réincarne. Acceptons gaiement la terre où le hasard nous a fait naître. Ne pleure pas. Je n'aime pas voir des hommes pleurer, surtout quand ce sont des soldats. »

Bôn entendit nettement le rire du sergent. Il riait toujours très doucement, presque sans bruit, d'un air doux, comique. Cette douceur déchirait maintenant le cœur de Bôn. Il serra les dents pour retenir ses larmes, caressa les cils raidis du sergent, le déposa à terre, ouvrit son ballot. Il y trouva le journal et l'uniforme automne-hiver du sergent. Avant de partir à l'assaut de la colline 327, le sergent avait soudain appelé Bôn :

« Tu es l'homme le plus méticuleux du peloton. Garde pour moi ce journal et cet uniforme. Je suis sûr que tu ne les égareras pas. »

Avait-il eu une intuition ? Les génies l'auraient-ils informé ? Bôn frissonna en se rappelant le regard du sergent en cet instant. Un regard rêveur, vide, qui n'avait plus rien d'humain. Une lueur qui semblait provenir d'une âme légère flottant dans l'infini.

Oui, il a quitté ce lieu dès ce moment, il s'est envolé dans l'infini, quelque part où il n'y a ni terre, ni pierre, ni jungle, ni fusils, ni tranchées, ni ordre de monter à l'assaut, ni plan d'attaque, ni solution de rechange, ni sueur, ni urine, ni sang...

Bôn mit de côté l'uniforme neuf et le journal du sergent, puis ses propres vêtements, tira la pièce de nylon qui servait de toit au hamac. Il étala le tissu sur la terre. Il allongea le mort dessus, fouilla toutes ses poches, trouva un stylo, un mouchoir sali, un paquet de cigarettes entamé. Il mit le tout dans son ballot, le ferma, le boucla solidement. Il tira sur les bras et les jambes du sergent pour les redresser, enroula le corps dans trois épaisseurs de nylon, fier de l'avoir conservé jusqu'à l'instant où il en avait besoin alors que le sergent et la plupart de ses compagnons avaient perdu les leurs ou les avaient échangés contre des patates quand ils traversaient les villages des Vân Kiêu. Ayant minutieusement enveloppé le corps, Bôn tira de la poche arrière de son pantalon un rouleau de fil de parachute, ligota le paquet au niveau de la tête, du ventre et des jambes. Il balaya les feuilles pourries avec son poignard et se mit à creuser la terre. Elle n'était pas très dure. La lame était tranchante. Moins d'une heure après, il avait creusé la tombe. Le soleil commençait à rôtir la forêt. Il n'y avait pas de vent. Des flots de chaleur torride se glissaient dans son dos. La sueur gluante le chatouillait comme des piqûres de fourmis.

Il faut que je l'enterre vite. Les cadavres pourrissent facilement au soleil.

Il déposa le cadavre dans le fossé, se dressa, figé, dans le recueillement.

Il n'y a pas de musique pour t'accompagner, pas de fleurs pour te rendre hommage. Je devrais vider ma cartouchière, mais je crains d'attirer des commandos ennemis. Pardonne-moi.

Bôn se mit à genoux, remplit la tombe avec la terre. Quelques dizaines de minutes plus tard, le tertre prenait forme, plus haut que le sol d'une largeur de la main. Les feuilles mortes continuaient de tomber, répandant sur la terre le rouge de la mort, le jaune du pourrissement. C'était une jungle de *khop*. Les feuilles avaient la taille d'une main. Quand elles se fanaient, elles se teintaient de couleurs menaçantes, tragiques. Bôn regardait, pétrifié, les feuilles tomber.

Sergent, les feuilles tombent sans arrêt... Un jour, la pluie viendra... Un jour les vieux arbres s'abattront... La forêt changera de visage et plus personne ne retrouvera trace de toi.

Bôn tira son poignard, l'enfonça dans les troncs d'arbres alentour. Il marqua sur chacun un grand X.

Il coupait rageusement, l'esprit plongé dans une mer de fumée, sachant bien qu'il ne reviendrait plus jamais en cet endroit. Quand tous les troncs d'arbres autour de la tombe furent marqués d'un X, il prit son ballot, s'en alla tristement, craignant de se retourner, d'entendre un appel du fond de la tombe qui lui ôterait le courage de partir.

Il marcha deux heures de suite. La soif martyrisait sa langue, la collait à son palais. Il ne restait plus que quelques gorgées d'eau dans le bidon et Bôn ne savait pas quand il rencontrerait un filet d'eau ou une source. Il mit la main sur le bidon, la retira, lécha la sueur condensée sur ses lèvres, continua de marcher. Une heure plus tard, sa gorge commença à enfler. Bôn se résigna à s'asseoir au pied d'un arbre, à boire quelques petites gorgées d'eau. Goutte à goutte, l'eau imprégna sa langue, coula dans sa gorge, rafraîchissant sa chair enflammée. Mais à peine sa gorge avait-elle cessé de souffrir que son estomac se réveilla dans toute sa fureur. Il avait été oublié depuis deux jours. Il commença par des lamentations plaintives qui, peu à peu, se changèrent en une colère de plus en plus virulente. Bôn serra violemment son ceinturon. Son estomac bouillonnait, il ne se plaignait plus, il maudissait, il griffait Bôn en se griffant lui-même. Les deux jours et les deux nuits passés, il avait totalement perdu la sensation de la faim. Maintenant, tous ses sens convergeaient vers son estomac. Il l'entendait rugir, il voyait le suc gastrique raboter ses entrailles, irradier de douleur sa chair. Bôn serra d'un nouveau cran son ceinturon, appuya la tête contre le tronc d'arbre, ferma les yeux. Il chercha un parfum dans sa mémoire : l'odeur du riz grillé, celui d'une portion de ravitaillement sec, la senteur d'une patate cuisant sur des braises, le fumet d'une grillade de chevreuil. Oh, cette appétissante odeur de gibier ! Il n'en avait goûté qu'une seule fois pendant toutes ces années à l'armée, il s'en souvenait parfaitement encore. Durant toutes ces années, son unité avait traversé d'innombrables forêts encore vierges. Les bêtes avaient fui devant les bombardements qui labouraient la terre. La jungle d'antan, fourmillante de cerfs, de daims, de tigres, d'ours, de renards et d'oiseaux, avait disparu. Il ne restait que des forêts éparses, déchiquetées par les bombes, défoliées par la dioxine. Les ruisseaux avaient perdu leur apparence riante. Les soldats avaient arraché toutes les herbes comestibles sur leurs rives. Pour tout aliment frais, il n'y avait la plupart du temps que du singe accommodé avec une bouillie de riz, une salade de fleurs de bananier qu'on salait parfois avec la sauce de crevettes en poudre venue des plaines. Exceptionnellement, on entrevoyait l'ombre d'un cerf ou d'un daim. Dans ces paysages dévastés, seuls les tigres maléfiques osaient rester pour chasser. Ce n'étaient plus les animaux de la jungle qu'ils traquaient mais les jeunes soldats imprudents ou les agents de liaison qui prenaient la route aux heures funestes.

Un seul morceau de chevreuil, si seulement il en tombait un du ciel ! Ne serait-ce qu'un morceau de la taille d'une main ou grand comme deux boîtes d'allumettes...

La salive envahissait sa bouche. Son estomac gargouillait comme traversé par un ruisseau. Bôn ferma violemment les yeux, avala sa salive. Les pensées n'en revenaient que plus vite.

Au village j'ai souvent trouvé des nids d'abeilles sauvages. Pourquoi n'ai-je jamais eu cette chance pendant la guerre ? Les abeilles auraient-elles peur des bombes comme les autres bêtes, ou n'ai-je jamais eu le temps de les chercher ? C'est sans doute cela. Même sous les bombes, les fleurs continuent de fleurir, les papillons de voltiger au-dessus des rochers. Alors, les abeilles doivent continuer à bâtir leurs nids et à fabriquer le miel. Tentons notre chance. Pour le moment, je dois faire un somme pour récupérer mes forces. Après, je chercherai un nid d'abeilles.

Bôn plongea la main dans la poche de son pantalon pour vérifier que son briquet y était toujours. Il y était. Le ciel était avec lui. Après son sommeil, il prendrait dans son ballot le plus vieux de ses maillots pour enfumer un nid d'abeilles. Il le brûlerait de manière à chasser toutes les abeilles. Il grimperait alors rapidement sur l'arbre pour se saisir du nid avant qu'elles reviennent ou qu'un ours l'attaque. Il voyait nettement comment il affronterait la bête avide si elle guettait le moment propice pour se saisir de son butin. Il tirerait vite entre les deux yeux de la bête ou en plein front. Après, ce serait peut-être une grillade d'ours... Affamé comme il l'était, la viande d'ours serait tout aussi savoureuse que la viande de chevreuil.

L'espoir apaisa un peu sa faim, il se sentit plus sûr de lui. Avant de sombrer dans le sommeil, il projeta encore :

Combien de kilomètres ai-je parcouru ? Onze ou douze. Non, peut-être seulement dix. En marchant vers l'est, si j'ai la chance de traverser une jungle étroite, il faudra marcher encore soixante à soixante-dix kilomètres avant d'atteindre une région de verdure parsemée. Ah, une région de verdure parsemée... Qui m'a appris cette expression ? Le sergent. Il avait lu ça dans un poème.

Bôn crut percevoir l'écho vague d'un vers qu'il avait jadis entendu. Il glissa du tronc d'arbre sur les feuilles mortes, perdit conscience. Le sommeil l'entraîna dans un tunnel sans lumière, un espace noir, infini, sans bords ni fond. Il lui semblait tomber dans un puits maléfique. La chute interminable semblait ne devoir jamais se terminer dans l'eau. Une branche morte tomba, cogna douloureusement son épaule, le réveilla. La douleur l'extirpa du puits sans fond, du tunnel infini, il retrouva la jungle de *khop*. Alentour, des feuilles exhalaient des flots de chaleur. Bôn se massa l'épaule, leva les yeux vers la cime des arbres teintée par les lumières du crépuscule, comprit que son projet de chercher un nid d'abeilles était irréalisable. Dans une demi-heure à peine, la lumière s'éteindrait, la jungle sombrerait aussitôt dans la nuit. Il n'avait plus faim, le sommeil avait restauré ses forces, mais il avait toujours soif. Il secoua le bidon pour voir s'il pouvait boire encore une gorgée d'eau, puis il décida de visser fermement le bouchon pour maîtriser sa soif. Une fois, son unité avait mis trois semaines pour traverser une région aride. Ils avaient dû boire leur urine. En rencontrant une bouse fumante d'éléphant, trois camarades étaient vite allés plaquer leur visage racorni et gercé dans la bouse pour adoucir les brûlures de leur peau. Bôn n'avait jamais pu oublier ce souvenir. Il devait réserver les dernières gouttes d'eau pour le lendemain. Combien de jours encore pour sortir de cette jungle ? Il n'en savait rien. Mais il savait clairement qu'il devait en garder pour un jour. Il devait dormir, selon la tactique des soldats en temps de famine et de rééducation idéologique et militaire : dormir au lieu de manger.

Le soleil du soir était plus doux. La tête appuyée sur le ballot, Bôn regarda les cimes des arbres changer de couleur. Les reflets rouges et violets de la ramure viraient au marron. En bas, une vapeur indigo, mince comme un pan de brume, se faufilait entre les feuilles. Hérissée par le froid, la forêt tremblait par secousses comme si elle soupirait. À chacun de ces tremblements, les feuilles fanées tombaient des branches, voltigeaient comme de petites barques avant de se poser par terre. De petites barques écarlates, dorées, marron, dont la beauté éphémère angoissait, terrorisait l'homme. L'espace commençait à se teindre des couleurs du danger, de la terreur. Bôn frissonna de froid. Il prit précipitamment la veste automne-hiver du sergent, l'endossa et suspendit son hamac. Cette nuit, il ne pouvait pas dormir à même la terre parce qu'elle masquait un autre monde d'où les âmes errantes pouvaient surgir pour l'attaquer. Il fit le tour du hamac en urinant pour tracer un cercle contre les fantômes. Il mit son fusil et son ballot dans le hamac, s'y allongea. La nuit tombait. Il ferma les yeux.

Dors. Encore une fois, pour reprendre des forces. Demain, pas de halte, je dois parcourir d'une seule traite vingt kilomètres. Il faut marcher ainsi deux à trois jours de suite pour espérer rencontrer quelqu'un. Peu importe qui, du moment qu'il est des nôtres. Rien à manger. Rien à boire. Le sommeil est mon seul moyen de récupérer des forces. Dormons.

Cette pensée résonnait dans sa tête, claire, impérieuse comme un commandement. Il cessa de penser. Il attendit le sommeil. Le sommeil ne vint pas. Il commença à compter de un à mille. Il recommença. Un bruit déchira soudain l'air, accompagné d'une odeur puante. Bôn écarquilla les yeux. La nuit était noire. Un aigle venait de traverser l'air, laissant cette odeur putride dans son sillage.

Putain d'oiseau de malheur !

Il sentit son cœur battre la chamade en maudissant l'oiseau. Ce n'était qu'un simple oiseau de nuit et, pourtant, son cœur battait à tout rompre, impossible à retenir. Bôn eut honte de lui.

Pourquoi suis-je devenu si peureux ? J'ai traversé tant de combats déjà. Sept fois au moins, j'ai porté les cadavres de mes compagnons sur mes épaules. J'ai vu tant de carnages que je ne m'en souviens même plus. Voilà que j'ai peur du cri d'un oiseau de nuit. Espèce d'âne ! Dors...

Mais un grand rire moqueur retentit dans un coin de la forêt, à l'arrière du hamac :

« Allons, mon cher soldat, je te défie de t'endormir, même en comptant jusqu'à un million. Cette nuit, tu veilleras pour causer avec moi. Je t'attendais depuis longtemps dans ce coin de la jungle. »

Bôn se dit : « Bêtises, je ne connais personne par ici. Encore mon imagination. »

Il ferma les yeux, commença à compter. 1, 2, 3, 4, 5, 6, 7, 8, 9... Le rire moqueur retentit de nouveau, cette fois-ci à la tête du hamac, coupant comme un rasoir :

« Ouvre les yeux. Tu ne dormiras pas. Tu ne pourras pas te mentir et encore moins m'échapper. Ouvre les yeux. Je suis là et je te regarde. »

Bôn tira les bords du hamac pour couvrir son visage. Mais ses mains soudain glacées et raidies lui firent mal comme si elles avaient été broyées par des mains d'acier. Le fantôme se pencha, souffla son haleine froide sur le visage de Bôn. Bôn sentit ses pommettes se glacer, son sang se coaguler, ses paupières durcir, échapper à sa volonté. Elles s'ouvrirent soudain, hébétées, comme une huître sur les flammes.

« Voilà qui est bien... »

Le fantôme éleva la voix :

« Ouvre les yeux, regarde, où nous sommes-nous rencontrés ? »

Un visage translucide, vert comme des pousses de paddy, flottait devant ses yeux, le front haut, le sourire railleur :

« Alors, tu t'en souviens ? Nous étions destinés à nous rencontrer. »

Bôn murmura :

« Non... Impossible de m'en souvenir... »

L'ombre leva la main droite : elle n'avait que quatre doigts, les phalanges se dessinaient nettement comme au rayon X.

« Regarde ma main droite. Elle n'a que quatre doigts et celui qui manque, c'est l'index. »

Bôn acquiesça de la tête :

« Effectivement, vous n'avez que quatre doigts à la main droite, mais je ne me rappelle pas où je vous ai rencontré. »

L'ombre :

« Fouille bien ta mémoire encore une fois. Nous étions encore très jeunes tous les deux. Le cerveau est clair comme une feuille blanche. Beaucoup de choses s'y inscrivent facilement. »

Bôn commença à s'énerver :

« Cessons cette devinette. Si je ne me rappelle pas, je ne me rappelle pas, c'est tout. »

L'ombre rit :

« Hé hé, quelle indifférence ! Comment peux-tu oublier si facilement ? Tu te rappelles la colline de l'Étoile blanche ?

– Oui. C'est là que se trouvait la position verrouillant le sud-ouest de Binh Quoi. Mon unité a exterminé l'ennemi en une nuit. Après cette bataille, nous avons reçu la médaille d'unité héroïque et trois bœufs pour fêter la victoire. »

L'ombre rit de nouveau d'un rire sonore d'enfant, mais douloureux et amer :

« Alors, les plats étaient bons dans ce festin ?

– Oui. Les cuistots avaient préparé à la perfection une sauce de soja pour agrémenter la viande grillée.

– L'odeur de la viande de bœuf a-t-elle couvert l'odeur de notre chair qui brûlait ? Mon frère, le commandant des fortifications sur la colline de l'Étoile blanche et ses compagnons avaient été tués par vos roquettes. J'étais le dernier à recevoir vos cadeaux. Tu m'as tué d'une rafale de mitraillette pendant que je me tenais dans un réduit, entre les murs de la réserve. Tu te rappelles ces deux murs ? Ils étaient badigeonnés à la chaux jaune, mon sang et ma cervelle les ont barbouillés comme un tableau. Sur le toit de la réserve se dressait une girouette et, derrière elle, s'entassaient pêle-mêle des caisses en bois. Tu es tombé là. De mon coin, j'aurais pu te tuer aisément d'un coup de revolver et tu n'aurais pas eu l'occasion de m'envoyer une rafale de mitraillette. »

L'ombre parlait d'une voix monocorde, gaie et triste à la fois. Son visage vert, translucide s'éleva soudain, regarda Bôn en plissant les yeux :

« Alors, camarade, maintenant, te souviens-tu de moi ? »

Bôn ne répondit pas. Sa mémoire était comme une vallée enfouie sous trop de braises, de cendres, de pierres, de terre et de poussière, projetées par les bombes, les obus au cours des batailles qui se suivaient sans arrêt, dont les noms s'empilaient sans fin. Et les petites routes se jetaient dans les grandes, et l'unité allait de l'est à l'ouest, du nord au sud, pour revenir du sud au nord. Comment pouvait-il s'en souvenir ? L'ombre sembla le deviner, elle éleva doucement la voix :

« Te rappelles-tu le petit jeune homme habillé d'un uniforme de parachutiste, debout entre les deux murs de la réserve du poste sur la colline de l'Étoile blanche, celui qui portait des lunettes de myope et levait une chemise blanche au-dessus de sa tête ? »

Un cri jaillit dans l'esprit de Bôn :

« Oui, je m'en souviens. »

Le visage du jeune homme portant des lunettes de myope émergea à travers les innombrables couches de sa mémoire. Oui, il avait trébuché en sautant par-dessus les caisses en bois entassées derrière la réserve, il avait franchi le bâtiment au toit effondré, une réserve de ravitaillement en flammes, il avait soudain vu le jeune homme coincé entre deux murs, agitant quelque chose de blanchâtre au-dessus de sa tête, tournant vers Bôn ses lunettes étincelantes. Bôn ne pensa à rien, lâcha une rafale de mitraillette, continua de courir vers l'avant, de poursuivre l'ennemi en déroute comme l'exhortaient les cris de ses compagnons.

« C'était moi, l'homme qui portait des lunettes de myope. Je ne les porte plus maintenant. On n'en a plus besoin en enfer. »

Bôn se tut. Il comprit que le moment des morts était venu. L'âme allait régler son compte avec lui. Pourquoi avait-il ignoré la chemise blanche brandie en guise de drapeau ? Il ne le savait plus. Peut-être avait-il oublié la discipline militaire, un règlement théorique qu'on lisait en diagonale une seule fois. Peut-être que l'assaut avait été si foudroyant qu'il n'imaginait pas rencontrer une reddition. Peut-être aussi parce que, lors du précédent combat, plus de la moitié des hommes de sa compagnie avaient été tués et que les survivants n'étaient plus capables de respecter les lois de la guerre... Il était aussi possible qu'à cet instant son cerveau fût égaré par les explosions des roquettes, des mitrailleuses et des mitraillettes, les hurlements et les exhortations de monter à l'assaut, par les flammes, la fumée, par la vision des corps qui s'écroulaient, par la symphonie surréelle, terrifiante des champs de bataille, une musique en dehors du concevable. Aucun orchestre ne saurait prétendre l'égaler. Elle plongeait l'homme dans l'ivresse de la haine, des massacres. Non. Non, il ne savait pas et il n'éprouvait pas le besoin de se justifier. Il dit :

« Je m'en souviens maintenant. Mais la guerre, c'est la guerre. Quand vous déversez vos bombes, quand vous nous réduisez en miettes par compagnies entières et que vous revenez à Saigon pour boire de la bière glacée, serrer les filles dans vos bras, sentez-vous dans la bière l'odeur de notre sang ? Ne posez plus de questions idiotes. Si vous cherchez à régler vos comptes, allons-y. »

La figure verte glissa vers Bôn :

« C'est exact. La guerre, c'est la guerre. Mon frère, le commandant du poste basé sur la colline de l'Étoile blanche, aurait aussi tiré sur les soldats du Viêt-công jusqu'au dernier s'il l'avait pu... Mais moi, j'étais un déserteur, un détenu venu rendre visite à sa famille avant de revenir à Saigon. » L'ombre brandit de nouveau sa main à quatre doigts sous les yeux de Bôn :

« Regarde, j'ai tranché ce doigt avec la hache d'un vieil Ê-Dê quand mon unité était basée à Dac-Lak. Je venais d'être incorporé après avoir tout tenté pour éviter cela. J'ai écopé de cinq ans de travaux forcés pour ce crime. »

Bôn éleva la voix :

« Comment pouvais-je savoir que ta main n'avait que quatre doigts ? »

L'ombre acquiesça :

« C'est vrai, mais j'avais levé ma chemise blanche au-dessus de ma tête, tu devais savoir que cela signifiait que je me rendais.

— Je l'avais appris, mais je ne m'en souvenais plus du tout à cet instant. Si c'était un drapeau blanc nettement visible, cela aurait été une autre histoire. Mais ce n'était qu'une chemise. Comment l'interpréter ? »

L'ombre verte esquissa un sourire triste. Ce n'était plus le rire menaçant et railleur d'avant :

« Tu me parais sincère. D'où viens-tu ?

– Mon village... »

Bôn voulut dire qu'il venait d'un village de montagne, accolé à la cordillère Truong Son, dans un lieu désert et poétique. Il n'eut pas le temps d'ouvrir la bouche. Une autre ombre surgit de derrière l'ombre verte :

« La ferme... Le moment est venu pour toi de payer ta dette. »

L'ombre était puissamment charpentée, féroce. Elle dépassait l'ombre verte et pâle d'une tête :

« Assassin, c'est le moment de régler ta dette envers mon frère, vie pour vie. »

Bôn sentit la moitié de son visage se pétrifier de douleur comme s'il venait de recevoir un coup de poing mortel ou un coup de crosse. Il voulut répliquer, saisir son fusil, mais ses bras étaient raides, glacés. Il ne pouvait plus bouger. L'ombre frêle glissa vers lui :

« Arrête, grand frère. À quoi ça sert, maintenant ? »

L'ombre féroce gronda :

« Imbécile ! Personne ne doit être magnanime avec l'ennemi, surtout un ennemi méprisable comme les communistes.

– Je t'en prie... Il est encore si jeune, il n'a pas beaucoup étudié...

– Trêve de raisonnements. Je suis un soldat, j'agis en soldat. »

De derrière l'ombre, une foule d'autres surgit :

« Oui, casse-lui le cou à cet assassin.

– Arrache-lui la langue.

– Enfonce ta baïonnette dans son cœur. Mais je doute que ce paysan ait un cœur. Dans sa poitrine, on trouverait tout au plus un rein de bœuf ou de porc. »

Les soldats fantômes bondirent en hurlant sur Bôn, crachèrent sur son visage le souffle glacé de la tombe. Ils portaient tous leurs uniformes de soldats. Bôn sentit l'odeur âcre de la sueur mélangée au sang coagulé sur leurs blessures, celle des lotions pour les cheveux, celle des vêtements, celle des chewing-gums qu'ils avaient l'habitude de mâcher. L'odeur familière de l'ennemi. Les fantômes de l'autre côté de la ligne de front étaient encore plus terrifiants que les démons que Bôn avait vus dans les pagodes. Ce n'étaient pas des figures sculptées par les légendes, mais des ennemis réels, qui se souvenaient encore de ce que Bôn avait oublié.

Je suis seul pour les affronter, mais j'ai un fusil et, quoi qu'il en soit, ce ne sont que des âmes errantes. Au combat !

Cette pensée fusa dans son âme ulcérée. Le sang bouillonna dans son cœur, un courant de chaleur traversa son corps, réchauffa ses bras glacés. Il serra et desserra violemment ses poings jusqu'à en avoir mal, commença à sentir à nouveau ses doigts. Il hurla :

« À l'assaut ! À l'assaut ! »

Il saisit le fusil sous son dos, tira trois coups de feu. La forêt résonna du froissement des chutes de feuilles. Bôn entendit les feuilles tomber, les petits animaux s'enfuir, les oiseaux s'envoler de la cime des arbres. Les ombres disparurent, la foule menaçante comme la frêle apparition.

« À l'assaut ! » hurla encore Bôn, enivré par la victoire, par la sensation d'avoir lavé sa honte.

« Je vous montrerai s'il y a un cœur dans ma poitrine. »

Trois nouveaux coups de fusil retentirent. Les feuilles tombèrent de nouveau en cataractes de tous les côtés. Bôn regarda alentour. Une nuit de velours noir, silencieuse, pacifique comme les nuits d'autrefois.

« Et voilà ! »

Sa voix résonna haut. L'écho lui répondit comme si le génie de la forêt s'amusait à l'imiter.

Rassuré, Bôn se rallongea, pressa une main sur son fusil, tira de l'autre un pan du hamac sur son ventre.

Je peux maintenant dormir d'une seule traite jusqu'à l'aube. Demain je ferai vingt kilomètres vers l'est.

Mais son corps brûlait. Ses nerfs tendus par le combat comme des cordes de guitare l'empêchaient de fermer l'œil. Il entendait les écorces des arbres craquer, les insectes voler en bourdonnant, les rats courir sur les feuilles sèches, les oiseaux de nuit picorer le tronc des arbres. Il comprit soudain qu'il tendait l'oreille aux bruits nocturnes de la jungle parce qu'au fond de lui-même il avait peur du rire cassant de l'ombre verte.

Pourquoi l'ai-je tué, ce malheureux ? Il a brandi sa chemise blanche au-dessus de sa tête. J'ai nettement vu qu'il avait levé les bras. La chemise lui tombait sur le visage, masquant en partie ses cheveux. Apparemment mon cerveau n'a pas réagi à temps, ma main appuyait comme un automate sur la gâchette... Quelle misère !

Bôn comprit que l'ombre frêle était la plus à craindre car elle l'avait désarmé. Il ne pouvait pas la haïr. Il ne pouvait pas lui tirer dessus six fois de suite comme il l'avait fait sur les ombres des salauds. Il palpa son fusil, pria pour que le ciel s'éclaircît rapidement, pour que les seuls fantômes à revenir, le cas échéant, fussent ceux des soldats de la colline de l'Étoile blanche, des ennemis qu'il pourrait affronter sans crainte ni remords. Il leur tirerait dessus ou il leur pisserait au visage pour les chasser à la manière traditionnelle.

Mais l'aube était loin encore. Une demi-heure après, alors que son esprit se détendait et que ses muscles s'amollissaient, dans son sommeil incertain, une main glacée se posa sur son front :

« Alors, tu n'arrives pas à dormir ? »

Bôn ouvrit les yeux, vit le visage vert et son sourire triste :

« Je n'ai pas l'intention de te nuire. Mais je ne comprends pas ton geste, je ne comprends pas ma mort. Je veux en parler avec toi. »

Bôn se redressa. Il comprit que s'il restait allongé, la lumière intensément verte qui émanait de ce jeune visage l'étoufferait. C'étaient peut-être des vapeurs empoisonnées qu'exhalaient les lacs de mercure ou les fioles que les sorciers utilisaient pour exterminer leurs ennemis.

« Tu sembles plus jeune que moi. Les gens des campagnes s'enrôlent tôt à l'armée.

– Je te l'ai dit. À la guerre comme à la guerre. Personne n'est maître de soi quand les balles sifflent à ses oreilles, labourent l'air sous ses yeux. Je n'ai aucune haine envers toi, mais le ciel et la terre vous ont égarés dans le poste de la colline de l'Étoile blanche et j'ai dû te traiter en ennemi.

– Je comprends. »

L'ombre répondait avec douceur, ne regardait pas le visage de Bôn mais devant elle :

« Dès le départ, je t'ai dit : je t'attendais depuis longtemps dans ce coin de jungle pour causer. Je n'ai pas l'intention de régler une dette de sang, comme un chevalier. Sois tranquille, je ne te ferai aucun mal.

– Je n'ai pas peur. Fais ce qu'il te plaît.

– Oh ! Pourquoi te fâches-tu ? La nuit est longue encore. Nous aurons tout le temps pour causer à loisir. Es-tu marié ?

– Oui. »

Bôn entendit un gémissement au fond de son cœur. *La nuit est longue et je veux dormir, je n'ai pas envie de t'affronter, de causer avec toi. Personne n'a envie de causer avec sa victime.*

Mais l'ombre ne semblait pas deviner ses sentiments, elle continua d'une voix bienveillante :

« Les gens des montagnes se marient vraiment tôt... Tu t'es marié à dix-neuf ans ?

– Dix-sept.

– Mon Dieu ! Ta femme avait alors quel âge ?

– Le même que le mien.

– Est-elle jolie ?

– Elle est belle comme une fée, elle n'est pas laide comme moi.

– Sans être beau, tu n'es pas laid. Tu as des sourcils horizontaux, des yeux sombres et tristes comme ceux des Cham. Elle t'écrit parfois ?

– La première année, j'ai reçu deux lettres. Depuis, plus rien.

– Dans votre camp, il y a peu de moyens pour assurer les correspondances.

– Oui, les Américains ne nous aident pas. Nous ne sommes pas sans cesse réapprovisionnés en viande en conserve, en aliments secs, en lait, en cigarettes et en médicaments comme vous.

– Mais pour ce qui concerne les munitions, vous en avez à foison.

– Parfois pas suffisamment. Parfois nous devons

battre en retraite plus tôt parce que nous n'avons pas prévu assez de munitions. Surtout les obus pour B40 et B41.

– Vous recevez les munitions à la fois de l'Union soviétique et de la Chine. Comment pouvez-vous en manquer ?

– D'où ça vient, je m'en fous... Je n'ai pas envie d'en parler sans fin. »

Bôn se cabra de fureur car son cœur s'était douloureusement crispé. La conversation avec l'ombre semblait l'entraîner dans une voie sans issue. Plus il avançait, plus son souffle faiblissait, s'étouffait, plus son âme se décomposait, se délitait comme du papier journal sous une pluie intarissable. Il devait s'arracher à ce dialogue avant de se transformer en cadavre. Il hurla brutalement :

« Ça suffit, va-t-en ! Je ne te parle plus. Fous le camp ! »

De tous les côtés, la forêt lui répondit en écho. Un écho effrayant, diabolique, dans lequel il ne reconnaissait pas sa propre voix mais des sons sortis d'une grotte ou remontant de l'abîme. Il saisit son fusil, l'arma, le pointa sur l'ombre :

« Va-t-en, je n'ai pas de haine envers toi, mais je ne veux plus te voir. Va-t-en, ou je tire. »

Il entendit un rire faible. Le visage vert ne bougea pas :

« Les balles ne blessent pas les âmes mortes. Nous conserverons éternellement l'apparence que nous avons au moment de mourir. Regarde, le trou dans mon front est toujours là. »

L'ombre s'approcha tout près de Bôn, posa un doigt sur son grand front. Bôn vit le trou rond et noir de la balle qu'il y avait laissée.

L'ombre continua :

« Je ne te nuirai pas, mais tu ne peux pas non plus m'éviter. Nous ne pouvons pas renier nos propres actes, et c'est valable pour tous. Pourquoi as-tu tiré sur moi à cet instant ? J'ai épargné ta vie. Je t'attendais pour te remettre le drapeau de la reddition. Je savais que nous étions du même peuple, que nous n'aurions pas dû nous entretuer dans cette douloureuse guerre fratricide. »

Bôn n'arrivait pas à détacher ses yeux du trou rond et noir sur ce front livide. Il y avait d'autres balles plus hautes qui avaient brisé le crâne du jeune homme, projeté son sang et sa cervelle sur les deux murs. L'image qui ressurgissait dans sa mémoire le terrorisa.

Oui, ses yeux étincelaient. Je m'en souviens, ils étaient bienveillants. Si j'avais avancé d'un pas, il m'aurait sagement suivi. J'aurais pu l'enfermer quelque part et le renvoyer à la ville après les combats.

Ces pensées labouraient son cerveau de douloureux sillons. Ce jeune homme frêle était mort par sa faute. Personne ne s'était intéressé à sa main amputée de l'index pendant le nettoyage du champ de bataille. Qui pouvait savoir qu'il était contre la guerre et aurait mérité de vivre encore sous le soleil ? Bôn sentit qu'il allait étouffer. Il hurla :

« Je ne sais pas, je ne sais pas... Je ne me souvenais de rien à ce moment-là, et... »

Sa langue se figea, son souffle s'affaissa. Il allait sans doute étouffer. Encore quelques heures et il mourrait, s'il devait continuer à subir l'interrogatoire de l'ombre.

Mon Dieu, si seulement le sergent était là, à mes côtés, je n'aurais pas à souffrir ainsi. Le sergent vient de la ville, il trouverait les arguments pour

*convaincre cette ombre de citadin, il saurait me
défendre...*

Bôn regretta de n'avoir pas prévu cette situation. Il
aurait dû emmener le sergent avec lui au lieu de
l'enterrer près de la colline 327.

*J'aurais dû l'emporter sur mon dos. Maintenant me
voilà seul et lui aussi.*

L'ombre verte se tenait toujours debout face au
fusil, sans le moindre tremblement de peur. Bôn dit
de nouveau, d'une voix égarée, implorante : « Va-
t'en... Va-t'en... »

L'ombre soupira. Le vent glacé emporta son soupir.
Le souffle infernal effleura le visage, les épaules de
Bôn. Il sentit la chair de poule envahir son corps, sa
colonne vertébrale s'engourdir comme s'il allait sombrer dans la paralysie. Il serra les dents, appuya sur la
gâchette. Une rafale secoua la forêt nocturne, bouscula
les branches des arbres. Les feuilles mortes chutèrent
en avalanches. Le fusil se tut. Bôn écarquilla les yeux.
L'ombre avait bondi en l'air comme un ballon, comme
des plumes d'oiseaux voltigeant dans l'espace. Bôn
comprit que dans un instant, quand l'odeur de poudre
se serait dissipée, quand la forêt retrouverait son
silence, l'ombre redescendrait doucement comme un
papillon, se poserait devant lui, le regarderait de ses
yeux vides, continuerait son interrogatoire patient, paisible, terrifiant. Il se mit à genoux, déboutonna sa
braguette, sortit sa verge, sa dernière arme pour se
protéger, urina. Mais il n'avait pas beaucoup bu.
Quelques gouttes à peine, et son urine se tarit. Bôn
comprima son ventre pour presser à fond sa vessie, en
extraire le peu d'urine qui y restait. S'il n'y était resté
que du sang, il aurait voulu que ce sang se transformât
en urine nauséabonde. Ce fut en vain. Bôn se résigna
à fermer sa braguette, se rassit, regarda l'ombre flotter

334

indolemment dans l'espace noir et profond de la jungle nocturne, la main serrant son fusil. Mais il n'osa plus tirer. Il devait conserver des munitions pour affronter d'éventuels éclaireurs ennemis.

Puis il entendit le rire de l'ombre tomber du ciel. Puis il vit ses cuisses flotter, des cuisses sans genoux, sans jambes, sans pieds.

Les fantômes n'ont ni jambes ni pieds. Les cuisses légères se balançaient dans l'air, s'approchaient de son visage, s'en éloignaient, se dirigeaient ailleurs... Bôn suait de tous ses pores, la tension tour à tour brûlait et glaçait son cerveau. Peu à peu, il sentit ses genoux fléchir, ses rotules se disloquer, s'entrechoquer comme des morceaux de bois dans son pantalon. Le fusil s'abaissa lentement. Quand le fusil reposa dans le hamac, Bôn cessa de sentir la raideur et le froid de ses bras. Il tomba, la tête la première, dans le hamac, couvrant de son ventre le fusil. Il sentit une main glisser le long de son dos, caressante, une main osseuse qui n'avait que quatre doigts, l'index ayant été sectionné.

Le lendemain, Bôn se réveilla dans une posture étrange. Il était accroupi, le visage plaqué sur le filet du hamac, les fesses en l'air, les genoux repliés sous son ventre, le fusil sous les genoux. Ses genoux étaient violacés, ses vêtements imbibés de sueur et de rosée glacée. Son cœur battait la chamade. Bôn bondit sur le sol, dénoua le hamac, ouvrit son bidon, s'autorisa à boire deux gorgées d'eau pour reprendre des forces, revissa énergiquement le bouchon, l'attacha à sa ceinture. Il endossa son paquetage, se dirigea vers la tombe du sergent. Il marcha d'une seule traite sans se retourner, sans s'arrêter pour reprendre haleine. Il marchait rapidement, comme un possédé, poussé par le désir de survivre. Le chemin qu'il avait parcouru la veille n'était ni très long ni sinueux. Il ne mit qu'un peu plus de deux heures pour revenir dans le coin de forêt bordant la colline 327. Bôn chercha les arbres marqués d'un X. Au milieu d'eux, la tombe du sergent était enfouie sous les feuilles de *khop*. Bôn se rappelait encore bien la distance qui séparait la tombe des arbres alentour. Il déblaya les feuilles et, en peu de temps, vit surgir le monticule de terre rectangulaire. Il mit son paquetage de côté, tira son poignard, se mit à creuser. La lame s'enfonçait lentement. Quand elle atteignit le linceul, des cris de vautours retentirent au-dessus de sa tête. Un, deux, trois, puis quatre vautours arrivèrent à tire-d'aile, voltigèrent en boucle au-dessus des arbres, à gauche, à droite, suivant de leur regard acéré les mouvements de la lame dans la main de Bôn. Bôn lança sur eux de grosses mottes de terre :

« Foutez le camp, salopards ! »

À peine eut-il juré qu'une longue quinte de toux le secoua. Quand elle cessa, Bôn se rendit compte que l'odeur du cadavre décomposé avait envahi sa gorge et l'étouffait. Les vautours l'avaient sentie avant lui. C'étaient des compagnons de la mort. Ils étaient présents sur tous les champs de bataille, sur les montagnes, les plaines, les vallées, les dunes au bord de la mer. Bôn les avait vus pour la première fois quand il était allé cueillir des légumes sauvages avec Tân et Kha, deux camarades venus de la région du Nghê Tinh. Ils avaient franchi la montagne Xiêng Mai quand ils virent soudain des charognards jaillir au-dessus de leur tête, poussant des cris grinçants comme du métal frottant contre du métal. Leurs ailes balayaient l'air, l'inondant de l'odeur nauséeuse de la chair humaine en décomposition. Les trois soldats se pétrifièrent de terreur un long moment. C'était la première fois qu'ils rencontraient les messagers de la Mort. Un moment plus tard, ayant repris leurs esprits, ils retournèrent dans le coin de montagne d'où les vautours s'étaient envolés. Ce coin se nichait derrière un énorme et dense rideau de lianes vertes où se balançaient des grappes de petites fleurs rouge pâle avec des étamines noires, des feuilles épaisses parcourues de nervures semblables à des veines de plastique vert foncé. Quand on effleurait ces lianes, la peau se boursouflait en un éclair et, quelques jours plus tard, se couvrait d'un pus jaunâtre, nauséabond. Ils en avaient déjà fait l'expérience. Précautionneusement, ils contournèrent le rideau pour retrouver le charnier où se nourrissaient les charognards. Plus ils s'en approchaient, plus l'odeur des cadavres devenait suffocante. Dans l'atmosphère imbibée de cette effrayante odeur, d'autres bandes de vautours s'élevaient dans l'air. Ils ne ressemblaient pas aux précédents. Ils étaient dodus, ils volaient lourdement en battant lentement des ailes. Trop gras, ils ne pouvaient plus crier bruyamment et se contentaient d'émettre de temps à autre un bref glapissement. Leurs regards étaient aussi plus indolents que celui des vautours affamés. Ils passaient devant les yeux des soldats, un à un, indifférents, sans chercher à les éviter, sans crainte. Le battement lourd de leurs ailes rendait encore plus épais, plus terrifiant, l'air imprégné de l'odeur des cadavres. Les trois hommes arrivèrent devant le charnier. Un coin de terre de quelques centaines de mètres carrés, jonché de squelettes, d'uniformes déchiquetés. Sur les cadavres, les uniformes n'avaient pas eu le temps de pourrir, ils étaient déchirés par les crocs des bêtes sauvages, le bec des oiseaux. Il n'y avait plus d'autres animaux sur place car la chair était devenue trop puante. Seuls demeuraient les vautours et quelques aigles qui avançaient leurs sales et affreuses têtes chauves. Pas de cratères de bombes, pas de trace d'explosion de mines. De quoi étaient morts les soldats ? Pêle-mêle, des crânes, des paquetages. Bôn compta jusqu'à trente crânes. Une compagnie entière. De quoi étaient-ils morts ? Ses deux camarades le regardaient, tous frappés par le doute. Personne ne proposa de réponse. Personne n'osa élever la voix. Des touffes de cheveux, de la chair en bouillie restaient collés sur les crânes. Roulés de-ci, de-là par les animaux, ils n'avaient plus rien d'humain. C'étaient leurs compagnons, ils menaient la même vie qu'eux et c'était peut-être la préfiguration de leur propre sort en un jour de malchance et de malheur. Sans une parole, les trois hommes allèrent casser les branches sèches, ramasser les feuilles mortes. Ils les entassèrent en une montagne sur les cadavres qui n'étaient pas encore entièrement décharnés. Il leur fallut près de quatre heures pour amasser une quantité de fagots tout juste suffisante pour l'incinération. Ils ne pouvaient d'ailleurs pas traîner plus longtemps là car le soleil commençait à décliner sur la montagne. Kha alluma une flammèche, la jeta sur les fagots. Alors seulement, Bôn et Tân élevèrent la voix :

« Frères, vous qui avez vécu et êtes morts en humains, soyez témoins. Nous n'avons ni essence ni poudre à brûler, nous ne pouvons pas non plus trouver assez de fagots pour vous incinérer proprement. Que le Ciel et le Bouddha vous libèrent et vous réincarnent rapidement pour que vous puissiez jouir d'une vie paisible ! »

Les trois hommes se recueillirent debout devant leurs compagnons anonymes pendant que le feu se propageait aux branches sèches. Le brasier s'enflamma. Kha cria :

« Partons. »

Les trois hommes tournèrent le dos au charnier et se mirent à courir. Ils couraient comme des fous, comme s'ils avaient le génie de la peste à leurs trousses. Ils traversèrent tête baissée les broussailles, dévalèrent les pentes de la montagne comme des ballons, bondirent par-dessus des crevasses dont ils n'auraient pas osé s'approcher en temps ordinaire. Ils rejoignirent leur unité les mains vides, la vision de leurs malheureux compagnons gravée dans leurs cerveaux, l'odeur des cadavres imprégnant leurs habits et leur chair, la terreur s'infiltrant dans chaque pore de leur peau. Ils s'effondrèrent au milieu de leur cabane, haletants, le souffle coupé, incapables de proférer le moindre mot. Ils éclatèrent en sanglots.

Bôn resta un moment abasourdi par ces souvenirs. Il cligna des yeux pour chasser les images de ce coin de la montagne Xiêng Mai, avec ses cadavres jonchant pêle-mêle le sol, derrière l'énorme rideau vert émaillé de fleurs rouge pâle. Un long moment plus tard, ayant repris pleinement possession de ses esprits, il leva les yeux vers les vautours perchés sur les arbres dans leur avide attente. C'étaient toujours les mêmes horribles bêtes, mais Tân et Kha n'étaient plus là, il était seul pour les affronter.

Passons à l'attaque... Faisons de l'offensive notre stratégie...

Il saisit de grosses mottes de terre, les jeta en hurlant sur les charognards :

« Foutez le camp, salauds, foutez le camp ! »

Les vautours s'envolèrent en criant mais, après avoir décrit quelques cercles dans les airs, ils se posèrent de nouveau sur une branche à quelques mètres de sa tête.

Le soleil était déjà haut, la chaleur pénétrait lentement dans le feuillage des arbres. Bôn s'agenouilla, continua de creuser. Il devait quitter cette jungle, partir vers l'est, vers la vie. Il n'avait pas le droit d'hésiter. Tant pis pour l'odeur de cadavre et les charognards. Nulle odeur ne pouvait être pire que la solitude et la terreur qu'il avait subies la veille. La présence du sergent suffirait à faire reculer tous les fantômes, à lui apporter la sécurité. Ils iraient ensemble vers l'est. L'ombre victorieuse du sergent mettrait en déroute les ombres vertes et frêles des fantômes de l'Étoile blanche, elle le protégerait, lui redonnerait des forces. Bôn l'aimerait d'un amour fidèle, il ramènerait la dépouille vers la plaine. Ils seraient côte à côte jusqu'au moment de cette éclatante gloire.

Un quart d'heure plus tard, Bôn réussit à sortir le cadavre de la tombe. Les vautours commencèrent à crier éperdument, à décrire des cercles au-dessus de sa tête. Le vent d'ouest souffla plus fort, charriant l'odeur du cadavre et les cris des charognards, des cris de fête.

« Foutez le camp ! Foutez le camp ! »

Les hurlements affaiblis de Bôn se perdaient dans la jungle. Ils n'eurent aucun effet sur les rapaces qui resserraient leur cercle, suivant de leurs yeux luisants la proie, pointant leur bec et leurs griffes prêts à la déchiqueter. Bôn coupa une branche. Cette nouvelle arme en main, il redressa le dos, regarda haineusement les rapaces menaçants.

« Salopards ! Vous croyez que le festin est servi ? Le voici ! Prenez ! Prenez ! »

À chaque juron, il fouettait l'air, obligeant les vautours à filer vers le ciel. Bôn s'arrêta, remit son poignard à sa ceinture, respira un moment. Ayant repris son souffle, il dénoua le fil de parachute autour du cou

340

du cadavre, sortit de sa poche un autre fil. Il ouvrit la bâche, fit deux nœuds en boucle aux deux bouts, y passa les fils, les raccorda de manière à pouvoir les passer à son épaule. Il pourrait ainsi traîner facilement le cadavre tout en laissant son visage libre. De cette façon, le vent balayerait un peu l'odeur de pourriture et Bôn se sentirait moins seul. Le visage du sergent était noir, lugubre. Bôn n'osa pas le regarder long-temps. Il ne s'attendait pas à ce que la peau changeât si vite de couleur. Dans sa mémoire, il n'y avait qu'un visage blanc, gai, aux lèvres gracieuses, aux grains de beauté groupés comme des îlots sous les pommettes.

Si seulement j'avais un peu de poudre et du rouge à lèvres, il redeviendrait beau et souriant... Si seulement...

Bôn avait rencontré les femmes de la troupe artis-tique de la région militaire, un jour, à l'aube, alors qu'elles allaient faire leur toilette dans un ruisseau. Leur peau blafarde, leurs lèvres livides l'avaient secoué. La veille, sous les lumières de la rampe, elles resplendissaient comme des fées. Toute la nuit, leurs visages avaient hanté ses rêves, se mêlant à celui de Miên, sa belle femme qui l'attendait au village. Bôn avait ainsi connu le miracle du maquillage. Il aurait aimé le réaliser sur le visage du sergent. Malheureu-sement, il n'avait rien en main pour cela. S'il avait été dans une région d'argile rouge, il aurait pu utiliser la poussière comme fard. S'il y avait eu alentour des grottes de calcaire, il aurait pu réduire en poudre un peu de craie blanche pour couvrir le visage du mort. Mais il était dans la jungle de *khop*, il n'y avait que des feuilles et des feuilles jonchant le sol. La jungle de *khop*... Une jungle dont on ne pouvait rien tirer...

Pendant qu'il réfléchissait, les vautours se rapprochaient de lui. Ils semblaient avoir oublié leur frayeur, attirés par l'odeur appétissante de la proie.

Bôn fouetta violemment l'air, se mit à genoux sur son paquetage. Il venait de se rappeler son tube de dentifrice. C'était un tube de Colgate. Une agente de liaison le lui avait donné au poste 72. Bôn l'avait accompagnée toute une journée dans la jungle pour cueillir des légumes, il avait lavé son hamac et sa couverture. Non, il n'avait ni poudre, ni rouge à lèvres, ni poussière rouge ni craie blanche, mais il lui restait une crème merveilleusement blanche, parfumée, elle pouvait rendre au visage du mort un peu de sa fraîcheur d'antan. Bôn sortit le tube de dentifrice, le déboucha et commença à maquiller le mort. Il déposa un filet de crème sur les lèvres livides, l'étala régulièrement pour les couvrir entièrement. Il continua avec les joues et le front. Restaient le menton et le cou grisâtre. Bôn réfléchit quelques secondes, décida de les couvrir d'une mince couche de crème. Il termina en rajoutant une couche sur le nez et entre les sourcils. Il ne restait plus rien dans le tube.

M'en fous ! Je demanderai une poignée de sel aux cuistots pour me rincer les dents. C'est encore mieux. L'essentiel est de trouver le moyen de revenir...

Bôn se débarrassa du tube d'un coup de pied, endossa son paquetage, s'attela au cadavre et murmura :

« Sergent, je t'emmène à la recherche de notre unité. Toi qui as vécu en humain, guide-moi dans la bonne voie pour sortir de cette jungle. »

Il regarda une dernière fois le visage blanc du cadavre, tourna le dos, entama sa marche. Le cadavre glissait assez facilement sur les feuilles mortes, à moins que ce ne fût l'âme du mort bien-aimé qui insufflait des forces à Bôn. Il marcha d'une seule traite, sans se reposer, oubliant que son estomac n'avait pas reçu le moindre grain de riz depuis trois jours et trois nuits, que les quelques gorgées d'eau qu'il s'était autorisé à boire s'étaient complètement évaporées. Tout en marchant, il léchait les gouttes de sueur qui dégoulinaient sur ses lèvres, des gouttelettes salées, distillées par son propre corps et qui lui paraissaient soudain comme de l'eau provenant de la calebasse du Bouddha, capable de le maintenir en vie trois mille jours de suite sans nourriture. Il marcha éperdument jusqu'au coucher du soleil. Il sentit soudain quelque chose tirer le cadavre en arrière. Il se retourna, vit deux vautours perchés sur les jambes du cadavre, qui s'efforçaient de déchirer la toile.

« Salauds ! Espèces de misérables ! »

Les vautours l'avaient suivi tout le long de sa marche sans oser se poser, voletant d'arbre en arbre. De temps en temps, Bôn les surveillait. Ils étaient toujours quatre comme des démons à ses trousses ou plutôt des gardiens de l'enfer. Depuis un peu plus d'une heure, épuisé, Bôn ne s'était plus retourné. Ils en avaient profité pour se poser silencieusement sur le cadavre sans crainte ni égards pour l'homme vivant qui se dressait à quelques pas d'eux. Bôn s'arrêta, fit glisser le cordon de son épaule. Intelligents, les oiseaux s'envolèrent aussitôt vers la cime des arbres, sans un cri. Ils fixèrent son visage de leurs yeux menaçants en balançant leur tête d'un air de défi.

Bon, ils attaquent en traître, dans le dos. C'est la guérilla qui commence.

Ce sera difficile de contrer ces misérables.

Bôn tira son poignard, coupa plusieurs branches, les relia en un couvercle comme font les pêcheurs pour leurs prises. Il attacha les branchages au cadavre.

Comme il finissait, le soleil s'éteignit. Le vent se fit plus doux, les feuilles fanées tournoyèrent lentement dans la lumière mourante de la jungle. La soif se réveilla.

Il faut dormir. Tout de suite. Il ne reste plus que quelques gorgées d'eau dans le bidon, pour demain et après-demain. Peut-être les jours d'après. Aujourd'hui, je n'ai pas réussi à faire vingt kilomètres. C'est sûr, il n'y a aucune chance de trouver de l'eau dans cette jungle. Je dois dormir. Cette nuit, aucun fantôme n'osera me harceler. Cette nuit restaurera mes forces et ma foi. Demain, je reprendrai la route.

Ses paupières se fermèrent aussitôt lourdement.

Faut-il installer le hamac ? Non, pas la peine. Je dormirai à côté du sergent. Je le mettrai sous la direction du vent, derrière moi. Cette nuit, je n'ai rien à craindre.

Il rampa autour des branchages, s'installa face au vent. Il déposa son fusil et son ballot sur les feuilles mortes, brandit le bras, posa sa main sur la tête du cadavre et sombra dans le sommeil.

Le lendemain, ce ne fut pas un rai de lumière ou une branche cassée qui réveilla Bôn, mais un coup de bec d'un charognard, qui le fit hurler. Il se redressa sur son séant, vit aussitôt le sang couler de son bras.

Misère ! Ça va s'infecter... Ça va s'infecter...

À cette idée, Bôn reprit ses esprits. Il ouvrit précipitamment son ballot, sortit sa trousse de secours, chercha le flacon de désinfectant, en enduisit la blessure. Quand la blessure en fut imbibée, il l'essuya avec du coton, passa une seconde couche. Le sang commença à se coaguler. Bôn étala sur la blessure un peu de graisse antiseptique, la pansa. Ce travail achevé, il enleva les branchages recouvrant le cadavre, les jeta de côté. Trois vautours s'envolèrent aussitôt l'un après l'autre en poussant des cris de vieux corbeaux. La toile avait été déchirée au niveau du genou du cadavre. Une déchirure de près de quarante centimètres. C'était par là que les vautours étaient entrés. Ils avaient certainement commencé les agapes par la blessure sur la cuisse gauche. Au matin, l'un d'eux avait voulu s'attaquer au crâne et il avait planté son bec dans le bras de Bôn.

Pauvre grand frère. Combien de lambeaux de chair t'ont-ils déjà arrachés ? Comment vais-je pouvoir leur résister ?

Bôn commença à éprouver de la peur. Les oiseaux s'étaient glissés sous les branches de camouflage, ils avaient déchiré en silence la toile, ils avaient mangé la chair de son compagnon pendant qu'il dormait. Un homme affaibli par la faim et la soif doit dormir presque comme un cadavre. Les branchages ne pouvaient arrêter ces charognards. Quelles armes leur opposer ? Ce n'était pas la peine de hurler, ses hurlements ne les effrayaient plus. Il n'avait d'ailleurs plus la force de hurler. Il ne pouvait pas non plus brandir une branche pour les chasser. Il né pouvait pas se retourner vers l'ouest pour le faire pendant qu'il marchait vers l'est. Même s'il se retournait, il n'aurait plus la force de brandir une branche. Il avait faim. Pire, il avait soif. Le sommeil avait apaisé sa soif. Maintenant qu'il était réveillé, elle revenait le griffer, le lacérer. Plus le soleil et le vent chauffaient, plus il avait soif. Bôn posa la main sur son bidon, ne quittant pas des yeux les vautours. Ils restaient perchés sur leurs branches. Leurs yeux de verre le fixaient attentivement, naturellement, sans la moindre lueur de doute, sans la moindre hésitation, comme s'ils se savaient lancés dans une confrontation où leur ennemi était cet être vivant debout en bas, grand mais affaibli, que la faim, la soif et la solitude rendaient si vulnérable. Bôn frissonna. Il comprit que dorénavant les charognards étaient devenus ses ennemis à lui, des ennemis qu'il n'avait jamais encore imaginés même dans ses rêves les plus fous et qui en devenaient d'autant plus terrifiants. Il n'avait plus rien pour s'opposer à eux, pour conserver son compagnon, sinon son propre corps.

Il me faut d'abord boire un peu. Une gorgée. Juste une gorgée...

Cette pensée le revigora. Il déboucha le bidon, suça l'eau goutte à goutte pour sentir lentement sa résurrection.

Une gorgée. J'ai droit à une autre. Mais demain. Mais après-demain...

Demain ! Ce dernier son retentit longuement en lui comme un torrent, comme un doute, comme un rêve incertain. Il regarda alentour. La jungle, toujours la jungle. Des arbres et des arbres. Des tapis de feuilles pourries sous des tapis de feuilles sèches qui venaient de choir, intactes, épaisses, que les insectes et les fourmis n'avaient pas encore perforées, conservant encore toutes leurs nervures et leurs flamboyantes couleurs. Devant, derrière. À droite, à gauche. Après un tronc d'arbre, un autre tronc d'arbre. Après une rangée, une autre rangée. Sous une couronne de feuilles, une autre couronne de feuilles plus basse. La jungle, immense, ondulante, l'assiégeait, l'enfermait dans ses filets labyrinthiques. Un champ de bataille enchanté dont personne ne pouvait s'échapper. Pour la première fois dans sa vie de soldat, depuis toutes ces années de campagne, il éprouva la peur de la jungle, lui, l'habitant des montagnes.

Sergent, toi qui as vécu en humain, guide-moi. Il ne me reste plus qu'une gorgée d'eau pour survivre, comment pourrais-je résister à ces charognards ?

Bôn avait prié en silence. Il n'osait plus le faire à haute voix, cela épuiserait ses forces. Il devait économiser l'énergie qui lui restait pour continuer sa marche. Il regarda les branchages, cherchant une idée. Il ne pouvait pas protéger le cadavre avec de grosses branches, mais il pouvait tresser une cage avec des brindilles encore fraîches. Plus exactement, il les lierait avec des bouts de fil de parachute pour confectionner une cage dont il coifferait le cadavre pour protéger ses yeux. Quand l'âme s'envole du corps, c'est la lumière diffusée par les yeux qui la guide vers le paradis ou dans la voie de la réincarnation. L'âme d'un cadavre sans crâne ou aux yeux crevés errerait sans fin dans les ténèbres, tomberait facilement aux mains des démons. Il ne pouvait pas laisser les vautours toucher aux yeux du sergent, pas plus qu'il ne les laisserait fouiller son propre cœur, picorer ses propres yeux. Bôn s'assit, sortit la petite pelote de fil de la poche de son pantalon. Le sergent et ses compagnons l'appelaient « Bôn le Bazar » car il avait toujours sur lui tout un bric-à-brac. Son bazar se révélait maintenant fort utile. Il coupa le fil en morceaux, noua les branches pour confectionner une cage à doubles parois. Les branches de *khop* était dures, tordues. Il lui fallut deux heures pour fabriquer péniblement un objet difforme, qui ne ressemblait ni à une cage ni à un panier. Mais, en fin de compte, il avait une double paroi de branches entrecroisées qui empêchait les vautours d'y fourrer leur tête. Il coiffa la tête du cadavre de l'encombrante cagette, la lia solidement aux épaules avec des ficelles plus grosses. Il traîna le cadavre pour voir. La cagette tangua mais resta solidement accrochée au crâne, comme le casque grillagé des chevaliers dans les tournois du Moyen Âge. Rassuré par son invention, il regarda les vautours, les maudissant en silence :

Putains de vos mères. Vous pouvez toujours voler après moi, maintenant.

Les charognards restaient bien alignés sur une branche de *khop*, fixant sur lui leur regard mi-indifférent mi-menaçant. Le soleil était déjà à hauteur de ses sourcils. Bôn continua sa marche vers l'est, vers l'espoir, vers la vie. Ses pieds plongeaient dans les feuilles mortes comme une charrue dans les sillons. Ils commençaient sans doute à enfler car Bôn les sentait plus lourds, plus lents, plus hésitants.

Qu'est-ce qui m'arrive ? Je marche comme un ivrogne.

Il ne trouva pas de réponse car il n'avait plus la force de penser. Il remonta la corde sur son épaule et, tête baissée, marcha vers l'est, ignorant les pentes, le sol plat ou cabossé de la jungle. Parfois, il ne marchait plus, il se laissait rouler sur une pente, entraînant dans sa chute le cadavre et une avalanche de feuilles mortes. Il marcha ainsi jusqu'au moment où le soleil tapa dans sa nuque. Il sentit soudain ses pas entravés, une main invisible le tirer vers l'arrière. Il se retourna. Les vautours s'accrochaient de nouveau au cadavre. L'un se dressait sur la toile déchirée, picorait dedans. Les trois autres avaient pénétré sous la toile, la faisaient onduler.

Toujours eux, les salauds. Mais ils ne sont pas assez lourds pour arrêter mes pas. Serait-ce l'ombre verte de l'autre nuit ? Non, non, depuis que j'ai le sergent avec moi, je dors douze à treize heures d'affilée sans rêver, sans être importuné par des fantômes. Alors, pourquoi ?

Soudain, Bôn cessa de regarder les vautours pour jeter les yeux sur ses mains. Elles tremblaient. Sans arrêt. Comme celles des vieillards au bord de la tombe.

Misère... Comment puis-je attraper la tremblote à mon âge ? Au village, cette maladie ne frappe que les gens de quatre-vingts, quatre-vingt-cinq ans.

Il se regarda encore un moment, il vit ses bras se mettre aussi à trembler, puis ses genoux firent de même comme pour se mettre au diapason. Il comprit qu'il était exténué. La faim. La soif. La tension. Il s'assit, contempla ses bras et ses genoux secoués de tremblements incontrôlables. Ils semblaient ne plus lui appartenir. C'étaient des êtres vivants, indépendants, qui agissaient selon leur volonté propre. Bôn eut envie de pleurer. La tristesse envahit son cœur comme les nuages recouvrent le ciel des jours d'orage. Il sentit deux larmes jaillir de ses cils. Sans doute de toutes petites larmes car elles ne coulèrent pas sur ses pommettes. Elles mouillaient tout juste les pores enflammés de ses paupières. Ses yeux se fermèrent lourdement, impossibles à rouvrir. Le soleil martelait sa nuque de la chaleur cuisante qui émanait des fours à briques dans son pays natal. Il revit les fumées blanches flotter dans le ciel paisible et lointain d'antan, les nuits claires, parsemées d'étoiles, l'odeur du riz gluant grillé avec du miel et du gingembre, le contre-maître d'une briqueterie sortir de son panier une cuisse de chèvre grillée. Le sommeil du quatrième jour commença ainsi par un rêve en plein soleil, un rêve paisible et doux, sous un ciel parsemé d'étoiles, l'odeur suave du riz grillé au miel et d'une grillade de chèvre dégustée avec un vieil alcool de riz. Il avait sans doute dormi d'une seule traite vingt-quatre heures ou plus. Quand il se réveilla, le soleil était au zénith. L'air torride et embué de la jungle de *khop* se mélangeait à l'odeur du cadavre en une atmosphère épaisse, gluante, terrifiante. Les vautours ne le regardaient plus d'un air haineux. Leurs yeux de verre le fixaient, calmes, détendus, patients. Ils se dressaient en rang sur le cadavre. Ils se lissaient les plumes, s'essuyaient le bec, tendaient le cou pour l'observer. Bôn comprit subitement que ce regard paisible, détendu, était celui du bourreau attendant le moment d'exécuter le condamné à mort, que dorénavant, pour eux, il n'était plus un adversaire mais une proie en réserve. Cette masse de chair immobile pendant plus d'un jour et une nuit était certainement un cadavre qui, inéluctablement, se décomposerait. Une fureur terrible éclata en Bôn comme si la vie enfouie au fond de son âme avait brusquement resurgi :

« Salauds ! »

Bôn bondit sur les rapaces. Ils s'envolèrent d'un seul élan, sans même jeter un cri. Le geste brusque de Bôn ne les effrayait pas, il les étonnait seulement. Les oiseaux firent quelques cercles dans l'air, se posèrent sur un monticule de terre à quelques pas de Bôn. Là, ils continuèrent à lisser leurs plumes comme pour se moquer de lui, de l'observer de leur regard paisible, attentif, confiant, le regard de ceux qui détiennent le pouvoir.

« Putains de vos mères... »

Cette fois-ci, les jurons de Bôn ne franchirent pas son gosier. Les sons s'étaient agglutinés à la racine de sa langue. La soif interminable avait durci toutes ses muqueuses. Sa gorge brûlait, rabotée par la douleur, l'empêchait d'ouvrir de nouveau la bouche. Il marcha en chancelant vers le monticule de terre, se jeta sur les oiseaux. Ce coup-ci, il s'effondra, le visage contre la terre, pendant que les oiseaux allaient se poser sur le cadavre.

Salauds ! Putains de vos mères !

Pour la troisième fois, il les avait injuriés. Cette fois-ci, en pensée seulement. Il s'élança encore sur les vautours. Il ne comprenait pas pourquoi il agissait ainsi, mais la rage refusait de le lâcher, il lui fallait absolument les attraper, tordre leurs cous dans ses mains.

Mais il rata ses cibles. Son visage cogna la chaussure du cadavre. Il ne sentit aucune douleur mais de la honte. Ses nerfs étaient presque totalement tétanisés, il ne sentait presque plus rien, mais la conscience de la honte demeurait. Comme un torrent qui s'enflait, la honte engloutissait son âme. Longtemps après, il put se remettre péniblement sur son séant, regarda les charognards, des bêtes auxquelles d'ordinaire personne ne faisait attention, des oiseaux sales, nauséabonds qui étaient subitement devenus des ennemis plus puissants que lui et qui, maintenant, le maîtrisaient. Lui, l'homme affamé, assoiffé, esseulé, il avait été vaincu. Sa lutte désespérée s'était déroulée sous leurs yeux de verre méprisants et railleurs.

Non. Non. Non. Non. Non...

Les cris jaillissaient de son cœur. Mais ils étaient ténus, incertains comme la vibration d'un monocorde à travers une vallée. Il s'allongea encore, le visage plaqué contre la terre pour respirer, sentir sa rage lentement s'adoucir.

Ô Tân, Kha, Quy, Thanh, Trân, Tuong, Phiên, Tru, où êtes-vous ? Venez à moi... Je ne veux pas mourir, je ne veux pas mourir. Je dois sortir le sergent de cette jungle...

Il s'appuya sur les mains, se mit lentement sur son séant et, lentement, passa la corde sur son épaule. Tous ses gestes étaient lents. Ses bras ne tremblaient plus comme la veille, mais il chancelait. Il accomplissait ses gestes en hésitant, comme un vieillard sous l'empire d'une grave maladie.

Sergent, avançons vers la plaine. Vers la plaine. Nous devons nous échapper de cet endroit. Je t'enterrerai près de la plaine et quand le pays connaîtra la paix...

Ces pensées s'élevaient, légères comme de minces filets de fumée dans son cerveau. Un soleil doux sur le sommet d'un col, la plaine, la plaine illuminée par des horizons bleus, des vagues de la mer. Il tira le cadavre, mit un pied en avant. Quand il sentit la terre contre la plante de son pied, il avança l'autre pied. Un pas. La ficelle de parachute labourait ses épaules. Mais sa peau était engourdie, il ne sentait ni douleur ni irritation. En avant. En avant vers la plaine. Vers la plaine.

Bôn ne se rappelait plus combien de temps il avait marché. Il concentrait toute son énergie, ses sens, sa conscience pour ordonner à ses jambes de poser l'un après l'autre ses pieds sur la terre, de les planter sous son corps, pour ordonner à son corps de ne pas lâcher la corde qui le reliait au cadavre, afin que le tout continuât d'avancer. Il avait avalé la dernière gorgée d'eau, balancé le bidon dans un buisson. Il ne désirait plus rien sinon dormir. Il avançait pendant que ses paupières s'alourdissaient de sommeil. Quand il ne réussit plus à avancer son pied, il s'écroula comme un bananier abattu de plein fouet et sombra dans la nuit noire. Un sommeil sans rêve, un abîme obscur, une grotte sans fond. Le lendemain, les serres acérées des vautours s'enfonçant dans sa poitrine le réveillèrent. Il saisit son chapeau pour les fouetter, mais son geste était trop lent, trop faible. Les vautours avaient largement le temps de s'envoler, de se poser sur le cadavre. Le chapeau roula par terre. Bôn rampa lentement dans sa direction, le ramassa, s'en coiffa. Appuyant ses mains sur les genoux, il se redressa. Il s'attela au cadavre, reprit sa marche. Vers l'est. Des bouquets de lumière filtrant à travers les feuillages frappaient ses yeux. Ils réchauffaient agréablement son corps. Il avançait, somnolent. Ce fut en cet instant qu'il vit l'arc-en-ciel multicolore de son enfance qui apparaissait après les averses du début de l'été.

Ô Giao, Thinh, Tôn, Nguyên, Dù, Yêm, Minh, Quang, Tao ! Où êtes-vous maintenant ? Quand nous reverrons-nous enfin ? Quand ?

De nouveau, il avait lancé ces appels tremblants en pensée. Ces appels convoquèrent dans sa mémoire les aubes de jadis, les herbes imbibées de rosée, le chant cristallin, animé, des oiseaux, les jeunes garçons luttant au corps à corps, s'amusant sur les pelouses, s'agrippant aux épaules, se frappant dans le dos, se tâtant le sexe pour déterminer qui possédait les plus grosses couilles. Les bruits de cette aube lointaine résonnaient en lui, berçaient une orchidée en forme de cloches dans un coin de forêt, une forêt féerique où coulait un ruisseau, où les feuilles chantaient, et non la jungle de *khop,* desséchée, craquelée, où ne résonnaient que les cris des charognards. L'orchidée se balançait, se balançait toujours, jusqu'au moment où, incapable de marcher davantage, il tomba le visage dans les feuilles pourries et perdit connaissance.

Le septième jour, il se réveilla tard dans l'après-midi. Les vautours tiraient les entrailles du sergent de son ventre, se les disputaient. La toile était béante. Les rapaces jetaient des cris grinçants en déchiquetant les intestins comme s'ils ne se contentaient pas de manger mais voulaient aussi transformer leur festin en une fête macabre.

Putains de vos mères !

Les jurons ne prirent même pas forme dans sa tête. Ils s'éparpillaient comme de la cendre. La fureur, comme une vague empoisonnée, l'étouffait. Il se traîna vers les oiseaux, voulut les fouetter avec son chapeau, mais il n'arrivait plus à lever le bras. Il le laissa tomber, regarda les horribles bêtes. Lentement, des larmes jaillirent de ses yeux. Cette fois-ci, deux larmes roulèrent sur ses pommettes. Il n'avait pas bu depuis plusieurs jours. Ces larmes étaient sans doute distillées à partir de son sang. Il avait perdu le combat. Il était vaincu. Il posa les mains sur ses cuisses. Il avait épuisé ses larmes. Pourquoi les avait-il gaspillées pour ces ignobles oiseaux ? Si le sergent avait été en vie, il aurait sans doute souri : ce n'est pas digne d'un homme.

Une feuille de *khop* écarlate se détacha de sa branche, tourbillonna sous les yeux de Bôn avant de choir sur le sol. C'était sans doute l'âme du sergent qui lui faisait signe, qui le rappelait à l'ordre. Il devait continuer à marcher.

Je dois marcher. Je ne dois pas m'avouer vaincu. Jamais...

Bôn endossa son paquetage, remit son chapeau, réinstalla la corde sur ses épaules. C'était maintenant ce qu'il portait de plus lourd. Il avait jeté le bidon et son fusil. Il avança à tâtons, pas à pas, tirant le cadavre. À chaque pas, il appelait le nom d'un homme incorporé le même jour que lui, dans le peloton, la compagnie.

Dinh, Nghia, Sinh, Khanh, Hanh, Phat, Thuoc, Toàn, Tân, Doan, Hung, Sôn, Hùng, Chi...

Les feuilles de *khop* marron, jaune citron, orange, mauves, tombaient sans fin devant lui, dans son dos, sur le cadavre que les vautours déchiquetaient. Il lui semblait qu'il allait s'écrouler, s'endormir, tomber dans un fleuve couleur de plomb, sans pont, sans barque, sans vagues, lisse et immobile comme un miroir, où il s'enfoncerait toujours plus profondément.

Je vais mourir... Mourir dans cette saloperie de jungle de khop. Ô maman, papa, ô Miên...

Effaré, il vit les trois seuls êtres qu'il aimait au monde se dresser comme trois ombres de l'autre côté du fleuve, sans pont, sans barque, sans vagues. Ils ne lui répondaient pas, n'agitaient pas la main, ne faisaient pas le plus petit geste pour lui montrer qu'ils avaient entendu son appel. Ils se dressaient comme trois ombres, indifférents, insensibles, les yeux vides.

Ô maman, papa, ô Miên... Je vais mourir...

Dans son âme, des larmes coulèrent lentement. Elles ressemblaient aux gouttelettes de rosée dans la vallée, à l'aube. Pourquoi les larmes ressemblent-elles à de la rosée quand l'homme pleure sur lui-même ? Il ne le comprenait pas. Cette question lancinante flottait, l'accompagnait comme des graines de pissenlit, pendant qu'il rassemblait ses dernières forces pour se traîner vers l'avant.

Plus le soleil montait, plus Bôn s'essoufflait. Ses paupières allaient se sceller quand il vit palpiter dans le tourbillon des feuilles de *khop* la silhouette d'un soldat. Un cri rauque retentit :

« Eh, frères ! C'est quelqu'un de chez nous. Il est des nôtres ! »

Suivirent le bruissement familier d'une troupe, le bruit des pas sur les feuilles mortes, le craquement des branches et des feuilles écrasées et des voix entremêlées.

Qui est-ce ? Il ressemble à Na, à Quôc, à Duong, à Mai, à Nhà, à Dang, à Tuân, à Huân, à Hac, à Thông... Frère, c'est moi, je suis des vôtres... Ô sergent, nous sommes sauvés. Nous avons retrouvé nos compagnons. Les vautours ne pourront plus

picorer tes yeux. Ton âme portée par ton regard
lumineux s'envolera au paradis, là où l'aube est
claire et paisible, là où résonnent le chant des
oiseaux et les murmures du ruisseau, là où les
garçons s'égaillent sur les pelouses.

Après ces pensées, il se souvint soudain des vautours qui l'avaient poursuivi haineusement tout au long
de son chemin.

Putains de vos mères, petits salauds !

Cette fois-ci, ses jurons jaillirent nettement, ne
fût-ce que dans son imagination. Après ces jurons, il
se sentit libéré, léger, heureux, et sombra dans
l'inconscience.

Douze jours plus tard, Bôn se réveilla à l'hôpital du
corps d'armée. De son bataillon de huit cent quatre-
vingts hommes ne restaient que cent sept survivants.
Une compagnie d'un autre bataillon était tombée sur
lui juste au moment où il perdait connaissance, attelé
à un cadavre que les vautours avaient nettoyé et
dont ne subsistaient intacts que deux épaules et un
crâne. On avait enterré le sergent à la lisière de la jungle
de *khop*.

À cinq cents mètres commençait la plaine.

XV

Les citadins se lèvent d'ordinaire plus tard que les campagnards. Mais les flots de la vie en ville jaillissent aussi vite que les flammes d'un foyer arrosé de pétrole. Vers six heures et demie, les vitrines des boutiques sont encore cadenassées. Seules les portes s'entrouvrent paresseusement pour permettre aux employés de balayer les trottoirs, aux patronnes de prendre l'air en bâillant, la tête hérissée de bigoudis, les vêtements fripés, ouverts, guettant les marchandes de raviolis à la vapeur, de riz gluant chaud, de sandwichs et de pâtés pour le petit déjeuner de leur mari et de leurs enfants. À sept heures, toutes les boutiques sont ouvertes, sillonnées par le va-et-vient des clients, rutilantes de lumière, les marchandises impeccablement exposées. Un espace chatoyant de couleurs, vibrant de sons, où la poussière commence à s'élever. Hoan vit comme un somnambule dans ce monde animé. Il ne veille pas tard, ne se lève pas tôt non plus. Il se réveille d'ordinaire vers sept heures et demie, mais reste allongé dans son lit près d'une heure avant de sortir de sa chambre. Entre-temps, Nên a préparé une décoction de feuilles parfumées pour son bain. À cette époque où les citadins se lavent avec toutes sortes de savons et de mousses importés, il continue de se baigner avec la traditionnelle décoction de feuilles, celle qu'utilisait sa mère pour le laver. Des feuilles de citron, de pamplemoussier, de basilic, de pluchéa d'Inde, de citronnelle... selon la saison.

Les plus merveilleux moments, ce sont les derniers jours de l'hiver ou après le *Têt*. C'est le temps où les plantes odorantes vieillissent, perdent leurs fleurs, où les graines se forment. Quand on les fait bouillir dans un grand tonneau d'eau, elles embaument l'air d'un parfum qui évoque la campagne et le gynécée, suscitant à la fois des rêves de pureté et de seins nus.

Ce matin, en sortant de la salle de bains, Hoan trouve Nên qui l'attend :

« Que voulez-vous pour le petit déjeuner ?

– Rien.

– Une tasse de café alors. Le nôtre n'est pas très parfumé, je vais en commander chez Nhân.

– Ne vous tracassez pas. Je ne prends pas de café et je n'ai pas faim.

– Vous divaguez. À la fleur de l'âge, comment trouverez-vous l'énergie pour travailler sans manger ? »

Hoan voit le regard atterré de la femme. Une sœur aînée, une mère et une domestique fidèle. Il cède :

« Alors, achetez pour moi un panier de riz gluant avec de la pâte de soja vert. »

Rassérénée, Nên s'en va. Hoan se prépare une théière. Hier matin, il a prié Nên de ne plus lui préparer d'œufs à la coque prétextant qu'il ne les digérait plus. Tous les matins, les deux femmes lui servaient trois œufs à la coque avec du sel et du poivre, exactement comme l'instituteur Huy les aimait autrefois, avec un morceau de pain ou une poignée de riz gluant et une tasse de café. Elles ne savent pas que ces nourritures échauffent ses sens toutes les nuits. Sa femme est devenue la femme d'un autre. La veuve du hameau de

Hà dort paisiblement dans le passé. La chauve-souris du désir refuse de se calmer. Toutes les nuits, il se retrouve seul pour l'affronter.

« Le riz gluant est tout chaud, mangez-le sans attendre.

– Merci.

– Voulez-vous du sucre ? Je vous l'apporte.

– Oui, juste un peu.

– Ce matin, Madame Kim Liên est venue avec sa fille.

– Qu'est-ce qu'elle veut encore ?

– L'argent. Vous oubliez que vous devez lui verser tous les mois une allocation pour l'enfant, conformément au jugement du Tribunal ?

– Bon Dieu ! »

Hoan a oublié, il l'a vraiment oublié car, depuis longtemps, Nên et sœur Châu s'en chargeaient à sa place. Un devoir totalement injuste que le monde a mis sur ses épaules. La somme est modeste, mais c'est une cotisation mensuelle qui l'oblige à affronter son passé, un passé qui refuse de le lâcher malgré son désir de l'oublier.

Après le mariage scandaleux, Kim Liên était venue s'installer sans vergogne, avec armes et bagages, chez l'instituteur Huy. Hoan, quant à lui, se réfugia au hameau de Bao, dans la cabane de pêcheur au carrelet. Six mois après, Kim Liên mit au monde une petite fille à la peau brune, aux cheveux frisés. Elle portait certainement en elle le sang d'un autre homme et non d'un descendant de l'instituteur Huy. Les voisins vinrent en foule pour la regarder comme s'ils voulaient témoigner de l'injustice faite à Hoan. Mais tout le monde craignait le pouvoir du Vice-président de la ville et la mauvaise langue de la gérante. On se contenta de murmurer dans leur dos. Madame Kim Lan déclara :

« Peu importe d'où vient le poisson, du moment qu'il est entré chez l'instituteur Huy, il appartient à sa famille. »

L'instituteur et sa femme, patiemment, obtempéraient. L'enfant reçut leur patronyme, Trân. Comme pour leur rappeler le mariage, le Vice-président choisit lui-même un nom à sa petite-fille : Trân Nguyên Kim Loan. Ils donnèrent pour son premier anniversaire un festin encore plus fastueux que bien des mariages. Mais ce fut en vain. Hoan n'était pas revenu à la maison. Il restait obstinément dans sa cabane du hameau de Bao. À lire, à pêcher, à attendre, nuit après nuit, les tremblements de l'échelle. Le Vice-président endura en silence sa cuisante humiliation. Il souffrait pour sa fille délaissée. Il attendit l'occasion de la venger.

La guerre éclata. Après quelques vols de reconnaissance des avions américains et quelques provocations au-dessus des régions frontalières, les citadins des villes et des chefs-lieux de province durent étudier des textes sur les machinations de l'ennemi, sur les dangers de la guerre, sur l'importance de la vigilance révolutionnaire...

Une nuit, pendant que Hoan aérait la cabane, un cri retentit :

« Qui est là-haut ? Descendez immédiatement ! »

Hoan ne comprit pas de quoi il s'agissait. Il descendit lentement. Des hommes armés l'attendaient au pied de la cabane. Dès qu'il mit le pied à terre, une voix hurla :

« Qui êtes-vous ? »

Le ton despotique et hautain l'agaça. Il répondit :

« Je suis moi.

– Attention aux irrévérences envers les pouvoirs publics. Vos nom et prénom ?

– Trân Quy Hoan.

– Montrez-moi votre permis de résidence.

– 17, rue Pham Ngu Lao.

– Chacun doit être là où il a le droit de résider. Que venez-vous faire ici ?

– Pêcher.

– On vous surveille depuis plusieurs jours. Les poissons que vous attrapez, vous les mangez ou vous les remettez dans le fleuve. Vous n'êtes pas un pêcheur comme les autres. Avouez les vrais motifs pour lesquels vous êtes venu au village de Bao.

– Je n'ai aucun motif.

– Nous avons l'ordre d'arrêter tous les suspects, de les enfermer au siège du Comité, de les remettre aux autorités de la ville pour enquête. Vous êtes un suspect. Je vous arrête. »

Hoan n'eut pas le temps de réagir. Il ne comprenait pas qui lui imposait soudain toutes ces tracasseries ni pourquoi. Il resta éberlué, dérouté pendant que la voix hautaine et despotique tonnait :

« Ligotez-le, camarades ! Emmenez-le au siège du Comité. »

Deux hommes se détachèrent de la masse grouillante des ombres noires, plièrent les bras de Hoan derrière son dos. Un troisième lia solidement ses poignets avec une corde.

« En route... » hurla de nouveau la voix impérieuse. Hoan sentit la crosse d'un fusil s'enfoncer dans son dos. Les hommes l'emmenèrent le long des dunes. Il ne reconnaissait aucun visage dans ce groupe, il n'avait jamais encore entendu cette voix. Depuis qu'il s'était installé au village de Bao, il ne connaissait que quelques personnes du hameau de Binh, spécialisé dans la pêche au carrelet le long du fleuve, et des gens qui tenaient des boutiques de gâteaux et de rafraîchissements alentour. Les hommes qui l'arrêtaient appartenaient sans doute aux milices du village de Cat, voisin de Bao, qui faisait aussi partie de la commune de Bao Ninh. Ils exécutaient un ordre quelconque du Comité de la commune... Quelle honte ! Il n'avait jamais imaginé qu'on le rangerait un jour parmi les suspects, qu'on l'arrêterait, le ligoterait, le traiterait d'une manière aussi brutale. Mais c'était la guerre, la guerre, la guerre... Il se rappela tout ce que la radio de la commune de Bao Ninh et celle de la ville de l'autre côté du fleuve diffusaient à longueur de journée par haut-parleur. Des paroles héroïques, déterminées, claires, impitoyables... une littérature qui promettait le fusil, le couteau, le sang, la mort...

J'ai été bête... Il est bien possible que des gens aient dressé des cabanes de pêcheur le long du fleuve pour servir d'indicateurs aux avions ou pour recueillir des renseignements sur la situation locale, la défense et le déploiement des forces armées sur le territoire. Je ne suis pas coupable, mais ma vie anormale me rend suspect à leurs yeux.

Pendant le trajet qui l'emmenait à la pièce fourmillante de punaises où on allait l'enfermer, Hoan ne cessa de se reprocher la naïveté avec laquelle il s'était créé cette vie oisive et inutile qui attirait sur lui les soupçons. Les silhouettes noires des maisons le long de la route augmentaient sa terreur. Depuis les provocations de l'aviation américaine, les gens n'avaient plus le droit d'allumer la nuit. Seules pouvaient être utilisées les lampes anti-aériennes enfermées dans des boîtes perforées d'un trou plus petit qu'une luciole. Les bâtiments du Comité de la commune étaient aussi noirs. Un homme de la bande dirigea sa torche sur le cadenas, un autre l'ouvrit. Les portes grillagées s'ouvrirent. Une main délia la corde dans le dos de Hoan, le poussa dans la pièce :

« Restez là. Demain, vous serez interrogé. »

Ils fermèrent les battants, les attachèrent avec une chaîne, firent claquer sèchement le cadenas. Debout dans la pièce, à travers les barreaux de fer, Hoan suivit des yeux les hommes qui s'éloignaient sans un mot, silencieux comme des ombres fantomatiques. Il restait encore figé, éperdu, quand ils se fondirent dans la nuit, ne comprenant pas pourquoi des gens qu'il ne haïssait pas, à qui il ne disputait rien, pouvaient le ligoter, enfoncer la crosse de leur fusil dans son dos, l'enfermer dans une pièce noire qui puait la moisissure. Cette nuit-là, Hoan ne dormit pas. Il resta assis sur un tas de copeaux de bois et de filets déchirés. Cette pièce servait sans doute à la fois de remise et de cellule. Les punaises sortaient de partout pour l'attaquer. Hoan se gratta, les tua à tâtons. L'odeur âcre du sang des punaises se mélangeait à celle, nauséabonde, des filets et de la moisissure. Une odeur difficile à oublier. Il resta ainsi assis jusqu'à l'aube. Quand le soleil illumina la pièce, il vit le sol de ciment maculé du sang des punaises. Toute la nuit, il les avait tuées en masse, mais elles avaient bu son sang à satiété. Les traces convergeaient depuis les piliers de la cabane. Hoan se leva pour les examiner. Des milliers de punaises pullulaient dans les fissures des piliers. Elles n'osaient pas en sortir en plein jour, mais elles bougeaient, se pressaient dans leur repaire exigu. Hoan frissonna. Seules quelques centaines de ces milliers de punaises l'avaient attaqué la veille. S'il restait enfermé là, les punaises l'attaqueraient tour à tour jusqu'au moment où il n'aurait plus la force de les tuer. Le vent avait séché les cadavres sur le sol, les avait balayés comme des cosses de haricots, les mélangeant avec les copeaux de bois. Au milieu des copeaux et des filets, il vit quelques briques brisées, quelques coquilles d'escargot, des boîtes d'aiguilles et de fils. Hoan donna des coups de pied aux boîtes vides, vit une aiguille en jaillir. Il prit la vieille aiguille rouillée, commença à massacrer les punaises. Piquant dans les fissures du bois, il les sortit une à une, les coupa en deux avec l'aiguille. Les cadavres collés au pilier se desséchaient en dix minutes, tombaient sur le sol. Fissure après fissure, il finit par tuer toutes les punaises du premier pilier. Quand les tuiles commencèrent à chauffer au-dessus de sa tête, il se rendit compte que personne n'était venu l'interroger comme on le lui avait promis. Hoan jeta l'aiguille, s'assit sur le sol.

Ils m'ont menti, ces hommes qui disent représenter le pouvoir, qui ont hurlé après moi, qui ont enfoncé la crosse de leur fusil dans mon dos. Mais pourquoi me suis-je laissé ligoter si facilement ? Il faisait nuit noire et ils ne m'ont même pas lu leur mandat d'arrêt. Je suis un homme instruit mais j'ai accepté l'oppression comme un paysan inculte de l'ancien temps.

Il se sentit furieux contre lui-même, affamé, épuisé. Un coq poussa un cri strident, annonçant le début de l'après-midi. Hoan ne pouvait rien faire de mieux que s'allonger sur les filets déchirés et somnoler. Dans ce sommeil, son cœur battait pesamment, angoissé, rempli de haine contre un ennemi anonyme et de terreur pour un crime qu'il n'arrivait pas à identifier.

Vers quatre heures, quatre heures et demie, le cadenas grinça, les chaînes tintèrent contre les barreaux. Une jeune fille aux yeux ronds ouvrit largement les battants d'un coup de pied, entra avec un panier de bambou.

« Voilà votre repas. »

Elle glissa un regard sur Hoan tout en ouvrant le panier, en sortit un bol de soupe de poisson encore fumant et une assiette de riz où était planté une cuiller :

« Mangez. »

Hoan lui demanda :

« Ceux qui m'ont enfermé vous ont-ils dit quelque chose ? »

La jeune fille secoua énergiquement la tête :

« Je ne sais pas, je ne sais rien. Mangez, je reviendrai dans un instant. »

Elle se leva précipitamment, sortit de la hutte, referma la porte avec le cadenas. Hoan comprit qu'il ne pouvait rien espérer de cette jeune fille. C'était peut-être l'une des centaines de jeunes filles du village de pêcheurs qui l'avaient admiré en cachette ou l'avaient taquiné. Mais c'était aussi une milicienne de la commune à qui on avait confié la mission de nourrir un présumé espion. Elle ne pouvait pas transgresser ses devoirs. Il prit l'assiette, mangea, l'esprit de nouveau serein. Le riz roux qu'affectionnaient les pêcheurs n'était pas moelleux, mais il était très savoureux. Un morceau de poisson frais agrémentait la soupe pleine de piments brûlants. C'était le repas frugal des gens du village de Bao. Hoan le trouva néanmoins succulent après avoir sauté les deux précédents repas. Il pêcha une à une des parcelles de feuilles de menthe, d'aneth, les savoura, sirota par petites gorgées la soupe aigrelette jusqu'à la dernière goutte.

Après avoir mangé, il mit de côté bol et assiette, s'allongea sur les filets et s'endormit aussitôt.

Il dormit ainsi jusqu'au moment où il eut la sensation d'une présence proche. Il ouvrit les yeux, vit la nuit au-delà des barreaux. Une tête ronde se dessinait à contre-jour. La jeune fille au visage rond se tenait assise, immobile à son côté. Hoan se redressa :

« Depuis quand êtes-vous entrée ?

– Depuis longtemps. Mais je n'osais pas vous réveiller.

– Pourquoi ne m'avez-vous pas appelé ?

– Non... Je vous apporte de la soupe, pour que vous n'ayez pas faim.

– Merci. J'ai suffisamment dîné.

– Non. »

Elle alluma une torche à pile, éclaira le panier de bambou. Hoan vit une soupe de soja vert et de porc mijotés avec de l'ail. Les gousses d'ail flottaient sur la bouillie de soja.

« Merci.

– Mangez. »

Elle éteignit la torche, se figea de nouveau. Hoan mangea la soupe dans le noir. Elle attendait en silence. Quand il eut fini, elle lui mit dans la main une tasse en aluminium brûlante. Hoan la renifla. C'était du thé vert fumant. La jeune fille rangea en silence le bol dans son panier et s'en alla.

« Merci, mademoiselle », dit Hoan pendant qu'elle s'affairait à remettre le cadenas.

Elle bafouilla quelque chose, disparut dans la nuit. Hoan vida la tasse par petites gorgées. Puis il se dirigea dans un coin de la pièce et urina. Cette prison sommaire ne comportait qu'une seule pièce sans salle d'eau ni toilettes. Dans un coin, un trou creusé sous un mur ouvrait sur l'extérieur. Les prisonniers pissaient dedans et l'urine allait se perdre dans le sable au-dehors. S'il voulait déféquer, il lui faudrait sans doute entasser les copeaux de bois et les utiliser à la place de la cendre comme dans les pots de chambre d'autrefois. Hoan avait eu le temps d'examiner cette geôle peu professionnelle. Il se demanda qui, avant lui, avait été emprisonné ici et pour quelle raison.

Le lendemain, le Comité de la commune ouvrit ses séances de travail. Hoan entendit au loin des pas aller et venir dans la cour. C'était sans doute des pêcheurs venus solliciter des attestations, des écoliers demandant un coup de tampon ou un curriculum vitae politique. Quelques personnes étaient vêtues comme des gens de la ville. Il crut qu'on allait l'interroger ce matin-là, qu'on lancerait par la suite une enquête. Du village de Bao à la ville, il suffisait de traverser le fleuve en barque. Il pourrait sans doute rentrer chez lui dès le soir. Entourant ses genoux de ses bras, il attendit patiemment, l'esprit à la dérive. Soudain, les coqs annoncèrent l'après-midi. Hoan se leva, regarda à travers les barreaux : la cour ensablée était vide. Plus l'ombre d'un homme. Le soleil était au zénith. Les cadres de la commune étaient rentrés chez eux et avaient sans doute terminé leur déjeuner.

Les misérables ! Voudraient-ils me forcer à hurler ou à saccager cette pièce pour réclamer justice ? À moins qu'ils ne veuillent m'humilier, me pousser à commettre une faute pour me condamner à la prison ? Mais qui a manigancé cela et pourquoi ?

Fou furieux, Hoan chercha anxieusement la raison de son arrestation et l'identité de son ennemi, mais ne trouva pas. Les mains dans le dos, il allait et venait dans la pièce sale, exiguë, surchauffée par le toit de tuiles sans faux plafond. Pas un souffle de vent. L'atmosphère devenait de plus en plus fiévreuse. Il avait faim. Il était en colère contre lui-même. Il haïssait les hommes qui l'avaient enfermé dans cette misérable masure, qui l'y avaient délibérément oublié comme pour se moquer de lui ou en faire un cobaye pour une expérience dont il ne comprenait pas le but secret. Et lui, l'imbécile, il méritait cette punition à cause de son orgueil mal placé de jeune homme de bonne famille. Il aurait dû crier, hurler, faire connaître à tous qu'il avait été enlevé dans la nuit par des hommes dont il ne distinguait pas les traits et qui n'avaient pas de mandat d'arrêt. On l'avait ligoté pour un crime proclamé verbalement et il s'était sagement soumis...

Hoan alla et vint tout l'après-midi, tiraillé par la faim, la soif, l'exaspération. Plus d'une fois, il eut envie de crier, de hurler, mais il ne réussit pas à ouvrir la bouche. Petit, il avait vu des gens se quereller, d'autres pérorer, chanter à haute voix en pleine rue ou marmonner comme des fous en gesticulant. Tous ces comportements, qui rameutaient la foule et l'amusaient, l'effrayaient. Il était incapable de s'imaginer, lui, le fils de l'instituteur Huy, en train d'ameuter la foule pour lui expliquer la vérité en ce qui le concernait, pour se plaindre de l'injustice qu'il subissait, pour quêter sa pitié ou son aide. Non. Il ne pouvait pas. Chaque fois qu'il allait à la porte, tournait le visage vers les barreaux et s'apprêtait à crier, il rebroussait précipitamment chemin. Finalement, il s'allongea sur les filets déchirés, attendit la venue de la jeune fille avec la ferme intention de la suivre dehors, d'aller chercher le chef de la bande qui l'avait arrêté la veille. Il resta ainsi jusqu'à la fin du jour, les paupières lourdes, incapable de dormir. La jeune fille au visage rond ne vint pas. Vers huit ou neuf heures, le cadenas grinça. Un homme entra. Une voix totalement inconnue, qui ne ressemblait à aucune des voix qu'il avait entendues l'avant-veille, retentit :

« Vous avez très faim ? »

Hoan ne répondit pas.

L'inconnu passa outre :

« À deux cents mètres d'ici, près du débarcadère,

il y a un très bon marchand de bouillie de riz. Devant la boutique, il y a une lampe anti-aérienne. Allez-y.

– Pourquoi m'avez-vous arrêté ?

– Je ne vous ai pas arrêté, mais je sais que vous êtes en état d'arrestation. »

L'homme se tenait en face de Hoan. Il avait une coupe de cheveux en fer à cheval et la mâchoire carrée. Un homme bien charpenté, large d'épaules, que Hoan dépassait d'une tête. Hoan n'eut pas le temps de le questionner davantage car l'homme continua :

« Rentrez en ville. Votre famille, votre femme et votre enfant y habitent. À vivre seul ici, vous provoquez les soupçons.

– À propos de quoi ? Qu'ai-je fait pour provoquer les soupçons ?

– Le pays va être en guerre. La guerre est une occasion pour lancer des accusations. On ne réfute pas facilement une accusation de crime en temps de guerre. Suivez mon conseil et retournez en ville. »

Hoan se leva, regarda la tête qui se détachait sur la lueur vague de la fenêtre :

« Mais qui êtes-vous ? »

L'homme soupira :

« J'étais un élève de maître Huy, votre père. Cela suffit pour que vous me fassiez confiance, n'est-ce pas ? Allez, partez, quittez cet endroit, le plus tôt sera le mieux. »

Hoan n'ajouta plus un mot. Il quitta la hutte ténébreuse où l'homme se tenait toujours. Arrivé à l'angle, il se retourna. Tout s'était fondu en une masse noire. C'était une nuit sans lune. Il s'approcha de l'embarcadère, entra dans la boutique de bouillie de riz, prit trois bols et retourna dans sa cabane. Ses vêtements et ses affaires étaient intacts, à leur place. Le lendemain, il revint en ville sur la première barque à franchir le fleuve. Il ne voulait pas que les gens du village de

Bao sachent qu'il était parti. Il était venu discrètement, il s'en allait discrètement. Arrivé à la maison, il alla droit dans sa chambre. Kim Liên, assise sur le lit, cérémonieusement attifée, le regardait de ses yeux étincelants. Il comprit soudain tout. Sans un mot, il alla au marché acheter un hamac et une natte de jonc. Il suspendit le hamac sous l'auvent à l'arrière de la maison, un endroit où tout le monde passait jour et nuit car personne ne pouvait l'éviter en allant à la douche ou aux toilettes. Il tendit quelques ficelles, y suspendit la natte pour en faire un toit contre la rosée, accrocha une ampoule de cent watts. Il ne quitta plus le hamac, jour et nuit, sauf pour aller se promener ou se baigner dans la mer. Il lisait, il dormait, il contemplait les nuages ou les arbres du jardin. L'instituteur Huy ne dit mot, mais Hoan savait que son père l'approuvait. Sa mère poussait de longs soupirs navrés. Comme elle aimait et respectait son fils, elle n'osait pas le contredire et se résignait à subir les remontrances et les invectives de la gérante. Aux repas, Nên préparait pour Hoan un plateau à part qu'il mangeait avant ou après tout le monde. Hoan savourait lentement son repas en lisant ou en réfléchissant sur la vie avec l'air serein d'un patriarche. Le jeune homme bon, spontané, aimable, était devenu un homme glacial. Il semblait s'arroger la place du chef de famille. Son père et les autres se soumettaient de bon cœur et en silence à sa volonté. De toute la journée, Hoan ne proférait pas un mot sauf quand Nên lui apportait son repas ou lorsqu'il lui demandait de lui préparer un plat qu'il aimait. Il ne jetait jamais un regard sur Kim Liên et sa mère. Une fois, la femme sans vergogne vint le trouver, le bébé dans les bras et, d'une voix mi-menaçante, mi-suppliante :

« Prends-la au moins une fois dans tes bras, la pauvre. Elle porte tout de même le nom des Trân. »

Hoan ne lui répondit pas. Humiliée, elle s'en alla. À cet instant, la mère de Hoan surgit, tenta de l'émouvoir. Il regarda sa mère et, avec respect :

« Je ne peux pas. Laisse-moi tranquille, mère. »

Finalement, Kim Liên se résigna à partir. Elle ne supportait plus cette vie de brebis égarée dans une bergerie qui n'était pas la sienne. Elle jouait un personnage de comédie dans la famille de l'instituteur Huy, forçant les autres à jouer d'autres personnages. Mais le prestige et le pouvoir de son père, le caractère venimeux de sa mère n'arrivaient pas à réaliser ses aspirations : ils ne pouvaient pas forcer Hoan à grimper sur son ventre. Elle avait goûté à la vie. Elle ne pouvait pas supporter de vivre comme une veuve. Elle alla plusieurs fois trouver ses parents, pleura, les supplia de l'autoriser à divorcer. Le Vice-président et la gérante discutèrent de la question plusieurs mois avant d'entamer les marchandages. Ils accorderaient à Hoan le divorce s'il acceptait de subvenir aux besoins de la petite Trân Nguyên Kim Loan jusqu'à sa majorité. Par ailleurs, Hoan devait donner à Kim Liên un capital équivalent à cinq taëls d'or pour le prix de son honneur. Cette année-là, on se préparait à la guerre. L'enfant de Kim Liên venait d'avoir un an.

Maintenant, elle en a déjà treize. Les mois et les années semblent longs, interminables et, pourtant, quand on se retourne pour les regarder, ils semblent aussi brefs qu'une pluie, l'ombre d'un nuage, le rêve d'une nuit d'été...

Nên apporte à Hoan une assiette de mandarines mûres, une variété qui ne pousse que sur les collines très ensoleillées :

« Prenez quelques mandarines pour manger quelque chose de frais. »

Hoan épluche la mandarine, calculant en silence la

valeur de cinq taëls d'or en ce temps-là. Il comprit soudain que cela n'avait aucun sens. Sa mère avait pâli, s'était effondrée sur le tas de tissus à ses pieds quand Madame Kim Lan lui avait réclamé cinq taëls d'or en contrepartie de la signature de Kim Liên au bas de l'acte de divorce. Nên avait dû l'aider à se relever. En ce temps-là, cinq taëls d'or représentaient une fortune effrayante, inimaginable pour le commun des mortels. Dans une société où tout était rationné, l'aiguille comme le fil à repriser, où chaque enfant avait droit à cent grammes de viande par mois, on pouvait déjà pavoiser aux yeux du monde en arborant une alliance en or. L'instituteur et sa femme n'osèrent pas discuter la somme, mais elle était hors de leur portée. Heureusement, alors que la famille sombrait dans le désespoir, Kim Liên elle-même la tira de l'impasse. Ne supportant pas l'abstinence, elle prit pour amant le chef des services fiscaux de la ville. L'homme avait une femme brune, bronzée. Elle était habile, responsable et lui avait donné trois fils d'une seule traite. Elle élevait ses enfants et choyait son mari de tout son cœur. Sa jalousie était à la hauteur de sa sollicitude. Personne ne sut comment elle avait pu amener le quatuor des dirigeants du service du fisc – le Parti, l'État, le Syndicat et la Jeunesse communiste – à surprendre en flagrant délit l'adultère de Kim Liên. Son piège avait fonctionné à merveille. Tous les participants se rincèrent l'œil à satiété en contemplant le couple adultère dans toutes les positions possibles. La femme attendit patiemment le moment le plus spectaculaire pour hurler. Les deux malfaiteurs durent signer le constat de leur crime avant de pouvoir se rhabiller. Et ce n'était pas tout. Quand ils sortirent, ils trouvèrent tout le quartier amassé pour assister au spectacle...

Grâce à ce scandale, la famille de l'instituteur Huy put sauver son fils de son malheureux mariage sans avoir à débourser cinq taëls d'or.

Après la guerre, Kim Liên et sa mère revinrent en ville. La boutique avait été restituée à la famille de Hoan. Madame Kim Lan avait été nommée assistante du directeur de l'administration commerciale. Mais son mari mourut, emportant avec lui le pouvoir et la chance dont ils jouissaient depuis des années. Ne gagnant plus suffisamment pour manger, elle demanda à ouvrir un café-bar. Apparemment, ce nouveau commerce ne marchait pas très bien et elles pouvaient à peine en vivoter. Tous les mois, elles venaient réclamer à sœur Châu la pension pour l'enfant. Chaque fois que Hoan passait à toute vitesse devant le café-bar Kim-Kim, il regardait droit devant lui. Mais dans son for intérieur, il souhaitait voir les deux femmes surgir devant la porte pour savoir ce qu'étaient devenues ses ennemies. Il ne les revit jamais. Le temps passant, sa curiosité vengeresse s'estompa. Néanmoins, les subsides pour l'enfant continuaient d'être versés à son insu.

Et voilà que subitement elles réveillent en lui une haine mal éteinte. Il mange indolemment, quartier après quartier, la mandarine et se souvient brusquement qu'aux yeux de la loi la petite Trân Nguyên Kim Loan porte son nom, est sa fille. Un jour, elle aura le droit de réclamer sa part de son héritage, de le partager avec son fils, un enfant angélique et quelque peu naïf.

Plus tard, si par malheur... Je ne pourrai pas sortir de la tombe pour réclamer une analyse sanguine, pour demander la cassation d'un jugement qui a été respecté pendant de trop longues années... Je dois agir tout de suite pour défendre les intérêts du petit.

Hoan sait que l'argent qu'il peut actuellement dépenser produira ses effets. Il cherchera à entrer en contact avec les intermédiaires qui hantent les tribunaux.

« Mon café est-il prêt, *grande sœur* ?

– Je l'ai commandé chez Nhân. On va sans doute l'apporter dans un instant. J'ai aussi commandé pour vous une glace moka.

– Vous voulez m'engraisser comme un cochon ?

– Non. Leurs gâteaux ont à peine la taille d'un œuf de cane, mais ils sont très parfumés, et leurs glaces sont très fraîches. Vous allez voir en les goûtant. »

Après le petit déjeuner, Hoan va chez Cang, une relation commerciale qu'il fréquente depuis quelques mois. Il lui a donné rendez-vous pour discuter d'un investissement commun dans une entreprise de Saigon qui produit des insecticides. Quand il aura traité son affaire, Hoan compte chercher les gens susceptibles de prendre langue avec les cadres du tribunal. En chemin, il a soudain affreusement mal à la tête. La douleur est telle qu'il lui semble que sa tête va éclater en morceaux, que la cervelle bouillonnante se répandra dehors. Il comprend que sa virilité le torture. Il descend de sa moto, entre dans un bar pour boire d'affilée trois verres de lait de tapioca.

Depuis plus d'un mois, il reçoit continuellement des clients. Chaque rencontre s'accompagne de repas plantureux. L'énergie amassée ne trouvant pas d'issue pour se libérer le plonge régulièrement dans des maux de tête aigus, des moments d'étourdissement, des pertes de mémoire. Toutes les nuits, il se retrouve sur le ring, seul, pour affronter le supplice auquel le soumet son corps. Toutes les nuits, il appelle sa femme, se réveille la culotte souillée, le corps pantelant, la tête enfumée comme quelqu'un qui vient d'être écrasé sous le poids des fantômes.

Hoan sait que les moines possèdent une poudre efficace contre la tentation, qu'ils boivent délayée dans une décoction de persicaire. Il pensait demander à sœur Nên de lui acheter cet antidote au désir, mais il n'a pas osé. Les deux sœurs souhaitent secrètement qu'il se trouve une nouvelle femme, un nouveau bonheur. Comme elles connaissent son amour pour Miên, elles n'osent pas en parler. Mais de temps à autre, il voit surgir dans la maison des filles à marier ou des femmes encore jeunes et belles. Comme des appâts, elles voltigent, inlassables, devant sa boutique, causent amicalement avec ses deux sœurs, attendant le moment où il oubliera la femme du Hameau de la Montagne. Hoan en a pitié. Il n'est plus l'homme naïf d'antan pour se laisser piéger une nouvelle fois. Mais la fièvre de la chair le torture sans arrêt.

Un jour, on lui avait présenté la patronne du restaurant Tradition. C'était un étrange établissement. Il ne donnait pas sur la rue mais se nichait dans une ruelle. Pour y aller, Hoan avait dû laisser sa moto dans la rue, pénétrer dans une voie tortueuse entre de nombreux poteaux électriques des temps passés, qu'on avait redressés tant bien que mal. Les maisons se pressaient les unes contre les autres, petites, désordonnées, basses, hautes, anarchiques. Certaines avaient des murs de planches, d'autres des murs de briques. Toutes possédaient une haie de frangipaniers. Le sol de la ruelle semblait tapissé de fleurs. Le restaurant se trouvait au fond de la ruelle. Une pancarte en bois arborait le mot Tradition peint avec du goudron. Une maison basse, couverte de tuiles. À l'intérieur, des meubles anciens, en bois brut, imprégnés de fumée, polis par la sueur. Sur les murs, ni tableaux, ni fleurs synthétiques, ni ampoule électrique, aucune décoration. Bref, aucun détail de la vie moderne, si minuscule fût-il, ne s'était infiltré dans cette demeure. Elle ressemblait à une gargote séculaire qu'on aurait restaurée. La patronne était une vieille femme de soixante-cinq ans, encore très éveillée, énergique, majestueuse, rouée. Des cheveux blancs, tressés en un chignon retenu par une épingle en écaille de tortue, un costume tradition-nel en soie noire, mais une montre à quartz au poignet. Mi-fée, mi-sorcière. Le restaurant Tradition était célè-bre pour ses mets sophistiqués comme pour ses plats populaires : anguilles ou escargots mijotés, poissons grillés dans une feuille de bananier, silures au riz fer-menté, riz gluant à la saumure de poisson. Mais la patronne était encore plus célèbre que ses mets car elle maîtrisait l'art de la divination, prédisait le destin, le malheur ou la fortune rien qu'en vous tâtant le pouls. Elle savait aussi prescrire des traitements aphrodi-siaques ou des médicaments pour tuer le désir. Elle pouvait soigner la stérilité aussi bien que provoquer l'avortement. Les hommes à femmes, non moins que les malheureux maris fidèles frappés par l'impuis-sance, faisaient la queue devant sa porte pour solliciter son aide. Son mari défunt était d'origine chinoise. C'était un médecin célèbre qui n'avait pas pu résister à son destin et était mort depuis plus d'une dizaine d'années. Il avait transmis à la femme sa science secrète. Mieux, il lui avait transmis une volonté et un orgueil incomparables. Aussi, bien qu'elle ne fût qu'une femme ordinaire, même les caciques de la ville la respectaient.

Elle jouait au solitaire dans sa chambre quand Hoan vint la consulter. Elle lui servit une minuscule tasse de thé et lui dit :

« Le mieux est de vivre conformément à la nature.

Vous êtes instruit, vous devez le savoir : quand les principes mâle et femelle s'unissent, le souffle de vie et le sang circulent sans entraves, tous les organes se renforcent mutuellement, se développent favorablement. Dès qu'on ferme la porte et tire le loquet, la maison devient sombre et sans air. Ici ou là, nécessairement, se créent des engorgements, une dégénérescence. »

Hoan resta muet. Il n'avait pas l'habitude d'ouvrir son cœur à autrui. Il se contenta de dire :

« Merci, Madame. Mais j'ai besoin de ce médicament. »

Elle lui jeta un regard découragé, quelque peu curieux, et lui donna une poudre marron. Trois fois par jour, après chaque repas, Hoan en prenait une cuiller à café. Après trois semaines de ce traitement, il n'éprouva plus de désir. Mais il lui semblait être devenu quelqu'un d'autre. Il dormait jusqu'à douze heures par jour. Ses membres cessaient d'être tièdes, se refroidissaient, sa peau verdissait. Il se sentait en permanence hébété. Parfois, il avait peur de lui-même quand il s'apercevait qu'il était vide, n'avait plus envie de penser, d'observer le monde alentour, qu'il languissait à côté de l'existence. Paniquées, les deux sœurs cherchèrent l'aide d'un médecin. Mais Hoan refusa brutalement.

Maintenant, il comprend les paroles de la vieille femme. Il comprend qu'il doit choisir entre deux états également maladifs. Il choisit le second. Il veut vivre encore comme un homme vigoureux et lucide. Il doit encore travailler pour l'avenir de son fils, pour ses proches, pour la femme qu'il n'a jamais cessé d'aimer.

Hoan vide successivement plusieurs verres de lait de tapioca, se masse longuement les tempes et le sommet du crâne, sent sa douleur s'atténuer. Il va chez Cang.

Au cours du déjeuner, il n'ose pas boire de vin, se

contente de deux bols de riz avec quelques morceaux de tofu agrémenté de sauce de soja. Son compagnon éclate de rire :

« Pourquoi vous privez-vous comme cela ? Même un gars du peuple comme moi ne se résignerait pas à rester sur sa faim comme vous. »

De tempérament réservé, Hoan n'a pas l'habitude de bavarder. Se sentant deviné, il perd contenance, rougit. Cang le regarde attentivement, l'air curieux et jubilant comme s'il venait de mettre la main sur une grosse somme d'argent :

« Mon Dieu, pourquoi êtes-vous tout rouge comme ça ? Je ne m'attendais pas à troubler le plus gros commerçant des six provinces du Centre-Vietnam. »

Hoan répond :

« Tout le monde a son talon d'Achille. Je ne suis pas un habitué des lieux de plaisir.

– Vous me prenez pour un libertin ? » rétorque Cang en haussant le ton. Puis, sans attendre la réponse de Hoan, il continue :

« Ma famille vivait dans la misère depuis quatre générations. Je ne suis pas naïf au point de perdre mon argent au jeu et aux plaisirs. Vous me connaissez, je calcule sept fois avant de débourser le moindre sou. Un festin en ville coûte de quoi nourrir toute une famille de laboureurs pendant plusieurs mois. Ma parentèle vit toujours dans la boue des rizières. Je dois toujours les secourir. Le principal dans ce que j'ai à vous dire ne concerne pas le plaisir mais l'hygiène. Pardonnez-moi, dans le fond, c'est comme aller aux toilettes. Dès qu'on a mangé, il faut déféquer, dès qu'on a ingurgité de la bière, tôt ou tard, deux ou trois heures après, il faut pisser. Je défie quiconque de conserver indéfiniment les excréments de son corps.

– Je ne le conçois pas comme ça. »

Cang écarquille les yeux, le regarde fixement :

« Avant de vivre en solitaire dans cette ville, j'avais une femme. Avant de me marier, j'ai aussi aimé. Je pensais tout comme vous qu'on ne peut coucher qu'avec la femme qu'on aime. Mais la vie n'est pas ainsi. »

Hoan se tait et, soudain, soupire. Son collègue a raison. Son père lui a enseigné que l'homme ne trouve le bonheur qu'avec la femme qu'il aime. Il y a cru. Cependant, ses premiers ébats avec Kim Liên lui avaient apporté du plaisir. Il ne savait pourtant pas qui elle était, il avait fait l'amour dans un état second. Et puis il y avait eu les nuits avec la femme du hameau de Hà, dans la cabane sur pilotis au bord du fleuve Nhât Lê. Il avait aussi grimpé au faîte du plaisir, même si ce n'était pas le parfait bonheur qu'il avait connu avec Miên. Cang dit sans doute vrai. Peut-être l'homme doit-il trouver une issue pour libérer sa chair, comme le voyageur traversant une montagne aride doit désaltérer sa soif dans la première flaque d'eau qui se présente. Il se rappelle soudain Miên. Elle doit toujours partager son intimité avec un homme qu'elle n'aime plus. Ces relations charnelles restent hors du bonheur, hors des normes de l'amour que son père lui a enseignées.

Cang, qui ne quitte pas Hoan des yeux, continue :

« Votre situation ne ressemble pas à la mienne. Votre femme ne s'est pas dévergondée. Le sort l'a obligée à vous quitter. Vous pouvez continuer de l'aimer, d'éprouver de la nostalgie pour elle tout en cherchant une autre femme où déverser les ordures entassées dans votre corps. »

Hoan sait bien qu'on continue d'exercer le plus vieux métier du monde, que de tout temps ce métier perdure, publiquement ou clandestinement. Sans doute un métier au service des hommes acculés au malheur comme lui ou de ceux qui étaient trop pauvres ou trop défigurés pour trouver une femme capable de les aimer.

Oui, tout est aussi vieux, éculé que la terre. Avant moi, il y a eu des millions d'hommes et après moi il y aura encore des millions d'hommes à tomber dans cette honteuse situation.

Il se sent néanmoins humilié, pitoyable de devoir chercher une fille de joie dans une maison close.

Comme s'il avait deviné les hésitations de Hoan, Cang élève la voix :

« Allons, toute marchandise mérite d'être testée. Venez avec moi cette nuit. Vous verrez que cela ne mérite pas tant de tergiversations. La vie est simple. Nous achetons une marchandise que nous payons à son juste prix. Comme le disaient les vénérables depuis les temps les plus reculés : consommez et payez. »

Cang glisse un regard sur sa montre. Il a un autre rendez-vous vers une heure et demie. Cet homme est une machine à mouliner les affaires. Obsédé par l'argent, il travaille sans compter, peu importe l'intérêt de l'affaire. Hoan sait que cette manière de procéder ne rapporte d'ordinaire pas grand-chose. Ceux qui font commerce de tout, depuis le nuoc-mam aux mèches pour les lampes à huile, s'échinent comme des buffles et, malgré tous leurs efforts, n'arrivent jamais à faire des profits dignes de ce nom, à édifier une fortune.

Dire que c'est un paysan chipotant sur la taille d'une bouteille de nuoc-mam, comptant chaque oignon, qui aujourd'hui libère mon esprit. Il y a vraiment de nombreux échiquiers et de multiples parties d'échecs dans la vie. Celui qui gagne une partie en perdra une autre.

Hoan salue l'homme et s'en va. De retour à la maison, il se précipite dans sa chambre, pique un somme jusqu'à près de trois heures de l'après-midi avant de foncer à la plage sur sa moto pour se baigner dans la mer. Quand il revient chez lui, il trouve Cang en train de papoter avec sœur Châu devant le comptoir.

« Voilà un quart d'heure que je vous attends.

– Pardon, je pensais que vous viendriez plus tard.

– J'espère que vous n'avez pas dîné sur la plage, dit Cang avec un clin d'œil complice, il paraît qu'on y vend un excellent plat de langouste. »

Hoan ne répond pas. Les deux sœurs sont là. Des femmes de l'ancien temps qui n'oseraient jamais penser à ce genre de grossièreté. Hoan va tout droit dans la salle de bains, met un nouveau costume, revient.

« Allons-y. »

Il se retourne :

« Je ne dînerai pas à la maison ce soir. »

Ils enfourchent leurs véhicules, allument le moteur et foncent. Hoan :

« Où allons-nous ?

– Au restaurant chinois.

– Lequel ?

– Le grand restaurant de la rue Trân Phu. »

Cang se tait un moment, puis continue :

« Avant de goûter au plaisir de la chair, il vaut mieux se nourrir d'abord avec de la cuisine chinoise. C'est une leçon que j'ai apprise auprès d'authentiques Chinois de Cholon. »

Ils s'arrêtent, entrent dans le restaurant. Cang :

« Vous payez le repas. Je payerai les ébats. Comme ça, on sera quitte.

– Je paierai les deux, soyez tranquille. »

Cang rit effrontément :

« C'est mon jour de chance. »

Comme ils s'installent à table, il rajoute :

« Mais je ne suis pas le seul à connaître la chance aujourd'hui. Vous verrez... »

Il se retourne vers l'intérieur, appelle à haute voix :

« Apportez-moi le menu ! »

Les serveurs répondent bruyamment de la cuisine. Un ton spécial, qu'on ne rencontre que dans les restaurants chinois. On dirait à la fois une réponse et un écho pour la forme qui retentit derrière les rideaux d'une scène. Car, malgré les cinq ou six voix qui ont répondu, ils devront attendre vingt minutes avant qu'un grand gaillard efflanqué se présente. Il leur tend un menu épais :

« Que désirez-vous comme apéritif ?

– De l'alcool fortifiant, et du meilleur...

– Bien. »

Le serveur au profil de cigogne se détourne, s'éloigne rapidement. Une dizaine de minutes plus tard, il revient avec un petit plateau où trônent un flacon d'alcool médicamenteux, deux verres de cristal, quelques assiettes d'amuse-gueule. Il dépose le plateau sur la table, ressort le menu, élève la voix :

« Maintenant, veuillez commander les plats principaux. »

Cang commande un pigeon mijoté aux huit trésors et une carpe à la vapeur agrémentée de viande de porc et de cèpes. Il demande pour Hoan une soupe d'estomac de poisson et un poulet royal à l'étouffée, une variété noire, ne pesant que trois à quatre cents grammes, qu'autrefois on faisait mijoter avec des herbes fortifiantes pour développer la virilité des rois, des seigneurs ou des membres de la famille impériale. Alors que le serveur s'en va en courant, Cang demande :

« Connaissez-vous cet alcool que prenait le roi Minh Mang[1] ?

– Non.

– C'est un alcool qui fut inventé de son temps. Le roi en buvait et il avait conçu cent dix-huit enfants. Il est si célèbre que dans le pays comme à l'étranger on lui a appliqué la devise : Six accouplements par nuit pour cinq fils. »

Hoan connaît un peu le sino-vietnamien[2]. Effaré, il demande :

« Cela signifie en une seule nuit, faire l'amour à six femmes et concevoir cinq enfants ? Vous êtes sûr d'avoir bien entendu ?

– Comment ça ? Je ne connais pas le chinois, l'homme qui m'a fait goûter à cet alcool pour la première fois a dû m'expliquer de manière détaillée le sens de cette devise. Pour ne rien vous cacher, je l'ai expérimenté de nombreuses fois. Allons-y, essayons. Vous verrez, cette nuit. »

Il rit bruyamment, très sûr de lui, ouvre le flacon, sert l'alcool. Hoan regarde le liquide couleur de prune mûre dans le verre de cristal, sceptique, excité. Il se voit comme un gosse tenté par un maquereau ou l'acolyte d'un libertin professionnel :

Cela n'a pas d'importance. En fin de compte, tout le monde doit payer pour savoir, moi de même.

Il vide le premier verre, se ressert un autre, puis un troisième, un quatrième. Il se sent plus exalté, parle et rit davantage, plus fort. Glissant un regard discret sur le miroir enfumé suspendu au mur, il voit, effaré, un

---

1. Minh Mang, un roi de la dernière dynastie vietnamienne.
2. Sino-vietnamien : mot chinois prononcé à la vietnamienne. Le vocabulaire vietnamien comporte à peu près cinquante pour cent de mots d'origine chinoise.

autre homme, totalement différent de l'homme qu'il est au quotidien, qui le regarde d'un air de défi. Est-ce cet alcool mystérieux ou les mets impériaux qui l'ont entraîné dans cette étrange exaltation ? Soudain, dans ce restaurant où flottent l'odeur des plats sautés, la fumée suffocante des cigarettes, le vacarme des conversations, s'élève un air de musique qu'il aime. Il se met à fredonner.

Je suis tombé dans un piège après avoir bu quelques verres de vin rouge chez la mère Kim Lan. Maintenant, c'est de moi-même que je me jette dans un autre piège avec des verres d'alcool couleur de prune mûre, l'alcool aphrodisiaque d'un roi débauché. Autrefois, j'étais un gamin naïf. Aujourd'hui, je suis un homme en manque de femme. J'ai le droit de faire ce qu'il me plaît.

Cette pensée résonne en lui comme un chant gai, grossier, railleur, provocateur. La couleur de cet alcool inconnu l'initierait-elle à une autre vie ou à une autre manière de savourer la vie ? Peu importe.

Cang le regarde avec des yeux malicieux. Son visage flamboie :

« On y va ?

– Oui. »

Hoan appelle le serveur d'un geste, règle l'addition. Ils partent. Ils foncent chez Cang, rangent leurs motos, descendent la rue à pied. Hoan ne se souvient plus des rues, des carrefours, des tournants par lesquels ils sont passés. Il suit Cang, ne pensant à rien, fredonnant la vieille chanson de jadis et, de temps en temps, souriant tout seul. Ils arrivent finalement dans une petite rue bordée de badamiers rabougris. Cang se dirige vers un étal où on vend des cigarettes au détail :

« En avez-vous de libres ? »

De derrière l'étal surgit le visage d'un homme, un

visage épais, débordant de chair. Malgré la lumière blafarde des lampadaires, on peut distinguer sa peau boursouflée de boutons. La bouche du vendeur de cigarettes s'ouvre en un large sourire :

« Il y en a en permanence, mais elles ont dû se disperser. »

Cang acquiesce :

« Ça me va. »

L'homme demande :

« C'est pour tirer un coup ou pour *le grand voyage* ?

– C'est pour la nuit.

– Vous seul ou tous les deux ?

– Tous les deux.

– Séparément ou en groupe ?

– Séparément.

– J'ai compris.

– Et les tarifs ?

– Comme avant.

– D'accord. Allons-y.

– Un instant. À cette heure, c'est un flic inconnu qui surveille la rue. Attendez une demi-heure qu'on vienne le relever.

– Bon, on attendra. On ira au bar-crapaud comme d'habitude.

– Oui, Thu Cuc est toujours au même endroit. »

Cang entraîne Hoan. Ils parcourent la rue, tombent dans l'obscurité, se dirigent vers un étal sur le trottoir pour boire un thé populaire. C'est un étal ambulant qu'on appelle bar-crapaud, car il doit souvent « sauter ». Le vendeur détale avec son matériel et sa théière d'un coin à un autre sous les matraques des policiers. Mais les bars-crapauds survivent, intacts. Parfois grâce à des billets glissés dans la poche des représentants de la loi, parfois en attendant patiemment que la loi se lasse. Et les gens réinstallent sur le trottoir leurs paniers de bambou entourés de quelques tabourets pour servir la clientèle. Sur le panier, un van et, sur le van, toutes les marchandises dont ils disposent : quelques sachets de seiches séchées, grillées, quelques pochettes de nougats aux cacahuètes ou de bonbons farineux, quelques tasses encrassées pour le thé, quelques verres de fabrication locale pour l'alcool. La théière est gardée au chaud dans une corbeille et l'alcool caché dans le panier. Les deux hommes s'approchent d'un panier où brûle une lampe à pétrole. La vendeuse au visage sombre est assise, pétrifiée, derrière le panier. Cang lui demande :

« Le thé est complètement froid, n'est-ce pas ? »

La femme ne répond pas. Cang tire Hoan sur un tabouret :

« Vous êtes grand et corpulent, ce tabouret sera un peu inconfortable. Mais il faut s'y faire. Avez-vous soif ?

– Non. »

Cang se tourne vers la vendeuse :

« Nous ne prenons rien. Tenez, pour la location des sièges. »

Il lui glisse un billet dans la main. La femme d'une quarantaine d'années prend le billet, le fourre dans la poche de sa chemise, comme si elle n'y accordait aucune attention. Malgré son air lugubre, elle dégage une incroyable impression d'orgueil glacé et distant. Le foulard qui recouvre sa tête, comme sa chemise, est couvert de fleurs aux couleurs éclatantes. Hoan se dit que sous la lumière du soleil, ces couleurs seraient gaies comme la jeunesse et pleines de distinction. Les vendeurs des bars-crapauds cherchent d'ordinaire à lier conversation avec leurs clients. Ils sont en général bavards. Mais cette femme est muette comme une statue. Son air indifférent surprend Hoan. Après avoir glissé l'argent dans sa poche, elle sort un morceau de seiche grillée, le déchire en filaments, le déguste comme un enfant savoure un gâteau. Le voyant silencieux, Cang lui tend une cigarette :

« Connaissez-vous quelque chose à ce monde des femmes qui vivent de la brume [1] ?

– Non.

– C'est la première fois que vous y mettez les pieds ?

– Oui.

– Alors je dois vous expliquer deux ou trois choses. Les filles de joie aiment parler en argot. C'est plus amusant à entendre que la langue courante. Par exemple, si vous ne voulez coucher qu'une seule fois avec une femme, vous dites : tirer un coup. Si vous la louez pour une nuit entière, vous pouvez lui faire l'amour une, deux, trois, quatre fois comme les mâles en rut ordinaires et même sept ou huit fois comme Sa Majesté Minh Mang. Dans ce cas on dit : faire le grand voyage. »

À cet instant, la vendeuse donne un coup d'éventail sur le bras de Cang :

« On vous appelle. »

Son geste a quelque chose d'étonnamment familier, d'obscène.

Hoan en est abasourdi, mais Cang se retourne sans s'étonner vers l'étal de cigarettes au bout de la rue. La lampe à huile posée dans la vitrine va et vient plusieurs fois de suite. Cang saute sur ses pieds :

« Allons-y. »

Avant de partir, il se retourne, sourit à la femme :

_____

1. Prostituées.

« Pourquoi cette douceur et cette pudeur, aujour-d'hui ? »

La femme ne répond pas. Elle se baisse, range les tabourets et les marchandises dans son panier et les suit. Le vendeur de cigarettes piétine d'un air nerveux derrière son étal :

« Notre flic est arrivé, allez-y vite.

– Qui nous conduit cette nuit ? » demande Cang.

L'homme lui répond d'un coup de menton :

« Elle. »

Puis il lui dit :

« Troisième ruelle, tu t'en souviens, Thu Cuc ?

– Oui. »

Sa voix s'élève, grave comme une voix d'homme. Hoan regarde de nouveau avec curiosité la femme fanée au si joli nom. La lueur des lampadaires est si floue qu'il ne distingue qu'un visage brouillé sous un foulard aux couleurs éclatantes, noué à la manière des Chams [1]. La femme ouvre la voie. Cang entraîne Hoan derrière lui. Ils entrent dans une ruelle, contournent de petites maisons basses, mi-campagnardes mi-citadines, rafistolées avec tous les matériaux détériorés qu'on peut ramasser dans les décharges. Les maisons se croisent, s'entassent pêle-mêle comme la vie des gens de tous les horizons échoués ici après la guerre. Elles ressemblent à un banc d'escargots qui se collent en grappes les uns sur la coquille des autres. En quelques années à peine, à une vitesse incroyable, ici, la vie a germé et s'est flétrie. Les deux hommes se faufilent sous des cordes à sécher le linge, franchissent des cours tortueuses aux formes étranges, passent par-dessus des monticules d'ordures et puis gravissent un

---

1. Cham : originaire du Champa, un royaume annexé par les Vietnamiens au Moyen Âge.

escalier construit avec des planches de coffrage non rabotées, laides, grossières. Hoan n'a encore jamais mis les pieds dans ces lieux. Il n'imaginait même pas qu'il puisse exister un quartier aussi lugubre dans sa ville natale. Avant la guerre, ce quartier n'existait pas. Il est le produit des vies en dérive nées des années de bombardements. Hoan dit à Cang :

« Demande-lui d'aller un peu plus lentement. »

Il ne veut pas avouer qu'il n'a pas l'habitude de circuler dans des ruelles tortueuses, sales, plongées dans cette lumière tremblante. Cang crie vers l'avant :

« Thu Cuc, attendez-nous ! »

Mais la femme avance vivement comme si elle n'avait pas entendu ou comme si elle faisait semblant de ne pas entendre. Cang est obligé de courir après elle et Hoan après lui. Étant grand et corpulent, il peine à les suivre. Finalement, ils s'arrêtent devant une grande porte en bois couleur marron. La femme donne des coups violents sur la porte, tire sur la sonnette. Un tout petit tintement résonne de l'autre côté du mur. La porte s'entrouvre. La femme se détourne vivement, disparaît à la vitesse d'une chatte. Derrière la porte entrouverte, apparaît une tenture rouge sous une lumière jaunâtre, sale. La scène arrête brusquement Hoan dans son élan. Comme s'il avait deviné son hésitation, Cang saisit le bras de Hoan, le tire vers l'avant :

« Plongez dans l'eau, comme pour la première leçon de natation. Vous n'êtes plus un gamin. »

Les deux hommes entrent dans l'espace rectangulaire. La tenture se dresse devant leurs yeux d'un mur à l'autre. Au milieu est suspendue une lampe sans abat-jour. Ne lui laissant pas le temps de réfléchir, Cang lui demande :

« Derrière cette tenture, il y a deux chambres. Prenez-vous celle de gauche ou celle de droite ? »

Hoan regarde la tenture rouge souillée de traces de poudre à maquiller, de rouge à lèvres, de graisse, d'huile, de suie et d'innombrables autres saletés impossibles à identifier. Cang n'attend pas sa réponse, il continue :

« Derrière ce rideau, la pièce est divisée en deux, nous aurons le plaisir de nous entendre. Disons, de goûter deux fois au même plat. Je choisis pour vous la pièce de droite. Pour un débutant, c'est plus commode. »

Il saisit la main de Hoan, l'entraîne vers le mur de droite, soulève la tenture rouge, le pousse dedans et s'en va aussitôt. Hoan entend ses pas se diriger vers l'autre pièce et une voix de femme s'élever :

« Cela fait longtemps que je ne t'ai pas vu. »

Les mains d'une autre femme entourent les épaules de Hoan derrière son dos, glissent sur son cou, son menton, ses joues, s'arrêtent pour titiller les lobes de ses oreilles :

« C'est la première fois, *grand frère* ? »

Sa voix est plus grave que celle de la femme d'à côté. Hoan ne répond pas. Il ne sait pas quoi lui répondre. Il reste figé comme une statue. Les mains continuent de le caresser, les ongles griffent légèrement ses oreilles, les auriculaires s'enfoncent lentement dans leur trou. La voix s'élève de nouveau, plus nette, plus caressante :

« N'aie pas peur... N'aie pas peur... »

Hoan tressaillit. Il sent un corps de femme se plaquer contre son dos, sa chaleur traverser le tissu de sa chemise, se propager dans sa chair. Partant des fesses, elle remonte vers son dos, se répand sur ses cuisses. Il reste debout, silencieux. Il a l'habitude de garder le silence face aux situations compliquées, dans les moments où il n'arrive pas à maîtriser ses émotions et ses esprits. Il sent une odeur d'hôpital mêlée à celle des poudres de maquillage, des rouges à lèvres, des savonnettes et autres substances non identifiables. Il ne s'explique pas cette odeur de désinfectant sur le lieu de travail d'une fille de joie. Cette question le tracasse vaguement. La voix de la femme s'élève de nouveau :

« Viens dans le lit. Pourquoi restes-tu planté comme cela ? »

Cette fois, Hoan sent un souffle tiède balayer son oreille. Il se demande s'il doit répondre ou se retourner en silence et l'attirer dans le lit qui se dresse à une enjambée de là, sous une couverture sombre à motifs floraux. Les ongles pointus de la femme se détachent des lobes de ses oreilles. Doucement, elle tire la chemise de Hoan hors de son pantalon, plonge la main dedans, la glisse le long de son épine dorsale. Une sensation étrange l'étourdit. Ces ongles n'ont rien à voir avec lui, ils ne lui appartiennent pas, ne se comparent pas à la peau, à la chair, aux lèvres, aux yeux de la femme qu'il aime, mais ils suscitent une douceur qu'il n'a encore jamais goûtée. Cette sensation ressemble à un vent inconnu, pas le vent familier qui souffle entre le ciel et la terre, au-dessus des océans, des rivages, des plaines, des champs, des montagnes, des collines, mais le vent obscur des grottes dont nul ne connaît l'origine, dont on ne sait s'il est bénéfique ou malfaisant et qui, néanmoins, berce l'homme, l'entraîne dans la marée du plaisir, caresse son corps, lui fait admirer sa propre existence. Hoan cesse de penser, ses paupières se ferment lentement comme pour accueillir plus profondément cette douce émotion. La femme soulève sa chemise, plaque son visage sur son dos, s'immobilise quelques secondes comme pour lui permettre de prendre conscience du geste et, pendant qu'il est encore tout hébété, elle lèche son épine dorsale de sa langue molle. La respiration de l'homme se bloque. Son corps se raidit, sa sensibilité se concentre tout entière dans l'attente des sensations qui naissent dans la peau de son dos. La fourrure d'une chatte... le velours d'une pelouse... le duvet sur les joues de Miên... les lèvres expertes de la veuve du hameau de Hà, les poils d'une laitue indienne... la pluie chaude des premiers jours de l'été tombant goutte à goutte sur ses cils... Ces souvenirs, ces images traversent son esprit. Sa peau, sa chair s'embrasent, enfiévrées. Il sent son sang se déchaîner à travers ses artères comme un fleuve en crue, prêt à démolir toutes les barrières, à bouillonner comme l'eau sur le feu, comme s'il allait devenir fou et exploser en mille morceaux dans quelques fractions de seconde à moins de libérer toute cette vitalité. Son regard s'obscurcit brusquement, féroce. Il se dit qu'il peut faire l'amour... Non, cette nuit, il peut violer des centaines, des milliers, des dizaines de milliers de femmes. Il se retourne brutalement, saisit la femme derrière son dos, la soulève, la pose sur le lit, au-dessus de la couverture fleurie dont il a remarqué la couleur noirâtre.

Hoan ne se rappelle plus ce qu'il a fait, ce qu'il a dit cette nuit-là. Mais il sait avec certitude qu'il a fait l'amour comme une mécanique. Comme une machine à labourer, à piocher, à faucher, à battre les épis. Comme un marteau-pilon sur les chantiers. Il a fait l'amour comme un forçat sous l'aiguillon du fouet de ses geôliers. Il n'a pas fermé l'œil une seule minute entre deux assauts. Il s'est contenté de chercher à tâtons une cigarette et de fumer dans l'obscurité. La femme dont il ne connaissait ni le nom ni le visage, qui haletait nue sur le lit, n'avait même pas le temps de ceindre ses hanches avec sa serviette. Elle la pliait en quatre comme un lange pour recueillir tout ce qu'il avait éjaculé.

Vers six heures et quart, la sirène hurle pour réveiller la ville. Hoan se redresse, s'habille, se dirige vers la fenêtre. La mer se soulève sous ses yeux. Le soleil vient de poindre au-dessus de l'eau. L'est s'embrase de lueurs roses, radieuses, fraîches. Les voiles teintées de soleil, les ailes des mouettes chavirent sur la crête des vagues. La mer de tous les jours. Mais le vent frais frappe son visage, lui procure la sensation de revivre. Sa tête est légère, limpide, comme si les nuages noirs qui s'y entassaient s'étaient dispersés, comme si l'averse bienfaisante des premiers jours de la saison des pluies avait balayé la poussière et les ordures de la ville, nettoyé ses égouts engorgés. Il se gratte la tête, aspire l'air du petit matin, se rappelle les moments heureux qu'il a vécus au Hameau de la Montagne, les aubes limpides et fraîches où il marchait sous les poivriers, les caféiers imbibés de rosée, l'esprit clair, l'âme légère comme un cerf-volant flottant dans le vent.

Pourquoi penser à ces temps heureux ? Ils appartiennent au passé, comme une tombe qu'on ne contemple qu'à la fête des morts.

La tristesse soudain le submerge. Il chasse ses souvenirs, il les sent comme des offenses vis-à-vis de Miên. Il se retourne, regarde la femme sur le lit. Elle dort profondément, le visage plaqué sur son oreiller jaunâtre marqué d'une traînée de salive. Ses cheveux frisés, épars, recouvrent presque entièrement son petit visage maigre. Une nuque mince, des omoplates qui pointent sous le tissu de la chemise.

Elle est si maigre... Comment peut-elle faire ce travail tous les jours, tous les mois ? Son visage est pitoyable.

Il s'approche pour voir plus nettement le visage de la femme qui vient de passer la nuit avec lui. Un bruit métallique jaillit. Hoan se rend compte qu'il vient de cogner une cuvette en aluminium de la pointe de sa chaussure. Un liquide se répand sur le plancher. De l'urine ? Hoan sursaute, regarde attentivement le liquide. L'odeur qui s'en échappe le lui confirme.

« Mon Dieu, tu as brisé mon sommeil. »

La femme se redresse, bâille longuement, les yeux fermés :

« J'ai oublié de te prévenir. Il faut faire attention à ne pas renverser le pot en marchant. »

La bouche violemment fardée s'ouvre de nouveau sur un long bâillement qu'elle ne se donne même pas la peine de masquer de la main. Hoan frémit. Pitié ou répugnance ? Il ne sait pas. Les clavicules de la femme pointent nettement car elle porte une chemise à large col qui lui tombe sur l'épaule. Hoan voit distinctement les tétons de ses seins quasiment plats. Des bouts de chair sombre, entourés de poils entortillés. Il n'imaginait pas que les femmes pussent avoir des poils aussi longs à cet endroit. La prostituée arrive enfin à ouvrir ses yeux ensommeillés, elle le regarde et sourit :

« Assieds-toi. »

Des yeux maladroitement maquillés dans un visage plat, sans pommettes, le menton minuscule et pointu d'un enfant, des lobes d'oreille plats, quasiment collés à la mâchoire. Hoan s'assied, regarde les petites rides barbouillées de poudre aux coins de ses yeux :

« Vous... vous faites ce métier depuis longtemps ?

– Trois ans. Trois ans de ce métier pèsent autant que trente ans d'une vie normale. On ne fait pas de vieux os dans ce métier. »

Elle bâille de nouveau, se gratte le dos :

« Si chaque nuit je tombe sur un client aussi brutal que toi, je suis bonne pour la tombe dans trois ans. »

Hoan est soudain saisi par la pitié :

« Je... Je vous demande pardon... »

La femme rit, secoue ses cheveux, rejette la couverture de son ventre, cherche à tâtons ses sandales, tire la cuvette, baisse sa culotte, pisse bruyamment. Horrifié, Hoan bondit sur ses pieds, puis, se maîtrisant, il se rassied sur le lit sale, encombré par deux oreillers épars, deux couvertures fripées et, dans un coin, la serviette en boule que la femme a utilisée pour essuyer son sperme.

Oui, d'innombrables hommes sont passés par ici. Elle a raison de se comporter ainsi. Dans sa situation, impossible de garder la dignité minimale d'une existence humaine.

Le ruissellement strident de l'urine dans la cuvette continue néanmoins de l'écœurer. Il pense, terrorisé, au moment où, quittant cette maison, il rencontrera ses clients, ses collègues et, rentrant chez lui, il affrontera le visage de ses proches. La lumière du jour l'éclairera peut-être jusqu'à la racine des cheveux, jusqu'aux pores de la peau et proclamera la vérité.

« Alors, tu es satisfait ? »

Cang arrive dans son dos sans qu'il s'en aperçoive, pose la main sur son épaule. Hoan se lève :

« Comment dois-je payer ? »

Cang secoue la tête :

« Pas ici, au patron. Le vendeur de cigarettes que nous avons rencontré hier soir. Vous pouvez donner quelque argent à votre amante, de quoi adoucir la faim sur le lit, comme on dit. »

La femme a fini de pisser, elle se redresse, regarde Hoan avec sollicitude comme un chien qui attend que son maître lui donne à manger, les lèvres plissées sur son visage émacié. Cang murmure à l'oreille de Hoan :

« Deux petites coupures seulement, pas une de plus. »

Hoan grommelle. Un coup de vent s'abat dans la chambre, soulevant l'odeur pénétrante de l'urine. Hoan balaie la pièce des yeux, se souvient qu'il a pissé plusieurs fois la nuit dernière dans un coin quelconque. Maintenant, il aperçoit ce petit coin derrière la jarre d'eau vers lequel la fille de joie l'a guidé la veille. La grande jarre en grès y est calée. À son pied se creuse un trou qui mène dehors aux égouts. Sur le bord de la jarre, chancelante, une écope en plastique blanc. À côté, une serviette de coton visqueuse. Sur le mur lépreux, les traînées d'eau se couvrent de mousse vert grisâtre, semée de moisissures blanches. La chambre d'à côté doit être aussi misérable, aussi décatie que celle-ci, avec la même jarre posée dans un coin, la même serviette visqueuse, la même écope crasseuse, le même trou d'évacuation que, nuit après nuit, les clients aspergent de leur pisse. Il semble à Hoan que ce spectacle nauséabond barbouille son visage. Discrètement, il glisse quelques grosses coupures dans la main de la prostituée et dit à Cang :

« Allons-nous-en. »

Quand ils arrivent devant la porte, la fille de joie se jette en avant :

« Merci, *grand frère*... Vous reviendrez, n'est-ce pas ? »

Hoan ne répond pas. Voyant le visage bouleversé de la femme, il comprend que le pourboire qu'il vient de donner est beaucoup trop important. Cang semble l'avoir deviné. Il se retourne, dit à la femme :

« Ça va, on reviendra. »

Pendant qu'ils descendent l'escalier, Cang dit d'un air sévère :

« Pas de générosité idiote. Chaque métier a ses propres lois, ses propres règles. »

Hoan ne répond pas. Quand ils sortent de la ruelle, Hoan dit :

« J'ai à faire ce matin.

– Moi aussi », répond immédiatement Cang.

Tête baissée, ils s'en vont prestement. Ils arrivent devant la vitrine où s'entassent les paquets de cigarettes. Le patron les y attend. Toujours le même visage mafflu, boursouflé, où les masses de chair se bousculent au-dessus d'une encolure de taureau, toujours les mêmes yeux bouffis, inquisiteurs, indifférents :

« Pourquoi revenez-vous si tard ? »

Cang lui répond :

« L'épuisement. Impossible de se lever. »

L'énorme visage, froid comme la glace :

« Quinze pour cent de plus pour les frais.

– Quoi ?

– Conformément à la règle, vous devez quitter la chambre avant les sirènes du matin. À cette heure-là, c'est la relève des flics, nous évacuons les filles. Au-delà, les clients doivent payer pour les risques qu'ils nous font courir.

– Bon, c'est d'accord. »

Cang calcule en marmottant, dit à Hoan de donner à l'homme six grosses coupures. Puis ils lui tournent le dos, s'en vont sans une parole, sans un salut, sans un regard. Le maquereau les regarde de ses yeux vides, indifférents.

Les deux hommes reviennent chez Cang, se lavent et vont déjeuner dans un café.

« Quelle impression éprouvez-vous en quittant ces lieux ? demande Hoan.

– Plus vite on s'en éloigne, mieux ça vaut. Moins on nous voit, mieux ça ira. Si par malheur on tombe sur nos collègues, les affaires se gâtent.

– Se pourrait-il qu'ils ne fréquentent jamais ces lieux ?

– Non, mais qui oserait l'avouer ?

– Ils ont une épouse, un foyer comme il faut. Il y en a peu qui sont aussi malheureux que nous. »

Cang rit insolemment :

« Même sans être esseulés, ils ont envie de goûter à d'autres plaisirs. Ou bien leurs femmes ont atteint l'âge de la ménopause et passent leur temps à prier dans les pagodes, indifférentes aux délices de l'oreiller. Alors, il leur faut bien trouver un lieu quelconque pour se soulager... Mais quelle qu'en soit la raison, ils évitent d'être vus. Comme nous...

– Quelle hypocrisie...

– Oui, notre métier en est une autre, et de première classe. C'est l'hypocrisie qui embellit la vie.

– Vous le pensez vraiment ? Pourquoi vous arrive-t-il d'être sincère avec moi ?

– Ah... Vous voulez parler des filles de joie ? Oui, j'étais sincère, à cent pour cent. Vous êtes un homme, moi aussi. Nous avons besoin tous les deux de soulager nos besoins. C'est pourquoi, lorsque nous sommes assaillis par l'urgence, nous pouvons aller ensemble dans des toilettes publiques pour lâcher nos excréments et filer ensuite. Je vous défie de rester longtemps dans des chiottes aussi sales que les toilettes publiques de cette ville.

– Alors, vous n'avez aucun sentiment pour la femme qui a partagé votre couche hier ? Je croyais que vous vous connaissiez depuis longtemps.

– Oui, depuis presque deux ans. Mais je n'ai pas

de sentiments à gaspiller au profit des femmes qui se mettent sur le dos pour de l'argent. »

Cang vrille son regard dans les yeux de Hoan, ne cachant pas sa railleuse curiosité.

Tu joues la comédie ? Toi, l'homme d'affaires le plus riche des six provinces du Centre-Vietnam, que craignent même les loups de Danang et de Saigon ! Se peut-il que tu sois aussi naïf ?

Hoan lit clairement dans ses pensées. Il se lève, paie le patron :

« Je dois m'en aller. »

Cang acquiesce de la tête :

« Moi aussi. »

Ils se séparent. Hoan rentre à la maison, se lave encore une fois et fonce vers la mer sur sa moto. Il reste longtemps assis sur le rivage, l'esprit léger, vide. Il écoute en silence les vagues matinales, contemple la marée qui se pare de son éblouissant manteau vert sous la lumière du soleil. Sous ses yeux, un crabe fouille le sable de ses pinces grêles. Soudain, il soupire, se rappelant la fille de joie maigrichonne, aux yeux tristes comme ceux d'un chien en carton.

Quoi qu'il en soit, je dois la remercier, cette malheureuse... Quoi qu'il en soit, j'ai une dette envers elle...

Bien que Cang ait dit qu'il ne s'agit que de payer la marchandise qu'on consomme, bien que Hoan lui ait donné un pourboire spécial, la pitié pour cette existence humaine continue de le hanter. Il se rappelle la poitrine plate de la femme, ses seins difformes, son visage barbouillé de maquillage.

Pauvre femme. Quel visage a-t-elle quand elle essuie son maquillage ?

XVI

Avec le retour de la saison de la chasse, les montagnes de l'est prennent des teintes de cauchemar. La verdure moite de la forêt se crible de fleurs éclatantes, d'ailes de papillons éblouissantes. À les regarder, on reste parfois pétrifié, oppressé. Sur les rochers, d'énormes fougères gonflées à l'extrême, saturées de sève, se hérissent vers le ciel, se balancent dans le vent, se dilatent dans le crachin, arborent des fleurs d'un rouge hallucinant. Le ciel est tour à tour d'un bleu limpide ou recouvert d'une brume épaisse, blanche comme de la farine. L'horizon clignote comme des yeux qui s'ouvrent, se ferment, traversé de temps en temps par un long nuage mince qui scintille comme de la soie nacrée. Et soudain, alors que le crachin n'a pas encore cessé, le son du cor se vrille dans les coins et les recoins de la forêt, de la montagne, retentit jusque dans les fermes, les champs de poivriers, les sillons de patates, les collines plantées d'aubergines, de piments, les vallées où paissent les vaches, les pentes rocailleuses où broutent les chèvres. Le cor appelle les gens du Hameau de la Montagne et des environs, réveille dans leurs veines le goût d'un ancestral plaisir, l'écho d'un son antique qui fait bouillonner le sang, invite à prendre la route pour savourer l'aventure. Les hommes sortent les fusils rangés dans un coin secret de leur demeure, les déballent des torchons imbibés d'huile qui les protègent de la rouille, choisissent un jour ensoleillé et tiède pour les essuyer, les graisser dans la cour, recomptent les balles qu'ils ont en réserve, achètent de nouvelles munitions. Puis un jour, ils pénétreront dans la forêt. Là, avec le plaisir de l'aventure, ils trouvent un ravitaillement de première qualité, ils retrouvent la saveur ensorcelante, légendaire, dont ils jouissent une fois l'an si le génie de la chance veut bien effleurer le canon de leurs fusils. Mais il y a aussi les malchanceux, ensanglantés, les membres brisés, le visage déchiqueté par les coups de patte d'un ours, les griffes d'un tigre ou la charge d'un sanglier, tout particulièrement de l'espèce des sangliers maléfiques qui savent deviner le trajet des balles, éviter les dangers et attaquer leurs ennemis par derrière.

Les femmes de la région regardent les montagnes verdoyantes qui appellent leurs maris, leurs enfants, sans oser intervenir. Elles connaissent l'attrait diabolique de cette verdure terrifiante, de ce cor qui retentit, tour à tour paisible et pressant. Elles savent que leurs arguments, voire leurs larmes, ne pèsent pas grand-chose face au pouvoir mystérieux de la chasse. Elles se résignent à regarder les hommes pénétrer dans la forêt, puis s'en retournent en silence à la maison pour les attendre.

Dès le début de la saison de la chasse, Xa le Borgne et quelques soldats réformés sont venus inviter Bôn à rejoindre leur troupe. Bôn n'a pas de fusil ? Ils lui en prêteront un. Bôn n'a pas d'argent pour acheter des balles ? Ils le lui avanceront. Bôn n'a jamais fréquenté la corporation des chasseurs ? Ils s'engagent à le présenter. Au total, ils veulent mettre en valeur la force des anciens combattants dans ce secteur sacré. C'est aussi l'expression des sentiments qui lient ceux qui ont partagé les épreuves de la guerre. Bôn a tout refusé en bloc. Il n'a pas envie de pénétrer dans la forêt, de chasser. La seule chasse à laquelle il se consacre en ce moment, ce n'est pas celle qui se déroule dans la forêt rêveuse et terrifiante, au son vibrant du cor, tour à tour languissant comme le vent, bondissant comme l'eau d'une source souterraine, envahissant comme la brume sur les montagnes, les forêts, les collines, les champs, les hameaux, les plantations. Il reste assis dans la cour, contemple l'horizon à l'ouest, entend l'écho du cor qui appelle les chasseurs et sent son âme se détacher de son corps, flotter à la dérive, comme un poil de laitue indienne ballotté par le vent. Mais vers où ? Ses efforts pour concevoir un enfant sem-blent de plus en plus désespérés. Miên est revenue ouvertement dans son ancienne demeure. Chaque matin, elle y ramène son fils, surveille son jardin, ses plantations, donne des leçons à son enfant, discute des travaux avec le vieux gérant jusqu'à l'heure du dîner avant de revenir chez lui. Maintes fois, il l'a guettée. Jamais il n'a vu l'ex-mari revenir. Mais il se sent comme emprisonné dans l'absence de Miên, exilé. Il devient incapable de quoi que ce soit, y compris d'aller cueillir l'herbe de la virilité ou de mitonner ses plats fortifiants. Fébrilement, il la suit à travers les ruelles sinueuses, de près, de loin, par les voies de traverse, par les raccourcis, entre chez une connaissance, fait semblant d'emprunter une bande dessinée ou une poi-gnée d'herbe odorante, reste assis, figé chez Xa le Borgne ou un autre ami pour l'espionner. Il se voit misérable, méprisable, mais il ne peut s'en empêcher, il ne peut étouffer sa jalousie, il ne peut effacer de sa mémoire la luxueuse culotte deux fois plus grande que celle qu'il porte, il ne peut délivrer son imagination des comparaisons secrètes, douloureuses. Il pense à l'immense maison de cet homme où il a passé la première nuit à son retour au village, où il s'est retourné toute la nuit sur le lit orné de nacre d'escargot et baigné de clair de lune, où il a regardé sa femme comme on contemple une maîtresse noble, distante, étrangère. En cet instant, il a cru l'avoir perdue pour toujours. Mais elle est revenue dans sa ténébreuse masure pour partager sa couche. Il a pensé qu'il était l'homme le plus chanceux du monde, un mendiant qui aurait reçu, au lieu du riz gluant, un riz de fête parfumé à la momordique. Le ciel lui a offert une occasion en or, il saura nager jusqu'au rivage du bonheur.

Dans la guerre, c'est le plus endurant, le plus obstiné qui gagne, dans la vie il en va de même.

Il se répète la parole du sergent tous les matins, tous les soirs, comme un fidèle récite ses prières. Il la répète des centaines de fois comme une incantation sur les sentiers familiers qui mènent aux rochers escarpés où pousse l'herbe de la virilité. Il la murmure dans son cœur humilié chaque fois qu'il tend la main pour recevoir l'argent de sa femme. Il la répète entre ses dents serrées comme un serment fatidique chaque fois qu'il a échoué à lui faire l'amour, pendant qu'il la regarde se laver dans le jardin sous les effluves épais, envahissants des herbes de la vierge. Mais cette rengaine a fini par déteindre comme un tissu lavé trop souvent dans une solution de soude. Peu à peu, Bôn l'a sentie se désagréger comme des bouts d'algues dérivant à la surface des eaux. Il comprend qu'il n'a plus le courage de coller ces mots comme des amulettes sur sa poitrine pour se protéger des démons et conserver sa confiance en soi.

Un jour, Miên l'avait regardé en face et lui avait dit :

« À partir de demain, je ramènerai le petit Hanh chez lui. Mon fils a besoin de gambader. Il en a assez de la cour étroite de tante Huyên. »

Bôn s'était figé comme si quelqu'un lui avait asséné un coup violent dans la nuque. Longtemps après, il était arrivé à élever la voix :

« Miên, ne fais pas ça... Qu'en diront les gens ? »

Elle lui répondit froidement :

« Ils diront ce qu'ils voudront, cela ne me regarde pas. Je veux que mon fils soit heureux. Son père vit en ville et ne revient au Hameau de la Montagne que le dimanche. Le dimanche, je resterai ici. »

Après un temps d'arrêt, elle rajouta :

« Ici, il n'y a rien qui puisse rapporter de l'argent. Pour vivre, il faut travailler. Là-bas, j'ai des plantations, des vergers, toutes sortes de ressources. Le vieux Lù m'aide à les cultiver. »

Bôn s'étrangla. Ses terres étaient en friche. Deux fois il avait essayé de piocher la terre. Chaque fois il était tombé malade, chaque fois il était resté cloué au lit toute une semaine.

La première fois, apprenant la nouvelle, Xa était venu lui rendre visite avec une dizaine d'œufs. Miên était partie chez tante Huyên pour soigner son fils qui faisait ses premières molaires. Xa lui dit :

« Te crois-tu encore capable de piocher la terre comme à dix-huit ans ? Sacré rêveur ! »

Bôn garda le silence. Xa continua :

« Sais-tu comment Hoan, le mari de Miên, s'y prend pour édifier ses plantations ? Au début, ils piochaient et labouraient comme tout le monde. Puis il a réussi à défricher d'un seul coup trois champs de poivriers et un champ de caféiers avec l'aide des gens du Hameau de la Montagne et des deux villages voisins. En ce temps-là, les marchandises étaient extrêmement rares. On rationnait les culottes, les savonnettes pour laver le linge, mais il a réussi à trouver des sacs entiers de vêtements, d'aliments précieux, toutes sortes de cigarettes, rien que des produits de qualité auxquels seuls les officiers de haut rang pouvaient prétendre. Les gens du Hameau n'étaient pas les seuls, tout le monde se bousculait pour travailler pour lui. Ils gagnaient sur tous les plans, la notoriété et les produits à consommer. C'est ainsi qu'il a réussi à défricher et à planter plus rapidement que dans les plantations d'État de la province. Avec le retour de la paix, la pénurie n'a plus été aussi aiguë. Hoan s'est mis à louer des ouvriers en les payant honnêtement. Il était parmi les premiers à s'équiper d'une petite machine à labourer, de pompes, de groupes électrogènes. As-tu jamais visité leurs plantations ?

– Non... Je n'avais pas le temps... »

Bôn avait pourtant maintes fois rôdé pour contempler clandestinement les plantations de poivriers et de caféiers de son rival. De son œil sain, Xa fixa le visage de Bôn qui se résigna à dire bêtement :

« Cela ne me concerne d'ailleurs pas. »

Xa poussa un long soupir découragé :

« Même si tu refuses de le reconnaître, tu lui restes inférieur dans tous les secteurs. Ne m'en veux pas. Un homme doit avoir le courage de regarder la vérité en face. Dès le premier jour, je t'ai conseillé d'examiner lucidement ta situation. Comment peux-tu le concurrencer ?

– Je ne fais concurrence à personne. Je vis ma vie, je laboure mon champ », rétorqua Bôn, furieux.

Xa plongea sa main dans son panier, sortit un à un les œufs, les posa sur une assiette pour Bôn. Des œufs frais et roses que sa femme travailleuse, habile et généreuse avait ramassés dans une hutte derrière la porcherie, fermée par quelques planches de bois, qui lui servait temporairement de poulailler. Xa avait promis à sa femme de lui construire un luxueux poulailler, suffisant pour abriter trente volailles destinées à la cuisine et douze nids pour les pontes. Mais il était trop occupé par ses expéditions en forêt, les travaux des champs, la menuiserie, le sciage du bois, l'aide aux voisins, toutes sortes de travaux dont le but était de « nourrir la gloire et les travaux du canton avec son propre riz ». Le poulailler était resté à l'état de promesse et Soan continuait d'élever les poules dans la hutte délabrée. Mais cette femme avait la main heureuse. Xa et son fils pouvaient manger des œufs à satiété toute l'année.

Pourquoi Miên n'élève-t-elle pas de poules ? Notre jardin est grand et bien qu'affaibli, j'ai largement la force de construire un poulailler. Je ne peux plus faire le bûcheron au fond des forêts comme Xa mais...

Il coupa court à ses pensées, comprenant que Miên n'élèverait jamais rien dans cette maison, la sienne. Elle avait tenté de planter quelques sillons de choux. Ils n'avaient pas eu le temps de grandir. Les enfants de Tà les avaient aussitôt arrachés. Miên vit là comme dans une auberge. Personne ne sème ni n'élève des animaux dans un jardin de passage. Il comprenait que Xa avait raison mais il n'osait pas le reconnaître. Finalement, il lui dit :

« J'attends de retrouver mes forces. Alors, je me mettrai à l'œuvre. Comme tu le sais, quand nous étions au lycée... »

Xa secoua la tête :

« Quand retrouveras-tu tes forces ? Et quand te mettras-tu à l'œuvre ? Je ne crois pas aux promesses.

Sur cent hommes qui en font, quatre-vingt-dix-neuf bluffent.

– Mais que veux-tu que je fasse ?

– Tu ne peux pas vivre indéfiniment avec l'argent de Miên. Je te l'ai dit, cet argent vient de cet homme.

– Quel étrange argument ! Si tu tombais malade, rechercherais-tu l'aide de ta femme ou irais-tu tendre la main dans la rue ? »

Xa se leva brusquement, écarta violemment ses bras. Son œil sain luisait de colère, il hurla au visage de Bôn :

« Tu ne peux pas te comparer à moi. Si je tombe malade, je m'affale sur mon lit, ma femme me servira à manger et à boire, elle fera bouillir l'eau avec des feuilles odorantes pour mon bain, elle frottera mon dos, lavera mes cheveux... Si par malheur je deviens paralytique, elle m'apportera le pot de chambre et videra mes excréments... Je prendrai soin d'elle de la même façon si le malheur la frappe comme le ferait n'importe quel homme possédant encore une conscience... Mais tu ne peux pas te comparer à moi... »

Xa se tut brusquement, laissa tomber ses bras, se rassit sur son tabouret. Bôn comprit qu'il avait retenu ses derniers mots, des mots qui l'auraient frappé trop cruellement. Ils restèrent silencieux un long moment. Finalement Xa dit :

« Je rentre.

– Oui, au revoir », dit Bôn d'une voix morne. Arrivé dans la cour, Xa se retourna :

« Dis, Bôn...

– Qu'y a-t-il ?

– Nous sommes amis depuis que nous nous promenions tout nus, nous sommes aussi, tous les deux, des soldats démobilisés, tu comprends cela ? »

Pris de remords, Bôn répondit avec douceur :

« Je sais que tu es l'homme qui se préoccupe le plus de moi en ce monde.

— C'est bon, puisque tu comprends le fond de mon cœur, je le redis encore une fois. Tu peux avoir une autre vie, un autre bonheur... Je le pense, il y en a un qui est à la portée de ta main.

— Tu veux encore parler de cette exploitation avec ses deux cents femmes *volontaires*, n'est-ce pas ?

— Oui. Mon ami, le chef de service à l'organisation vient d'être promu directeur. On a convoqué l'ancien directeur à Hanoi. Mon ami peut te trouver une place paisible, bien au chaud.

— Merci, mais je ne peux pas.

— Tu es décidé à rester ici ?

— Oui.

— Tu as bien réfléchi à tout ?

— J'aime Miên. Je veux avoir un enfant d'elle. L'enfant portera en lui nos sangs mêlés et Miên ne pourra plus jamais se séparer de moi. »

Xa le regarda, pétrifié, comme s'il regardait un martien. Il sembla vouloir dire quelque chose encore mais il se tut et s'en alla. Cette fois-ci, il ne se retourna pas.

La deuxième fois que Bôn tomba malade en essayant de piocher la terre, Xa ne lui rendit pas visite. Il envoya son fils aîné offrir à Bôn une poule. Mais il ne s'enquit pas de lui. Puis vint la saison de la chasse. Xa revint brusquement avec les vétérans pour l'inviter dans son groupe de chasseurs. Xa était toujours aussi malicieux, impulsif. Son œil étincelait, inquisiteur. Il agitait ses bras avec enthousiasme comme un puceau. Bôn refusa, mais quand il suivit du regard Xa et ses amis qui s'en allaient, quand il entendit leurs rires et leurs joyeuses conversations, il sentit ses membres fondre, il vit l'horizon se fissurer et son âme se détacher de son corps, partir à la dérive dans un espace incertain.

Parfois, le meuglement des vaches ou le bêlement des chèvres rentrant au bercail le tiraient de son rêve éveillé. Il repensait alors à sa conversation avec Xa, au regard malicieux, inquisiteur, soupçonneux de son ange gardien.

Xa a sans doute raison. Je ne peux pas me comparer à lui. Leur couple mène une autre vie que le nôtre.

Il continua péniblement de faire l'amour à Miên, continua de sombrer dans la fosse du désespoir. Il lui semblait devenir chaque jour plus éperdu, plus enragé, plus suppliant, plus lâche à mesure que Miên devenait plus indifférente, plus glaciale. La nuit, ils laissaient la lumière allumée. Après chaque accouplement raté, il ne pouvait pas s'empêcher d'examiner furtivement le visage de Miên. Chaque fois, elle regardait ailleurs, les yeux accablés de résignation, endurant l'horreur qu'elle ne cherchait plus à masquer. Après quelques secondes, qu'il fît chaud ou froid, que ce fût minuit ou bientôt l'aube, elle se levait, allait faire bouillir l'eau avec les herbes de la vierge pour se laver dans le jardin. Une nuit, Tà guetta le moment où Bôn allait uriner, lui barra le chemin et lui demanda :

« Elle se lave toutes les nuits, comme une cane ? »

Les yeux de Tà, comme deux charbons incandescents, le fixaient. Bôn, d'une voix brutale :

« Ma femme se lave quand cela lui plaît, cela ne te regarde pas. »

Tà était de petite taille, mais elle prit aussitôt une pose agressive, plantant ses mains sur ses hanches :

« Je suis ta sœur aînée.

— Va te coucher.

— Nos parents sont morts, il ne te reste que moi. Je ne veux pas qu'on te méprise.

– Si tu ne veux pas qu'on me méprise, commence par dire à tes enfants de ne plus venir emprunter du riz et tendre leurs bols pour quêter la nourriture. »

Une colère soudaine éclata en lui, étranglant sa gorge, brûlant ses narines. Il dut se maîtriser pour ne pas asséner un coup de poing sur la figure de la femme qu'il devait appeler sœur aînée :

« Va-t'en, rentre dans ta chambre. Débarrasse-moi de ton visage, que je ne le revoie plus », dit-il, martelant ses mots. Son air féroce effraya Tà. Elle marmonna :

« Espèce d'imbécile. Tu cherches noise à qui te veut du bien. »

Elle se retourna, rentra vivement dans sa chambre. Bôn resta là, figé. Il savait que Miên avait tout entendu, mais elle continuait de se laver. Il entendait l'eau ruisseler sans trêve sur son corps, lentement, paisiblement. Ce ruissellement était comme une coulée d'huile bouillante sur son visage, sur sa peau, dans son âme.

Ô père, ô mère ! Pourquoi dois-je subir une telle humiliation ? Toutes ces années d'études pour en arriver là ?

Un cri jaillit en lui. Il sentit le besoin de mourir, de tuer, de mettre fin à cette existence. Mais il resta planté devant la porte. Sous le ciel froid de la nuit, les flammes à côté du puits éclairaient d'une lueur trouble le corps de la femme qui se lavait. Il ne comprenait pas pourquoi il continuait de l'aimer à la folie. Une passion humiliante, désespérée, et pourtant impossible à éteindre.

J'ai choisi cette voie, j'ai misé ma vie dans cette partie de poker. Les anciens l'ont enseigné : une fois en chemin, ne jamais revenir en arrière, celui

qui revient sur ses pas, le chien enragé le mordra.
Je ne peux plus bifurquer.

Et si Xa avait raison, et s'il allait maintenant à la plantation de l'État pour choisir une femme parmi les deux cents femmes trop vieilles pour se faire aimer ? Il n'était pas certain qu'il serait plus heureux que pendant les années où il avait vécu dans le village de Kheo avec Thoong. Pendant ces années où il s'était égaré loin de son unité, où il errait dans la jungle, se frayant la voie à coups de poignard, où il était à deux doigts de la mort, cette Laotienne sourde et muette l'avait pris sous son aile, l'avait protégé, l'avait aimé profondément, fougueusement, avec humilité. Et pourtant, il lui avait fait l'amour avec condescendance, froideur et mépris comme Miên avec lui maintenant. Il goûtait le fruit amer que la jeune Laotienne avait dû goûter. Ainsi va la vie, ironique, moqueuse, pour les malchanceux que le sort étrangle d'un amour contrarié, sans pitié. Il se souvint du visage de Thoong, de la couleur de sa jupe, de sa chemise, des années qu'il avait laissées de l'autre côté de la frontière, au-delà de la jungle.

Il s'était égaré au cours d'une campagne secrète, dont les sous-officiers et les soldats devinaient à peine l'objectif, alternant entraînements et cours politiques précipités, de courte durée mais extrêmement tendus. Le jour, tout le monde dormait, en uniforme de combat, les armes à la main, les feuilles de camouflage sur le chapeau et le pantalon. Dès que la nuit effaçait les traits des visages, les unités se mettaient en route dans le plus grand silence, sans ordres précis. On murmurait les mots de passe entre les différents pelotons comme si on craignait que les arbres de la jungle fussent un réseau de radars ennemis à l'affût d'informations. Ils avançaient à tâtons dans la nuit, chacun suivant l'autre grâce aux bruits de sa respiration, au son de ses pas, à l'odeur de sa sueur et, parfois, à la lueur phosphorescente des champignons ou des feuilles pourries. Une nuit, un bombardement dispersa les troupes. Bôn fut renversé et assommé par le souffle d'une explosion. Quand il se réveilla, il n'y avait plus l'ombre d'un soldat alentour. Le soleil s'était levé. Bôn se rendit compte qu'il était couché en équilibre instable sur un buisson suspendu au-dessus de l'abîme. Au-dessus de sa tête, des lianes pendaient sur une paroi rocheuse presque verticale. Sous ses pieds, à une vingtaine de mètres, un ruisseau gazouillait. C'était sans doute un miracle dû au Génie ou au Démon de la jungle qu'il soit tombé sur ce buisson et soit resté en vie. Les lianes suspendues au-dessus de sa tête étaient minces. Elles n'auraient même pas supporté le poids des singes de quelques kilogrammes. Que dire alors de lui ? Le sentier où ils avançaient était sans doute réduit en bouillie. Combien étaient morts et combien avaient eu la chance de survivre ? Bôn allait crier pour appeler ses compagnons mais il pensa que ses cris seraient entendus par des éclaireurs ou des commandos ennemis plutôt que par des hommes de son camp. Il se résigna au silence, chercha un moyen de se sauver. Il n'y avait aucune issue vers le haut. Il ne lui restait plus qu'à s'agripper aux aspérités des rochers pour descendre peu à peu au fond du précipice, puis remonter le cours du ruisseau. La paroi était raide, escarpée, mais des petits buissons de ronces jaillissaient épars des anfractuosités. Bôn les saisissait, se laissait glisser lentement vers le bas. Il lui fallut plus d'une heure pour toucher du pied le fond de l'abîme. L'eau était basse mais glacée. Il remonta le cours du ruisseau. Cinq jours après, quand il eut mangé le dernier morceau de ses aliments secs, il atteignit un endroit peu profond de la crevasse, bordé de falaises franchissables. Arrivé sur le bord de la crevasse, il se dirigea vers l'est, espérant couper la piste le long de la frontière où les agents de liaison guidaient les déplacements des troupes. Il vécut trois semaines de patates sauvages et de l'eau des sources. Ses pas le conduisirent dans un village de montagnards laotiens perdu dans les hauteurs. Cette terre sauvage était très belle. Après des jours et des jours à se faufiler dans la jungle, il put enfin se redresser tout droit, regarder l'horizon, aspirer l'air pur et léger de cette vallée inondée d'une lumière tiède. Là poussait une herbe verte d'une douceur inconnue en terre vietnamienne. Le long de la vallée, des arbres aux fleurs jaunes se dressaient, somnolents. La guerre n'avait pas touché cette région. C'était une rare exception. Bôn s'en souvenait, il était resté très longtemps devant la vallée, mi-lucide, mi-rêveur. Il avait faim, il avait soif. Mais il sentait son âme s'apaiser. Après un long moment, il reprit la route, franchit la vallée, entra dans le village. Un après-midi silencieux. Les chiens eux-mêmes en oubliaient d'aboyer. Dans les cabanes sur pilotis, tout le monde dormait profondément. Seuls les coqs chantaient comme pour réveiller les rangées d'arbres aux fleurs jaunes dans la vallée. Bôn traversa des bosquets de cannes à sucre, des potagers de citrouilles, s'avança jusqu'aux marches de l'échelle de la première cabane. Debout sous une rangée de papayers ployés sous le poids des fruits mûrs, il appela longtemps sans recevoir de réponse. Quand, perdant tout espoir, il décida de se traîner vers la deuxième cabane, il entendit un froissement dans son dos. Il se retourna. Des yeux de femme, ronds, écarquillés, égarés frappèrent son regard. Sortant d'un bosquet de cannes à sucre, un couteau couvert de poudre dans une main, elle traînait une touffe de cannes de l'autre.

« Bonjour, mademoiselle. »

La femme inclina plusieurs fois la tête, fixant toujours Bôn de ses yeux ronds, égarés. Bôn avait soif. Il ne put se retenir de lorgner les cannes à sucre. La femme comprit aussitôt. Elle pointa son index sur la bouche de Bôn, avala plusieurs fois sa salive. Bôn comprit qu'elle était muette, il inclina la tête, pointa son index sur sa propre gorge. La Laotienne montra de la main l'échelle, esquissa un geste pour inviter Bôn à la suivre, grimpa lestement, traînant avec elle la touffe de cannes à sucre. Bôn la suivit. L'odeur fétide de sa robe le frappa en plein nez, mais cette sensation désagréable ne dura guère. Il mit le pied sur le plancher. L'ombre du toit de feuilles protégeait sa tête brûlante. L'air frais, silencieux, paisible enveloppait son corps épuisé, son âme angoissée, éperdue. Les cabanes sur pilotis de ce village étaient vastes, totalement vides en dehors des tapis de lin brodés de couleurs éclatantes. Deux enfants dormaient profondément, les membres écartés, totalement inconscients de la présence du voyageur affamé et assoiffé. La femme prit un bol, le remplit avec l'eau d'une bouilloire en grès sur le foyer, le tendit à Bôn. Bôn vida d'un trait le bol, il n'eut même pas le temps de reconnaître la saveur et le parfum de la boisson. La femme lui servit un deuxième bol et se mit à couper les cannes à sucre en tronçons. Ce travail achevé, elle mit le tout dans un panier, le posa devant Bôn. Elle s'assit à son côté dans la pose familière des femmes des montagnes, éplucha un tronçon de canne à sucre, le mangea comme pour donner l'exemple. Bôn mangea sans un mot trois morceaux. Dans le silence de la cabane, on n'entendait que l'arrachement des écorces de cannes

414

à sucre et la succion des mangeurs. Une musique sans parole, quelque peu vulgaire. Mais il lui semblait renaître à la vie. Bôn respira. Quelques minutes après, la faim le tenailla. Il se rendit alors compte qu'il venait de boire deux bols de vieux thé, une variété de thé sauvage qui poussait abondamment dans l'ouest de la cordillère Truong Son. Il n'avait pas bon goût, mais il réveillait et, pire, il creusait l'appétit. La faim ininterrompue des trois dernières semaines se condensa soudain. Bôn se serra le ventre. La femme comprit immédiatement. Elle se leva, sortit de la mezzanine une marmite de riz gluant. Raclant le fond de la marmite, elle réussit à remplir un bol, le donna à Bôn. Puis elle lui tendit un bol plus petit contenant des graines de sésame noir pilées avec des racines de citronnelle. Il mangea le bol de riz gluant, le trouva meilleur que tout ce qu'il avait eu l'occasion de manger. La Laotienne se tenait assise en face de lui, les mains posées sur les cuisses, la robe brodée étalée autour d'elle sur le plancher en bois. Bôn regarda les motifs brodés sur la robe, leur trouva une étrange beauté. Elle l'avait sauvé de l'abîme, de la jungle profonde, de la peur, de la faim, de la soif, de la solitude, ces ennemis qui le pourchassaient, l'encerclaient depuis près d'une lune.

Je suis vivant. Je n'ai pas réussi à retrouver mon unité, mais j'ai heureusement échappé aux éclaireurs ennemis, aux griffes des tigres. Cette femme est mon ange gardien.

Un sentiment de reconnaissance le submergea. Il se tourna vers elle et la regarda tendrement.

« Merci, mademoiselle. »

La femme semblait avoir senti ce qu'il voulait dire. Elle baissa les paupières en un éclair de joie pudique, puis elle courut dans l'une des trois pièces. Elle en sortit avec une assiette de gingembre confit. Bôn grignota ce mets piquant, brûlant, qui exhalait la senteur de miel de la canne à sucre. Son corps se réchauffa rapidement. Quand il eut tout mangé, la sueur inondait son cou et son dos. La femme lui donna une grande serviette pour essuyer son visage et son cou et lui tendit un oreiller. Bôn s'allongea, comblé, et sombra dans le sommeil. Il dormit jusqu'au matin suivant. Un sommeil féerique, sans cauchemars, sans la peur, sans la nécessité de tendre l'oreille pour se garder de l'ennemi ou des bêtes sauvages. Quand il se réveilla, la cabane était remplie de monde. Tous étaient assis autour du foyer. Tous tournaient vers lui leur regard heureux, chargé d'attente. Surtout un homme d'une trentaine d'années. Bôn devina qu'il était le frère de la femme muette car il avait sa silhouette et ses traits. Mais il était plus beau, plus fin, avec ses paupières bridées en oblique, son regard perçant, luisant comme celui d'un médium. Sa femme était assise à son côté, petite, potelée comme une grande poupée avec ses joues roses, pleines de fraîcheur. Bien qu'elle eût deux enfants, elle semblait extrêmement jeune. Face au couple et à ses deux fils, un vieux, très vieux couple. Ils devaient avoir près de cent ans, mais ils semblaient très vifs. Tous les deux portaient de beaux habits.

Le frère de la muette se leva le premier, se dirigea vers Bôn, lui tendit une main amicale. Une amitié qui n'avait pas besoin de raison. Bôn tendit sa main comme en réponse. Ils se serrèrent la main. C'était le seul langage dont ils disposaient pour se parler. Après cette formalité, tout le monde soupira de joie comme si un serment venait d'être scellé. La muette était particulièrement heureuse. Elle était assise derrière sa belle-sœur, les jambes repliées. Sa robe neuve s'étalait autour de son corps, exhibant ses motifs éclatants dans toute leur splendeur. Le frère aîné saisit la main de Bôn, l'emmena devant le vieux couple. À leurs gestes et à leur expression, Bôn comprit qu'il s'agissait de notables du village, de personnes qui avaient la plus haute autorité dans le clan et pouvaient remplacer les parents décédés dans leurs responsabilités. La vieille femme parla la première. Son mari prit ensuite la parole. Ils parlaient lentement, solennellement, dans une langue que Bôn ne comprenait pas. Mais il devinait le sens et la simplicité rustique de leurs paroles. Bôn garda le silence, fit signe qu'il acceptait bien qu'il ne sût pas ce qu'on lui demandait ni ce qu'il acceptait. Ayant fini son discours, le vieillard fit signe à la muette de venir devant Bôn. Il prit la main de la femme, la mit dans la main de Bôn. Bôn le laissa faire. Il se sentait totalement dépassé par les événements, comme une marionnette suspendue au fil du destin. Sa vie était tellement à la dérive, comment aurait-il osé tenir compte de ses propres besoins ? Sa main serrait celle de la Laotienne inconnue et ce geste le liait doré-navant à elle. Il le comprenait vaguement, mais il n'hésitait plus, ne pensait plus à rien. En cet instant, la main de la femme était le pont qui le reliait à la vie. De l'autre côté du pont, c'était la nuit, la jungle, les flammes consumant la colline 327, les étendues d'arbres sombres, étouffants, les cadavres, les atroces vautours pourchassant leurs proies.

Les jours passèrent. Le frère aîné construisit pour sa sœur infortunée une cabane sur pilotis pas très éloi-gnée de la sienne, juste après deux jardins de cannes à sucre, un champ de citrouilles et un champ de maïs. Il ramena lui-même de la forêt des troncs d'arbre ronds et droits abattus depuis longtemps. Avec ses amis, ils rabotèrent, taillèrent, percèrent le bois, assemblèrent les chevrons. Il alla chercher des feuilles en forêt avec une charrette tirée par un buffle. Cet homme avait certainement promis à ses parents décédés de les remplacer pour protéger et assurer l'existence de la sœur handicapée. Tout ce qu'il faisait pour elle, il le faisait comme un père, comme une mère. Pendant qu'ils construisaient la cabane, Bôn vivait dans celle du frère pour se reposer, se nourrir, récupérer ses forces, s'entraîner à communiquer avec sa future femme dans le langage des sourds-muets. Il comprit qu'il devrait vivre avec elle pour longtemps, voire pour la vie. Il n'avait ni carte, ni boussole, ni véhicule, ni cheval, ni même le courage de traverser cette région pour retrouver le chemin de la patrie. Après tant d'épreuves, tant de hauts et de bas, la paix et la sécurité étaient tout ce dont il rêvait comme vie. Tous les jours, Thoong faisait bouillir de l'eau avec des feuilles odorantes pour son bain, préparait du riz gluant et du poulet à la vapeur pour ses repas. Elle fit un grand bocal de gingembre confit pour accompagner le thé matinal, des gâteaux frits au miel des montagnards laotiens pour le dessert après le dîner. Il devint soudain le premier personnage dans la famille. L'atmosphère du village de Kheo était étrangement douce. Des bombardements assourdissants sur la piste de la cordillère Truong Son, parvenaient parfois ici quelques échos incertains, irréels, comme de lointains bruits de derrière une scène. Le ciel au-dessus du village était pur, sans une poussière. Le chant des coqs était la seule musique qui rythmait le temps. Le matin, les abeilles butinaient en bourdonnant. Le soir, les oiseaux revenaient en gazouillant dans leurs nids, devant le toit de la cabane. Dans la nuit froide, la sève des bûches grésillait, rendait l'espace encore plus doux, plus sécurisant. Bôn se laissa couler dans cette atmosphère somnolente, dans le flot d'une vie paisible, oisive. Sa santé se rétablit, son sang bouillonna de nouveau dans ses veines. Toutes les nuits, il faisait l'amour à Thoong, une femme en chair et en os, qu'il n'aimait pas, mais qui l'entraînait sur les vagues torrentielles du plaisir, compensant des mois et des années de manque.

Le frère aîné avait réuni tous les matériaux nécessaires. Tout le village se précipita pour dresser la cabane destinée au nouveau couple, un étranger égaré dans la jungle et une femme infortunée qui attendait le bonheur depuis trente ans. En cinq jours, l'ouvrage fut achevé. Le sixième jour, le chef du clan et sa femme les marièrent. Les cérémonies étaient vraiment simples. Ni encens, ni pétards, ni habits de fête pour conduire et accueillir la mariée chez son époux. Les deux vénérables adressèrent simplement, à l'air libre, des prières aux génies pour implorer leur protection, demander un long et solide bonheur pour les époux. Les villageois formaient un cercle autour d'eux comme témoins des prières. Après avoir prié, les vénérables lièrent les poignets des époux avec un fil. Cinq ou sept vieilles femmes entonnèrent un chant court pendant que les filles jetaient des poignées de riz et un bouquet de fleurs sur la robe de la mariée. Ainsi s'acheva la cérémonie. Les gens du village s'assirent alors pour déguster le festin nuptial. Du riz gluant, de la viande grillée et des gâteaux qui ressemblaient à des gâteaux au miel, empaquetés dans des feuilles de bananier et qu'on faisait cuire à la vapeur dans des récipients de la taille d'un homme. Le festin dura toute la journée. Quand le soleil descendit sur les montagnes, chacun revint chez soi. Une charrette tirée par un buffle apporta une malle de vêtements pour la mariée, un matelas neuf, une jarre de sel, des instruments aratoires. Puis on les laissa seuls.

Cette nuit-là, alors que le grincement de la charrette

s'éteignait sur la route, que le voile de la nuit tombait sur la vaste cabane où il se retrouvait seul face à sa femme laotienne, Bôn commença à éprouver la peur. On l'avait obligé à devenir le maître de cette demeure, le mari de cette sourde-muette. Il vivait éternellement ici, sur cette terre qui, deux semaines plus tôt, lui paraissait un paradis et qui, maintenant, ne lui promettait qu'ennui et tristesse. Cette cabane séparée était devenue une cage qui l'enfermait en compagnie de la sourde-muette. Plus de petits enfants jolis et gais, plus de femme semblable à une poupée, plus de repas avec de nombreux convives où, même sans langage commun pour se parler, la générosité suffisait à lier les gens. Maintenant il ne restait plus que lui et elle, elle et lui, dans le dénuement le plus complet. Un couple. Un couple. Une vie si étriquée ne pouvait leur convenir que s'ils s'aimaient passionnément. Mais Bôn ne l'aimait pas, il ne pouvait pas l'aimer. Le danger avait quitté le devant de la scène. Le manque d'amour charnel avait été comblé. Elle n'était plus son ange gardien. Elle n'était plus que sa créancière et il devait lui payer sa dette de reconnaissance. Bôn glissa un regard vers elle. La flamme éclairait son visage grossier, mettait en évidence ses traits irréguliers. Quel étrange hasard ! Sur des figures semblables, il suffisait que le couteau du ciel dérape d'un millimètre pour transformer le beau Ngoc Tu en une femme affreuse. Autant les traits du frère aîné étaient nobles et séduisants, autant ils devenaient mornes et repoussants sur le visage de la sœur. Soudain, incapable de se retenir, il laissa échapper un soupir. Les robes aux broderies éblouissantes ne pouvaient plus la sauver. Les bracelets étincelants autour de ses poignets ne pouvaient plus lui faire oublier les gigantesques dents de cheval qu'elle exhibait sottement chaque fois qu'elle riait. Elle ne pouvait plus rien lui apporter que cet air morne et des ébats pour assouvir ses bouffées de désir. C'était là toute la vie conjugale qui se dessinait devant eux.

Je ne dois plus y penser. Il y a deux semaines, je me pâmais de bonheur en posant la tête sur l'oreiller pour dormir. J'ai reçu de sa main un bol de riz gluant comme on recevrait le cadeau d'un génie qui vous sauve la vie. Thoong m'aime profondément.

Il tenta ainsi de juguler sa tristesse, son découragement, se reprocha son ingratitude, se pencha vers Thoong, posa la main sur sa cuisse. Éperdue d'émotion, elle interpréta son geste comme un appel à l'amour. Elle se leva aussitôt, l'entraîna dans la chambre à coucher. Cette nuit-là, il avait fait l'amour comme un laboureur peinant derrière son buffle en plein été. Quand Thoong s'endormit, il alla s'asseoir à côté du foyer. La cabane lui parut immense comme un cimetière en terre étrangère. Le visage de Miên commença à palpiter dans les lueurs des flammes. Il commença à sentir la honte, le regret. Il regretta d'avoir mâché goulûment, sans reprendre haleine, les trois morceaux de canne à sucre, d'avoir englouti comme un mendiant le bol de riz gluant raclé dans le fond d'une marmite, d'avoir tendu en silence la main pour que le couple aîné du clan y pose celle de la sourde-muette comme s'il s'engageait à payer la dette éternelle qu'il avait contractée dans un moment de désolation.

Quelle calamité ! J'ai vécu trois semaines dans la jungle de patates sauvages et d'eau de sources. J'aurais pu vivre encore ainsi quelques semaines, le temps de trouver un refuge. Mais je me suis laissé aller comme un imbécile, un lâche et j'ai coulé ma vie. Si Miên le savait, elle ne me le pardonnerait jamais.

Depuis, cette pensée revenait tous les jours le tourmenter. Pendant la première semaine dans sa nouvelle demeure, une nuit, il vit soudain la lune qui trônait entre deux montagnes pointues dont les flancs s'étiraient vers le ciel comme des ailes d'hirondelle. Il reconnut immédiatement la figure de sa femme, si belle, qui l'attendait au pays natal. Elle était son amour d'autrefois, son aspiration d'aujourd'hui, la force la plus sacrée, la plus puissante qui l'attachait à la vie. Il devait rentrer chez lui. Il ne pouvait pas se permettre de la perdre. Mais la vie l'entraînait comme un torrent en dépit des rêves et des regrets. Tous les matins, il allait aux champs avec Thoong. C'était la saison du maïs. Ils allaient le récolter, ils mettaient de côté certains épis pour les faire sécher et les manger, pendaient les autres dans le grenier pour les futures semences. Le frère aîné de Thoong donna à sa sœur la moitié de son troupeau de vaches, seize têtes qui devinrent dix-huit la lune suivante, une fortune dont Bôn n'avait jamais rêvé au Hameau de la Montagne. Bôn apprit à traire les vaches, à faire réduire le lait pour fabriquer des gâteaux carrés comme des morceaux de sucre de canne. Au début, il en détestait l'odeur mais, à la longue, il en devint friand. Il aimait par-dessus tout les morceaux grillés au fond de la poêle, dorés comme du riz brûlé, qui dégageaient un parfum des plus appétissants. C'était un plaisir de manger ces gâteaux en buvant le vieux thé brûlant dans l'aube froide et brumeuse. Thoong avait semé un champ de riz pas très loin de leur cabane. Mais à la saison de la récolte, Bôn devait aller vivre dans un affût où il guettait les singes. Le frère aîné de Thoong lui apprit à piéger les singes pour les ramener au village, les cuisiner. La vie dans la montagne était paisible comme la surface d'un lac un jour sans vent. Bôn s'aperçut qu'il avait changé. Parfois il claquait de la langue.

En ces temps de guerre, avoir une vie paisible est plus que suffisant. Je dois savoir accepter ce que le sort me donne.

Souvent, la nuit, assis devant le feu, serrant ses genoux entre ses bras, il écoutait l'écho lointain des bombes sur la cordillère Truong Son, se rappelait les mois, les années de misère et de fatigue, la semaine pendant laquelle il avait traîné le cadavre du sergent à travers la jungle de *khop*, luttant contre les fantômes et les vautours, le bombardement qui l'avait égaré loin de son unité. Jour après jour, il avait péniblement fouillé la terre à la recherche de racines comestibles pour les griller. Nuit après nuit, il avait dormi suspendu aux branches des arbres par des fils de parachute, dans la terreur. Le sommeil tremblant des bêtes sauvages. Ces souvenirs le consolaient, l'encourageaient à accepter sa vie présente. La cabane sur pilotis était propre, spacieuse. Les sacs de citrouilles, de sucre de canne s'alignaient en rangées sous la réserve de viande salée, de gâteaux de lait et de pousses de bambou séchées. Les épis de maïs pour les semences flamboyaient de toute leur splendeur dorée au-dessus de la cheminée. À côté, des paniers de rotin remplis d'herbes parfumées pour son bain. Dans ces moments de rêve, il se sentait comblé.

Mais ces moments devinrent de jour en jour plus rares. Les journées vides, longues, mornes, énervantes, revenaient en permanence. Pendant les semaines de bruine, la cabane sombrait dans le silence mouillé de la brume. Ni soleil ni lune. Le feu qui brûlait en permanence dans le foyer n'arrivait pas à chasser le froid, la tristesse, l'angoisse interminables. Bôn s'énervait sans raison. Aux repas, pendant qu'il malaxait des boules de riz gluant pour les manger avec du sel parfumé à la citronnelle ou de la viande de porc salée à vous décaper la langue, il se rappelait soudain le goût du riz blanc, la saveur douce-amère des pousses de bambou cuites avec de petites crevettes d'eau douce et des piments. Cette soupe brûlait la langue, on la mangeait en haletant. Il se rappelait la saveur du poisson aux racines de galanga. Des poissons de ruisseau qui frétillaient encore de fraîcheur, qu'on écaillait et faisait mijoter jusqu'à ce que, séchés et durcis, ils redressent leur queue. Il se rappelait la verdeur des champs de choux de sa terre natale, leurs fleurs jaunes qui s'épanouissaient au printemps. Il se rappelait les mélodies de vieilles chansons dont il avait oublié les paroles et qui, néanmoins, hantaient sa mémoire comme des traînées errantes de nuages et de fumée. Il se rappelait les lueurs pourpres du crépuscule à l'horizon de son village, des lueurs merveilleuses qui teintaient tous les visages d'une poudre rose. Ici aussi, c'était le même ciel, la même terre, les mêmes montagnes, les mêmes forêts. Pourquoi n'avait-il jamais vu cette lueur miraculeuse au village de Kheo ?

Chaque fois que sa mémoire le torturait, la vie lui semblait soudain morne, insupportable et le riz gluant saupoudré de sel difficile à ingurgiter. Le visage de Thoong cessa d'être un visage de femme. Ce n'était plus qu'un objet inerte, un mur, une pierre, un morceau de lin bon pour fabriquer un matelas. Cette sensation le poursuivait toutes ces nuits où sa femme sourde et muette continuait de bondir sur lui, de le triturer, de le renifler comme un sanglier. Elle se livrait à toutes sortes de manipulations, mais il n'en éprouvait aucune excitation. Sa générosité s'était tarie. La peur de se montrer ingrat n'arrivait plus à lui faire accomplir son devoir de mari. Ou bien il restait allongé, raide comme une bûche, ou bien il écartait grossièrement les mains de la femme, se tournait vers le mur, faisait semblant de dormir. Thoong pleurnichait doucement. Parfois, pris de pitié, il se reprenait, se retournait pour consoler la femme. Mais cela arrivait de plus en plus rarement. Il n'en pouvait plus. Il avait horreur de la peau et de la chair moites de Thoong. Cette couleur de peau évoquait en lui un boa, un serpent, un iguane. Le visage de Thoong, grand et carré comme celui d'un homme, ses mâchoires aux dents longues et carrées de cheval le dégoûtaient, l'effrayaient. Après ces moments douloureux, misérables, il comprenait que la source de la douleur, de la nostalgie qui torturait son cœur, c'était Miên, sa peau blanche, luisante, ses cheveux noirs, lustrés qui ruisselaient, ses lèvres roses, fraîches, épanouies. Un palais que ni le temps, ni la séparation ne pouvaient fissurer. C'était Miên. Derrière les senteurs, les saveurs des mets familiers, derrière les champs de choux aux fleurs jaunes, derrière les nuages merveilleux, les mélodies lointaines, il y avait la femme à laquelle il pensait sans cesse, sa femme, si belle, qui l'attendait au pays natal.

Et les nuits passaient, torturantes. Et les jours passaient, angoissés. Et le temps passait. Et la pluie, et le soleil. La vie s'en allait. Il continuait d'aller aux champs avec sa femme laotienne pour semer le maïs, récolter le riz. Il continuait d'aller en forêt avec son frère aîné pour cueillir le miel, chasser le gibier, piéger les singes. Il continuait de participer aux fêtes du village de Kheo, de parler avec les quelques mots de ce langage qu'il venait d'apprendre. Et dans la nuit noire, quand les vapeurs de l'alcool s'infiltraient dans son esprit, quand l'obscurité répandait la brume glacée sur son visage, quand cette tristesse féroce, âpre, brisait son cœur, il buvait jusqu'au moment où son corps s'embrasait, où son cerveau chancelait, tournoyait. Alors il grimpait sur le ventre de Thoong, copulait comme un mâle couvre une femelle, sans caresses, sans baisers. Et les mois, et les années passaient. La lune continuait de paraître à la jonction des montagnes, de l'appeler. À chaque cycle, il venait s'asseoir sur le palier depuis le lever de la lune jusqu'au chant du coq, comme un possédé. Ces nuits-là, Thoong était laissée à sa solitude. Peu à peu, elle reconnut sa rivale dans ce disque d'argent qui versait sa lumière sur les montagnes, les forêts, les champs, le village. Elle buvait alors seule, allait se coucher tôt. Comme un ours hibernait pour fuir les rigueurs de l'hiver, la femme sourde et muette dormait pour fuir la pleine lune, attendre les nuits obscures, les moments chanceux où le mari étranger venait partager avec elle les plaisirs de la chair dans l'odeur pénétrante de l'alcool, dans les paroles sans suite qu'elle n'entendrait, ne comprendrait jamais. Elle acceptait son sort, supportait les crises de colère inopinées de Bôn et commençait de rêver d'un enfant. Plus d'une fois, elle avait posé la main de Bôn sur son ventre, lui faisait signe qu'elle attendait le jour où le ventre gonflerait comme une grosse citrouille rouge.

Pauvre femme... Lui ai-je laissé ma semence en partant ?

Son départ fut de fait une fuite. Un jour, Bôn rencontra brusquement une unité dépendant de son ancien corps d'armée qui allait au combat. Il ne put cacher sa joie. Il prépara immédiatement son départ. Mais sans qu'il s'en rendît compte, Thoong le sut. Elle prévint la famille de son frère aîné et les gens du village. Elle pleura, elle hurla, elle s'agenouilla face contre terre devant lui. Avec tout le langage des sourds-muets, elle exprima son amour, ses suppliques. Elle se colla à lui en permanence, le surveilla jour après jour, ne dormant que lorsque quelqu'un de la famille de son frère aîné ou des gens du village venait la relayer pour surveiller Bôn. La famille du frère aîné était bouleversée, elle négligeait les travaux, faisait la cuisine dans la précipitation, mangeait dans la précipitation pour se relayer dans leur surveillance. Les villageois aussi montaient la garde à tour de rôle autour du bonheur qu'ils avaient contribué à bâtir. Bôn réussit pourtant à s'enfuir. Par une nuit noire, il s'esquiva pendant que sa femme laotienne allait uriner dans le jardin. Elle le croyait sans doute profondément endormi. Mais il marchait dans son dos, léger et silencieux comme un chat et, quand elle s'accroupit, il se glissa hors de la cabane. Il marcha toute la nuit, le lendemain et le surlendemain, sans oser s'arrêter pour se reposer, l'oreille tendue, guettant le bruit des pas à ses trousses. Le ciel l'aida à retrouver le chemin du retour. Maintenant, Bôn se rappelait ce trajet dans l'amertume.

Cette nuit-là, si je n'avais pas réussi à me sauver du village de Kheo, si j'avais continué à vivre avec Thoong, à semer le maïs et le riz, à traire les vaches, à cueillir le miel et à faire l'amour toutes les nuits avec ma femme laotienne, que serait ma vie aujourd'hui ? Il n'est pas sûr qu'elle serait pire que celle que je mène.

Oui, ce jour-là, s'il n'avait pas quitté le village de Kheo, il aurait continué de vivre une vie paisible comme un lac sans vent. Sa femme, amoureuse, continuerait à préparer ses bains avec des herbes parfumées, à le supplier de lui faire l'amour, à lui frotter le dos, à lui couper les cheveux. Il était son prince.

Mais son cœur douloureux ne cessait pas de saigner. L'angoisse continuait de le martyriser et, la nuit, regardant la lune monter entre les ailes des montagnes, il sentait qu'il lui était impossible de ne pas revenir au pays natal. Cette lune éblouissante, c'était Miên. L'amour lui avait donné la force d'accepter encore un trajet, le plus épuisant, le plus périlleux de tous ceux qu'il avait connus. Quand Bôn réussit à trouver le campement provisoire de l'unité, celle-ci était partie vers le Cambodge depuis trois semaines. Il n'avait plus d'autres choix que de la poursuivre. Une poursuite hasardeuse, fantomatique, plus folle que toutes les folies. Qui sait combien de chemin peut faire une unité de soldats en trois semaines, combien de fois elle a changé de direction ? À part un briquet et un couteau dans sa poche, deux uniformes, Bôn n'avait rien pour se défendre. Le jour, il avait trop chaud et, la nuit, trop froid. La jungle l'attendait avec le vert de son feuillage, un vert délirant, orgueilleux, méprisant, un vert féroce, empoisonné qui le terrorisait. Rien ne garantissait sa survie. Il pouvait mourir de faim, de soif, il pouvait être tué par les Khmers, devenir la proie des bêtes sauvages ou celle des vautours. Mais la lune limpide luisait dans le ciel mauve, résonnait comme un appel secret, silencieux, magique, réveillait en lui des échos puissants qui l'empêchaient de reculer. Debout face à l'orée de la jungle, il cracha par terre, se jura de retrouver coûte que coûte l'unité et le chemin de son pays. Une nouvelle fois, il se jeta dans la jungle. Il marcha trois mois durant à la manière des montagnards, cherchant sa nourriture quotidienne, se renseignant en cours de route. Durant les années passées au village de Kheo, il avait appris à s'approprier la forêt, il avait acquis une santé assez solide pour affronter la faim, la soif, les moustiques, les sangsues, la fatigue et les dangers du voyage. Finalement, cette poursuite folle fut couronnée de succès. Il retrouva l'unité héroïque. Elle portait toujours les mêmes insignes, mais tous les soldats, tous les officiers étaient nouveaux. On l'aida à revenir à l'état-major du corps d'armée pour remplir les formalités, subir les enquêtes permettant de l'identifier comme soldat égaré. Il dut faire de nombreuses démarches, attendre, aller d'un lieu à un autre, languir devant les bureaux, traîner dans des couloirs et, pendant tout ce temps, vivre des repas octroyés aux soldats égarés, sans un sou pour acheter ne serait-ce qu'une cigarette quand il en avait envie. Finalement, il réussit à satisfaire à toutes les formalités, à revenir au Hameau de la Montagne, à retrouver la lune de ses espérances.

Ce jour-là, si je m'étais contenté de la vie paisible et aisée du village de Kheo, je serais encore adulé par une femme amoureuse. J'aurais peut-être eu un enfant avec Thoong bien qu'elle soit sourde et muette. C'était une femme saine, bonne et naïve. Si seulement...

Bôn pensait avec amertume à ce si, tout en sachant qu'il n'avait plus lieu d'être.

XVII

Les hommes d'affaires ont l'habitude de rester sur leur réserve dans leurs relations. Apparemment, dans ce métier dont le but est de faire du profit, les sentiments réels survivent difficilement. Hoan le sait depuis longtemps. Pourtant, parfois, Cang l'émeut. Un matin, ils sont allés au restaurant de raviolis à la vapeur d'un vieux Cantonais, le plus célèbre de la ville pour sa soupe limpide, suave, fleurant bon les os de bœuf mijotés avec des fruits de mer. Le bouillon est extraordinairement bien épicé, les nouilles cuites à point. Une fois qu'on en a goûté, toutes les soupes de nouilles aux raviolis de porc qu'on trouve ailleurs ont l'air de plats pour voyageurs affamés ou pour gens mal dégrossis. Hoan a commandé deux grands bols de soupe aux raviolis et une assiette de *cha-quay* [1]. Il aime accompagner la soupe de raviolis, le *pho* ou d'autres mets acqueux de *cha-quay* croustillant. Un bol de *hutiu* [2] auquel manque un *cha-quay* préparé avec une farine fine et légère, frit, doré et parfumé, est un plat imparfait.

Le serveur apporte la soupe sur un plateau. Cang demande :

---

1. Gâteaux de farine frits de forme allongée, légèrement sucrés.
2. Soupe de pâte de riz au porc et aux crevettes.

« Vous m'invitez ou c'est moi qui vous invite ?

– C'est moi.

– Vous êtes vraiment généreux. À dépenser comme cela, vous auriez dû vous ruiner, mais le Ciel vous protège. Quel vieux salaud, le Ciel ! Chaque fois que je passe devant une pagode, j'allume des encens, je lui adresse cinq ou sept prières. Pourtant, je tourne comme une lanterne magique à longueur d'année sans pouvoir m'enrichir. »

Hoan éclate de rire :

« Parce que le Ciel et Bouddha ont des yeux. Vous les avez à peine priés que le lendemain vous vous tordez le cou à les injurier. Ni le Ciel, ni le Bouddha ni aucun génie ne pourrait vous le pardonner. »

Cang éclate de rire à sa suite :

« C'est que je suis impatient de nature, je ne peux attendre longtemps comme d'autres. Vous faites des prières chez vous ?

– Chez nous, on honore les ancêtres conformément à la tradition. Mais il y a aussi un autel en l'honneur du Bouddha au dernier étage. Mes sœurs en prennent soin. »

Le serveur dépose devant eux une assiette de *chaquay*. Ils mangent en silence. Une fois repus, comblés, ils allument des cigarettes. Cang :

« On s'offre un café ? Cette fois, c'est moi qui vous invite.

– Pas la peine, je le prends en charge. »

Hoan règle l'addition. Ils franchissent la chaussée, se dirigent vers un café de l'autre côté de la rue. Quand ils y entrent, un client en sort, soulevant le rideau dans l'embrasure de la porte, et manque cogner la tête de Hoan. Hoan reconnaît le vendeur de cigarettes au détail, le maquereau familier. L'homme le reconnaît aussi. Ses grosses narines frémissent, mais ses yeux d'ours restent glacés. Personne ne se salue. Cang siffle faux un air qui perce l'oreille. Rempli de joie, il ne peut retenir son enthousiasme :

« Deux cafés noirs, bien chauds. »

Après avoir commandé, Cang se laisse aller contre le dossier de son siège, croise les jambes, les balance tout en regardant la rue. Soudain curieux, Hoan glisse un regard sur lui, se demandant à quoi il pense. Un visage dur, comme sculpté à coups de couteau dans du bois, des yeux secs pointés sur quelque proie dans l'espace, des lèvres serrées, totalement gercées comme des lèvres de vieillard, un nez long avec des narines séparées par un sillon. Incapable de se retenir, Hoan élève la voix :

« À quoi pensez-vous ? »

Cang se retourne, lève les sourcils, plein d'étonnement :

« Et vous, à quoi pensez-vous ? Des commerçants comme nous ne pensent qu'aux affaires, aux profits, aux pertes. À quoi d'autre voulez-vous qu'ils pensent ? »

Hoan soupire :

« Vous avez raison. Mais en ce moment je pense à quelque chose qui n'a rien à voir avec les affaires. »

Cang est pris de curiosité à son tour. Il se tourne carrément face à Hoan, lève sur lui des yeux attentifs :

« Qu'y a-t-il de si important ?

– En rencontrant le maquereau, je me suis rappelé la nuit où nous avons fui par-dessous l'escalier de la maison voisine. Puis nous nous sommes cachés dans la réserve de poissons marinés où les rats couraient entre nos jambes. Franchement, j'en ai encore peur. »

Cang éclate de rire :

« C'est ça qui vous laisse songeur ? Effectivement, vous êtes un authentique fils de bonne famille. Mais laissez-moi boire le café d'abord. Après cette énorme soupe aux raviolis, je tomberais de sommeil sans café. »

Il se penche pour siroter bruyamment le café comme une vieille femme sirote le thé. Hoan porte aussi sa tasse à ses lèvres, mais son esprit reste hanté par l'inquiétude.

Une semaine auparavant, Cang l'a invité à « se soulager dans les latrines publiques ». Depuis longtemps, ils satisfaisaient ensemble ces besoins permanents dans la petite pièce sale de la banlieue, Hoan à droite et Cang à gauche, séparés par un rideau rouge. Chaque fois, Cang guidait, commandait les opérations, et Hoan réglait l'addition. Cette nuit-là, ils avaient à peine entamé la partie qu'une clochette tinta précipitamment dans l'escalier. La putain allongée sous Hoan se redressa immédiatement. Bien que petite et menue, elle le renversa sur le lit.

« Les flics, les flics... » cria-t-elle.

Au même instant, de l'autre côté du rideau, Cang éleva la voix :

« Remettez vite votre pantalon. Nous n'avons que trois minutes. Le moindre retard et on est foutu. »

Hoan se perdait en gesticulations. La putain l'aida à retrouver ses vêtements dans le tas enchevêtré sous le lit :

« Voici ta chemise, mets-la d'abord... Tiens, voici la culotte. Vite, vite... »

Elle s'habillait rapidement elle-même tout en passant à Hoan chaque vêtement. Cang accourut quand Hoan finissait de boutonner sa chemise :

« Suivez-moi. »

De ce moment, Hoan se colla à ses pas. Ils dévalèrent l'escalier irrégulier, branlant, dont chaque marche se tordait en grinçant sous leurs pieds. Pour couronner le tout, la lumière blafarde qui tombait de l'étage l'aveuglait et le fit trébucher maintes fois. Quand ils atteignirent la dernière marche, Cang dit, esquissant un geste vif :

« Par ici. »

Il disparut aussitôt derrière le mur de gauche. Hoan bondit après lui. Ils franchirent une petite cour, se glissèrent sous l'escalier de la maison voisine, encore plus sombre que celui de la maison de passe. Des toiles d'araignée poussiéreuses se collèrent à leurs visages, des cafards volèrent en crissant dans la nuit, cognèrent leurs fronts. Ils coururent à travers de nombreuses ruelles tortueuses, arrivèrent devant une petite maison avec une porte badigeonnée de goudron noir. Cang chercha à tâtons le loquet, ouvrit la porte d'une main et, de l'autre, poussa Hoan dedans. La pièce était plongée dans l'obscurité, on n'y voyait rien, mais l'odeur âcre du poisson pourri frappa aussitôt les narines de Hoan. Il comprit où il se trouvait. Cang remit le loquet, s'approcha à tâtons de Hoan :

« N'ayez pas peur. Vous vous habituerez. »

Hoan ne répondit pas. Son cœur battait violemment. Il se sentait flottant, chaviré, comme s'il marchait sur une corde tendue au-dessus du gouffre. Il ne comprit pas pourquoi il agissait soudain comme un voleur, un contrebandier ou un assassin traqué. Il avait peur, naturellement. Mais derrière cette peur-là pointait une autre encore plus puissante :

Mon Dieu, si mon père vivait encore et s'il devait me voir agir ainsi, que dirait-il ? Il n'a sans doute jamais imaginé que son fils unique sombrerait un jour dans un tel bourbier.

Les rats couraient bruyamment sur les sacs de poissons entassés alentour, bondissaient par-dessus leurs épaules, plongeaient entre leurs cuisses. La puanteur agressive du poisson mariné l'étourdissait. Hoan sentait son propre souffle imprégné de cette odeur répugnante. Comme s'il avait deviné ses pensées, Cang se pencha sur l'oreille de Hoan, murmurant :

« Juste un petit effort... Dans une petite demi-heure, tout rentrera dans l'ordre. »

Cang se dirigea alors à tâtons vers la porte, plaqua son oreille dessus. Hoan restait figé sur place, fermant violemment les yeux, endurant les rats, endurant sa peine, une douleur qu'il ne pouvait confier à personne. Son père était mort, mais son âme hantait encore ce monde. Elle le suivait sans doute, elle voyait ces moments d'humiliation et soupirait d'amertume.

« C'est bon ! Que c'est bon ! »

Cang ouvre largement la bouche, pousse un long soupir, savourant d'une manière exagérée, grotesque, le bonheur de boire un café. Hoan garde le silence, continue de fumer.

Cang n'a sans doute pas eu un père comme le mien. Il fait librement ce qui lui plaît sans éprouver de remords. Et sans doute est-il heureux parce qu'il vit sans complexes. Sorti de la boue, il est maintenant assez riche aux yeux de sa parentèle, capable de l'aider, de la secourir. S'il en est ainsi, le sens et la valeur de ma propre vie sont aussi fixés. Je n'ai pas besoin d'y repenser.

Néanmoins, Hoan ne peut pas croire que l'homme soit incapable de honte et de remords. Il élève la voix :

« Dites, j'ai une question à vous poser.

– Laquelle ?

– L'autre nuit, quand nous étions debout dans la réserve de poissons marinés, qu'avez-vous éprouvé ?

– Rien du tout. Je surveillais la situation pour en sortir. Manger du poisson mariné, ça va. Mais personne n'aimerait se fourrer dedans pour subir cette odeur.

– Avez-vous souvent fui la police comme cela ?

– Oui, maintes fois. Cette réserve de poissons marinés est le plus sûr des refuges. Les flics ne pouvaient pas le deviner.

– Se peut-il que vous ne voyiez pas que nous nous terrions comme des voleurs, des brigands ou des assassins ?

– Je n'ai ni volé ni assassiné personne. Je fuis parce que l'État interdit la prostitution alors que ma verge se moque de la loi et, régulièrement, le moment venu, se dresse pour hurler. Je n'ai donc pas à me perdre dans d'interminables considérations.

– Mais s'ils nous avaient attrapés, s'ils nous avaient enfermés en compagnie des crapules et des voleurs ? Y avez-vous pensé ?

– Si nous devions penser à tout, nous n'oserions plus rien faire. Dans ma vie, je consacre mes forces à calculer, à évaluer mes chances de succès dans les affaires, c'est tout. »

Cang s'allume une cigarette, se retourne, regarde attentivement Hoan :

« Ainsi, vous aussi, vous souffrez. Je pensais qu'un homme comme vous, qui fait des affaires en se jouant et que le ciel protège, ne peut être qu'heureux. Il n'en est donc pas ainsi. Ruminer tant de pensées chaque fois qu'on se tape une putain, c'est effectivement pénible. »

Dans les yeux de Cang, il y a de l'étonnement et de la compassion. Pour la première fois, Hoan voit chez lui des yeux d'homme qui ne reflètent pas que les calculs d'une machine à gagner de l'argent. Cela l'émeut. Mais son émotion ne dure guère. Une demi-minute après, Cang jette son mégot dans le cendrier.

« Bon, j'y vais. Payez aussi le café, vous, le plus grand patron des six provinces du Centre. »

Cang rit effrontément. Dans ses yeux luit de nouveau la lumière froide de l'acier. Ses pupilles se dilatent violemment. Son visage redevient une masse de chair insensible, indécente.

Hoan regarde son dos disparaître derrière le rideau en bambou, la fumée s'élever du mégot dans le cendrier, toutes les traces laissées par un homme qui s'est tenu à son côté dans la réserve de poissons marinés, qui lui a tendu la main dans l'obscurité des ruelles, des cours, des allées tortueuses d'un quartier de banlieue. Soudain, il se sent glacé, désemparé. Les filets s'élevant du cendrier ne sont que fumée. L'homme qui l'a regardé une demi-seconde avec la chaleur et la compassion d'un homme n'est qu'un allié forcé. Il suffirait que Hoan tourne le dos pour qu'il le pousse aussitôt dans l'abîme, il suffirait que la malchance effleure sa nuque pour qu'il s'empare aussitôt de son argent pour le fourrer dans ses poches. Hoan l'a toujours su, mais il n'a jamais voulu le croire. Ce matin, il comprend enfin, réellement, à quel point il est seul, désemparé. Il vit dans un monde en lequel il n'a pas confiance, comme un poisson rusé se terre et se faufile avec adresse dans la boue et les algues en rêvant d'eau courante. Il n'est qu'un commerçant qui entretient en lui le cœur d'un lycéen et les aspirations d'un poète manqué.

Cette terre n'est pas la mienne. Ici, je ne suis que la proie ou l'ennemi d'autrui. En dehors de sœur Châu et de sœur Nên, je n'y ai pas de proches. Je ne peux faire confiance à personne, même si j'avais

la patience de chercher quelqu'un et de l'éprouver
cent fois.

Il continue de fumer, d'exhaler, de souffler vers le ciel des ronds de fumée ou, serrant les lèvres, de la faire onduler comme les nervures du bois. Il contemple la fumée, s'efforce d'y trouver une forme, un trait, une ébauche de quelque chose qui lui ouvrirait la compréhension de la partie obscure de la vie, qui le guiderait à travers les allées ténébreuses des relations humaines. Depuis qu'il est revenu en ville pour redresser la situation de la boutique, initier de nouvelles grosses affaires, maintes fois, il s'est lié d'amitié avec ses confrères. Chaque fois, il est tombé dans un piège. Si ce n'était pas la concurrence malhonnête pour acheter et vendre, ou une féroce épreuve de force usant de toutes les ruses pour provoquer son naufrage, ou des traquenards mûrement réfléchis dans les moindres détails, c'étaient des ragots, des rumeurs pour le salir. Chaque fois, Hoan s'en était tiré au dernier moment grâce à la chance ou à son intuition. Il devinait que celui qui freinait, empêchait son véhicule de se précipiter dans le gouffre, éclairait son cœur égaré ou son esprit candide, lui suggérait des coups géniaux pour transformer la défaite en victoire et abattre ses ennemis, ce n'était autre que l'âme fragile et fière de son père. Hoan savait que cet homme frêle et résolu continuait de l'accompagner, de le protéger sur les chemins de la vie, que cette ombre frêle et impérieuse continuait de planer sur sa vie. C'était comme si l'âme de l'instituteur ne pouvait se résoudre à revenir au nirvana, pour continuer d'aimer et de compatir avec son fils unique. Pour elle, cet homme de quatre-vingts kilos continuait d'être un petit garçon naïf, balourd, un petit ange pur, continuellement menacé d'être piégé par les hommes chaque fois qu'il prenait la route. Les leçons amères de la vie s'emmagasinaient dans la mémoire de Hoan, lui donnaient une seconde nature, une forme d'intelligence reposant uniquement sur l'intuition, une capacité de juger et de trancher, légère comme une aile de grue, rapide, facile, comme si tout avait été prévu dans une recette miraculeuse concoctée par un génie ou un démon. Cette seconde nature le guidait dans ses actes, ses relations, faisait de lui un intouchable dans le monde des affaires. Les flèches que lui décochaient ses concurrents ou les mandarins des institutions financières glissaient sur lui pour aller se perdre ailleurs. Grand, habillé avec goût et même avec recherche, il avait l'apparence d'un fils à papa. Parfois, il avait l'air d'un séducteur aux yeux doux, au regard de velours. Mais la douceur de chacune de ses attitudes recelait la perspicacité et la prudence. Chacun de ses rires doux, chacune de ses paroles courtoises pouvait aboutir à des décisions définitives, brutales qui donnaient des sueurs froides à ses adversaires les plus expérimentés. Néanmoins, au moment même où il frappait mortellement ses concurrents, déployant une ruse qui fauchait d'autres hommes d'affaires, son cœur gémissait douloureusement.

Les hommes sont-ils obligés de s'entretuer ainsi ?
La vie est-elle aussi rude ?

Lui-même était pris de doute. Un faux honnête homme ou un animal égaré dans un mauvais bercail ? Il vivait et agissait comme un commerçant chevronné alors que son âme tremblait, doutait. Il aspirait à un autre ciel que celui sous lequel il respirait. Serait-ce le mal qui avait frappé le jeune homme d'antan ? Le voyage inachevé le hantait toujours. Chaque fois qu'il entendait la sirène du train hurler sur les quais, la douleur et le regret torturaient son âme angoissée. Ou bien n'était-ce que l'insatisfaction d'un enfant choyé qui avait grandi dans une atmosphère de paix et de sécurité où l'amour avait tissé une brume mystérieuse, éternelle, que le soleil corrosif de la vie n'arrivait pas à percer ? Hoan n'y voyait pas clair. Mais il savait que le lycéen en lui cherchait toutes les occasions pour revérifier les solutions de l'équation. La dernière vint avec la prostituée maigrichonne aux yeux fardés.

De temps en temps Cang lui disait :

« Tout jeu a ses règles. Le pourboire que vous donnez sur la couche ne doit pas dépasser trois petits billets. Ne l'oubliez pas. »

Mais les sommes que Hoan avait données à la prostituée la première fois et par la suite étaient toujours dix fois supérieures. Il avait constamment l'impression d'avoir une dette envers cette femme chétive, usée. En lui donnant une grosse somme d'argent, il calmait ses tourments. Cela devint une coutume. La prostituée cessait d'être atterrée comme la première fois. Parfois elle cherchait même à lui soutirer davantage d'argent. Hoan éprouva fugitivement de la méfiance, mais il n'osa pas l'avouer à Cang. Une nuit plaisante comme les autres, ils attendaient le vendeur de cigarettes dans la ruelle. Ils buvaient le thé devant l'étal de la femme au joli nom de Thu Cuc. Elle portait toujours son foulard aux fleurs éclatantes sur la tête et regardait la lampe blafarde. Cette fois-ci, le maquereau ne les obligea pas à attendre longtemps. Ils n'avaient pas encore vidé leur tasse de thé que la lampe se mit à aller et venir trois fois au-dessus de la vitrine.

« Allons-y », dit Cang.

Ils se levèrent. La femme poussa soudain un rire rauque.

Elle jeta sur eux un regard perçant et laissa tomber :

440

« L'âne qui se presse tombe immanquablement dans le fossé. Voulez-vous mâcher de la seiche grillée ? »

C'était la première fois qu'elle les invitait à consommer. Désorienté, Cang la regarda, puis regarda Hoan. N'en sachant pas plus que Cang, Hoan garda le silence. Après un moment, Cang sourit, confus :

« Aujourd'hui la grenouille a parlé, demain nous aurons sûrement la tempête. »

Il donna à la femme un petit billet :

« Nous partons. »

La femme n'ajouta rien, elle ne rangea pas ses affaires pour les accompagner comme d'habitude. Arrivés devant l'étal de cigarettes, Cang et Hoan la virent assise derrière son étalage, raide comme une statue. La flamme minuscule de la lampe à pétrole rendait les rues encore plus obscures.

L'homme au visage lourd leur dit : « Aujourd'hui, on y va plus tôt que d'habitude. Les flics ont changé les tours de garde. »

Cang demanda :

« C'est toujours au même endroit ? »

L'homme acquiesça :

« Oui. Le temps n'est pas encore arrivé de fuir ailleurs. Allez-y. Vous connaissez le chemin, n'est-ce pas ? »

Cang, sèchement :

« On le connaît. »

Hoan suivit Cang. Les ruelles obscures, tortueuses ne l'intimidaient plus. Le plaisir l'avait dégourdi, aguerri, il l'avait habitué à une nouvelle lumière, à de nouvelles sensations. Cang n'avait plus besoin de lui tendre la main sous la lumière blafarde et sépulcrale de l'escalier branlant. Il n'était plus trop anxieux, écœuré. La chambre souillée, le rideau crasseux ne le dégoûtaient plus. Il n'éprouvait plus de honte à entendre les bruits de copulation résonner de l'autre côté du rideau. Il s'était accoutumé à cette situation et parfois ça le terrorisait. Cette nuit-là, ils s'étaient mis d'accord avec le maquereau pour le grand voyage. La première débauche d'éjaculations eut lieu vers les neuf heures. Après, Cang éleva la voix :

« On s'offre un verre ? J'ai ici une bouteille de "Six accouplements par nuit pour cinq fils" et quelques sachets de viande de bœuf séchée.

– Comme vous voulez.

– Habillez-vous. J'arrive. »

Cinq minutes plus tard, Cang amena la bouteille d'alcool, la viande de bœuf séchée et grillée, le mets le plus facile à trouver pour les disciples de Bacchus. Assis sur le lit, ils burent l'alcool. Enroulée dans la couverture mince, la prostituée se terrait dans un coin du lit, la tête entièrement couverte. Impossible de savoir si elle dormait ou veillait. Ils burent et bavardèrent pendant un peu plus d'une heure, puis Cang dit :

« Voulez-vous dormir un moment ?

– Non.

– Vous avez raison. Nous avons tout le temps pour nous rattraper demain. Il est plus de dix heures et demie. La cloche de l'église va bientôt sonner. »

Il rangea les sachets de viande à moitié entamés dans sa poche, prit la bouteille, se leva :

« Dites...

– Quoi ?

– Écoutez-vous souvent le son des cloches ?

– Oui. »

Cang garda le silence quelques secondes, laissa tomber un soupir :

« Je ne suis pas chrétien. Pourtant, chaque fois que j'entends les cloches sonner, je me rappelle ma mère. Surtout le son des cloches la nuit. »

Il s'en alla dans la pièce à côté.

Hoan n'avait jamais entendu Cang parler de ce genre d'histoire. Il en fut étonné. Mais sa perplexité disparut rapidement. Le besoin de satisfaire ses désirs l'entraîna dans un autre monde. Il secoua la prostituée pour la réveiller et entamer de nouveaux ébats. Contrairement à son empressement soumis de tous les jours, elle grommela longtemps, à moitié somnolente, ou comme si elle voulait le provoquer, refusant de satisfaire son désir et l'attisant en même temps. Hoan sentit son corps se tendre, exacerbé, brûlant. La fureur le saisit, mais il s'efforça de la maîtriser, ne voulant pas agir grossièrement vis-à-vis de ce bout de femme décharnée deux fois plus petite que lui. Cette situation dura jusqu'au moment où les cloches de l'église tintèrent à nouveau. La prostituée saisit soudain la main de Hoan, redressa le cou pour écouter les cloches. C'était la première fois qu'elle se comportait si étrangement. Avait-elle entendu Cang parler des souvenirs que réveillait en lui le son des cloches et se rappelait-elle quelque histoire douloureuse ensevelie sous les cendres et la poussière du temps, quelque part derrière l'horizon implacable de son existence aventureuse ? Hoan se le demanda pendant que la femme tendait son cou livide, sillonné de veines apparentes, vers le son des cloches, les yeux figés. Quand le carillon se tut, elle se redressa d'un mouvement souple de serpent, entoura le cou de Hoan dans ses bras, attira sa tête et, avec des gestes experts, l'entraîna dans l'accouplement, comme si le carillon était un signal mystérieux qui lui faisait comprendre que le client était excité au plus haut point, que le moment propice était venu pour elle de donner le meilleur d'elle-même.

Quelques instants plus tard, alors que Hoan avait perdu conscience de tout hormis les ondes de plaisir, la porte s'ouvrit brusquement en heurtant le mur. Le bruit se répercuta dans l'oreille de Hoan, mais il tournoyait dans la ronde du plaisir comme une souris blanche de laboratoire bondissant dans sa roue, entraînée par son élan, incapable de s'arrêter. Les mains de la prostituée s'agrippaient à lui, le ligotaient. Il était incapable de comprendre ce qu'annonçait le fracas de la porte. Un jet de lumière éblouissant se pointa sur le visage de la putain qui ferma violemment les yeux. Un hurlement s'éleva :

« Restez couchés, tous ! »

La putain émit un petit cri :

« Oh ! Mon Dieu ! »

La voix de l'homme reprit, glaciale :

« Couchés, tout le monde, ou je tire ! »

Hoan devina que l'inconnu se tenait au pied du lit, un revolver dans une main, et serrait le piquet de bois soutenant la moustiquaire de l'autre. La lumière était braquée sur le lit où la prostituée et lui exhibaient leur nudité.

« Couchés ! Le premier qui tente de fuir, je le descends », redit encore l'inconnu. Cette fois, Hoan reconnut un peu d'hésitation, un manque de naturel dans la voix tonitruante. Il comprit qu'il était tombé dans un piège mais n'éprouva aucune terreur. La seule chose qu'il remarqua, c'est la vitesse avec laquelle sa verge avait débandé, s'était refroidie, retirée de la femme. Il en fut étourdi d'étonnement.

C'est la première fois que j'échappe à la tension sans avoir besoin d'éjaculer. Ma tête et mon corps sont froids, vides. Le corps de l'homme peut donc se transformer si brusquement, si étrangement ?

Le maître chanteur éleva de nouveau la voix :

« Restez en position. Le premier qui bouge ou essaie de fuir, je le descends. »

Hoan comprit qui était ce maître chanteur. Dans son activité de négociant, il avait rencontré des aventuriers, toutes sortes de vagabonds, de mercenaires, de tueurs à gages, des gens qu'il pouvait facilement dominer à tout moment. Il connaissait leur comportement, leur langage. Aucun ne pouvait proférer un ordre aussi littéraire : « Restez en position. » Il faillit éclater de rire mais se retint. Un sentiment de mépris glacé l'envahit. Il fut surpris par le calme qui l'habitait, admiratif vis-à-vis de lui-même. Par curiosité, il glissa un regard sur le visage de la femme allongée sous son ventre. Ses paupières étaient entrouvertes. Un éclair blanc luisait dans ses yeux fardés. Des pupilles troubles, ni noires ni marron. Aucune trace de peur.

Une comédie. Dont cette femme est complice. Combien d'argent ai-je dans mon portefeuille ? Beaucoup, beaucoup. Ah, non, avant de partir j'ai donné les trois quarts de mon argent à sœur Châu pour qu'elle paie les marchandises. La cargaison en provenance de Danang arrive cette nuit. Quelle chance...

Hoan se souvint du moment où il franchissait la porte de sa maison. Sœur Châu avait couru après lui, les cheveux dégoulinant d'eau, pour lui rappeler qu'on devait lui livrer des marchandises la nuit même. Il avait ri, s'était excusé, lui avait donné son portefeuille.

Oui, elle a pris l'argent, elle a rangé les papiers et elle m'a rendu le portefeuille. Ce singe d'Afrique et ces araignées de bordel n'ont pas beaucoup de chance...

Cette pensée l'amusa un peu. Il se mit alors à observer le comportement de l'homme debout dans son dos. Il était en civil mais son port trahissait à vue de nez celui d'un homme habitué à porter l'uniforme à longueur d'année. Il s'était sans doute débarrassé de ses insignes et de ses galons. Sans aucun doute, un jeune paysan qui venait d'être formé dans une école de police, qu'on avait affecté ici, le temps de connaître les conforts de la vie en ville, l'un de ceux qui sillonnaient les rues, les yeux collés aux marchandises exposées dans les vitrines, ne cachant pas leur avidité. Leur rêve suprême était d'acheter un vélomoteur, de séduire une fille de la ville, d'acquérir par le mariage le droit d'y résider qui ouvrait la voie au plaisir de manger un *pho* ou une assiette de riz gluant avant d'aller au bureau au lieu de broyer un bol de patate ou de maïs avant de pousser le buffle vers les rizières et de labourer comme leurs pères le faisaient depuis des centaines d'années.

Il sentit une tristesse légère, incompréhensible se faufiler dans son cœur. Il éleva paisiblement la voix :

« Tout mon argent est dans mon portefeuille. Le portefeuille est dans la poche de mon pantalon sous le lit. Prenez tout et vite car si vos collègues nous surprennent, c'est raté. »

Le singe d'Afrique resta coi, sans un murmure. Il était certainement embarrassé. Il avait sans doute peur. La voix tranquille de Hoan, ce jeu cartes sur table, le rendaient méfiant. Le voyant immobile et silencieux si longtemps, Hoan reprit :

« Je sais ce que vous voulez. Ne perdez pas inutilement de temps. Prenez l'argent et partez. Laissez intacts mes papiers et mes photos. »

Le singe d'Afrique grommela. Il enfonça le canon de son arme dans le dos de Hoan :

« Ne bougez pas. Si vous tournez la tête, je tire.

– D'accord. Dépêchez-vous. »

Dessous, la femme se tortillait. Elle allongea la main pour gratter sa cuisse. Le singe d'Afrique releva le revolver, fouilla à tâtons les vêtements entassés au

446

pied du lit. Hoan l'entendit jeter les habits un à un dans un coin du lit, tirer son portefeuille en cuir de la poche de son pantalon, froisser l'argent en le triant.

Combien ? Quand elle avait pris l'argent, sœur Châu avait remis les petites coupures dans le petit compartiment et les grosses dans celui qui contenait la photo de mon père.

Hoan n'arriva pas à se souvenir de la somme exacte. Il savait néanmoins que sœur Châu avait pris au moins les trois quarts de l'argent pour payer les fournisseurs. Le singe d'Afrique prit l'argent contenu dans le portefeuille et dit :

« Restez couchés, immobiles. Ne vous relevez pas avant quinze minutes. »

Et il disparut de la chambre.

« C'est trop long, quinze minutes », lui cria Hoan, et il se leva, s'habilla pendant que la putain tirait la couverture sur son menton :

« Mon Dieu ! J'en ai la chair de poule. Et toi qui restais insouciant comme si de rien n'était. Vous êtes terrifiants, vous autres, les hommes. »

Hoan regarda la figure cynique, les lèvres minces, barbouillées de rouge. Le dégoût emplit son cerveau. Il se détourna en silence, descendit l'escalier, traversa les ruelles familières, rentra chez lui.

Le lendemain, Cang vint le chercher tôt. Ils allèrent manger et boire le thé. Le salon de thé Rose Rouge, célèbre pour son thé vert servi tout bouillonnant avec du miel, était prisé par les négociants les plus en vue du moment. Hoan avait envie de savourer la boisson des Chinois, un peuple de commerçants, qui avait tous les talents, toutes les qualités nécessaires pour réussir dans ce métier. Le salon de thé était petit, étroit comme la majorité des établissements chinois. Deux rangées de dix tables chacune s'alignaient dans vingt mètres carrés à peine. Les clients buvaient le thé, assis sur des tabourets ronds, dos contre dos. La sueur gouttant du dos de l'un pouvait mouiller le dos de l'autre. Une promiscuité incontournable. Un grand ventilateur suspendu au plafond tournait en sifflant au-dessus des théières bouillantes. Boire le thé à la Rose Rouge, c'était comme inhaler la vapeur des herbes qu'on préparait pour soigner la grippe. On buvait en sentant son cœur se réchauffer, s'embraser, et la sueur transpirer de tous les pores de sa peau. Le salon résonnait, assourdissant comme un marché. Les clients faisaient la queue dans l'attente d'une place. Les serveurs couraient d'un bout à l'autre de la pièce comme des artistes chevronnés dans un cirque, brandissant sur leurs mains de petits plateaux en aluminium où trônaient des foyers de charbon incandescent et des pots d'eau. Le moindre faux mouvement, et les braises se déversaient sur les épaules, les cous des clients entassés dans la pièce.

Hoan et Cang durent attendre un quart d'heure avant de trouver une table. Une fois installés, Cang éleva la voix :

« Quelle dextérité ils ont, les Chinois, ne trouvez-vous pas ? »

Hoan acquiesça :

« Oui.

– Il y a cinq salons de thé dans cette ville. Tous sont spacieux, bien décorés, avec musique moderne et musique traditionnelle. Ils sont pourtant tous presque vides. Il n'y a que celui de ce vieux Chinois qui est constamment bourré de monde de l'aube à la nuit. Tout le monde dit qu'il possède un philtre magique. Quelque chose comme un philtre d'amour. Où qu'il se trouve, il attire les gens comme l'aimant la limaille.

448

– Je ne crois guère aux philtres magiques dans les affaires.

– Vous croyez alors que le ciel protège les commerçants chinois ?

– Ils ont d'authentiques talents. Tout d'abord parce qu'ils ont de l'expérience. Les Chinois savent commercer depuis l'Antiquité. Ils savaient déjà construire des bateaux pour franchir les mers, ils connaissaient déjà la valeur de l'argent pendant que nous autres, Vietnamiens, nous chantions les louanges de la pauvreté honnête, de la pureté d'âme, et que nous méprisions ceux qui faisaient fortune par la voie du commerce et non grâce aux moissons et aux prébendes mandarinales. Le choix de nos valeurs était erroné dès le départ. Nous en payons le prix.

– Parce que vous comprenez l'erreur des foules, vous avez choisi de faire du commerce. Votre grande réussite n'a rien de surprenant.

– Je l'ai fait par hasard. Avant, je vivais fort bien en exerçant un autre métier. »

Cang leva ses sourcils, le regarda, laissa tomber d'une voix moqueuse chargée de doute :

« Lequel ? »

Le serveur posa devant eux un foyer de braise, une théière, deux tasses. Hoan versa en silence le thé bouillant dans la tasse de grès au large diamètre, posée sur une grande assiette en grès rugueux comme une peau de crapaud. À mesure que le thé coulait, une écume fine et dorée s'étalait à la surface du liquide, débordant sur la soucoupe. Le parfum du thé se mélangeait à celui des braises, exhalant une senteur délicate et chaleureuse qui évoquait à la fois l'odeur des montagnes, des collines lointaines, désertes, et celle des rues grouillantes où les foules se battent autour d'une proie. Hoan porta la tasse à ses lèvres, sirota le thé. Il comprit pourquoi ce thé attirait tout ce que la ville comptait de gens en vue. Les citadins ont soif de vie, d'argent, de tout ce qu'ils ne possèdent pas. Ils ne peuvent pas se séparer du monde étroit où ils vivent. Ils sont enchaînés à cet espace où ils se débattent pour survivre et livrer leur âme à leurs passions. Que ce soit une maison de quatre étages, une chambre de dix mètres carrés louée au mois ou une simple planche de la taille de leur dos, c'est l'espace de chair et de sang dont ils ne peuvent pas se séparer. Ils doivent s'y incruster pour pouvoir vivre, se sentir vivre. Dans cet espace familier, il leur arrive de rêver en plein jour, de se rappeler des fragments de souvenirs dans la nuit. Leur âme s'envole alors comme un pigeon domestique, voltige à travers le ciel avant de réintégrer le pigeonnier. L'homme des villes ne supporte pas les grands espaces, les horizons lointains. Il aime le thé de la Rose Rouge, son odeur évoque la vie grouillante, agressive des rues. Son parfum léger, chaleureux, lui permet de faire quelques tours dans l'air comme un pigeon domestique tout en lorgnant la porte familière du pigeonnier. Une sensation de sécurité, de totale sécurité. La sécurité est ce que l'homme recherche d'abord.

Hoan but encore quelques gorgées de thé, écoutant en silence les conversations bruyantes alentour. Un dos brûlant, gros et gras, se plaqua contre le sien. Une minute plus tard, une cuisse de femme se frotta à sa hanche gauche, une cuisse déjà flasque mais apparemment toujours emplie de désir. Le frottement semblait chercher à satisfaire un besoin. C'était cela, la vie en ville. C'était cela, le thé de la Rose Rouge, le thé de ceux dont la vie était enchaînée aux boutiques, là où on comptait l'argent qui entrait, qui sortait, là où les chiffres bruissaient comme des pièces de mah-jong sur une table de jeux. La vie qu'il vivait, qu'il était en train de laisser derrière lui.

« Qu'avez-vous ? Buvez avant qu'il ne refroidisse », dit Cang.

Mais Hoan ne l'entendait plus. Cang répéta, tambourinant la table de ses doigts :

« Buvez, sinon le thé va refroidir. »

Hoan sursauta, leva les yeux sur Cang. Sa tasse était presque froide. Le thé de la Rose Rouge se buvait chaud, très chaud pour provoquer la transpiration. Cang avait méticuleusement accompli la cérémonie. Sa chemise imbibée de sueur lui collait à la peau. Il avait sans doute vidé trois ou quatre tasses de suite. Autant que son corps, son cou et son front suaient abondamment. Il respirait par longues bouffées, haletant, comblé :

« Cela vous allège, un véritable plaisir ! »

Hoan lui demanda :

« Vous en voulez encore ? »

Cang hésita :

« Hum, ça suffit... »

Mais il changea d'avis :

« C'est bon, commandez-moi une autre théière. »

Il plissa les lèvres dans un sourire :

« C'est une bagatelle comparée à la somme qu'on vous a extorquée hier soir. »

Hoan fit signe au serveur d'apporter une autre théière et demanda :

« Où étiez-vous à ce moment-là ?

— J'ai filé dès que le patron a ouvert la porte.

— Vous dites que c'est le vendeur de cigarettes qui a lui-même ouvert la porte ?

— Vous pensez que quelqu'un d'autre en aurait été capable ?

– Je sais bien qu'il s'agit d'un traquenard, mais il aurait dû au moins se cacher.

– Il s'est esquivé dans l'escalier immédiatement après avoir ouvert. Un de ces jours, si vous l'interrogez, il dira qu'on l'y a obligé sous la menace d'un revolver.

– Et le flic ?

– Naturellement, ils se connaissent. Le flic partage régulièrement le fric engrangé par l'homme à tête de cochon. Mais je ne cesse d'y penser sans comprendre pourquoi il nous a tendu ce piège. Les hommes d'affaires préfèrent les profits réguliers et à long terme à de l'argent extorqué une fois pour toutes. »

Cang vrilla son regard inquisiteur dans les yeux de Hoan. Hoan se rappela aussitôt ses recommandations à propos du pourboire. Il comprit que la comédie de la veille avait pour origine sa générosité envers l'aventurière aux yeux de chien en papier. Cette pensée n'échappa pas à Cang. Comme Hoan, Cang avait le don de deviner en un éclair la pensée des autres. Ses lèvres gercées, fripées comme des lèvres de vieillard, s'ouvrirent largement en un sourire méprisant :

« Personne ne s'essuie les fesses avec des pièces d'or. Si cela vous déchire le cul, c'est bien fait pour vous. »

Il secoua la tête et ajouta :

« Je n'arrive pas à vous comprendre. Un homme des plus intelligents... Un cerveau armé d'acier et non de cailloux des chemins... Seriez-vous possédé par les démons ? »

Hoan ne répondit pas. Il recula pour permettre au serveur de poser sur la table un nouveau foyer avec une nouvelle théière. Comme s'il répétait quelque cérémonie, l'homme leva haut la théière pour remplir la tasse, faisant mousser le thé. Sans raison, Hoan vit dans cette mousse jaune ses jardins, ses plantations du Hameau de la Montagne, les rues bordées d'herbe, les haies gorgées de rosée, les cimes des arbres pliées sous le vent. Il vit la femme qu'il aimait. Il vit s'élever des flots de brume familière, la brume qui envahissait les vallées où il avait vécu. Il se rappela l'air humide et froid du soir, qui invitait à l'amour. Hoan leva la tasse, regarda longuement l'écume, attendit que les bulles disparaissent une à une avant de porter la tasse à ses lèvres. Cang continuait de boire goulûment en l'épiant du regard. Il n'arrivait pas à trouver l'explication du problème. Énervé, dérouté, il ne comprenait pas pourquoi un négociant, des plus féroces de la région, pouvait agir ainsi comme un imbécile. Mais il ne posa plus de question, comprenant que Hoan avait l'esprit ailleurs. Il était déjà huit heures et demie quand ils finirent la deuxième théière. Le petit déjeuner avait englouti plus de deux heures. Cang poussa un long soupir :

« J'ai raté une affaire ce matin en me laissant entraîner par vous dans cette partie de plaisir. »

Il fit aussitôt claquer ses lèvres et se consola :

« Tant pis... Il faut bien se donner un peu de plaisir de temps en temps. La vie est brève, elle passe vite. »

Hoan se dit :

Il compte le temps en secondes comme il compte les sous dans sa caisse. Mais qui sait, il est peut-être plus heureux que moi.

Un petit vendeur ambulant de gâteaux frits se faufila jusqu'à leur table pour leur en proposer. Cang prit quelques gâteaux ronds, les secoua pour évaluer la boule de pâte de haricot assaisonnée avec du sucre et de la noix de coco qui se trouvait à l'intérieur :

« J'ai eu une indigestion quand j'ai mangé ce gâteau

frit pour la première fois. Quand j'étais petit, chaque fois que ma mère allait au marché, nous étions cinq enfants à attendre dans la rue son retour et les friandises. Les meilleures, c'étaient des sacs de bonbons bleus et rouges, ronds comme des billes, et la galette de riz piquée de graines de sésame. Nous nous partagions la galette, comparant de nos yeux écarquillés la part qui revenait à chacun. Si une graine de sésame tombait par terre, il fallait absolument que nous la retrouvions pour la porter à notre bouche. Plus tard, devenu grand et gagnant de l'argent, mon premier rêve fut de m'empiffrer de gâteaux frits. C'est en cette occasion que j'ai attrapé une indigestion. »

Il rit, les larmes aux yeux. Le sillon se creusa davantage sur le bout de son nez, empourpré par le sang des veines. Hoan le laissa achever un troisième gâteau avant de demander : « Combien faut-il en manger pour attraper une indigestion ?

— Trente-deux en tout. Après j'ai bu de l'eau comme un buffle. C'est incroyable, mais le sucre donne encore plus soif que le sel. Je n'ai plus touché à rien ce jour-là. Le lendemain, je ne prenais que du thé. Le troisième jour seulement, au matin, j'ai pu manger une bouillie de riz au soja vert. »

Cang se tut, vida sa tasse de thé, montra du doigt les gâteaux qui restaient dans l'assiette :

« Pourquoi n'en prenez-vous pas ?

— Je n'ai plus faim.

— Votre estomac n'est pas plus petit que le mien. Mais ce mets ordinaire est indigne d'un prince de souche comme vous. »

Cang rit de nouveau. Son rire était chargé de jalousie, de malveillance. Hoan eut envie de dire qu'il avait lui aussi connu la misère. Même s'il n'avait jamais été aussi pauvre que Cang, c'était aussi une vie rude au sein d'une société où il fallait un bon de ravitaillement pour la moindre livre de viande, le moindre kilo de riz. Néanmoins, la misère matérielle n'avait pas laissé de traces profondes et durables en lui. Mais Hoan comprit que c'était inutile. Cang faisait partie de ces hommes qui n'écoutaient personne, n'avaient confiance en personne, étaient complètement enchaînés à leurs propres expériences. Il ne pouvait pas croire qu'en ce monde il existait des gens qui désiraient l'argent, prisaient le confort, admiraient la vie citadine moins que lui.

Pourquoi m'enfoncer chaque jour davantage dans cette relation ? Cang ne pourra jamais devenir un ami pour moi, dans le sens courant de ce mot.

Hoan le pensa en voyant Cang tirer de sa poche un journal, déchirer un morceau, le froisser pour s'essuyer la bouche. Il se rappela lui avoir rendu visite un jour et vu sur un buffet une pile de deux à trois dizaines de mouchoirs bien empesés. Hoan lui demanda s'il comptait ajouter cette marchandise à son négoce. Cang lui répondit qu'il n'avait pas l'habitude d'utiliser des mouchoirs, mais qu'il allait s'y entraîner comme il l'avait fait auparavant avec les cravates. Cang avait assimilé la première leçon mais pas la deuxième. À le voir froisser le papier journal pour s'essuyer la bouche, il était probable que ses mouchoirs resteraient bien empesés dans une armoire.

Mais pourquoi mes relations avec Cang deviennent-elles de jour en jour plus assidues ? On ne peut pas dire que nos liens se resserrent, mais nos rencontres se multiplient. Et je sais très bien qui il est. Il me craint et me jalouse, il me flatte et me hait. Voilà la totalité de ses sentiments pour moi. Par-dessus tout, il est envieux. Il poursuit la réussite comme un loup affamé poursuit sa proie. Plus il court, plus elle s'éloigne, plus il s'épuise...

455

Ayant fini de s'essuyer la bouche, Cang leva la tête :
« Combien d'argent avez-vous perdu hier ?

– Je ne sais pas exactement combien.

– Vous ne savez pas combien d'argent vous avez dans votre portefeuille ? Vous vivez pourtant du commerce. C'est vrai ou c'est une plaisanterie ?

– Je n'ai pas l'intention de plaisanter. Le fait est qu'avant de partir j'ai donné mon portefeuille à ma sœur pour qu'elle prenne de quoi régler une cargaison de marchandises. Je ne sais pas combien d'argent elle a laissé dedans. Sans doute de quoi acheter cinq à six bâtons d'or [1], si vous voulez prendre l'or pour unité de mesure.

– Cinq ou six bâtons ? »

Cang se jeta par-dessus la table pour poser à nouveau la question, la voix soudainement éraillée, les yeux révulsés. Il avait l'air tendu, un air qui, d'ordinaire, n'apparaissait sur son visage que lorsqu'il cherchait à accaparer une marchandise ou lorsqu'il proposait de partager une affaire avec Hoan, une affaire où il n'avançait qu'un cinquième des fonds tout en réclamant capital et profit dès les premières rentrées d'argent, laissant tous les risques à Hoan. Maintes fois, Hoan avait accepté ce genre de propositions avec condescendance comme un boxeur hors catégorie accepte sans condition de se mesurer contre trois poids plume en même temps. Il ne se comprenait pas lui-même. Serait-ce parce que Cang l'avait emmené au bordel pour assouvir les besoins physiologiques qui le torturaient au moment où il était au comble de la souffrance, parce que les paroles cyniques de Cang l'avaient aidé à surmonter sa mauvaise conscience ?

_____

1. Un bâton d'or équivaut à 33 ou 36 grammes d'or.

Peut-être... Mais il y avait une raison plus importante. Hoan aimait le contact avec un homme qui était exactement son opposé, comme un enfant effrayé par les fantômes adore écouter des histoires de fantômes. C'est peut-être grâce à ceux qui ont un regard et des sentiments différents des nôtres sur la réalité que nous avons la chance de nous remettre en question, de sonder les zones obscures au tréfonds de notre âme, que nous ne voyons jamais tant que nous vivons au milieu des gens qui nous ressemblent.

« Alors, vous ne vous êtes pas trompé ? Cinq ou six bâtons ? » redemanda Cang d'une voix encore plus haute, les tempes palpitantes.

Hoan dit :

« Je ne me trompe pas. Je sais que ma sœur a pris à peu près les trois quarts de ce qu'il y avait dans le portefeuille. »

Le visage de Cang devint livide. Il dit d'une voix étouffée :

« Savez-vous pour quel prix ma petite sœur a dû se vendre ? »

Hoan ne sut que dire. Il vit la douleur tordre le visage de son confrère. Il baissa la tête. Cang retira sa main de la table, se rassit. Il regarda dans le vide, là où la fumée des cigarettes se mélangeait avec les vapeurs du thé, où les serveurs flottaient comme des chauves-souris en plein jour. Baissant la voix, il murmura comme pour lui-même :

« C'était une jolie fille. Elle avait seize ans. Elle était vierge. Je me rappelle et la date de sa naissance et le jour où elle a dû se soumettre à cette infamie pour gagner de quoi acheter des médicaments pour mon père. On lui a donné un demi-mace d'or. Le client était un négociant en buffles aussi vieux que mon père, il revendait dans la préfecture les buffles et les bœufs qu'il achetait dans les montagnes. »

Hoan resta muet. Il s'alluma une cigarette, attendit que la colère de Cang se calmât. Il savait que pareilles fureurs étaient devenues depuis longtemps une part de la personnalité de Cang, de sa chair, de son sang. Cang pouvait la masquer ou l'exprimer, il ne pouvait s'en débarrasser. Cang se versa à nouveau du thé. Son visage était livide. Il vida deux tasses de thé. Il posa la tasse sur la table et rit :

« Je vous emmène tirer un coup. »

Hoan lui demanda, éberlué :

« Où, à cette heure ? »

Cang garda le sourire. Son visage, perdant toute tension, était redevenu insensible comme d'ordinaire :

« Chez des putains, des putains de jour. Aujourd'hui, je change de plat. Disons pour compenser l'inachèvement de la nuit d'hier. Comment va votre santé ?

– Comme ci comme ça. Mais je n'en ai plus envie.

– N'ayez crainte. Nous prendrons des voies détournées, personne ne pourra nous voir.

– Ce n'est pas par avarice, mais comme ça, en plein jour...

– Vous avez honte ? Nous n'avons plus quinze ans.

– Mais...

– Je vous en prie. Je vous en prie, vraiment. C'est la première fois. Les fois précédentes, vous en aviez besoin. Cette fois-ci, c'est moi qui en ai besoin. Acceptez, ce n'est que justice. »

Sa voix était grave, son regard pressant. Hoan ne put qu'accepter. Il appela le serveur, régla l'addition. Ils quittèrent le salon de thé vers les dix heures. Sur le trottoir, Cang héla deux cyclo-pousses. Il marchanda le prix de la course comme un vieux ladre, dit à Hoan de monter dans le deuxième véhicule, s'installa dans le premier pour indiquer le chemin. C'était le début de l'automne, mais il faisait encore soleil. Le cyclo-pousse déploya son toit. Hoan eut l'impression d'être un malade quittant l'hôpital ou une femme sortant d'une maternité. Il avait honte, mais il n'osa pas demander à l'homme de rabattre le toit car, devant, Cang l'avait aussi fait déployer. Ce toit, taillé dans un tissu décoré avec des fleurs aux couleurs éclatantes, donnait au cyclo-pousse l'apparence d'un véhicule publicitaire vantant le théâtre rénové de la préfecture. Hoan se résigna à rester ainsi assis, priant le ciel de ne croiser aucune connaissance en cours de route. Peu de temps après, ils arrivèrent dans la banlieue. Hoan reconnut les constructions bricolées, vilaines, les ruelles étroites permettant tout juste le passage des deux roues avant du véhicule, les cours où s'entassaient des matériaux endommagés et mis au rebut, et des monticules d'ordures. Ils s'arrêtèrent devant un petit café :

« Nous y sommes. Entrez le premier. »

Cang paya les deux cyclo-pousses. Hoan pressa le pas, courut presque pour s'engouffrer dans le café. Il s'assit sur une chaise, éleva la voix comme il avait l'habitude de le faire chaque fois qu'il posait le pied dans un bar inconnu :

« Qu'y a-t-il à boire ici ?

– Ici, il y a les boissons qu'on trouve ailleurs. »

La réponse abrupte le fit sursauter. Il leva la tête, regarda en direction du bar, reconnut le visage fané qui se tenait derrière l'étal de thé, les nuits où il attendait l'heure d'aller retrouver sa putain. La femme se couvrait toujours la tête avec son foulard fleuri bien qu'il ne fît pas froid. Dans la lumière du jour, les rides sillonnaient ses pommettes jaune citron.

« Ah ! » s'écria Hoan, surpris. La femme inclina la tête et rit :

« Qu'y a-t-il de si surprenant ? »

Sa voix rauque dans le matin ensoleillé inspirait une indicible tristesse. Hoan n'osa pas la regarder en face, craignant que les rides de son visage maladif ne lui fissent honte. Il balaya vaguement du regard la pièce. Le bar était petit, désordonné. Aux murs irréguliers pendaient des tableaux poussiéreux, un bouquet de fleurs synthétiques noircies par la fumée. Quelques bouteilles de limonade dans une vitrine. Une cassette émettant une vieille chanson :

« Quel grain de poussière en moi s'est déposé
Pour que ce matin mon corps s'agite ? »

La voix de la chanteuse se cassait parce que la bande était usée, parce que l'appareil était fatigué ou parce que les chansons comme les saisons devaient se faner avec le temps. Les paroles titubaient comme des mendiants sur une route déserte. Les yeux de la femme au visage criblé de taches brunes le regardaient comme les yeux de verre d'une statue dans un mausolée délabré, abandonné au bord de la route.

Elle demanda :

« Alors, que voulez-vous boire ?

— Donnez-moi un verre de citron pressé.

— Des goûts de femme », commenta-t-elle.

Hoan ne répondit pas. La femme tourna le dos, alla préparer la boisson dans le bar. Une cuiller tinta. Cang entra à cet instant :

« Que prenez-vous encore là ?

— Un citron pressé.

— Ce n'est pas la peine de boire pour se ballonner le ventre. Nous ne restons ici que quelques minutes. »

Il se tourna vers la femme :

« Guidez-nous, Thu Cuc. »

Le visage ravagé se retourna :

« Une passe de jour ?

– C'est ça.

– Cela ne vous a pas suffi ?

– Non. »

Après un moment de réflexion, il demanda :

« Entre nous, pourquoi ne nous avez-vous pas prévenus ?

– Je l'ai fait. Tant pis pour les esprits obtus. »

La femme apporta le jus de citron, le posa devant Hoan.

Cang la regarda un long moment, puis émit un cri :

« Ah ! Je m'en souviens. Mais à ce moment-là, je ne pouvais pas me douter que... »

La femme rit, les lèvres pendantes :

« Il vous faudra l'apprendre. »

Elle marcha lentement dans la pièce, l'air d'une comédienne en scène, fredonnant un poème :

« En ce monde qui peut l'imaginer ?
Même pour l'homme le plus expérimenté
Il reste quelque chose à apprendre. »

Cang lui coupa la parole :

« Assez, ça suffit, ces moqueries. Appelez le bossu pour garder la boutique et conduisez-nous. »

Ni contrariée ni obligeante, elle quitta en silence le café, traversa la rue. Balançant ses épaules maigres et son corps raide, elle entra dans une ruelle où d'innombrables toits en tôle pointaient comme des auvents. Cang la suivit des yeux, l'esprit absorbé, et dit :

« Hier soir, elle nous avait invité à goûter des seiches

grillées. C'était une manière de nous prévenir du danger. Dire que je l'ai oublié. C'est ma faute. Ma mémoire se dégrade...

– Manger de la seiche, c'est le signal du danger ? C'est la première fois que j'entends ça. »

Cang fit un geste agacé de la main :

« Bizarre, vous ne savez même pas cela ? On dit couramment : noir comme l'encre de seiche. Pour les amateurs de fleurs, cela signifie qu'on risque de casser la cheminée[1] ou de se faire agresser par les maquereaux[2]. Je le savais, mais comme ça ne m'était jamais arrivé je n'ai pas fait attention. Effectivement, Thu Cuc a été bonne avec nous.

– Thu Cuc ? Elle n'a vraiment pas l'air d'une marguerite d'automne ou d'hiver[3]. Comment se fait-il qu'elle porte un nom aussi distingué ?

– Vous n'y êtes pas. Elle vient d'une famille honnête. Ses parents lui ont donné ce nom. Elle devrait être la patronne ici et les deux femmes qui couchaient avec nous ses domestiques. Mais son sort a basculé. Un homme chanceux comme vous ne peut pas comprendre les malédictions du destin. »

Hoan se tut. Cang avait sans doute raison. Hoan n'avait pas subi autant d'heurs et de malheurs que beaucoup d'autres. Il n'avait jamais connu la prison, la faim, la soif, les tortures, les injures. Il n'avait jamais barboté dans la boue ni lutté pour sa vie.

Cang continua :

« Thu Cuc n'est pas belle mais dans sa jeunesse elle était gracieuse et raffinée. Elle savait faire de la musique, chanter, jouer au volley, elle faisait du sport,

---

1. Contracter une maladie vénérienne.
2. *Den* signifie noir mais aussi malchanceux.
3. *Thu* : automne. *Cuc* : marguerite, chrysanthème, pâquerette.

jouait aux cartes. Si le ciel l'avait favorisée, elle n'aurait pas eu à subir cette existence. Mais combien sont ceux que le Ciel prend en grâce ? Dieu ou Bouddha n'ont pas assez d'amour pour le distribuer à tous, ils le donnent à un petit nombre, la majorité reste en dehors de la grâce. »

Cang tourna la tête vers la porte :

« Voilà Thu Cuc qui revient avec le vieux bossu. Allons-y. »

Hoan se leva. L'histoire attisait sa curiosité. Il regarda attentivement la femme qui s'avançait vers lui, cherchant derrière cette silhouette commune les traces d'un mystérieux passé. Elle baissa la tête en traversant la rue. Son foulard exhibait des figures géométriques enserrées par de grandes fleurs aux couleurs séduisantes. Elle portait au cou un mince collier en argent. C'était tout. Une manière simple, singulière de se parer. Hoan ne distingua rien d'autre. Elle portait les habits ordinaires des femmes de quarante ans. Un petit vieux noiraud avec une bosse dans le dos la suivait. Un authentique bossu. Comme Quasimodo dans *Notre-Dame de Paris* de Hugo, mais avec un visage effilé, une barbichette de bouc, des yeux étroits de Mongol. Le bossu avançait à petits pas rapides, maintenant une distance de deux pas entre la femme et lui.

Cang les attendait devant la porte :

« Gardez la boutique, nous partons. »

Le bossu acquiesça :

« D'accord, Thu Cuc vous guide. Tout ira bien. »

Il entra dans le café. Cang entraîna Hoan sur les pas de la femme. Ils longèrent la rue sur près de deux cents mètres, tournèrent dans une ruelle encore plus étroite, plus cahoteuse que celle où la femme était allée chercher le bossu. Une ruelle entre des maisons bricolées avec toutes sortes de matériaux : de la tôle, des planches, des papiers d'emballage, des cartons, de vieux pneus. La ruelle était longue, entrecoupée d'innombrables bifurcations. Hoan prit peur. Si on l'abandonnait là, il ne retrouverait sûrement pas la sortie et, même en plein jour, serait la proie d'une bande de brigands ou de tueurs à gages.

Je suis un imbécile. Rien ne me forçait de venir dans cet endroit.

Cang marchait devant. Comme s'il devinait les pensées de Hoan, il se retourna :

« N'ayez pas peur. Je connais aussi bien le chemin du retour que celui de l'aller. »

Il exhiba ses dents dans un rire et ajouta :

« Je connais peut-être cet endroit mieux que les voleurs. Soyez tranquille. »

Ils marchèrent ainsi pendant près d'une demi-heure. Finalement, Hoan vit l'escalier familier, l'escalier assemblé avec des planches non rabotées, qui gémissait et se cabrait sous le poids lourd de ses pas.

La femme s'arrêta devant l'escalier :

« Je peux rentrer maintenant ?

– Si vous voulez. »

Mais Cang la rappela au bout de quelques pas :

« Thu Cuc, on règle notre dette avec cette bande de truands. Si vous voulez regarder, restez. »

Elle acquiesça :

« C'est donc pour cela... Bon, je regarde. »

Elle se glissa derrière l'escalier, se faufila dans la chambre d'en bas. Ils entendirent la porte grincer, des semelles traîner. Cang prit la main de Hoan, le tira dans l'escalier :

« Allons, suivez-moi. »

Pour la première fois, Hoan vit la maison de passe à la lumière du jour. Sa laideur, sa saleté effrayante le firent tressaillir. Cang réfléchissait en silence. Arrivé devant la porte, il se réveilla de sa méditation, leva la main, frappa.

« Qui est-ce ? » demanda une voix.

Cang ne répondit pas. Il frappa avec violence la porte qui trembla bruyamment.

La voix de femme retentit de nouveau :

« Attendez un instant. »

On entendit le bruit des sabots sur le plancher. La porte s'ouvrit. La putain qui passait d'ordinaire la nuit avec Cang apparut. Grande, le visage fermé, endurci, les yeux tirés vers le haut, les cheveux noirs, épais, elle paraissait plus forte que ses consœurs. Elle leva les yeux sur Cang, sans la moindre lueur de colère :

« Tu es libre aujourd'hui ?

– Oui. Si je ne l'étais pas, je me serais libéré. Hông est-elle là ?

– Oui, elle dort.

– C'est bon. Retourne dans ton lit. Tu auras à faire dans un instant.

– J'attendrai. »

Sa voix légère et douce contrastait totalement avec sa corpulence.

« Pourquoi l'appelez-vous Hông ? Elle m'a toujours dit qu'elle s'appelle Thanh Huê, dit Hoan.

– Aujourd'hui elle s'appelle Thanh Huê, demain, Bich Hông, après-demain, Kim Chi et après après-demain, ce sera Ngoc Diep. Comment pouvez-vous connaître le vrai nom d'une putain ? Mais laissez cela, peu importe, entrez avec moi. »

Cang écarta violemment le rideau, entraîna Hoan dans la pièce de droite, la pièce de la femme aux yeux de chien de papier, à la langue diabolique, qui avait pour nom Thanh Huê, le nom de la plus pure de toutes les fleurs. Thanh Huê dormait, le visage démaquillé,

465

livide comme celui d'une accouchée. Sa bouche béante exhibait quelques dents disjointes. Quelques boucles de cheveux s'étalaient sur son oreiller douteux, maculé de traces de salive mal nettoyées. Un drap fripé qu'on n'avait pas changé depuis longtemps, quelques serviettes enroulées comme des torchons au pied du lit.

Maintes fois j'ai couché dans ce lit, avec cette femme laide et sale, ma chair dans sa chair et pire encore...

Hoan frissonna. La honte le submergea, brûlant son visage, sa nuque. Mais Cang ne lui laissa pas le temps de questionner sa conscience. Penché sur le lit, il saisit le cou de la putain, la redressa :

« Ouvre les yeux ! Ouvre-les, sale pute ! »

La femme se tordit sous sa main, grommelant :

« Qui est-ce ? Qu'y a-t-il ? Pourquoi ce boucan ? »

Elle s'écroula de nouveau sur le lit, incapable de résister au sommeil.

Cang hurla :

« Ouvre les yeux ! Tu dors vraiment ou tu fais semblant ? En tout cas, je te réveillerai ! »

Il lui balança violemment cinq, six gifles, de gauche à droite, de droite à gauche. Le visage de la femme se tournait, se retournait comme un gâteau frit dans le bain d'huile d'une poêle. Hoan en fut abasourdi. Il n'imaginait pas Cang se comporter de la sorte. La première fois qu'il avait amené Hoan ici, il avait taquiné la putain avec douceur et tact :

« *Petite sœur*, je te confie mon précieux ami. Déploie à fond tous tes talents pour le dorloter, tu n'auras pas à le regretter. »

Puis il avait caressé le dos de la femme du geste tendre d'un amant.

Clac ! Clac !

Les deux dernières gifles résonnèrent comme un point concluant une phrase brève, grammaticalement correcte. Le visage de la femme s'empourpra. La douleur, la surprise, l'empêchaient de crier, de se défendre. Elle se laissa choir comme une feuille de chou fanée sous la main de Cang. Quand il s'arrêta, elle put enfin ouvrir les yeux. Serrant son visage entre les mains, elle gémit :

« Mon Dieu ! J'ai mal ! J'ai mal, maman...

– Ah ! Toi aussi, tu sais invoquer ta mère ? Tu sais aussi souffrir ? Alors, quand tu tends ton piège avec les flics pour dépouiller les gens, savais-tu qu'eux aussi savent souffrir comme toi ou plus encore ? »

Des traces de doigts commençaient à apparaître sur la figure de la femme. Elles rougissaient, se gonflaient, s'entrecroisaient sur ses joues sans pommettes. Son menton, comme la proue d'un navire, pointait, dur, sous ses oreilles de souris où pendaient de fausses perles. Hoan vit nettement les veines de son cou palpiter. Il eut envie de dire à Cang d'arrêter la comédie là et de rentrer, mais il comprit que c'était impossible. Il se résigna à assister au spectacle qui se jouait sur cette scène misérable où il tenait à la fois le rôle d'un témoin et, injustement, celui d'un possible instigateur. Cette sensation le tracassait.

Cang serrait toujours la nuque de la femme dans sa main. Collant son visage au sien, il la questionna :

« Combien de ces six bâtons d'or pour toi et combien pour ton patron ? Dis-le, ou je t'écrabouille la gueule. Ton patron n'osera pas te défendre. Quant au flic, son forfait accompli, il a pris ses jambes à son cou. Maintenant, il a remis son uniforme, ses insignes, ses galons pour redevenir un gardien de la sécurité, un gendarme du peuple. Tu peux hurler entre ces quatre murs, ce sera en vain. »

La putain resta muette comme un grain de paddy. Hoan savait que Cang avait raison. Elle n'osait pas, ne pouvait pas appeler au secours. Ceux qui vivent dans le monde des truands doivent obéir à sa loi. Ils pillent dans l'ombre, ils sont pillés, pourchassés dans l'ombre. Ils peuvent gagner ou perdre, survivre ou mourir, ils ne peuvent pas appeler à l'aide. C'est le monde ténébreux des bêtes sauvages. Pas de S.O.S. possible. Il grouille d'êtres humains et pourtant il est plus vide, plus morne que le désert. Là, l'amour relève du superflu. Pourtant, il éprouva de la pitié pour la femme qui l'avait piégé, qui avait perfidement et férocement abusé de sa générosité. Elle se tordait de tout son corps sous les doigts de fer de Cang, s'efforçait de libérer la boucle de cheveux que Cang tirait vers l'arrière, de plus en plus serré.

« Réponds-moi ! Combien ces chiens t'ont-ils donné ?

– Aïe... Aïe ! »

Elle continuait de gémir, comme si c'était sa seule défense possible pour se tirer de ce mauvais pas. Le silence qui avouait. Mais Hoan n'éprouva aucune colère vis-à-vis de la criminelle.

Sans aucun doute, elle m'a piégé. Mais c'est ainsi que survivent les gens au pied du mur. Rien à voir avec la duperie de Kim Lan et de sa fille, autrefois...

Il se rappela la couleur du vin rouge dans le verre en cristal de Bohême, la mère et la fille se trémoussant dans leurs jupes. Ce souvenir le fit prendre en pitié la femme émaciée qu'on torturait sous ses yeux.

Non, je n'éprouve aucune haine pour cette malheureuse. J'ai perdu de l'argent, mais personne n'a attenté à mon honneur, personne n'a blessé mon âme. C'est cela qui mérite d'être défendu. Je ne peux plus rester ici à contempler cette minable comédie.

Il éleva la voix :

« Dites, Cang, j'ai à faire. »

Cang se redressa brusquement, le regarda :

« Non ! »

Il hurla presque :

« Vous ne devez pas gaspiller votre générosité avec cette chienne. Il y a six mois, elle a piégé un client, l'a fait dépouiller par les maquereaux. Je vais la battre pour lui apprendre à respecter la loi. »

Hoan répéta :

« J'ai à faire. Je dois rentrer. »

Cang rit, méprisant :

« Vous ne pouvez pas rentrer par la voie habituelle car vous tomberez sur des connaissances. Il est près de midi et presque tout le monde vous connaît de vue dans cette ville. Quant au chemin détourné, à travers les ruelles, à part Thu Cuc et moi, personne ne pourra vous y guider. Oseriez-vous vous aventurer seul dans ce dédale ? »

Hoan se tut. Il savait qu'il ne le pouvait pas. Il était connu dans la ville pour sa fortune. Les truands, les voleurs, les mendiants affamés attendaient tous la bonne occasion pour agir. D'être un grand patron présente parfois des inconvénients.

Voyant que Hoan ne disait plus rien, Cang baissa la voix :

« C'est bon, nous rentrons dans un instant. Je conclurai rapidement la partie pour vous libérer. »

Il appela à haute voix :

« Thu Cuc, Thu Cuc !

– Je suis là », répondit immédiatement une voix.

La femme au foulard à fleurs entra.

« Ah... Ah... »

Un cri strident, tranchant comme une lame de rasoir, déchira les tympans de Hoan. Il vit se redresser la putain qui se tordait sous la main de Cang. D'un bond de félin, elle se jeta sur la femme qui arrivait, planta ses griffes dans son visage. Ses ongles effilés crissèrent. Thu Cuc poussa un cri, recula d'un pas pour éviter l'attaque. Le voile sur sa tête fut arraché, découvrant un crâne chauve. Thu Cuc poussa un hurlement. La honte l'étourdit une seconde. Quand elle sut avec certitude que son crâne chauve avait été exposé à la vue d'autrui, sa peur se transforma en haine farouche. Son visage prit la couleur de la chaux, les taches rugueuses de ses pommettes ressortant comme des graines de haricot noir. Ses yeux froids et tristes luirent soudain comme des yeux de tigresse :

« Hông, espèce de pute... »

Elle martelait ses mots, un à un, lentement. Hoan vit dans ses yeux se soulever une marée de haine contenue depuis des mois et des années.

« Hông, espèce de pute, tu vas apprendre qui je suis. »

Elle continuait de parler très doucement, détachant nettement chaque son. Ses lèvres fardées se plissèrent légèrement en un sourire. Les égratignures saignaient sur son visage, les traces sinuaient comme des vers. Brusquement, elle bondit sur le lit, s'installa sur le corps de son adversaire, écrasa son cou, le serra entre ses mains osseuses comme des mains d'homme, aux doigts effilés, hérissés de griffes jaunies.

Ce sont des mains de joueuse de volley-ball.

Cette pensée effleura l'esprit de Hoan pendant qu'il contemplait la scène. Cang écarquilla la bouche d'étonnement. Il ne comprenait pas que Hông ait pu se libérer de ses doigts de fer et labourer si sauvage-

470

ment le visage de Thu Cuc de ses griffes. Il n'avait plus en main qu'une maigre touffe de cheveux.

Les deux femmes s'entredéchiraient. Deux vies misérables, sans mari, sans enfant. Une femme chauve et l'autre laissant des touffes éparses de cheveux dans les mains de son agresseur. Le moment de surprise passé, Cang éclata de colère. Il lâcha la touffe de cheveux sur le plancher :

« Ah, la salope ! Tu oses agir ainsi face à ton père... »

Grinçant des dents, il tira vers l'arrière la tête de Hông. Thu Cuc bourra immédiatement son visage de coups de poing.

« Arrêtez ! Arrêtez ! » hurla Hoan. Il ne se doutait pas qu'il pût hurler si fort.

« Arrêtez... Je ne veux pas de meurtre ici. Si vous n'arrêtez pas, j'appelle la police, peu importe ce qui se passera ensuite. »

De sa vie, il n'avait jamais encore crié si fort, lui, le fils de l'instituteur Huy, à qui on avait appris dès l'enfance que seuls les gens grossiers faisaient du tapage en présence d'autrui. Son hurlement produisit pourtant immédiatement son effet.

Cang dit à Thu Cuc : « Bon, lâchez-la. »

Thu Cuc asséna un dernier coup de poing sur le visage ensanglanté de la putain. Le sang ruisselait des lèvres déchirées, du nez écrasé. Thu Cuc ramassa son foulard par terre, recouvrit sa tête. Elle tourna la tête vers le mur, ne regardant personne. Puis elle partit. Elle disparut rapidement derrière le rideau. On n'entendit même pas ses pas dans l'escalier. Cang dit à Hoan :

« Rentrons. »

Il se retourna vers la putain affalée comme un cadavre :

« Souviens-toi bien de cette leçon, chienne. Il n'est pas si facile de dépouiller les gens. »

Il s'essuya la main sur la cuisse, cria en direction de la pièce d'à côté :

« Je m'en vais, on se verra une autre fois. »

La femme répondit :

« Oui, j'attendrai. »

Les deux hommes descendirent. Leurs pas résonnaient distinctement sur les marches de l'escalier. Dans ce quartier, les sons des rues se perdaient dans l'espace désert. Les habitants s'éparpillaient dans tous les sens. L'armée des esclaves de la ville, ceux qui fouillaient les poubelles et les caniveaux, ceux qui faisaient commerce des plumes de poules, de canards, du papier chiffon, des rebuts métalliques, des fers à repasser, des réchauds endommagés, de tous les déchets de la vie citadine. Dans la journée, ne restaient ici que les vieillards impotents, les handicapés, les esprits dérangés. Ces malheureux s'enterraient dans l'ombre ou réchauffaient leur dos au soleil devant leur porte. De vieilles femmes à la peau ridée comme celle d'un boa distribuaient quelques grains de riz à des poules. Hoan le savait, la nuit, leurs enfants et petits-enfants iraient vendre ces poules au marché de Doan, un marché qui ne s'ouvrait qu'à la tombée de la nuit pour servir précipitamment les pauvres, les voleurs ou les poètes soudainement inspirés par le crépuscule. La banlieue misérable et triste s'étalait sous les yeux de Hoan. Il l'avait parcourue bien des fois, mais c'était la première fois qu'il la regardait en plein jour. Soudain, il se sentit triste. Ses membres se pétrifièrent. Les pensées dérivaient à travers son cerveau, ténébreuses comme des nuages noirs dans un ciel d'hiver.

« Dites... »

Il avait élevé la voix pour parler à Cang. Il se rendit soudain compte qu'il était seul dans le cyclo-pousse qui le ramenait à la maison. Cang était assis dans celui de devant. Il se tut, attendit. Il n'aimait plus regarder le visage de Cang, l'homme qui avait battu une femme sous ses yeux, mais il avait besoin de le revoir, il ne savait pas trop pourquoi.

« S'il vous plaît, c'est vous qui payez ou c'est l'autre monsieur ? »

Le cyclo-pousse s'était arrêté pour interroger Hoan. Il se rendit compte qu'il était revenu devant la boutique de Thu Cuc gardée par le bossu. L'homme se tenait devant la porte, l'examinait de ses yeux étroits. Hoan paya le cyclo-pousse, entra dans la boutique. Cang y était assis, fumant vigoureusement. Hoan ne vit pas Thu Cuc.

Le bossu demanda : « Que prenez-vous ?

— Deux thés au lotus. Ah, mais non, nous venons de prendre du thé à la Rose Rouge ce matin. Deux cafés bien chauds, et du meilleur. Si c'est de la lavasse, je le balance dans la rue », répondit Cang moitié plaisantant, moitié menaçant.

Hoan demanda :

« Combien de variétés de café y a-t-il dans cette boutique ?

— Au moins cinq, n'est-ce pas, le bossu ?

— Exact. Cinq variétés. »

Cang, tout content :

« En premier lieu, le jus de chaussettes qu'on vend en masse aux débardeurs, aux ouvriers, aux cyclo-pousses, aux gardiens, aux manœuvriers, aux gamins qui s'entraînent à vivre. La seconde catégorie qui commence à sentir le café et qu'on appelle café à manche courte, un peu meilleur, on le vend aux collégiens, aux vendeurs des rues et des marchés, aux marchands ambulants de fleurs et de fruits. La troisième catégorie, la moyenne, on la trouve partout en ville, tout le monde peut en boire, elle commence à être corsée, on l'appelle café des étudiants. La quatrième, c'est l'authentique café de Buôn Mê Thuot. Savoureux, parfumé, dense, il se prépare dans des filtres, on le sert dans des tasses chauffées à l'eau bouillante, il coûte deux fois plus cher que le café des étudiants. C'est le café des fils à papa, il est réservé aux gens riches, aux étudiants particulièrement choyés par leurs familles. La cinquième catégorie, c'est le *summum*, je viens d'en commander pour vous fêter. C'est aussi du café de Buôn Mê Thuot, mais il requiert une torréfaction méticuleuse, des doses précises de graisse de poule, de beurre, de sel, un temps précis de torréfaction, un feu d'une certaine température, une fermentation adéquate avant le séchage. Tout cela relève d'un art secret. De plus, il faut le préparer comme les Français du temps de la colonisation. Seuls les cuisiniers des Français de ce temps-là savent le faire. Ils ont retransmis cet art. »

Cang parlait avec passion, se pourléchant déjà les lèvres, en écolier heureux de réciter la leçon qu'il avait apprise par cœur depuis longtemps. Hoan pouffa de rire :

« Vous êtes un connaisseur ! Je suis de ce pays et je ne le savais pas. »

Cang rit, enivré :

« Le Ciel donne à chacun un don différent. Je ne suis pas aussi efficace que vous en négoce, mais le ciel m'a donné une mémoire merveilleuse. Je me souviens de tout ce qui m'est arrivé depuis l'âge de trois ans comme si c'était hier. »

Le bossu amena deux tasses de café fumant. Le parfum inondait la pièce. Hoan dit :

« C'est vraiment parfumé. C'est la première fois que je sens un pareil arôme. C'est incroyable... »

Cang éclata de rire et continua :

« Incroyable que dans cette boutique lépreuse de la banlieue on trouve une boisson aussi luxueuse, n'est-ce pas ? Allons, à la vôtre... »

Il leva la tasse, la huma longuement et s'adressa au patron.

« Thu Cuc est-elle revenue ici tout à l'heure ? »

L'homme secoua la tête :

« Non, elle est rentrée directement chez elle.

– Cette pute de Hông a bondi sur elle sans me laisser le temps de réagir.

– Ce serpent venimeux à la gueule en soc de charrue est très perfide.

– Elle a déchiré le visage de Thu Cuc avec ses griffes.

– Elle le paiera trois fois, je vous l'assure.

– Trouvez des médicaments pour Thu Cuc.

– Ne vous en faites pas. Je possède une graisse pour cicatriser les plaies, un alcool médicinal réservé aux maîtres en arts martiaux.

– Nous lui avons au moins écrasé la gueule.

– Ce n'est pas suffisant.

– J'avais l'intention de la violer jusqu'à paralyser ses hanches, mais l'ami ici présent a voulu partir.

– Laissez-la là, quelqu'un d'autre s'en occupera.

– Vous n'avez pas peur de ce salaud de vendeur de cigarettes ?

– Il a beaucoup de dettes envers moi. Et puis, il vient de trouver quelques nouvelles vaches égarées [1].

_____

1. *Vache égarée* : prostituée, en jargon.

C'est pour cela qu'il s'apprête à se débarrasser de cette pute de Hông.

– Avez-vous vu ces vaches égarées ?

– Oui.

– Y en a-t-il qui vaillent le coup ?

– Peuh ! Rien que des femmes de la mer fuyant leur village. Pas très appétissantes pour les yeux mais fougueuses comme des buffles. Elles ne mourraient pas sous les assauts d'un bœuf.

– Sont-elles encore jeunes ?

– Oui. Très jeunes. La plus vieille a dix-neuf ans et la plus jeune quinze.

– Y en a-t-il une qui soit vierge ?

– Ne rêvez pas. La concupiscence des femmes des rivages de la mer ne connaît pas de limite. Elles se dévergondent dès l'adolescence.

– Bon, ça ira. Choisissez pour nous les deux meilleures.

– D'accord.

– Dites au gros lard que c'est moi qui le demande.

– Entendu.

– Dans quel clapier sont-elles enfermées actuellement ?

– À vingt kilomètres d'ici. Je suis en train de les dresser. Avez-vous envie de les cueillir en plein dressage ?

– Ce ne serait pas mal. Les filles inexpérimentées ont leurs charmes. Prévenez-moi quand c'est possible.

– Soyez tranquille. Je vous préviendrai aussitôt. »

Cang sirota une gorgée de café, poussa un soupir de satisfaction. Hoan avait presque vidé sa tasse. Le café était effectivement savoureux. Hoan n'imaginait pas qu'on pût trouver un aussi bon café dans cette gargote sale, délabrée. La torréfaction recelait un secret qui donnait au café un parfum enivrant, un mélange extraordinaire, indescriptible d'odeurs de graisse de poule, de beurre, de braise. Si seulement il pouvait apprendre à torréfier le café de cette manière pour en préparer et en boire à l'aube au Hameau de la Montagne. À peine née, cette pensée le fit sursauter, se pétrifier : le Hameau de la Montagne était toujours là, mais où était maintenant son doux foyer ? Il n'y avait plus que le vieux Lù qui surveillait les plantations et, jour après jour, Miên qui y ramenait le petit Hanh. Sa femme revenait tous les jours à la maison et lui, il y allait comme un visiteur hebdomadaire. Le dimanche, il revenait voir son fils pendant que Miên n'y était pas.

« Alors, pouvez-vous ranger le café de cette boutique parmi les meilleurs de la ville ? » demanda brusquement Cang. Hoan sursauta et opina du chef :

« Le meilleur, le meilleur... Mais pourquoi ne l'affiche-t-on pas ? Pourquoi n'indique-t-on pas le prix de chaque catégorie aux clients ? »

Cang s'étrangla de rire :

« Parce que le socialisme ne tolère pas qu'une tasse de café puisse coûter cinq ou dix fois plus cher qu'une autre tasse de café. Notre société est fondée sur la justice. »

Il posa sa tasse, serra les lèvres. Son sourire s'éteignit dans son visage neutre, familier. Hoan dit prudemment :

« Oh, je pense que l'État a ses propres raisons. »

Cang le fixa des yeux :

« Vous le pensez vraiment ou vous faites semblant ? Croyez-vous qu'il y ait vraiment une justice en ce monde ? Je ne l'ai jamais cru depuis que j'ai appris à lire. La justice, je la rends de mes propres mains quand je le peux. Vous venez de le constater. Ma petite sœur, si belle, si pure, a vendu sa virginité à un négociant en buffles pour un demi-mace d'or alors qu'une vieille pute délabrée reçoit de vous plusieurs grosses coupures chaque fois qu'elle ouvre ses cuisses. Et ce n'est pas tout, elle vous a tendu un piège pour vous faire dépouiller par le flic et le maquereau. Cela ressemble-t-il à la justice que vous imaginez ? Non. Alors, je rétablis la justice sur sa sale gueule. Il y a plus... Une femme comme Thu Cuc, la femme de l'ami bossu ici présent, est-elle née pour faire le méprisable métier qu'elle fait ? Non. Le sort l'a abattue, l'a forcée à patauger dans cette boue. Thu Cuc a fait la dernière année de droit à l'université. Elle est originaire de Nha Trang. Elle a échoué ici après la Libération [1]. Ce n'est pas une inculte comme moi. »

Le front de Cang se plissait pendant qu'il parlait. Son visage devint livide. Une veine noire se gonflait sur son front. Hoan ne put retenir un sentiment de stupéfaction. Un ignare émergeant de la boue noire, qui admirait et plaignait une femme issue d'une classe supérieure, écrasée par les vagues de la vie et qui brutalisait atrocement de ses propres mains une autre femme issue de la même boue infecte dont il était né et qui était sa substance ! Et l'unique raison était la différence entre les sommes pour lesquelles deux femmes se vendaient et qui lui permettait d'établir une justice selon ses convictions. En réalité, Hoan ne comprenait pas la logique de cette existence. Une existence qu'il acceptait, même s'il désirait sans cesse la quitter pour toujours. Une existence qu'il affrontait jour après jour, heure par heure, et qu'il ne cessait de vouloir fuir. Une existence où s'entremêlaient le visage neutre du négociant Cang, les yeux fardés de la putain Hông,

1. 1975. Fin de la guerre du Vietnam.

le crâne chauve de Thu Cuc, le carmin écarlate des lèvres tristes, les tables couvertes de victuailles, la cuvette en aluminium remplie d'urine dans la maison de passe, cette fosse d'aisance publique accordée aux hommes. C'était le visage authentique de la vie qu'il devait accepter, grossière, dispendieuse, misérable. Aujourd'hui seulement, il en prenait vraiment conscience. Comme on voit soudain, par un jour d'automne limpide, des traces de nuages au loin dans le ciel.

Hoan porta la tasse à ses lèvres, la vida. Les gouttes de café denses, parfumées, lui rappelèrent les caféiers flamboyants, l'atmosphère de la moisson dans le Hameau de la Montagne, les ouvriers qui causaient en déambulant entre les rangées d'arbres, le ciel immense, le vent, le chant des oiseaux, les flûtes des petits gardiens de chèvres qui retentissaient dans les collines. Il se souvenait. De tout ce qu'il avait vécu. Il voyait Miên marcher entre les sillons des plantations. Elle portait dans une main un panier de bambou qui contenait une bouillie de soja vert pour régaler les ouvriers. De l'autre, elle portait une grosse théière de thé vert. Elle souriait, d'un sourire enchanteur, le visage rose, quelques gouttes de sueur perlant sur ses lèvres. Ses yeux noirs étincelaient, le regardaient à travers les feuilles et les branches, attendaient, pudiques comme des yeux de vierge... Maintenant, il comprenait qu'il ne pourrait jamais vivre vraiment ici, dans cette ville où personne n'aimait personne, où tout le monde se prostituait pour de l'argent comptant. Ici, même s'il s'enrichissait encore, se construisait onze bâtiments, il ne serait pas heureux. Une seule personne pouvait insuffler la vie à cet être qu'on appelait le bonheur, et c'était Miên. Elle et elle seule était le pilier de sa vie, la femme qui créait en lui la confiance et la joie de vivre. C'était elle qui le protégeait. Tout compte fait, un homme comme lui était un être faible. Il n'était pas l'homme au visage insensible assis en face de lui. Cet homme-là était un héros de ce temps. Il aimait l'argent, était heureux d'en gagner. Cela lui suffisait. Lui, il n'était qu'un animal fragile, assoiffé d'amour. Une personne, seule, pouvait le lui donner. Elle était sa force. Elle l'avait abandonné, un matin de brume, traînant un sac d'herbe de la vierge. Elle était partie. Volontairement. Et elle l'avait laissé derrière elle, *orphelin*. Et la vie l'avait charrié sur ce rivage jonché d'ordures... Ce matin-là, il y avait du brouillard... Comment un tel brouillard pouvait-il s'abattre sur tant de jours de bonheur ? Pourquoi tant de gouttes de rosée agglutinées aux feuilles des arbres s'abattaient-elles sur son visage ?

« Qu'avez-vous ? »

Cang avait brusquement élevé la voix. Il le fixait du regard. Hoan cligna précipitamment des yeux :

« J'ai un moustique dans l'œil. »

Cang se tut, méfiant, mais n'insista pas. Un long moment plus tard, il demanda :

« On rentre ? »

Hoan acquiesça :

« Rentrons. »

Cang sortit son portefeuille :

« Je vous invite. »

Hoan, d'un geste de protestation :

« C'est pour moi. »

Mais Cang refusa énergiquement :

« Non. Pour cette fois, c'est moi. Je suis heureux. Les autres fois, c'était juste que vous régliez l'addition. Vous êtes cent fois plus riche que moi et, grâce à moi, vous comprenez un peu mieux la vie. »

Cang se tourna vers le patron :

« Rappelez-vous ma commande... Deux vaches égarées des terres marines. Choisissez de la chair ferme, mais pas trop noire. Aussi appétissante que soit la forme, une peau trop noire brise le désir... »

XVIII

Pendant la saison de la chasse, les travaux des champs sont délaissés. Les vieillards, hommes et femmes, bavardent en buvant le thé, guettant des nouvelles de leur progéniture. Les femmes vont et viennent, attendant leurs maris. Les enfants abandonnent les jeux, se rassemblent pour avoir des nouvelles de leurs pères, de leurs frères aînés. Chaque fois qu'un groupe de chasseurs revient, ils s'envolent pour assister au spectacle, puis s'éparpillent pour propager les nouvelles. Toutes les oreilles se dressent pour entendre le son du cor annonçant le retour des chasseurs. L'atmosphère est à la fois tendue, nerveuse, enthousiaste comme aux jours de fête. Rares sont ceux qui ont assez de volonté pour aller aux champs. Le village vit dans le silence et l'anxiété.

Un matin, le fils aîné de Xa arrive en hurlant chez Bôn :

« *Oncle* Bôn, oh, *oncle* Bôn, mon père vous invite à venir boire de l'alcool. *Oncle* Bôn, oh, o*ncle* Bôn ! »

Bôn somnolait. Le petit tambourine violemment sur la porte.

« *Oncle* Bôn, ouvrez vite. »

Bôn tire le loquet. Le garçon fonce dans la chambre, dit en haletant :

« Venez voir, *oncle*... Il y en a plein. Deux ours, trois daims et une laie de près de deux cents kilos. Mon père l'a abattue, il vous invite à venir goûter une grillade.

– Ils sont en train de partager la viande ?

– Oui.

– Où cela ? Chez le chef du Hameau ?

– Non, chez le chef de la corporation des chasseurs. »

Le petit a répondu d'un air méprisant, comme s'il ne comprenait pas comment Bôn pouvait poser une question si idiote. Bôn se rappelle soudain que pendant la saison de la chasse, les titres et les fonctions de la vie ordinaire deviennent secondaires. Le pouvoir réel revient au chasseur le plus expérimenté, qui sait unir les compagnons au sein de la corporation, les guider sur les sentiers giboyeux, choisir le meilleur moment pour lancer les expéditions afin de ramener le plus de gibier tout en évitant la malchance. Il dit au petit :

« Rentre à la maison. J'arrive dans un moment. »

Le petit n'attendait que ces mots pour prendre ses jambes à son cou. Bôn devine que son père et ses compagnons sont en train de se partager la viande. L'opération prendra plusieurs heures. Selon la tradition, celui qui a abattu une proie n'a droit qu'à une cuisse, à un quart seulement. Les trois quarts restants sont divisés en deux parts, l'une pour les compagnons du groupe et l'autre pour les autres foyers du village. C'est pourquoi, à la saison de la chasse, tous les foyers reçoivent plus ou moins du gibier. Les compagnons de la corporation des chasseurs, même sans avoir abattu la moindre bête pendant des années, reçoivent autant que les autres. Dans une heure au plus, le village résonnera du bruit des pilons dans les mortiers, des couteaux hachant la chair sur les planches, des appels stridents survolant les haies. L'air sera saturé du parfum des grillades, de la viande sautée avec des oignons et de l'ail.

Préparons-nous d'abord une décoction. Après, il sera toujours temps d'y aller.

Bôn va dans la cuisine préparer une marmite d'herbe de la virilité. Un autre bol de reconstituant l'attend dans la maison. Le vénérable Phiêu lui-même lui a donné la recette. Quelque temps après ce traitement, sa santé s'est améliorée. Le vénérable Phiêu lui a conseillé de continuer à prendre de la gélatine de bouc. Ce produit est efficace pour soigner les reins malades, les douleurs du dos, la faiblesse des nerfs, les suées nocturnes, l'échauffement de la plante des pieds et de la paume des mains, la constipation, la dessiccation de la peau et des cheveux. Tous ces symptômes d'après un accouchement correspondent à l'état de Bôn. Il doit donc prendre le remède : « utile au Yin nourrissant les reins, fortifiant les nerfs et les os ». D'après le vénérable Phiêu, Bôn n'a pas seulement perdu de l'énergie mâle mais aussi beaucoup d'énergie femelle, sa rate et ses poumons sont affaiblis, il est nécessaire de changer de remède étape par étape pour équilibrer le Yin et le Yang, régénérer le souffle vital. Le remède qu'il a indiqué à Bôn n'est pas trop sophistiqué, mais il réclame beaucoup d'efforts. Bôn doit trouver suffisamment d'os et de graisse de bouc, de miel d'abeilles blanches, de gingembre frais, de racines fraîches de rehmannia. Il peut en acheter, toujours avec l'argent que Miên sort de sa poche. Tous les matins, Bôn délaie la gélatine de bouc dans un demi-bol d'eau bouillante, la boit à la place du thé. Le médicament s'infiltre dans son corps, la transpiration mouille abondamment le dos de sa chemise. Bôn se sent alors fort comme à dix-huit ans, capable de vaincre toutes les résistances, capable d'engrosser Miên la nuit même. Mais cette impression et cette foi ne durent qu'une demi-heure. Quand la sueur se refroidit dans son dos, les accès de douleur reviennent, la tristesse et le désespoir le précipitent à nouveau au fond de l'eau et il tangue comme s'il allait sombrer. À mesure que le temps passe, Bôn ne sait plus quoi faire. Il continue de prendre les médicaments comme une machine qu'on recharge à heure fixe. Il espère toujours retrouver sa santé, ne négligeant aucun conseil, ne ratant aucune occasion. Mais, en même temps, il y a un homme triste et désolé qui regarde tous ses efforts d'un air moqueur, avec un sourire morne, qui sait que tous ses efforts sont vains. Dans le sourire railleur et sinistre de l'homme, Bôn aperçoit une barque au gouvernail cassé, à la voile déchirée, qui s'entête à naviguer, à naviguer.

« *Oncle* Bôn, oh, *oncle* Bôn ! »

Le fils de Xa le Borgne revient, hurlant devant la porte d'une voix ouvertement ulcérée :

« *Oncle* Bôn, mon père vous attend à la maison.

– Oui, j'arrive, j'arrive tout de suite. »

Bôn ne se doutait pas que le partage s'achèverait si rapidement. Il rentre dans la chambre, boit le bol de gélatine de bouc et part. Cet après-midi, il va boire avec Xa. Un après-midi morose de moins car, d'habitude, il déjeune seul. Depuis que Miên a ramené son fils dans son ancienne demeure, ils ne prennent ensemble qu'un seul repas, le soir. Tous les matins, Miên se lève avant lui, prépare une marmite de riz gluant et s'en va chez tante Huyên. Bôn prend le riz avec de la viande ou des poissons qu'elle a mijotés. À midi, il peut se faire une marmite de riz et l'accompagner d'une soupe de légumes, de calebasses ou de courges cuites. Sinon, il se prépare une bouillie de riz au sang de bouc ou des carassins mijotés avec des herbes médicinales selon une recette du vénérable Phiêu. Le soir seulement il recouvre ses droits d'époux sur une femme mangeant en face de lui. Le soir seulement sa chambre devient un foyer, même si ce foyer abrite un nid où la froideur de l'une répond à la chaleur de l'autre.

Quoi qu'il en soit, je connaîtrai un après-midi heureux... Quoi qu'il en soit, Xa est un ami sincère, incomparable.

Il prolonge cette réflexion, la savoure comme un enfant savoure un bout de gâteau. Ce bonheur le berce encore quand il franchit le seuil de la maison de son ami.

Xa la Borgne l'attend, assis en tailleur sur le grand *lit bas*[1], une bouteille d'alcool aux herbes médicinales devant lui, les baguettes posées sur le bol. Un grand plateau en bronze trône au milieu du *lit*. Dessus, un foyer de charbon crépite. À côté, une grande bassine en peau d'anguille séchée, pleine de viande macérée. Bôn sait que c'est la chair de la laie que Xa a abattue. Xa sera promu compagnon aîné après cet exploit. Chasser le chevreuil, le cerf, le singe, le daim, le renard... est l'affaire des chasseurs en herbe. Il en va de même pour l'ours-chien. Mais dès que vous avez abattu un ours-cheval, un sanglier ou un tigre, vous prenez place sur la natte supérieure[2], vous devenez un chasseur émérite, un aîné, exactement comme un pratiquant de Tae Qwon Do passe directement de la cein-

---

1. Meuble bas, constitué d'une grande planche de bois, qui sert de lit la nuit et de table le jour. On y mange autour d'un plateau en cuivre ou en bronze.

2. Dans les fêtes du village, chacun s'installe pour manger à la natte qui correspond à sa position sociale.

486

ture blanche à la ceinture noire sans passer par les ceintures bleue et marron. Si la laie que Xa a abattue pesait seulement quatre-vingts kilos, il ne connaîtrait pas cette gloire, il lui faudrait au moins plusieurs saisons de chasse encore pour s'approcher de la natte des aînés. Mais comme la bête pesait près de deux cents kilos, Xa a fait un bond jusqu'au faîte de la hiérarchie dans la corporation des chasseurs. Dans très peu de temps, il prendra sûrement la place de l'actuel vieux chef de la corporation. Le visage du vétéran rayonne de joie. Apercevant Bôn, il appelle à haute voix :

« Hé, la mère du petit, hé ! »

Soan n'a pas eu le temps de répondre qu'il hurle :

« L'invité est arrivé, où est la mère de mon petit ? »

Sa femme répond bruyamment deux à trois fois de suite, accourt gaiement de la cuisine, salue Bôn :

« Entrez ! Mon mari vous attend depuis un bon moment. »

Bôn entre dans la pièce, Soan le suit, les joues rouges, resplendissantes comme des pêches mûres :

« Bon, régalez-vous seuls, la conversation n'en sera que plus gaie. Permettez-moi de manger dans la cuisine avec les enfants, nous serons aussi plus détendus et plus gais de notre côté. »

Xa le Borgne grommelle comme s'il voulait proférer une menace, mais son œil valide étincelle. Il grogne et dit :

« C'est toi qui l'as décidé, ce n'est pas moi qui l'ai voulu. Souviens-t'en. Quand les enfants seront grands, ne viens pas leur dire : votre père était affreusement féodal, il nous forçait à manger dans la cuisine et se réservait la natte des supérieurs. De nos jours, avec l'égalité des droits et des pouvoirs, les femmes deviennent des sources de problèmes. »

Soan éclate de rire, se retourne :

« Dis, le père du petit, je n'ai aucun talent pour inventer des histoires et broder dessus comme toi. Prêter à autrui ses propres intentions, voilà comment les anciens qualifiaient ce genre de comportement. »

Elle s'enfuit dans la cuisine qui retentit des rires de la jeune mère et de ses enfants. Bôn se fige de douleur en entendant ces rires. S'il était resté dans le village de Kheo, s'il avait eu des enfants avec Thoong, jamais il n'aurait entendu un tel rire de sa bouche. Le rire crépite comme le maïs grillé dans une poêle, il scintille comme l'écume, il éblouit comme un soleil d'été. Un rire qui apporte à l'homme la source de la vie. Peut-il encore avoir des enfants ? Avec Miên, la femme qu'il aime et qu'il craint, la femme qui l'envoûte et qui, en même temps, gèle tous ses efforts, transforme chaque ébat en un combat, la femme muette comme une tombe. Pourra-t-il guérir des blessures qui déchirent son âme et son corps pour semer la vie dans le corps de Miên ? Et même s'ils avaient des enfants, Miên n'élèverait jamais un rire aussi éclatant de bonheur. Le bonheur... Est-ce cela ? Jusqu'au moment où il fera ses adieux à ce monde, il n'aura jamais ce que Xa possède. Cette rive se trouve au-delà du fleuve de sa vie.

« Allons, buvons ! »

Xa tonitrue à l'oreille de Bôn. Il ouvre le flacon d'alcool aux herbes médicinales :

« Aujourd'hui, il est permis de s'enivrer. Combien de verres es-tu capable de boire ? »

Bôn contemple les deux tasses de grès. Elles sont profondes. Il ne sait pas encore quoi répondre que Xa enchaîne :

« Il est excellent. L'authentique Remède des héros.

– C'est quoi, le Remède des héros ? »

Xa rit :

« On l'appelle ainsi car cette boisson guérit toutes les faiblesses de l'homme au lit. Elle l'aide à mitrailler pendant des heures et des heures, oblige la femme à tomber enceinte dès qu'il le veut. Ainsi, si j'étais en mesure de nourrir un peloton, je forcerais ma femme à me donner douze enfants, six garçons et six filles. Le vénérable Phiêu t'a-t-il fait prendre de cette boisson ?

– Pas encore. Pour le moment, je prends de la gélatine de bouc et des bouillies de riz avec des fortifiants.

– Oui. Cette boisson est trop forte pour ta constitution. Il faut attendre encore quelque temps. Mais aujourd'hui, tu peux en goûter, c'est sans danger. Tu apprécieras mieux les mets. D'après ma propre théorie, il n'y a pas de meilleurs médicaments que ceux qui comblent l'estomac. Aie de l'appétit, mange bien, tu guériras de toutes les maladies, tu obtiendras tout ce que tu désires. As-tu déjà goûté de la viande de sanglier grillée ?

– Oui, quelquefois.

– Macérée avec quoi ?

– Des oignons et du poivre moulu.

– Quelle bêtise ! Il faut la faire macérer dans de la graisse liquide, des oignons séchés, de l'ail séché et pilé, du poivre vert et des feuilles de menthe-cannelle. Ce n'est pas tout, il faut ajouter un peu de sucre, un peu de sel, quelques poignées de graines de sésame grillées, de la citronnelle bien pilée. Renifle voir si la viande dans cette bassine fleure bon tous ces ingrédients. »

Bôn se penche, hume, constate que la bassine contient bien toutes les épices que Xa vient d'énumérer. Il voit en plus des morceaux de piments hachés.

« Pourquoi macérer du gibier avec des piments ? Je

croyais qu'on n'utilisait le piment que pour préparer la sauce, pour faire mijoter le poisson ou pour parfumer une soupe aigre.

– Idiot ! Il faut du piment frais. Tu verras tout à l'heure comme la senteur du piment frais grillé est agréable. »

Xa saisit des morceaux de viande avec ses baguettes, les étale sur le gril au-dessus de la braise. À peine quelques minutes plus tard, la viande grésillante commence à exhaler un parfum chaleureux, de plus en plus pénétrant, de plus en plus épais. On ne distingue plus l'odeur de la viande cuite de celle de l'ail, des oignons, du poivre vert grillé, du piment brûlé avec des feuilles de menthe-cannelle. Tout se mélange en un fumet qui fait saliver. Xa tourne et retourne sans arrêt le gril pour obtenir une cuisson homogène. Quand la viande grillée à point exhibe des contours dorés, Xa la met dans les bols. Il pose le gril sur le foyer :

« Allons, goûtons ! Quand on en aura fini avec ça, on se repose quelques minutes et on se prépare une autre grillade. Nous avons toute la journée pour festoyer. »

Ils lèvent tasses et baguettes. La grillade est effectivement succulente. C'est la première fois que Bôn goûte un aussi bon plat de gibier grillé. Ils restent silencieux un assez long moment. Absorbé, Xa savoure le mets et sa gloire. La gloire lui est venue si rapidement. Nombreux sont les fusils qui ont rejoint la corporation des chasseurs, qui sont restés des chasseurs en herbe pendant vingt, trente ans et qui demeureront jusqu'à la mort dans la foule anonyme qui court derrière le son des trompettes. Le visage de Xa rayonne de joie. Cette joie se communique à Bôn un bref instant et s'en va aussitôt.

Oui, je pourrais, moi aussi, trouver une joie com-
parable, si je le voulais. Je ne suis pas mauvais
tireur. Mais quelle valeur a-t-elle, cette joie ?
Aucune. Le vert gluant, nauséeux de la jungle, a
tué en moi ces désirs. Compagnon aîné ou compa-
gnon en herbe, c'est tout comme. Miên mourra un
jour, cet homme aussi. Rien n'a de sens.

Ces pensées voltigent comme des papillons dans la
tête de Bôn. L'alcool médicinal l'enivre, le fait chavirer. Il continue néanmoins de boire. Xa le Borgne
le ressert sans arrêt. Ils engloutissent le premier service. Xa prépare une nouvelle grillade. L'odeur de la
viande grillée se mélange, enivrante, à celle de la
braise. Et s'éloigne. Jeune, Bôn a vécu dans le dénuement, il n'a jamais connu les joies d'un foyer, il n'a
jamais goûté à des mets pareils, il ne sait pas cuisiner
comme Xa. Ce sort impitoyable ne l'a jamais lâché.
Une fois, la chance a effleuré sa main... C'est le jour
où Miên a été poussée dans le ruisseau par ses amies.
Il lui a tendu la main et le sort les a unis. Le sort l'a
définitivement lié à cette femme. Pourquoi ne la quitte-
t-il pas pour s'en trouver une autre ? C'est possible.
Plus de deux cents femmes esseulées l'attendent dans
une plantation de l'État. Il peut y devenir le roi d'une
femme qui a raté sa jeunesse, comme il l'a été pour
Thoong dans le village de Kheo. Quoi qu'il en soit, il
est dans son pays, il peut y parler sa langue maternelle,
manger des plats qui lui sont familiers depuis l'enfance.

Pourquoi ne tenterait-il pas la chance encore une
fois ? Pourquoi se décourage-t-il ? Non, il est trop tard.
Il n'a plus la force. La lune argentée qui brillait sur
les montagnes de Kheo a aspiré son âme. Il l'a suivie
avec les dernières forces qui lui restaient. Cette quête
l'a vidé de son sang, de sa sueur. Maintenant, il n'est
plus qu'une silhouette vide, une peau noirâtre, dessé-

chée, ratatinée, un cœur vidé de son sang, une cosse de calebasse séchée.

« Alors, c'est bon ? » dit soudain Xa.

Bôn acquiesce :

« C'est bon, c'est très bon.

– Pourquoi as-tu ce regard perdu ? Quelques gorgées d'alcool suffisent pour t'enivrer ? Quelle mauviette ! »

Xa tend le cou vers la cour, appelle :

« Eh, la mère du petit ! Apporte une bouillie de riz au soja vert...

– Oui, tout de suite. »

En un clin d'œil, Soan arrive avec un petit plateau en bois contenant un bol de bouillie de riz fumante, une soupe préparée avec du soja vert et du riz gluant, épaisse comme de la colle.

« Bôn est déjà ivre ? » demande-t-elle et, posant le bol devant Bôn :

« Prenez cette bouillie de riz, vous retrouverez vos esprits en quelques minutes. »

Soan pose un flacon de sucre et une cuiller de sel à côté du bol.

Xa demande à Bôn :

« Tu prends la bouillie de riz avec du sel ou du sucre ? »

Soan :

« Donne-lui du sel. Ça réveille plus vite.

– Bon, du sel alors. »

Xa prend une pincée de sel avec ses doigts, la met dans le bol.

Soan tend la main pour arrêter son mari :

« N'en mets pas trop, c'est mauvais pour les reins. »

Après ces recommandations, elle reprend le plateau, retourne dans la cuisine. Bôn porte le bol à ses lèvres et pense soudain :

J'aspire à avoir une femme comme Soan, comme Soan... Je pourrais l'aimer tout de suite, aujourd'hui même... Je le dirais franchement à Xa...

Bôn avale le bol de bouillie. La sueur submerge son visage, sa nuque. Il s'essuie le visage, sent son ivresse se diluer, son esprit s'éclaircir. Il a immédiatement froid dans le dos : il vient de commettre une félonie. Il vient de désirer la femme de son ami. Pendant qu'il avalait la bouillie brûlante, il a regardé avec une soif criminelle le dos de Soan, ses fesses dansantes. Ce désir a jailli au moment où elle se penchait pour poser le bol devant lui.

Je suis un misérable... Xa est avec moi le plus généreux des hommes.

Bôn glisse un regard furtif sur Xa. Xa continue de boire en dégustant la viande grillée. Il se lèche goulûment les lèvres. Rien qu'à le voir, on le devine capable d'engloutir la bassine de viande et la bouteille d'alcool sans s'enivrer. Bôn sait que Xa n'accorde aucune attention à ce qui vient de lui arriver. Il lâche, tremblant :

« Bon, j'ai mangé et bu à satiété, je rentre. »

Il se lève avec l'intention de partir tout de suite pour oublier ce qui vient de se passer, même s'il est seul à le savoir. Mais Xa hurle :

« T'es fou ? Repose-toi un instant et on recommence à boire. Cela fait des mois que tu n'es pas venu chez moi.

– Tu es occupé, je n'ose pas te déranger. »

Xa secoue la tête, courroucé :

« Abandonne ces manières hypocrites des gens de la ville. J'ai quelques questions à te poser. Assieds-toi. »

Sa voix est tout aussi impérieuse que son amitié et sa franchise. Bôn se rassied. L'œil valide de Xa se tourne attentivement vers Bôn :

« J'ai entendu dire que Miên a ramené son fils dans son ancienne demeure.

– Oui.

– T'a-t-elle dit quelque chose à ce propos ?

– L'enfant a besoin d'un endroit pour jouer. Là, il y a une grande cour et un grand jardin où il peut rouler sur son tricycle. De plus, Miên doit s'occuper de ses plantations, surveiller ses affaires.

– Et tu acceptes ? »

Bôn ne répond pas.

Xa donne la réponse :

« Évidemment, il faut l'accepter. Elle aurait pu refuser de revenir à toi dès le début. Mais je pense qu'elle conserve encore pour toi quelque sentiment. Plus exactement, elle accepte de se sacrifier en dédommagement de tous les sacrifices que tu as consentis pour le pays. Quoi qu'il en soit, il y a une limite à tous les sacrifices. J'ai prévu cette situation. »

Bôn se lève :

« Tu vas encore reparler des deux cents femmes *volontaires* et esseulées et me demander de les rejoindre, c'est ça ? J'en ai assez. »

Xa fronce les sourcils, gronde :

« Pas la peine de faire des manières. Même si tu le désirais maintenant, tu n'oserais pas t'y pointer, je ne le sais que trop. »

Le front de Xa se plisse. Un sillon long, profond creuse son visage étrangement tendu et douloureux. Ne supportant pas le regard furieux de Xa, Bôn baisse la tête. Xa dit :

« Pourquoi te donner tant de mal pour sauver la face ? Et vis-à-vis de moi, en plus ? Est-ce que j'ai l'intention de te disputer Miên ? Est-ce que je suis ton rival ? Pourquoi t'accroches-tu à cette foutue coutume ? »

Plus Xa parle, plus sa voix se fait brutale, courrou-cée, plus les sillons creusent son front, sous des che-veux où, pour la première fois, Bôn remarque quelques fils argentés.

Oui, je suis un type méprisable parce que Xa m'aime sincèrement. Il doit gagner de quoi nourrir sa femme, ses enfants, réparer et entretenir sa mai-son. Il a cent choses à faire et il trouve toujours le temps de s'inquiéter pour moi...

Poussant de côté le bol, Xa continue :

« Tu dois savoir que je prendrais ton parti si tu devais affronter un autre homme. Nous avons partagé les mêmes sacrifices, connu les mêmes pertes. Je sais ce que tu endures, je ne te souhaite que du bien. Com-ment ne veux-tu pas comprendre une chose si simple ?

— Je le sais, tu m'aimes plus que n'importe qui en ce monde. Mais tu peux difficilement compatir avec moi, dans cette situation.

— Peut-être, répond Xa, adoucissant sa voix. Je pense peut-être autrement que toi. J'ai sans doute un caractère différent du tien. Il se peut que je pèche par excès d'égoïsme quand je t'impose ma manière d'apprécier les choses, de calculer, de me comporter. Parce que si j'étais... »

Xa soupire, ouvre le flacon d'alcool, verse à boire.

Bôn lui demande :

« Tu disais que si tu étais... »

Xa acquiesce de la tête :

« Si j'étais... Oui, si au retour de la guerre j'avais retrouvé ma femme mariée à un autre homme, je... »

Bôn prolonge ses paroles :

« Tu serais parti... Comme beaucoup d'autres... Comme la plupart des hommes en ce monde. Des hommes dignes qui mettent l'honneur au-dessus de tout. Mais je n'ai nul besoin de ce truc. J'ai besoin de bonheur. Je veux pouvoir coucher avec la femme que j'aime, avoir des enfants d'elle. Je ne suis pas un mari vertueux, fidèle. J'ai couché avec d'autres femmes tout au long de la guerre et je sais qu'on ne touche du doigt le bonheur qu'en faisant l'amour avec l'être qu'on aime...

– Alors, tu es heureux ?

– J'aime Miên, elle est ma femme. Je peux coucher avec elle quand je veux », répond Bôn d'une voix coupante, hautaine, glaciale pendant qu'il déroule dans sa tête tous les ébats ratés, que son cœur paralysé, humilié, gémit, que son âme se désagrège comme un torchon se dissolvant lentement dans de l'acide.

Il faut que je rentre, que je rentre...

Il se le dit, craignant qu'un verre de plus ne fasse déborder sa peine, que la douleur ne brise son cœur flétri, qu'il n'éclate en sanglots et s'affale comme un tronc de bananier tranché en son milieu sous les yeux de son ami d'enfance.

« Je rentre. »

Xa ne répond pas. Il soupire de nouveau péniblement. Son visage se fait soudain lointain. Comme s'il avait brusquement oublié ce dont ils parlaient, comme s'il poursuivait un rêve en plein jour ou un sanglier dans une forêt imaginaire. Après un moment de silence, Xa relève soudain la tête :

« Elle n'est toujours pas enceinte ?

– Non.

– D'après le vénérable Phiêu, combien de temps te faut-il attendre encore ?

– Il n'a rien dit de précis sur ce sujet, il me conseille simplement de persévérer. »

Xa plisse les lèvres en un sourire :

« L'homme n'est pas fait pour attendre. Le temps n'est pas non plus une bourse sans fond. Je doute que tu disposes encore de beaucoup de temps et c'est pourquoi tu dois recourir à des solutions radicales. »

Bôn se tait. Il sait que Xa a raison. Il n'a plus de temps. Sa vie commune avec Miên glisse sur une pente qui touche à sa fin. Xa le regarde et continue :

« On m'a appris un remède, tu peux l'essayer. En prenant un café serré avec quelques grains de sel, une demi-heure avant de faire l'amour, tu peux mitrailler pendant une heure sans que le canon fonde sous l'effet de la chaleur. Mais tu ne dois le faire que quelques fois seulement. Après, il faut arrêter car ce remède brûle les reins. Mais pendant ces quelques passes intenses, la probabilité d'engrosser la femme est très grande.

– Merci, je vais voir », répond Bôn d'un air indifférent. En réalité, il a bu chaque parole de Xa.

Ils se séparent. Contrairement à son habitude, Xa raccompagne Bôn jusqu'au portail. Il ne rajoute pas un mot. Bôn non plus.

Cet après-midi-là, Bôn a dormi longtemps. En se réveillant, il va chez le vénérable Phiêu pour lui demander quelques tasses de grains de café torréfié. Les gens du Hameau de la Montagne plantent le café mais en boivent rarement. Ils préfèrent le thé en germes ou le *vôi* en graines de leur jardin. C'est à la fois bon marché et pratique. Seules quelques familles riches aiment cette boisson compliquée à préparer. Au premier rang, le vénérable Phiêu. Ce vieillard sensuel et fier clame souvent :

« L'homme doit connaître et la douleur et le plaisir. Ce serait idiot de ne pas jouir des produits créés par nos propres mains. Les paysans élèvent des poulets mais n'osent manger que ceux qui tombent malades ou qui meurent, ils élèvent des cochons mais n'osent manger que les plus chétifs, ils plantent des cacahuètes et des haricots, mais réservent les meilleures graines à la vente, se contentant de manger les graines pourries ou aplaties. C'est pourquoi les anciens disaient qu'éternellement l'homme au dos courbé travaille pour nourrir l'homme au dos droit. Mais je vis contrairement à la coutume, je jouis en premier de ce que je produis en choisissant le meilleur. »

Sa famille applique à la lettre ce principe. Quand ils ont envie de chèvre, ils égorgent la plus appétissante du troupeau. Quand ils veulent manger du cochon, ils choisissent le plus gras de la porcherie. Tous les jours, ils ramassent pour eux-mêmes les œufs les plus frais du poulailler et vendent ceux qui restent. Les gens de la région observent la famille du vénérable avec des yeux admiratifs, envieux. Quand Bôn arrive, le vénérable Phiêu vient de sortir du bain. Il prend son thé, une serviette en coton entourant sa taille. C'est un procédé que ce vieillard singulier utilise pour entretenir sa santé : prendre un bain chaud, puis boire du thé brûlant pour transpirer et éponger la sueur à mesure qu'elle perle avec une serviette en coton.

Dès qu'il voit Bôn dans la rue, le vénérable l'appelle d'une voix enthousiaste :

« Entrez, entrez ! Le thé de cette saison est très vert, ce serait dommage de ne pas en prendre. »

Il verse à Bôn une tasse de thé brûlant. Bôn la vide avant d'oser élever la voix :

« J'ai entendu dire que vous prenez du café tous les jours. Pouvez-vous m'en donner quelques cuillers ? »

Le vénérable Phiêu le regarde :

« Vous voulez tenter le café au sel comme remède, n'est-ce pas ? »

Bôn garde le silence. On ne peut rien cacher à ce vieux sorcier. Le vénérable Phiêu dit :

« Ce procédé ne m'est pas inconnu. Il peut donner

un résultat immédiat mais il est dangereux à terme. C'est une arme à double tranchant. Réfléchissez bien.

– Je le sais. Mais je dois avoir enfant. J'ai besoin d'avoir un enfant, sans attendre. »

La voix de Bôn tremble soudain comme s'il allait pleurer. Le vénérable Phiêu tourne la tête vers le jardin. Il regarde la cime des arbres un moment, comme pour attendre que l'émotion de Bôn passe. Puis il se lève, va ouvrir une armoire, en sort un flacon en verre plein de grains de café grillés, et un petit moulin. Il pose le tout sur la table, remplit lentement le moulin avec une cuiller. Le parfum embaume la pièce. La couleur marron du café finement moulu se pare de reflets mordorés.

Bôn : « Il est vraiment parfumé !

– Je l'ai grillé avec de la graisse de chapon. »

Le vénérable vide le café moulu dans un morceau de papier huilé, en fait un paquet, le tend à Bôn :

« Prenez.

– Merci, mon *oncle*. »

Bôn se lève dans l'intention de rentrèr immédiatement. Mais le vieillard le retient :

« Vous ne pouvez pas encore rentrer. Attendez, je vous prête un filtre. Vous n'allez tout de même pas le faire bouillir dans de l'eau ! »

Bôn se fige.

Je suis encore plus rustre qu'un vieux paysan.

Le vénérable Phiêu revient, lui tend un filtre et dit :

« Ne le remplissez pas au-delà de la moitié sinon l'eau ne pourra pas descendre. N'oubliez pas que l'eau doit être bouillante. »

Bôn remercie de nouveau le vieillard et rentre chez lui.

Voilà mon arme, ma dernière chance pour reconquérir mon bonheur.

Mon avenir dépend de cette poudre aphrodisiaque.

Tout en marchant, il glisse la main dans la poche de son pantalon pour palper le sachet de café. Les rues sont désertes. À cette heure, personne ne se promène. C'est une chance car on l'aurait surpris en train de rire en marchant et il passerait pour un esprit dérangé.

Ce soir-là, une demi-heure après le dîner, Bôn fait bouillir de l'eau, prépare le café. L'arôme envahit la chambre. Miên glisse sur lui un regard étonné mais ne dit rien. Elle ramasse les vêtements séchés, les plie.

« Veux-tu du café, Miên ?

– Non, fit-elle, secouant la tête.

– Je croyais que tu avais l'habitude d'en prendre... là-bas, non ? »

Bôn plonge son regard dans les yeux de Miên, essayant de deviner les souvenirs et les pensées que sa question réveille en Miên. Il sait que dans la luxueuse cuisine de Miên il y a des flacons de verre contenant du café de première qualité comme celui du vénérable Phiêu. Mais Miên ne répond pas, elle plie les vêtements en silence, le silence dont elle s'entoure depuis le jour où elle est revenue vivre avec lui. Un long moment plus tard, voyant que Bôn attend toujours patiemment sa réponse, Miên laisse tomber avec lassitude :

« Là-bas, j'en prenais. Mais personne ne prend de café le soir. »

Elle va ranger les vêtements pliés dans la malle. Bôn la suit du regard, le cœur battant.

Non, personne ne prend de café le soir comme moi. Moi, un malheureux fou, un homme qui t'aime de l'amour d'un esclave, d'un mendiant. Mais cette nuit, tu verras qui je suis.

Après cette proclamation silencieuse, secrète, Bôn entend un rire victorieux résonner. Son propre rire et celui de l'homme qui le regarde du dehors. Ils éclatent tous les deux d'un rire saccadé, méprisant, enragé, démentiel. Les deux rires le frappent au même moment, résonnent en lui, lugubres, ténébreux comme le rire des fantômes au fond de l'abîme.

Après avoir rangé les vêtements, Miên revient vers le lit, met la moustiquaire, s'allonge exactement à la place qu'elle occupe d'ordinaire, les mains sur le front. Bôn glisse furtivement un regard sur sa femme, commence à boire par petites gorgées le café dense, presque noir, parfumé, âcre, salé. Il boit mais ne sent ni l'odeur ni la saveur de la boisson, seulement attentif à l'écoulement du liquide brûlant vers son estomac. Là, il communiquera aux vaisseaux sanguins une substance aphrodisiaque, une excitation démoniaque qui enflammera son corps, le rendra puissant, féroce comme un lutteur.

« Nous laissons la lumière cette nuit, n'est-ce pas, Miên ? »

Elle ne répond pas. Elle pense sans doute qu'il a l'esprit dérangé ou que, n'ayant rien à dire, il profère des paroles en l'air. Ses mains restent posées sur son front, immobiles. Bôn regarde sa femme. La peau de son cou brille d'une lueur orangée car la lampe est masquée avec du papier cristal orange. Bôn aime cette couleur. Il pense, obsédé :

Cette nuit, je baiserai ce cou, je baiserai ces lèvres, je...

Cette pensée joyeuse, comme la lumière, l'exalte. Depuis longtemps, il n'ose plus embrasser sa femme. La puanteur de sa bouche ne s'est pas réduite de beaucoup et la peur l'empêche de franchir la ligne interdite... Mais cette nuit, une nuit merveilleuse... Elle lui autorisera tout. Le café salé commence à agir. Bôn sent son corps s'échauffer lentement, devenir brûlant.

Un peu de sueur perle sur sa nuque. Des déman-
geaisons labourent son estomac. Du plus profond de
son corps, une flamme jaillit. D'abord palpitante
comme une flammèche au milieu des bûches, elle
s'élève, se propage comme les feux de camp de son
adolescence. La flamme s'embrase à une vitesse miraculeuse. Comme des algues en mer, les langues de feu
naissent les unes des autres, la flamme jaune enfantant
la flamme rouge, la flamme rouge appelant la flamme
blanche... Et les flammes s'élèvent, s'étendent comme
un feu de forêt. Le feu s'infiltre dans ses muscles,
propage un souffle brûlant à travers sa chair, diffuse
la chaleur dans chaque pore de sa peau, à la racine de
chacun de ses cheveux.

« Miên, reviens vers moi. »

Bôn marmonne avec un pâle sourire. La lumière
s'étale sur la peau de Miên, une peau immaculée qui
scintille de lueurs roses et orange. Il voit distinctement
ses seins avec leurs petits tétons moelleux se gonfler
comme des collines. Les collines d'un printemps
passé. En ce printemps-là, pour la première fois, il a
glissé sa main dans sa culotte mouillée et compris qu'il
était devenu adulte. Terrifié, enivré, il a senti sa verge
se redresser, dure comme un pieu en bois. Un printemps éclatant de jeunesse et de joie. Des collines vert
tendre, couvertes d'herbes, d'arbres. Le crachin blan-
chissait l'espace, d'une colline à l'autre, d'une vallée
à l'autre. Bôn se roulait sur les pentes saturées d'eau.
Il traversait les vallées, se frottait contre les arbres, les
feuilles imbibées de rosée nocturne. Il était jeune, naïf,
plein de vitalité.

Il lui semblait que c'était la semence jaillie de sa
verge qui mouillait les herbes, les buissons, et non le
crachin ou la rosée.

« Attention, tu vas éteindre la lampe », dit Miên quand Bôn passe devant pour grimper sur le lit.

Bôn rit :

« Elle ne s'éteindra pas. Cette nuit, elle ne peut pas s'éteindre. »

Ce disant, il se penche sur la lampe, ravive la flamme. La pièce s'illumine. Miên tourne vers lui un regard effaré mais n'ajoute pas un mot. Elle ferme les yeux, croise ses mains sur son front. La lumière éclaire une de ses joues, la courbe de son menton, un bout de son cou. Bôn contemple cette peau fraîche, soyeuse. Il saisit soudain la main de Miên, l'attire :

« Miên, je t'aime. »

Elle n'a pas le temps de réagir que déjà Bôn l'a répété deux, trois, quatre fois, comme une mitraillette :

« Je t'aime, je t'aime, je t'aime... »

Sa voix devient de plus en plus rauque, agressive. Effrayée, Miên crie :

« Non, non... »

Elle replie le bras, s'apprête à se relever. D'un geste brutal, Bôn tire le bras de Miên vers le bas, le serre dans sa main brûlante. Ses doigts se ferment comme des tenailles :

« Enlève ton bras de ton front... Ça suffit comme ça. »

Les doigts d'acier se serrent davantage. Soudain, le visage livide, il hurle :

« Ça suffit comme ça... Tu as compris ? »

Miên s'étrangle de terreur. La peur hébète son visage. En un éclair, le loquet de la porte a sauté derrière laquelle les démons étaient enfermés. Bôn bondit subitement sur Miên, tordant douloureusement ses bras. Quand il voit qu'elle ne peut plus résister, il arrache les boutons de sa chemise avec une violence qu'elle ne lui a encore jamais vue. Son haleine puante, brûlante, déverse les feux de l'enfer sur le visage de Miên, sur son cou, ses cheveux, ses oreilles. Il ne cesse de grincer :

« J'aurais dû agir comme ça, j'aurais dû le faire depuis longtemps. J'ai été trop patient, soumis. Comme un mulet. J'ai supporté cette existence de mulet depuis trop longtemps. »

Miên veut résister. Elle sait que rien ne permet à Bôn de la maltraiter. Mais l'accès de rage de Bôn, son visage livide, démoniaque, la terrorisent. Elle craint qu'il hurle et se livre à des actes innommables. Elle se résigne à rester immobile, inerte comme une bûche. Elle laisse Bôn tirer sur ses vêtements, la triturer comme un méchant gamin torture la poupée en sa possession.

« Miên, je t'aime ! »

Après avoir complètement déshabillé Miên, Bôn jette ses habits dans un coin du lit et hurle :

« Je t'aime ! »

Miên se tait, pétrifiée. Elle a envie de le supplier de ne plus crier. Aucun homme comme il faut ne crie ainsi quand il fait l'amour à sa femme car le moindre bruit exagéré résonne dans la nuit, réveille les oreilles curieuses des voisins. Elle veut parler mais la peur la paralyse. Il est à genoux à ses pieds, il regarde intensément son corps dénudé, dans la posture d'un tigre sur sa proie, un air étrange sur le visage. Sur ses lèvres violacées, se dessine un vague sourire, un rictus qui évoque à la fois le rire et les larmes. Terrorisée, Miên n'ose plus le regarder. Elle ferme violemment les yeux. Bôn continue de crier :

« Je t'aime, je t'aime, je t'aime. Tu es mienne. Tu dois être mienne... »

Chaque fois qu'il le répète, la flamme en lui s'embrase davantage, devient plus brûlante, plus cuisante. Elle siffle, elle rit, elle chante, elle hurle, elle grince. Dans ce brasier sauvage, il revoit la mer de flammes sur les hauteurs de la colline 327. Elle éclatait sous les bombes incendiaires, elle dressait vers le ciel nocturne des milliers de murs écarlates, elle brûlait tout, faisait bouillir la sève des arbres, éparpillait des morceaux flambants d'uniforme qui dansaient dans l'air en se consumant comme des dizaines de milliers de chauves-souris sous la main d'un sorcier. Le feu éclaboussait des gerbes d'obus, saturait l'espace de cendre, de poussière d'os. Cette flamme ressemblait à une énorme étoile filante qui glissait sur la cordillère Truong Son, sur la jungle verte à l'infini, consumant des millions de vies. Bôn se voit sortir de ce feu, silhouette en loques, parcheminée, flottante comme de la cendre. Il n'est plus un homme, il n'est plus qu'un mirage.

Non. Non. Non. Non. Non.

Quelqu'un hurle.

Le hurlement secoue les montagnes, les forêts.

Bôn plonge son visage dans la chair de la femme qu'il aime.

« Je t'aime, je t'aime, je t'aime... Tu dois être mienne, tu dois me donner des enfants, être ma femme pour toute cette vie... »

Il parle à Miên, à lui-même. Il enlève précipitamment ses habits, embrasse, mordille fébrilement sa femme, sent tout son sang bouillonner, rire convulsivement de folie et de joie quand sa verge se redresse, dure comme un bâton en fer.

Miên, je suis ton mari pour toujours, nous aurons de nombreux enfants, nous vivrons ensemble jusqu'à la mort.

Il murmure à Miên en son cœur, son cœur qui s'adoucit quand il enfonce dans le corps de sa femme sa seule arme, la dernière chance de sa vie.

XIX

Il faisait froid le jour où Miên apprit qu'elle était enceinte. La rosée gelait sur les brins d'herbe. Les cimes des orangers et des pamplemoussiers s'immobilisaient dans la brume, leur feuillage épais était compact comme du marbre. Comme d'habitude, Miên avait ramené le petit Hanh dans son ancienne demeure, lui avait donné sa leçon de lecture. Elle l'avait fait déjeuner dans la cuisine toujours luisante de propreté. Quand le vieux Lù piqua ses baguettes dans le chou salé, Miên regarda les brins de chou et, soudain, saliva. La faim râpa son estomac, elle eut envie de manger comme une convalescente après une longue diète. Mais à peine avait-elle pris quelques bouchées que la nausée monta. Incapable de la retenir, elle se précipita dans la salle de bains, vomit tout ce qu'elle venait d'avaler. De ce moment, elle eut froid, un froid terrible comme elle n'en avait jamais connu dans sa vie.

Elle dit au vieux Lù :

« Allumez le foyer pour moi, s'il vous plaît. »

Il y avait en permanence un stock de charbon dans la cuisine pour griller la viande ou se chauffer les jours de grand froid. Le petit foyer était facile à déplacer. Le vieux Lù posa son bol, se leva, alluma le feu. Quelques minutes plus tard, la flamme avait mordu le charbon. Avec des gestes de virtuose, il l'aviva à coups d'éventail rapides. Il mit le foyer incandescent aux pieds de Miên, se retourna vers le petit Hanh :

« Venez avec moi, je vous emmène piéger les oiseaux dans le jardin. N'embêtez plus Madame. »

Le petit Hanh resta immobile, interloqué. Il ne comprenait pas. Le jardin était son royaume privé, où il avait joué tout l'été et l'automne, grimpé aux arbres pour cueillir les fruits, creusé la terre pour attraper les grillons, bâti des huttes. Mais il en avait été banni dès les premiers jours de l'hiver. Sa mère elle-même avait proclamé l'interdit. Le vieux Lù l'avait tout de suite appliqué, fermant le portail avec un grand cadenas et fourrant la clé dans sa poche. Depuis, Hanh n'avait le droit de jouer que dans la maison, d'un bout à l'autre du grand bâtiment central. Après le déjeuner, et à condition d'avoir fait la sieste, il pouvait descendre dans la cour et pédaler sur son tricycle. Point final. Depuis plus d'un mois, il rêvait avec regret des nids d'oiseaux familiers, des grottes, des maisons en pierraille et en argile avec des meubles et de la vaisselle en plastique que son père lui avait rapportés de la ville. Pour les enfants du Hameau de la Montagne, sa maison de poupée était un véritable palais de contes et de légendes. Le petit Hanh était fier de sa fortune. Comme un propriétaire obligé de s'éloigner de ses champs, de ses plantations, de ses animaux domestiques, il confiait sa tristesse et sa nostalgie au vent qui soufflait vers le jardin, faisant frémir les feuilles sèches, gémissant comme les insectes, les oiseaux sauvages ou les palais abandonnés. Ce monde familier et fermé pouvait donc s'entrouvrir, il allait pouvoir se laisser couler dans cet espace bien-aimé qui n'appartenait qu'à lui ? Le vieux Lù répéta :

« Allons, venez, vous ne m'avez pas entendu ? »

Le petit Hanh n'osait pas encore y croire. Il tourna

les yeux vers sa mère. Miên sentait une deuxième vague de nausée bouillonner dans ses entrailles, mais elle vit le pauvre regard dubitatif de son fils. Elle se pencha vers lui :

« Oui, oui, vas-y, mon enfant. Aujourd'hui, je t'autorise à entrer dans le jardin. »

L'enfant bondit de joie, se précipita vers le vieux Lù. Ils sortirent dans la cour, disparurent rapidement dans le jardin. Miên se précipita aux toilettes pour vomir. Cette fois, elle ne rendit qu'un liquide jaunâtre. Son visage, ses membres se glacèrent, la sueur envahit son front, son cou. Elle retourna dans la cuisine, s'assit devant le foyer. L'esprit totalement lucide, elle regarda les braises. Une pensée surgit dans sa tête, nette, claire comme la ligne séparant les montagnes du ciel après les averses de l'été :

Je suis enceinte de Bôn. Aucun doute possible. Ce ne sont pas des symptômes de la grippe ou d'une autre maladie.

Elle savait que cela était arrivé en cette nuit de folie où Bôn avait augmenté la lumière de la lampe, où il avait eu ce sourire vague et féroce, où il l'avait triturée, mordue comme une bête sauvage dévorant sa proie, où il avait fait l'amour âprement comme un fossoyeur creusant une tombe, longtemps, sans arrêt. Cette nuit-là, terrorisée par Bôn comme par un fou ou un mort vivant, elle avait fermé les yeux pour éviter de voir son visage livide, ses traits subitement devenus féroces, explosant de douleur et de haine. Elle avait confusément deviné la haine qui habitait Bôn. Mais elle ne comprenait pas. Elle ne remarquait que la puissance sexuelle et la barbarie qui s'embrasaient en lui comme un feu de forêt en été. Elle était devenue enceinte cette nuit-là. Mais le germe de vie en elle était-il le fruit du plaisir ou de la terreur ?

Le lendemain, en se réveillant, Miên avait vu Bôn affalé comme un torchon déchiré, le visage et les lèvres violacés. Elle n'avait pas eu le cœur de l'abandonner. Elle était allée chercher le petit Hanh chez tante Huyên, l'avait conduit à son ancienne demeure et était revenue. Bôn dormait toujours comme un mort. Il dormit ainsi jusqu'à quatre heures et demie de l'après-midi avant de sortir péniblement dans le jardin. Il resta assis là, très longtemps, vomissant et soupirant sans arrêt. Quand il revint dans la chambre, il n'arrivait plus à redresser son dos. Miên regarda ses pupilles jaunâtres :

« Qu'as-tu ? »

Il répondit brutalement :

« Rien. »

Mais il s'effondra sur le lit, avoua :

« J'ai mal au dos. »

Le soir, il demanda de la bouillie de riz.

De même le lendemain. Depuis plus d'un mois, il ne pouvait plus marcher droit. Il errait dans la maison, la regardait d'un air hébété, résigné, un air qui avouait qu'il n'était plus, qu'il ne pourrait plus être un homme après cette nuit folle où le volcan avait craché ses derniers feux avant de s'éteindre définitivement.

Tant mieux, je n'ai aucun besoin de telles relations... Mieux vaut vivre comme une veuve une bonne fois pour toutes.

L'haleine putride de Bôn la hantait. Elle revoyait Bôn tourmenté, pitoyable, faire l'amour comme un homme à bout de souffle luttant contre le courant, comme un mort sortant de la tombe pour ranimer un passé imprégné de la puanteur des cadavres. Elle se consola, fixa un objectif à sa vie. Cela lui rendit sa sérénité.

Disons que je suis veuve. Je consacrerai le temps qui me reste à vivre à élever le petit Hanh. J'ai déjà beaucoup plus de chance que bien d'autres femmes. Au moins, j'ai connu le bonheur et, maintenant, je n'ai pas à trimer pour survivre.

Sa vie était partagée. Vis-à-vis du passé, elle devait continuer à payer une dette qui n'était pas soldée. Elle nourrirait Bôn, elle soignerait avec abnégation une ombre fantomatique, la main qui s'était tendue vers elle un jour de son lointain passé. En dehors de ce devoir, son avenir serait consacré à son fils, la chair de sa chair, le sang de son sang, tout l'amour, toutes les espérances qui restaient de sa vie.

Maintenant voilà qu'une autre vie avait surgi en elle. Un être vivant qu'elle n'attendait pas, qui n'avait aucune place dans son cœur de mère. Le monde que Miên avait organisé en pensée trembla soudain. Dans ce monde, toutes les places étaient prises. Où caser l'enfant qui allait naître ? C'était aussi son enfant, son sang, il grandirait en se nourrissant de son lait, il téterait le sein que le petit Hanh avait tété, il appellerait Hanh grand frère, il l'appellerait, elle, comme Hanh le faisait :

« Maman, maman Miên... »

Il n'en est pas digne. Il ne doit pas appeler Hanh grand frère. Impossible.

C'est impossible.

Lui, la semence de l'homme aux sourcils horizontaux, à la peau sombre, à l'haleine infernale. Lui, le rejeton d'une famille de pauvres hères paresseux, misérables, vivant de charité, le cousin d'êtres qui se traînaient comme des bêtes sauvages, le neveu d'une femme dévergondée, sans honneur...

Mais pourquoi le mépriser ? C'est aussi mon enfant. Je le porterai dans mon ventre neuf mois et dix jours comme j'ai porté Hanh, comme toutes les femmes portent leurs enfants en cette vie. Puis il balbutiera aussi ses premiers mots : Maman... Et il me regardera aussi de ses yeux naïfs, fragiles comme Hanh m'a regardée l'année dernière...

« Maman... »

Elle entendit soudain un appel lointain. Son cœur se crispa de douleur. Elle imagina les traits de l'enfant. Serait-ce une fille ou un garçon ? Lui ressemblerait-il à elle ou à Bôn ou, encore pire, à la sœur de Bôn ? Si c'était le cas, elle devrait le séparer de la famille de Tà dès son enfance. Elle devrait l'envoyer étudier en ville. Hoan lui avait laissé une grande fortune. Avec les soins du vieux Lù, elle mènerait une vie luxueuse. Elle sauverait son enfant avec cet argent.

La troisième vague de nausée arriva. Miên sentit la fatigue engourdir ses hanches. Elle réchauffa ses mains au-dessus des braises, alla vomir dans la salle de bains. Quand elle avait été enceinte de Hanh, les crises de nausée n'étaient pas aussi nombreuses ni aussi pressantes.

Il me martyrise férocement. Ô mon enfant, es-tu une fille ou un garçon, apportes-tu le bonheur ou le malheur ? Pourquoi me tortures-tu ainsi dès le départ ?

Elle continua de vomir de la bile tout en voyant des étincelles blanches et jaunes devant ses yeux. En même temps, elle imaginait les traits de l'enfant qui poussait dans son ventre, un tout petit visage dont les traits incertains palpitaient dans la brume. Il tournait vers elle un regard frêle, perçant, naïf. De nouveau son cœur se crispa de douleur, comme transpercé par des aiguilles.

Ô mon enfant, fille ou garçon, beau ou laid, je t'élèverai, je t'élèverai de tout mon cœur, mon pauvre, mon pitoyable enfant...

Elle commença à éprouver du remords pour avoir méprisé, détesté le germe de vie dans son ventre. Elle pensa aux femmes qui avaient été violées par des Noirs, qui avaient porté péniblement leurs enfants, les avaient mis au monde dans la douleur, avaient sacrifié leur vie pour élever leurs enfants dans le mépris et le rejet des gens du village.

Je suis encore cent fois plus heureuse que ces pauvres mères...

Elle revint dans la cuisine, entoura le foyer entre ses mains, tremblant comme une vieille, sans s'apercevoir que le vieux Lù était rentré et l'observait attentivement. Après s'être réchauffée un moment, elle s'assit sur une chaise. Elle croisa alors le regard du gérant :

« Est-ce que vous vous sentez mieux ? Dois-je appeler un médecin ?

— Non, non.

— Mais vous êtes très pâle.

— *Oncle* Lù, où est mon fils ?

— Il joue dans le jardin. Je lui ai appris à piéger les oiseaux. Vous n'avez pas à vous faire de souci à son sujet.

— Il fait très froid aujourd'hui.

— Oui, mais ce n'est rien pour qui se porte bien. Voulez-vous manger encore quelque chose ?

— Non, je me débrouillerai.

— Laissez-moi vous préparer une bouillie de riz.

— Ce n'est pas la peine. Je n'en ai pas besoin. »

Mais le gérant partit en silence pour laver la marmite et le riz gluant et préparer une bouillie. Monsieur Lù allait et venait d'un pas léger, le corps droit, maigre et sévère comme un squelette ambulant. Ses yeux enfoncés dans leurs orbites scintillaient d'une lueur triste. Une lueur très lointaine et très proche à la fois, qui semblait refléter une étendue de sable doré.

Peut-être le sait-il déjà. Il a une étrange lueur dans les yeux. Il se comporte un peu comme un père envers moi.

« Vous prendrez de la bouillie de riz au poulet, d'accord ? Par ce froid, il vaut mieux ne pas manger de la bouillie aux haricots.

– Comme vous voulez. »

Le gérant alla prendre un poulet au poulailler. À le voir, on aurait dit qu'il avait été taillé dans du bois de fer.

Heureusement pour moi que Hoan a pu trouver un homme aussi dévoué.

Un jour, il n'y avait pas longtemps, Miên préparait des brioches farcies aux crevettes. Tante Huyên, le petit Hanh et tout particulièrement le vieux Lù aimaient ce plat. Au cours du repas, cet homme taciturne se mit à parler :

« Je suis originaire de Quang Tri, mais j'adore ce mets de Huê depuis mon enfance. Ma mère était très bonne cuisinière. Dans les autres foyers, on savait juste bouillir les crevettes et les assaisonner avec du sel et du poivre ou bien griller les crabes pour les manger avec des patates. Chez nous, on avait droit à toutes sortes de mets : bouillie de crabe à la sauce d'huître, soupe de vers à soie à la graisse de crabe et à la viande hachée et, tout particulièrement, crêpes de riz aux crevettes grillées et pilées, gâteaux de farine à la farce de crevettes... »

Pendant qu'il évoquait ses souvenirs, ses yeux semblaient se voiler. Miên demanda :

« De votre famille, qui reste-t-il là-bas ?

– Personne », répondit-il, les yeux secs.

Le voile fugitif qui les recouvrait avait disparu au vent.

« Nous étions dix-huit dans la famille. La moitié est morte sous les obus de mortier des soldats de Saigon, l'autre a été tuée par les roquettes des troupes de libération. Neuf pour chaque camp, une égalité parfaite. Le jour où j'ai rencontré le patron, il me restait en poche juste de quoi payer deux tasses de thé. »

Il racontait d'un air grave, digne, sans tristesse, sans joie. Il ajouta que le ciel avait été néanmoins miséricordieux envers lui en lui faisant rencontrer Hoan qui l'avait embauché et lui avait promis de le nourrir jusqu'à sa mort. Miên :

« Voulez-vous retourner dans votre village ?

— Non, répondit-il d'une voix douce mais ferme.

— Et l'encens pour l'autel des ancêtres ?

— J'ai édifié dix-huit tombes avec l'argent économisé pendant les dizaines d'années où j'avais été gérant de plantations. Je n'ai plus rien à me reprocher. Le Jour des Morts, les villageois piqueront quelques bâtonnets sur les tombes. Dans mon pays natal, toutes les familles ont été décimées. Soldats républicains ou Vietcongs, ce sont en fin de compte des fantômes du village, enterrés dans le cimetière du village. Ceux qui visitent les tombes de leurs proches en profitent pour piquer des bâtonnets d'encens sur les tombes des autres familles.

— Le cimetière est-il grand ?

— Oui. Entièrement recouvert de sable. Chaque fois que les corbeaux noirs s'abattent dessus, c'est à frémir. »

Les dix-huit tombes dans ce cimetière de sable étaient sans doute l'essentiel de sa vie. Mais c'était une vie passée, il ne voulait plus se retourner pour la regarder une fois encore. Depuis son arrivée au

Hameau de la Montagne, il n'en avait jamais parlé. Comme Miên consacrait le reste de sa vie à son fils, il consacrait le reste de la sienne à la plantation. Les gens de la région admiraient son talent de planificateur intelligent, perspicace, laborieux. Sous sa direction, tous les travaux se faisaient comme par miracle.

Le vieux Lù tendit à Miên une louche de bouillie :

« Voyez si le grain de riz est assez moelleux. »

Miên, humant l'odeur de la bouillie :

« Avec un tel parfum, elle doit être à point. Appelez le petit et donnez-lui à manger.

– Un instant... Que je vous serve d'abord un bol. Les enfants préfèrent jouer plutôt que manger. Il sera bien temps de l'appeler dans un moment. »

Il revint vers la marmite. Tout en remplissant le bol avec la louche, il ajouta :

« Soignez votre santé. Laissez-moi m'occuper du petit Hanh. »

Miên regarda le gérant en silence.

Ce vieillard a quelque chose d'étrange. Je ne sais pas par quel bout le prendre. Quand j'ai envie de le traiter comme un père, il garde la réserve polie d'un employé. Quand je reste silencieuse, de son coin, il me regarde comme mon père le faisait autrefois.

Le vieux posa le bol sur une assiette, l'apporta à Miên.

« Prenez-la tant qu'elle est chaude.

– Prenez-en aussi, *oncle*, pour vous réchauffer. Le froid est pénétrant aujourd'hui.

– Je mangerai tout à l'heure avec le garçon. La marmite ne va pas sécher de sitôt. »

Le vieillard s'en alla lentement dans la cour. Ses pieds se prenaient dans les feuilles mortes soulevées en tourbillons par le vent. Tout en absorbant la bouillie de riz, Miên le suivit des yeux, se demanda : « Si mon père vivait encore, aurait-il la force et la lucidité du vieux Lù, aurait-il autant de tendresse pour moi ? »

Quand j'ai grandi, mon père est devenu sévère. Suong était sa préférée parce qu'elle lui ressemblait. Elle chantait bien, elle aimait l'accompagner pour chasser les foulques noires ou piéger le gibier en forêt. Moi, je devais rester à la maison, aider maman à la cuisine, laver le linge avec l'eau du puits, rapiécer les filets, faire sécher les patates et le paddy. J'avais peu d'occasions de le côtoyer et il parlait rarement à la fille aînée de la famille.

Une nostalgie teintée de tristesse se réveilla doucement en elle. Miên se rappela le visage de son père, son rire, sa barbe qui, une fois, avait râpé son visage. C'était le soir. Miên avait préparé une bouillie de riz au poisson. C'était la première fois qu'elle faisait la cuisine seule. Elle savait néanmoins piler le poivre et les piments, émincer les oignons, couper l'aneth pour assaisonner le plat. Elle savait servir sur un plateau comme les jeunes filles. Son père revenait juste à cet instant. Il se figea dans la cour, la regarda. Puis il s'approcha, lui prit le plateau des mains. Il le posa sur la table basse, attira Miên dans ses bras.

« Ma petite fille n'a que huit ans, mais elle travaille aussi bien que des filles de quinze ou de dix-sept ans. »

Il huma la chevelure de Miên, sa barbe frotta sa joue. Son regard était tendre. Un souvenir semblable à l'Étoile du berger qui pointe dans un coin de ciel tous les soirs.

Le vieux Lù revenait :

« Le petit monsieur est tout à ses jeux. Laissons-le s'amuser à loisir.

— J'ai peur qu'il ne fasse trop froid.

— Les enfants gambadent, ça les réchauffe. Ne craignez pas qu'il prenne froid. Ah, j'ai failli oublier. Avez-vous vu le stock de poivre qui a séché ?

– Je l'ai vu.

– Nous devrions le vendre tout de suite, même bon marché.

– Faites comme vous l'entendez. Vous connaissez mieux que moi les affaires. C'était Hoan qui s'occupait de tout cela.

– Oui. Je dois néanmoins vous demander votre avis.

– Ce n'est pas la peine de compliquer les choses.

– Le patron me l'a demandé. L'autre jour, il a inspecté les différents produits dans l'entrepôt.

– Mon mari... Est-ce que Hoan a dit quelque chose ?

– Il a dit qu'à la saison prochaine, on changera de semence. Il m'a aussi demandé de veiller sur votre santé. »

Miên sentit l'amertume submerger sa bouche.

Je continue de vivre sous la protection de Hoan, mais je suis obligée de partager la couche de Bôn et maintenant je porte en moi une graine de vie qui vient de sa semence. Demain, en venant au monde, l'enfant de Bôn vivra et grandira grâce à l'argent que Hoan me laisse, de l'argent qui aurait dû appartenir à Hanh.

Elle se souvint du matin où elle avait quitté cette maison pour aller vivre avec Bôn, persuadée qu'elle subirait avec résignation le dénuement avec son ancien mari, qu'elle n'aurait plus jamais aucune relation avec Hoan en dehors de leurs responsabilités communes vis-à-vis de leur fils. Mais la vie l'avait promenée sur des voies détournées. Maintenant, tout était comme avant. Elle continuait de vivre dans son ancienne demeure avec son fils, elle continuait de dépenser l'argent rangé dans le tiroir de l'armoire à trois battants, sous la protection totale de Hoan, même s'il était absent.

Les herbes de la vierge n'ont servi à rien. Finalement, je n'ai pas pu l'éviter.

Le parfum de cette herbe de montagne lui avait seulement permis d'éviter l'haleine infernale de Bôn, non de résister aux désirs charnels et à la soif de procréer de l'homme revenu du néant. Finalement, Bôn avait atteint son objectif grâce à l'argent de Hoan. Les gens disaient justement : « L'homme au dos courbé produit, l'homme au dos droit consomme. »

Non, non, je n'ai pas le droit de jouir de cette vie. C'est trop humiliant. Je dois tout rendre à mon fils. Il est le seul qui mérite de dépenser l'argent de Hoan, il est son fils.

« Qu'avez-vous, Madame ? Faites l'effort de terminer ce bol », pressa le vieux Lù.

Miên se rendit compte qu'elle avait inconsciemment reposé la cuiller depuis un bon moment. Dehors, le vent faisait tournoyer les feuilles mortes comme un torrent en crue. La femme colla son regard sur les feuilles mortes, vit son existence comme éparpillée sans but dans le vent anarchique et menaçant de la nature. Elle ne pouvait décider de rien. Et, dorénavant, toutes ses décisions seraient vaines. Elle savait qu'elle ne pourrait pas quitter cette maison pour mener une vie indépendante avec Bôn. Elle ne pouvait pas non plus l'abandonner à son sort dans sa masure au toit en feuilles pour vivre ici avec son fils. Elle était devenue un animal incapable d'échapper à son destin.

« Laissez-moi vous servir un autre bol.

– Ce n'est pas la peine.

– Vous ne devez pas prendre de la bouillie de riz froide. Vous risquez de tomber malade. »

Il lui servit un autre bol de bouillie de riz chaude, rangea le bol entamé et refroidi sur le buffet. Miên baissa la tête, mangea la bouillie avec sa cuiller. Les soins du vieillard la mettaient mal à l'aise. Il remplaçait Hoan, ici. Sa présence comblait l'absence de Hoan qui, de cette façon, continuait d'être auprès d'elle. L'authentique homme de sa vie. L'authentique amour de son existence. Elle se pencha plus encore sur le bol chaud pour que la vapeur qui s'en dégageait entourât son visage, noyât ses pensées. En vain. Elle voyait toujours la présence de Hoan dans cette cuisine luxueuse qu'il avait lui-même conçue. Elle sentait l'odeur de sa peau, de sa chair, de ses habits. Elle voyait la sueur poindre sur sa poitrine large et solide après les ébats, l'été. Elle voyait la lueur caressante, moqueuse de son regard. Elle voyait ses mains. Elle sentait son haleine saine, parfumée. Tous les plus petits détails de la vie conjugale.

Pourquoi, pourquoi ? La vie bascule comme une main qu'on retourne, comme si aujourd'hui était un rêve et hier la réalité.

Elle se vit quittant le lit de l'amour. Hoan y restait étendu, la poitrine rosie. Il lui demandait de lui apporter un cendrier. Une fois, comme il fumait trop, elle l'avait puni en tirant sur un poil près de son téton. Affolé, il l'avait suppliée comme un gamin qui craignait la fessée plutôt qu'un homme mûri par les épreuves et pesant quatre-vingts kilos. Elle entendait son rire débonnaire et familier résonner dans la maison, les nuits où l'envie leur prenait de boire le thé à la chandelle.

« Madame, vous sentez-vous mieux ?

— Oui, ça va mieux.

— Allez vous reposer. J'appelle le petit monsieur pour le déjeuner. »

Miên alla se reposer dans son lit, obéissant mécaniquement. Alors qu'elle s'allongeait, un étourdissement l'aveugla. Elle vit les montants de la moustiquaire tournoyer, sentit ses bras geler comme si elle venait de les plonger dans l'eau. Elle prit peur en sentant la colère éclater dans son âme.

Je me ferai avorter. Je n'ai pas besoin de garder l'enfant de Bôn. Un enfant que je ne souhaite pas, que je n'attends pas. Nourrir Bôn suffit pour régler ma dette. Nourrir en plus son enfant avec l'argent de Hoan, c'est accepter de s'humilier une deuxième fois. Je ne peux pas revenir ici en portant dans mon ventre le fœtus d'un étranger. Cette maison est à Hoan, tout ici doit lui appartenir...

Miên revit en mémoire les femmes devenues enceintes hors mariage qui allaient en cachette à l'antenne médicale de la commune pour se débarrasser de leur crime. D'ordinaire, elles y arrivaient, un baluchon à la main, à l'heure où l'obscurité brouillait les visages, elles y restaient vingt-quatre heures, repartaient dans la nuit. Certaines avaient une hémorragie, leur sang coulait en longues traînées sur le sol. Le lendemain matin, le sang coagulé noircissait. Le visage livide, verdâtre, gris, les malheureuses marchaient tête baissée, n'osant regarder personne. À l'aller comme au retour, elles se faufilaient, hésitantes, furtives, comme des voleuses, rasaient les haies, se glissaient à travers les collines désertes derrière l'antenne médicale.

Je n'ai pas besoin d'y aller en cachette. J'irai à l'antenne médicale en plein jour, je demanderai l'avortement car je n'ai pas les moyens de donner la vie. Cet enfant a un père, mais son père est incapable de subvenir à ses propres besoins, où trouverait-il de quoi nourrir l'enfant ? Personne n'osera jaser. Si le pouvoir s'en mêle, je demande-rai au Président de la commune de signer un papier garantissant les subventions nécessaires pour éle-ver l'enfant jusqu'à ses dix-huit ans.

Aucun Président n'oserait signer un tel engagement. Miên le savait. Elle savait aussi qu'en avortant elle mettrait fin à sa vie commune avec Bôn. Une vie commune qu'elle avait voulu détruire avant même de la commencer, depuis le premier pas qu'elle avait fait pour quitter cette maison et suivre Bôn dans un autre quartier. Elle voulait, elle devait détruire ça. Mais elle n'avait pas le cœur à détruire la vie de Bôn. Elle n'oubliait pas qu'il était malheureux, qu'il avait beau-coup perdu dans sa vie, qu'il avait été l'homme qui, une fois, lui avait tendu la main dans un ruisseau.

Même si j'avais encore de la compassion pour Bôn, je ne peux conserver ce fœtus. Je me moque des railleries des voisins. Personne n'aurait le cœur de détruire toute une famille. Bôn n'a pas d'enfant. Plus que tout autre homme il aspire à en avoir. Mais pourquoi dois-je endurer ces souffrances pour servir les espérances de Bôn ? Je ne l'aime plus. Toutes les souffrances de la séparation que j'ai déjà endurées suffisent largement pour régler cette vieille dette de reconnaissance. Je ne suis pas la domestique de Bôn. Je dois détruire cette vie car je ne l'ai jamais désirée.

Cette pensée farouche, résolue, libéra l'esprit de Miên. Elle attendrait quelques semaines pour laisser le fœtus prendre forme, puis elle irait à l'antenne médi-cale pour un curetage. Ou bien, la semaine suivante, elle irait à l'hôpital en ville. On y pratiquait une méthode plus moderne, l'avortement par aspiration.

J'irai en ville avec le vieux Lù. On laissera la mai-son et le petit Hanh à la garde de tante Huyên. Tout

est simple. Tout sera terminé en quelques jours. Sur
le chemin du retour, j'achèterai dix paquets de
médicaments traditionnels pour reconstituer ma
santé.

Elle ferma les yeux, le cœur plus léger, commença
à somnoler. Juste à cet instant, le vent se mit à bruire
dans le jardin. Dans ce bruissement triste, elle entendit
une petite voix, un appel fragile. Un écho incertain. Il
semblait à la fois tout proche et très lointain, comme
venu de la haute mer. L'appel d'un bébé. Une vie
naissante, fragile, encore informe, qui élevait la voix.

Où se trouve-t-il ? Comment peut-il parler avant
d'être au monde ?

Elle écouta attentivement. Cette fois-ci, l'appel
indistinct résonna haut, chaque mot était clairement
articulé :

« Maman, maman... »

Des coups de vent violents entrecoupaient ces sons
plaintifs. Miên fixa cet horizon trouble qu'elle venait
d'imaginer, le fouilla des yeux.

« Maman, maman... »

L'appel résonna de nouveau. Elle vit un tout petit
visage aux traits flous comme le visage de l'enfant
Jésus émergeant des couches de brume. Ce visage
tournait vers elle un regard affolé, douloureux.

C'est aussi mon enfant. Mon enfant. C'est aussi une
vie humaine qui réclame sa place sur cette terre.
Je dois au moins lui permettre de voir une fois la
lumière du soleil.

Son cœur hurla. Miên sentit sa peau, sa chair se
déchirer dans ce cri. Elle se redressa, le visage baigné
de sueur, de larmes.

XX

Après avoir passé trois mois et deux semaines au lit, par un matin tiède, Bôn va rendre visite à Xa le Borgne. Le bonhomme est courbé, fesses en l'air, sur une bassine remplie de pâte de riz gluant. Sa femme, assise dans la cuisine, touille une farce dans une poêle. L'odeur des oignons hachés, de la viande, des cèpes, embaume l'air.

« Tu as fini ? La pâte est déjà très épaisse.

— J'ai fini, presque... Pétris-la encore un peu, elle n'en sera que plus tendre.

— Elle est vraiment insatiable ! De jour comme de nuit, c'est encore, encore !

— Espèce de fripon, veux-tu te taire ? Si quelqu'un passait ici, t'es beau à voir.

— Je le sais, je ne suis pas aussi beau que d'autres ici-bas, mais dans le rôle de mari, j'excelle. Si tu en doutes, on ira espionner les couples de la commune. Tu verras combien enfoncent le clou aussi bien que moi.

— Espèce de démon, cesse de crier comme ça. Si les voisins t'entendaient, ils crèveraient de rire. »

Les voisins n'ont pas encore eu le temps de rire que déjà le mari et la femme laissent éclater leur hilarité. Bôn se plaque contre la haie d'hibiscus pendant un long moment pour les laisser achever leur conversation.

Quel couple étrange ! Que ce soit pour le travail ou pour la bouffe, ils font un boucan digne d'un chef de canton. Crient-ils aussi fort quand ils font l'amour ?

« Dis, la pâte est compacte depuis un moment, mes bras sont lourds à force de la pétrir.

– Ma farce est prête aussi. »

Xa porte la bassine dans la cuisine d'où leur conversation continue de résonner.

« Hum, hum, les cèpes que j'ai cueillis cette fois sont vraiment parfumés, à vous dilater les narines.

– Comme si tu étais le seul à trouver des cèpes bien parfumés ! Crois-tu que ceux des autres sont puants ? Monsieur se vante comme un chat se vante de la longueur de sa queue.

– D'accord, les cèpes des autres peuvent bien être aussi parfumés que les miens. Mais pour ce qui est de servir madame au lit, je défie quiconque d'être aussi endurant que moi. Sur ce chapitre, je rivaliserais sans peine avec tout un peloton de héros tueurs d'Américains.

– Regardez-moi cette espèce de fanfaron !

– C'est la vérité. Si tu en doutes, prête-moi à nos voisines quelques nuits, elles te donneront leurs impressions. »

Xa le Borgne pousse un hurlement et se mit à gémir.

« Bon sang, quelle brute ! Tu as failli m'enlever un bout de chair. Regarde ces traces de dents ! Cette lionne est vraiment insupportable. Je n'ai fait qu'en parler, je ne suis pas passé à l'acte, et voilà qu'elle laisse éclater sa jalousie barbare. »

La voix de Soan s'élève, nettement plus aiguë :

« Oh, oh ! Si tu te contentes d'en parler, je me

contente de mordre ton épaule. Si tu oses le faire, j'arracherai ton engin avec mes propres dents. »

Bôn se racle la gorge bien fort et crie par-dessus la cour :

« Xa est-il à la maison ? »

Xa accourt de la cuisine, frottant vigoureusement son épaule mordue :

« Ah, c'est toi ! Cela fait longtemps qu'on ne s'est pas vus. Entre ! Aujourd'hui, on arrête de travailler pour faire des œufs d'oie. Tu as de la chance pour la bouffe. »

Soan accourt, les joues enflammées, glisse un regard de reproche à son mari :

« Bonté du ciel, tu es toujours aussi grossier. Heureusement que c'est *grand frère* Bôn. Avec une telle invitation, tout autre que lui jetterait du sel devant notre porte. »

Xa rit :

« Nous sommes des troupiers, nous ne savons pas parler avec tant d'élégance et de finesse. »

Xa se retourne vers sa femme, lui ordonne d'une voix mi-théâtrale, mi-impérieuse :

« Baisse vite le feu sinon la farce est foutue, quelle maladroite ! »

Soan se précipite vers la cuisine mais, avant de partir, elle a flanqué deux violentes claques sur les fesses de son mari. Xa secoue la tête :

« Voilà ce que c'est, une femme et des enfants. Voilà à quoi ça mène, la démocratie. À l'anarchie la plus grossière. Tu vois, autrefois, les vénérables étaient majestueux, puissants. Ils savaient remettre les femmes et les enfants à leur place. La femme ne devient l'égale de l'homme, elle n'a les mêmes droits que lui, qu'à partir du coucher du soleil. Parce qu'à la nuit tombée, du roi au sous-peuple [1], tout le monde se déshabille. Tous nus comme des vers ! Aussi, a-t-on fait ces vers satiriques :

"Dans la lumière du jour, le grand mandarin trône
     comme un dieu.
Mais la nuit, il musarde et tripote comme le diable."

« La nuit, sous les toits de tuiles comme sous les toits de chaume, tout le monde se tripote. Mais quand le soleil se lève, chacun revient à sa place, la femme à son rang, obéissante :

"Elle dit : je répondrai dès que tu m'appelles,
Une tasse de médicaments dans une main et une
     serviette dans l'autre..."

« Les femmes d'aujourd'hui ont tout oublié de la hiérarchie et de l'ordre social. Peut-être parce que le ciel est devenu fou, qu'il a prolongé la nuit jusqu'au-delà de midi. Alors, toutes les femmes se mettent à ergoter comme si elles croyaient que les hommes passaient tout leur temps à faire l'amour. »

Xa s'étrangle de rire. De son côté, Soan crie d'une voix grinçante :

« Espèce de démon ! »

Mais après avoir crié, elle se plie de rire, la tête contre les genoux. Xa dit à Bôn :

« Viens à l'intérieur. »

---

1. Après 1975, les gens du Sud-Vietnam, soumis à des contraintes tatillonnes, se qualifient railleusement de *thu dân*, sous-peuple, citoyens de seconde zone. L'expression s'est étendue au pays.

Arrivé devant le perron, Xa se retourne vers la cuisine et dit à sa femme :

« Dis, la demoiselle, assez ri. Fais vite bouillir de l'eau pour le thé avant de fabriquer les gâteaux. »

Les deux hommes s'installent sur des chaises. C'est seulement à cet instant que Xa fixe le visage de Bôn :

« Est-ce que tu te sens mieux ? Combien de bols arrives-tu à manger à chaque repas ?

– Un peu plus d'un bol.

– C'est insuffisant. À l'homme, il faut au moins trois bols pleins pour simplement vivre.

– Je n'ai pas encore d'appétit.

– Miên se porte bien ?

– Oui.

– A-t-elle eu des nausées longtemps ?

– Je ne sais pas.

– Oui, parce que tu étais toi-même gravement malade, tu passais la journée à t'occuper de toi, tu ne pouvais pas connaître l'état de ta femme.

– Miên a déjà eu un enfant, elle sait comme prendre soin de sa santé. Mais pour moi, c'est la première fois. »

Xa vrille ses yeux sur Bôn comme si la réponse avait enflammé sa colère. Mais après une fraction de seconde, il soupire, se lève, se dirige vers un calendrier suspendu au mur, en détache une feuille. Il la froisse, la jette en boule dans un vase à thé en grès, fouille la pièce. Un instant après, il met la main sur un paquet de cigarettes Diên Biên tout neuf et un paquet de Lê-Nhât à moitié entamé dans la poche de sa chemise. Il jette les deux paquets sur la table :

« Tu fumes ?

– Non.

– As-tu mangé quelque chose ce matin ?

– Ce matin, Miên a fait une bouillie de poisson.

– Du poisson de mer ou d'eau douce ?

– Une carpe. Hier, elle est allée au marché de la préfecture et elle a acheté une carpe de plus de deux kilos. »

Xa baisse la tête, tire quelques bouffées, inonde la pièce de fumée. La fumée lourde et trouble s'enroule, enveloppe le visage rugueux de Xa. Bôn regarde ce visage noyé dans les volutes, légèrement penché en arrière, les yeux fermés, somnolents. Le visage d'un homme authentique, qui sait ce qu'il a, ce qu'il peut avoir et ce qu'il doit faire.

Xa est totalement content de ce qu'il a et sait comment le conserver. Moi non. Je ne possède rien et je ne sais pas comment faire pour acquérir ce que je désire. Le ciel est vraiment injuste. Au départ, Xa ne me valait pas. Sa famille n'était pas riche, il n'était guère brillant à l'école. Il n'était même pas beau. Maintenant, il possède tout ce qu'un homme peut désirer alors que moi, je n'ai rien, si ce n'est le germe de vie qui se trouve dans le ventre de Miên et sur lequel j'ai misé le reste de ma vie.

Bôn pousse soudain un soupir, se rappelle la dispute qui avait éclaté entre lui et Miên. Il avait alors compris que le germe qu'il avait semé dans le corps de Miên n'était pas une fortune sûre. Elle pouvait être détruite n'importe quand et par la femme même qui le portait en elle.

« Pourquoi soupires-tu ? » demanda soudain Xa, le visage toujours plongé dans la fumée. Bôn se tait. Au ton de sa voix, Bôn comprend que Xa est au courant de tout.

Qui le lui a appris ? Miên ? Non, Miên n'a jamais mis les pieds chez Xa. Quand elle le croise dans la rue, elle se contente de le saluer de la tête et d'échanger quelques civilités. Serait-ce Binh la Cigogne et sa femme ? Non. Depuis qu'il a ramené sa femme chez lui, Binh consacre tout son temps à gagner de l'argent et à rembourser ses dettes. On raconte que sa tante lui a envoyé le capital nécessaire pour acquérir un troupeau de chèvres. Maintenant, il vagabonde toute la journée en compagnie de son troupeau, il n'a aucune envie de s'intéresser à autre chose. Serait-ce la femme de Xa ? Cette bavarde l'aura appris des marchandes, ces femmes qui traînent d'une maison à l'autre pour acheter des fruits et des œufs et les revendre au marché de la préfecture avec un profit de quelques dôngs. Peut être étaient-ce ces indiscrètes. Peut-être même était-ce Tà qui l'a raconté.

Soan arrive en courant de la cuisine, une bouilloire à la main. Xa écrase sa cigarette, prend la bouilloire des mains de sa femme, verse l'eau dans une bouteille Thermos. Il se dirige lentement vers le jardin. Un moment plus tard, il revient avec une poignée de fleurs de jasmin :

« Voilà une manière de parfumer le thé en brûlant les étapes. Ça ne fleure pas aussi bon que le thé embaumé de manière traditionnelle. Mais c'est plus pratique et les fleurs fraîches ont un parfum particulier. »

Il rince la théière, y met le thé, verse l'eau bouillante. Après quelques minutes, le thé exhale son parfum. Xa y jette des fleurs de jasmin, marche vers la porte, lance un ordre :

« Fais les gâteaux... On commence à avoir l'estomac dans les talons. »

De la cuisine résonne la voix de Soan :

« C'est fait, pas besoin de me le rappeler. Quel drôle d'homme ! Toujours comme un diable affamé ! Il n'a pas encore digéré un repas qu'il réclame déjà le suivant. »

Soan a baissé la voix sur les dernières phrases

comme si elle se parlait à elle-même. Mais la cuisine et la cour sont désertes. Dans cet espace paisible, silencieux, les grommellements de la jeune femme retentissent clairement. Xa le Borgne dresse l'oreille, tend le cou.

« Tu me mesures le riz ? Va, dis-le, tu veux que je mange avec appétit et travaille avec efficacité ou tu préfères que je titube comme un fumeur d'opium en manque qui n'arrive à vider qu'un demi-bol de bouillie de riz à chaque repas ? »

Soan garde le silence.

Satisfait, Xa se retourne vers Bôn :

« Tu vois ? Les femmes, plus elles la ramènent, plus elles ont la trouille. Une menace suffit. La voilà muette comme un grain de paddy. »

Tout en parlant, il arbore un sourire malicieux. Bôn ne quitte pas Xa des yeux. De nouveau, il l'envie.

Je n'aurai jamais le pouvoir que Xa a acquis. Il est le roi dans son royaume. Je ne suis pas un roi, je ne suis même pas un banal chef de famille. Je suis un parasite, même sous le toit que mes ancêtres m'ont laissé.

Il sait que seule Tà est heureuse de vivre sous ce toit. Elle ne peut s'en trouver aucun autre. Sans les deux pièces laissées par leurs parents, Tà et ses enfants seraient sûrement devenus des mendiants. Ils vivraient d'aumônes ou en se louant à la journée. La nuit, ils dormiraient sous l'auvent du siège du Comité populaire de la commune. Mais lui, il n'est pas encore abruti au point de se contenter du bonheur de ces êtres sauvages. Il sait qu'il vit en parasite, que cette petite chambre est la dernière planche à laquelle il peut s'accrocher pour ne pas être emporté par la marée, pour avoir le sentiment qu'il lui reste encore un peu de souveraineté. Mais il sait que ce sentiment est mensonger comme les salades des gens de la ville, où quelques filaments de viande pavoisent sur une assiette de tronc de bananier ou de papaye émincés. Sa souveraineté est aussi branlante qu'une planche pourrie, elle peut lui échapper à tout moment. Il voit en imagination, un matin, Miên sortir la malle en bois, quitter la chambre en silence, sans explication ni paroles d'adieu, pour rentrer dans son ancienne demeure. Sa masure redeviendra immédiatement ce qu'elle était : un trou obscur, sans air, une tombe avec un toit et une porte.

« Buvons. L'eau est bouillante, elle se parfume vite », dit Xa. Il lève la tasse chaude, boit par petites gorgées en susurrant :

« Que c'est bon ! Le thé chaud reste la meilleure des boissons. Bien que je vive dans une région de plantations de caféiers, je n'apprécie pas ce liquide tout noir, si compliqué à préparer. Tu le trouves bon, ce thé ? »

Bôn avale une gorgée brûlante :

« Il est bon. »

Xa vide sa tasse, la pose sur la table :

« Bon, maintenant raconte-moi tout du début à la fin. Je le sais bien, tu ne serais pas venu me voir si tu n'étais pas désemparé.

– Comment le sais-tu ? »

Xa ouvre son œil sain, le fixe comme s'il regardait un monstre ou un Martien :

« Crois-tu donc que les gens du village se désintéressent de ce qui se passe chez toi ? »

Bôn se tait, Xa continue.

« Dans ce coin de montagne, on ne peut rien cacher. Comme entre nous, les soldats, autrefois. Tout se sait. Untel aime baratiner les filles, untel chipe la nourriture dans la cuisine, untel mouille ou salit sa culotte, untel a la gale ou la dartre, est un goinfre ou un homme généreux. Simplement, on te le crache à la figure ou on détourne la tête par pitié en faisant semblant de n'avoir rien vu. »

Il est droit comme un tronc de bambou, le bambou mâle, dur comme du bois de fer.

Bôn sent son visage, ses oreilles, sa nuque s'embraser. Un réflexe du corps, fulgurant, inconscient. Les paroles de Xa, comme une bourrasque féroce, arrachent les rideaux de sa porte, ouvrent la voie aux orages qui s'engouffrent dans sa chambre, projettent dans l'air les meubles, fouettent son visage, aveuglent ses yeux.

Xa, mon ami, comme tu es cruel. Même si tu m'aimes, même si tu es généreux avec moi plus que quiconque, tu es grossier, sans pitié. Chacune de tes paroles est un coup de couteau dans mes entrailles. Comment puis-je les supporter ?

Xa continue de le transpercer du regard :

« Le problème est d'accepter la réalité, de la regarder avec courage. Crois-tu qu'il n'existe qu'une seule espèce de courage, celui qu'on éprouve face aux tirs de l'ennemi ? Le courage d'un soldat est facile à reconnaître, facile à honorer, mais il ne vaut pas celui d'un homme qui n'a pas d'ennemis, pas de cibles sur lesquelles vider son chargeur, pas d'objectifs comme dans une expédition militaire, pas de campagne pour se battre et vaincre. Qui n'a rien du tout. »

Bôn devine confusément ce que Xa veut dire. Ses idées brouillées l'humilient. Il relève la tête et rit, méprisant :

« C'est trop littéraire, trop intellectuel pour moi. »

Xa vrille son regard dans le visage de Bôn :

« Je me fous de la littérature. Je dis seulement la vérité. Et la vérité c'est que... »

Il tambourine la table de ses doigts. Son œil unique scintille, ses pommettes s'enflamment :

« La vérité, c'est que tu sais tout, tu comprends tout, mais tu fais semblant de ne pas comprendre... N'essaie pas de me berner. »

Xa se verse du thé, vide la tasse et continue :

« Et puis, à quoi cela te servirait de me berner ? Je veux seulement t'aider. Je n'ai pas d'autre objectif. Maintenant, il ne te reste qu'un seul pouvoir, celui de voter une fois tous les cinq ans pour un député à l'Assemblée nationale. Pour moi, ce pouvoir ne vaut pas un panier de fumier. Je ne rêve pas de devenir député, je n'ai pas besoin de te flatter pour grappiller un vote. »

Xa se tait. Cette fois, il ne reprend pas de thé, il saisit le paquet de Diên Biên, l'ouvre brutalement, en tire une cigarette, bien qu'il reste un paquet entamé sur la table.

Soudain, le vent traverse la maison. Un vent de printemps tardif, un vent d'été naissant, comme un dernier refrain de la verte saison des chasses, comme un premier signe incertain réveillant la crainte d'une nouvelle saison sèche quand le soleil torride et le vent du Laos brûlent les flancs des montagnes, les collines, les vallées, quand les chèvres halètent sur les pentes, dérapant sur les fougères flétries et cassantes comme de la paille. Le souffle du vent semble échauffer Xa. Il ouvre quelques boutons de sa chemise, se reverse du thé, fume et boit sans interruption.

Bôn regarde à travers les bosquets dans le jardin, écoute les bruits intermittents qui viennent de la route du village, sent ses muscles s'ankyloser, ses vertèbres se disloquer, du cou à la colonne vertébrale, s'effondrer en un tas.

Pourquoi suis-je venu ici ? Que peut-il faire pour moi sinon m'accabler avec les récriminations acerbes d'une vieille mégère ? Il va encore me conseiller d'aller à la plantation aux deux cents femmes trop vieilles pour se faire épouser. Quel imbécile je suis. J'aurais dû rester dormir à la maison le temps de calmer les douleurs de mon dos ou me promener dans la vallée pour me détendre.

Bôn comprend aussitôt qu'il se ment. Il ne pouvait pas rester à la maison. Dans cet espace, le regard de Miên, les détails de leur dispute, le drame qui venait de surgir entre eux, le hantaient.

Le drame avait éclaté par une matinée gaie, au moment même où Bôn sentait la douleur dans son dos s'adoucir, où il retrouvait sa sérénité car, quoi qu'il arrivât, il serait toujours le père de l'enfant qui se trouvait dans le ventre de la femme qu'il aimait et, quand il viendrait au monde, cette chaîne d'or la lierait à Bôn pour le reste de son existence.

Ce matin-là, Miên était souffrante, elle était restée à la maison, au lit. Bôn se leva avant elle, fit du riz gluant aux haricots de soja noirs, un mets que Miên aimait. Il prépara le plateau, ajoutant une assiette de graines de sésame grillées et pilées avec du sel et une assiette de sucre fin, et le présenta à sa femme. Ce geste avait sans doute ému Miên. Elle le regarda avec plus d'aménité que d'ordinaire :

« Pose-le sur la table. Je le mangerai tout à l'heure, après la toilette. »

Elle referma aussitôt les yeux. Bôn devina que les femmes enceintes avaient aussi mal au dos comme les hommes aux reins affaiblis, vidés de leur vitalité. Elles devaient alors rester au lit le temps requis pour retrouver leurs forces. Bôn éprouvait une certaine joie de voir sa femme ainsi allongée. Elle ne pouvait plus reconduire son fils dans son ancienne demeure, s'intégrer dans un monde dont il était exclu, qu'il ne pouvait pas contrôler. Dans cet état de faiblesse, elle lui semblait plus proche, elle lui appartenait plus.

Je suis un misérable. Tous les hommes souhaitent que leur femme se porte bien pendant la grossesse. Je suis le seul à éprouver cette joie vile.

Il s'injuriait. Mais il chassait ses remords chaque fois qu'ils lui revenaient et il savourait sa joie immorale. Il posa le plateau sur la table, s'approcha du lit, plaqua son visage sur le ventre de sa femme comme pour humer l'odeur de l'avenir, entrer affectueusement en contact avec son enfant, le descendant de sa lignée, l'ange gardien de sa vie. Miên restait immobile comme une statue. Avant, chaque fois qu'il voulait la caresser, poser sa main sur son ventre pour sentir les mouvements du fœtus, Miên se retournait brutalement, refusait. C'était la première fois qu'elle accédait à son désir.

Les vénérables l'ont dit : la paille exposée près du feu finit toujours par s'embraser. Peu à peu, son amour me reviendra...

Le visage plaqué sur le ventre de sa femme, il s'enivrait de cette pensée. Et il se rappelait la route bordée de flamboyants de jadis, les fleurs écarlates qui embrasaient le ciel. Juste à cet instant, la tante de Miên entra avec le petit Hanh :

« Où est Miên ? Le petit veut rendre visite à sa mère. Il refuse de prendre son petit déjeuner. »

Miên repoussa violemment Bôn, se redressa :

« Mon Dieu, pourquoi l'amènes-tu ici ? »

Néanmoins, ses yeux brillèrent. Elle ouvrit ses bras, serra son fils contre elle. Debout, figé dans un coin de la chambre, Bôn contemplait la scène. Le visage du garçon se mêlait au visage de la mère. Ils resplendissaient de bonheur.

Elle n'a jamais rayonné de joie en me regardant. Même pas du centième de cette joie. Elle ne me donne même pas le centième de son amour. Elle a tout réservé à cet enfant.

La joie s'éteignit dans son cœur. Il pensa aussitôt à l'enfant qui allait naître. Il connaîtrait sans doute le même destin, ne pourrait jamais jouir d'un semblable amour. Bôn sentit la jalousie et la douleur pour le sort de son enfant. Il comprit que le joli garçon à l'air assuré, blanc comme une boule de farine, plus élégamment habillé que les enfants des villes, appartenait à un autre, à l'homme à la culotte grise, chère et raffinée, à l'homme puissant qui, seul, accaparait le cœur de Miên. La jalousie obscurcit brutalement ses yeux. Le petit Hanh croisa les bras pour le saluer :

« Bonjour, Monsieur... »

Bôn ne répondit pas, il sortit dans la rue. Il tendit son visage brûlant, cuisant, vers les montagnes, attendit que le vent rafraîchît sa jalousie douloureuse, décapante, apaisât son âme torturée. Il resta là, longtemps, très longtemps, dressant l'oreille pour capter la conversation entre Miên et sa tante, imaginant les caresses que se prodiguaient la femme qu'il aimait et l'enfant d'un autre, et il ne put supporter cette vision. Il resta longtemps planté dans la rue. Il se voyait comme un pélican qui s'ouvrait le ventre dans la jouissance de sa propre mort. Seulement, l'oiselle de la mer déchirait ses entrailles pour nourrir ses enfants alors que lui, un mâle, s'ouvrait inutilement le ventre, s'immolait pour un amour défunt. L'été enflammé de flamboyants s'était fané. Son feu s'était éteint. Les pétales des fleurs s'étaient putréfiés depuis de longues années. Son amour n'était plus qu'un cadavre pourri que même les vers et les insectes charognards avaient déserté. Il n'en restait que des bouts d'os brisés, de la poussière, enfouis dans de la boue, des fragments d'os que plus personne ne voyait. Il était le seul à les rechercher, à fouiller la boue pour les repêcher, à les recomposer dans son imagination en une silhouette illusoire. Que faire maintenant ? Partir ? Avec son corps malade, sans le sou, incapable d'assurer sa pitance quotidienne, comment pourrait-il se bâtir un avenir ? Il se rappela les belles paroles des chants de guerre confiés aux vents, les rêves intermittents quand il se balançait sur un hamac, se dorait le dos au soleil au bord d'un ruisseau, regardait indolemment les nuages voler dans le bleu du ciel ou mettait à sécher, sur de gros rochers, les chaussettes fétides qu'il ne lessivait pas faute de savon ou d'énergie.

Si seulement j'avais un capital pour bâtir une plan-tation. Si seulement mes parents étaient en vie et riches. Si seulement mes compagnons avaient plus d'argent que cet homme imposant. S'ils pouvaient fourrer dans mes mains les épaisses liasses de billets des gros bourgeois. Ou si seulement le Ciel me don-nait la force infinie des génies des montagnes et des fleuves capables de fertiliser en une seule fois mille femmes, fées, diablesses et succubes...

Il se rendit soudain compte que les légendes mer-veilleuses, mystérieuses, les romans qu'il avait lus, écolier, revenaient hanter son esprit... Ce fut à cet instant qu'il entendit hurler, un hurlement terrible qu'il n'avait encore jamais entendu. Il crut d'abord que c'était la tante qui criait. Mais, tendant l'oreille, il entendit Miên hurler de nouveau. Cette fois-ci, c'était bien elle :

« Hanh ! Que t'ai-je dit ? Qui t'autorise à fréquenter ces gens ? »

Bôn se précipita dans la maison. Miên était en train de fesser furieusement son fils. Ses yeux étincelaient :

« Je t'ai dit de rester dans cette chambre, de ne pas sortir dans la cour. Pourquoi ne m'as-tu pas obéi ? Pourquoi as-tu frayé avec ces vers, ces insectes ? »

Tante Huyên apporta un bol d'eau du puits, aspergea précipitamment le visage du petit qui fermait ses yeux boursouflés en pleurant de douleur.

« Allons, ouvre les yeux. Ouvre les yeux pour que je puisse les laver. Petit Hanh, écoute ta grand-tante... »

Le garçonnet n'entendait rien, il serrait son visage entre ses mains. Tante Huyên et Miên durent les écarter. La vieille femme emprisonna les mains du petit. Sa mère releva ses paupières bouffies, rougies, aspergea ses yeux pour chasser les minuscules graines de piment rouge agglutinées dans l'orbite et sur le bord des cils. À un mètre de là, juste devant la porte, les enfants de Tà contemplaient la scène de leurs yeux fureteurs, moitié joyeux, moitié craintifs. L'un plongeait ses doigts dans la bouche, l'autre riait à gorge déployée. Bôn comprit aussitôt que ses neveux venaient de se livrer à leur jeu barbare : jeter de la poudre de piment dans les yeux du nouveau visiteur. Il n'éprouva aucune colère contre ces enfants crasseux. Il ne trouva même pas méchant leur jeu. Il resta indifférent. Une secrète satisfaction effleura même son esprit. Il comprenait que c'était bas et lâche mais il ne pouvait pas s'empêcher d'en jouir. Il entra dans la chambre, l'air naturel. Le voyant, Miên se redressa :

« Viens voir ce que tes neveux, les vermisseaux et les insectes de ta famille, ont fait à mon fils... »

Il répondit :

« Puisque tu les traites de vermisseaux et d'insectes, ils se comportent comme des vermisseaux et des insectes. De quoi te plains-tu ? »

Miên resta abasourdie, un bref instant. Elle comprit soudain la haine féroce qui se cachait derrière cette nonchalance. Elle fit un geste comme pour lui griffer le visage mais se retint à temps. Elle trembla de tout son corps, serra ses poings comme pour se retenir de bondir sur les enfants de Tà et de les déchiqueter. Elle resta un moment ainsi, tremblante, furieuse. Son visage rouge carmin devint livide comme après une crise de paludisme. Et elle sourit. Un sourire qu'il savait clairement destiné à lui, de haine et de mépris. Elle regarda les enfants de Tà. Lâchant ses mots comme on lance des cailloux dans l'eau en écoutant les bruits de leur chute, elle dit :

« Espèces de vermisseaux, vous êtes cruels comme des loups. Votre mère vous a mis bas comme des gorets, des chiots qu'elle ne sait que nourrir sans les éduquer. Dorénavant ne revenez plus avec un panier pour quémander le riz et des bols pour demander des aliments. Même si j'en ai de trop, je ne ferai pas la charité à des monstres mi-hommes mi-bêtes. »

Elle se tourna vers Bôn, le fixa du regard. Encore un sourire, comme une lame de rasoir sur son cou :

« Tu crois que je suis attachée à la descendance de ta lignée ? Je vais l'expulser pour te la rendre tout de suite. »

Bôn ne comprit pas. Seule la vieille Huyên devina l'intention de Miên. Elle posa précipitamment le bol d'eau sur la table, se retourna vers Miên. Mais Miên s'était déjà jetée de l'avant, cognant brutalement son ventre proéminent contre la porte pour en expulser le fœtus. Tante Huyên hurla :

« Garde l'enfant, Miên ! Garde l'enfant ! »

Bôn comprit alors. Il bondit, tira sa femme vers lui, la fit choir vers l'arrière. Mais Miên était plus forte que lui. D'un geste elle le fit tomber, se précipita de nouveau sur la porte. Hanh venait de rouvrir les yeux. Terrorisé, il pleura en hurlant :

« Maman ! Maman ! »

Ce fut lui et personne d'autre qui saisit les jambes de Miên entre ses bras. Et ce fut lui qui arrêta la femme. Miên s'agenouilla, plaqua son visage contre le visage baigné de larmes du garçonnet. Hanh pleurait, les yeux bouffis, rougis par les brûlures. Au moment où ces deux visages se joignaient, Bôn comprit que rien ne pouvait se comparer à cet amour, que personne ne pourrait conquérir la place que ce garçonnet occupait dans le cœur de la femme qu'il aimait. Il sut aussi que Miên s'était arrêtée pour cet enfant car sa vie lui était encore nécessaire, pour lui seul. Pendant que ces pensées torturaient Bôn, la vieille Huyên s'avança :

« Comment osez-vous vous comporter ainsi ? Vous auriez dû réprimander et éduquer vos neveux. Vous devriez comprendre votre situation. Regardez ce monde, où trouveriez-vous un mari qui geigne comme le vieillard décrépi que vous êtes ? C'est par vertu, par générosité que ma nièce supporte cette situation. Ni femme ni nourrice... Si vous voulez faire valoir vos mérites envers le peuple et le pays, allez donc vous installer dans un camp pour blessés de guerre... »

Son visage se durcit, ses yeux étincelèrent. Elle pointait le doigt à chacun de ses mots comme si la colère et le mépris longtemps refoulés, comprimés en elle, avaient choisi cet instant pour exploser. Bôn se pétrifia. Pour la première fois, il comprit que sa vie était depuis longtemps exposée aux yeux du monde. Les gens détournaient simplement la tête, affectaient de n'avoir rien vu. Par pitié. Il aurait dû faire attention, éviter de leur donner l'occasion de lui jeter au visage sa vérité. Maintenant, son dernier refuge s'écroulait.

Le dernier vêtement qui le protégeait était déchiré. Il était nu aux yeux du monde.

Ciel, pourquoi suis-je aussi bête ? Je me suis poussé dans l'abîme. Après cette histoire, comment vivrai-je ? Tout compte fait, ma sœur aînée n'est qu'une mendiante dévergondée, éhontée. À rester avec elle, je ne pourrai jamais relever la tête...

Il sentit sa colonne vertébrale s'effriter. Confiant dans le fœtus, il avait cru que son avenir avait changé. Lui, la motte de terre séchant sous l'auvent, était dorénavant recouvert de laque et d'or, installé sur un autel. Il s'était réjoui trop tôt, dans sa tête. Son avenir était toujours noyé dans le brouillard. Sa vie ballottait comme une liane accrochée à la femme qu'il aimait d'un amour unilatéral, douloureux...

Cette nuit-là, il se mit à genoux devant Miên, la supplia d'abandonner l'idée d'avorter. Il pleura comme un enfant fautif, qui venait d'être fouetté, devant sa mère. Il avait peur de Miên comme d'une mère. Il pleura de toutes les larmes accumulées durant les mois et les années où il apprenait à devenir adulte. Assise, Miên regardait la lampe, sans une larme, sans un mot. Il lui semblait qu'elle ne le considérait pas comme un mari malheureux, plongé dans le désespoir, mais comme un objet sans conscience ni sensibilité. Une lampe, une table, une chaise ou la jarre de riz immobile dans le coin de la chambre. Il supplia longtemps, puis il sortit dans la cour, regarda le ciel noir, pria le Tout-Puissant, invoqua les âmes errantes bien-aimées qu'il savait parfaitement impuissantes, appela les âmes pitoyables de ses parents, des êtres qui, de leur vivant, n'avaient connu qu'une pâle existence de famine et de pauvreté, qui ne lui avaient laissé d'autre héritage que la honte et l'habitude de rêvasser.

Un claquement sec fait sursauter Bôn, le tire de sa rêverie. Xa le Borgne vient d'allumer une autre cigarette et de jeter son gros briquet sur la table. Bôn se souvient soudain qu'il n'a pas répondu à Xa, que cet homme grossier vient de l'injurier copieusement. Xa lui demande :

« Alors, tu m'écoutes ?

— Oui, je t'écoute toujours.

— Ne penses-tu pas que toutes ces manigances sont indignes ? Nous avons eu la chance de survivre et de rentrer au village. Nous avons défendu chèrement notre vie. De même pour notre amitié. »

Bôn ne regarde pas les yeux de Xa mais la tache rouge vif sur son cou.

Un cou puissant. Il suffit de regarder le cou pour connaître la force d'un homme. Une fois, Xa a raconté aux anciens combattants du village qu'il pouvait faire l'amour trois fois dans la nuit et, le lendemain, manier la hache et la scie avec les bûcherons comme d'ordinaire.

Le rouge flamboyant sur le cou de Xa lui rappelle la couleur cuivrée de ses bras et de ses cuisses jadis. Il n'était pas plus grand que d'autres, mais il possédait des muscles durs comme le bois de *lim*. Tous les jours, il était capable de transporter en courant deux lourdes palanches de fagots depuis la forêt jusqu'au Hameau. Il se rappelle la lumière rose de la lampe la nuit de noces, la lampe qu'il avait allumée pour plaire à Miên malgré les récriminations furibondes de Tà. Combien de fois avait-il fait l'amour cette nuit-là ? Impossible de s'en souvenir. Qui peut compter tous les ébats exaltés d'un jeune puceau ? Surtout dans la hâte, la précipitation, l'avidité du présent, de ceux qui savent qu'ils partiront demain à la guerre. Au matin, les ailes des papillons de nuit s'étalaient, blanches comme des cadavres d'éphémères repêchés et ramenés du lac.

Voyant que Bôn garde le silence, Xa continue :

« Tu sais que les gens du village soutiennent toujours les anciens combattants. Pas une famille qui n'ait pas perdu quelqu'un sur le front ! Quiconque revient des champs de bataille est considéré comme un proche de la famille. »

La voix de Xa n'est plus grinçante mais grave. Elle ramène Bôn au présent. Il a soudain envie de s'évanouir. Se touchant le cou, il a l'impression que ses os se disloquent, qu'il n'a plus de colonne vertébrale, qu'il va s'effondrer sur le plancher en un tas d'ossements mélangés à des morceaux de peau et de chair violacées, exactement comme la peau et la chair du sergent déchiquetées par les vautours dans la forêt de *khop*.

« Mais toute faveur a des limites. Crois-tu que les gens resteront de ton côté pour toujours ?

— Non, je ne le pense pas.

— Mais tu agis comme si c'était le cas. Tu as vidé la poche d'autrui. Tu ne comprends pas que dans la vie, en dehors de la sympathie, de la compassion, il y a des lois, des coutumes, que tous les privilèges ont des limites et ne peuvent pas anéantir totalement la justice. Mets-toi à la place de Miên pour voir...

— Mais je ne suis pas Miên, je ne peux pas. »

Xa fronce les sourcils. Sa voix grince soudain, furieuse et découragée à la fois :

« C'est justement pour ça que tu vas tout gâcher. Finalement, tu te retrouveras les mains vides. »

Bôn sent soudain sa peau, sa chair se glacer.

Les mains vides... Je me retrouverais réellement les mains vides. Si Miên avortait, j'aurais vidé mes

poches en un seul coup de poker. Et c'est moi qui
ai provoqué sa fureur. Que faire maintenant ?

Il se gourmande mais, en même temps, il se rappelle
les injures féroces de Miên, il se rappelle les visages
crasseux, faméliques de ses neveux, des enfants sauvages végétant comme des herbes folles, mais des
membres de sa famille qui partagent son sang, qu'il
ne peut en aucun cas renier.

« Ce sont mes neveux... Toi aussi, tu as de la
famille... »

Xa hurle : « La famille ? Même si c'étaient mes
propres enfants nés de ma chair, je les fouetterais
jusqu'au sang s'ils se comportaient de manière si barbare. »

Bôn ne dit plus un mot. Xa continue :

« Sais-tu que depuis le jour où je t'ai donné cette
odieuse recette du café au sel, chaque fois que je croise
Miên, je l'évite ?

– Pourquoi ? Je ne comprends pas.

– Tu ne comprends pas ou tu fais semblant ? »

Bôn ne répond pas.

Xa étouffe un grognement dans sa gorge.

Quel idiot ! Est-il vraiment bête ou fait-il la bête
pour tromper le monde ? Se peut-il qu'il ne com-
prenne pas qu'après une telle mobilisation de ses
forces son corps délabré ne sera plus qu'un torchon
pourri ?

Pour l'aider à atteindre son but, j'ai nui à Miên,
j'ai forcé une femme dans la fleur de l'âge à devenir
une veuve...

Xa vrille son regard dans le visage de son ami. Les
sourcils horizontaux barrent ce visage sombre comme
un trait d'encre de Chine. Des yeux qui regardent et
ne voient rien. Xa, d'une voix cassante :

« Écoute, Bôn, tu sembles tout le temps éveillé et

544

endormi à la fois. Tes yeux sont ceux d'un somnambule. Tu te balades comme un lettré au milieu de gens qui traînent la charrue avec leurs épaules, leur cou. Vraiment, je ne sais pas quelle espèce d'homme tu es. »

Bôn soupire :

« Moi non plus. »

Xa secoue la tête : « Je suis donc en train de causer avec le grand-père paternel ou maternel de Chi Pheo[1] ? Mais à supposer que tu sois l'ancêtre de Chi Pheo, tu restes responsable de tes actes. Tu refuses l'alternative, tu repousses toutes les possibilités de changer ta vie, tu t'accroches à une femme qui ne t'aime plus, tu fais tout ce que tu peux pour avoir un enfant d'elle. Mais au moment de toucher au but, tu détruis ton œuvre de tes propres mains. »

Bôn ne répond pas. Ses mains commencent à trembler. Le tremblement se propage à ses jambes, remonte le long de son dos, s'étend sur son visage. Il se déchaîne à travers tout son corps, les veines de ses tempes palpitent violemment, son cœur bat la chamade. Miên peut se faire avorter. Tant que cette idée n'était que celle de Bôn, elle ressemblait à une chimère, une hypothèse qui l'inquiétait, l'affolait. Mais quand elle sort de la bouche de Xa, cet homme dur comme le fer, elle apparaît comme la réalité, une chose palpable, un démon en chair et en os qui s'avance, inexorable, un marteau en main, un marteau qui réduira en poussière les remparts que Bôn a construits.

Bôn regarde fixement le vide dans l'embrasure de la porte, attend le démon de son imagination, l'esprit concentré. Il ne s'aperçoit pas que Xa contemple son visage de cire de son œil sain, avec la compassion

---

1. Héros d'un célèbre roman de Nam Cao.

d'un génie tutélaire, d'un homme qui le protège fidèlement sans se lasser. Xa garde le silence un long moment. Pendant que Bôn guette du regard l'arrivée du démon de son avenir, Xa regarde les lèvres violacées et tremblantes de Bôn. Les muscles de ses pommettes et de ses mâchoires, les veines de son cou tremblent en cadence. Le visage de Bôn ressemble à celui d'un cadavre qui vient de ressusciter, hésitant entre le monde vivant et l'enfer.

Le malheureux. De son âme il ne reste que trois parts. Il a vendu les sept autres à l'enfer. Maintenant, que je lui récite les psaumes du Bouddha ou que je l'aide dans la débauche, c'est pareil. J'épuiserai mon souffle à lui expliquer la vie, il ne se souviendra de rien. Si cela continue, il est bon pour l'hôpital psychiatrique.

Le trouble envahit Xa. Jamais il n'a été aussi troublé. Dans sa vie, tout est clair, net. Aucun doute, aucune obscurité. Il a travaillé, il a étudié, il a fait la guerre, il s'est marié, il a eu des enfants, il édifie son patrimoine, il aide l'un, secourt l'autre avec ce qu'il a en main. Les gens du Hameau, la parentèle des deux côtés le respectent, le considèrent comme une réincarnation de Chang Fei[1], plus généreux, plus intelligent et perspicace que le Chang Fei de la légende bien que moins grand et gros guerrier. Dans la vie, Xa résout tous les problèmes de manière simple et claire comme on empaquette un *banh chung*[2] pour le *Têt* avec une latte de bambou. Et voilà qu'il est troublé. Il ne sait plus quoi faire pour l'ami assis en face de lui, un ami du temps où ils jouaient nus ensemble, un ami d'école,

---

1. Héros du classique chinois *Les Trois Royaumes,* célèbre par sa force et son franc-parler.
2. Gâteau pour le Nouvel An lunaire.

un compagnon de lutte à travers toute une guerre, un homme qu'il a toujours considéré comme faible et qui a besoin de son aide. À présent, son dévouement sincère, son habileté semblent devenus impuissants. Bôn ne vit plus sur la même terre que lui. Il semble appartenir à un autre monde où il voit des choses que Xa ne peut pas voir, a des idées que Xa ne peut pas comprendre, agit selon des raisons que Xa ne peut pas expliquer. S'il en est effectivement ainsi, les conseils et les arguments de Xa sont insensés, illusoires, incompréhensibles pour Bôn. Ils sont maintenant sur les rives opposées d'un fleuve. L'un tend une main que l'autre ne peut pas saisir. Xa glisse encore un regard profond dans les yeux de son ami. Il y voit deux flux de lumière entremêlés, tremblants. Une lumière courte, frêle, intermittente, qui guide Bôn dans le monde réel. Et une lumière étouffée, noyée, profonde comme un chemin vers l'infini, un chemin noyé dans la brume, dans l'éclat des étoiles, des lunes, des lucioles mortes depuis des millions d'années, le chemin des renardes maléfiques dans les montagnes, le chemin des fantômes des forêts, des herbes qui dévalent les montagnes. Xa ne peut imaginer quelque chose de semblable à l'état mental de Bôn que dans les contes de fantômes qu'il a lus du temps où il allait à l'école et dans les légendes sur les génies et les démons dont tous les montagnards se souviennent. Il se trouble encore davantage en pensant à ce monde démoniaque. Il vide une autre tasse de thé, se lève, marche en rond dans la pièce. Il sent soudain le parfum des gâteaux s'échapper de la cuisine, heureux comme un homme qui tombe sur une barque un jour de grande crue. Il va sur le perron et crie :

« Les gâteaux sont prêts ? Apporte-les vite. »

Sa femme lui répond en écho :

« Dans un petit instant. »

Elle enchaîne aussitôt :

« Je les apporte. »

Xa l'attend sur le perron. Soan vient en courant. Xa prend le plateau de gâteaux tout chauds des mains de sa femme. Douze gâteaux fumants, exactement de la taille d'un œuf d'oie. Soan dit :

« Je voulais attendre qu'il y en ait quatre autres de cuits pour remplir le plateau. »

Xa secoue la tête :

« C'est inutile. Il y a là de quoi manger à satiété. »

Il emporte le plateau à l'intérieur pendant que Soan revient dans la cuisine. Le temps d'un éclair, elle revient avec un bol de sauce, des bols et des baguettes propres.

« Allons, festoyons d'abord... »

Xa a parlé très fort pour tirer Bôn du brouillard et le ramener à la réalité. Le parfum des gâteaux, l'odeur du nuoc-mam assaisonné de piment, de citron et d'ail embaume l'air. Les senteurs et les saveurs de la vie apaisent les inquiétudes de Xa, renforcent sa confiance en son monde, en cette vaste et riche demeure qu'il a bâtie de ses mains, en cette cour pavée et ses murs fleuris qu'il a dessinés et fait construire, en ces haies de pivoines et de roses qu'il a bouturées chez son beau-père et plantées dans son jardin. Cette cuisine couverte de tuiles en écailles de poisson, il l'a aussi bâtie de ses mains. La femme qui s'affaire à cuire une autre fournée de gâteaux est incontestablement sa femme. Elle lui a donné des fils, elle lui fait l'amour toutes les nuits. Tout son empire est à portée de ses yeux, de ses oreilles, de son nez. Cette sensation du réel efface son trouble, lui rend ses forces, sa détermination :

« Mange. Il faut manger pour vivre, pour faire ce que nous voulons, ce que nous devons faire. Depuis toujours, la nourriture compte dans tous les traitements pour fortifier le corps. »

Il apparie les baguettes, les pose devant Bôn :

« Jetons-nous sur les baguettes. Veux-tu une gorgée d'alcool ?

– Non.

– Comment ça, non ? Quelques gorgées d'alcool ouvrent l'appétit. Ce sera encore meilleur, tu verras. »

Il verse l'alcool dans le verre de son ami puis dans le sien. Il attrape un œuf d'oie, le met dans son bol, l'arrose de sauce et commence à savourer ce plat traditionnel. Le parfum du riz nouveau, les champignons frais, les oreilles de chat [1] croustillantes, la légère odeur du citron mélangée au goût du piment et de l'ail... Toutes ces senteurs et ces saveurs se libèrent en même temps, creusent son appétit, excitent son enthousiasme :

« C'est bon ?

– Oui.

– Laisse-moi te verser encore un peu de sauce. Pour savourer vraiment ce mets, il faut le noyer dans la sauce. Tu veux encore du piment ?

– Ça va.

– Prends un autre gâteau. Il faut te forcer à manger. Si on ne le nourrissait pas, même le riz fermenté pourrirait. »

Après de longs et pénibles efforts, Bôn réussit à manger trois gâteaux équivalents à deux bols de riz pleins. Un homme en bonne santé peut tout au plus avaler quatre ou cinq *œufs d'oie*. Pourtant, Xa engloutit d'une seule traite les neuf gâteaux restants. Le

---

1. Variété de champignon noir.

plateau est vide ainsi que le bol de sauce. Comblé, Xa se lèche les babines comme un chat.

Qu'il est heureux ! Le ciel lui accorde tous les plaisirs de la vie. Au lit comme à table...

Bôn se lève :

« Je rentre. »

Il a oublié qu'il est venu ici pour demander un conseil. Ne ressentant plus que de l'humiliation, il n'a plus la force de se maîtriser pour supporter le bonheur des autres. De son côté, Xa a oublié son devoir de protection. Le trouble est un sentiment étranger à un homme réaliste, aguerri comme lui. Le trouble lui prouve que dans certains domaines l'homme est impuissant. En Chang Fei réincarné, Xa n'a pas l'habitude de reconnaître son impuissance. Aussi, quand Bôn élève la voix pour le saluer, il lui tend précipitamment la main.

« Bon retour, bon retour... Je passerai te voir dès que j'aurai un moment. »

Pour la première fois, ils se serrent la main. Une formalité réservée aux nouvelles connaissances. Eux, des amis d'enfance, se saluent soudain comme des professionnels de la diplomatie. Quand Bôn sort dans la rue, Xa reste figé, déconcerté, les bras ballants.

Pourquoi lui ai-je soudain serré la main ? Comment ce geste cérémonieux et ridicule m'est-il venu ? C'est une histoire de fou.

Finalement, il doit s'avouer qu'ils appartiennent déjà à deux mondes différents, qu'ils pensent différemment comme deux êtres de pays et de langues différents.

Quand on ne se comprend pas, on se serre la main. Comme dans le théâtre muet. Quelle tristesse...

Il est rare que Xa pense à la tristesse. Il supporte mal ce genre de pensées. Il appelle :

« Où es-tu, la mère du petit ? »

Soan accourt :

« Qu'y a-t-il ?

– Tu as fini les gâteaux ?

– Pas encore. Mais il vaut mieux les cuire tout à l'heure pour les manger chauds.

– Assieds-toi avec moi. »

Curieuse, Soan regarde son mari, s'assied à son côté, les mains encore pleines de farine blanche :

« De quoi viens-tu de parler avec Bôn ?

– De rien.

– Mensonge. Pourquoi me le cacher ? J'ai toujours été attentionnée vis-à-vis de tes amis.

– Je ne comprends pas... Je n'arrive plus à causer avec lui.

– Je voulais justement t'en parler depuis long-temps. Le visage de Bôn me semble étrange. »

Xa laisse échapper un soupir :

« Difficile de le sauver. »

Il regarde longuement, avec indifférence, le jardin, puis demande à sa femme :

« Dis-moi, Soan, si tu étais à la place de Miên, que ferais-tu ?

– Moi ? » répliqua Soan et, immédiatement, comme une mitraillette elle fait claquer chaque mot :

« Jamais. Jamais je ne serais revenue vers Bôn. *Sœur* Miên ne l'aime plus. Elle aime Hoan, tout le village le sait. Toi aussi, tu le sais.

– Mais Bôn a été son mari avant de partir à la guerre.

– C'est vrai. C'est un fait. Mais à présent, Miên ne l'aime plus. Pour vivre ensemble, il faut d'abord s'aimer.

– Alors pourquoi aides-tu ardemment Bôn à retrou-ver Miên ? »

Soan ouvre grand les yeux, regarde son mari :

« À cause de toi. Bôn est ton ami et moi, j'ai le devoir de faire ce que tu souhaites. Quel idiot ! Est-il possible que tu ne le comprennes pas ? »

Xa garde le silence.

Oui, Soan a agi ainsi par complaisance pour moi. Alors, en ce monde, l'injustice prend le pas sur la justice, les sentiments surclassent l'intelligence. Maintenant, voilà ma femme qui proclame sans ménagement qu'elle n'accepterait jamais de se sacrifier comme Miên. Et elle a raison. Pour vivre ensemble, il faut d'abord s'aimer.

Il se rappelle leur histoire d'amour. Il se rappelle la jeune fille qui l'a emmené sur le flanc d'une colline, l'a pressé d'étendre sa capote militaire pour faire l'amour :

« Je t'aime, je t'aime... Il faut absolument que je sois enceinte... »

Les bras ardents de Soan enserraient son cou, son visage brûlant, baigné de larmes se plaquait sur le sien, son corps souple et doux s'offrait à lui... Oui, l'amour, c'est tout cela et rien ne se compare à lui.

Si je n'avais pas rencontré et aimé Soan mais une autre femme, une demoiselle Ly ou Hoan ou Hà ou Lâm... comme Bôn a rencontré et aimé Miên... Aurais-je la force de me détourner, de m'en aller vers d'autres terres pour oublier et attendre une nouvelle femme ? Oui. À la place de Bôn, je quitterais le Hameau de la Montagne, j'irais dans la plantation d'État.

Mais il se souvient aussitôt de ses rendez-vous avec Soan. Il avait la gorge serrée, amère, l'âme pantelante de jalousie, de doute. Il n'avait jamais osé la quitter comme ses amis le lui conseillaient.

On ne peut imposer aucun avis. Dans ce genre de

problèmes tous les conseils sont inutiles. Je me suis épuisé à conseiller Bôn pour rien. Je ne suis qu'un imbécile.

Il se rappelle le visage de son ami, ses yeux vagues de somnambule, le sourire égaré d'un homme dont le corps reste en ce monde mais dont l'âme est partie à la dérive dans un autre monde. Soudain, il a froid dans le dos. Le vieux Ciel peut très bien le condamner à rejouer la tragédie de Bôn, à aimer une femme qui n'éprouverait aucune affection pour lui. Il la poursuivrait comme une ombre, traînant une existence misérable d'exilé. Il dit à sa femme :

« Chérie, viens ici près de moi. »

Soan ouvre des yeux ronds :

« Quoi ?

– Je t'ai dit de venir auprès de moi. »

Soan contourne la table, tire une chaise pour s'asseoir à côté de lui. Mais il repousse la chaise, se tape sur la cuisse :

« Ici. »

Soan rougit :

« Arrête, farceur... Seuls les Occidentaux s'assoient ainsi.

– Occidentaux ou autres, tout le monde est fait de chair, toutes les femmes ont un trou et tous les hommes un bâton. »

La femme se tortille mais finit par s'installer sur les cuisses de son mari.

« Si le grand garçon nous voit en revenant de l'école, quelle honte ! »

Xa serre fort la femme contre lui, l'amante, l'épouse, la mère de ses enfants, l'être qui, très certainement, lui apporte une vie comblée de bonheur.

« Nous sommes mari et femme. Un jour, l'aîné et

le cadet auront aussi une femme. Ils la prendront aussi dans leurs bras comme je le fais aujourd'hui. »

Soan se tait. Elle se retourne, serre ardemment son mari dans ses bras, lâche soudain un soupir :

« Ne te fâche pas si je te le dis. Ton ami est bien à plaindre, mais c'est Miên qui souffre le plus. Je suis une femme, je le sais. »

Xa répond doucement :

« Je le sais. Crois-tu que je sois heureux quand je tente d'aider Bôn ? »

Il saisit la main de Soan. Elle serre la sienne comme en réponse. Ils se taisent, poursuivant chacun ses pensées, mais ressentant tous les deux leur bonheur. Un bonheur bien réel, mais qui reste néanmoins un jeu de hasard dont l'issue dépend entièrement du Destin. Ils ont eu la chance de tomber sur le bon numéro quand les dés ont été jetés.

Ils restent assis, silencieux, envoûtés, jusqu'au moment où leur fils aîné, revenant de l'école, s'avance jusqu'au milieu de la cour. Voyant son père tenir sa mère dans ses bras, une image qu'il ne voit que dans les films ou les revues et qui n'appartient qu'au monde des Occidentaux, le garçon écarquille ses yeux. Puis, ne voyant pas ses parents remuer, il est pris de honte. Il court vers la cuisine avec son cartable. Là, il se met à crier :

« Maman, ma part de gâteaux est dans le buffet, n'est-ce pas ? »

XXI

Au Hameau de la Montagne, tout ce qui se passe dans une famille est soumis à discussion dans les clubs familiaux. Quels qu'ils soient, qu'ils le veuillent ou non, les personnages en vue de la foule sont décrits, analysés, disséqués et, finalement, doivent se soumettre au verdict. Les clubs familiaux sont les plus anciens tribunaux des villages. Le Hameau de la Montagne est en fait un grand village qui a conservé son nom originel. On y distingue le Haut-Hameau, le Bas-Hameau et le Centre-Hameau. Chacun de ces hameaux possède un lieu de rassemblement. On y tient des réunions, on y bavarde, on y écoute la radio quand la vie suit son cours tranquille. On s'y dispute pour gagner ou perdre, pour condamner l'un ou l'autre chaque fois qu'un événement inusité survient dans le village. Les clubs familiaux jouent un rôle important dans la vie spirituelle des villageois. Nul ne sait quand ils se sont formés, la plupart du temps chez une famille riche et hospitalière où les voisins peuvent se réunir à leur gré sans craindre de voir la maîtresse de maison se renfrogner ou le maître chasser les chats à coups de pierre et les chiens à coups de pied[1]. Les hôtes ont toujours quelques

---

1. Une manière détournée de chasser les visiteurs.

friandises pour accueillir les visiteurs. Chez l'aîné du Bas-Hameau, il y a des cacahuètes et des graines de maïs grillées. Chez l'aîné du Haut-Hameau, il y a de la canne à sucre cuite dans la braise ou parfumée aux fleurs de pamplemoussier. Chez le vénérable Phiêu, au Centre-Hameau, il y a du manioc confit et du riz gluant grillé avec du miel. Personne ne décide d'un calendrier des activités. Mais, en vertu d'un accord tacite, on se retrouve tous les cinq ou six jours, selon que le temps est froid ou tiède, sec ou pluvieux. Par temps clément, après le dîner, le maître de céans allume une grosse lampe-tempête sur la véranda. C'est le signal annonçant une réunion. Mais depuis deux mois, tout est chamboulé. Sans attendre que la lampe-tempête du maître des lieux s'allume, les gens viennent avec leur propre lampe alors que la famille est encore à table. Ils envahissent la véranda, la cour, l'un cherchant un tabouret, l'autre empruntant une natte. Les femmes vont d'elles-mêmes faire bouillir l'eau dans la cuisine, les hommes sortent le thé de leur poche, les conversations éclatent comme un nid d'abeilles fracassé. Personne ne respecte les formes, personne ne tourne autour du pot, tous plongent directement dans l'affaire qui émeut toute la région : l'amour étrange et compliqué entre une femme et ses deux maris. S'il ne s'agissait que d'une simple histoire d'amour, les gens ne seraient pas aussi agités. Mais cette histoire s'accompagne d'un événement extrêmement important dans leur vie : la construction d'une école de douze classes équipée de salles de gymnastique et de jeux pour les enfants. Depuis des générations, le Hameau de la Montagne ne possède qu'une classe maternelle située derrière le *dinh* en ruine. Le *dinh* a été à moitié détruit pendant la résistance anti-française. Avec le retour de la paix, le Comité du village a démoli l'autre partie et édifié sur ce terrain le siège du Comité. Le bâtiment annexe du *dinh* se dresse toujours derrière le siège du Comité comme un infirme, rabougri, sale, avec ses murs fissurés, lépreux, sans fenêtre, sans porte, ouvert à tous les vents.

Dans ce bâtiment, quelques rangées de bancs et un vieux tableau noir ouvrent au savoir l'esprit des enfants du Hameau de la Montagne. Dès qu'ils sont capables de reconnaître les lettres de l'alphabet, les enfants doivent poursuivre leurs études dans l'école primaire du village voisin, plus petit mais plus proche de la route départementale. C'est pourquoi ils sont nombreux à abandonner les études. Trois kilomètres de marche ne sont pas peu pour des gamins, d'autant plus qu'il faut franchir un ruisseau. Passe encore en été, mais l'hiver il faut compter avec la pluie et le vent. Aussi, quand le Comité de la commune a annoncé qu'il venait d'accepter le don du citoyen Trân Quy Hoan, une école primaire de douze classes dotée d'un bâtiment administratif et de salles de gymnastique et de jeux, l'effervescence a saisi jour et nuit les habitants du Hameau de la Montagne. Cette nouvelle, pourtant inscrite noir sur blanc, ressemble plus à un rêve éveillé ou à un conte merveilleux qu'à la réalité. Mais deux semaines à peine après l'annonce, on a vu arriver deux équipes de plus de dix ouvriers chacune. La première construit l'école sur le terrain du vieux *dinh* derrière le siège du Comité. La deuxième bâtit une maison pour Hoan près du Petit Ruisseau. Cette nouvelle plantation est trois fois plus grande que sa plantation existante. La location de la terre lui coûte près de la totalité des revenus qu'il a tirés des deux dernières récoltes. L'empire de Hoan ne concerne personne même si sa taille fait loucher tous les habitants de la préfecture. Mais l'école primaire soulève un problème redoutable. Personne ne peut comprendre qu'un homme sain d'esprit fasse une telle œuvre de sa propre poche, quand même il trônerait sur une montagne d'or. Aux yeux des gens du Hameau de la Montagne, Hoan est un fou ou un commerçant rusé et tortueux qui tend un filet immense pour piéger une proie colossale qu'ils n'arrivent pas encore à imaginer. Dans la vie terne des régions montagneuses où l'électricité n'arrive pas encore, le fracas des groupes électrogènes de cent quarante chevaux évoque un tremblement de terre ou une pluie de grêlons comme on n'en voit qu'une fois tous les dix ans. La plantation en cours de construction, violemment éclairée, attire les jeunes et les adolescents de toute la région. Les gens du village envahissent les bords de la route pour contempler les convois de camions charriant des matériaux. Des carreaux resplendissants de couleurs jamais vues, des appareils sanitaires en porcelaine immaculée, plus blancs que leur vaisselle, d'énormes rideaux aux fleurs éclatantes pour la salle de gymnastique et la salle de jeux. Tout cela frappe les regards, bouleverse les entrailles. Toutes les questions sont brassées lors de la réunion. Les maîtres des lieux n'osent pas rechigner. Ils sont eux-mêmes pris dans la tourmente, dévorés de curiosité, d'anxiété. Les clubs familiaux du Hameau de la Montagne se réunissent presque tous les soirs. L'atmosphère n'est pas celle des cérémonies commémoratives ou des fêtes du *Têt*. Ce n'est pas non plus celle des réunions pour se divertir. Une ébullition, une attente, une ferveur anormales s'insinuent dans la vie des montagnards.

Lors d'une de ces soirées, dans la maison du vénérable Phiêu, la conversation crépite comme une poêle de maïs grillé. Le soleil s'est à peine éteint que les gens terminent précipitamment leur repas, plantent précipitamment un cure-dent dans leur bouche, prennent précipitamment leur lampe pour sortir. Devant la maison, plus d'une dizaine de lampes s'alignent comme pour une cérémonie. Dès l'après-midi, le vénérable Phiêu a ordonné à sa bru de préparer du riz gluant grillé, enrobé de miel. Le riz grillé est servi dans des paniers remplis à ras bord, les maniocs confits sont présentés dans des assiettes anciennes aux larges bords. Près d'une dizaine de bouteilles Thermos se dressent en rang pour que les visiteurs puissent faire leur thé. Après avoir tout préparé, l'eau bouillante comme les théières et les tasses propres, la famille se retire dans une aile de la maison pour dîner. La cour résonne des glouglous sonores des pipes à eau. La discussion débute par des questions sur la folle générosité du commerçant originaire de la ville :

« En ce monde, personne ne jette par paniers entiers son or dans le fleuve. Il a certainement un objectif en tête. Les gens des villes sont très malins. Dans leur poche, l'argent fait des petits. L'argent qui en sort doit leur rapporter des profits. Nous autres campagnards, comment pouvons-nous les percer à jour ?

– Les terres du Petit Ruisseau recèlent peut-être de l'or.

– C'est cela. Je m'en doutais depuis longtemps. Hoan est certainement assuré d'en mettre des tonnes dans sa poche pour prendre le risque d'en consacrer quelques plaquettes à édifier une école pour les habitants du Hameau.

– S'il y a de l'or dans les terres du Petit Ruisseau, il y en a aussi dans celles du Grand Ruisseau, dans la plantation de l'oncle Thoi et la mienne... Ne rêvez pas. J'ai visité beaucoup de régions aurifères, aucune ne ressemble à la nôtre. Nos ancêtres n'avaient pas pour destin de ramasser la fortune, ils se résignaient à labourer la terre et à arracher les herbes pour se nourrir.

— Alors selon vous, Hoan a dépensé une fortune rien que pour la gloire ? Par les temps qui courent, cette espèce de personnages n'existe plus.

— Je n'en sais rien. Mais je vous garantis qu'il n'y a pas d'or au Petit Ruisseau ni au Grand Ruisseau. Je ne parle pas à la légère, j'ai fouillé et passé au crible cette terre. Vous rappelez-vous mon neveu venu de la province de Thanh ? Nous faisions semblant de chasser le lièvre et le tatou. En fait, nous ne chassions ni le lièvre ni le renard, nous fouillions la terre pour chercher de l'or. Nous avons rêvé, puis nous sommes passés à l'action bien avant vous. Quand on a faim, il faut se traîner sur ses genoux. Les pauvres sont des gens qui aiment rêver et chercher la chance...

— Ah, c'est donc ça. Vous êtes terriblement futés. Dire que je croyais que vous alliez chasser le renard avec vos filets.

— Moi non plus, je ne crois pas que notre terre recèle de l'or. Et, s'il y en avait, Hoan ne peut pas s'arroger le droit de l'exploiter. Il a payé les taxes foncières pour cultiver et non pour exploiter des mines. S'il découvre de l'or dans le sous-sol, l'État lui retirera immédiatement le terrain. Les gens reconnaissent vite l'odeur de l'argent et de l'or. Et le gouvernement a un nez bien plus fin que le bon peuple...

— Alors, vous pensez que le Hoan est revenu ici juste pour sa femme ?

— Pour le moment, je ne trouve pas d'autre raison. Je l'ai rencontré qui amenait son fils chez Bôn un matin, juste après le retour de Miên de l'hôpital.

— Quel air avait-il ?

— Un peu plus maigre, mais encore plus blanc de peau. Il avait les yeux tristes.

560

– Bah ! N'arbore-t-il pas de tout temps ces yeux rêveurs de médium ?

– Je ne le connais que trop. Autrefois, je prenais tous les soirs le thé sur sa terrasse avec Monsieur Chi et Monsieur Trac. Mais il est vraiment plus triste qu'autrefois.

– C'est tout de même un homme, pas un bout de bois. Il y a de quoi être triste. Malgré tout, ils vivaient paisibles et heureux, complices sur l'oreiller, et leur enfant est joli comme un ange. Même les enfants des villes s'enfuiraient en laissant leurs sandales pour éviter la comparaison.

– Est-ce que le Bôn était présent ce jour-là ?

– Oui.

– Comment s'est déroulée la confrontation entre ces deux mâles ?

– Comment le saurais-je ? Je ne pouvais tout de même pas me montrer indiscret au point de me précipiter chez les gens.

– Que de manières ! Moi, je me précipiterais. On est tout de même des voisins, des gens du même village, du même hameau. Pourquoi hésiter ?

– Vos paroles puent ! Même village, même hameau... Mais dites-moi, un voisin s'est-il jamais précipité chez vous pendant que vous abaissiez le pantalon de madame ?

– Allons, allons, vous allez vous quereller pour des bêtises. Laissez-moi poser une question. Ce matin-là, vous n'avez pas parlé à ce Hoan ?

– Oh, si... Mais on a juste échangé quelques civilités. Nous nous fréquentons de longue date. Comment oserais-je m'immiscer dans ses affaires privées ? Il m'a d'ailleurs répondu en quelques mots, il m'a salué et il est parti. On était déjà dans la rue, à bonne distance de chez Bôn. J'ai vu Bôn sortir de la cuisine, une bouilloire à la main. Il est resté planté au milieu de la cour comme une statue. Il paraît qu'ils ne s'étaient jamais rencontrés jusqu'alors, que c'était la première fois que les deux maris se faisaient face.

– Et puis ?

– Et puis rien. J'ai filé. Je n'allais pas rester là à l'épier. S'il se retournait, de quoi j'avais l'air ? D'une gaine d'aréquier ?

– Ma femme a entendu les voisins de madame Huyên dire que Hoan s'était montré très modeste, très poli. Il s'est enquis de la santé et du travail de Bôn avant de l'inviter à venir vivre chez lui.

– Avec Miên ?

– Sans doute.

– Ce type est fou, c'est sûr.

– Fou de mes couilles, oui ! C'est le meilleur commerçant de la ville, le plus riche. Il fait semblant de s'intéresser à la santé et au travail de Bôn, pour la forme, c'est tout. Tout le monde sait que Bôn est invalide, incapable de gagner un sou, qu'il vit en s'accrochant à la jupe de sa femme. Les gens des villes sont tous des salauds. Ils excellent dans l'art d'humilier les pauvres.

– Même si c'était le roi des salauds, il a tout de même nourri Miên et Bôn aussi pendant tous ces mois. Vous qui êtes un homme de bien, avez-vous donné un demi-bol de riz à quelqu'un de toute votre vie ?

– La tête plantée dans la terre, je n'arrive même pas à gagner le riz et le poisson pour remplir la bouche de ma femme et celle de mes enfants. Devrais-je fouiller mes excréments pour faire la charité ?

– Alors ne traitez pas les gens de salauds sans preuves. Demain, quand ce salaud aura construit l'école, y enverrez-vous vos enfants ?

– Allons, allons, laissez de côté votre amour-propre. Si la langue vous démange, grattez-la avec les buissons d'ananas derrière le jardin.

– Laissez-moi poser une question. Ce jour-là, qu'a répondu Bôn ?

– Naturellement, il a refusé. Même dans une hutte délabrée, on est chez soi. Qui supporterait la honte de se terrer sous le toit de son rival ?

– Ils ne se sont pas battus. Comment les qualifier de rivaux ?

– Ils ne se sont pas battus, mais ils aiment la même femme, s'ils ne sont pas des rivaux, comment les qualifier ?

– Et qu'a dit Miên à Hoan ?

– Il paraît qu'elle l'a serré fort dans ses bras et a fondu en larmes.

– Ciel ! Embrasser le deuxième mari en pleurant sous les yeux du premier ? Les femmes d'aujourd'hui sont impudiques au-delà de toutes limites. Autrefois, seuls les hommes pouvaient avoir cinq femmes, sept concubines. Maintenant, plus personne n'a le droit d'être bigame. Le meilleur butineur doit s'y prendre en cachette sinon le pouvoir et les gens du village ne le laisseront pas tranquille. Et Miên ose embrasser deux hommes en même temps, en plein jour ! »

L'homme a parlé d'une voix rancunière, grinçante, terreuse et métallique à la fois. On aurait dit le frottement des lames de bambou. Il fait claquer ses lèvres. De la main, il tourne son menton effilé prolongé d'un bouc pointu en direction des femmes et des filles massées sur deux nattes étalées devant la cuisine :

« Alors, mesdames et mesdemoiselles, avez-vous envie d'embrasser deux maris en même temps ? Parlez franchement pour que nous le sachions. »

Les femmes du Hameau de la Montagne n'osent venir aux clubs familiaux que depuis peu de temps.

Elles ne sont pas aussi libres que leurs maris car elles traînent toujours derrière elles une ribambelle d'enfants ou de petits-enfants. Elles n'osent s'installer que dans un coin sombre pour vaquer à de menus travaux ou dorloter les enfants quand ils tombent de sommeil. D'ordinaire, elles gardent le silence, dressent l'oreille, mais n'élèvent pas la voix. Ce soir-là, les brus du vénérable Phiêu ont apporté deux sacs de cacahuètes. Plus d'une dizaine de femmes et de demoiselles s'affairent à les décortiquer bruyamment. Entendant la question de l'homme au bouc, personne ne sait que répondre. Tout le monde grommelle. On n'entend que le crépitement de plus en plus sonore des cosses de cacahuètes écrasées. Après quelques secondes de mutisme, une voix jeune, tonitruante, pleine d'assurance s'élève, brisant le silence :

« Allons, laissons ces dames et ces demoiselles décortiquer tranquillement leurs cacahuètes. Elles ne cherchent pas d'histoires comme nous autres, les hommes. Quelles que soient vos opinions, je dois reconnaître que dans ce monde, il est difficile de trouver un autre homme capable de se comporter comme lui. À moins qu'il n'ait l'intention de faire venir Bôn chez lui pour l'empoisonner ou l'assassiner en cachette.

– Qui serait assez bête pour ça ? Il pourrirait en prison.

– Qui sait à quoi mène l'amour ? Qui aime à la folie perd la tête. Les anciens l'enseignent depuis toujours.

– Il est riche. La maison ne représente pas grand-chose pour lui. Et puis il aime sa femme, il n'a pas le cœur de la voir vivre dans une masure délabrée.

– Parfait. Même s'il possédait une montagne d'or, qui accueillerait l'homme qui a couché avec sa femme sous le toit qu'il a édifié de ses propres mains ?

– Il n'est donc pas jaloux ?

– Allez le lui demander. Comment le saurais-je ?

– Le cœur du *va*[1] est comme celui du sycomore. Quel homme peut-il être dénué de jalousie ?

– Cela m'étonne tout de même. Pourquoi n'épouse-t-il pas une autre femme ? Il y a en ville des tonnes de jeunes filles lisses et blanches comme des fées réincarnées. Même belle, Miên est une truie qui a mis bas. Si j'étais riche et beau comme lui, j'épouserais une vierge de dix-sept, dix-huit ans, à la peau luisante, à la chair parfumée. Rien ne vaut une vierge. Un vagin neuf vaut cent vagins familiers. »

Les hommes éclatent de rire. Quand le rire s'éteint, une voix de femme s'élève de l'ombre, rauque, glaciale comme l'eau des sources en décembre :

« Quelles belles paroles ! Dorénavant, cessez donc de venir vous fourrer dans le vagin familier. Salauds d'ingrats, sans force et sans talent, qui ne trouveraient même pas de quoi se procurer du tabac pour leur pipe à eau sans s'agripper aux jupes de leur femme ! Ça n'est même pas capable de se regarder en face et ça pérore ! »

Les hommes se taisent. Personne ne tousse, personne ne s'éclaircit la voix. Le silence est tel qu'on entend les moustiques fredonner. Les femmes s'arrêtent de décortiquer les cacahuètes. Sans se donner le mot, toutes dressent l'oreille, attendent. Après quelques secondes de ce silence terrifiant, la femme à la voix rauque continue :

« Dressez bien vos oreilles pour entendre clairement mes paroles. Soir après soir, vous vous réunissez pour discuter des affaires de Miên parce que vous êtes

---

1. Fruit exotique.

jaloux. Dans tout ce village, qui ose prétendre avoir la poche aussi pleine que celle de Hoan ? Qui ose prétendre être aussi beau que lui ? Et qui sait être aussi attentionné vis-à-vis de sa femme ? Maintenant, voilà que soudain il donne une montagne d'argent pour édifier une école pour vos enfants. Vous jubilez intérieurement mais vous fermez la bouche comme des crapauds. Quels sont ceux qui ont osé le louer, le remercier publiquement ? Louer autrui, c'est se rabaisser, s'humilier, n'est-ce pas ? S'il était malade, affaibli comme Bôn, s'il avait engendré un monstre à cause de l'agent orange [1] comme Bôn, vous éclateriez de joie comme un drapeau déployé par le vent. Vous proféreriez des paroles de condoléances, de compassion tout en murmurant, Tu ne me vaux pas. De tout temps, on dit que les femmes sont mesquines, envieuses. En réalité, les hommes sont encore plus envieux que nous. Simplement vous vous cachez de multiples manières. Moi, je ne tourne pas autour du pot. J'envie Miên. Mais je ne la déteste pas, cela ne me rapporte rien. Qui n'envierait pas une personne aussi chanceuse ? Mais quand le ciel nous refuse la beauté, nous nous résignons à épouser des hommes sans talents ni générosité, des poulets estropiés condamnés à chercher pitance autour de la meule... »

Le vénérable Phiêu arrive sur ces mots, il élève la voix pour rétablir la concorde :

« Allons, allons, je vous en prie. Ne transformons pas une plaisanterie en dispute. Je vous propose de changer de sujet. Ce n'est pas bien de s'ingérer dans les affaires des autres. Je connais à la fois Hoan et Bôn. Je les ai en affection tous les deux. Ils vivent un

---

1. Dioxine contenue dans les défoliants déversés par l'armée américaine sur le Vietnam tout au long de la guerre.

drame personnel que nous ne pouvons pas comprendre. Le mieux, c'est de les laisser vivre leur vie. »

Personne ne répond. Le silence, de nouveau. La silhouette d'une femme, grande, rigide, se dresse soudain et s'en va dans la rue. C'est certainement la femme qui vient de déclarer la guerre aux porteurs de barbes et de moustaches, d'insulter son mari en le traitant de poulet estropié picorant sa pitance autour d'une meule. On ne peut pas distinguer ses traits, mais on perçoit sa démarche virile, sa chevelure imposante. Quelques femmes la suivent, qui portant son enfant sur le dos, qui serrant son nouveau-né dans ses bras. Les femmes qui restent continuent de décortiquer les cacahuètes. Chez les hommes, la conversation reprend, intermittente, décousue. À propos des travaux des champs, des semences, du prix des engrais et des insecticides... Les pipes à eau claironnent dans tous les coins. Les volutes de fumée blanche et âcre flottent, se dissolvent lentement dans l'air. Quelqu'un bâille et s'écrie :

« Oh, cette nuit, le ciel est criblé d'étoiles, comme arrosé de graines de sésame... Quelle heure est-il déjà ?

– Allumez une torche pour voir. Sept heures vingt-cinq.

– C'est encore tôt. »

Quelqu'un élève soudain la voix :

« On m'a dit que l'enfant de Miên est venu au monde sans tête. Pensez-vous que c'est la vérité ou encore une rumeur puante ? »

La conversation se porte de nouveau sur la belle femme aux deux maris parce que le temps est trop long, trop distendu, parce que ce coin de montagne est trop morne, que la vie ici s'écoule comme un cours d'eau esseulé, un petit cours d'eau sans quai, sans pont, sans barque, sans vague. Même pas d'algues ni de cadavres d'éphémères. Dans cette existence terne, on ne peut pas laisser passer la chance si rare de faire fonctionner ses méninges, de restaurer un tribunal antique, invisible mais solide et durable, où n'importe quel quidam acquiert le droit de coiffer le chapeau, d'endosser la robe du juge.

Pendant que les clubs familiaux du Hameau de la Montagne entrent en ébullition, le personnage central passe ses jours à souffler la fumée de ses cigarettes dans une petite chambre. Le ciel a donné à Hoan le don de choisir et d'utiliser les hommes. Le vieux Lù n'est lié à lui que depuis peu. Il est néanmoins devenu un serviteur fidèle, sérieux, attentif. Hoan peut lui confier ses affaires petites et grandes sans avoir besoin de peser le pour et le contre. En son nom, le vieux a rempli toutes les formalités, embauché les ouvriers, calculé les frais, contrôlé les travaux sur les deux sites. Hoan ne devait être présent au Hameau de la Montagne que pour inaugurer le creusement des fondations sur les terres du Petit Ruisseau. Selon la tradition, il lui avait fallu se tenir en personne devant le plateau d'offrandes aux génies de la terre et les prier de l'y admettre, de le protéger dans sa vie à venir. Il était reparti le soir même en ville pour prendre l'avion pour Bao Lôc le lendemain matin. Il voulait céder ses parts dans une affaire, récupérer ses capitaux. Son magasin en ville et l'exploitation des terres du Petit Ruisseau accaparaient largement son temps. Il savait qu'en affaires le ciel lui souriait toujours. De plus, il voulait vivre sa véritable vie, après ces longues journées d'interruption et de silence. Sa véritable vie requérait cette femme, c'était tout.

Pourquoi ? Pourquoi ? Pourquoi ? Pourquoi seulement ce visage, cette silhouette, cette peau, cette

chair ? Pourrais-je changer ? J'ai tous les atouts
en main, ma vie serait plus paisible, plus sereine.

Maintes fois, il s'était interrogé. Chaque fois, il
avait été incapable de trouver la réponse. Ses sœurs
savaient qu'il était revenu plusieurs fois au Hameau
de la Montagne, qu'il avait investi de grosses sommes
pour mettre sur pied une plantation et bâtir une école.
Toutes ces actions trahissaient sa détermination à
reprendre sa vie d'antan avec sa femme. Elles étaient
toutes les deux inquiètes, mais aucune n'osait élever
la voix pour le lui déconseiller. Hoan le savait. Il savait
encore plus clairement que, lui-même, il ne comprenait
pas pourquoi, brusquement, il avait pris cette décision.
Un matin, il s'était réveillé dans son lit, il avait tendu
la main pour allumer la radio, écouter les nouvelles.
Il entendit soudain une vieille mélodie, un morceau de
musique qu'il avait entendu pendant les journées où il
attendait le train qui devait l'emmener vers le nord.
La mélodie vida son cœur. Il resta affalé sur le lit bien
qu'il fût déjà plus de huit heures. Il fuma comme un
homme qui avait perdu la tête. Plus il fumait, plus il
sentait ses membres se liquéfier, son esprit sombrer.
Un instant, il eut envie de pleurer. L'instant d'après,
il voulut réduire en bouillie sa chambre, voir les murs
qui l'encerclaient s'effondrer. Qu'ils s'effondrent tous,
ce magasin fourmillant de gens qui vendent, qui achètent, cette rue familière, cette ville qui l'écœure
jusqu'à la nausée. Il s'imagina avec une grande masse
en main, une masse de forgeron. Il réduirait en poussière le monde alentour, et tout d'abord la porte de sa
chambre où pendait une petite sonnette en cuivre.

Sœur Nên éleva la voix de l'autre côté de la porte :
« Il est près de neuf heures, Hoan ! »

Il eut envie de hurler mais réprima à temps sa rage :
« Je suis fatigué, *grande sœur*. »

Soudain, les larmes coulèrent lentement du coin de ses yeux. Elles roulèrent sur ses tempes, rampèrent à travers les racines de ses cheveux, se refroidirent lentement.

Pourquoi ai-je tout à coup envie de devenir enragé, de bondir sur n'importe qui pour l'étrangler, de réduire en miettes cette ville, cette vie ?

Il ne trouva pas de réponse. Il resta allongé, le dos collé au lit. Ses larmes continuaient de couler. Des coups timides résonnèrent contre la porte. Cette fois-ci, ce fut une voix d'homme qui retentit :

« Monsieur, êtes-vous très souffrant ? »

La voix du vieux Lù. Une marée submergea aussitôt son âme. Son cœur poussa un hurlement silencieux, terrifiant.

Toi. C'est toi. C'est toi qui martyrises mon cœur endolori. Tu m'empêches de vivre la vie paisible des autres hommes. C'est toi mon enfer, mon supplice, tu es...

Le hurlement ne s'était pas éteint que sa femme était là, en chair et en os à côté de lui, avec le parfum de ses cheveux, l'odeur de sa chemise, la courbe de ses sourcils, les lueurs qui scintillaient sous ses cils épais et, derrière elle, les champs, les jardins verdoyants, les collines gorgées de soleil et de vent, son fils qui babillait. Toute sa vie passée revenait en trombe, pleine, tourbillonnante, enivrée. Il suffoqua.

Je dois rentrer. Ma vraie vie est là-bas. Avec toi, toi seule. Peu importe le reste, tout le reste...

Après ce cri, son esprit devint soudain léger. Il se redressa sur ses bras, chancelant comme sous l'empire du mal de mer. Dehors, le vieux Lù appela à nouveau :

« Monsieur, pourriez-vous me recevoir ? Si vous êtes trop fatigué, je retourne au Hameau de la Montagne. »

Hoan chercha fébrilement son mouchoir, essuya ses larmes, éleva la voix :

« Oui... J'arrive tout de suite. »

Il chercha des pieds ses sandales pendant que son cœur rugissait.

Rentrer à la maison, rentrer, rentrer.

Il se précipita dans la salle de bains pendant que le vieux Lù buvait le thé en l'attendant. Il aspergea sa tête, son visage d'eau froide, sentit sa peau et sa chair frémir.

Rentrer, rentrer, rentrer... Je retournerai au Hameau de la Montagne, je reprendrai la vie qui est la mienne. Rien ne peut m'arrêter...

Pendant que sa peau et sa chair chantaient, exaltées, son esprit lucide formula la question.

Pourquoi ? Pourquoi est-ce aujourd'hui seulement que j'arrive à le penser ? Pourquoi me suis-je tor- turé avec des craintes insensées, des jalousies méprisables ? C'est pourtant moi qui détiens le droit, la loi est de mon côté...

En s'essuyant les cheveux, Hoan se rappela les jours sombres qu'il venait de vivre quand il avait appris que Miên était enceinte de son ancien mari. Ce n'était pas le vieux Lù qui l'en avait informé, mais sa propre sœur et sa cousine. Elles étaient secrètement heureuses en l'annonçant à leur cadet. Elles espéraient que la nou- velle mettrait un point final à l'amour qu'il portait à son ex-femme, qu'il leur donnerait rapidement une nouvelle belle-sœur qui le retiendrait en ville et qu'ainsi, leurs affaires se développeraient et prospére- raient. Hoan comprenait les espoirs secrets des deux femmes et ne pouvait s'empêcher de leur en vouloir. Elles, des membres de sa famille, pouvaient être cruelles à ce point en lui annonçant ce coup de ton- nerre. Un ouragan qui déracinait les arbres, fracassait les branches, déchirait les feuilles, déchiquetait le jardin où s'abritait son amour. Car il était sûr que Miên n'aimait que lui, lui seul, uniquement lui. Son retour vers le premier homme n'était qu'un suicide, le sacrifice d'une femme née dans une société soumise à d'incessantes guerres, où la vie tremblante des hommes palpitait comme des ailes d'éphémères, où toute leur énergie s'enracinait dans la fidélité et la résignation tenaces de leur épouse. La démarche accablée de Miên dans l'aube brumeuse surgissait comme un film qu'on projetait et reprojetait sans fin dans son esprit. La femme bien-aimée s'en allait avec un sac d'*herbe de la vierge* et des yeux de condamnée au secret. Chacun de ses pas scellait dans la terre un pavé du chemin des enfers. Cette vision ne s'était pas atténuée avec le temps. Jour après jour, elle se gravait toujours plus profondément dans sa mémoire. Jour après jour, elle le torturait davantage. Jour après jour, elle précipitait sa fureur.

Pourquoi et encore pourquoi ? Pourquoi devais-tu te résigner à l'exil et au malheur ? Pourquoi dois-je vivre ici comme un prisonnier exilé ? Pourquoi ?

Néanmoins, cette douleur conservait un sens à sa vie. Mais voilà que la femme aimée était enceinte d'un autre.

C'est donc que ton départ n'était pas un exil mais la nouvelle exploitation d'un gisement enfoui sous le sable et la poussière du temps. Tu l'as aimé d'un amour plus profond, plus ardent que celui que tu me portes, mille fois plus que tout ce que tu as pu me dire. C'est moi le dindon de la farce. Tu es bien plus maligne que je ne le croyais. Ton cœur est plus mûr, plus hardi que tes yeux clairs, limpides. Ta peau, ta chair sont plus avides, plus luxurieuses que ne laissent croire la couleur, la douceur de ta peau d'enfant. J'ai été trompé, moi, ton aîné de sept ans. Les gens ont bien raison : toute femme porte en elle une vieille sorcière.

Hoan s'enferma dans sa chambre, laissant en souffrance tous ses travaux. Maintes fois, Cang venait l'inviter à ses parties de plaisir, mais il refusait. Il sentait ses nerfs, ses muscles se liquéfier, son corps s'épuiser, son esprit las se décomposer.

Ils ont sans doute réussi à ranimer leur passion d'antan. Les flammes des souvenirs les ont peut-être aidés à se retrouver tels qu'ils étaient dans leur jeunesse. Et maintenant, c'est le moment pour eux de rattraper le temps perdu...

Il ferma les yeux. Mais il continua de voir le gros ventre de Miên qui pointait. La douleur rabotait ses entrailles glacées. Aucun homme n'aimerait voir la femme qu'il aime dans cet état quand la semence qui déforme son corps gracieux ne lui appartient pas. Quand Miên portait le petit Hanh dans son ventre, il était enivré, heureux comme un enfant recevant un cadeau. À mesure que le moment d'accoucher approchait, le corps de Miên s'enflait, son visage et ses jambes se boursouflaient. Il la trouvait pourtant de plus en plus belle, séduisante. Maintenant, il imaginait Miên sous cette apparence pesante, les cheveux étalés sur ses épaules, embrassée, serrée, caressée, mais par un autre homme.

On chérit toujours le premier amour, la beauté qui se révèle à l'aube de la vie, éblouissante comme un lever de soleil... Dans quel livre ai-je lu cette phrase mièvre ? Et pourtant, ce genre de littérature exprime bien la vérité. C'est moi le seul perdant. Je n'ai pas connu de premier amour. Pour être exact, c'est Miên mon premier amour. Dis, Miên, je t'aime, mais tu en aimes un autre. En fin de

compte, la vie n'est qu'une farce où le chat court
sans fin après la souris à l'intérieur d'un cercle.
Pourquoi donc m'as-tu aimé ?

Il comprit que cette interrogation était idiote. On aime parce qu'on aime. Sans justification. Il le savait bien. Mais après d'infinies souffrances, il n'arrivait pas à trouver d'issue. Il reconnut, humilié, qu'il était jaloux, qu'il haïssait cet homme dont il ne connaissait même pas le visage, un jeune gringalet à la peau sombre, miséreux, d'après le portrait qu'on lui en avait fait. Il jalousait le faible.

Le faible a une arme invincible, la compassion qu'il
provoque dans le cœur d'autrui. Dis, Miên, je sais
que j'ai été vaincu dans cette confrontation parce
qu'il possède cette arme ensorcelante.

Il rêva de devenir un homme quelconque, pauvre, impuissant... pour susciter la compassion dans le cœur de la femme qu'il aimait.

Il passa ainsi le printemps jusqu'au jour où le vieux Lù survint. Une inquiétude inhabituelle se dessinait dans le visage émacié, austère du fidèle gérant :

« Monsieur, des événements imprévus me forcent à demander votre avis. »

Il invita le vieillard à s'asseoir, à prendre le thé. Puis il lui demanda :

« Parlez, *oncle*, qu'est-il arrivé là-haut ?

– Je viens de ramener Madame de l'hôpital. »

Hoan alluma une cigarette en baissant la tête pour éviter le regard de son interlocuteur. Il tira quelques longues bouffées de fumée et dit d'une voix tranquille, glaciale :

« Tout s'est bien passé ? »

Le vieillard l'interrogea du regard :

« Que voulez-vous dire, Monsieur ?

– Vous prenez bien soin d'elle comme je vous l'ai demandé ?

– Oui.

– C'est bien. »

Il opina. Son cœur se crispa de douleur comme si un nerf de son cou était directement relié à son cœur pour le blesser. Le gérant avait sans doute aperçu quelque chose d'étrange sur son visage. Il se tut, embarrassé. Hoan se leva, fit de grands pas dans la chambre, se retourna soudain et demanda :

« C'est un garçon ou une fille ? »

Le vieux Lù releva la tête, regarda Hoan. Embarrassé, il battit précipitamment de ses cils tout blancs :

« Monsieur, vous n'êtes donc au courant de rien ?

– Au courant de quoi ? » demanda Hoan.

Soudain, il sentit son cœur s'arrêter comme si un événement terrible allait se produire, un événement inattendu, imprévisible :

« Parlez, *oncle*. »

Il avait martelé chacun de ses mots. Il s'assit sur une chaise, regarda droit dans les yeux du gérant. Ne supportant pas l'éclat de ces yeux, le vieux Lù baissa la tête :

« Monsieur, Madame n'a pas mis au monde un enfant.

– Que dites-vous ?

– Monsieur Bôn n'est pas en mesure de faire un enfant normal. Et puis, Madame a elle-même tenté de détruire le fœtus. Cet acte violent l'a rendue malade et elle est restée au lit jusqu'à l'accouchement.

– Elle s'est fait avorter ? »

Hoan hurlait presque.

Monsieur Lù n'eut pas le temps de répondre qu'il répétait déjà la question :

« Parlez clairement. Que voulez-vous dire par "détruire elle-même le fœtus" ?

– Madame s'est jetée plusieurs fois contre la porte de la chambre de monsieur Bôn pour éjecter le fœtus. Comme madame Huyên, tout le monde au Hameau de la Montagne le sait. »

Tout le monde au Hameau de la Montagne le sait, mais mes sœurs ne m'en ont rien dit... Espèces de fourbes ! Ce sont elles qui m'ont torturé tous ces derniers mois. Je leur ferai payer cela... Je ne le pardonnerai pas...

Cette pensée fusa dans sa tête. Il jeta un regard vers ses sœurs. Mais elles s'affairaient à livrer des marchandises aux clients. Il but une gorgée de thé et dit :

« C'est regrettable. »

Il s'alluma une deuxième cigarette d'un air tranquille, glacial, pendant que son cœur haletait mot après mot.

Tu ne l'aimes pas, tu ne l'aimes pas, tu ne l'aimes pas... Tu as voulu effacer la trace de ses accouplements. Seul l'amour authentique mérite de fleurir et de porter des fruits. Ta vie avec lui n'est donc qu'un infernal exil. Ton cœur m'appartient toujours. Pour moi, cela suffit...

Il vida la tasse de thé et demanda :

« Pourquoi ne me l'avez-vous pas dit plus tôt ? »

Le vieil homme resta interdit un moment et, baissant la voix :

« Il m'était difficile de vous raconter cela directement. Mais j'ai tout rapporté à madame Châu dans les moindres détails. C'est elle-même qui me l'avait demandé.

– Ah, ma sœur a sans doute oublié... Dans la dernière cargaison, il y avait beaucoup de marchandises nouvelles », répondit Hoan.

De nouveau, la fureur fit bouillir son sang. Le vieux Lù continua :

« Monsieur, Madame n'était pas en bonne santé. Je voulais la ramener à la maison, mais elle refusé.

– Pourquoi ? Vous devez lui faire comprendre que c'est sa maison, qu'elle a le droit d'en user comme elle l'entend.

– Je le lui ai dit et redit maintes fois. Mais elle persiste dans son refus. Elle dit qu'elle ne veut pas souiller la demeure commune, qu'elle lui conserverait toute sa pureté pour le jeune monsieur Hanh. »

Ciel ! Tu veux éviter de souiller la maison ? C'était ta terre sacrée, l'autel de l'amour où les ordures ne devaient pas pénétrer... C'est pour cela que tu t'es enfermée dans la masure la plus misérable de la région, dans une vie indigente, méprisable...

Hoan imagina la bicoque au toit de feuilles où Miên vivait. Elle devait sûrement ressembler aux masures qu'il avait eu l'occasion de voir. Un toit de feuilles sommaire, grouillant de vermisseaux, d'insectes, de cafards, de fourmis, à côté d'une cuisine et d'une porcherie. Un espace imprégné de l'odeur de la fumée et des excréments. Là, Miên devait courber le dos pour souffler sur le feu. Les larmes inondaient ses yeux chaque fois que le vent changeait de direction. Elle n'avait même pas un endroit discret pour se laver. Que dire alors du charbon et des bûches pour faire bouillir l'eau tous les jours ! Sa femme avait dû accepter cette vie pitoyable pour garder intact son amour. Elle n'osait plus ramener son corps souillé sur la terre sacrée qui conservait les souvenirs de son amour.

Ma pauvre femme, tu veux conserver la pureté du mausolée, mais nos corps sont déjà souillés...

Cette pensée le fit sourire d'amertume. À travers la fumée, il vit apparaître la chambre sordide protégée par le rideau rouge, la jarre où pendait une serviette trempée, la cuvette en aluminium cabossée sous le lit. Il se rappela le visage mince et plat au menton pointu de la putain, ses yeux de chien en papier, ses ongles peints, écaillés, qui s'agrippaient à ses bras. Miên pourrait-elle imaginer ce qu'il avait vécu ? Sûrement pas. Cette femme simple et naïve, à l'esprit imprégné de valeurs religieuses, n'aurait pas compris cette hygiène particulière consistant à aller soulager ses besoins dans un tel bouge. Elle pensait sans doute qu'il était à la recherche d'un nouvel amour, d'un nouveau mariage. Dans sa confiance, elle croyait sûrement qu'il était resté un homme élégant, courageux et noble, et non l'homme qui courait en trébuchant, hors d'haleine, après Cang, se glissait en courbant le dos sous une porte obscure, se faufilait dans des ruelles charriant de l'eau sale et de l'urine, traversait des cours jonchées de détritus fétides, grimpait sur un escalier poussiéreux pour se cacher dans un minable entrepôt de banlieue.

En un instant, cette période de sa vie passée se déroula comme un film dans sa mémoire. Les images se succédaient les unes aux autres. Son passé défilait comme le courant dans l'embouchure d'un fleuve. Dans ce flux, ses sentiments s'entrecroisaient, s'amoncelaient, se bousculaient. Le fil du temps s'embrouillait, les fils se cassaient, se renouaient, serrés, inextricables. Hoan sentait la puanteur humide, moisie de la chambre de passe tout en se souvenant des senteurs variées, harmonieuses des fleurs dans leur jardin du Hameau de la Montagne, le parfum des jacinthes dans un coin, celui des magnolias jaunes dans l'autre... Les odeurs muettes se mirent soudain à soupirer, à l'appeler. En même temps, il se vit esseulé sur la plage, livide, exténué dans un coin d'une boutique de thé, se promenant sur les routes du Hameau de la Montagne, dans la cour bruissante de feuilles mortes, au milieu des champs de caféiers couverts de fruits mûrs. Il se rappela les langues des flammes jaunes qui léchaient le dos de la poêle dans la cuisine chaleureuse et parfumée où Miên préparait les plâts familiers, il se demanda si c'était son rire ou le feu qui avait chassé la brume glacée de l'hiver.

Quand tu t'es retournée, ta chevelure s'est déversée sur ton dos. Un ruissellement de cheveux noirs. J'aime le langage de la littérature romantique. Bien qu'il soit archaïque, il est le seul capable d'évoquer la beauté de Miên. Mais pourquoi pensé-je soudain à la littérature ? La vie n'a rien de littéraire. Elle est nue, misérable...

Oui, la vie est nue, misérable. Il le savait car il avait sept ans de plus que Miên, il était un homme, il avait la responsabilité de tenir le gouvernail. Il l'avait protégée de la misère et de la félonie de la vie avec vigilance, miséricorde. Pendant la dernière semaine de leur vie commune, il avait évalué les difficultés et les peines que Miên aurait à subir. Malgré la douleur de la séparation, malgré la passion de la chair qu'ils avaient deux fois vécue, il était resté suffisamment lucide pour mettre de côté l'argent à donner à Miên, dans l'immédiat comme pour plus tard. Il avait été assez habile pour persuader la femme qu'il aimait de l'accepter. Le refus généreux, sincère de Miên l'avait rendue mille fois plus aimable à ses yeux. Il comprenait maintenant que l'argent ne soulageait Miên que de la misère matérielle, il ne la sauvait pas du malheur. Quant à lui, il n'avait pas su prévoir ses propres supplices, imaginé les tortures de la chair, la douleur de la séparation, l'horreur de la solitude qu'éprouve l'homme éjecté des terres de l'amour où s'ancre le choix de sa vie... Oui, la vérité est infiniment plus nue, plus misérable que tout ce qu'il pouvait imaginer. À présent, en revoyant cette tranche de vie passée, il ne pouvait s'empêcher d'en être horrifié.

Toute cette vie humiliante, pour toi et pour moi, d'où vient-elle ? Viendrait-elle de nous ? Nous avons été lâches et stupides, nous sommes des soldats qui avons fui avant d'appuyer sur la gâchette. Je suis un pilote qui a baissé les bras avant de prendre le gouvernail.

En un éclair, la douleur et la colère jaillirent en lui, éclairant sa vie à travers le temps, lui découvrant nettement une deuxième facette de lui-même, un visage lâche et stupide, un air de sombre patience, la résignation des bœufs devant la charrue.

Hoan écrasa son mégot dans le cendrier d'un geste impérieux, brutal. Le gérant le regarda avec étonnement. Mais il garda le silence. Il se tut longtemps, laissant à Hoan le temps de poursuivre ses pensées secrètes.

Ce vieil homme est vraiment quelqu'un qui sait se taire, qui sait attendre.

Le Ciel m'a donné un inappréciable cadeau.

Hoan ébaucha aussitôt un plan d'action. Apparemment, tous les préparatifs, tous les calculs étaient déjà inscrits dans quelque coin secret de son cerveau. Maintenant, il suffisait de les mettre sur le papier :

« Vous rappelez-vous la colline du Petit Ruisseau ?

– Oui, elle est à moins de deux kilomètres de la troisième plantation de poivriers.

– Nous avons examiné cette terre ensemble, n'est-ce pas ?

– Oui, vous disiez que la terre du Petit Ruisseau convient aux poivriers de Malaisie.

– Et quoi d'autre ?

– De l'autre côté du ruisseau, on peut aplanir le

sol, y planter deux champs de caféiers avec entre eux une dénivellation de trente-cinq centimètres à peu près. Entre les deux, on peut installer une station de pompage.

– Et quoi d'autre encore ?

– À deux cents mètres du gué, il y a une profonde dépression. On peut la transformer en un puits à ciel ouvert pour stocker l'eau. Vous estimiez que son contenu suffirait largement pour arroser les arbres même pendant la saison sèche.

– Quoi encore ?

– Le bas de la colline a la forme d'une crevasse protégée du vent, très pratique pour loger un abri pour les animaux domestiques et une grange pour les herbes séchées.

– Merci. Vous avez une excellente mémoire.

– Je ne mérite pas tant de louanges.

– J'ai décidé de créer une plantation au Petit Ruisseau.

– Oui, je vous écoute.

– Vous en dresserez le plan détaillé.

– Pour quand le voulez-vous ?

– Le plus tôt sera le mieux.

– Je m'y efforcerai.

– Autre chose encore. Faites un projet pour édifier une école primaire sur l'emplacement du *dinh* au Hameau de la Montagne. Il faut mener ce projet parallèlement à celui de la plantation. C'est un cadeau absolument nécessaire aux habitants du village. Plus tard, mon propre fils y étudiera peut-être. Même s'il n'y allait pas, les enfants du village ont besoin de facilité pour étudier. Est-ce trop difficile pour vous ?

– Monsieur n'a aucun souci à se faire.

– Alors, retournez immédiatement au Hameau de la Montagne. Je veux que tout soit fait au plus vite.

– Je comprends. »

Le vieillard s'en alla.

A-t-il vraiment deviné mes intentions ou se contente-t-il d'obéir mécaniquement aux ordres ?

Hoan ne trouva pas de réponse à sa question. Le plan qu'il venait d'ébaucher en un instant pour assurer son retour fut aussitôt mis en œuvre. Dans sa vie, il n'avait encore jamais pris une décision si soudaine. Sauf lors de sa rencontre avec Miên sur la colline de poivriers.

Mon cœur a immédiatement crié, c'est toi la femme que je cherche, tu es mon amour, ma vie. Cette fois aussi. Revenir. C'est le cri du destin.

XXII

Miên se réveille vers six heures du matin. L'horloge sonne lentement, égrenant les sons un à un. Allongée sur son lit, Miên compte en silence les sons jusqu'au dernier. Cette sonnerie suivie d'une musique gaie, cristalline, la surprend. Elle se redresse.

Je suis chez moi. Ces sons me sont familiers depuis longtemps.

Elle va néanmoins dans le salon pour contempler l'horloge suspendue au mur comme si elle ne croyait pas encore que cette horloge y était depuis longtemps, depuis que la maison venait d'être badigeonnée à la chaux alors que la cuisine et la salle de bains étaient toujours en construction. C'est une antiquité avec un cadre en bois finement sculpté, dont la mélodie vive et claire fait vibrer l'espace. Hoan l'a achetée dans la lointaine Nha Trang, une ville dont il lui a souvent parlé.

« Maintenant, on vend toutes sortes d'horloges, russes, françaises, américaines, allemandes, japonaises. Mais je vous ai acheté, à toi et à notre enfant, cette horloge suisse car, autrefois, mon père aimait cette mélodie qui marque les heures. »

Miên ne connaît rien aux horloges. Mais pour elle, tout ce que Hoan dit est pure vérité. Immédiatement, la musique gaie et cristalline imprègne son âme.

583

Comme la maison, le jardin, la cuisine, ce n'est pas seulement un bien, c'est aussi une partie constitutive de sa vie. Depuis que Hoan l'a ramenée ici, tout lui semble nouveau, surprenant. Miên ne comprend pas elle-même pourquoi elle éprouve ce sentiment d'étrangeté. Quand elle vivait avec Bôn, en ramenant ici tous les jours le petit Hanh, elle avait l'impression de sortir d'une cave pour revenir sur terre. Tous les matins, quand elle se dirigeait vers le portail, tirait sur la sonnette, poussait le battant en bois, une joie enfantine envahissait son âme et elle s'avançait sur la petite allée qui menait dans la cour comme quelqu'un qui entrait au paradis sur terre. Souvent, elle arrachait méticuleusement les brins d'herbe qui pointaient entre les pavés, taillait minutieusement les bosquets d'orchidées de terre, restait des heures à contempler les frêles grappes de fleurs imbibées de rosée. Elle entassait les feuilles mortes, ramassait les oranges trop mûres qui jonchaient le sol aux pieds des arbres. Maintes fois, le vieux Lù l'avait suppliée de lui laisser ces menus travaux. Tout dans cette maison l'enivrait. Tout semblait avoir une âme qui l'attendait. Elle se disait chaque fois :

Tout ce qui est ici, dans ce jardin, sur cette terre, sous ce toit, est à moi, fait partie de moi.

Maintenant qu'elle est réellement de retour, assise sous son toit, elle se sent désorientée. Un trouble muet. Il n'ose pas élever la voix, ne serait-ce qu'en silence. Il n'ose pas se formuler. Ce n'est qu'une esquisse de pensée, furtive, peureuse, si craintive, si insignifiante qu'elle reste dans la brume, incapable de s'exprimer en mots. Miên comprend que le trouble la gouverne. Il est comme l'air. On ne peut pas le voir, mais on sait qu'il existe. Il existe. Elle contemple, éperdue, l'horloge, les motifs gravés autour de la vitre, le balan-cier qui va et vient sans se lasser.

La première nuit après son retour de chez Bôn, elle avait demandé à tante Huyên de rester dormir à la maison. L'enfant couchait entre les deux femmes. Il était comblé. Il s'endormit aussitôt du sommeil du juste. Miên ne dormait pas. Elle regardait le jardin, le grand encadrement de la fenêtre, les deux rideaux qui venaient d'être lavés. Pendant tant de nuits, elle avait rêvé de revenir ici, de se coucher dans ce lit, de contempler cette orangeraie qui bruissait au-dehors dans l'embrasure silencieuse.

Une bougie brûlait sur le chandelier en cuivre posé sur la vieille petite table. La vieille armoire à trois battants était toujours là. En face, le grand miroir devant lequel Hoan lui demandait d'essayer une à une les che-mises qu'il lui avait achetées. La chambre était conser-vée en l'état. Les mêmes meubles, pas un de plus, pas un de moins. Chaque objet était resté à sa place, au millimètre près. Elle l'avait voulu. Hoan aussi. Le gérant avait fidèlement accompli leur volonté.

Comme avant... Exactement comme avant... Mais ce ne sera plus jamais comme avant... Je ne suis plus la femme que j'étais...

Elle sursauta, se rendant compte qu'elle venait de le dire à voix haute. Tante Huyên remua les épaules, soupira :

« Tâche de dormir, mon enfant.

— Je croyais que tu dormais.

— Ce n'est pas si facile.

— Je ne sais pas comment je vais vivre.

— Seuls le Ciel ou le Bouddha le savent. Nous autres mortels, contentons-nous de vivre et de voir venir. Je crains qu'on ne devienne la risée du village.

– Je n'en ai pas peur. Que celui qui m'insulte se mêle de ce qui le regarde ! »

La vieille femme soupira de nouveau et, après un long silence, elle éleva la voix :

« Depuis les temps les plus reculés, les anciens l'enseignaient : "Ouvrez la main pour accueillir la pluie du ciel, nul ne peut éviter le jugement des hommes." Et pourtant, nos ancêtres et nous-mêmes continuons de craindre les jugements acerbes de l'opinion. Chaque fois que je me rappelle le jour où le Bôn est revenu, les insinuations, les imprécations des femmes du Hameau de la Montagne me donnent froid dans le dos.

– Ce moment est passé, ma tante. Maintenant, le premier qui ose insinuer quoi que ce soit, je le lui renvoie à la figure. »

Tante Huyên ne répondit pas. La détermination de Miên la surprenait. Pour la première fois, elle remarqua que sa douce nièce avait changé. Ce changement l'étonnait, lui inspirait du respect. Discrète, elle se taisait. Miên ne rajouta rien. La nuit bruissait du chant plaintif des insectes. Quelques heures s'écoulèrent. Dans les hameaux lointains, le chant des coqs annonça l'aube. Des tintements résonnèrent dans le salon, le parfum du thé au jasmin embauma l'air. Le gérant s'était levé, il avait préparé le thé. Dans le maigre patrimoine qu'il avait apporté ici, il y avait un service à thé pour homme seul qui ne le quittait jamais, de jour comme de nuit. Comme une grue, il mangeait peu, dormait peu, mais restait lucide. Quand il buvait le thé, il fermait les yeux, comme si cette boisson excitante ne lui apportait aucune exaltation mais des moments de rêverie éveillée.

Après le tintamarre pressant des coqs du Hameau, les coqs du poulailler se mirent à chanter en chœur. Tante Huyên se redressa :

« Tâche de dormir, mon enfant. Pour ma part, je vais me chercher une tasse de thé. »

La vieille femme alla dans le salon, traînant bruyamment ses sandales. Miên entendit le gérant ouvrir la porte vitrée de l'armoire. Il sortait sans doute la grande théière. Puis il chuchota avec tante Huyên. Ils s'efforçaient de conserver le silence, sachant qu'elle n'avait pas dormi de toute la nuit.

Pourquoi ? Pourquoi donc ?

Elle ne comprenait même pas le sens de sa question. Elle se sentait inquiète, ballottée. Comme si elle n'était pas étendue dans son lit mais sur une barque sans voile ni gouvernail. Le petit Hanh se retourna. Miên recula un peu, ferma les yeux. Soudain, elle s'aperçut qu'elle avait entouré son front de ses mains. Elle les retira, posant une main sur la cuisse de son fils, plaquant mollement l'autre contre sa hanche. Pourquoi ? La question nébuleuse revint comme le bruissement des vagues d'un lac lointain, le lac de son enfance dans son pays natal. Miên sombra vaguement dans le sommeil. Mais quelques minutes après, elle sursauta quand elle réalisa que ses mains s'étaient d'elles-mêmes plaquées sur son front, que son corps était raide comme un cadavre qu'on se préparait à mettre en bière.

J'ai compris, j'ai enfin compris.

Une idée fusa comme une lame dans sa tête. Elle se redressa. Sa vie commune avec Bôn n'avait pas duré longtemps, mais cela avait suffi pour lui inculquer des habitudes terrifiantes. Elle avait été trop habituée à ce comportement de rejet. Elle devait par moments obéir mais, en permanence, elle résistait, se protégeait. Elle ne se rendait pas compte que cette manière de s'allonger toute droite, raidie, les mains plaquées sur le front, immobile comme un cadavre, cette manière de se retenir, de se préparer à réagir, paraîtrait étrange à des femmes normales. Maintenant seulement elle mesurait à quel point elle était perdue. Quand elle abaissait la main, elle ne rencontrait plus une natte étalée sur des planches comme dans le lit de Bôn, mais un drap qui recouvrait un matelas épais, moelleux. Son épaule et ses côtes restaient constamment crispées sur un côté, raidies parce qu'elles étaient en contact avec Bôn. Leurs muscles constamment aux aguets n'étaient plus faciles à détendre. Maintes fois, elle se coucha sur le côté, écrasant son épaule gauche pour effacer les anciens signaux, mais l'instant d'après, l'étouffement et la peur chronique la forçaient de changer de position. Ainsi, ce n'étaient pas seulement les accouplements, la grossesse honteuse et les souvenirs hallucinants de son accouchement qui l'empêchaient de redevenir la femme qu'elle était. Même les menues habitudes de la vie quotidienne l'avaient poussée vers d'autres rivages.

Les coqs chantèrent la deuxième veille. Puis la troisième. Tante Huyên continuait de boire et de causer avec le gérant. Miên regardait la bougie brûler, son fils dormir, les objets de la chambre... le royaume perdu et retrouvé. Seule sa propriétaire ne retrouverait plus le bonheur et la paix perdus.

Depuis cette nuit jusqu'à ce matin, plus de trois semaines ont passé. Presque un mois. Miên n'a toujours pas réussi à effacer cette sensation d'égarement dans son âme. Elle s'est entraînée, elle a réussi à retirer l'une de ses mains de son front. Dorénavant, elle ne garde plus que sa main droite sur le front en dormant. Elle réussit aussi à se coucher sur le flanc gauche, mais pour quelques moments seulement. Le trouble muet, nébuleux continue néanmoins de la hanter. Il est comme une brume, une nappe de vapeur condensée dans une crevasse de montagne, impossible à saisir, à chasser. Parfois, le matin, en ouvrant les yeux et en n'apercevant pas les rais de lumière traverser le toit de feuilles de chez Bôn, Miên se demande, hébétée, si elle rêve ou si elle est éveillée. C'est seulement quand le petit Hanh se réveille, réclame en geignant son petit déjeuner ou s'enfouit contre sa cuisse pour dormir encore, que Miên commence à croire qu'elle est revenue chez elle, dans sa véritable vie. Mais cette vie, qu'elle a maintes fois affirmée comme véritablement sienne, tangue comme une barque sans gouvernail.

« Voudriez-vous que je vous prépare un thé, Madame ? »

Le gérant est dans son dos. Il parle toujours d'une voix douce, sereine. Sans attendre la réponse de Miên, il continue :

« La mélodie de cette horloge est très belle. Monsieur est un connaisseur. »

Miên se retourne :

« Vous connaissez beaucoup de modèles d'horloges ?

– Oui. J'ai travaillé pour beaucoup de patrons. Certains sont plus riches que Monsieur, mais moins avisés malgré leur âge et leur riche expérience. »

Miên ne sait plus quoi dire. De fait, elle ne peut rien ajouter car, sans doute, l'homme comprend et juge Hoan avec plus de perspicacité et de clarté qu'elle. Elle n'est jamais allée dans une ville autre que celle qui a vu naître Hoan, elle n'a jamais connu d'autres horizons que ceux qu'il a tracés pour elle. Il était l'univers qui l'entourait, la protégeait, à la fois proche et impossible à évaluer. Comme s'il lisait l'embarras de Miên, le gérant dit :

« Voulez-vous prendre le petit déjeuner maintenant ou attendre le réveil du petit monsieur ?

– Comme vous voulez.

– Alors, venez dans la cuisine, je vous ai préparé une soupe de bœuf. Monsieur souhaite que vous accordiez plus d'attention à vos repas.

– Ne vous faites pas trop de souci pour moi. Je saurai me débrouiller.

– Cela ne vaut pas la peine d'en parler, Madame.

– Vous êtes seul pour diriger les chantiers du Petit Ruisseau et de l'école.

– Tout est en ordre. J'ai confié les travaux, le contremaître en est responsable. Je procéderai à la réception des travaux au fur et à mesure de leur achèvement. Je ne paierai que s'ils sont correctement faits. »

Miên se couvre d'un châle avant de sortir dans la cour. Elle n'a pas encore retrouvé toutes ses forces. Le matin, en se réveillant, elle a ramassé une touffe de cheveux sur son oreiller. Un léger courant d'air provoque des bourdonnements dans ses oreilles, qui se prolongent longtemps. Parfois des grincements terrifiants s'élèvent comme si quelqu'un avait allumé une forge dans sa tête. Après la naissance du petit Hanh, elle n'a jamais connu de tels symptômes. Cette fois-ci... Mais comment peut-on comparer ? Multiples sont les segments d'un fleuve, les tournants d'une vie. Peut-être a-t-elle contracté une dette envers Bôn dans une existence antérieure, dette qu'elle doit payer dans cette existence-ci.

Je l'ai détesté, je l'ai haï, mais maintenant c'est fini. Je me suis réjouie de tout mon cœur de le voir souffrir, mais maintenant...

Elle tire les pans du châle pour couvrir ses oreilles et sa gorge en traversant la cour vide balayée par les vents. La cour est grande, le jardin vaste, l'allée profonde. Le vent s'y engouffre comme en pleine rue. Miên entre dans la cuisine, ferme la porte. Le vieux Lù a installé le foyer de charbon pour réchauffer les pieds de Miên. Il la laisse s'asseoir sur une chaise, lui apporte un bol de soupe. L'odeur du bœuf aux cinq épices s'exhale, réveille sa faim, provoque en elle une question confuse.

Quel plat ? Quel plat prend-il ce matin ? L'argent que j'ai laissé a sans doute été dépensé depuis longtemps. Rien ne pousse dans son jardin qui puisse se manger. Les champs de poivriers et de caféiers sont toujours noyés d'herbes folles. Pauvre Bôn !

Cette question confuse se précise peu à peu. Au départ, elle ressemble à une rumeur lointaine. Puis, lentement, elle se fait mots, devient parole, distincte, claire. Quand Miên a fini de manger sa soupe, le vieux Lù lui apporte une tasse de thé au gingembre. Elle la boit à petites gorgées. À chaque gorgée, elle voit le visage de Bôn de plus en plus vivant.

Je ne le hais plus. Lui-même n'avait connu aucune joie, il se savait humilié... Si j'avais été à sa place...

Et elle se rappelle le matin terrible où elle s'est jetée contre la porte pour éjecter le fœtus sous les yeux de Bôn. Elle avait jubilé d'une joie cruelle qu'elle n'avait jamais connue dans sa vie, une joie barbare, féroce, qu'elle n'avait jamais imaginé avoir à éprouver dans son existence. Ce jour-là, Bôn l'avait suppliée à genoux sous les yeux de tante Huyên. Les jours suivants, il l'avait regardée avec des yeux de criminel. Son dos s'était voûté, son visage était devenu gris. Souvent, il perdait son souffle, haletait comme un vieillard au bord de la tombe. La nuit, il n'osait plus grimper dans le lit avec elle. Il allait de la maison à la cour, de la cour à la maison, attendait qu'elle montât d'abord dans le lit. Seulement longtemps après, il osait s'y glisser et se tasser dans un coin comme un cafard. Toutes ces nuits, Miên avait du mal à dormir. Elle entourait son front de ses mains, surveillait Bôn en silence. Un peu d'indifférence, un peu d'étonnement, un peu de pitié. Elle savait qu'il était totalement vidé après cette nuit de folle luxure, que dorénavant il n'était plus que l'ombre du fœtus qu'il avait semé dans son corps. Une nuit, elle s'endormit, épuisée. Elle se réveilla quand le coq chanta la deuxième veille. Bôn ne dormait pas. Il était accroupi au pied du lit, serrant ses genoux entre les bras. La lumière de la lampe éclairait ses yeux ténébreux. Des cavernes abandonnées où personne n'avait mis les pieds, qu'aucune torche n'avait éclairées. Il restait figé comme une statue de pierre. Miên n'osait plus bouger. Le temps passait. Elle continuait de le surveiller avec une anxieuse curiosité. Elle le vit chuchoter comme s'il parlait à quelqu'un, à la lampe, aux ténèbres de la cour ou à lui-même. Un murmure très bas, trop bas, le murmure d'un fantôme plutôt que celui d'un être vivant. De l'orbite de ses yeux, les larmes coulaient lentement, scintillaient dans la lumière de la flamme. Bôn ne les essuyait pas avec la manche de sa chemise. Il ne savait sans doute pas qu'il pleurait. Les larmes roulaient en silence de ses pommettes vers son menton, tombaient sur le vieil uniforme de soldat qu'il portait pour dormir. Miên en fut émue. Comme lorsque Bôn lui avait tendu le savon parfumé, l'unique cadeau qu'il ramenait de quatorze années de guerre...

Pauvre Bôn... Si j'étais un homme dans cette situation...

Cette pensée alluma soudain en elle un peu de compassion. Le lendemain matin, la compassion avait disparu avec les imprécations que Tà lançait d'une voix grinçante à sa fille :

« Ah, espèce de jeune pute, lève-toi et au boulot si tu ne veux pas te nourrir de merde ! Va voir dans la maison s'il reste le moindre grain de riz collé au fond de la marmite. Sinon, va dans les champs et les plantations voir s'il n'y traîne pas quelques graines de paddy ou des maniocs pourris et rapporte-les. Crois-tu donc que tu es née putain, qu'il te suffirait d'écarter les cuisses pour remplir ta bouche de mets délicats et rares ? Crois-tu que le sort t'a placée sur un trône, que tu n'as pas besoin de souffrir de la pluie et du soleil pour combler tes poches et remplir ta jarre de riz ? »

Depuis que les enfants de Tà avaient aspergé les yeux du petit Hanh de poudre de piment, Miên ne leur prêtait plus de riz.

« Je n'ai pas la responsabilité de nourrir ces dégénérés. Les gens le disent bien, il faut être fou pour fréquenter les démons en portant une robe de moine. »

Elle avait jeté ces paroles au visage de Bôn. Il avait gardé le silence. Les neveux de Bôn et sa sœur dévergondée étaient incapables de supporter ce changement. Sans l'aide permanente de Miên, leur vie basculait aussitôt dans la misère d'antan, une vie pas très lointaine mais qu'ils avaient rapidement oubliée. Bôn comprenait que pour les paysans, l'idée qu'un homme fortuné dût soutenir toute sa parentèle était naturelle, qu'il allait de soi qu'une tante riche se devait de subvenir aux besoins de ses neveux indigents sous peine d'être montrée du doigt.

« Sales fruits verts au cœur rouge ! Derrière leurs masques fleuris se cachent des entrailles venimeuses. Qui ne le sait pas ? Il faut être avare pour amasser tant d'argent, il faut être avide comme des chiens pour s'enrichir ainsi. Mais ne croyez pas qu'il en sera éternellement ainsi. Un jour les corbeaux et les vautours videront vos trésors, les loups emporteront votre fortune, jusqu'à ce que vous soyez nus comme des vers à soie, sans même un demi-pagne pour vous couvrir le corps. »

Finalement, sans attendre les insultes de l'opinion, Tà avait elle-même ouvert les hostilités. Miên répondit par le silence, le mépris, une joie cruelle qu'elle n'avait jamais encore ressentie. Elle ouvrait grand la porte de sa chambre et, assise, regardait tranquillement la femme crasseuse, décharnée, s'échiner dans la cour. Était-ce son regard, son attitude hautaine ou le teint de sa peau, la couleur de ses cheveux, la beauté dont le ciel l'avait gratifiée, qui provoquait la fureur de Tà ? Voyant que ses injures féroces n'atteignaient pas sa belle-sœur, n'égratignaient pas son âme, Tà eut l'impression que ses paroles tranchantes comme des lames se retournaient contre elle. Elle se cabrait, saisissait l'un de ses enfants par les cheveux, l'autre par la nuque, déversait sur eux la rage et la haine de son âme sauvage, crasseuse. Bôn se taisait. Il tournait le visage vers le mur, affectait de dormir, ou il ouvrait de vieilles bandes dessinées froissées pour les regarder. Mais pendant les repas, il baissait la tête, évitait de regarder la cour où ses neveux s'attroupaient autour d'un panier de patates cuites à l'eau...

J'ai jubilé parce qu'ils ont dû vivre une vie conforme à leur méchanceté, parce qu'une femme paresseuse, dissolue, dévergondée mérite cette vie misérable et méprisable, qu'elle ne mérite pas une vie plus chanceuse... Maintenant, je ne jubile plus... Maintenant, j'ai oublié... J'ai oublié...

A-t-elle vraiment oublié ces douloureux souvenirs ? Elle s'en souvient pourtant comme si c'était hier.

J'ai oublié la haine.

Elle a oublié qu'en voyant les yeux boursouflés de son fils elle avait voulu écraser une à une les têtes des neveux de Bôn, incendier leur baraque, les précipiter un à un dans le puits pour les voir se débattre dedans, y mourir le ventre enflé d'eau. Tous les actes féroces que le cœur douloureux et haineux d'une mère pouvait imaginer. Au dernier moment, elle comprit soudain que cela n'avait pas de sens. Ces enfants sauvages ne faisaient pas encore partie des humains qui savent ce qu'est la douleur. Ils ne savaient pas encore ce qu'était l'humiliation. Leur mère de même ou presque. Dans leur famille, celui qui avait le plus de capacité à éprouver la douleur et l'humiliation, c'était Bôn. C'était pourquoi elle avait laissé dans la cour ces enfants féroces, les véritables coupables, pour le frapper lui, sachant qu'elle viserait juste...

Ce matin, ces souvenirs lui reviennent, semblables aux paysages des montagnes et des collines en automne avec leurs traits distincts et une confuse tristesse...

Pourquoi ? Pourquoi donc ?

Sur les collines bruissantes de l'automne pousse souvent une herbe sèche, gris argent, effilée comme un roseau à flèche, avec des fleurs minuscules, ténues, des poils plus minces que des poils de laitue indienne, si minces qu'un œil ordinaire peine à les voir. Ces poils s'envolent dans le vent, s'agrippent aux cheveux, adhèrent aux vêtements. On ne s'en aperçoit que de retour à la maison. La tristesse qui saturait l'air qu'elle aspirait, qui l'assiégeait, ressemblait aux poils des fleurs de cette herbe. Invisibles, ils s'accumulaient imperceptiblement dans tous les coins et recoins de son cœur.

Pourquoi ? Mais pourquoi ?

Sous le toit de Bôn, la haine se mêlait à la pitié. Parfois, apitoyée, elle pensait pouvoir serrer les dents pour vivre le reste de sa vie avec l'homme envers qui, une fois, elle avait contracté une dette. Mais ces moments devenaient de jour en jour plus rares alors que la haine grandissait, s'accumulait sans fin, jour après jour, mois après mois.

Supposons que j'aie contracté une dette envers lui dans une existence antérieure. Qui peut en témoigner ? Même si c'était le cas, j'ai suffisamment payé. Je ne peux plus vivre avec une âme errante réincarnée. Vaut mieux se jeter dans le gouffre que continuer cette vie brisée...

Combien de fois s'est-elle vue se jeter dans un gouffre – une issue rapide, pratique ? Elle avait même préparé ses dernières paroles à son fils, à tante Huyên, à Hoan. Dans son imagination, elle avait pleuré sur son sort, suivi son cercueil jusqu'au cimetière, jeté de sa propre main les dernières pelletées de terre sur sa tombe. Elle avait compté les gens qui pleuraient le plus, qui souffraient le plus à son enterrement. Puis les scènes imaginaires s'en allaient, elle ressurgissait de l'abîme, revenait chez tante Huyên pour prendre son joli garçon dans ses bras, pour l'embrasser, le flairer, l'emmener jouer dans son ancienne demeure, lui préparer des plats et rêver sans fin à l'homme en ville. Elle sut qu'elle ne pouvait pas encore mourir, que le Ciel ne l'admettait pas encore. Parce que, derrière l'immensité sévère et infinie du Ciel, se dressait un homme en chair et en os, au visage rayonnant, avec une mèche de cheveux étalée sur le front, des lèvres passionnées, des yeux caressants. Chaque fois qu'elle revenait, elle allait s'allonger sur le lit, son enfant dans les bras. Pendant que le petit babillait, elle fermait les yeux, fouillait sa mémoire, ressuscitait les scènes d'amour du passé. Parfois, elle emmenait l'enfant sur la terrasse, regardait l'horizon, rêvait d'un jour où ils s'en iraient tous les deux vers l'est où le soleil se lève, où une ville retenait prisonnier un visage bien-aimé. Du fond de son âme s'élevait alors un cri muet.

Nous serons de nouveau ensemble, nous revivrons notre ancienne vie... En dépit de tous... Rien ne pourra nous séparer, nous éloigner...

C'était un cri muet. En silence, il grandissait jour après jour, mois après mois, comme des tas de cailloux dans une grotte profonde. Il gravait dans son âme des déchirures douloureuses, enchevêtrées. Chaque jour la poussait davantage vers des rivages qu'elle n'entrevoyait pas. Mais elle savait que les nuées s'étaient accumulées en elle et elle attendait dans la peur et l'espérance le coup de foudre... Vint le matin où Hoan entra dans la chambre de Bôn, tenant le petit Hanh par la main. Le matin du destin. Elle se redressa tel un ressort en entendant un bruit, le coup de pied du petit Hanh contre la porte. Son garçon avait cette habitude. Elle ne savait qui le lui avait appris et, malgré tous ses efforts, le petit n'arrivait pas à s'en débarrasser. Miên allait élever la voix quand elle vit soudain Hoan. Il passait la porte en se courbant. Il releva la tête. Leurs regards se croisèrent. Miên s'écroula comme un bananier fauché, éclata en sanglots. D'un bond, Hoan vint la prendre dans ses bras. Le tonnerre avait éclaté. L'éclair avait balayé les nuées accumulées depuis des mois. Les larmes longtemps retenues ruisselèrent. La tristesse, l'humiliation, la haine réprimées éclatèrent en sanglots saccadés, en cris insensés, enfantins, douloureux. Miên ne savait plus combien de temps elle avait pleuré. Elle se souvenait seulement que cela dura longtemps, comme pour compenser les souffrances qu'elle avait endurées. Au début, son fils effrayé se mit à pleurer avec elle. Mais Hoan l'avait consolé. L'enfant avait sans doute aussi deviné que derrière les pleurs de sa mère il n'y avait pas que de la douleur mais aussi de la joie. Pour la première fois depuis longtemps déjà, il revoyait ses parents ensemble. Ce signe capital ne promettait que du bien. Il se tint en silence à côté de Hoan, sérieux comme un vieillard, malgré la présence en foule des enfants de Tà et des voisins devant la porte. Certains tendaient le cou, se haussaient sur la pointe des pieds, tiraient malignement la langue. Miên pleura ainsi jusqu'à ce que ses sanglots s'adoucissent. Bôn entra à cet instant. Il posa sa bouilloire au pied du lit, se planta face à Hoan :

« C'est chez moi, ici. »

Hoan acquiesça :

« Oui. Je n'ai pas l'intention d'accaparer votre maison. »

Bôn dit encore :

« Miên est ma femme. »

Hoan rit :

« C'est à voir. Pouvez-vous me montrer l'acte de mariage ? »

Bôn pâlit. Il devint subitement muet. Il tourna ses yeux vers Miên. Elle cessa de pleurer. Martelant ses mots, elle dit d'une voix nette, glacée, quelque peu cruelle :

« Ton acte de mariage a brûlé avec tes vieux habits lors de la première cérémonie commémorative de ta mort. Tout le monde au Hameau peut en témoigner. »

Bôn devint livide. Des éclairs menaçants s'allumèrent soudain dans ses yeux tragiques. Il saisit le papier que Hoan tenait dans sa main, le déchira violemment, jeta les miettes sur le sol. Miên bondit pour reprendre le papier, mais Hoan arrêta l'élan de sa femme.

« Vous venez de déchirer une copie. L'original et un tas d'autres copies sont chez moi. Regardez bien : c'est une copie parce que le tampon est noir. Sur l'original il est à l'encre rouge. »

Bôn ne put plus rien dire. Ses yeux se figèrent lentement. Son corps se mit à trembler convulsivement, à commencer par ses bras ballants, puis ses épaules, son menton, les muscles de son cou, de ses paupières. Son regard sombre se tourna vers Miên comme un dernier rayon de soleil dans le crépuscule, la main d'un noyé jaillissant pour la dernière fois de l'eau. Miên n'en fut aucunement émue. Elle se sentait irritée, impatiente, énervée. Comme une femme condamnée à vivre exilée dans une caverne au fond des forêts depuis trop longtemps, elle aspirait à sortir de ces parois rocheuses qui l'étouffaient pour respirer l'air libre et pur.

Ce fut elle qui éleva la première la voix :

« Allons-nous-en, Hoan. »

Hoan répondit :

« Oui, je suis venu pour te ramener à la maison.

– Attends, je ramasse mes vêtements. »

Hoan secoua la tête :

« Abandonne tout. »

Miên se leva aussitôt, prit son garçon par la main. Ils sortirent. Hoan s'arrêta à cet instant :

« Monsieur Bôn, nous sommes tous les deux des hommes qui n'ont entre eux ni haine ni dette. Je comprends votre situation. Mais la vie impose ses propres voies que ni vous ni moi ne pouvons contrecarrer. Croyez-le, je serai toujours prêt à vous aider chaque fois que vous en aurez besoin. Si, à un moment ou à un autre, vous sentez que vous ne pouvez plus vivre ici, venez là-bas. C'est dorénavant la maison privée de Miên. »

Sur le visage ténébreux de Bôn, des lèvres pâles comme celles d'un cadavre remuèrent :

« Je vis sous mon propre toit. »

Hoan franchit la porte. Avant de partir, il se retourna encore :

« Pensez-y encore. Au revoir. »

Les enfants curieux massés devant la porte s'écartèrent pour leur laisser le passage. Devant le portail se dressait la moto familière de Hoan. Il se retourna et dit à Miên :

« Allons, couvre-toi la tête. »

En silence, Miên se couvrit la tête avec un châle, obéissante comme jadis. Hoan la ramena avec son fils à la maison sous les regards curieux cachés derrière les haies, les portes et les fenêtres du voisinage.

Assise sur la moto, Miên respira comme si elle avait été sur le point de suffoquer. Comme une prisonnière qui venait de s'échapper de sa geôle, elle n'osait pas se retourner pour la regarder. Plus jamais elle ne reviendrait dans cette ruelle boueuse, vers ce portail en bambou croulant. Tout était désormais derrière elle, aucune force au monde ne pourrait la forcer à se retourner. Les jours, les mois d'exil et de malheur l'avaient rendue courageuse, obstinée. Elle avait appris à aiguiser ses crocs et ses ongles pour se défendre. Elle était prête à bondir sur quiconque oserait l'attaquer. Elle monterait la première sur le ring si l'ennemi se présentait.

Le matin où il était allé chercher Miên, Hoan avait demandé au vieux Lù de préparer le repas. Ils déjeunèrent dans la cuisine familière, devant l'immense table. Miên pensa que sa vie allait renaître, qu'elle allait reprendre son ancien rythme sans la moindre altération. Mais, à la fin du repas, Hoan lui dit :

« Je dois retourner en ville. Demain, je prends l'avion de Bao Lôc pour y régler des affaires. Reste ici avec l'enfant. C'est dorénavant ta maison. »

Elle le regarda, abasourdie :

« Ma maison ? Qu'est-ce que cela signifie ? »

Hoan sourit d'un air mystérieux et, au lieu de lui répondre, il se baissa pour ébouriffer les cheveux de leur garçon :

« Reste à la maison avec maman et sois sage. Cette fois, je t'achèterai un jeu de chiffres et de lettres. »

Miên demanda :

« Tu pars définitivement ? »

Elle le regarda d'un air triste, pitoyable, irrité. Mais il ne releva pas la tête, serrant l'enfant dans ses bras, pour éviter ce regard chargé de reproches :

« Soigne bien ta santé... J'ai fait toutes les recommandations à l'*oncle* Lù... »

Tournant le visage vers la cour, il posa sa main chaleureuse sur le dos de Miên en guise d'adieu. Miên se figea, silencieuse, se retenant d'éclater en sanglots devant le gérant :

Il me ramène ici pour s'en aller aussitôt en ville. Je ne suis plus la femme intacte d'autrefois. Notre ancienne vie jamais ne ressuscitera.

Elle attendit que le bruit de la moto de Hoan s'éteignît dans le lointain, rentra dans sa chambre, pleura en silence. Quand elle eut pleuré tout son soûl, elle se consola en se disant qu'après tout elle pourrait vivre sa véritable vie sous ce toit. Mais cette vie ne vint pas aussi facilement qu'elle l'imaginait. L'impression d'égarement lui donnait le sentiment de n'être qu'une hôte, que les vrais maîtres des lieux étaient le vieux gérant et son fils.

Elle s'était préparée à résister aux curieux, aux médisants, aux envieux mal intentionnés, aux fantômes embusqués dans son âme, aux âmes toutes puissantes qui régnaient depuis des dizaines de millénaires sur cette terre et l'avaient obligée de revenir vivre avec Bôn... Elle avait même imaginé le jour où le Président

601

de la commune, le Secrétaire du Parti, la Présidente de l'Union des Femmes tireraient sur la sonnette pour entrer et lui faire d'interminables discours théoriques pour la condamner, pour en appeler à sa conscience, à son esprit de responsabilité, en invoquant les valeurs traditionnelles des Vietnamiennes. Dans son âme endolorie, dans son cœur exaspéré, jaillissaient des avalanches de mots, des paroles qui n'étaient pas celles d'un lettré mais la lave incandescente d'une femme meurtrie et en colère... Comme quelqu'un qui affûtait son épée, elle affûtait ses arguments pour tenir tête au monde, pour défendre son droit à vivre comme elle l'entendait... Mais les ennemis ne se montrèrent pas. Le Président de la commune, le Secrétaire du Parti, la Présidente de l'Union des Femmes, ne se présentèrent pas. Les ombres fantomatiques de la tradition n'étaient pas réapparues dans le brouillard du matin ou sous la lumière froide des nuits de lune. Un jour, la sonnette avait retenti, mais c'étaient des voisins venus lui rendre visite. D'autres fois, c'était pour lui demander un peu de baume, une cuiller de sucre pour préparer une sauce ou pour lui emprunter le moulin à café.

C'était étrange. Dans leurs conversations, jamais ils ne faisaient la moindre allusion à sa vie avec Bôn, comme si cette histoire n'avait jamais existé, comme si elle n'avait jamais quitté cette maison, quitté ses voisins pour s'installer sous un autre toit, avec un autre homme, auprès d'autres voisins. L'ennemi était mort. Les vivants gardaient un air tranquille, indifférent, comme s'ils ne s'étaient jamais attroupés chez elle le jour où Bôn était revenu, n'avaient jamais vrillé leurs regards inquisiteurs, féroces dans ses yeux, jamais proféré des leçons de morale grinçante, jamais alimenté la rumeur publique. Les ombres fantomatiques avaient aussi disparu. Elles s'étaient sans doute noyées en masse dans la traversée du fleuve de l'enfer... Mais l'anxiété de Miên n'était pas partie avec ses ennemis. Elle se rendit compte que l'angoisse avait remplacé les fantômes d'antan, pris la place de la puissance invisible des foules, ce pouvoir qu'on appelle opinion publique.

Maintenant, c'est elle, l'angoisse, qui torture son cœur.

Le vieux Lù élève la voix :

« Madame, videz la tasse de thé tant qu'elle est chaude. Le thé au gingembre est très bon pour les femmes qui relèvent de... maladie. »

Miên comprend qu'il a voulu dire : de couches. Mais il l'a évité à temps. Elle lui en est reconnaissante. Mais cela l'attriste.

C'est la vérité. Tout le monde le sait, qu'on le dise ou non. J'ai eu un enfant avec Bôn. Même s'il ne lui était pas donné de devenir un homme, c'était une goutte de sang égarée. Je ne l'ai pas vue, cette masse de chair que j'ai portée dans mes entrailles près de neuf mois...

Elle se rappelle la mine hébétée de Bôn quand on l'a chassé de la salle d'accouchement. Ce n'était plus une figure humaine, c'était une tombe où l'espoir et la joie de vivre s'étaient éteints, enterrés, avaient pourri. Elle se rappelle ses lèvres livides, tremblantes. Les mots qui en tombaient roulaient, sans suite, comme des cailloux jetés sur le flanc d'une colline. Bôn l'appelait, appelait le petit fœtus qui ne connaîtrait jamais une existence humaine, d'une voix épouvantée, douloureuse, lointaine. Une voix de fantôme. Car il était un fantôme aux yeux de Miên, un cadavre errant à jamais, maudit par cette petite âme qui n'arrivait pas à s'incarner dans une forme humaine. Bôn était son créateur et son bourreau. Avant même de lui permettre une existence humaine, il l'avait exilé dans le monde des fantômes. Dans ces froides et éternelles ténèbres, le petit mènerait une existence orpheline, aveugle, muette. Il voudrait crier, mais n'aurait pas de voix. Il voudrait pleurer, mais n'aurait pas de larmes, il voudrait soupirer, mais n'aurait pas de parole. Éternellement, le petit cœur de cette âme inachevée subirait la douleur des âmes errantes sans tête.

Pourquoi ne l'ai-je pas regardé, ne serait-ce qu'une fois, ne serait-ce qu'un instant ? Je suis une mère impitoyable, indigne...

Dans la cour, le vent froid s'élève soudain, soulevant les feuilles mortes, dispersant des nuées de papillons, les jetant dans un autre coin. Les feuilles séchées, jaunies, évoquent un jardin d'été où elles se balançaient encore dans le vent, s'égaillaient avec les oiseaux, jetaient vers le ciel des milliers d'éclairs verts... Un jardin d'été, des forêts verdoyantes qui venaient de changer de parure. La jeunesse... Tout le monde a eu une jeunesse... Tout le monde. Bôn aussi. C'était un jeune homme vigoureux, chaleureux, quand il vint vers elle. Miên se rappelle un matin d'été. L'amour venait de germer en eux. Bôn l'avait invitée à aller en forêt pour ramasser des fagots. Ils étaient partis très tôt pour éviter la curiosité et les moqueries de leurs amis. Miên avait oublié qu'elle allait avoir ses règles et n'avait pas emmené de serviettes. Comme toutes les filles pauvres de la campagne, elle utilisait des morceaux de toile grossière et souple pour absorber le sang et les lavait discrètement à l'abri des regards. Cette fois-ci, elle fut terrifiée de ne pouvoir trouver un morceau de toile ou une poignée de coton au fond de la forêt. Le sang ruisselait. Elle dut poser les fagots par terre, rester figée au milieu du sentier, serrant ses cuisses pour laisser son pantalon noir absorber le sang. Derrière elle, Bôn la vit debout dans cette étrange et pénible position, incapable de lui dire le moindre mot. Il lui demanda :

« Qu'as-tu ? »

Elle ne répondit pas, les yeux envahis par les larmes. Bôn éclata de rire :

« Quelle mentalité féodale ! Personne n'y fait plus attention de nos jours. »

Il enleva sa chemise, déchira les manches, les lui donna :

« Prends ! Je m'assieds là, le dos tourné, pendant que tu te changes. »

En cet instant, il avait l'air mûr, imposant. Ses yeux étincelaient de joie de vivre, de confiance en soi. La lumière qui s'en dégageait pétillait de gaieté, de jeunesse, intense comme si elle recelait des terres, des forêts en friche. Bôn n'était pas beau, mais ses yeux noirs séduisaient. Les gens du village disaient : « Qui sait, il a peut-être des ancêtres Cham. Il a les yeux des Chams de la province de Thuân Hai. »

Miên n'était jamais allée dans la province de Thuân Hai. Elle n'avait jamais rencontré de Chams. Mais elle avait aimé passionnément les yeux de Bôn, l'obscurité humide et triste qui luisait sous ses cils. Elle avait éprouvé la nostalgie de ces yeux, de cette expression...

Pourquoi me rappellé-je soudain cette matinée, ce coin de forêt, ce sentier et le rire plein de jeunesse de Bôn ? Ses yeux scintillaient comme des flammes quand il m'a donné les manches de sa chemise. Deux morceaux d'étoffe bleue à carreaux blancs de la vieille chemise que Bôn mettait quand il allait aux champs ou dans la forêt pour ramasser les fagots. Pourquoi l'avais-je oublié ?

Cela la surprend. Tant qu'elle vivait avec Bôn, sous son toit, elle avait maintes fois tenté de se persuader qu'elle avait eu pour Bôn un amour profond, que cet amour l'obligeait à rester liée à lui jusqu'à la tombe. Maintes fois, elle avait convoqué son ancien amour, fouillé les cendres du passé pour ranimer la flamme éteinte. Mais plus elle essayait de le ressusciter, plus il s'enfonçait dans l'abîme noir. Ses échos se dissolvaient dans les hurlements du vent. Les anciennes images s'éparpillaient en poussière, en cendre, dans un ciel glauque noyé de fumée, de brume. Et le ciel lui-même s'ouvrait, s'écroulait, s'anéantissait comme une hutte incendiée par les flammes du temps. Maintenant, elle est revenue chez elle, sûre de ne plus jamais revivre avec son premier mari. Tout cela n'est plus qu'une ruine dans son dos, qu'elle ne devra plus revoir... Et justement, en cet instant, ces images se raniment, chaque souvenir rappelle un autre souvenir, sa vie passée se dévide comme une pelote de fil, pas très longue mais suffisante pour brouiller son cœur et ses esprits.

Non, j'ai payé ma dette de vie, intégralement. Personne dans ce Hameau de la Montagne ne pourra me reprocher d'être ingrate. Celui qui oserait me chercher noise trouvera à qui parler. Je n'ai plus le devoir de revenir vers Bôn.

Miên se persuade ainsi. Elle sait que pour les gens du Hameau de la Montagne son attitude envers Bôn constituait une exception. Aucune autre femme n'avait les moyens financiers et la générosité nécessaires pour nourrir un mari malade comme elle l'avait fait pendant tout ce temps. Pour tous, l'argent avait une très grande valeur. Pour elle, subir les accouplements de Bôn représentait la véritable horreur, le vrai prix à payer à la morale traditionnelle. Elle savait qu'elle ne l'aimait plus, qu'elle était incapable de l'aimer de nouveau. Elle était partie avec son fils, elle s'était libérée et maintenant, en cet instant même, assise dans sa luxueuse demeure, les ténèbres de la misérable masure au toit de feuilles reviennent la hanter.

Qu'a-t-il mangé ce matin ? Il commence à faire froid. Bôn ne peut pas se contenter d'une bouillie de riz blanc pour oublier les repas. Est-il allé voir Xa le Borgne ? Xa a bon cœur, mais il n'est pas riche et il a trois enfants à charge. Pourquoi cela me tracasse-t-il ? Bôn doit prendre en charge sa propre vie. Il a le même âge que moi. Ce n'est ni un vieillard de quatre-vingts ans ni un enfant de sept ans...

Miên s'agace des pensées qui l'assiègent. Elle se tourne vers le gérant :

« Donnez-moi la théière, je me servirai moi-même. »

Le vieux Lù apporte la théière. Miên se verse une tasse de thé, l'avale, se reverse une autre tasse, l'avale de nouveau d'un trait bien qu'elle se sente repue. Elle veut se remplir l'estomac avec le liquide chaud au gingembre pour oublier toutes ses pensées. Elle se couvre de son châle, rentre dans la maison, espérant penser à autre chose dans cet espace autre. Le petit Hanh dort profondément. Assise à côté de son enfant, Miên regarde le jardin. Les orangers ont changé de couleur à la chute des feuilles. Les branches semblent décharnées.

Cette couleur marron moisie, comme elle ressemble à celle de l'écorce des flamboyants. Plus les fleurs sont rouges, plus l'écorce de l'arbre est moisie.

Cette idée réveille aussitôt le souvenir du chemin qui menait à la rangée de flamboyants à l'entrée du Hameau, aux collines d'ananas qui s'étendaient sur les côtés, aux haies jonchées de roseaux à flèches chancelants. Ces flamboyants avaient vu les premiers baisers de sa vie, l'ivresse de la chair caressant la chair, les marques rouges que Bôn avait laissées sur son cou, qu'elle masquait aux yeux du monde avec son foulard. Une fois, tante Huyên lui avait dit :

« Mon enfant, comment peux-tu supporter ce foulard autour du cou par un temps si torride ? »

Elle s'en alla sans attendre la réponse de Miên. Comment pourrait-elle lui répondre ? La passion échevelée à dix-sept ans, éblouissante comme la couleur des flamboyants, brûlante comme le soleil de l'été... Maintenant, tout lui semble si proche, comme la lumière sur la véranda la veille, dans l'après-midi... Un miracle ou un maléfice ? Miên ne le sait pas. Elle sait seulement qu'au moment même où elle n'est plus menacée de devoir revenir à Bôn, où elle a le courage de vivre comme elle l'entend, de le repousser de l'autre côté du fleuve où il est resté, seul, tremblant, désarmé, désespéré, totalement incapable de la reprendre, sans la moindre opportunité de se battre, lui, le vieillard délabré, l'enfant éperdu, l'homme impuissant, totalement impuissant, s'éveille soudain en elle la mémoire d'un été d'adolescence. Par sa patience résignée, silencieuse, cette ombre fantomatique ranime en elle des souvenirs d'amour, des images gaies, épanouissantes d'une aube brève, enfouie sous d'innombrables couches de cendre.

Je l'avais en horreur, je le haïssais. Pourquoi ? Serais-je injuste, volage ? Pourrais-je encore l'aimer ?

Mais rien que d'y penser la fait hurler de terreur.

Jamais, jamais, jamais...

Elle comprend que si quelque puissance maléfique la forçait à revenir vivre chez Bôn, tout se déroulerait de nouveau de la même façon. Toutes les nuits, elle se coucherait dans la position d'un cadavre, les mains plaquées sur le front, la moitié gauche de son corps tendue en permanence. Nuit après nuit, les paupières mi-closes, elle le surveillerait, ce fantôme réincarné, douloureux, accroupi au pied du lit, avec ses yeux passionnés, désespérés, humiliés, haineux, avec son haleine d'enfer, avec son corps qui ne réveillait plus en elle le désir ivre de la chair, de la fusion avec l'autre, mais seulement l'horreur, une gluante répulsion.

Jamais, jamais, jamais...

Son âme hurle de nouveau, pas seulement d'effroi mais encore de fureur. Maintenant, si quelqu'un l'obligeait à revivre en couple avec Bôn, elle le tuerait ou se suiciderait.

Alors, qu'est-ce que je veux ? Je ne peux pas vivre avec Bôn. Autant mourir. Mais je ne peux pas non plus l'abandonner seul dans cet état. Si seulement il pouvait aimer quelqu'un d'autre. Si seulement une femme voulait partager sa vie...

Ces pensées l'assiègent, la rendent presque folle. Elle ne peut ni les chasser, ni les domestiquer. Épuisée, elle s'affale sur le lit et s'endort. Elle ne s'aperçoit même pas que son fils s'est réveillé, que le vieux Lù ou tante Huyên l'a emmené hors de la chambre.

Miên se réveille tard dans l'après-midi. Le gérant est parti. Tante Huyên a emmené le petit jouer chez elle ou quelque part dans le Hameau. Miên mange le riz que le vieux Lù garde au chaud dans le récipient qui contient la théière. Le plat qu'il lui a confectionné se compose de chair et de nerfs de bœuf mijotés avec du nuoc-mam et beaucoup de gingembre. Presque une part de gingembre pour deux parts de viande, le tout saupoudré de poivre en grains. Les épices embaument la cuisine. Le gérant vit en célibataire, mais il sait préparer tous les plats réservés aux femmes qui viennent d'accoucher et il sait prendre soin d'elles. Il a appris à Miên à laver ses pieds dans une décoction de gingembre avant d'enfiler ses chaussettes, à boucher ses oreilles avec du coton pour les protéger du vent, à masser la racine de ses cheveux, à se peigner en douceur pour éviter la chute de trop de cheveux. C'est encore lui qui a conseillé à Miên, en attendant l'accouchement, de ne pas manger de choux, de liseron d'eau, d'épinards poilus et d'autres légumes.

« C'est le mari et l'enfant qui payeront la bonne chère de la femme. »

En cette occasion, elle avait été étonnée. Elle avait pensé qu'il avait eu une longue vie de famille, très attentionnée. Cette vie s'était brisée ou lui avait laissé des souvenirs trop tristes. Alors, il s'était inventé une histoire d'homme seul pour cacher son passé. Feignant l'indifférence, elle lui avait soudain demandé :

« Votre femme est du même village que vous ? »

Le gérant préparait le thé. Sans se retourner, il répondit d'une voix tranquille et douce :

« Je vous l'ai dit, je ne me suis jamais marié.

– Il y a longtemps déjà sans doute. C'est pourquoi je l'ai oublié. Vous avez bien aimé une femme dans votre jeunesse ? Que ce soit quelqu'un de votre village ou non, avec ou sans mariage.

– Madame, tous les humains connaissent les mêmes malheurs. Simplement, c'est différent d'un homme à un autre. »

Toujours la même voix tranquille, lointaine. Miên n'osa plus lui poser de questions. Elle ne laissa plus cours à sa curiosité bien qu'elle restât intacte. Le gérant avait des yeux étranges. Des paupières minces, fripées sur des iris profonds. Un regard presque figé, avec un air attentif, douloureux et quelque chose comme de la douceur. Depuis que Miên était revenue, il y avait dans les regards qu'il lui portait comme une

610

interrogation, une consolation, une patiente attente. Miên ne comprenait pas pourquoi elle éprouvait ces sensations, des sensations extrêmement nettes et pourtant vagues, lointaines, inexplicables.

Qu'attend-il de moi ? Il y a tant d'arrière-pensées dans ce regard intelligent, interrogateur et muet que je n'arrive pas à pénétrer. Mais cela a sûrement trait à Hoan. C'est le serviteur proche et fidèle de Hoan. Le Ciel semble les avoir créés pour qu'ils se rencontrent...

Elle se sentit soudain secrètement jalouse du gérant. Il semblait plus proche de Hoan qu'elle. Il était une partie de Hoan, il devinait ses pensées intimes, réalisait ses désirs, ses projets secrets. Elle était en dehors de tout cela. Il était clair que le passé avait creusé un fossé entre elle et l'homme qu'elle aimait. À présent, ils s'aimaient toujours, mais ne pouvaient plus tout partager.

Mais pourquoi exigerais-je de tout partager avec Hoan quand je vis sous ce toit, quand je mange dans cette cuisine, quand je me couvre avec ce châle que Hoan a acheté, tout en m'apitoyant sur Bôn, l'homme resté de l'autre côté de la ligne de démarcation...

Elle voyait clairement sa situation. Une femme debout entre les mondes de deux hommes, consumée des deux côtés par deux soleils tout aussi brûlants mais d'un feu différent. C'était l'image horrible d'un supplice des temps anciens : l'écartèlement.

J'ai de moi-même abandonné le toit de feuilles de Bôn. Cet acte est raisonnable et juste. Je dois oublier Bôn. C'est la seule chose à faire actuellement.

Elle se l'ordonna. Elle s'inventa des travaux pour occuper le temps, préparant un plat léger, tricotant un nouveau chapeau pour le petit Hanh. Mais bientôt, elle revit le ciel bleu, profond, la cime lourde, incandescente des flamboyants incurvant la voûte du ciel, la piste bordée de roseaux à flèches chancelants... Elle revit le ruisseau de sa jeunesse dévaler en chantant les rochers couverts de mousse où elle se noyait, le jeune homme de dix-sept ans aux yeux tristes qui lui tendait la main. Elle se rappela un après-midi vibrant du chant des coucous sauvages dans le feuillage des arbres. Bôn lui avait cueilli une grappe de *và* mûrs et la regardait manger, les bras entourant ses genoux, les yeux passionnés, noyés, tendres...

La femme compta ainsi les soirs qui passaient, l'esprit écartelé. Deux semaines s'écoulèrent. Sa santé s'améliorait pendant que son cœur se déchirait. Elle avait envie de s'enquérir de Bôn, mais n'osait pas le faire. Les voisins se montraient discrets, ils évitaient tous les sujets en rapport avec Bôn ou la famille de Tà. Ils évoquaient même avec réticence Xa le Borgne, l'ami intime de Bôn. Miên comprenait qu'ils attendaient tous l'école où leurs enfants apporteraient leur cartable, profiteraient de commodités dont rêveraient les enfants de la ville eux-mêmes et pourraient ainsi espérer un avenir meilleur. Le cadeau de Hoan dépassait l'imagination de tous. Hoan disposait maintenant d'une force hors de leur portée. Personne n'osait s'en prendre à lui.

Pauvre Bôn. Il est seul, il est pauvre. Le voilà les mains vides. Si j'avais connu le même destin, si j'étais partie à dix-sept ans pour revenir quatorze ans plus tard avec un ballot semblable au sac déchiré d'un mendiant ? Si j'étais à sa place, si j'étais lui...

Son cœur gémit. Soudain, elle détesta tous ceux qu'on appelait les gens du village. Le jour où Bôn était revenu, ils avaient pris son parti, et à présent ils admiraient Hoan et se soumettaient à lui. Elle comprit confusément que la foule n'a pas de conscience morale, qu'elle se soumet toujours au plus fort. Quand Bôn était revenu, c'était lui, le héros, car ce corps fantomatique évoquait des temps héroïques auxquels chaque famille, chaque individu voulait se raccrocher pour prendre sa part de fierté. Maintenant, il était dévalorisé. Le héros des temps nouveaux, c'était Hoan.

Dire que j'ai quitté ma maison parce que j'avais peur d'eux. Ce matin-là, je me suis traînée, l'esprit enténébré de brume. Le temps aussi était brumeux. J'ai suivi Bôn, non par amour, mais dans l'obéissance aveugle, comme une barque sans gouvernail part à la dérive. Que j'étais bête...

Elle eut envie de faire quelque chose pour s'opposer à la foule, pour se venger de cette matinée noyée de brume où elle avait dû quitter sa demeure pour marcher à l'aveuglette dans la vie.

Je ne peux pas être comme eux. Je n'agirai jamais comme eux.

Elle se promit de faire quelque chose contre la foule pour prouver à ces gens qu'ils étaient lâches.

Je le ferai sûrement... Je le ferai...

Mais quoi, elle ne le savait pas encore. C'était comme si elle cherchait un nid d'abeilles sauvages en forêt. Elle voyait le miel en imagination mais ne savait pas encore vers quel coin de montagne se diriger...

Cinq jours après le marché, tante Huyên vient tôt comme d'habitude. Elle joue avec le petit Hanh quelque part dans la cour. Miên boit le thé dans la cuisine avec le gérant. Après avoir bu, le vieux Lù part surveiller les chantiers. Tante Huyên attendait ce moment pour rentrer dans la cuisine et dire à Miên :

« J'ai entendu dire que Bôn est très malade.

– Depuis quand est-il malade ?

– Plus ou moins dix jours, paraît-il. Hier soir, j'ai vu l'aîné de Tà lui apporter une écuelle de bouillie de riz. Quelle pitié ! Il n'y avait presque que de l'eau, quelques bouts de feuilles d'oignon et de viande. Xa est parti dans la forêt avec les bûcherons. Il n'y a plus que Soan pour s'en occuper comme elle le peut. »

Je dois le nourrir. Je ne peux pas le laisser mourir à petit feu dans cette masure...

Cette pensée jaillit aussitôt dans l'esprit de la femme. Immédiatement, d'autres pensées dévalent comme un torrent.

Si j'avais un frère aîné malchanceux comme Bôn, le laisserais-je tomber dans la misère ? Non. Jamais. Alors, pourquoi l'ai-je si cruellement abandonné ? Je dois l'aider comme on aide un frère, en cet instant où il n'a plus de pouvoir, où il est esseulé, oublié par le monde... Si Bôn mourait dans la misère et la solitude, je ne pourrais pas vivre en paix. C'est une partie de ma vie passée. Qu'on le veuille ou non, nul ne peut effacer une page écrite. Que je le veuille ou non, je ne pourrai jamais effacer Bôn de ma mémoire. Mais Hoan, l'acceptera-t-il ? Et s'il cessait de m'aimer à cause de cela ? Je serais alors seule sur terre, je me retrouverais moi-même les mains vides. Non, Hoan est venu me chercher, il m'accepte telle que je suis devenue aujourd'hui, une femme qui a contracté une dette dans le passé. Hoan est intelligent, il doit comprendre qu'en temps de guerre la malchance peut tomber sur la tête de n'importe qui, pas seulement Bôn. Il doit avoir assez de générosité pour savoir se comporter dignement. S'il ne l'acceptait pas, il ne mériterait pas d'être aimé, d'être adulé comme autrefois... Et s'il ne méritait pas d'être aimé, d'être adulé, la séparation ne serait pas très douloureuse.

Des pensées claires, nettes. Miên en est terrifiée. Elle ne comprend pas comment elle peut soudain penser avec cette rapidité, cette détermination. Comme un artiste recule pour contempler l'œuvre qu'il vient d'achever, étourdie, elle recule pour réexaminer les pensées qu'elle vient de formuler.

Pourquoi cette précipitation ? J'ai enduré tant de souffrances avant de revenir ici. Je vais de moi-même m'attirer des ennuis humiliants. Je vais me ligoter de mes propres mains. Et si Hoan ne m'aimait plus, comment vivrais-je ?

Une vision terrifiante submerge son âme. La femme sent la peur la glacer, une peur comme un vent de l'hiver naissant, qui fait frissonner l'homme, non parce qu'il est trop froid, mais parce qu'il annonce une saison dure, féroce, qu'il a oubliée. Mais pendant que la peur la frôle, une voix murmure, têtue :

Je dois agir selon ma conscience. Mon père me l'a dit, l'homme est parfois plus faible, plus vil qu'une bête, mais il devient humain parce qu'il a une conscience morale. Que Hoan l'accepte ou s'y oppose, qu'il m'aime encore ou qu'il se montre ingrat, c'est l'affaire du Ciel. Seul le Ciel connaît les chemins tortueux de la vie. Nous, les humains, vivons comme des lentilles d'eau au gré du courant... Vivons en humains là où le sort nous mène...

Son âme devient soudain claire, sereine comme le ciel après la pluie. Elle dit à tante Huyên :

« Attrape un poulet dans le poulailler et fais pour moi une bouillie de riz au poulet. Je n'ose pas encore plonger mes mains dans l'eau froide. »

La vieille femme lui jette un regard interrogateur,

hésite, mais ne dit mot. Miên répète d'une voix décidée, froide :

« Fais-le pour moi immédiatement. Tout à l'heure, j'apporterai la marmite à Bôn. »

Tante Huyên quitte la cuisine. Miên la suit du regard quelques secondes, noue son châle sur sa tête, va dans la cour jouer avec son enfant avec l'âme d'une femme qui s'est jetée dans un fleuve. Qu'elle atteigne l'autre rive ou se fasse emporter par le courant, elle ne peut plus revenir en arrière, sa seule issue est d'aller de l'avant.

XXIII

Il est midi passé quand Miên entre dans la chambre. Comme prévenu par le Ciel, Bôn se redresse brusquement, envoie par terre la couverture d'un coup de pied. Il garde le silence. Miên aussi. Elle pose la marmite de bouillie de riz sur la table, regarde alentour pour chercher un bol propre. Il n'y a plus de bol dans la chambre. Tà et ses enfants ont emporté le petit buffet et la vaisselle. Miên se dirige vers la jarre, y jette un regard bien qu'elle sache qu'il n'y reste pas un grain de riz. Un pantalon sale pend au bord de la jarre. Quelques maillots et des chemises sales roulés en boule reposent sur la malle. Elle est solidement cadenassée. C'est sans doute le seul meuble qui n'a pas subi de fouille. La table et le sol sont jonchés de pelures de patates séchées, de crottes de souris. Accroupis devant la porte, les deux enfants de Tà la regardent. Il fait déjà froid, mais ils sont nus. Leurs sexes noirâtres pendent vers le sol pavé de briques sales. Dans leur dos, à même le trottoir, au milieu de débris écrasés, un panier à moitié vidé de patates cuites à l'eau. Comme elle l'a deviné, rien n'a changé. La situation s'est plutôt dégradée. Depuis qu'elle ne vit plus avec Bôn, la misère et la crasse l'ont précipité dans le monde de sa sœur. Miên va à la cuisine. Sa vaisselle a été fourrée dans le petit buffet malpropre de Tà et celui de Miên sert maintenant d'armoire pour le linge des enfants. Miên prend un bol, le lave, le remplit de bouillie, l'apporte à Bôn.

« Mange ! »

Bôn ne dit mot. En silence, il prend le bol des mains de Miên et mange. La bouillie est brûlante. Miên a gardé la marmite au chaud dans une serviette en coton. La vapeur s'en dégage, épaisse. La sueur suinte sur le front, les tempes de Bôn. Miên prend la serviette pendue sur une ficelle, la lui donne :

« Essuie-toi la figure. Transpirer te fera du bien. »

Bôn s'essuie la figure. Elle regarde ses doigts décharnés, tremblants, pense au lopin de terre que la commune lui a attribué. Il est toujours couvert d'herbes folles.

Comment peut-il gagner son riz avec des doigts pareils ? La terre est jonchée de cailloux et d'herbes. Il n'a ni l'eau pour l'arroser ni l'argent pour acheter des engrais.

Elle a défriché la terre pour planter des poivriers pendant les premières années de sa vie avec Hoan. Comme tout le monde, ils ont désherbé, arrosé. Elle sait qu'il faut être en bonne santé pour surmonter ces débuts ardus. Le métier de planteur de poivriers et de caféiers ressemble vaguement au grand commerce. On ne peut pas espérer gagner des profits immédiats. Plus les capitaux investis le sont à long terme, plus ils rapportent. Comment Bôn pourrait-il mettre les pieds sur la natte des patrons de plantations ? Il n'a ni argent, ni expérience, même pas la santé, le capital minimum. Il est maintenant encore plus décharné que les vieillards de soixante ans du Hameau de la Montagne. Quand elle était revenue vivre avec lui, deux fois il était parti défricher la terre, plein d'espoir et d'enthousiasme. Chaque fois il s'était effondré sur son lit pendant une semaine entière. Il lui avait dit :

« Bon, attendons que je retrouve mes forces... De toute façon, il faut du temps. Nous sommes jeunes encore et bientôt... »

Et bientôt... Bôn le disait à tout venant et, chaque fois qu'il le répétait, ses yeux étincelaient comme illuminés par une flamme. Cette flamme s'était éteinte, il n'en restait même pas de la fumée, depuis que la sage-femme lui avait montré un fœtus sans tête. Pendant qu'elle partait avec son seau, Bôn avait serré les jambes de Miên entre ses bras glacés et, les yeux égarés, il bredouillait comme un infirme de ses lèvres tremblantes :

« Miên... Où est l'enfant ? Où est l'enfant ? »

Elle ne lui avait pas répondu. L'accouchement l'avait épuisée. Elle se sentait éperdue elle-même. Mais derrière cette sensation de néant, elle éprouvait de la sérénité et, au plus profond de son cœur, une joie sombre qu'elle n'osait pas s'avouer.

Pauvre Bôn. Je ne l'avais pas voulu, mais il ne pouvait pas en être autrement...

Après avoir mangé, Bôn pose le bol sur le lit sans la regarder. Miên emporte le bol, le lave, le ramène, le pose sur la table :

« Je t'ai aussi préparé de quoi dîner. »

Bôn l'écoute en silence, ne répond pas, regarde indolemment l'embrasure de la porte. Il ne fait pas soleil. Le vent balance les branches nues des lilas dans le jardin. Dans la cour, ses neveux jouent, la tête penchée vers le sol. Miên le voit regarder sans fin les lilas. Elle se lève :

« Je vais rentrer. »

Bôn sursaute. Ses yeux égarés soudain s'affolent :

« Où vas-tu ?

– Je rentre chez moi. »

Un éclair douloureux balaie le visage absent de Bôn comme si on venait de lui écraser un doigt ou d'entailler sa chair. Il répète :

« Miên rentre chez elle. »

Ce n'est ni une réponse ni une question. Un simple écho, comme celui qui résonne quand on crie dans une vallée entourée de falaises rocheuses. Miên le regarde, se rappelle sa jeunesse, les jours où elle allait ramasser les fagots avec ses amies. Elles rivalisaient pour crier fort et voir qui provoquerait l'écho le plus puissant, le plus long. Debout sur une rive du ruisseau, elles lançaient des pierres sur l'autre rive pour voir qui toucherait le buisson de thé sauvage. Elles cueillaient les fruits mûrs des myrtes. Les collines se succédaient, bondissantes, les rires retentissaient de l'une à l'autre, le parfum des fruits mûrs embaumait leurs lèvres minces teintées de jus... Elle ne comprend pas pourquoi la voix sans âme de Bôn a ranimé les sons et les couleurs de son adolescence. Ces souvenirs l'émeuvent, lui font pardonner le silence de Bôn. Elle rapproche sa chaise de lui, s'assied devant lui et dit :

« Bôn, suis-moi là-bas.

– Non.

– Là-bas, c'est ma maison. Elle n'appartient qu'à moi. Hoan s'est bâti une autre maison au Petit Ruisseau.

– J'habite ma propre maison.

– Notre amour est tari, nos liens dénoués. Nous ne pouvons plus être mari et femme. Nous avons néanmoins partagé la même couche. Même si ça n'avait été qu'une fois, ce serait aussi une dette. Je ne t'aime plus, mais je peux prendre soin de toi comme d'un grand frère.

– Non.

– Tu ne peux pas vivre ici. Sœur Tà ne peut pas t'aider. Ta santé est pire que lorsque tu es revenu. Xa a bon cœur, mais il a une marmaille à charge.

– Laisse-moi tranquille, Miên.

– Penses-y, dit-elle patiemment. Nous n'avons pas eu d'enfant vivant, mais nous avons néanmoins en commun un enfant mort. J'éprouve toujours beaucoup de reconnaissance pour toi. »

Miên se lève aussitôt et s'en va. Elle ne veut pas rester. Elle craint d'avoir à regarder Bôn pleurer. Elle ne veut pas, elle ne voudra jamais voir un homme pleurer. Elle se rappelle cette nuit où elle s'est réveillée en sursaut et l'a vu, accroupi sur le sol, le visage ruisselant de larmes. La scène était si accablante. Elle avait quelque chose de douloureux et d'humiliant. Miên s'éloigne de la maison, les tempes brûlantes, le cœur embrasé, apitoyée et heureuse à la fois.

Non, non... Je ne pourrai plus jamais l'aimer. J'ai raison de revenir sous mon toit. Arrivée aux portes de l'enfer, j'ai retrouvé le chemin du monde des hommes... Mais je m'efforcerai de nourrir Bôn comme un grand frère infirme, de le prendre en charge jusqu'à sa mort...

Le lendemain, Miên revient chez Bôn dès l'aube. Elle lui apporte de nouveau une terrine de bouillie de riz et quelques gâteaux de riz gluant. Bôn adore manger ces gâteaux fourrés de viande. Ils ne parlent pas. Miên doit revenir surveiller son enfant. Le gérant est parti sur les chantiers dès la fin de petit déjeuner et tante Huyên a suivi en ville les femmes du Hameau de la Montagne.

« Tâche de tout manger. Demain, j'irai chercher des médicaments en ville. »

Il ne répond pas, la regarde, mi-rancunier mi-consentant.

Le jour d'après, Miên lui apporte du riz et des plats de viande. Elle attend qu'il ait mangé pour débarrasser la vaisselle. Les enfants de Tà ont emporté dans la cour la marmite qu'elle a laissée la veille pour y enfermer des petits poissons. Ils ont tordu la cuiller pour en faire une petite pelle. Bôn balbutie, honteux :

« Je suis malade, cloué au lit, je n'ai pas pu les en empêcher. »

Miên garde le silence. Elle attend qu'il ait fini de manger et dit :

« En ce moment, je peux encore t'apporter le repas. Mais dans quelques jours, je dois aller aux champs car le vieux Lù va tous les jours aux chantiers avec les ouvriers. »

Bôn se tait. Miên continue :

« Si tu avais de la famille fortunée, cela ne poserait pas de problème. Mais, actuellement, tu ne peux compter sur personne... Réfléchis bien à ce que je t'ai dit. »

Il ne répond pas. Ils restent ainsi assis en silence un long moment, regardant tous les deux la cour car il n'y a rien à regarder dans cette chambre obscure. La clarté laiteuse d'une aube sans soleil envahit l'espace. Dans la cour déserte, le chat du voisin gratte les interstices entre les briques à la recherche des grillons. Les enfants de Tà sont partis jouer on ne sait où, laissant traîner devant la porte quelques morceaux de patates cuites dans une assiette en aluminium. Seuls les lilas bougent dans cet espace morne, désolé. Leurs cimes se balancent dans le vent, se tordent tristement sur leurs troncs rabougris dans le jardin si décharné, à la terre si aride que même l'herbe n'arrive pas à pousser. Aucun bruit ne résonne dans la maison de Bôn à part les claquements de langue des margouillats et, derrière la jarre, le couinement d'une souris qui cherche sans doute désespérément quelques grains de riz tombés par terre. Miên écoute ces bruits, concentrée. Pour la première fois, elle y prête attention.

J'ai pourtant vécu ici des mois et des mois. Comment le croire ? Maintenant que je revois ces lieux, il me semble qu'il s'agit de l'histoire d'une autre...

Elle se demande comment elle a pu passer tant de temps dans cette chambre, avec cet homme assis sur le lit, à portée de sa main, qui regarde de ses yeux vides les cimes des lilas se balancer dans le vent. Ses yeux sont devenus si caverneux. Des tombes abandonnées dont personne ne s'approche plus. Que pense-t-il en cet instant ? Peut-être ne pense-t-il à rien. Elle se le demande et ne trouve pas de réponse. Elle reste silencieuse, attendant qu'il parle. Le temps passe. Des bruits de conversation résonnent au loin. Un moment plus tard, le vent tourne, charriant des odeurs de cuisine, l'odeur de la fumée mêlée au parfum pénétrant de l'ail qu'on fait dorer dans de la graisse. Bôn dit soudain d'une voix tremblante :

« Qui est en train de faire sauter des liserons d'eau ?

– Tu aimes les liserons sautés ? » demande Miên.

Bôn acquiesce :

« C'est ma recette préférée. Autrefois, quand venait notre tour de cuisine, le sergent et moi, nous nous démenions pour trouver de l'ail et faire du liseron sauté. Le sergent aimait par-dessus tout ce plat. Les officiers du corps d'armée en réclamaient chaque fois qu'ils descendaient nous voir. »

Il sourit soudain à quelqu'un, quelque part sur les cimes des lilas. Un rayon de lumière traverse ses yeux mornes. Miên attend la fin de sa rêverie et dit :

« J'aime aussi le liseron sauté à l'ail. Mais les jeunes feuilles de courge ou de chou sautées à l'ail sont encore meilleures.

– Oui... Oui...

– Si tu les aimes, j'en ferai demain. Il y a un poêlon de poisson mijoté au gingembre auquel personne n'a touché à la maison. Il n'y a plus qu'à faire une soupe aigre pour constituer un repas complet.

– Oui... Oui...

– Quand penses-tu venir ?

– Je... Je ne sais pas... Comme tu veux, Miên.

– Aujourd'hui, il n'y a pas de soleil, le vent est doux... Je crains néanmoins que tu ne puisses pas encore le supporter.

– Cela ne fait rien... Je n'ai plus de fièvre depuis plusieurs jours.

– Je prends tes vêtements.

– Oh, laisse-moi me débrouiller », grommelle Bôn.

Il lui jette un regard embarrassé. Mais Miên s'est immédiatement détournée. Elle se dirige vers le coin de la chambre où le ballot de Bôn gît sous un tas d'objets disparates. Elle le tire, le dépoussière, y range les habits de Bôn. Soudain, une larme jaillit, roule sur sa joue, la commissure de ses lèvres, chaude, salée.

C'est toute la fortune de Bôn, après quatorze années loin de son village, de son hameau... À part la savonnette qu'il m'a donnée, le reste n'est vraiment qu'un baluchon de mendiant...

XXIV

Les jours et les mois passent. Le courant de la vie emporte les événements. Quelques-uns demeurent, flottant comme des lentilles d'eau sur les vagues. Les autres s'en vont au fil de l'eau. Vient le jour où le Hameau de la Montagne résonne du son des pétards saluant l'inauguration de l'école primaire. Les voitures, grandes et petites, se garent sur le terrain de la Colline. Les mandarins de la préfecture et de la province affluent pour voir couper le ruban de soie rouge. Les gens ivres de joie s'agitent en désordre, des jeunes aux vieux. Les écoliers du Hameau dotés de cartables neufs, de chapeaux neufs, de cahiers neufs, s'agitent, excités. Les tambours cassent les oreilles, abrutissent les cerveaux. Une ambiance de fête, étrange comme un conte qui ne devrait jamais se terminer...

Cette journée est passée, depuis longtemps. La vie morne a repris son cours dans ces terres de montagne.

Passées, les nuits d'automne sèches et les cieux criblés d'étoiles, où les graines de riz gluant s'ouvrent comme des fleurs en crépitant dans les poêles, où les bavardages des paysans éclatent autour des théières, des pipes à eau, des lampes qui éclairent l'obscurité immense de leurs flammes roses, l'imprègnent d'une douce sérénité. Passées aussi, les nuits d'hiver secouées par le vent, où les champs et les jardins sombrent dans les ténèbres, où les hommes chancellent sur les routes comme des lampes-tempête, tremblotant tels des diables condamnés à entretenir les feux de l'enfer, où le vent charrie de temps en temps les cris d'une biche, les plaintes égarées, solitaires des misères et des humiliations étouffées. Soudain, un matin, de minuscules germes blancs pointent entre les vieilles touffes d'herbe grise. Les battements d'ailes des oisillons dans les arbres secouent un petit coin de ciel où se creuse une fracture bleue, limpide comme du cristal. De cette fracture jaillit une mer bleue.

Pour les gens du Hameau de la Montagne, ce ne sont plus les clubs familiaux qui servent de point de rassemblement, c'est l'ombre des arbres, le refuge où ils prennent une pause pour boire ou déjeuner. Après le repas, ils s'allongent sur l'herbe séchée, la paille ou sur de grandes claies de bambou. Les jeunes piquent un petit somme bref mais profond. Les hommes âgés se contentent d'étirer leur dos. Les conversations éclatent, gaies, bruyantes. Elles ne s'achèvent jamais avant qu'ils aient improvisé un tribunal, avant que les uns ou les autres aient eu l'occasion de jouer au juge, au moins une fois, dans leur existence morne et morose... Maintenant, le personnage le plus défendu, c'est Hoan, le patron de la plantation du Petit Ruisseau, le bienfaiteur à vie de la population de la commune.

« Tout compte fait, personne n'a subi autant de préjudices que lui. Voilà qu'un autre s'installe dans son domaine, le forçant à se bâtir une nouvelle maison. Il est soudain séparé de sa femme et de son enfant. Tous les matins, il doit franchir des kilomètres pour venir les chercher et à nouveau, au coucher du soleil, pour les ramener. C'est clair, le Ciel n'y est pour rien, ce sont les hommes. On appelle ça un emprisonnement sans jugement.

– Oui, c'est tout de même étrange. Pourquoi madame Miên ne s'installe-t-elle pas pour de bon au Petit Ruisseau ?

– Si elle le faisait, au nom de quoi Bôn demeurerait-il sous son toit ?

– Les justifications ont-elles jamais nourri un homme ? C'est la vérité, aveuglante. Il passe la journée à rôder autour du vieux Lù. Les deux mâles mangent ensemble midi et soir... Exceptionnellement, madame Miên reste à table quelques minutes.

– Mais tout le monde doit respecter les convenances. Tenez, voyez madame Huyên. Elle habite le Petit Ruisseau depuis longtemps avec Hoan, mais elle garde sous clé sa maison, refuse de la vendre. C'est sa solution de repli. Il en va de même pour Bôn. C'est en tant que mari de madame Miên qu'il reste.

– Son canon est détérioré depuis longtemps, on ne peut plus parler de mari et de femme.

– Sa verge ne peut plus se redresser, mais sa nuque, oui. Il lui faut bien une justification pour regarder les gens en face...

– Sornettes ! Même un enfant de cinq ans comprend que madame Miên le nourrit par reconnaissance. Quelle humiliation ! À sa place, je me suiciderais.

– Essayez voir ! Ce n'est pas si facile de mourir. Tant que le moment ultime n'est pas arrivé, le Ciel ne vous laissera pas partir et la terre ne s'ouvrira pas pour vous accueillir.

– Vous voulez m'insulter ?

– Non, je ne vous insulte pas. Mais quand on parle, il faut aller au fond des choses.

– Allons, allons ! Avez-vous donc trop d'énergie à dépenser pour vous quereller ainsi ? Vous ont-ils payé pour vous quereller ?

— Personne ne m'a payé, mais la langue me démange quand j'entends des propos agaçants.

— Toutes les langues démangent. Mais il n'est pas si facile de voir où est la justice. Actuellement, Hoan est puissant comme une hache face à une tige de bambou. Rares sont ceux qui n'ont pas quémandé son aide. Le défendre revient à féliciter le gendre du roi de ses beaux atours. Seuls ceux qui mangent sans viande savent prendre en pitié les chats, seuls ceux qui tombent dans la pauvreté savent ce qu'est la misère.

— Ah, vous voulez insinuer que je suis indifférent au malheur des autres, que je suis incapable de solidarité, de générosité ? Le jour où Bôn est revenu au village, qui d'autre que mon fils a emmené les jeunes pour lui construire un mur et un toit ? Dans cette affaire, on ne vous a pas vus, vous et votre fils.

— Dites, messieurs, pourquoi vous disputez-vous soudain comme des gamins ? Vous avez la tête grisonnante et vous voulez toujours avoir le dernier mot ?

— Je ne veux pas avoir le dernier mot, mais montrer où se trouve réellement le nid de la libellule.

— Allons, je vous en prie. Quoi qu'on en dise, il faut reconnaître que Hoan est un homme généreux. Les richards ne manquent pas. Plus ils sont riches, plus ils mangent salement, plus ils se comportent en avares, en salauds.

— Vous avez raison. Mais il faut ajouter qu'il a beaucoup de chance. Vous rappelez-vous le temps où il a épousé madame Miên ? Ils n'étaient pas riches comme aujourd'hui. Ils peinaient comme nous, un vieux chapeau conique déchiré sur la tête, s'échinant à longueur de journée dans les champs. Mais le Ciel les protège. Sous leurs doigts, l'or pousse en lingots et l'argent en barres. Des gens aussi chanceux se comptent sur les doigts de la main, les autres vivotent tant bien que mal comme nous ou sombrent dans l'indigence et le malheur.

– C'est bien vrai... Dans la vie, il faut savoir regarder vers le haut mais aussi regarder vers le bas. Il ne faut pas oublier le goût du *vôi* des pauvres à force de savourer les bonbons et le thé parfumé des riches.

– Vous recommencez avec vos insinuations... Dans quel buisson vous cachiez-vous pour m'épier ?

– De ma vie, je n'ai jamais épié quelqu'un, caché derrière un buisson. Je marchais sur la grand-route quand je vous ai vu entrer chez Hoan sur le siège arrière du vélomoteur du Président de la commune. Comment osez-vous m'accuser d'espionnage ?

– C'est vrai. Mais je ne suis pas le seul. Des tas de gens du Hameau sont montés prendre le thé sur la terrasse de ce Hoan. Ce n'est pas pour quelques tasses de thé que je l'encense. Seriez-vous capable de laisser un autre s'installer dans la maison spacieuse que vous avez bâtie de vos propres mains ? Surtout quand c'est l'homme qui a grimpé sur le ventre de votre femme !

– À chacun sa vie. Elles ne sont pas comparables. On ne peut pas nous forcer à vivre comme le Hoan. De même, on ne peut pas demander à Bôn de gagner sa subsistance avec ses propres forces comme nous, il ne le pourra pas. Je l'ai moi-même accompagné pour défricher la terre. Il s'est effondré en moins d'une demi-journée. J'ai dû le transporter à l'ombre, l'asperger d'eau froide pour le réveiller, appeler du secours pour le ramener dans un hamac. En venant au monde, qui ne souhaite pas vivre aussi bien que son prochain ? Mais les dons du Ciel ne sont pas uniformément distribués, la chance n'est pas uniformément partagée, il vaut mieux ne pas jalouser les autres.

– Écoutez-moi bien. Je n'ai ni enfants ni petits-enfants. Je suis le seul à ne rien devoir à ce Hoan. Je n'ai aucun lien de parenté avec Tà. Je ne suis donc lié à aucune des deux parties, je suis impartial. La situation de Bôn est effectivement pitoyable. Mais des centaines d'autres dans cette situation sont obligés d'aller dans des camps de charité. Parmi les malchanceux, il a donc le gros lot. Quant à Hoan, même si le Ciel le comble de bienfaits, c'est un honnête homme comme il y en a peu. Supposons qu'un millier d'hommes dans ce pays tombe dans cette situation extravagante. Je ne suis pas sûr d'en trouver un autre à se comporter comme lui. »

Les clubs en plein air du Hameau de la Montagne continuent ainsi leurs activités, apportant un peu de poésie à la longue suite des jours affairés, rendant les travaux un peu moins exténuants. Les semaines passent si vite que personne ne s'en aperçoit. Soudain, un matin, le son vague d'un cor retentit du fond d'une forêt. Les ondes sonores, lointaines, sauvages, semblent charrier le cri des biches qui se mirent dans les ruisseaux, le coassement des aigles de terre lourdauds, le crépitement des sabots des bouquetins, des chevreuils et des chevrettes en chaleur, le grognement diabolique des sangliers qui s'avancent dans les sentiers déserts en déracinant de leur groin les racines des arbres avec une férocité inaltérable et la jouissance de la destruction. Les gens sortent de leur maison, émergent des plantations de poivriers, de caféiers, vont sur les terrains découverts, sur le sommet des collines, tournent leur regard vers la cordillère Truong Son. Sous le ciel immense, ils rêvent des sentiers, des bancs de sable le long des ruisseaux, des paons faisant la roue sur l'herbe, des nuées de papillons tourbillonnant dans les anfractuosités des rochers gris d'où parfois jaillissent des fleurs de velours pourpre, des sources limpides comme le cristal. La nostalgie de la forêt se propage imperceptiblement avec le son incertain du cor. Et un matin, le crachin arrive de l'est. Un vol de poussière d'eau blanche comme la brume, légère comme des fils de la vierge. La vapeur humide imprègne la peau, la chair, fait bouillonner le sang dans les veines des chasseurs, les hommes qui parviennent à la maturité comme les hommes au seuil de la vieillesse, que la nostalgie de la forêt et la passion de la chasse continuent d'enflammer. Avant même que le chef de la corporation ne l'ordonne, les chasseurs sortent leurs fusils, les essuient, vérifient leurs munitions et leurs affaires. Le soir, quand le soleil se fane, ils se réunissent chez le chef pour boire le thé. La maîtresse de céans apporte un panier de gâteaux au miel tout chauds, encore enrobés dans des feuilles brûlantes. Les chasseurs les déballent, les mangent en soufflant. Les gâteaux achevés, ils prennent le thé, ils fument. La conversation éclate alors comme des pétards. Le sujet le plus important, c'est l'absence de Xa le Borgne. Il avait abattu un ours-cheval et, l'année suivante, l'unique sanglier de la saison des chasses. Il avait toutes les chances de devenir le futur chef de la corporation car l'actuel titulaire frise déjà la soixantaine.

« Je le regrette pour lui... Il mérite plus que vous tous ce rôle. Il faut bien l'avouer, mes jambes commencent à me lâcher. »

Le chef a ainsi parlé le premier, comme pour le rappeler à tous. Si Xa le Borgne ne le remplaçait pas, quelqu'un d'autre devrait s'efforcer d'endosser ce rôle, un rôle plus que glorieux mais difficile à assumer. D'ordinaire, dans cette section, il y a quelques fusils d'à peu près la même valeur. Leur concurrence attise l'ambiance de la saison de la chasse. Les expériences glanées au fil des saisons, les jugements secrets mais précis sur les décisions de celui qui commande, toutes les qualités durement acquises qui en font un chef, voilà ce dont rêvent les candidats, ce à quoi ils se préparent. Pendant de longues années, ils doivent entretenir ces désirs, consentir tous les efforts, prier la chance pour avoir l'occasion de grimper dans le fauteuil du chef. Mais pour Xa le Borgne, tout semble se dérouler autrement. Il n'avait pas eu le temps de le désirer qu'on disait déjà ouvertement que le poste lui reviendrait un de ces jours, sans concurrence. Il n'avait pas eu le temps de se forger une stature de chef qu'on déclarait déjà bruyamment qu'il était né pour le devenir. Il n'avait pas encore pensé à acquérir de l'expérience que tout le monde, y compris l'actuel chef respecté de la corporation, reconnaissait déjà qu'il était bourré de talent, comme s'il avait toujours été le chef d'une tribu de chasseurs depuis dix existences antérieures... Tous ces atouts, il ne les devait nullement aux années de guerre car dans la corporation il y avait près d'une vingtaine d'anciens combattants, mais à une espèce de chance innée qu'on appelle don du Ciel... Pourtant, Xa le Borgne a refusé la gloire à portée de sa main, refusé le plus enivrant, le plus exaltant des bonheurs de sa vie... Les chasseurs n'arrivent pas à le concevoir bien que son absence ait apporté à au moins cinq fusils l'opportunité de se mesurer, cinq candidats poids plume qui se préparent secrètement en attendant la confrontation avec leurs rivaux au cours de la saison de chasse qui s'annonce.

Ne voyant personne réagir, le chef continue :

« Je le regrette vraiment, mais ce qui est fait est fait. Personne ne peut choisir pour son prochain. Maintenant, c'est à vous de prouver vos talents. Il y a une saison pour les fleurs, un moment de beauté pour les femmes, un âge pour les hommes. Quels que soient ses talents, au seuil de la vieillesse, l'homme finit par succomber. Je n'ai pas envie de tenir le drapeau jusqu'au jour où je tomberai de cheval. Dépêchez-vous... »

Il se tait. Les candidats et les autres fusils gardent le silence. Ainsi, la proclamation est officielle, la confrontation est publiquement ouverte. Xa est resté sur l'autre rive ou, pour le dire autrement, il est resté derrière eux. Ils peuvent maintenant parler de lui comme d'un voisin :

« Ça fait une semaine que sa femme a pris le lit pour se préparer à l'accouchement ?

– Certainement plus que ça... Voyons, ça fait onze... euh, douze jours.

– Pauvre gars ! Il doit être dans tous ses états.

– Que dis-tu ? C'est plutôt sa verge qui est dans tous ses états ! Et de joie !

– Je ne le crois pas. Par le temps qui court, nourrir deux ou trois enfants est déjà exténuant. Et voilà le quatrième qui se pointe. La commune le lui fera payer cher.

– Quel imbécile ! Et ça aime faire des commentaires ! Il ne payera rien du tout. Il respecte à la lettre la politique de limitation des naissances. Il a emmené sa femme à l'antenne sanitaire dès le premier jour du plan pour se faire poser un stérilet. Aucun Président ou Secrétaire du Parti n'oserait lui faire des reproches. Si le stérilet a bougé quelques mois plus tard et si Soan est tombée enceinte, c'est le destin. Qui peut savoir ce qui se passe dans ce trou profond, obscur ? Le jour où il a ramené sa femme de l'antenne sanitaire, il l'a taquinée en lui criant : "Alors, la demoiselle, as-tu vu la vaillance de ma bite ? Elle a expulsé l'anneau du gouvernement, elle s'est enfoncée au cœur du nid de la libellule... Voilà que nous avons quatre fils à montrer au village, on peut se pavaner, personne ne peut en dire autant. Faisons le bilan. Un vieux bouc comme le vénérable Phiêu, qui se muscle à longueur d'année avec de la gélatine et des couilles de bouc, n'arrive à engendrer que quatre fils et une patrouille de filles alors que ma gâchette tire quatre fils en quatre coups."

– Putain de sa mère ! Quel farceur ! »

Les chasseurs éclatent de rire. Après la crise d'hilarité, ils fument, boivent le thé, bavardent de toutes sortes de menus problèmes. Un moment plus tard, un homme élève la voix :

« Dites donc, où a-t-il disparu, ce gredin ? Il aurait dû prendre ce prétexte pour venir faire ses adieux et nous donner l'occasion de lever le verre. Même aux petits soins de sa femme et de ses enfants, un homme doit de temps à autre se consacrer à ses amis. Il ne peut pas passer la journée le visage plaqué contre ce four humide ! »

De nouveau, tout le monde éclate de rire. Le voisin de Xa le Borgne élève la voix.

« Ne soyez pas si grossier... Comme si tous les hommes aimaient comme vous renifler la tortue... Xa le Borgne n'est plus au village... Il ne fait qu'aller et venir pour prendre soin de sa femme. Son travail principal maintenant, c'est de vendre de la quincaillerie et des matériaux de construction en ville.

– Qui l'a donc embauché ?

– Personne. Il est son propre patron désormais. L'ancienne patronne était sa cousine. Ces dernières années, Xa le Borgne venait souvent l'aider à louer des ouvriers pour réparer la maison, l'électricité, ou à tenir la comptabilité. Il a terminé le collège, il a passé de longues années dans l'armée et pourtant il n'a pas tout oublié. Et puis, il est intelligent et sa cousine en a bien profité. Soudain, l'année dernière, elle est allée à Saigon, a trouvé un amant, un Chinois de vingt ans son aîné mais toujours fringant. Il est immensément riche, il possède cinq magasins, à Saigon et en province. Ses trois filles sont mariées et vivent toutes en Occident. Quant à sa femme, elle est morte depuis près de quinze ans. Il était heureux de tomber sur cette belle femme, c'était comme s'il avait trouvé de l'or, il l'a immédiatement demandée en mariage. Après le mariage, elle est partie à Saigon vivre avec lui. Xa le Borgne reçoit soudain gratuitement une maison de deux étages avec une boutique au rez-de-chaussée.

– On a raison de dire, "La bonne étoile amène la bonne fortune, ce n'est pas grâce à des yeux perçants qu'on devient riche". Tant que le moment n'est pas arrivé, on peut se battre les couilles, on arrive à peine à se remplir la panse. Mais quand c'est le moment, la richesse vous tombe du ciel.

– Le Ciel n'est tout de même pas responsable de tout ! Ce qui importe ici, c'est que Xa le Borgne a bon cœur. Il a sans doute énormément aidé cette cousine célibataire pour qu'elle lui paye ainsi sa dette quand elle est devenue riche.

– C'est vrai. Il suffit de voir comme il aide Bôn. Généreux à ce point pour quelqu'un qui n'est pas de sa parentèle ! Que dire alors de quelqu'un qui partage son sang ! "Une goutte de sang rouge importe plus qu'une mare d'eau claire[1]"...

– On dit que la boutique est assez grande, qu'il doit louer quelqu'un pour la tenir. Ce serait une place pour Bôn s'il était lucide et en bonne santé. Mais Bôn a perdu l'esprit et Xa a embauché Binh la Cigogne. Ce gars est plein de sollicitude pour ses amis. Quant à sa

---

1. Dicton populaire vantant les liens du sang.

parentèle qui pullule dans le village, il s'en moque. Ce n'est pas comme vous le dites : "Une goutte de sang rouge importe plus qu'une mare d'eau claire."

— Alors, il est bête.

— Qui peut dire en quoi consistent la bêtise et l'intelligence ? Ce que vous considérez comme intelligent, d'autres penseront que c'est bête et vice-versa.

— Foin de logique fallacieuse ! Bôn a-t-il perdu l'esprit ces derniers temps ? Je croyais qu'il se portait nettement mieux. Il reste tout le temps à la maison à l'abri de la pluie et du soleil, régulièrement nourri, bien soigné avec des médicaments, des fortifiants. Il est plus robuste.

— Un corps heureux n'abrite pas forcément une âme sereine. L'homme est comme une machine. Si on ne l'utilise pas pendant longtemps, elle finit par se rouiller.

— Moi, je pense que c'est comme un tuyau. Il a une entrée, une sortie. Le tuyau de Bôn est totalement obstrué.

— Encore des bêtises. Il ne peut même plus le remuer. Comment parler encore de sortie ?

— Qui sait où se trouve le nid de la libellule ? Il est encore jeune. Bien nourri, les reins bien au chaud, il doit parfois trépigner. Malheureusement, la porte de la chambre de madame Miên est toujours cadenassée. Sans compter la présence permanente d'un surveillant en pleine maison. Impossible de se traîner jusqu'aux ourlets du pantalon de sa femme.

— Sa femme, c'est beaucoup dire... Elle ne l'aime plus. Elle vit avec Hoan. Tout le monde peut voir son ventre énorme comme un tambour. Qui doute que ce soit l'œuvre de Hoan ? Mais elle continue de nourrir Bôn comme un vieux père. C'est déjà très généreux. Peu de gens pourraient le faire.

– Il a commencé à dérailler depuis quand ? Quand je l'ai vu, il parlait avec vivacité et gaieté.

– Depuis que sa femme a mis au monde un monstre. On dit que le bébé était un garçon, qu'il avait tous ses membres et un sexe mais pas de tête. Il avait un cou très gros, très long. Au bout pendait une bulle semblable à une vessie de porc, où pullulaient des vers blancs et des sillons de sang.

– Comment le savez-vous ?

– Ma belle-sœur de la commune de Vinh Quang occupait un lit dans le même hôpital ce jour-là. Son mari a entendu les infirmières jaser à propos du monstre. Quand il les a vues emporter le seau pour l'enterrer, il s'est précipité pour le regarder.

– C'est bizarre. On a vu des malformés avec des doigts ou des orteils en trop, des becs-de-lièvre, des nez esquintés. On n'a jamais parlé de monstre sans tête.

– À l'entendre, il n'était pas dépourvu de tête, mais il n'avait ni boîte crânienne ni visage. Je pense que ces vers blancs qui remuaient, c'était la cervelle. Avez-vous déjà mangé de la cervelle de porc ?

– Allons, n'en parlons plus. C'est horrible à entendre. Mes enfants disent qu'en promenant les chèvres, ils voient souvent Bôn errer dans le cimetière. C'est vrai ?

– Oui, parfois avec une serpe. Quand je suis passé par là, il m'a salué poliment, il m'a même offert une cigarette.

– Comment l'avez-vous trouvé ?

– J'étais pressé. Je n'ai passé qu'un moment avec lui, le temps de fumer une cigarette. Il parle très poliment, avec lucidité. Néanmoins, parfois, en pleine conversation, il se met à sourire à quelqu'un, comme s'il rêvait, puis il reprend la conversation comme si de rien n'était.

– Pourquoi se promène-t-il avec une serpe ?

– Peut-être voulait-il couper des herbes maléfiques ou des ananas sauvages.

– Ce n'est pas un sorcier, pourquoi couperait-il des herbes maléfiques et des ananas sauvages ? Bon Dieu, j'espère qu'il ne profane pas nos tombes, ce serait une catastrophe.

– N'ayez crainte. Vous les avez bâties en dur, vos tombes ?

– Oui.

– Alors comment peut-il profaner des tombes en briques et en ciment avec sa serpe émoussée ? Il faudrait qu'il possède une pelleteuse. Les gens du Hameau de la Montagne, riches ou pauvres, édifient leurs tombes en dur. Seules celles de la famille de Bôn ne le sont pas, ainsi que trois tombes abandonnées depuis des générations qui se sont presque totalement affaissées et dont il ne reste que des touffes d'herbes. Bôn ne va tout de même pas profaner les tombes de ses parents ! Soyez tranquilles. Il est un peu égaré, mais même les fous authentiques ne profanent pas les tombes de leurs parents.

– Quand on a perdu l'esprit, on ne se rend compte de rien.

– Bôn n'a pas encore perdu l'esprit. Il est simplement un peu égaré par la douleur d'avoir perdu son enfant. Les âmes de ses ancêtres guideront son esprit amoindri. Je le crois.

– Pauvre homme ! Petit, il étudiait très bien à l'école. Il aidait souvent mon cadet à faire ses devoirs. »

Le chef de la corporation apporte deux lampes-tempête dans la cour car la nuit commence à brouiller les visages. Il les pose sur la balustrade, se retourne vers la cuisine et, d'une voix impérieuse :

« Alors, c'est fait, cette nouvelle fournée de gâteaux ? Apporte-la dès que c'est prêt. »

Des voix lui répondent bruyamment, les voix de sa femme, de ses filles et de ses brus. Moins de deux minutes plus tard, ses deux filles apportent un panier de gâteaux tout fumants. L'eau qui s'en égoutte trace des lignes sinueuses sur le sol. Le vieillard hurle :

« C'est comme ça que vous travaillez ? Pourquoi ne pas les mettre dans un plat ? »

Ses filles aux visages brûlants ne se sont pas encore justifiées que sa femme crie de la cuisine :

« Voici le plat, le voici... »

Elle arrive en hâte avec un grand plat en cuivre, le pose au milieu de la cour pour permettre à ses filles d'y mettre le panier de gâteaux. Les trois femmes se retirent aussitôt dans la cuisine, le coin le plus sécurisant, le plus plaisant pour elles. Satisfait, le patriarche dit :

« Allons, frères, mangeons les gâteaux, buvons le thé. Cette année, l'air du ciel et de la terre nous semble favorable. Je suis en train de déterminer la bonne heure pour ouvrir la saison. Oh, j'allais oublier... Je vous annonce une bonne nouvelle. Cette année, notre corporation a perdu Xa, mais elle a gagné deux nouveaux fusils, le Président de la commune et monsieur Hoan, le patron de la plantation du Petit Ruisseau. Ils sont venus s'inscrire ensemble.

– Le Président prend le thé tous les jours sur la terrasse de Hoan. Il est normal qu'ils s'inscrivent en même temps. Il faut dire que ce richard sait comment se comporter... »

De nouveau, les chasseurs reviennent sur ce mariage à trois qui était comme dans un jeu de chaises musicales. Le premier mari, le second mari et la femme séduisante qui ensorcelle les deux hommes.

Le Hameau de la Montagne est trop exigu. Dans ce petit monde clos, la joie passe comme un reflet de lumière, un souffle de vent. La tristesse et l'anxiété rôdent comme l'effluve exaltant, vénéneux d'un philtre maléfique, comme un opium qui enivre et paralyse l'âme des hommes car chacune de ces âmes fragiles, esseulées, barbares, recèle le germe maladif, envieux, secret, inavouable d'un drame terrifiant comme un orage, bien que ses désirs inaltérés s'accompagnent en permanence de terreur.

XXV

Depuis son retour au village Bôn ne regardait plus la cordillère Truong Son. Il pensait ne plus jamais y aller. Le vert infini de la jungle le terrorisait. Comme un homme revenu de l'enfer, il n'osait pas se retourner pour contempler le fleuve sans rivages et sans fond qui séparait le monde humain des enfers, il ne voulait plus revoir la forêt primitive, le monstre incomparable, le vampire aux mille formes qui avait bu et tari son énergie, sa jeunesse. Il voulait que la jungle devienne pour toujours la tombe de son passé. Tout ce qui avait un lien avec elle le terrifiait. Il avait catégoriquement refusé l'invitation des anciens combattants à se joindre à leur groupe de chasseurs. Chaque fois que la saison de la chasse revenait, le son du cor lui donnait la chair de poule. Dans ce son sinistre, il entendait confusément les cris des charognards, les murmures des âmes errantes, les sifflements des serpents de nuit, les soupirs éplorés du vent dans les grottes profondes, dans les gouffres sans fond, il voyait les arbres se tordre, leur sève bouillir dans les flammes du napalm, il voyait des jambes, des bras éparpillés, des crânes fracassés, de la cervelle blanche, gluante comme une bouillie de riz. Son âme et son corps n'étaient plus capables de supporter la mémoire de tout ce qu'il avait vécu, enduré. Parfois il lui semblait qu'il y était entré sous la forme d'un homme jeune et qu'il en était sorti sous celle d'une carapace de crabe en mue, une enveloppe délabrée, totalement vide. Bôn haïssait la jungle, il la haïssait, il la craignait. Elle était trop grande, trop puissante, trop sacrée, trop imprévisible, trop barbare pour lui. Il aspirait à vivre près de la mer. Dès qu'il avait du temps, il se tournait vers l'est où le soleil se lève, où il trouverait la mer, les vagues, les pêcheurs, des hommes jeunes, bronzés, aux bras et aux jambes musclés qui humaient, aspiraient à pleins poumons l'air des tempêtes, parlaient fort comme les vagues mugissantes et, certainement, faisaient l'amour sans jamais se lasser.

Si j'étais né dans un village de pêcheurs, je serais certainement...

Ce petit rêve tardif le visitait souvent.

Pourtant, cette année, l'écho lointain du cor qui retentit à l'horizon avait ranimé l'esprit endormi de Bôn. C'étaient d'abord les sanglots de son enfance qui étaient revenus. Quels sanglots ? Il ne sait pas. Peut-être l'injuste fessée qu'il avait reçue quand les enfants du voisinage avaient dit du mal de lui à ses parents. Ou les pleurs derrière les cercueils de ses parents quand, l'un après l'autre, ils étaient partis rejoindre leurs ancêtres. Ou les soupirs douloureux de l'adolescence, ce moment incertain, vacillant, impitoyable, où l'enfance perdure alors que l'âge viril s'ébauche, où il avait compris son terrible handicap d'avoir à entrer tout seul dans l'avenir, sans le moindre patrimoine en main, sans le soutien de ses parents. Quels sanglots ? Il ne s'en souvient pas nettement, mais ils étranglent son cœur.

Ô mère, ô père, pourquoi m'avez-vous mis au monde pour m'y abandonner ? Si seulement...

Si, si... Il s'imagine des parents en bonne santé,

riches. Présents à son mariage comme à son retour de la guerre. Ils auraient tué un bœuf, des cochons, des chèvres pour inviter le village à partager leur joie. Avec sa femme, ils vivraient dans une maison luxueuse, grande, haute, comme les enfants du vénérable Phiêu, de monsieur Hon, de madame Gia... Ils lui auraient permis de continuer ses études à l'université, de poursuivre le rêve de sa jeunesse brisée par la guerre, pendant que Miên serait restée à la maison pour surveiller les plantations, lui donner des enfants vifs, intelligents. Si seulement les champs de poivriers de ses parents avaient été verts et les champs de caféiers rouges au moment de son retour, il n'aurait pas eu à piocher la colline, à remuer la terre jusqu'à l'évanouissement, il n'aurait pas à vivre aux crochets de Miên, il n'aurait pas à aider la famille de sa sœur misérable, sans vergogne. Si seulement ce rêve était devenu réalité. Si... Mais il savait qu'il n'y avait pas de si dans la vie. Ses parents étaient bons mais sans talents. Ils peinaient pour se nourrir comme des fourmis et, depuis son enfance, mettaient sur ses épaules toutes leurs espérances. « Tu feras honneur à tes ancêtres, tu apporteras la gloire à la famille. » Ciel, quel rêve grandiose ! Terrifiant. Ils se nourrissaient de manioc et de maïs pour lui laisser le riz. Les jours de fête ou au Nouvel An, ils se contentaient de saumure de crevettes macérées dans du piment et de la citronnelle pour réserver à son bol un minuscule poisson de ruisseau ou un morceau de porc. Leur amour le ligotait. Pendant son enfance, il ployait sous ce rêve colossal. Cet espoir colossal consumait son cœur pur dans les braises d'une forge. Il avait courbé l'échine sous les fagots pour payer ses études, il avait étudié jusqu'à l'essoufflement, comme un fou qui, la tête dans les livres, ne rêvait pas d'autres jeux, d'autres plaisirs dans la vie. Et les portes de l'avenir s'étaient entrouvertes. Le matin où il était allé en ville pour le concours des meilleurs lycéens de la province, son professeur principal et le directeur du lycée avaient assisté à son départ, souriants, confiants. Ces sourires sur leurs visages émaciés, leurs dents jaunies par la fumée des cigarettes, avaient collé comme un talisman sur son front pendant toutes les années de guerre. Il était sûr qu'après la guerre, quand il jetterait son uniforme imprégné de l'odeur de la poudre, il remettrait une chemise blanche pour franchir les portes de l'université, un peu tard certes, mais toujours débordant de foi et d'énergie... Quatorze années passèrent. Il revint au Hameau de la Montagne. Il avait perdu son énergie d'antan, mais il restait plein d'espoir. Ses parents avaient sans doute eu beaucoup d'illusions. Cet héritage lui avait apporté des moments de joie extrême, d'exaltation extrême dans le monde éphémère des nuages. Au lieu de rêver de l'université, il avait rêvé de devenir le patron d'une plantation, avec la femme qu'il aimait. Il avait rêvé du jour où il serait assez riche pour édifier en dur les tombes de ses parents, pour faire un voyage à travers tout le pays et voir la famille de ses amis, ceux qui étaient encore vivants comme ceux qui étaient morts, en tout premier lieu, la tante du sergent. Il rêvait. Il ne faisait que rêver... Peut-on vivre sans rêver ? Mais quand on rêve, il n'est plus possible de vivre en paix. Le matin où Hoan était entré dans sa misérable chambre, il avait su que c'était fini. Cet homme grand, à la peau blanche, aux lèvres rouges, dont les cheveux tombent sur le front, souples et luisants comme des cheveux de femme, l'avait étouffé, pétrifié debout au milieu de la cour. C'était lui, lui-même, le propriétaire de la culotte élastique grise, rayée de rouge. En un éclair, le visage de Bôn s'était obscurci, il avait tremblé violemment de tout son corps, la sueur avait coulé le long de ses vertèbres. Oui, c'était lui. Il ressemblait à quelque chose que Bôn avait connu, qui l'avait terrorisé. Pas un homme en chair et en os, mais quelque chose de terrifiant, d'incertain, de grandiose, de mystérieux, de tout-puissant... Bôn était resté hébété longtemps, très longtemps, comme à jamais. Il avait enfin réussi à reprendre son souffle et il avait compris qui était cet homme grand, imposant, séduisant de douceur : c'était une deuxième cordillère Truong Son, une réalité toute-puissante, un dieu barbare sous un masque paisible, l'homme qui prendrait la place de la jungle impitoyable pour anéantir le reste de sa vie, le vampire qui viderait jusqu'à la dernière goutte ce qui lui restait d'espérance et de joie de vivre.

C'était fini.

Comment passèrent les jours qui suivirent ? Il ne s'en souvenait plus. Miên partie, sa chambre n'était plus qu'une hutte abandonnée que les enfants de Tà et les souris fouillaient à volonté, où les fantômes d'antan revenaient. Parfois, c'était le sergent, ses parents ou ses anciens compagnons de lutte. Ils étaient tous pressés, ils le regardaient tous en silence avec des yeux glauques, ils le saluaient devant la porte en agitant les os de leurs mains. Maintes fois, il les avait appelés. Aucun n'avait répondu, pas même le sergent. Pourquoi ? Bôn ne le savait pas. Peut-être parce que les fantômes ne pouvaient pas parler dans des lieux trop imprégnés du souffle de la vie. Les enfants de Tà, ceux du voisinage, les maintenaient dans le silence. Il devrait sans doute aller au cimetière ou sur une colline sauvage pour pouvoir causer avec eux. Mais il était malade, il ne pouvait pas quitter son lit, il y restait allongé jour après jour, se nourrissant de temps en temps d'un bol de bouillie de riz que Soan ou les enfants de Xa le Borgne lui apportaient ou d'une patate cuite que Tà lui donnait. Ces jours-là, le ciel dans l'embrasure de la porte avait sombré dans le brouillard. Il ne voyait ni les couleurs, ni les nuages, ni les cimes dépouillées des lilas qui berçaient d'ordinaire sa tristesse. Il ne se souvenait plus que de la porte qui, une fois, s'était entrouverte pour lui, la porte de l'avenir. Il se rappelait le jeune homme enthousiaste qui allait en ville pour recevoir le prix du concours. Son visage, ses tempes brûlaient. Le sang courait comme des fourmis dans ses veines palpitantes. Il se rappelait les rires d'antan. Tout avait disparu. Le train s'était éloigné, le laissant sur le quai d'une gare abandonnée.

J'ai raté le coche. Ce train ne reviendra plus jamais. Il n'y a plus que de l'herbe et des feuilles mortes dans la cour de la gare, il n'y a plus de voyageur attendant le train, il n'y a même plus de trace de ce train d'autrefois... Je me suis trompé. Le train de la vie n'offre qu'un seul voyage, il ne revient jamais dans une gare qu'il a quittée...

Il avait trop espéré, trop cru en cette lumière qui flotte sur le fil de l'eau, qu'on poursuit en vain, qui vous échappe dès que vous tendez la main. Quatorze années de guerre. Les portes fermées pendant quatorze ans se rouillent, on ne peut plus les ouvrir.

J'ai raté le coche. Mes mains sont vides. Je n'ai plus les moyens de me mentir encore une fois.

C'était la première fois qu'il reconnaissait qu'il s'était menti, qu'il se bernait d'illusions.

« Où est mon fils ? Où avez-vous caché mon fils ? Contre qui l'avez-vous échangé ? »

Il avait hurlé en s'agrippant au bras de la sage-femme, le cœur débordant de courroux, palpitant d'espoir. Il était pressé de voir son fils, son dernier espoir, le dernier pont qui le reliait à l'avenir. Il était convaincu qu'on l'avait échangé contre un autre nouveau-né pour satisfaire quelqu'un qui voulait un héritier, qu'on avait tendu un traquenard pour le tromper, lui, un homme doux et naïf des montagnes. Mais la sage-femme gigantesque, au visage carré, s'était retournée, l'avait fixé de ses yeux de glace. Ce regard se vrillait dans ses yeux, autoritaire. Secouant la tête d'un air courroucé, elle dit :

« Que signifient ces bêtises ? »

Bôn ne répondit pas, il répéta :

« Où est mon fils ? Laissez-moi voir mon fils... »

Elle demanda d'une voix cassante :

« Vous voulez vraiment le voir ?

– Oui ! » hurla aussitôt Bôn.

La sage-femme saisit son bras, le traîna violemment dans la salle d'accouchement, une chambre immaculée comme un brassard de deuil. Elle traîna bruyamment un seau sur le sol carrelé et, d'un geste tout aussi violent, ouvrit le couvercle :

« Le voilà, votre fils ! Baissez-vous pour bien le regarder. »

Bôn se baissa. Cette chose. Cette chose-là. Ce fœtus. Son fils. Tout ce qui lui restait d'avenir... Il n'osa pas le croire. Un morceau de chair rouge, violacée, flottant dans du sang gluant, les bras et les jambes recroquevillés. Un cerveau flou sous une membrane, semblable à un cerveau noyé dans le formol des laboratoires des lycées en ville. Un cou boursouflé comme une pastèque. Et rien d'autre. Dieu, il avait rêvé si longtemps de son fils, espérant secrètement qu'il aurait ses yeux, et le nez, la peau, les lèvres, la silhouette de Miên, car il savait qu'il ne possédait qu'un seul atout, ses yeux. Il avait attendu longtemps le moment où l'enfant ouvrirait les yeux, où il pourrait se mirer dans son regard, où le petit tournerait vers Bôn son regard clair, car la lueur de ses yeux était l'unique source de lumière qui éclairerait son avenir, lui restituerait le ciel perdu. Ces yeux étaient sa force, sa raison de vivre. Mais l'enfant n'avait pas d'yeux. Il n'avait même pas le visage, le nez, les lèvres de Miên. Il n'avait rien.

Pourquoi l'homme ne meurt-il pas quand il n'a plus rien pour vivre ?

Il s'était posé la question maintes fois. Chaque fois, il s'intimait l'ordre :

Je dois mourir. J'ai besoin de mourir. Le plus rapidement sera le mieux. Il suffit d'une corde. La poutre de ma chambre est suffisamment solide pour ça...

Mais chaque fois, il restait collé au lit. Quand Soan lui apportait la bouillie de riz, il se redressait, s'essuyait le visage avec la serviette de coton qu'il n'avait pas lavée depuis longtemps, mangeait la bouillie chaude que la femme généreuse avait préparée, essuyait de nouveau sa sueur, et il sentait vaguement un bien-être léger qui soutenait son âme et son corps.

Je suis trop pusillanime. Trop lâche... Peut-être parce que mes parents m'en empêchent, ou parce que mon heure n'est pas encore arrivée et que le Ciel ne m'autorise pas à quitter le monde des vivants... Ô mère, comme tu me manques...

Après cette pensée, il s'endormait.

Un lien ténu, scintillant, rattachait sa vie à un monde de brume lointain où se dessinait l'ombre d'une femme. Était-ce sa mère, Miên, la Laotienne sourde et muette, les jeunes filles *volontaires*, les paysannes qu'ils avaient connues dans des rencontres fugitives sur les trottoirs de la guerre ? Il n'aurait su le dire. Mais il savait que c'était une femme. Il reconnaissait son odeur féminine. Il sentait l'onde magnétique, l'odeur de la sueur, de la peau, de la chair, des cheveux des femmes, la chaleur mystérieuse qui s'exhalait de leur corps. Ce lien ténu le retenait.

Le matin où Miên était revenue pour lui donner une casserole brûlante de bouillie de riz au poulet, il l'avait regardée comme une femme étrange, nouvelle, à la fois celle qui avait partagé sa couche et une inconnue venue d'un autre monde, d'autres horizons. Triste et humilié, heureux et indifférent, il avait mangé, ne comprenant pas pourquoi la bouillie lui semblait si bonne, pourquoi le visage de Miên ne provoquait plus en lui l'ivresse et la peur. Ce visage était sorti de son monde.

C'est Miên et ce n'est plus Miên...

Cette pensée ne le faisait plus souffrir. Son cœur ne s'était pas cabré de douleur, ses veines n'avaient pas palpité convulsivement dans ses tempes et sa tête comme autrefois, chaque fois qu'il avait ressenti de l'amour ou de la colère. Cette sensation le libérait doucement de l'anxiété, de la souffrance. Les crises de douleur qui tordaient ses entrailles s'apaisaient lentement.

C'est Miên et ce n'est plus Miên...

Il reformula cette pensée plus clairement, plus posément. Le parfum pénétrant de la bouillie de riz le requinqua. De grosses gouttes de sueur perlèrent sur son visage, son cou. Il posa le bol de bouillie, prit la serviette, s'essuya. Plus il s'essuyait, mieux il se sentait. Son corps s'allégeait comme du coton, son âme était calme, paisible. La marée s'était retirée. La plage de sable s'étalait, lisse, sous le soleil tiède.

Miên revint pour la troisième fois, elle lui demanda de venir chez elle. Bôn grommela, mais en son for intérieur, la réponse jaillit aussitôt :

Pourquoi pas ? Miên n'est plus la femme de jadis.

Mais c'est une femme. Un monde de douceur, de chaleur. Une plage de sable lisse au bord de la mer, quand la marée s'est retirée...

Cette pensée lui rappela une plage qu'il avait vue dans sa jeunesse. Cette image ténue, étincelante, le reliait à une femme dont il ne voyait pas le visage, mais seulement le dos. Un dos svelte sur des hanches qui ondulaient à chacun de ses pas... Miên, sa mère, la Laotienne sourde et muette, les filles rencontrées au hasard des marchés ? Elle pouvait avoir tous les visages car le sien était masqué par la brume. D'elle, il ne distinguait nettement que le dos, la taille, les fesses épaisses, bondissantes, l'ondulation des hanches rythmant ses pas.

Quand le vent lui apporta le parfum des liserons sautés à l'ail, le souvenir de sa mère bouleversa ses entrailles. Il prit son ballot, suivit Miên ou, plus exactement, la femme sans nom, sans âge qui le retenait à la vie par un merveilleux fil étincelant. Il ne prêta pas attention aux regards curieux des voisins, des gens qu'il croisait en chemin. Il les saluait pendant que son âme plongeait dans la brume des souvenirs. Le parfum des liserons d'eau sautés à l'ail lui procurait une indicible douceur. Il souriait en marchant.

Tu sais, maman, le sergent m'a maintes fois félicité pour mon art de préparer le liseron sauté à l'ail. C'est grâce à ta recette préférée. Il me semble que ce n'est pas grand-mère qui te l'a enseignée, mais une amie qui s'est mariée avec un homme de la ville.

Sa mère sourit. Elle ne lui répondit pas. Elle écarta le pan de sa chemise, lui montra son sein gauche avec sa verrue grosse comme un grain de riz. Petit, il aimait tâter cette verrue. Il tendit la main, palpa le sein maternel, vit son enfance ressusciter.

Maman, tu me manques...

Sa mère lui caressa les cheveux, s'envola comme la vapeur qui s'exhale d'une marmite de riz qu'on vient de sortir d'un foyer de braise.

Il avait vécu sous le toit de Miên comme un hôte, un parent, un vieil ami.

Oui, qu'est-ce que ça peut faire ? Nous nous sommes aimés, nous avons été mari et femme. Maintenant, nous sommes amis. Comme le temps change avec les saisons. Après l'été, l'automne. Cette maison se trouve dans le champ magnétique de Miên, d'une femme, d'un être cher...

Il s'habitua peu à peu à sa nouvelle vie. Il prenait le petit déjeuner avec monsieur Lù, il déjeunait avec monsieur Lù, il dînait avec monsieur Lù. Après le dîner, il entendait une moto s'arrêter devant le portail. C'était Miên qui revenait avec son enfant. Elle montait les marches du perron en disant :

« Qu'avez-vous mangé aujourd'hui ? »

Parfois c'était monsieur Lù, parfois c'était lui qui répondait :

« Nous avons mangé une soupe de poisson avec du chou et des cacahuètes grillées. » Ou encore :

« Nous avons attrapé un poulet pour faire une bouillie de riz. »

Miên sortait de son panier quelques fruits achetés en ville, un paquet de friandises ou des bonbons, les déposait sur la table :

« *Oncle* Lù, rangez cela, c'est pour votre thé. »

Après ces formalités, elle emmenait son fils dans la salle de bains, le lavait, le changeait. Elle en faisait de même pour elle. Puis elle entrait dans sa chambre. Elle emportait toujours un pot de chambre émaillé pour n'avoir pas à sortir la nuit. Et elle poussait le loquet, fermait la porte à clé. Bôn entendait nettement le loquet se caler, la clé tourner dans la serrure. Ces sons transperçaient son cœur. Mais il ne voulait ni se souvenir ni comprendre pourquoi il en souffrait.

Le lendemain matin, Hoan revenait chercher la femme et l'enfant avant le réveil de Bôn. La plupart du temps, quand il sortait du lit, le vrombissement de la moto s'éteignait dans le lointain.

Miên est partie. Elle ne reviendra que lorsqu'il fera nuit...

Il descendait alors dans la cuisine pour boire le thé avec le gérant. Aussitôt, monsieur Lù engageait la conversation. Ce vieillard maigre comme une grue avait toujours quelque chose à dire, ses yeux mobiles semblaient ne jamais se fatiguer et ses oreilles ne laissaient jamais passer le moindre bruit. Bôn se disait qu'il devinait toutes ses pensées mais, à travers sa douceur muette, il semblait montrer de l'affection pour Bôn. Il avait préparé de ses propres mains les potions de Bôn, des médicaments traditionnels que Miên avait commandés en ville. Il s'enquérait des plats préférés de Bôn, les lui préparait. Il avait appris à Bôn à tremper ses pieds dans de l'eau chaude salée avant de se coucher, à masser son dos et ses cuisses au réveil. Dans cette grande maison, dans ce vaste jardin, l'amitié naissait facilement entre deux hommes solitaires. Retrouvant peu à peu ses forces, Bôn l'accompagnait dans les champs de poivriers et de caféiers. Un jour, monsieur Lù lui demanda :

« Avez-vous toujours l'intention de créer votre propre plantation ? »

Bôn bafouilla, incapable de répondre. La colline que la commune lui avait donnée était longtemps restée à l'abandon. Maintenant, un jeune couple l'avait défrichée et l'exploitait même si, en théorie, il ne s'agissait que d'un prêt. Le couple avait l'âge où on brise à mains nues les cornes d'un buffle. Il aspirait à « vider la mer de l'Est de son eau ». Il travaillait nuit et jour. Maintenant, les poivriers se dressaient, hauts de plus d'un mètre. Il n'y avait pas de contrat écrit mais, même s'il le voulait, Bôn ne pouvait plus réclamer ses terres, des terres arrosées avec la sueur d'autrui, qui rapporteraient bientôt de l'argent. Remarquant son embarras, monsieur Lù continua :

« Madame Miên est très généreuse avec vous. »

Comprenant que le gérant sondait ses intentions, Bôn répondit :

« Je sais. »

Le vieil homme acquiesça :

« Vous avez connu bien des épreuves, vous comprenez certainement la vie. Il n'existe nulle part de paradis réservé à des hommes de chair et de sang comme nous. Mais il existe des terres hospitalières et des terres hostiles. Quand la fatigue paralyse son aile, l'oiseau qui trouve une terre hospitalière s'y arrête.

– Je sais. »

Bôn avait répété la réponse. Il comprit que le gérant exprimait les désirs de Hoan et de Miên. Ils étaient prêts à le nourrir jusqu'à la fin de sa vie comme un frère, un ami ou un gérant adjoint qui aiderait monsieur Lù à prendre soin des plantations et de la maison, quand il aurait retrouvé sa santé et s'il souhaitait travailler pour éviter la tristesse et le découragement d'une existence désœuvrée. Il serait accepté sous ce toit jusqu'à sa mort à condition de respecter ce contrat.

Autrefois mari, aujourd'hui ami. Je mangerai le riz de Miên, je vivrai sous son toit, mais chacun à une extrémité de la maison comme sur les deux rives d'un fleuve où ne coulerait pas l'eau mais de l'huile enflammée... Qu'est-ce que cela peut faire ? C'est la vie qui m'a mis dans cette situation grotesque.

J'ai suivi Miên jusqu'ici, non comme un mari suit sa femme mais comme un orphelin va dans un orphelinat, comme un homme abandonné part à la recherche d'une terre hospitalière...

« Il fait vraiment beau aujourd'hui », s'écria soudain Bôn bien qu'il ne regardât pas le ciel. Il avait les yeux fixés sur des grappes de jeunes grains de café nichées sous les feuilles.

Le gérant cligna les paupières et répondit :

« Oui, le ciel d'automne est vraiment beau. Le temps est favorable, la récolte sera belle. »

Ils se turent.

Le contrat était scellé.

Bien des lunes étaient passées depuis le jour où ils s'étaient ainsi parlé. Bôn croyait s'être adapté à sa nouvelle vie. Mais soudain, une nuit, son corps se révolta. Il n'arriva pas à dormir. Des vagues se déchaînèrent en furie dans sa chair, son sang. Des vagues que rien ne pouvait apaiser. Elles bondissaient, toujours plus pressantes. Elles l'étouffaient, envahissaient son cœur, le plongeaient dans des palpitations saccadées, incessantes. Elles jaillissaient dans son cerveau, effaçaient toutes les images, ne laissant que celle, vulgaire et luxurieuse, de femmes nues, de femelles errant dans la forêt qu'il avait jadis rencontrées. L'image érotique enflait comme dans un miroir grossissant, submergeait son esprit, lui coupait toute voie de retraite. Il pressa violemment ses tempes cuisantes, il plaqua son visage sur la natte, tendit ses forces pour dominer son désir, il serra violemment les dents pour ne pas gémir. En vain. Les vagues en furie passèrent du rouge au brun du sang coagulé, puis au violet menaçant des nuages dans un crépuscule orageux. Dans ses veines ne coulait plus du sang mais du plomb fondu, bouillonnant, brûlant, décapant, qui paralysait et son corps et son âme. De ce corps torturé, de cette âme en folie, jaillit soudain un cri :

Miên, Miên... Tu es à moi, à moi...

Il se redressa d'un coup, serra violemment ses genoux entre ses bras pour résister au désir de se précipiter vers la chambre où s'enfermait la femme qu'il aimait, d'abattre la porte bloquée par un loquet et une serrure plus grande qu'une main... Il se sentait de taille à briser toutes les serrures, à casser toutes les portes... Le temps lui avait rendu ses forces. Il était toujours jeune. Il avait à peine plus de trente ans... Mais il continua à enlacer ses genoux dans les tenailles de ses bras car il comprenait qu'il était lié par contrat.

Miên ne m'aime plus. Tout effort sera vain. Je ne peux pas la forcer à m'aimer.

Ainsi parla ce qui lui restait de lucidité. Mais une autre voix plus puissante, plus féroce, plus pressante lui répondit aussitôt :

Mais j'aime Miên, j'ai cherché le chemin du retour, j'ai poursuivi la lune au prix de ma vie, je me suis traîné à travers la jungle, j'ai résisté à la faim, à la soif, aux moustiques, aux sangsues, aux fantômes ennemis... Ces journées ont tari mon énergie. Mille fois mon cœur a failli éclater de terreur. La nuit, j'ai dû me lier aux arbres pour dormir d'un sommeil frêle, humide, glacé de sueur à cause des sifflements des boas, du vent, des serpents venimeux. J'ai dû vivre comme une bête, de racines et de feuilles... J'ai tout supporté pour toi... Tu n'as pas le droit de me chasser de ton cœur... J'ai misé ma vie dans cette partie. Ou bien j'ai ma part, ou bien je mourrai...

Son regard se brouilla, la sueur submergea sa poitrine, ses épaules. Il ouvrit brutalement la porte et sortit.

« Vous n'arrivez pas à dormir ? Venez prendre le

thé avec moi. Cette nuit, je n'arrive pas non plus à fermer l'œil. »

Le gérant était assis devant le plateau de thé. La lampe à huile était allumée. Tout semblait prévu.

« Ah... Vous êtes déjà levé ? » balbutia Bôn, les tempes toujours brûlantes.

Le vieux Lù se leva, rajouta de l'eau bouillante dans la théière, répondit tranquillement :

« Je n'ai pas encore dormi... Les vieux dorment peu. »

N'attendant pas la réponse de Bôn, il continua :

« Le thé au jasmin de cette récolte est très parfumé, venez en boire tant que c'est chaud. Je viens d'ouvrir le paquet de gâteaux au soja vert que madame Miên nous a donné hier. Ça va très bien avec le thé. »

Bôn ne put rien dire, il s'avança, tira une chaise, s'assit face au gérant, l'âme ulcérée.

Ce vieux est sans conteste le chien de garde de Hoan. Un jour, je l'enverrai retrouver ses ancêtres.

Il but le thé, dit quelques mots insignifiants au gérant, comprenant que toute la sympathie que celui-ci lui réservait relevait du sentiment banal que l'homme doit à son prochain. Ce qui importait à ce geôlier dévoué et fidèle, c'était d'interdire à Bôn de s'approcher de la porte de Miên, sa femme il y a plus de seize ans, la femme de Hoan aujourd'hui. Il but d'affilée deux tasses de thé, gémissant dans son âme.

Sale vieux chien de garde, n'as-tu jamais aimé ? Tu as aussi été jeune. N'aurais-tu jamais aimé, jamais souffert d'être éconduit, jamais connu la torture de la chair ?

Le gérant vida la théière, y remit une pincée de thé, la remplit d'eau bouillante. Ses gestes étaient détendus, paisibles. Ses yeux fixaient attentivement la théière, mais Bôn savait qu'ils ne perdaient aucun de ses gestes, qu'ils lisaient sans doute clairement ses pensées. La lampe de nuit, familière, d'ordinaire installée sur le buffet à thé, était posée sur la table juste à côté de la chambre de Bôn, la mèche bien allongée. À sa mine, le vieillard s'était réveillé depuis longtemps. Il avait entendu Bôn haleter, s'agiter. Son attitude, ses gestes, ses yeux pensifs et tranquilles montraient qu'il avait pensé à tout pour se défendre. Même s'il employait la force, Bôn n'avait aucun espoir d'accomplir ses desseins.

Je ne peux vraiment rien ? Je suis condamné à vivre sous ce toit comme une ombre ?

Son cœur continuait de gémir. Il se crut prêt à bondir par-dessus la table, à asséner un coup sur le vieux crâne de monsieur Lù avec la torche électrique ou le chandelier en cuivre. Mais ce qui lui restait de lucidité le fit trembler. Il savait que cet homme était plus fort, plus intelligent, plus lucide, avait plus d'atouts pour vaincre que lui. Parfois, quand Bôn allait au cimetière du village, les enfants le suivaient. Il croyait qu'ils se promenaient eux aussi. La première fois, il se retourna pour les saluer et bavarder avec eux. Mais les fois suivantes, il remarqua soudain la curiosité et la peur dans leurs yeux. Ils le suivaient, mais ils étaient prêts à battre en retraite. Il pensa d'abord que les gens avaient naturellement peur de ceux qui fréquentaient les cimetières car ils ouvraient souvent la voie aux fantômes et aux démons qui venaient ensuite tourmenter les villageois. Mais une autre idée informulée se cachait derrière cette pensée, comme une ombre derrière la statue d'une pagode. Elle lui fit peur. Il n'osa pas préciser sa pensée. Maintenant, l'ombre noire cachée derrière sa pensée reparaissait.

Ces enfants curieux ont-ils raison ? Serais-je devenu fou ? Aurais-je contracté une maladie inso-

*lite que tout le monde, y compris Miên et le vieux
Lù, me cache ?*

Un énorme papillon de nuit entra par la fenêtre,
dansa autour de la lampe. La lumière de la flamme
traversait ses ailes striées de nervures, teintées de
taches multicolores, les faisait resplendir d'une beauté
que Bôn n'avait encore jamais vue. Bôn posa sa tasse,
regarda, fasciné, le papillon, se rappela soudain un
printemps lointain où, avec le gros Toan et Hai le
Noiraud, ils contemplaient la danse des papillons dans
une crevasse de la montagne. Des milliers de papillons
volaient, enivrés, excités, tremblants, irradiés de
lumières. Leur danse faisait tournoyer la jungle, les
montagnes. Les trois soldats sautaient de joie. C'était
la première fois qu'ils voyaient un spectacle si merveilleux. Les années d'après, les couleurs éclatantes
des papillons du printemps ne les fascinèrent plus, ils
ne restaient plus des heures entières à contempler leur
danse, ils fouillaient plutôt des yeux l'herbe pour guetter ceux qui y tombaient en s'accouplant. Les jeunes
soldats se mirent à guetter les singes en train de copuler. Une fois, ils surprirent un couple d'orangs-outans
ivres de plaisir. Ces grands singes ressemblent aux
humains, y compris dans les postures de l'amour. Ils
baisaient si longuement qu'ils provoquaient l'admiration et l'envie. Bôn se rappela cette scène, il vit le
visage du mâle couvrant la femelle, ses grognements,
ses lèvres retroussées sur ses dents blanches... En un
éclair, le sang bouillonna dans son corps, il serra les
cuisses, vida sa troisième tasse de thé et dit au gérant :

« Continuez... Je vais dormir. »

Le vieillard hocha la tête :

« Allez-y. Je ne pourrai probablement pas fermer
l'œil cette nuit. »

Bôn entra dans sa chambre, poussa le loquet comme

pour s'interdire de sortir car d'ordinaire il n'avait aucune raison de le faire. Il monta sur le lit, plaqua son visage sur l'oreiller comme un enfant qui allait recevoir la fessée, serra ses poings.

Assez, assez, assez...

Mais c'était impossible. Son instrument se dressait, dur, tendu, comme celui d'un vigoureux étalon attendant l'ouverture de l'écurie. Il accaparait son corps et son âme. Bôn ne pouvait penser à rien d'autre. L'unique image qui s'inscrivait dans l'écran de son cerveau, c'était celle des orangs-outans en train de copuler. Ce couple de singes lubriques ne cessait de le fasciner, de l'exciter depuis l'instant où sa mémoire l'avait tiré de la jungle du passé. Il se rappelait leurs glapissements de plaisir, le moindre geste de leur accouplement, leur nez dilaté par l'exaltation de la chair, leur air exténué, égaré après la jouissance...

Ciel, pourquoi dois-je tant souffrir ?

Son âme écrasée, meurtrie, hurlait. Il haït soudain ce bout de chair excédentaire entre ses cuisses, ce bout de chair diabolique qui le torturait pernicieusement, férocement. Quand il avait besoin de sa force, il l'avait dorloté, soigné avec toutes sortes de médicaments, de fortifiants, mais l'organe pendait comme un drapeau au bout du bâton d'un gardien de canards. Maintenant qu'il souhaitait le voir tranquille et doux, résigné à une vie paisible détachée du désir, le voilà qui se redressait, exigeait d'être comblé.

Putain de ta mère ! Putain de ta pute de mère...

Il se gourmandait comme jadis il avait insulté les vautours, qui venaient de déchirer les entrailles du sergent dans la jungle de *khop,* pour cracher la colère et la haine de son cœur. Mais ce bout de chair cynique et puant était complètement sourd. Il ne voulait rien entendre. Il se dressait, têtu, cruel. Bôn se résigna, glissa la main dans sa culotte, fit ce qu'il pouvait pour apaiser cet organe qui s'était transformé en un monstre étrange, indifférent à tout ce que Bôn pouvait penser ou vouloir.

Le lendemain soir, Bôn attendit le retour de Miên. Il prit le petit Hanh dans ses bras bien que le garçon le traitât toujours avec distance et méfiance. Quand Miên se dirigea vers la salle de bains, il la suivit, le petit dans ses bras, lui barra le chemin juste devant la porte :

« Miên, j'ai à te parler. »

Miên se retourna, le regarda. Il savait qu'elle avait compris. Elle éleva la voix la première.

« Bôn, je te l'avais déjà dit. Il n'y a plus d'amour entre nous. Mais il reste de la solidarité. Je suis prête à te considérer comme un grand frère. En dehors de ça, il ne peut rien y avoir d'autre. »

Il acquiesça :

« Je le sais. Mais je ne peux pas continuer à vivre ainsi. Je sais que tu as un autre homme. Mais je t'aime toujours, je veux avoir ma part. »

Elle le regarda d'un air étonné :

« Je ne comprends pas. »

Il avala sa salive, réprima son humiliation et continua :

« C'est banal... Autrefois, les hommes pouvaient avoir cinq femmes, sept concubines. Aujourd'hui, nous pouvons pratiquer la coexistence pacifique de la même manière... Je n'ose pas demander beaucoup... Mais je t'aime, je dois avoir ma part. »

Miên rougit violemment. Elle glissa un regard rapide vers la cuisine comme si elle craignait que le gérant eût tout entendu. Son visage se fit sévère. Une lueur glaciale, terrifiante, illumina ses yeux :

« Ne répète plus jamais cela, à quiconque. Sinon

les gens diront que tu es fou ou immoral. Aucune femme comme il faut ne ferait ça. »

Il n'osa pas la regarder dans les yeux, mais continua :

« Je ne suis pas un eunuque... Je ne peux plus vivre éternellement ainsi.

– Alors, tu peux t'en aller d'ici », dit Miên d'une voix glacée. Son visage devint dur comme la pierre.

« Rentre chez toi. Je te donnerai un capital pour monter une affaire. Puis trouve-toi une femme qui t'aime pour te bâtir une nouvelle vie.

– Non. Je ne le veux pas. »

Il posa le garçon par terre, remonta dans sa chambre. Miên ne le rappela pas, n'ajouta pas un mot. Elle prit son enfant dans ses bras, l'emmena dans la salle de bains. De là, elle cria vers la cuisine :

« *Oncle* Lù, voyez pour moi si la marmite est prête. »

Le gérant répondit aussitôt :

« L'eau bout depuis un bon moment. Attendez, je vous l'apporte. »

Le gérant semblait en permanence aux aguets pour accomplir les désirs de Miên. Bôn le regarda transporter la marmite d'eau bouillie avec des herbes odorantes à travers la cour, son ombre dure, robuste s'allonger sur le sol pavé de briques. Il comprit que monsieur Lù n'était pas seulement le chien de garde fidèle de Hoan mais aussi le serviteur, l'homme de confiance de Miên. Il les admirait, les idolâtrait tous les deux, l'un sans doute par intérêt et l'autre pour elle-même. Bôn était isolé dans cette maison. Sans doute l'était-il aussi en ce monde.

Cette nuit-là, Bôn fit un rêve merveilleux. Un rêve qui lui apporta une sensation de bonheur parfait, un bonheur puissant comme il n'en avait jamais éprouvé dans la vie réelle. Il vit un énorme raz-de-marée engloutir le monde, submerger tous les continents, tous les pays. Tous les hommes mouraient, les Jaunes, les Noirs, les Blancs. Il était le seul à qui le Tout-Puissant avait donné un radeau. Sur l'eau immense gorgée de millions et de millions de morts et d'hommes qui se débattaient désespérément au milieu des écumes, il avait retrouvé Miên. Elle tendait vers lui sa main chancelante, le regardait de ses yeux suppliants. Une nouvelle fois, il redevenait le héros qui la sauvait de la mort. Il la prit dans ses bras. La femme qu'il aimait tremblait, livide de peur. Il la caressa, la consola, tordit sa chevelure pour chasser l'eau, lui donna sa chemise. Il guida le radeau à travers l'océan de cadavres vers l'unique île qui surnageait après le cataclysme. Le Tout-Puissant l'avait réservée à Bôn pour qu'avec la femme qu'il aimait, ils mettent au monde une nouvelle humanité. Sur l'île sauvage, déserte, assiégée de tous les côtés par l'eau et les cadavres, leur amour renaissait, cent fois plus fort que jadis. Il faisait l'amour à Miên sur l'herbe, sous les étoiles, dans le soleil de l'aube, plus longuement que les grands singes et les orangs-outans, comme si dans leurs veines coulait le sang mélangé de toutes les espèces... Bôn se réveilla le lendemain matin, hébété de regret. Plongeant la main au fond de sa culotte mouillée, il s'efforça de se remémorer le bonheur suprême, le plaisir suprême qu'il venait de goûter...

Puis les jours se succédèrent. Il continuait d'aller aux champs, dans les collines avec le gérant, de boire le thé en dégustant des gâteaux avec lui, de s'affairer en sa compagnie à préparer une bouillie de riz au poulet ou une soupe de vermicelle aux légumes chaque fois qu'ils voulaient changer de mets, il vivait l'existence opulente dont plus d'un rêvait au Hameau de la Montagne. La nuit, quand le désir l'assaillait, il convoquait son ancien rêve, imaginait la saison des amours chez les bêtes de la forêt, se libérait misérablement de la torture de la chair, ne cessait pas de vouloir abattre la porte d'une chambre, casser une serrure. Maintes fois, il s'était dit :

Et si je m'en allais ? Si j'essayais d'aller à la plantation de l'État dont Xa le Borgne m'avait parlé ? Plus de deux cents volontaires trop âgées pour se marier s'y trouvent. Je n'aurais que l'embarras du choix. Cela vaut mieux que de vivre dans cette humiliation... Du coup, je libérerais aussi Miên, elle pourrait aller vivre au Petit Ruisseau avec Hoan ou bien le ramener dans leur ancienne demeure. Miên me donnera sûrement de quoi me constituer un capital. Son homme ne manque pas d'argent, il ne mégotera pas pour payer le prix d'un bonheur total. Un jour, moi aussi, j'aurai un foyer chaleureux, un enfant avec une nouvelle femme, la femme que j'aurais choisie parmi les deux cents qui quêtent tardivement un mari...

Au départ, l'idée de pouvoir choisir entre deux cents femmes le rendit heureux. Il reconnaissait vaguement que cela lui donnait le pouvoir et l'orgueil d'un monarque. Mais cet éclair de fierté passé, il comprit que ces deux cents femmes n'étaient qu'une nuée de poussière, une masse obscure sans forme, sans silhouette, sans visage net qui pût le séduire. Deux cents femmes, ce n'était pas un nombre extraordinaire à ses yeux. Il en avait rencontré par milliers sur les sentiers de la guerre... Aucune ne l'avait ému... Les rencontres en temps de guerre sont peut-être destinées à être éphémères, elles duraient quelques heures, au plus deux ou trois jours, jamais assez longtemps pour qu'on apprenne à se connaître. Mais il se pouvait bien que son cœur fût lié à une femme, à un premier amour catastrophique. Par la suite, il avait misé sa vie sur cette femme. Il ne pouvait plus se dégager. Il s'était jeté dans tant d'aventures qui avaient anéanti son esprit, miné son corps. Maintenant, il en restait, cristallisé en lui, un résidu étouffant, obscur.

Non, non, non. Je ne peux pas traîner mon ballot dans un endroit lointain, inconnu, chercher dans la foule étrangère une femme susceptible de sympathiser avec moi et, plus encore, de partager ma couche. Je n'ai plus la force de me jeter dans une telle aventure.

De voir ce chemin se dérouler devant lui suffisait à ramollir ses muscles, à désarticuler ses os. Rien que d'imaginer un nouveau départ, sa peau et sa chair se glaçaient, ses cheveux se dressaient comme s'ils allaient devoir affronter le souffle de la jungle, le vent empoisonné des précipices, les pluies de brume qui tombaient du feuillage épais des arbres... Non, il n'avait plus la force de se lancer dans une nouvelle aventure. Et puis, pourquoi devrait-il s'en aller les mains vides pour laisser la femme qu'il aimait appartenir totalement à un autre homme ? Pourquoi devrait-il accepter sans condition cette défaite ignominieuse après tant d'efforts et de souffrances ? Confusément, du fond de son cœur, l'espoir, bien que mince, se mit à luire.

Qui sait ? Qui sait si un jour...

Mais quel jour et dans l'attente de quel événement, il n'en savait rien.

Soudain, en ce printemps, le son lointain du cor ne le fit plus trembler. Ses accents tantôt monotones et mornes, tantôt stridents, gémissants, secouèrent le ciel paisible en son cœur, lui rappelèrent son enfance et ses tristes sanglots. Assis sur une colline déserte, les bras croisés, il les écoutait des heures durant. Un soir, ces sons se firent plus forts, plus pressants, comme une marée, comme une marche. Bôn vit soudain un coin de ciel limpide, des champs de maïs fleurir dans le soleil du soir, des troncs de cannes à sucre mauves, épais, plus hauts que sa tête, se couvrir de poudre blanche. Enveloppant la scène, un espace de silence pur, où ronronnaient doucement les abeilles.

D'où vient ce coin de ciel ? D'où viennent ces champs de maïs ? Je les ai rencontrés quelque part, j'y ai vécu... Où se trouvent-ils en ce monde ?

Il fouilla sa mémoire. Le passé s'ouvrait comme une immense caverne enfumée. Le froid. La désolation. La terreur. La nostalgie. Tout se liquéfiait. Tout se disloquait. Il ne vit rien d'autre. Assis, il regarda fixement le soleil descendre lentement sur les montagnes. Quand le soleil s'éteignit derrière la cordillère, à l'ouest, le soleil de sa mémoire se leva au-dessus de la jungle ténébreuse, balaya le rideau de fumée, éclaira la caverne masquée. Il s'écria soudain :

« Le village de Khéo ! »

Son cri se propagea à travers les champs de poivriers, de caféiers, à travers les vertes collines alentour. Quelques gardiens qui ramenaient les chèvres, les vaches, sursautèrent, le regardèrent, mais il ne les vit pas. Debout, il répéta à haute voix le nom qu'il venait de retrouver :

« Le village de Khéo... C'est le village de Khéo. Le village de Khéo. Le village de Khéo. Le village de Khéo... »

Dans l'écho, il entendit le grincement d'une charrette tirée par un buffle, le chant des coqs à travers la vallée, le crépitement de la sève des fagots dans le feu, le bourdonnement du miel bouilli dans une poêle, le gazouillis paisible des oiseaux, les rires affectueux et doux dans une langue étrange qu'il ne comprenait pas. Bôn reconnut le village de Kheo où il avait vécu avec la Laotienne sourde et muette, une femme qui ne l'avait pas épousé selon les usages vietnamiens mais selon les coutumes de sa terre natale. Bôn se rappela le goût du riz gluant et de la viande grillée en cette journée de noces, l'attitude du chef du clan quand il formula ses prières et ses vœux au couple, le visage et les yeux étincelants du frère aîné de la mariée. Illuminant toutes ces images, une grande flamme luisait sur un foyer où des bûches plus grosses que des cuisses d'homme brûlaient jour et nuit. La flamme éternelle du village de Kheo.

Oui, c'est bien là que j'ai vécu avec la femme qui possède une malle pleine d'habits. La veille du mariage, elle avait étalé ses jupes aux couleurs éclatantes sous mes yeux. Cette nuit-là, elle avait fait bouillir un fût d'eau et d'herbes odorantes qui m'arrivait à la ceinture pour qu'on se baigne ensemble... J'ai été heureux, cette nuit-là. Quoi qu'il en soit, j'ai connu le bonheur. Comme elle sentait bon, la couverture neuve imprégnée de la senteur des herbes odorantes.

Il ferma les yeux, se vit tout nu, lavé, parfumé, sur un matelas de lin brodé de couleurs éclatantes, à côté du corps nu d'une femme. À quelques mètres d'eux, le foyer flambait, diffusait sa chaleur, sa lumière... Il se rappelait cette sensation de plénitude quand la femme pressait ses seins lourds sur sa poitrine, quand ses mains le caressaient, quand les gestes de l'amour l'entraînaient dans la marée du plaisir. À ces souvenirs, son désir se réveillait.

J'ai connu le bonheur avec cette femme... Pourquoi

l'ai-je abandonnée ? Maintenant, j'aspire à être un
orang-outan couvrant sa femelle dans un trou de la
jungle... Pourquoi l'homme est-il si bête ?

Le regret en folie déchirait son cœur. Son sexe
s'était dressé dans sa culotte. Plus ce monstre odieux
se cabrait, plus il se rappelait nettement les plaisirs
qu'il avait goûtés au village de Kheo. Les seins de la
femme apparaissaient sous les motifs brodés du lin,
son organe intime s'ouvrait entre des cuisses de fer de
montagnarde. Il en avait fait une femme quand il vit
le sang s'imprimer sur le matelas, quand elle se
redressa pour le lui montrer du doigt. À cet instant-là,
elle n'était plus laide. À cet instant-là, ses yeux étincelaient et la lueur des flammes la transformaient en
une déesse de la montagne dont la chevelure se répandait sur les épaules.

Pourquoi me suis-je jeté dans l'aventure pour me
retrouver essoufflé, vidé de mon énergie ? Ai-je
lâché la proie pour l'ombre, me suis-je montré
ingrat envers la femme qui m'aimait pour courir
après quelque chose d'inaccessible ? Ces moments
d'humiliation que je vis sont-ils le prix mérité de
ma folie ?

Il se rappela les yeux glacés de Miên quand elle
avait repoussé sa prière, quand il avait mendié d'elle
un reste de riz brûlé au fond de la marmite, une pauvre
nuit d'amour. Il se rappela les yeux bouffis, les sup-
plications balbutiantes de la Laotienne, sa chevelure
éparse, étalée sous ses pieds, sa silhouette pitoyable
montant la garde devant l'échelle. Elle n'était pas
seule. Toute la famille de son frère aîné, tout le village
de Kheo se relayaient. Ces gens qui parlaient une autre
langue, vivaient selon d'autres traditions que lui,
l'avaient retenu, assiégé, emprisonné, non par méchanceté, mais simplement parce qu'il était indispensable

à cette femme malchanceuse, dans cette cabane sur pilotis où les sacs de maïs et de riz gluant et les jarres de miel s'alignaient sur des étagères de bambou à côté des piles de feuilles de bananier séchées, des tas de vieilles citrouilles. Les bosquets dans la cour abritaient beaucoup d'oiseaux. À l'aube comme au crépuscule, le gazouillis des oiseaux remplissait l'espace paisible. Le ciel au-dessus du village de Kheo était limpide. Les fumées sales de la guerre n'atteignaient pas ce coin de terre perdu. Pourquoi, maintenant seulement, comprenait-il que cette vie paisible suffisait à combler sa rude existence ? Qu'est-ce qui l'avait incité à partir, à s'enfuir de cette chaleureuse cabane sur pilotis ? Bôn réfléchit longtemps, très longtemps, sans trouver de réponse. Il resta assis sur la colline jusqu'à la nuit noire, perdu dans ses souvenirs, cherchant la réponse à ses questions, torturé par le désir charnel. Toutes ces souffrances se mélangeaient, le harcelaient. Il se sentait tendu comme une peau qu'on tirait des quatre coins. Et le temps passait. L'herbe alentour se mouillait de rosée. La main de Bôn s'y frotta. Il descendit les bras de sa chemise, ferma les boutons sur les poignets et le cou. Il ne se souvenait plus du chemin du retour. Il replia ses jambes pour avoir moins froid, les entoura de ses bras, regarda le ciel. La lune apparut. Elle montait lentement au-dessus des montagnes à l'ouest comme une boule d'argent, comme un visage paisible, serein...

Hang Nga[1]...

Un nom jaillit de l'abîme comme un poisson bondissant au-dessus de la surface morne d'un lac. Un

---

1. Selon un conte vietnamien, la lune est la demeure d'une belle femme appelée Hang Nga.

éclair traversant un tunnel obscur dans le cerveau de Bôn.

Il se redressa, hurla :

« Hang Nga... La lune, c'est la lune... C'est elle... »

Maintenant, il se souvenait. Au village de Kheo, nuit après nuit, il avait regardé le ciel. Entre les flancs de deux montagnes déployés telles des ailes d'hirondelle, la lune s'élevait comme en cette nuit. C'était elle qui l'avait séduit, égaré, avait versé un philtre maléfique dans son cœur, paralysé son cerveau. Et il avait quitté le village de Kheo pour la suivre. Il avait abandonné la femme douce, malheureuse, qui l'aimait, l'adorait comme un génie réincarné. C'était la lune qui avait empoisonné son esprit, l'avait entraîné dans ces malheurs. Il la détruirait. Faute d'arc et de flèches, il utiliserait un fusil ou de la dynamite. Il devait se venger de cette lune trompeuse.

Mais c'était Miên elle-même... Derrière ce cercle argenté, il y avait le visage de Miên... La femme que j'aime...

Comme une douche froide, cette pensée éteignit la colère qui l'embrasait. Bôn baissa les bras, se rassit. L'herbe gorgée de rosée mouilla le fond de son pantalon. Un murmure frôla furtivement son oreille. Il n'eut pas le temps de l'entendre clairement. Il serra ses genoux dans les bras, tendit l'oreille, attendit. Il n'y avait plus que lui sur cette colline plongée dans l'obscurité. Alentour, rien que des champs, des jardins, des collines d'ananas qui ne portaient pas encore de fruits. Le vent bruissait, bruissait doucement, caressant. Les insectes, les larves bourdonnaient. Il entendait, quelque part, des rats ou des renards courir, froissant l'herbe, les buissons, il entendait des branches mortes tomber... Patiemment, il attendit le murmure... Finalement, il revint :

*C'est Miên et ce n'est peut-être pas Miên. Tu es
ma lune et cet homme est ta lune. Tu m'as incité à
partir du village de Kheo et il t'a incité à me quitter... Un jeu de chaises musicales...*

Son cœur se figea. Son cerveau se paralysa, ébranlé.
Un moment passa avant qu'il pût continuer à réfléchir.

*Oui, c'est un jeu de chaises musicales. C'est telle-
ment simple, comment n'y ai-je pas encore pensé ?
La pauvre Thoong n'a pu abattre cette lune enjô-
leuse... Mais moi, j'abattrai la tienne pour que plus
rien ne puisse t'entraîner loin de moi, et nous
vivrons ensemble, ensemble pour toujours...*

Un instant, la joie assomma Bôn. Cette fois, il ne
cria pas. Il baissa la tête, souffla dans ses mains, murmura :

« Bôn, ô Bôn, comment peux-tu être si bête, comment peux-tu être si lent à le comprendre ? Tu aurais
dû y penser depuis longtemps, très longtemps... »

Son esprit devint lucide, tranchant. Il échafauda aussitôt un plan d'action complet, détaillé.

*Demain, j'irai chez Xa le Borgne. Heureusement
qu'il est revenu pour l'accouchement de sa femme.
Je lui emprunterai son fusil de chasse. Je lui dirai
que la corporation des chasseurs de la commune
voisine manque de fusils, que son chef est mon
parent, que je ne peux pas faire autrement que de
les aider. Xa est actuellement aux anges, il vient
d'avoir une boutique, sa femme lui a encore donné
un fils. Il ne se doutera de rien. De chez Xa, je ferai
un détour par la vallée des Piments pour éviter les
gens du village. Je l'attendrai à l'orée de la forêt,
de l'autre côté du Grand Ruisseau... Le terrain y
est propice. Et puis, c'est le plus grand et le plus
gros parmi les chasseurs, une cible facile à abattre.
Autrefois, je n'étais pas un mauvais tireur. Je ne*

suis pas un tireur d'élite mais je tire tout de même
mieux qu'un commerçant venu de la ville... Demain,
il vivra le dernier jour de sa vie si chanceuse...

Bôn se leva, rentra au village à travers les sentiers qu'il connaissait par cœur. Rapide comme un chat, fourbe comme un renard, l'homme qui se préparait à reconquérir son bonheur sourit. Un sourire de vainqueur...

XXVI

Le Hameau de la Montagne est vraiment malchanceux en cette saison de chasse.

Tout le contraire de ce qu'avait prédit le chef de la corporation au cours de la joyeuse et bruyante soirée, la veille de l'ouverture de la chasse, où ils avaient fumé du bon tabac, bu du bon thé, mangé des gâteaux au miel brûlants. Personne ne le disait, mais tout le monde rêvait du gibier qu'on ramènerait sur le dos au village. Mais la première victime de la chasse n'est pas un sanglier, un ours, un cerf, une biche ou un singe. C'est une femme enceinte. Elle est étendue dans un hamac aux larges mailles, qu'on emporte pour ramener ceux qui, éventuellement, sont blessés par la charge d'un sanglier ou les coups de patte d'un ours... Les chasseurs ont tapissé le hamac de leurs maillots, ils y ont déposé la blessée. La blessure n'est pas grave. Un coup de fusil lui a arraché l'index et le majeur. Mais, enceinte de sept mois, elle venait de faire un long chemin en courant et ressent les premières douleurs de l'accouchement. Deux hommes à moitié nus transportent le hamac, Xa le Borgne et un jeune homme de vingt et un ans qui a été admis dans la corporation des chasseurs la saison précédente. Le premier mari marche à gauche du hamac et le deuxième mari à droite. L'un est livide, l'autre pâle. Ils ont tous les deux des yeux égarés. Le Président de la commune et le chef des chasseurs ont décidé de mettre fin à la chasse pour ramener Miên au village. Ils ont dépêché quelqu'un en vélomoteur pour trouver une voiture qui la conduira à l'hôpital de la ville. On lui fera sûrement un bandage avant de la transporter dans la salle d'accouchement.

Miên est allongée sur un lit, le visage blafard, le front noyé de sueur. Mais elle ne gémit pas. Le Président s'approche, lui demande :

« C'est Bôn ou vous qui avez tiré ?

– C'est moi... La curiosité m'a soudain saisie... Par mégarde, j'ai touché à la gâchette... »

Elle sourit, très pâle. Ses yeux noirs, scintillants, regardent l'homme en face, luisent d'une lumière étrange.

Le Président semble vouloir lui poser une autre question, mais il se retient. Le chef des chasseurs dit :

« Allons, allons, laissons-la se reposer. Elle a perdu beaucoup de sang. »

Personne n'ajoute un mot. Ils attendent la voiture. La foule composée uniquement d'hommes s'est entassée dans une petite maison en brique à l'orée de la forêt, l'endroit le plus proche où on pouvait trouver un lit pour Miên. Le propriétaire est un jeune homme qui vient d'être admis dans la corporation des chasseurs en même temps que le Président et Hoan. Il se démène pour faire bouillir l'eau et préparer le thé car sa femme a emmené leur enfant rendre visite à ses parents qui habitent à près de dix kilomètres du Hameau de la Montagne. Il n'y a que quatre tasses dans la maison. Les chasseurs doivent se relayer pour boire. Il est difficile de garder son sang-froid dans une si pénible attente. Après avoir vidé une tasse de thé brûlante, le Président ne peut plus contenir son irritation, il se précipite sur Bôn :

« Dites... »

Bôn est assis sur un banc devant la porte. La tête baissée, il regarde la cour comme pour compter les briques ou chercher une herbe entre les pavés.

« Dites, Bôn... »

Le premier mari lève la tête, les yeux vides, le visage tout aussi vide qu'une calebasse séchée. Il ne dit mot. Le Président, d'une voix cassante :

« C'est vous qui teniez le fusil ou c'était madame Miên ? »

Bôn secoue la tête :

« Je n'ai pas tiré sur Miên... Je n'ai pas tiré sur Miên... Je n'ai pas tiré... »

Le Président, violemment :

« Vous plaisantez ? Je vous demande si c'était vous ou madame Miên qui tenait le fusil ? »

Bôn répète plus bas, comme dans un murmure :

« Je n'ai pas tiré... Je n'ai pas tiré sur Miên... »

Il continue de répéter sans fin ces mots d'une voix douce, basse comme le chuchotement des amants. Sur son visage sans âme, il n'y a plus la moindre lueur d'intelligence.

Le Président soupire, retourne dans la maison, la mine renfrognée.

« Je n'ai pas tiré... Je n'ai pas tiré sur Miên... Je n'ai pas tiré sur Miên... »

Bôn continue de remâcher ces mots comme un ruminant. Les sons sortent sans arrêt de sa bouche comme d'une vieille bande magnétique. Les chasseurs le regardent en silence. La voix de Bôn résonne dans ce silence. Il parle très doucement. Mais comme tout le monde se tait, y compris la blessée, ses paroles sont seules à secouer l'espace.

« Je n'ai pas tiré sur Miên... Je n'ai pas tiré... »

Ce refrain sans fin irrite les hommes comme de petites vagues invisibles, les crispe, les énerve. L'énervement augmente avec l'attente. Finalement, le chef de la corporation, l'aîné des chasseurs, incapable de se retenir, hurle :

« Ferme ta gueule ! Tu vas la fermer, dis ? »

Tout le monde sursaute aux hurlements du vieillard. Bôn lève ses yeux égarés sur l'homme, se tait aussitôt comme une machine dont on a coupé le courant. Le silence règne à nouveau, si l'on oublie le bourdonnement incertain des abeilles dans le jardin. L'hôte revient avec une bouilloire, remplit la bouteille Thermos. On entend des gens boire le thé. Le deuxième mari s'est calmement assis à côté du lit. Il serre la main de la blessée, sa main gauche encore intacte. L'autre main est entièrement recouverte d'un bandage. Le bandage grossier fait par Xa le Borgne. Xa a été le premier à bondir sur Bôn quand le drame est arrivé. C'est lui qui a arraché le fusil des mains de Bôn. C'est lui qui a soutenu Miên, déchiré les bras de sa chemise pour lui faire un pansement avec du tabac. C'est encore lui qui a pris une extrémité du hamac pour la ramener au village. Depuis, il reste muet comme une tombe. Maintenant, serrant les genoux dans ses bras, il regarde en silence Hoan et Miên. La femme entrouvre ses paupières, regarde son mari, sourit faiblement. Elle referme les yeux. Sa main valide serre celle de Hoan. Le visage du deuxième mari a repris des couleurs. Ses yeux affolés sont redevenus calmes. Il remue les lèvres, disant quelque chose à sa femme. Ils sont sûrement seuls à entendre ces murmures inaudibles. Des mots qui n'appartiennent qu'à eux. Xa le Borgne donne une tape sur le dos de son voisin, demande une tasse de thé. Il baisse la tête, boit le thé d'un air absorbé comme si c'était la seule chose qui ait de l'importance.

Finalement, la voiture arrive.

Le klaxon résonne bruyamment dans la rue.

Le deuxième mari se lève, s'approche du Président, lui parle à l'oreille de manière à n'être entendu que de lui :

« Je vous prie de laisser tomber cette affaire. C'est ma femme qui le souhaite. »

Il se retourne vers le lit, prend sa femme dans ses bras, facilement, comme s'il portait un enfant de trois ans.

« Je m'en vais. Merci à tous... » dit précipitamment Hoan en traversant la cour et en saluant tout le monde du regard.

Le chauffeur a déjà ouvert la porte de la voiture. Hoan s'y glisse avec sa femme dans les bras, tassant ses grandes épaules d'ours en passant sous la portière. Un ours tendre, adroit. Tout le monde remarque ses efforts pour éviter les chocs, pour soustraire la femme enceinte et blessée à la douleur. Difficile de trouver sur terre un homme aussi fort et aussi tendre que Hoan. Tous ceux qui ont connu la vie conjugale, y compris les vénérables vieillards, le regardent d'un air hébété, envieux, secoués d'un tardif désir.

La voiture s'éloigne. Le bruit du moteur s'éteint.

La petite maison retombe dans le silence.

Les gens qui demeurent ne bougent pas, médusés.

Le chef des chasseurs se verse du thé, le boit.

Le Président regarde, assis, la pipe à eau.

Appuyé contre la porte, l'hôte se croise les bras. Il semble attendre quelque chose, perdu dans des pensées confuses.

Soudain, Xa le Borgne se réveille. Il se laisse glisser de la planche, va dehors. Bôn est toujours assis sur le banc. Entendant les pas de Xa, il relève la tête. Ces pas lui sont familiers. Pas seulement familiers mais chers. Des bruits qu'il a l'habitude de guetter, d'attendre dans les moments les plus malheureux de sa vie.

Ils se regardent. Xa le Borgne balance violemment une gifle sur la figure de Bôn. Il ne parvient pas à contrôler le tremblement de ses lèvres.

XXVII

Le lendemain, le crachin tombe sur le village. Il arrive de l'horizon à l'est. Il apporte l'air humide et l'ombre des rares et tristes tempêtes du printemps. Dans les couches inclinées de poussière blanche, se faufile la brume d'un hiver lointain, un hiver enfoui dans le chaos de la mémoire, chargé de souvenirs défunts, séchés, ensevelis sous les cendres du temps.

Les gens pullulent dans l'hôpital de la ville. En cette saison, ils tombent malades les uns après les autres. D'après le calendrier lunaire, c'est le jour où les vers sortent de leur cocon. La file d'attente s'allonge devant la salle d'examen. Des silhouettes blanches glissent autour des bâtiments de soins, le long des vérandas. À l'arrière, la morgue regorge de cadavres. De temps à autre, un corbillard en sort, roule vers le cimetière derrière le marché, une âme s'en va vers l'éternité.

Il fait un temps idéal pour fumer une blonde.

Depuis le matin, Hoan a fumé plus de la moitié d'un paquet de Dunhill. La fumée se répand dans la véranda de la salle d'attente, se dilue dans le crachin. Hoan suit du regard les volutes de fumée, incapable de calmer son anxiété. Le souffle froid de la pluie, la blancheur trouble de la brume augmentent son angoisse. Ce matin, on a emmené Miên sur la table d'opération. Le médecin a décidé de lui faire une césarienne, craignant qu'elle ne soit pas en mesure d'accoucher normalement. La veille, en changeant les pansements, ils ont mesuré sa tension et vérifié son état de santé. Elle n'était pas très affaiblie mais il n'est pas sûr qu'elle puisse supporter un accouchement. Ils ont fait le nécessaire pour ralentir le travail jusqu'au matin. Miên reste très calme. Elle sourit chaque fois qu'il vient la voir. Ce sourire semble dire :

« Je n'ai rien de grave, sois tranquille. »

Mais Hoan ne peut pas trouver la tranquillité. Cette femme est la moitié de sa vie. S'il la perdait, l'autre moitié serait comme mutilée. Il a fait son possible. Auprès du directeur de l'hôpital, du chef de service, des assistants du chirurgien, des infirmières, et même auprès de la vieille sage-femme, une femme au visage grossier, rongé par la petite vérole, qui réclame sans vergogne des cadeaux... Tous ont reçu d'avance un mirifique salaire. Mais Hoan n'est pas totalement rasséréné. Il sait d'expérience que le succès des entreprises humaines ne dépend qu'à moitié de leurs efforts. L'autre moitié relève d'une autre puissance mystérieuse. Il ne sait pas se prosterner pour prier les génies. Il a simplement allumé de l'encens sur l'autel de ses parents, priant l'homme frêle qui l'avait protégé quand il était de ce monde de continuer à le faire depuis l'autre monde. Après, il ne sait plus quoi faire d'autre que griller des cigarettes. Sans discontinuer, comme un homme à l'esprit égaré qui ne sent plus l'odeur de la cigarette, la chaleur du feu au bout de ses doigts. La pluie continue de tomber, de se vaporiser. Les fleurs blanches des prunus de l'hôpital se diluent dans la blancheur des poussières d'eau. Hoan pense à une lame métallique, coupante, effilée. Elle déchire la peau de Miên, découpe sa chair. Le sang coule.

Tu souffriras seule. Je suis impuissant, je n'ai aucun moyen de partager ta douleur. Et tu continues de sourire comme un enfant indifférent, non concerné. Tu continues de m'encourager, moi, un homme grand, fort, qui pèse deux fois ton poids.

Son regard se brouille, peut-être à cause de la pluie. Les bosquets de prunus semblent se noyer dans la pluie. Hier soir, Miên a dit :

« J'ai perdu deux doigts. Je ne retrouverai plus jamais ma main d'autrefois... M'aimes-tu toujours quand même ?

— Tu seras toujours la plus belle des femmes pour moi, la femme qui est mienne, la femme que j'aimerai toujours. »

Elle l'a regardé avec des yeux tristes :

« Tu peux rencontrer beaucoup d'autres femmes plus jeunes, plus belles que moi. »

Hoan a secoué la tête :

« Nous avons surmonté des épreuves. Nous avons vécu loin l'un de l'autre, nous savons tout ce qui s'est passé pendant cette séparation. »

Miên a voulu ajouter quelque chose, mais l'infirmière est venue prendre sa température. La conversation s'est ainsi achevée car on a demandé à Hoan de partir pour laisser Miên dîner et se reposer. Elle avait besoin de dormir profondément avant l'opération.

Hoan se rappelle la conversation. Il ne comprend pas pourquoi, face au danger, elle ne se souciait ni de sa vie ni de celle de l'enfant, mais se tourmentait pour sa main amputée et craignait de perdre l'amour de Hoan. Cette attitude avait quelque chose de commun avec son comportement envers Bôn. Elle l'a lavé de son crime, une tentative de meurtre, en affirmant avoir manipulé le fusil par curiosité, mensonge naïf qui ne convaincrait même pas un enfant. Pourtant, tout le monde s'est tu pour l'écouter, tout le monde a accepté en silence ce mensonge, Hoan le premier, la victime de l'attentat, puis le Président de la commune, le représentant de l'État, puis le chef de la corporation, l'aîné des chasseurs du Hameau de la Montagne... Tous. Personne n'a osé contredire les arguments candides de la femme.

La femme est un monde mystérieux, incompréhensible. Elle se désintéresse de la logique ordinaire et n'écoute que la voix de son cœur. C'est pourquoi l'homme n'arrivera jamais à sa hauteur... La femme est plus clairvoyante que l'homme sans doute justement grâce à ce fond obscur de son âme où l'intelligence s'arrête, où l'intuition érige ses antennes invisibles mais efficaces.

Il reconstitue le fil des événements. Bôn va chez Xa le Borgne pour lui emprunter son fusil. Xa prête le fusil à son ami avec enthousiasme, fonce sur sa moto au marché de la préfecture pour acheter de la nourriture pour sa femme. Un moment plus tard, Soan se lève, apprend par hasard la nouvelle en causant avec son fils aîné. Cette femme qui relève de couches flaire aussitôt le danger. Sans prendre le temps de se coiffer ni de se couvrir, elle se précipite chez Miên pour la prévenir. Miên elle-même ne prend pas le temps de se changer, d'appeler le vieux Lù. Elle court à travers les champs de poivriers et de caféiers, rattrape Bôn, saisit le fusil au moment où il va ficher une balle dans la tête de Hoan. Il n'y avait aucun indice qui leur permettait de deviner les événements, rien que l'intuition. Pour quelle raison deux femmes vivant des situations si différentes ont-elles eu la même pensée, le même raisonnement ? Hoan n'arrive pas à le comprendre. Mais il sait maintenant que Miên était prête à sacrifier sa propre vie pour sauver la sienne. Aussi a-t-il obéi à tous ses désirs.

Tu veux que j'épargne Bôn. Je suis prêt à t'obéir comme un croyant obéit au chef d'une religion. Mais comprends-tu que cela va entretenir le danger, que notre vie à venir sera tout le temps menacée ?

Elle a serré sa main, ses lèvres livides ont remué, murmuré :

« Laisse tomber cette histoire... Pour moi, je t'en prie, laisse tomber cette histoire... »

Et si je n'avais pas fait comme tu voulais ?

Oui, s'il n'avait pas laissé tomber cette histoire, le pouvoir aurait fait son devoir. Bôn serait allé en prison s'il avait été estimé sain d'esprit. Dans le cas contraire, on l'aurait enfermé dans un asile d'aliénés. Hoan ne connaît que trop ce genre d'hôpital. On y enferme les malades comme des bêtes sauvages, dans des chambres dotées de fenêtres à barreaux. Ils dorment sur des nattes étendues à même le sol, mangent dans de grands bols en plastique où on verse pêle-mêle le riz et la soupe comme pour nourrir les cochons. Ils font l'amour en cachette. Quand une femme tombe enceinte, on la ligote pour l'avorter et éviter la naissance d'un enfant aliéné. Il est rare qu'un malade guérisse. D'ordinaire, sa maladie s'aggrave. D'un point de vue pratique, les hôpitaux psychiatriques ne sont que des camps d'internement pour isoler les malades de la société, pour réduire leur influence. Dans cet espace fermé, étouffant, ils martyrisent les médecins et le personnel chargés de prendre soin d'eux et, en retour, ils se font martyriser. Les malheureux obligés de faire ce métier dangereux et monotone ne reçoivent pourtant qu'un salaire si misérable qu'il détruit tout sentiment de charité dans leur âme, se transforme en un poison qui les torture, eux-mêmes et les malheureux dont ils ont la garde. Entre ces murs grossiers, sales, barbouillés de peinture, derrière les fenêtres et les portes chargées de barreaux en fer comme des cages pour animaux sauvages, les crises de folie se déchaînent, de plus en plus violentes chaque jour. Les actes de vandalisme, les crimes deviennent chaque jour plus barbares, plus féroces. Tout cela mène rapidement le malade à la mort.

Hoan le sait très bien. Miên le sait tout aussi bien. Enfermé dans une prison ou dans un asile, Bôn finira rapidement au cimetière. C'est pourquoi Miên a cherché à le sauver.

Sa conscience lui a-t-elle dicté ce geste ou serait-ce un reste d'amour ? Je n'ai pas eu le cœur de le lui demander, je n'aurai plus jamais le courage de le lui demander...

Hoan soupire soudain. Il sort une nouvelle cigarette. L'homme assis en face de lui, de l'autre côté de la véranda, fouille la poche de sa chemise, en sort une cigarette Hoa Mai de Dalat toute fripée, la lisse, s'approche de Hoan pour demander du feu et lier conversation :

« Vous attendez aussi que votre femme accouche ? »

Il a une dent de travers qui apporte un peu de charme à sa denture jaunie par la fumée des cigarettes. Hoan acquiesce et lui demande :

« Vous êtes ici pour la première fois ?

– Non », répond-il immédiatement.

Il tire plusieurs bouffées avant de continuer :

« C'est ma deuxième chanson d'amour, cher frère. »

La deuxième chanson d'amour... Qu'il est romantique. Il a l'air d'un chef de village montagnard, et il a ce langage châtié...

683

Hoan sourit en silence, expulse d'une chiquenaude son mégot par la fenêtre. L'homme rit et continue :

« Vous souriez de m'entendre parler avec tant de verve amoureuse, n'est-ce pas ? »

Il éclate de rire, un rire mi-arrogant, mi-amer. Hoan remarque alors les rides sur les pommettes et aux coins des yeux de l'homme. Il doit avoir la cinquantaine. Ses cheveux commencent à grisonner sur ses tempes, derrière ses oreilles. Après cet accès de gaieté, il clame deux vers comiques bien connus d'un air de défi :

« "Le libertinage n'a jamais entamé un homme,
Personne ne couvre de laque la vertu pour l'adorer
sur un autel."

« Les anciens l'ont dit, nous n'avons rien inventé de plus... Pour être exact, nos cheveux seront blancs avant que nous ayons appris à vivre aussi convenablement que les hommes d'antan. »

Hoan commence à éprouver de la sympathie pour l'homme. Derrière ses paroles badines, derrière son rire arrogant, pointe quelque chose comme de l'amertume, comme une plainte, comme un ressentiment contre le destin. Hoan dit :

« Vous parlez très bien.

— Ce n'est pas moi qui parle bien, c'est la vie qui offre tant d'histoires intéressantes. »

Hoan rit :

« Alors, racontez-moi... J'ai besoin de tuer le temps, vous de même. Votre femme est-elle déjà dans la salle d'accouchement ?

— Non, elle attend de monter sur la table d'opération. L'hôpital ne possède qu'une seule salle d'opération. Une autre femme s'y trouve actuellement. On raconte qu'elle est très belle et a connu une vie amoureuse extraordinaire. »

Toi et moi, nous sommes devenus les personnages d'une histoire paillarde pour amuser le monde...

Une légère amertume saisit Hoan. Ses oreilles, son cou brûlent. Il fait néanmoins semblant de regarder l'homme avec étonnement :

« Ah, bon ! Qu'a-t-elle d'extraordinaire, son histoire ? »

Sur ce, la sage-femme au visage grêlé accourt pesamment :

« Eh, monsieur, votre femme a accouché d'un garçon. Deux kilos sept cents. Il a l'air très mignon, très vif. Mais vous ne pouvez pas encore entrer. L'anesthésiste est en train de la réveiller. Votre fils a été mis en couveuse.

– Merci, madame. »

Elle se retourne, s'en va en courant, l'air satisfait, comme si elle avait accompli la tâche pour laquelle Hoan l'avait grassement payée la veille. L'homme grisonnant regarde Hoan :

« Alors, c'est vous le personnage de cette histoire ? Excusez-moi, je ne pouvais pas le deviner.

– Ne vous excusez pas. Une histoire étrange excite toujours la curiosité. C'est banal. »

La voix de l'homme se fait soudain cassante :

« Non, non... C'est banal et ce ne l'est pas. La curiosité des gens n'est pas aussi innocente que vous le dites. Elle s'accompagne toujours de préjugés, de cruauté. Souvent, elle tue, un homme, un amour. Elle détruit une famille sans risquer le tribunal ou la prison. Elle n'a même pas de visage sur lequel on puisse cracher... Ce qu'on appelle la curiosité, l'opinion, la rumeur de la foule, est une chose invisible et pourtant terrifiante. J'ai été sa victime. J'ai été une fois le personnage d'une histoire extraordinaire comme vous l'êtes aujourd'hui... C'est pourquoi je vous présente sincèrement mes excuses... »

Il a parlé d'un air grave, inhabituel. Des rides sévères creusent les coins de sa bouche. Ses yeux s'assombrissent brusquement, son front se rétrécit, tout son visage semble soudain décharné, grisâtre, vieilli, fané. Hoan sombre dans l'embarras. Il n'a pas l'habitude de se confier, surtout à quelqu'un dont il vient de faire la connaissance. Il n'a pas non plus le don de consoler, d'encourager les autres. L'homme moqueur s'est soudain transformé en un homme affligé, amer. Cela rend Hoan encore plus confus. Il bafouille longuement avant de pouvoir dire :

« Allons, allons, il n'y a rien de très grave, l'important, c'est... »

Heureusement pour lui, la sage-femme survient à cet instant au bout de la véranda et lui fait signe de la main. Hoan dit :

« Je dois partir... »

L'homme lui répond :

« Votre femme en a fini ? Bon, c'est au tour de la mienne... Je dois partir aussi... »

Il suit Hoan vers la salle d'opération et la salle de réanimation post-opératoire. La sage-femme guide Hoan jusqu'à la chambre réservée à Miên. Une chambre minuscule d'à peu près huit mètres carrés, avec deux lits en fer peints en blanc, dotés de matelas, et une petite table au milieu. Les autres femmes doivent se partager des chambres communes pour huit à douze personnes. Hoan a dû payer une assez grosse somme pour que Miên occupe seule cette pièce de huit mètres carrés. La sage-femme indique du doigt le second lit :

« Vous pouvez y dormir cette nuit pour prendre soin de votre femme.

– Merci... »

Il s'approche de Miên et de son fils. Elle dort. L'enfant repose à côté de sa mère dans des langes blancs semblables à un gros cocon. Il regarde Hoan de ses yeux mi-clos. Un regard calme, serein, plein d'amitié :

C'est toi ? M'as-tu attendu longtemps ? Ne te fais pas de souci. Je n'ai rien et maman Miên non plus. Nous sommes tous les deux bien endurcis, pas faciles à tuer...

Le garçon murmure à son oreille. Il remue ses lèvres comme pour rire. Une moue pleine de fierté. Ses cils minuscules battent. Même les battements de cils évoquent ceux d'un homme mûr. Hoan le regarde, abasourdi. Il diffère totalement de son frère aîné. Quand le petit Hanh est né, Hoan était aussi entré saluer son fils dès qu'il avait quitté la salle d'accouchement. Il avait rencontré un nouveau-né semblable à tous les nouveau-nés. Le petit Hanh pesait trois kilos six cents. Il avait le visage cramoisi, le front labouré de petites rides, le nez criblé de minuscules taches blanches. Il était né à terme, mais son regard, ses gestes étaient ceux d'un nouveau-né, gauches, fragiles, voire quelque peu idiots. Mais ce garçon, même né avant terme, a l'air d'un vieillard en miniature. Il semble connaître par cœur ce monde, revenir y vivre une seconde fois pour retrouver des visages familiers, parcourir des routes où il a déjà usé ses sandales, revoir des paysages qui n'ont rien de nouveau...

La voix de la sage-femme résonne dans le dos de Hoan :

« On n'a encore jamais vu un bébé de sept mois aussi développé que votre fils. À peine né, il a hurlé comme une sirène. On l'avait mis en couveuse, mais après moins d'une demi-heure, il a commencé à gigoter comme un poisson *chuoi*. Quand ce gamin sera grand, seul le Ciel saura le maîtriser. »

Hoan se retourne :

« Combien pèsent les autres bébés nés à sept mois ? J'ai peur qu'il ne soit trop petit.

– Mais non. Des bébés nés avant terme comme le vôtre ne pèsent d'ordinaire que deux kilos cent ou deux cents. Au plus deux kilos et demi. Ce petit bat des records. Pas seulement pour le poids. Il est aussi extraordinairement solide. »

Comme si elle craignait que Hoan doute encore de sa parole, elle ajoute en partant :

« Voilà près de vingt-cinq ans que je travaille ici. Je ne dis pas ça pour vous faire plaisir. »

Hoan se baisse, flaire l'odeur de la peau, de la chair de l'enfant. Elle est aussi parfumée que celle du petit Hanh autrefois. Son nez frôle le visage du bébé. Le souffle léger et tiède du petit provoque un léger frisson sur la joue de Hoan. Le frisson se propage.

Mon fils, malgré tout tu es venu au monde. Ta présence me donne des forces. Tu n'es pas que mon fils, tu es un ami, un compagnon de route, un homme sur qui j'ai le droit de m'appuyer. Car tu es né dans le drame comme un fruit mûri pendant la saison des orages et tu sais t'accrocher solidement à la branche, te moquer de la pluie et du vent...

L'enfant continue de le regarder d'un regard satisfait. Hoan avance l'auriculaire pour toucher doucement son petit visage, frôler les arcades sourcilières, longer l'arête du nez jusqu'à la lèvre supérieure. Le petit lui ressemble, totalement, comme une copie. Dans tous ses traits. Il est aussi différent en cela du petit Hanh. Le petit Hanh est un mélange de deux visages, de deux grains de peau, de deux couleurs de cheveux. Hoan se rappelle que cette fois Miên, enceinte de quatre mois, lui avait dit :

« Ce petit te ressemblera comme une réincarnation.

– Comment le sais-tu ?

– Je le sais parce que je suis sa mère », avait-elle répondu abruptement.

Puis elle s'était concentrée sur quelque travail et il n'avait pas pu lui demander de précisions. Une autre fois, elle avait dit :

« Je l'appellerai Hùng.

– Pourquoi ?

– Parce que ce nom me plaît.

– Il vaut mieux qu'il ne devienne pas un héros. Il n'y a aucun bonheur dans une vie de héros.

– Mais cet enfant doit s'appeler Hùng. S'il n'a pas l'étoffe des héros, comment oserait-il venir en ce monde ?

– Tu ne veux pas que notre enfant soit heureux ?

– Si... Mais à chacun son destin. C'était différent quand nous avons conçu le petit Hanh... Maintenant... »

Miên n'a pas achevé sa phrase, mais il a compris ce qu'elle voulait dire.

Je t'appellerai Hùng, comme l'a voulu ta mère. Et ainsi, ce sera toi le pilier de la famille, de la lignée, quand tu seras grand.

Le petit cligne des yeux, le regarde. Toujours le même regard tranquille, serein. Ses bras sont emmaillotés dans les langes qui le couvrent comme un cocon tout blanc, il ne lui reste que le visage pour exprimer ses sentiments. Hoan s'étonne que les traits, les muscles minuscules et fragiles de son visage puissent communiquer avec une telle justesse, une telle perspicacité. Ou bien, trop ému, il se fait des idées, ou bien le nouveau-né est un être qui sort de l'ordinaire. Dès que Hoan a achevé de formuler ses pensées, les lèvres rouges, minuscules, se mettent à palpiter et les yeux arrogants et gais disent :

Sois tranquille, mon colossal ami, je connais mon sort. Demain, je prendrai sur mes épaules toutes les charges de la vie. Tu peux jouir de ton bonheur jusqu'à ta vieillesse.

Il cligne de nouveau des yeux. Ce clin d'œil semble remplacer des paroles débordantes de confiance et de générosité.

Hoan se demande, effaré :

Serais-je devenu fou ? Ai-je tout imaginé ?

Mais une autre voix s'élève :

Supposons que je l'aie imaginé. Cette imagination n'agresse en rien la vérité. Toute ma vie, je ne suis jamais tombé dans la déraison ni le fantasme. C'est certain, il a suscité en moi ces pensées, mon fils, ce chevalier en miniature...

Une fierté submerge soudain l'âme du père, ses yeux picotent. Hoan a soudain honte de lui. Il cale une petite couverture en laine contre l'enfant, bien qu'on l'ait coincé entre Miên et le mur. Il sort en fermant la porte. Il s'installe dans un coin désert de la véranda, continue de griller des cigarettes. Le tabac... Cette habitude agaçante devient soudain un moyen efficace pour le libérer de l'embarras. Dans le ciel, toujours le crachin. Hoan cherche des yeux les bosquets de prunus. Ils ont fondu dans la pluie poussiéreuse. Les infirmières, les sages-femmes, les parents des malades, des femmes attendant d'accoucher vont et viennent, chacun poursuivant ses travaux, ses objectifs. Hoan regarde leurs visages. Il comprend soudain à quel point l'homme est seul. La vie pullule sur terre. La société des hommes ne diffère pas énormément de celle des fourmis, mais les fourmis sont plus heureuses, elles n'éprouvent pas le besoin de partager leurs sentiments.

L'homme est plus malheureux que la fourmi. Sa vie durant, il n'arrive pas à se libérer du désir de se trouver un compagnon de route et cette quête est, la plupart du temps, sans espoir.

C'est toi, mon compagnon de route, toi, mon fils bien-aimé...

Un bonheur étrange, inattendu, enivre son cœur. Qui aurait imaginé que ce petit bonhomme susciterait en lui cette merveilleuse sensation ? Son frère aîné n'était qu'un fils qui réclamait la protection et la tendresse du père. Ce petit, au contraire, a franchi cette porte, il suscite en Hoan le sentiment d'avoir un compagnon et, dès le premier regard, l'enfant l'a protégé, l'a soutenu.

La véranda s'anime soudain, tumultueuse.

« Allons, poussez-vous, laissez passer... Poussez-vous tous... » hurle quelqu'un.

Hoan se retourne. Du fond de la véranda, quatre blouses blanches poussent un lit roulant vers le bloc opératoire. L'unique homme du groupe ne cesse de crier :

« Écartez-vous, écartez-vous, s'il vous plaît... »

Un homme petit et gras, coiffé de blanc, s'affaire. C'est l'un des deux meilleurs chirurgiens de l'hôpital qu'on a recommandés à Hoan quand il préparait l'intervention chirurgicale de sa femme. Le premier était un vieillard de près de soixante ans, grand, maigre, aux cheveux et à la barbe rasés, à la mine altière. Ce petit médecin rondouillard est le second. Il a sans doute accepté d'opérer la femme de l'homme avec qui Hoan a bavardé.

Avec son air indigent, où trouve-t-il de quoi payer tous ces gens ?

Quand la famille d'un malade n'arrive pas à honorer toutes les exigences financières, c'est la loterie : la plupart du temps, le patient sert de cobaye aux médecins fraîchement promus ou aux stagiaires. Il est vraiment important d'avoir de l'argent. Normal qu'il rende fous les hommes. Le lit roulant passe devant Hoan. Le petit médecin rondouillard le regarde d'un air indifférent. Hoan sourit. La veille, quand Hoan était venu le voir chez lui, ce visage rond s'était épanoui, ces lèvres sensuelles avaient souri, débordantes de sympathie, quand Hoan avait posé un mirifique cadeau sur le buffet à thé. Sa femme, tout aussi petite et rondouillarde que le mari, lui avait présenté sur un plateau une tasse de thé préparée en hâte et, après l'avoir invité d'une voix exceptionnellement polie à se servir, avait souri d'un air affectueux.

C'est la vie.

Hoan jette son mégot d'une chiquenaude, se rappelle l'homme grisonnant, ses paroles précieuses, acerbes, son rire méprisant, amer, son teint fané, ses traits durcis. Tout recelait un mystère, une tristesse trop familière aux hommes mais qu'ils n'arrivent toujours pas à supporter.

Qui est-il, cet homme à l'âme douce, froissée, écrasée ? Je suis sûr que...

La curiosité de Hoan est vite satisfaite. L'homme dont il devinait l'âme froissée, écrasée, s'avance devant lui, à quelques mètres du lit roulant. Une dizaine de mètres en arrière, la sage-femme au visage grêlé agite un petit sac en plastique aux couleurs criardes. L'homme regarde fixement le dos du médecin nain, passe devant Hoan sans le voir. La tension se dessine dans le rictus au coin de sa bouche. Sa chemise fripée déborde de sa ceinture. Il a sans doute passé la nuit sur le banc étroit installé le long de la véranda.

Pauvre homme...

Inexplicablement, l'homme dont il vient de faire la connaissance évoque en lui l'image même de la condition humaine. La sage-femme s'avance vers Hoan, avec son sourire mécanique :

« Vous n'attendez pas qu'elle se réveille ? »

Hoan secoue la tête :

« Je veux la laisser dormir. »

Elle demande, autoritaire :

« Le petit continue de s'amuser tout seul ?

– Il doit être en train de dormir. »

Elle secoue la tête.

« Mais non. Il a assez dormi. Les infirmières qui travaillent à la couveuse m'ont dit que votre fils dort moins que les autres nouveau-nés. Il reste éveillé comme un vieillard. »

Hoan grommelle, regarde les traits mobiles du visage grossier de la vieille. Soudain, il ne peut retenir sa curiosité, un défaut qu'il n'a jamais eu :

« Dites...

– Oui ?

– La femme de cet homme maigre en chemise grise va être opérée ?

– Oui. Ses hanches sont trop étroites et sa tension inférieure à la normale. Pour un premier accouchement, quel malheur !

– D'où viennent-ils ?

– Vous ne savez donc rien ? C'est le professeur Thông, le meilleur professeur d'histoire des lycées de la ville.

– Je ne savais pas. Il a peut-être commencé à enseigner quand j'avais déjà passé mes examens.

– Oui, oui, poursuit la femme, il enseigne l'histoire, sa femme enseigne la biologie. Ils sont venus du Nord avant les années de guerre. Ils ont trois fils. Les lycéens les respectaient beaucoup parce qu'ils enseignaient bien. On dit que le Secrétaire du Parti de la ville lui a un jour remis des cadeaux de ses propres mains.

« Après la libération du Sud, une élève lui a fait boire un philtre. Il a abandonné sa femme et ses enfants pour la suivre. La petite elle aussi a quitté sa famille. Ses parents et ses frères l'ont accablée de malédictions, l'ont frappée comme des haches fendant les bûches, elle a refusé de le lâcher. Et voilà la conclusion : on l'a obligé à démissionner, à quitter la ville et aller vivre comme teinturier dans la préfecture de Son Quang. Sa nouvelle femme a des difficultés à accoucher. C'est pour cela qu'il l'a transportée ici. Quel imbécile ! D'un homme riche et estimé, il est soudain devenu un inconnu pauvre comme un nid de sangsues. »

La femme ouvre le sac de plastique sous les yeux de Hoan :

« Regardez ce sac de gâteaux bons pour les chiens qu'il m'a fourré entre les mains. Je ne peux pourtant pas le jeter sur le trottoir, n'est-ce pas ? »

Hoan regarde ce visage éhonté et cruel, sourit, se souvient des mots de l'instituteur Huy : « C'est la vie. »

C'est la vie, la vie...

Ces paroles assaillent son esprit sans répit. Le ciel au-dehors lui semble plus embrouillé, plus vaste, plus froid. Le bosquet de fleurs rouges planté le long de la véranda, lavé feuille à feuille par la pluie, resplendit comme une plante d'ornement laquée de pourpre. Sa rougeur ne réchauffe pas l'atmosphère. Au contraire, cette fausse flamme inquiète.

Si je ne t'avais pas obéi, si j'avais laissé mettre Bôn dans une prison ou un asile ? Ta conscience te déchirerait. Ce serait un poison qui détruirait notre amour, notre vie commune à venir. En t'obéis-

sant, je mets notre avenir en danger. C'est donc
ainsi. Le bonheur n'est qu'un bien hypothéqué. On
doit le choisir dans la douleur, une douleur accep-
tée. Comme autrefois j'ai accepté la honte en allant
au bordel pour fuir la torture de la chair. Mainte-
nant, je choisis l'angoisse pour fuir le péché. Cette
nuit seulement, je comprends que l'homme rêve et
poursuit la perfection justement parce qu'en ce
monde il est seul à être imparfait...

Hoan allume une autre cigarette. Une nouvelle
question jaillit dans sa tête.

Si Miên n'avait agi avec détermination que pour
protéger ses propres intérêts, sa propre vie, et si
elle ne m'avait pas prié d'épargner Bôn mais, au
contraire, m'avait pressé de l'expédier en prison ou
dans un asile d'aliénés pour anéantir à la racine
le danger qui menaçait notre couple, l'aimerais-je
encore aussi passionnément ?

Il ne sait pas. Il n'ose pas donner de réponse. Il
comprend que l'âme humaine est tordue, que l'amour
est extravagant, indécidable. Tout ce qu'il a vécu le
lui a appris. Il comprend qu'il respecte Miên et lui
obéit parce que cette femme frêle est en fait forte. Elle
n'écoute que sa conscience et elle est prête à payer
pour ses choix. Il sait aussi que les hommes peuvent
se libérer des geôles de cette terre mais non de celles
de leur âme. Ils peuvent abattre tous les tribunaux de
ce monde mais pas ceux qu'ils ont eux-mêmes édifiés
dans leur cœur. Il le sait. Il le sait très clairement.
Mais au fond de son cœur résonne toujours un gémissement muet :

Pourquoi ? Mais pourquoi ?

Il voit un horizon flou, fragile, dans le crachin au-
dehors, une ligne de démarcation entre la vie et la
mort, le bonheur et le malheur, semblable à un fil

d'araignée palpitant dans le vent. C'est sans doute à cause de l'angoisse que l'homme se sent seul, a peur, ressent le besoin d'avoir des compagnons de route.

S'il en est ainsi, j'ai en main le talisman dont tout le monde rêve. J'ai trouvé un compagnon de route. Ô mon fils, dépêche-toi de grandir. Je créerai moi-même l'Histoire pour toi, tu n'auras à payer aucune dette du passé. Tu m'appartiens totalement, tu seras mon compagnon jusqu'à la mort...

Il imagine déjà le bébé comme un garçon de cinq ans. Il l'installera devant la selle de sa moto, dans un petit siège en osier. Ils iront inspecter les champs de poivriers, de caféiers. Ils franchiront ensemble les ruisseaux, les forêts. Ils jetteront leurs regards sur la ville, entreront dans les cafés, les grands restaurants. Il l'assoira devant lui, lui parlera comme à un ami intime, du même âge, avec autant d'expérience de la vie, ils seront plus confiants, plus égaux que dans n'importe quelle autre amitié.

Ce n'est pas moi qui te traite en égal. C'est toi-même qui as conquis cette égalité, dès le premier regard. Tu n'es pas seulement un compagnon fidèle, tu es aussi l'homme qui me protège. C'est toi l'homme qui protège et non celui qui a besoin d'être protégé.

Hoan se sent soudain petit, naïf, fragile, à côté de cet enfant minuscule, de ce bébé né avant terme, pesant deux kilos et sept cents grammes. Il se sent confiant, protégé, consolé par sa présence en ce monde. Il ferme les yeux, voit en imagination ce petit héros voyager partout avec lui, perché sur sa moto. Ses cheveux souples se frottent au menton de Hoan, le parfum de sa jeune chevelure, de sa peau, de sa chair d'enfant, l'enivre. Il lui semble voir sa petite main caresser sa barbe. Il sourit. Il jette son mégot, il retourne dans la petite chambre où son protecteur vient de naître. Un sourire de bonheur sur les lèvres, il ne remarque pas que les hommes assis le long de la véranda le suivent des yeux d'un regard curieux, perplexe...

Pendant ce temps, au Hameau de la Montagne, Bôn aussi rit de joie. La pluie tombe sur le cimetière. La pluie le protège, la pluie l'assiège. Des gardiens de chèvres et de vaches lui jettent des regards mornes. Il est seul, paisible, serein. L'eau froide imprègne ses cheveux, sa peau, lui procure un sentiment de bien-être. L'eau a éteint le brasier de la fureur qui s'enflammait, qui hurlait en lui de manière incontrôlable. Comme elles sont belles, ces poussières d'eau blanche qui volent doucement en biais. Elles lui rappellent les pluies de sa jeunesse, les rires cristallins des jeunes filles, les collines étincelantes de brume. Il y avait une plante qui ressemblait au roseau, qu'on appelait queue de renard. Ses fleurs semblaient tissées de millions et de millions de poussières d'eau blanche. Si seulement il pouvait se transformer en pluie. Il coulerait sur les feuilles, les herbes, les lèvres, il se glisserait entre les seins des femmes, sur leur nombril, il descendrait jusque dans leur chair intime. Si seulement il était encore assez jeune pour danser en pinçant sa verge comme on pince la corde d'une guitare, un jeu qui égayait les soldats pendant les pauses entre deux campagnes. Si seulement il avait le pouvoir magique de sauter d'un bond sur la cime des arbres, de s'y balancer comme un cerf-volant... Mais à quoi bon espérer, rêver. Des enfantillages. Le sergent se tient dans son dos. Depuis quand il est là, Bôn ne le sait pas. Il rit, embarrassé :

« Je divague souvent... Rien que des sottises indignes. »

Le sergent s'assied à côté de lui et dit :

« Comme la pluie est belle ! Exactement comme au Nord.

– Dans ton village natal, il y aussi du crachin comme ici ? »

Le sergent acquiesce de la tête :

« Comme ici. C'est même encore plus beau. Il fait froid au Nord. La pluie fine palpite sur les jardins publics, les pêchers. Il suffit d'aller au bord du lac Quang Ba ou à Nhât Tân, on se perd aussitôt dans les champs de pêchers en fleur. Impossible de retrouver le chemin du retour. »

Il se tait, l'air songeur, lointain. Il rêve sans doute des pêchers de Quang Ba et de Nhât Tân.

Bôn n'ose plus le questionner. Il entoure de son bras le dos du sergent. Un moment plus tard, le sergent lui dit :

« Il te reste une cigarette ? Par ce temps, fumer une cigarette serait un plaisir parfait. »

Bôn fouille sa poche :

« J'en ai un paquet plein. »

Il donne le paquet au sergent. Les doigts osseux, transparents de l'homme enlèvent habilement l'enveloppe externe, déchirent un coin du paquet :

« Prends-en une d'abord.

– Je n'ose pas. Sers-toi d'abord.

– Foin de politesse. Prends vite, sinon la pluie va mouiller le tabac. Allons, ça va ? Sors ton briquet... Attends, que je le protège avec mon chapeau... »

Le sergent enlève son chapeau, s'en sert pour protéger la flamme et permettre à Bôn d'allumer sa cigarette. Après, c'est son tour.

Il allume sa cigarette du même geste qu'autrefois, la tête légèrement penchée, la main sur le rebord de son chapeau...

Les morts ne modifient jamais leurs habitudes, même dans les menus gestes de la vie quotidienne. La flamme fuse au-dessus des doigts translucides, flotte, d'un bleu argenté, tremblotante entre les poussières de pluie et le vent.

« Ça va, *grand frère* ?

– Ça va. Éteins le feu... Ah, donne-moi ce briquet. Chaque fois que j'ai envie de fumer, je dois chercher du feu.

– Prends-le. »

Bôn continue de regarder le sergent. Il fourre le briquet dans la poche de son pantalon du même geste qu'autrefois : après avoir lâché le briquet, il repasse la main sur les revers de la poche pour les remettre en place. Son pantalon est mince, comme tissé avec des fils d'ananas maléfiques, une variété d'ananas qui ne pousse que dans les cimetières. Bôn allait demander au sergent pourquoi il n'avait pas mis son nouvel uniforme, mais le sergent, inclinant la tête et dressant l'oreille, lui demande :

« C'est étrange, le crachin tombe, mais on entend toujours le vent hurler.

– C'est peut-être l'écho du vent sifflant à travers les abîmes.

– Oui, on dirait le vent qui hurle sur la colline A46 à Chiên Khan... Tu te rappelles cette base ?

– Oui, je m'en souviens.

– J'y retourne souvent.

– Te rappelles-tu la nuit où nous avons rôti un bœuf au pied de cette colline ?

– Oui. Le gros Quang a confectionné une sauce extraordinaire pour déguster le bœuf grillé. Il est mort deux ans et demi après moi. Ses os reposent toujours sur un champ de bataille de la région militaire K.

– Le gros Quang était très bon pour moi. Chaque

fois qu'il était de cuisine, il mettait de côté pour moi une grosse croûte de riz grillé. Et Thiêu, de la province de Thai Binh, tu t'en souviens, sergent ?

– Oui.

– Le jour où le chef de la division est venu nous féliciter, pendant qu'il discourait, Thiêu a lâché un pet du tonnerre. »

Ils éclatent de rire. Bôn regarde le visage du sergent tout près du sien. Sa peau est transparente. Il n'a plus de taches de rousseur agglutinées sur sa pommette gauche, plus de cicatrice sur le menton, plus de boucles de cheveux longues, épaisses, sous son oreille gauche... Son visage est flou, sans sourcils ni cils. Un sourire sans lèvres, n'exhibant que des dents blanches...

Qu'est-ce que cela peut faire ? Cela n'a aucune importance... C'est toujours le visage qui lui est le plus cher, le seul qui lui appartienne, qui l'accompagne...

Derrière ce visage, les champs de poivriers, de caféiers, les villages, les hameaux se bousculent, et plus loin, s'étalent les rizières étroites qui les relient aux plages de sable le long de la mer, à l'est. Pour lui, dorénavant, tout est désert. Une terre des oublis. Un monde sans homme.

Duong Thu Huong
dans Le Livre de Poche

Itinéraire d'enfance   n° 31204

Fin des années cinquante au Viêtnam.
Bê a douze ans, sa vie dans le bourg
de Rêu s'organise entre sa mère, ses
amis et ses professeurs. Son père,
soldat, est en garnison à la frontière
nord. Pour avoir pris la défense d'une
de ses camarades abusée par un professeur, elle se voit brutalement
exclue de l'école. Révoltée, elle s'enfuit de chez elle, avec sa meilleure
amie, pour rejoindre son père.
Commence alors un étonnant périple :
les deux adolescentes, livrées à elles-mêmes, sans un sou en
poche, finiront par arriver à destination, après des aventures
palpitantes et souvent cocasses : Bê la meneuse, non contente
d'avoir tué le cochon, participé à la chasse au tigre, va également confondre un sorcier charlatan et jouer les infirmières de fortune. Roman d'apprentissage, ce livre limpide
et captivant dépeint magnifiquement, dans un festival de
sons, d'odeurs, de couleurs et de paysages, la réalité du
Viêtnam après la guerre d'Indochine.

Du même auteur :

HISTOIRE D'AMOUR RACONTÉE AVANT L'AUBE
Éditions de l'Aube, 1991

LES PARADIS AVEUGLES
Éditions des Femmes, 1991

ROMAN SANS TITRE
Éditions des Femmes, 1992

AU-DELÀ DES ILLUSIONS
Éditions Philippe Picquier, 1996

MYOSOTIS
Éditions Philippe Picquier, 1998

ŒUVRES *(Au-delà des illusions, Les Paradis aveugles,
Roman sans titre, Terre des oublis)*
Éditions Robert Laffont, coll. « Bouquins », 2008

AU ZÉNITH
Sabine Wespieser éditeur, 2009

Composition réalisée par PCA

Achevé d'imprimer en décembre 2008, en France sur Presse Offset par
Maury-Imprimeur - 45330 Malesherbes
N° d'imprimeur : 143507
Dépôt légal 1ʳᵉ publication : septembre 2007
Édition 07 - janvier 2009
LIBRAIRIE GÉNÉRALE FRANÇAISE - 31, rue de Fleurus - 75278 Paris Cedex 06

31/1873/4